Eine Hommage an das Leben und gewidmet an alle die,
die schon vorrausgegangen sind und auf uns warten

Bibliografische Information der Deutschen
Nationalbibliothek:
Die Deutsche Nationalbibliothek verzeichnet diese
Publikation in der Deutschen Nationalbibliothek;
Detaillierte bibliografische Daten sind im Internet über
http://dnb.dnb.de abrufbar

© 2019 Lilian Hintermeyer

Herstellung und Verlag: BoD – Books on Demand,
Norderstedt

ISBN: 978-3-7322-7817-6

Wo bin ich?
Oh... Gott sei Dank, ich bin nicht alleine. Hallo! Du... ja, DU!
Weißt DU vielleicht wo ich bin? Nein? Schade!
Möchtest du mir nicht etwas Gesellschaft leisten? So ganz alleine fühl ich mich ein bisschen unwohl. Ich könnte dir ja was erzählen.
Ich rutsch auch ein Stück. Komm, setzt dich!
Willst du eine Geschichte hören? Hm... nur welche? Ich hab's!
Ich erzähl dir von mir... naja, oder besser von meinem Leben. Hast du Lust?
Vielleicht fällt mir ja später wieder ein, wo ich hier bin...

Also… am besten beginne ich ganz am Anfang. Du hast doch nichts dagegen?

Nun denn, ich wurde am 23.02.1947 bei Bremen geboren. Ich habe keine Geschwister und meine Mutter ist bei meiner Geburt gestorben. So sagte man mir. Leider. Meinen Vater habe ich nie kennengelernt. Ebenfalls leider. Ich weiß noch nicht mal wie er hieß.

Mein besonderes Kennzeichen sind meine Augen. Sie sind…nun ja…komisch. Sie sind nämlich verschieden farbig. Das eine Auge ist blau und das andere braun. Vielleicht habe ich das ja von meinem Vater. Möglich. Niemand konnte mir das je sagen. Doch egal…

Ich wuchs auf dem Land in einem kleinen Dorf bei Bremen bei meiner Großmutter Johanna auf. Das Dorf war so klein, wie so viele Dörfer im Land, das es noch nicht mal Straßennamen gab. Bei uns hatten die Häuser Namen wie zum Beispiel: Sanders Annersch Haus oder Stritzebeckersch Haus. Warum auch nicht? War doch einfach, oder nicht. Ich finde schon.

Alle kannten sich untereinander. Jedes Kind ging in jedem Haus ein und aus. Ich hatte eine sehr schöne Kindheit, obwohl der 2. Weltkrieg erst zwei Jahre vorbei und die Nachwehen davon noch zu spüren waren. In unserer Dorfmitte stand eine große Trauerweide unter deren tief herabhängenden Ästen sich die Kinder immer trafen um miteinander zu spielen. Und immer gab es einen Bauern, der uns Kindern frische Kuhmilch oder einen leckeren Apfel gab.

Allerdings gab in diesem Dorf auch einen Wehrmutstropfen, ein Mädchen namens Martha, die mich immer wieder ärgerte, nur wegen meiner Augen. Okay, sie waren ungewöhnlich, ja klar, aber Martha hatte dafür unglaubliche Segelohren! Und da ihre Mutter ihr das Haar immer sehr kurz schnitt, weil Martha ständig Läuse hatte (woher, wusste niemand), war es so ziemlich das erste was man sah, wenn sie um die Ecke bog. Ich glaube, sie hätte doch lieber meine zweifarbigen Augen gehabt.

Meine Großmutter war Witwe. Ihr Mann fiel im ersten Weltkrieg und sie hatte danach auch nie wieder geheiratet. Aus dieser Ehe ging eine Tochter hervor. Simone. Meine Mutter.

Großmutter und Simone hatten kein einfaches Verhältnis und 1927, als Simone 17 Jahre alt war, verschwand sie einfach sang- und klanglos und ließ meine verzweifelte Großmutter in dem Dorf zurück.

Zwanzig Jahre und ein Krieg vergingen bis sie sich wiedersahen. Eine Woche vor meiner Geburt stand sie auf einmal vor Großmutters Tür. Ausgemergelt, ausgezehrt, dunkle Ringe unter den Augen und hochschwanger. Mit 37…für damalige Verhältnisse ein biblisches Alter für eine Gebärende.
Meine Großmutter hatte nie erfahren wo sie die letzten Jahre gelebt hatte oder was in Simones Leben geschehen war. Und Großmutter hatte sie auch nicht danach gefragt.
Aber offensichtlich waren die Entbehrungen der letzten Jahre, in ihrem Leben so groß gewesen, dass der geschwächte Körper meiner Mutter meine Geburt nicht überlebte. Ohne viel Tamtam nahm meine Großmutter, mich kleinen Säugling auf, obwohl sie damals selbst schon 67 Jahre alt war. Das war früher halt so. Sie hatte ja sonst niemanden mehr auf der Welt. Und ich ja auch nicht.
So schwirig das Verhältnis zwischen meiner Großmutter und Simone gewesen sein mochte, so wundervoll war unser Verhältnis. Ich liebte meine Oma heiß und innig und sie mich auch.
Als Martha mich mal wieder geärgert hatte und ich weinend nach Hause lief, nahm sie mich auf den Arm, setzte sich mit mir in der kleinen Stube, in der immer ein frischer Strauß Veilchen stand (außer im Winter, da waren es getrocknete Veilchen), in den alten Schaukelstuhl und wiegte mich. Die Standuhr tickte laut (daran kann ich mich ganz genau erinnern), die Veilchen verströmten einen intensiven Duft und sie strich mir sanft durch das braune, glatte Haar.
„Hat Martha dich wieder mal geärgert, mein Liebchen?" Mit rotgeränderten, verweinten Augen und verstopfter Nasen nickte ich betröppelt. Ich bettete meinen Kopf an ihre warme, tröstende Schulter.
 Großmutter nahm ein spitzenbesticktes weißes Taschentuch aus ihrer blau karierten Schürze und putze mir vorsichtig die Nase, während ich gedämpft schniefte, „Warum kann ich nicht Augen haben wie alle anderen. Sie könnten doch braun sein **oder** blau. Aber beides ist doch doof."
„Na, na, Anabelle". Ihr kleines, von Falten zerfurchtes Gesicht verzog sich zu einem Lachen. „So bist du halt. Du konntest und kannst dich auch heute nie entscheiden was du willst. Wenn du zum Bespiel Hunger hast, aber auch aufs Klo musst…was ist dann, hm? Wie oft habe ich dich essend auf dem Klo erwischt?" Sie schüttelte lächelnd den Kopf.

Ich verzog das Gesicht. „Und wie war das, als du seilspringen wolltest, ich dich aber gebeten habe den Salat zu waschen?" Ich hielt die Hand vor den Mund und kicherte auf ihrem Schoß. Ja, daran erinnerte ich mich noch:
Ich hatte den Kopf umständlich in zwei Hälften geteilt, draußen vor der Tür in den Wassereimer getunkt und jeweils eine Hälfte in ein leinenes Tuch geschlagen. Dann nahm ich mein Springseil, packte beide Tücher wie kleine Säcke in die Hände und fing an Seil zu springen. Oma kam leicht verärgert aus dem Haus gerannt und wollte wissen was ich da mache und wo der Salat sei.
Und ich sprang und hüpfte mit den beiden Salatsäckchen in den kleinen Händen und meinte nur mit einem unschuldigen Augenaufschlag: Den Salat habe ich nass gemacht und jetzt schleudere ich ihn den Dreck raus.
Großmutter starrte mich damals mit ungläubigem Blick an und ihre Mundwinkel hatten verdächtig gezuckt. Sie machte auf dem Absatz kehrt und ging ins Haus.
Ich hätte schwören können, dass ich sie im Kartoffelkeller laut Lachen gehört habe.

Schmunzelnd legte sie dann die Arme um mich, „Siehst du...", lachte sie „...und genauso konntest du dich bei deiner Geburt halt nicht entscheiden welche Augenfarbe du möchtest...und hast halt beide genommen." Sie fing an, sachte zu schaukeln und zog meinen Kopf zurück an ihre Schulter. Ihre silbernen Locken, die sie meistens mit einem roten Kopftuch zu bändigen versuchte, ringelten sich seidig über ihren Ohren und kitzelten mich an der Nase. Oft betrachtete ich dabei ihre Perlenohrringe, kleine Tropfen, die sanft hin und her schwangen. Sie mochte diese Ohrringe sehr. Oma musste meinen Blick bemerkt haben, „Die habe ich von meiner Mutter bekommen, damals, als sie starb und wenn du groß bist bekommst du sie." Ich überlegte angestrengt und hatte daraufhin energisch den Kopf geschüttelt. Oma schaute mich verdutzt an, „Warum denn nicht? Gefallen sie dir nicht?" „Doch, aber wenn du sie mir gibst, dann stirbst du...wie deine Mutter...also will ich sie nicht und dann kannst du für immer bei mir bleiben." Ich umklammerte sie mit meinen Ärmchen. „Ach, Liebchen..." Großmutter seufzte.
 Die große Standuhr tickte laut (Ticktack, Ticktack, Ticktack) und die Veilchen verströmten ihren intensiven Geruch. Irgendwie tröstlich. Irgendwie beruhigend. Irgendwie Oma! Dieser Duft blieb mir mein ganzes Leben im Gedächtnis.

Jahre später, als ich älter und sie nicht mehr bei mir war, fand ich ein Parfüm das genauso roch wie Großmutters Stube und Großmutter selbst. Es war ein grüner Glasflakon und es hieß Mille Fleur. Und wann immer ich später traurig war oder mich einsam fühlte, hüllte ich mich in diesen einzigartigen Duftkokon. Wenn ich dann die Augen schloss, konnte ich fast die Umarmung meiner Großmutter spüren, während sie mich in dem alten Schaukelstuhl wiegte und leise summte...*ach Liebchen*...

Sie starb 1962. Ich war damals gerade 15 Jahre alt ... und von jetzt auf gleich, alleine. Was hatte ich denn erwartet? Das sie ewig leben würde? Ja, wenn ich ehrlich bin, hatte ich genau das erwartet! Ihr Tod machte mich böse...so richtig böse...und dann tieftraurig!
Ihrer Beerdigung war sehr einfach, so wie sie. Die nächsten Nachbarn waren an diesem Tag auf dem Friedhof anwesend. Der Tod war in dieser Zeit noch was völlig Normales und das Leben ging halt weiter. Warum auf einem Friedhof rumstehen, wenn das Feld bestellt werden konnte oder das Vieh versorgt werden musste? Die Sonne schien milde und ein Schwarm Vögel trällerte vergnügt in einem nahestehende Baumwipfel. Irgendwie unpassend fand ich damals. Sollte der Himmel nicht weinen angesichts eines solch tragischen Verlustes?
Der alte Friedhof war von einem verwitterten Holzzaun umgeben. An einigen Stellen wackelte schon die ein oder andere dünne Holzlatte oder sie fehlten ganz. Man hatte ihr ein Grab in der hintersten Ecke ausgehoben, dort wo die Tannen Schatten spendeten und eine kleine, mit grünem Moos überzogene, Bank stand. Der Pfarrer sprach wohl tröstliche Worte, die aber bei mir ungehört verhallten. Die engsten Nachbarn standen neben mir und Martha hielt meine Hand... aber ich war die letzte Blutsverwandte hier... es gab ja nur noch uns beide... naja, ab da gab es nur noch mich.
Da stand ich also an ihrem Grab. Alleine gelassen! Zornig!
Kann man als 15-jährige überhaupt begreifen das auf der ganzen Welt niemand mehr da ist, der sich um einen kümmert? Der einen liebt? Dass es keinen Ort auf der Welt gibt, wohin man flüchten konnte? Dass es keinen Ort mehr gibt, der sich wie Daheim anfühlt?
Als der Pfarrer fertig war, gingen die Nachbarn und auch Martha ließ meine Hand los. Sie drehte sich noch kurz zu mir um, als wollte sie etwas sagen. Tat es dann aber doch nicht.

Meine Augen waren staubtrocken, genau wie meine Kehle. Ich blickte nach oben. Ungeweinte Tränen brannten hinter meinen Augen …oder waren es die hellen Sonnenstrahlen, die mich blendeten?
Heiß, schien die Sonne erbarmungslos auf meinen Kopf… auf den kleinen Veilchenstrauß, den ich verzweifelt in meiner Faust knetete. Schuldbewusst schaute ich hinunter, eine Haarsträhne hatte sich aus meinem Zopf gelöst und fiel mir dabei ins Gesicht… *na wenigstens haben die kleinen Blüten den Anstand, traurig ihre Köpfe hängen zu lassen.*
Ich warf die Blumen ins Grab. Ein paar Blütenblätter klebten noch in meiner verschwitzen Hand.
Ich rieb sie an meinem Rock ab und biss die Zähne fest zusammen.
Ich war so wütend! So furchtbar wütend!
Es müsste blitzen, donnern, wie aus Eimern schütten… es müssten hunderte Menschen gramgebeugt unter ihren schwarzen Schirmen und Mänteln mit ihrem Schmerz ringen, um dieser einzigartigen Frau die Ehre zu erweisen.

Aber ich bin allein …und ich weine nicht.
Natürlich konnte ich nicht alleine in Großmutters Haus leben. Und die Nachbarn hatten alle genug Mäuler zu stopfen. Der Pfarrer nahm mich später mit ins Pfarrhaus und stellte mich einem Herrn Braun vor, „Das ist Herr Braun, er leitet ein Mädchenheim in Bremen." Herr Braun war groß, trug einen braunen Anzug (ha, wie passend!) und hatte eine stinkende Pfeife im Mundwinkel an der er umständlich nuckelte, „Ist sie das?" Er stand auf und ging um mich herum. Begutachtete mich, wie ein Stück Vieh. Der Pfarrer setzte sich hinter seinen abgewetzten Schreibtisch, faltete die Hände vor seinem leicht vorgewölbten Bauch und nickte, „Ja, das ist unsere kleine Anabelle und laut dem Kirchenregister hat sie keine Anverwandten mehr."
Herr Braun blieb vor mir stehen, zog an seiner Pfeife und paffte mir unhöflich den Qualm ins Gesicht. Ich kniff die Augen zusammen und musste ein Husten unterdrücken.
„Wo sind deine Sachen?"
Ich blickte ihm verwirrt ins Gesicht, „Meine Sachen…?
„Oh, Moment…", der Pfarrer ging nach nebenan ins Esszimmer und kam mit einem kleinen Köfferchen zurück. „Maria, die Nachbarin, war so lieb und hat ein paar Sachen von Anabelle eingepackt." Ich starrte den Koffer an.

Es war Großmutters Koffer. „Dann komm, ich will noch vor der Dunkelheit ankommen." *Ankommen? Aber wo denn?*
Herr Braun nahm meinen Koffer und schob mich, wie ein unhandliches Möbelstück, vor sich her, aus dem Pfarrhaus raus. Draußen stand ein grauer Wagen, der mir vorher gar nicht aufgefallen war. Er wies mich an, auf dem Beifahrersitz Platz zu nehmen, stellte mir den Koffer auf den Schoß und schloss die Tür. Der Pfarrer lächelte aufmunternd,
„Viel Glück Anabelle."
Herr Braun startete den Wagen und wir fuhren los. Raus aus dem Dorf, wo ich aufgewachsen war, vorbei an der großen Trauerweide in der Dorfmitte… Martha saß darunter, angelehnt an den knorrigen Stamm. Als sie den Wagen kommen sah stand sie jedoch auf. Unsere Blicke trafen sich. Wir fuhren langsam an ihr vorbei und ich drehte den Kopf. Eine Brise bauschte leicht die hängenden Äste…! Sie hob die Hand und winkte zaghaft… der Wind zerzauste ihr kurzes Haar…ich blickte lange zurück. Ich sah Martha und das Dorf nie wieder.

„Kleine, ich weiß das ist jetzt eine schwierige Zeit für dich, aber du begreifst ja wohl das du noch nicht alleine leben kannst… tzzz, von was auch. Du wirst die nächsten zwei, drei Jahre bei mir im Kinderheim verbringen. In deinem Alter kannst du dich da schon nützlich machen." Er schaute auf seine Uhr.
„Gott, schon so spät, ich wollte eigentlich schon längst zurück sein…wir kommen zu spät zu Abendessen." Essen war so ziemlich das letzte an was ich in diesem Moment dachte, „Ich habe keinen Hunger."
Er sah mich mitfühlend von der Seite an. Ich schaute ihm kurz in die Augen, senkte den Blick und betrachtete meine Hände, die gefaltet auf Großmutters Koffer lagen. Ich versuchte durch den Deckel ins Innere zu blicken. *Was hat Maria wohl eingepackt? Hatte sie an Omas Decke gedacht, die immer in der Stube lag? Die, mit der hübschen Stickerei?*

Nach einer kleinen Ewigkeit, so schien es mir, hielt der Wagen plötzlich. Herr Braun stieg aus und öffnete meine Tür, „So, wir sind da!" Seine Hand wies auf ein großes, unscheinbares, graues Gebäude, deren unterste Fensterreihe hell erleuchtet war. Ich nahm meinen Koffer, der sich bleischwer anfühlte und folgte ihm. Er schloss die Tür auf, „Willst du wirklich nichts mehr essen?" Ich schüttelte stumm den Kopf. „Na gut, dann bring ich dich nach oben in dein Zimmer."

Eine steile Treppe führte hinauf in den zweiten Stock. Es roch leicht moderig und an einigen Stellen löste sich die Tapete von der Wand und offenbarte alten bröckeligen Putz. Im Zimmer standen sechs Betten. Das hinterste, unterm Fenster sollte meines werden.

Herr Braun drehte sich um, „Gute Nacht, Mädchen und … nimm es nicht so schwer." Er klopfte mir väterlich auf die Schulter, schnaufte kurz, drehte sich um und ließ mich allein.

Mein Blick wanderte im Zimmer herum. Kahl. Unpersönlich. Aber sauber. *Mein Koffer!* Ich kniete mich auf den Boden und öffnete ihn schnell. *Oh, bitte lieber Gott, lass Großmutters Lieblingsdecke darin sein.* Ich wühlte und wühlte, kippte verzweifelt den Inhalt des Koffers auf den Boden.

Nichts! Sie war nicht da!

Mühsam stemmte ich mich hoch und ließ mich auf das Bett sinken…meine Arme und Beine schmerzten und ich war müde, sooo müde. Ich wollte nur noch schlafen…ganz lange…am besten für immer.

Mein Kopf sank auf das Kissen. Ich schob mir die Schuhe von den Füssen und legte mich hin. Kraftlos versuchte ich die Decke unter mir hervor zu zerren, was mir nur zum Teil gelang. Egal, sie war eh kratzig und roch auch nicht nach Veilchen.

Fremde Menschen. Fremde Geräusche. Fremdes Bett. Fremde Düfte.

 Gott, ich fühlte mich so einsam, damals… meine Augen brannten. Irgendwann muss dann ich doch wohl völlig erschöpft eingeschlafen sein.

Später in der Nacht wurde ich wach. Orientierungslos schaute ich mich um. *Wo bin ich? Ach ja. Das Kinderheim!* Das Zimmer war dunkel, aber ich hörte leises raschlen und atmen. Die anderen Mädchen mussten wohl gekommen sein als ich schlief.

Ich drehte mich auf den Rücken und starrte an die Decke. Mein Atem ging schwer. Der Wind pfiff draußen um die Häuserecken. Voller Sehnsucht dachte ich an Großmutters Decke, die wohl noch immer an dem alten Schaukelstuhl hing. Cremefarben war sie, mit grünen Ranken und Veilchen am Rand. In die Mitte hatte Großmutter unsere Namen gestickt: *Anabelle & Johanna.*

Ich saß damals, ich mochte drei oder vier Jahre alt gewesen sein, jeden Abend zu ihren Füßen vor dem Schaukelstuhl und sah ihr zu, wie sie diese Decke nähte. Für ein kleines Mädchen wie mich, war es unbegreiflich, wie jemand mit Nadel und Faden solch zarte Gebilde erschuf.

Vor meinen Augen ließ sie eine wundervolle Welt aus Blätterranken und Blüten (natürlich Veilchen) entstehen.
Später, als die Decke fertig war, lag sie immer auf dem alten Schaukelstuhl in der Stube, wo die Veilchen auf dem Tisch standen. Wann immer meine Großmutter nun in ihrem Schaukelstuhl saß, strickte, mir Geschichten erzählte oder vorlas, lag *diese* Decke entweder auf ihren Knien oder sie wickelte mich darin ein. Irgendwann duftete diese Decke nach Veilchen...wie die Stube in Großmutters Haus...wie Oma selbst.
Die Erinnerung tat weh.
Ich drehte mich zur Wand und rollte mich wie eine Schnecke zusammen.
Jetzt ist die Decke verloren für mich...einfach weg...so wie meine Oma. Ich glaube in diesem Moment begriff ich, das ich auf der ganzen Welt niemanden mehr hatte.
Ein tiefes Schluchzen drückte sich nach oben in meine zugeschnürte Kehle und raubte mir die Luft... Tränen bahnten sich ihren Weg nach draußen...endlich weinte ich.

Irgendwann später, waren Minuten vergangen oder Stunden, ich wusste es nicht, legte sich eine Hand von hinten auf meine Schulter und ein kleiner, schmaler Körper schob sich dicht an mich ran. Magere Arme legten sich, wie ein feiner Schutzring, um mich und ich roch eindeutig Pfefferminz.
Unendlich langsam wurde mein Körper herumgedreht, mein Kopf an eine zierliche, knochige Schulter gelehnt und fremde Hände strichen mir sachte durch das Haar, "Schschscht!"
Unaufhörlich wurde ich immer wieder von Weinkrämpfen geschüttelt...die ganze Nacht hindurch...während SIE mir den Rücken und den Kopf sanft streichelte und leise und beruhigend summte. Meine Tränen durchweichten nicht nur das Kopfkissen, sondern auch ihr Nachthemd. Dennoch blieb sie bei mir.
Am nächsten Morgen konnte ich wegen dieser ganzen Heulerei kaum die Augen öffnen. Ganz verquollen und rot hoben sie sich von meinem blassen, fleckigen Gesicht ab.
Die Augenlider wund vom vielen reiben...! Etwas verlegen suchte ich nach Worten und auch nach dem Gesicht der Person, die mir in meiner schwersten Nacht, so liebevoll beigestanden hatte.
Ich blickte in zwei klare, blaue Augen, die mich unter einer fuchsroten unglaublich voluminösen Mähne ansahen. Der Mund mit den kirschroten Lippen, öffnete sich zu einem schiefen Lächeln und ich sah, dass ihr linker Schneidezahn etwas schief saß.

Die schmale Hand, die mich die ganze Nacht getröstet hatte, streckte sich mir nun entgegen, „Hallo, ich bin Betty…", und so begann unsere wundervolle Freundschaft.
Betty hieß eigentlich Bettina. Aber immer, wenn sie vor dem Spiegel stand, ihre wilde, dunkelfuchsfarbene Afromähne schüttelte, die Hände in die knochigen Hüften stemmte, säuselte sie affig, „Schau dir das doch mal an. Das sieht doch wirklich nicht aus wie eine Bettina…", sie drehte sich einmal, zweimal um ihre eigene Achse, das Haar flog, „Das ist eindeutig eine Betty. Findest du nicht auch?"
Ich nickte amüsiert. Was für ein verrücktes Huhn! Ja, nur eine Betty konnte so sein wie sie…also blieb sie es dann auch, für den Rest ihres Lebens.
Betty war fast drei Jahre älter als ich und nach knapp einem halben Jahr fand sie Arbeit in der Personalabteilung einer kleinen Baufirma in Bremen. Sie verließ das Kinderheim.
Es war mir schleierhaft, wie sie am Tage ihres Vorstellungsgespräches, ihre unglaubliche Mähne bändigte, aber als sie aus dem Badezimmer kam (nach gefühlten zwei Stunden), ringelten sich kleine, zierliche, dunkelrot, seidig glänzende Löckchen bis zu ihren Schultern hinab. Wow. Der Hammer. Und natürlich bekam sie die Stelle. Der Tag des Abschiedes kam und meine Laune dümpelte bereits im Keller. Doch ich wollte meiner Freundin den Abschied nicht zu schwer machen, „Ich wünsch dir alles Gute, Betty." Meine Stimme klang allerdings nach genau dem Gegenteil. Betty war zu meiner Familie geworden. Fast schon eine Ersatzmutter. Ich liebte sie. Und nun ließ sie mich auch alleine. Da ich erfahrungsgemäß ziemlich nah am Wasser gebaut hatte, kullerten mir natürlich dicke Krokodilstränen die Wangen herunter, „Ach, Betty, ich werde dich furchtbar vermissen. Mit wem soll ich denn jetzt die Nächte durchquatschen oder Kuchen aus der Küche stibitzen?"
„Du kannst mich doch immer besuchen. Mit dem Zug ist es nur eine halbe Stunde und am Wochenende habe ich doch immer frei.
Ich besorg uns auch Kuchen für unseren Mitternachtsimbiss…obwohl…",
sie schielte auf meine Hüften, „…du das ein oder andere Stück mal weglassen könntest, du kleiner, strammer Mops!" Sie zwickte mich liebevoll in mein kleines Hüftröllchen. Wir grinsten uns breit an.
„Rippengestell!"
„Bockwurst!"

„Bohnenstange!"
„Pummelchen!"
„Hungerhacken!"
„Eine kleine Dickmadam, fuhr mal mit der Eisenbahn. Eisenbahn die krachte, Dickmadam die lachte!" Wir kicherten nervös. Rangen erst nach Worte und dann nach unserer Fassung.
„Ich habe dich lieb, Anabelle!" Eine feste, kurze Umarmung, „Ich dich auch...und nun mach das du wegkommst." Mit einer Hand scheuchte ich sie übertrieben umständlich aus dem Zimmer. Ich wollte nicht, dass sie sah, wie sehr ich litt.
Betty hatte eine kleine Mansardenwohnung in der Nähe ihrer Arbeit gefunden und tatsächlich durfte ich sie am Wochenende immer besuchen. Herr Braun, der Heimleiter hatte nichts dagegen, solange ich meine Aufgaben unter der Woche im Heim pflichtbewusst erfüllte. Ihre Vermieterin, Frau Bongart, war eine nette alte Dame mit einem graumelierten Dutt auf ihrem Kopf. Sie war Witwe, wie so viele Frauen in dieser Zeit. Ihre beiden Töchter wohnten in Bayern und kamen nur sehr selten zu Besuch. Eigentlich fast gar nicht. Vielleicht schloss sie Betty und mich deshalb gleich in ihr Herz. Wenn ich am Freitagabend bei Betty ankam, mussten wir immer mit ihr zu Abend essen, was uns nicht wirklich schwer fiel...denn Frau Bongart kochte ausgezeichnet. In ihrer kleinen Küche zauberte sie wahrhaft fürstliche Gerichte. Nur ihre Knödel ließen zu wünschen übrig. Die sollte sie besser von ihrem Speiseplan streichen.

Nach knapp 2 ½ Jahren hatte Betty es geschafft, mir eine kleine Stelle in der Versandabteilung ihrer Firma zu besorgen. Mittlerweile hatte ich das 18. Lebensjahr erreicht und wurde vom Heimleiter, aufgrund der äußerst positiven Arbeitsaussicht, höchstpersönlich in die Freiheit geschubst. Naja, Betty, die ja in der Personalabteilung arbeitete, erfuhr natürlich als erste, wann eine Stelle frei wurde. Und so wie sie mich in den höchsten Tönen anpries und lobte, war es kein Wunder das ihr Chef mich einstellte. Es verstand sich natürlich von selbst, dass ich bei Betty einzog. Frau Bongart war mehr als begeistert. Jetzt hatte sie wieder zwei Mädels die sie bemuttern und betüdeln durfte.

Als wir ein paar Monate zusammengewohnt hatten, wir mampften gerade unseren Mitternachtsimbiss, Bienenstich, den Frau Bongart uns netterweise vor die Tür gestellt hatte, druckste sie rum, „Du Ana...ich habe da jemanden kennengelernt...!"

„Scho? Wem bem?", brachte ich mümmelnd mit übervollem Mund hervor. *Gott, war der Kuchen gut!*
Betty blickte verträumt auf ihre Kuchengabel, „Er heißt Julius. Hat wundervolles weiches blondes Haar und es duftet nach Apfel. Wir haben uns in der Mittagspause getroffen. Er arbeitet in Bremen und ist hier zu Besuch bei seinen Eltern. Er hat mich...uns...am Samstag eingeladen zum Hochzeitstag seiner Eltern...ich weiß nicht mehr den wievielten", sie zuckte mit den Schultern, „...aber die ganze Familie ist da. Ist das nicht toll?"
Ihr Enthusiasmus übertrug sich leider nicht auf mich, „Julius? Er heißt Julius? Wer nennt sein Kind den freiwillig Julius?" Ein weiteres großes Stück Bienenstich wanderte in meinen Mund. *Himmel, der Kuchen war aber auch so was von lecker!*
Betty kicherte, offensichtlich hatte sie mein Desinteresse nicht bemerkt und leckte an dem Stück Bienenstich auf ihrer Gabel, „Hast du mir überhaupt zugehört? Wir sind am Samstag auf einer...auf **seiner** Familienfeier eingeladen. Und nur damit du's weißt, ich nenn' ihn Jules...!" Ich glotze Betty ziemlich dümmlich an. Dann brachen wir in Gelächter aus.
Julius war 10 Jahre älter als Betty (und genauso dürr). Aber die beiden hatten sich gesucht und gefunden. Vom ersten Moment an konnte man die tiefe Liebe zwischen den beiden fühlen. Für Jules war ich von Anfang an Bettys kleine Schwester und nie schloss er mich aus.

Dann kam der besagte Samstagabend. Ganz hibbelig wurde jedes einzelne Kleidungsstück begutachtet und anprobiert. Aufgeregt schnatterten wir durcheinander, bis wir uns endlich,
am späten Nachmittag einig waren, wer was anzieht. Wir hatten bereits vormittags um zehn Uhr angefangen, den Kleiderschrank zu plündern! Und nun war es 18 Uhr.
Betty trug letztendlich ein smaragdgrünes Kleid, das ihre roten Haare wundervoll zu Geltung brachte. Ihre Mähne bändigte sie mit einem zarten grünweiß gepunkteten Schal. Ich entschied mich für einen himmelblauen, wadenlangen Rock, der meine Kuchenhüfte kaschierte und eine weiße Bluse mit eleganter Spitzenbordüre, die ich mit einem, zum Rock passenden Schälchen aufpeppte. Frau Bongart klatschte begeistert in die Hände, als wir endlich die Treppe nach unten kamen oder besser, königlich schritten.
Julius stammte aus einer großen Familie...offensichtlich sehr fruchtbare Menschen.

Seine Eltern, Sarah und Ronald, nahmen uns herzlich in die Arme (wir durften sie gleich duzen) und stellten uns alle vor...
...aber erst nachdem wir mit Saft und Wurstschnittchen versorgt waren. *Unglaublich viele Menschen und die sollen ALLE zur Familie gehören?*
Für Betty und mich unfassbar, da wir beide Einzelkinder und Waisen waren.
So etwas kannten wir gar nicht.
Sarah und Ronald hatten insgesamt sechs Kinder. Julius war der jüngste und der letzte Unverheiratete. Alle seine fünf Geschwister, ich glaube Peter, Uta, Ralf, Barbara und Jeremias, hatten jeweils zwischen drei und fünf Kinder... Herold, Richard, Julia, und, und, und...unmöglich sich an diesem Abend alle Namen zu merken. Es waren auf jeden Fall seeehr viele Menschen anwesend.
Am späten Abend, Jules brachte uns mit seinem Auto heim, lagen Betty und ich völlig geplättet auf unseren Betten. Fassungslos schüttelten wir unsere Köpfe. Für Menschen wie uns, die mehr oder weniger alleine durchs Leben krebsten, war diese Familie so...voluminös...so riesig...so... unglaublich viel...aber auch wahnsinnig nett und liebevoll. Wir mochten einfach alle. Und sie mochten uns ebenfalls.

„Du Betty?" „Ja, Ana...?" „Ich glaube, ich weiß jetzt warum Sarah und Ronald ihren letzten Sohn Julius genannt haben...!" Ich sah sie verschmitzt an.
Betty stemmte sich etwas hoch und sah leicht skeptisch/interessiert zu mir rüber: „Oje, was hat denn dein hübsches Köpfchen da für eine These aufgestellt?" Sie nahm einen Schluck Cola und gurgelte leicht. Ein kleiner Kuchenkrümel (unser Mitternachtsimbiss!) hing in ihrem Mundwinkel.
Ich zuckte betont gelangweilt mit der Schulter, drehte mein eigenes Glas in der Hand: „Das liegt doch auf der Hand! Sooo eine große Familie...sooo viele Kinder... ich glaube einfach das... das alle anderen...normalen... Namen schon vergeben waren...es war für Julius einfach nichts anderes mehr übrig, als...naja...Julius!"
Betty glotze mich an, fing plötzlich an mit den Armen zu rudern, prustete und gluckste, bis ihr die Cola aus der Nase schoss. „Du blöde Gans...", lachte Betty, rieb sich über den Mund, griff sich ihr Kissen und kam unter lautem Gelächter auf mich zu. Ich liebte die Kissenschlachten mit Betty. Doch auch die würden bald vorbei sein.

Betty und Jules heirateten ziemlich bald. Solch schnelle Entschlüsse waren eher ungewöhnlich für Betty, die sich normalerweise mit jeder Entscheidung massig Zeit ließ. Oft Tage, Wochen oder sogar Monate. Bei Julius musste sie wohl von Anfang an ein sehr gutes Gefühl gehabt haben.

Im Nachhinein war ich mir ziemlich sicher, dass beide schon wussten, dass ihre Liebe bald von etwas ‚Kleinem' gekrönt werden wurde. Betty war schwanger.

Ihre ausgesprochen romantische Hochzeit, in einer kleinen, malerischen Kapelle auf dem Land, wurde nur im kleinen Kreis der Familie gefeiert…naja…klein ist bei dieser Familie wohl der falsche Ausdruck.

Sie zogen in ein schmuckes Häuschen ganz in der Nähe unserer kleinen Mansardenwohnung, die ich nun alleine behausen musste. Frau Bongart war untröstlich und verlegte ihre überschüssige Mutterliebe nun ganz auf mich (und meine Hüften).

Ein paar Monate darauf wurde Betty Mutter. Ein kleiner rothaariger Junge namens Gabriel quäkte von nun an in ihrem Leben. Ich vergötterte den Kleinen. Aber trotz unseres engen Kontaktes und Frau Bongarts Zuwendung, verbrachte ich dennoch viele Abende alleine …! Natürlich hatte ich auch Verabredungen, immerhin war ich eine junge, gesunde Frau…aber nie war etwas Ernstes darunter.

Noch nicht ganz ein Jahr später wurde Betty noch mal Mama (ich sagte doch, dass Julius aus einer sehr fruchtbaren Familie stammte). Diesmal den kleinen Frederick… sooo zuckersüß und ebenfalls rothaarig! Ich sah wie Betty aufblühte, wie Jules sie verwöhnte und wie sehr er sie und die Kinder liebte…und ich gönnte den beiden das Glück von Herzen. Als *kleine Schwester* und *Tante Ana*, gehörte ich ja dazu. Außerdem war ich ein hervorragender Babysitter, auch wenn es zuweilen Kuchen zum Abendessen gab. Und doch fehlte in meinem Leben etwas. An manchen Abenden, wenn ich von der Arbeit nach Hause fuhr, mal nicht bei Frau Bongarts aß und nicht babysittete, fühlte ich mich doch sehr einsam. In solchen Nächten vermisste ich meine Großmutter Johanna besonders, ihre Stimme, ihren Duft und ihre Blätterrankendecke. Dann hüllte ich mich in meinen Veilchenduftkokon
(Mille Fleur!) und schlief wehmütig ein.

Als ich nicht ganz 20 war, lernte ich Eddy kennen, einen total verkorksten Musiker. Es war zwar nicht die große Liebe, aber er versüßte mir einige einsame Nächte. Frau Bongart konnte ihn gar nicht leiden und war immer etwas verstimmt, wenn er bei mir auftauchte. „Kind, der is nix für dich…so'n Taugenichts bringt dich nur in Schwierigkeiten!"
Frau Bongarts sollte Recht behalten.
Wie alt Eddy war oder von wo er kam, weiß ich schon gar nicht mehr. Allerdings reichte die Zeit, die ich mit ihm verbrachte aus, um schwanger zu werden. Als ich Eddy dann von der Schwangerschaft erzählte, machte es *Puff* und weg war er. Wohin? Keine Ahnung.

Nach ein paar Monaten brachte ich dann meine kleine Tochter zur Welt. Betty (zu dem Zeitpunkt wieder schwanger!) war bei ihrer Geburt dabei und hielt meine Hand. Sie hatte meine Kleine auch als erstes auf dem Arm und legte sie mir sanft auf die Brust. „Sie ist wunderschön, Anabelle…wirklich wunderschön!!" Stolz und ehrfürchtig betrachtete ich meinen kleinen Engel, der gerade vom Himmel gefallen war, „Ja, das ist sie."
Ich nannte den kleinen Zwerg Johanna…nach meiner geliebten und schmerzlich vermissten Großmutter. Endlich war da jemand, der nur mir alleine gehörte…mir ganz alleine. Ich war glücklich!
Johanna war ein süßes, pflegeleichtes, drolliges Ding, das sogar Frau Bongarts Herz im Sturm eroberte, obwohl sie mir die Eddy-Geschichte noch immer nachtrug. Ihr hellblondes Haar wellte sich dicht an ihrem Kopf bis hinab zum Nacken und sie duftete so gut nach…Baby…
Wenn sie lachte hatte sie niedliche Grübchen auf der Wange und wenn sie wütend oder traurig war wurden ihre sanften braunen Rehaugen, schwarz wie Kohle. Und kacken konnte sie, wie ein Weltmeister!

Nach einem halben Jahr bekam Betty ihr drittes Kind (wie gesagt, sehr fruchtbar!). Emilie. Emilie war nicht rothaarig. Sie hatte das blonde Haar ihres Vaters.
Emilie und Jo, ich kürzte Johannas Namen aus Bequemlichkeit einfach ab, wuchsen zusammen auf…wie Schwestern. Betty liebte Jo wie ihre eigenen Kinder und es war für sie selbstverständlich, dass sie Jo zu sich nahm, wenn ich arbeiten musste. Wenn ich damals schon gewusst hätte…(*Seufz*)

Wie dem auch sei. Betty, ihre drei Kinder, Gabriel, Frederick und Emilie, ihr Mann Jules, so wie Jo und ich, verbrachten sehr viel Zeit miteinander. Eine große, glückliche Familie.
Alles schien perfekt. Ich hatte endlich, nach so langer Zeit, das Gefühl angekommen zu sein.
Wenn ich geahnt hätte was auf uns zukommt… nun, ich hätte es trotzdem nicht verhindern können.
Ich fing wie jeden Morgen um sieben an zu arbeiten, also musste ich Jo spätestens um halb sieben zu Betty bringen. Mit dem Fahrrad brauchte ich ungefähr zehn Minuten bis zur Arbeit. Normalerweise machte ich Jo um zehn nach sechs wach, „Aufwachen, mein Engel…", wickelte sie in ihre Lieblingsdecke, packte sie in meinen kleinen Bollerwagen, der hinten am Fahrrad hing und brachte sie rüber…zwei Straßen weiter. Dort konnte Jo in Emilie's Zimmer (Jo hatte dort ein eigenes Bett) noch ein bisschen weiterschlafen (was sie dann auch immer tat).
Meist trank ich dann mit Betty und Julius in der Küche noch schnell einen Schluck Kaffee, bis Betty uns, Jules und mich, lachend aus dem Haus scheuchte und uns zur Arbeit schickte. Mittags um halb vier kam ich dann meinen kleinen Sonnenschein abholen. Meist musste ich sie hinterm Haus von der Schaukel pflücken…sie liebte das schaukeln. Betty hatte bereits gekocht und wir aßen alle zusammen an ihrem großen runden Esstisch in der Küche. Vom Küchenfenster aus konnte man über Bettys Rosenbüsche, die ihr ganzer Stolz waren, in den Vorgarten blicken. Jules kam meistens erst so gegen sechs nach Hause. Manchmal sogar noch später. Als Mitinhaber einer Rechtsanwaltskanzlei musste er oft Überstunden machen.
Bevor ich mit Jo dann nach Hause fuhr, musste ich zuerst Jo und Emilie mit ernster Miene lauschen wie sie sich lautstark über die blöden Jungs in der Nachbarschaft beschwerten,
„…der Thomi ist ja so gemein…der hat Emilie ein Bein gestellt und sie hat sich das ganze Knie weh gemacht!" Oder alternativ, *„…der Karl, mit dem spiel ich nie mehr, immer macht er meine Sandkuchen kaputt…der ist richtig doof!"*
Oder ich musste diverse Tiere (Elefanten? Hunde? Igel?) aus Papier, Kastanien oder Pfeifenreiniger bewundern oder ich musste ihre selbstgemalten, kunterbunten Kunstwerke würdevoll bestaunen, von denen niemand sagen konnte, war es nun ein Hund mit sieben Beinen, dem eine Eistüte aus der Stirn wuchs oder ein Haus ohne Dach, aber dafür mit Hasenohren, dessen Bewohner große Ähnlichkeiten mit kleinen Ferkeln aufwiesen.

Meine ganze Küche hing schon voll kleiner Picassobilder, alle von Jo.
Betty und ich lachten jedes Mal, wenn schon wieder ein ‚Das-hab-ich-nur-für-dich-gemalt' Bild an die Wand gehängt werden musste. Ihre Küche sah genauso zugepflastert aus wie meine.
Alles schien so perfekt... bis zu jenem Tag... der 15. März...
Jo hatte einen Tag vorher gerade den 4. Geburtstag gefeiert... ihre Kinderparty war ein Knaller. Wir hatten noch richtig Glück mit dem Wetter. Es hätte noch viel schlimmer in der Wohnung aussehen können. Erst am späten Nachmittag zog sich der Himmel zu und die übermütigen Spiele wurden daraufhin zwangsläufig nach drinnen verlegt. Am frühen Abend, es fing gerade an zu regnen und stürmischer Wind zog auf, wurden schließlich alle Kinder abgeholt. Sobald das letzte fidele Kind weg war, plumpste ich wie ein Sack Mehl auf den Küchenstuhl.
Den Kopf in die Hände gestützt, konnte ich nur noch leise stöhnen und wimmern. Oh Gott, mein Rücken...unglaublich was solch kleine Erdenbewohner für eine Energie aufbringen konnten und was diese kleinen Stimmbänder zustande brachten! Meine Ohren hatten fast geblutet. Aber...Jo hatte ihren Spaß. Sie kam strahlend in die Küche gehüpft, in der ich meine imaginären Wunden gerade leckte, „Danke Mami, das war die tollste Feier die ich je hatte!" Jo umarmte mich stürmisch, düste ins Badezimmer und kam dann nach ein paar Minuten doch sichtlich erschöpft, mit kleinen Äuglein wieder heraus. Den Schlafanzug an, die Zähne geputzt und ihre neue Puppe auf dem Arm.
Meine Kleine! Nein...meine Große! Ich platzte fast vor Stolz.
„Und dein Geschenk find ich am schönsten. So eine schöne Puppe hat keiner von meinen Freunden. Sieh mal, sie kann die Augen auf und zu machen." Immer wieder ließ sie die künstlichen Puppenaugen klackern, so faszinierend fand sie dies. Meinen protestierenden Rücken ignorierend, nahm ich Jo (und ihre Puppe) auf den Schoß und knuddelte sie einmal kräftig, „Habe ich doch gern gemacht, mein Engel...du weißt doch, für dich tu ich alles."
Ich stand mit Jo auf dem Arm auf. Meine Knie knackten protestierend. Langsam schlurfend brachte ich Jo in ihr Zimmer und legte sie ins Bett.
„Ich hab dich lieb, Mami...", seufzte sie leise und schlief sofort ein. Ich zog ihr die Decke hoch, strich ihr sanft übers Haar und küsste sie auf die Stirn, „Alles Gute zum Geburtstag, mein Engel."

Beim Hinausgehen löschte ich das Licht. Betty und Jules (er hatte sich extra für diesen Tag freigenommen) hatten zwar angeboten mir beim Aufräumen zu helfen, aber ich hatte sie nach Hause geschickt. Ihre drei Schlingel mussten ja auch ins Bett gebracht werden. Gott sei Dank hörte Frau Bongart schlecht, sonst wäre diese Feier bestimmt nicht so ausgelassen und laut geworden. Ich grinste in mich hinein. Also gut. Auf in den Kampf.
Nach drei Stunden, vier vollen Mülltüten, den Kühlschrank voller nicht verzehrter Reste, weigerten sich meine Füße auch nur noch einen Schritt zu machen. Meine zitternden Hände und mein verkrampfter Rücken schlossen sich ihnen an. Mein Schädel hämmerte: *Genug. Genug. Genug.*
Unglaublich, was eine Horde kleiner unschuldiger Kinder einer winzigen wehrlosen Wohnung antun konnten. Selbst der Herd starrte mich vorwurfsvoll an. Ausgepowert fiel ich in mein Laken und ich glaube nicht das ich schlief...ich denke ich fiel vor lauter Erschöpfung einfach in Ohnmacht. Diese Nacht war kurz. Der Wind rüttelte an den Fensterläden. Ein unruhiger Schlaf.

Ich war an diesem Morgen ein paar Minuten später dran als sonst, was nach einem solchem Geburtstags-Kraftakt nicht wunderlich war. Ich packte Jo, wie immer in ihre Decke, legte sie in meinen Bollerwagen (Gott sei Dank regnete es nicht mehr) und stieg aufs Rad. Jo blinzelte mich unter ihrem Deckenzipfel an.
„Schlaf weiter, Schatz, wir sind gleich bei Tante Betty."
Sie kuschelte sich tiefer in ihre Decke und schloss die Augen. Ihren kleinen neuen Katzenrucksack hielt sie fest umklammert. Ich stutzte kurz.
Wieso hatte sie den Rucksack dabei? Ach, egal.
Der Wind blies und wirbelte wie verrückt Blätter um meine Beine. Ich schaute nach oben. Grauschwarze Wolkenfetzen wurden von heftigen Böen über den Himmel gezerrt.
Kommt Leute...Regen kann ich jetzt gar nicht gebrauchen.
Als ich zwei Straßen weiter um die Ecke bog, stürzte gerade Jules aus dem Haus, den Kaffeebecher noch in der Hand. Ich grinste schadenfroh. Da hat wohl noch jemand ein paar Minuten verschlafen?
Er sah mich, hob seine Hand, in der er die Aktentasche trug, und versuchte zu winken. Der Wind riss ihm augenblicklich die Worte von den Lippen. „Mo...ich...ge...Be...üss." Ich zuckte die Schulter, hob meine Hand und winkte einfach mal zurück.
Die Decke fest um Jo und ihren Katzenrucksack gewickelt, eilte ich über den Kiesweg zum Haus.

Sie öffnete ihre wunderschönen braunen Augen und lächelte mir verschmitzt zu. „Gleich kannst du wieder ins Bett, mein Schatz." Ich lächelte sie an.
Betty stand bereits im Türrahmen. Das, alte, löchrige Fliegengitter schwang hektisch hin und her und quietschte erbärmlich in den Angeln. Mit einer Hand hielt sie ihren grünen Morgenmantel am Kragen geschlossen und mit der anderen winkte sie uns zu. Ihr rotes Haar stob wild in alle Richtungen.
Sie trat zur Seite um uns Platz zu machen und atemlos stolperte ich eine Sekunde später in den hellen Hausgang, dessen rechte Seite mit unzähligen Kinderschuhen bevölkert war.
„Du bist spät dran heute Morgen, Ana. Wir hätten doch bleiben sollen, um dir beim Aufräumen zu helfen." Jo, noch halb dösig, streckte die Arme nach Betty aus.
„Nein, nein, war gar nicht sooo schlimm…", wiegelte ich beruhigend ab, „…war halb so wild!" Betty warf mir einen skeptischen Seitenblick zu, „Noch ein Schluck Kaffee?"
Bevor ich verneinen konnte griff Jo in ihren Katzenrucksack, „Mami, ich habe dir gestern ein Bild gemalt…, weil mein Fest war richtig toll und die Puppe is so schön…und weil du so lieb bist und weil du die beste Mami der Welt bist…hab ich extra für deine Arbeit gemalt."
Wow, du liebe Güte. Gab's heute Morgen Buchstabensuppe im Angebot? Was für eine Ansprache am frühen Morgen.
Betty lachte hell auf, „Stimmt ja, hatte ich völlig vergessen dir zu erzählen!" Sie schaukelte leicht mit Jo auf ihrer Hüfte und sah sie an, „Als wir dich letzte Woche auf der Arbeit besucht haben, war Jo völlig erschrocken wie dein Schreibtischplatz aussieht…wie meinte sie?" Betty versuchte Jos kindliche Stimme nachzuahmen, „… da sind ja gar keine Buntstifte und keine Bilderbücher…es ist ja alles so grau…ich mal Mami ein schönes großes buntes Bild, das kann sie hier übern Schreibtisch hängen." Ihre Stimme normalisierte sich wieder, „Und deswegen…", sie wirbelte einmal mit Jo auf dem Arm herum, lachte sie strahlend an, gab ihr einen kleinen Nasenstüber, „…hat die kleine Jo ja auch zum Geburtstag viele, viele Buntstifte bekommen. Stimmt's, du kleiner Fratz?" Jo nickte eifrig, „Jawohl!"
Ich war gerührt. Doch ich hatte es eilig und so kroch das schlechte Gewissen aus mir heraus, „Kleine Maus, Mami nimmt das Bild morgen mit zur Arbeit…ich bin heute schon etwas spät…okay? Morgen…versprochen!" Ich strich ihr über die Wange. Jo's Augen verdunkelten sich enttäuscht, „Biiitte…Mami…",

und sie hielt mir das Bild hin. Angesichts eines solch bettelnden Blickes (und dem Zeitdruck im Nacken) gab ich mich geschlagen und griff danach.
Schwups…eine plötzlich auftauchende Windböe funkte dazwischen, wirbelte mitsamt abgerissenem Laub, durch die offene Eingangstür und riss mir das Bild aus der Hand, packte es, wirbelte es flatternd hoch in die Luft und beförderte es dann wedelnd Richtung Vorgarten.
Jos Augen weiteten sich entsetzt, **„Mami, Mami, das Bild…das ist doch für DICH…!"**.
Ihr Blick wurde unendlich traurig und ein enttäuschter Seufzer kam über ihre Lippen, als sie den verrückten Höhenflug ihres Kunstwerkes beobachtete. Der Anblick tat mir in der Seele weh.
Scheiß auf die paar Minuten…
Vom selbstgeschaffenen Druck der Stempeluhr befreit, lachte ich auf, strich über ihre rosigen Wangen und gab ihr einen dicken Schmatzer, „Du hast Recht, Mäuschen…das ist MEIN Bild, was fällt dem blöden Wind ein, mir MEIN Bild zu mopsen?"
Ich stampfte gespielt empört mit dem Fuß auf. Jo fing an, hinter vorgehaltener Hand, zu kichern. Ich drehte mich um, hechtete sportlich über Bettys Rosenbüsche, quer über dem Rasen vorm Haus…das Bild immer zappelnd über meinem Kopf…ich sprang hoch…griff danach…und fluchte leise in mich hinein. Fast hätte ich es gehabt!
Doch das Bild segelte gleich darauf knapp an meiner Hand vorbei, nur um mit einer eleganten Pirouette wieder nach oben zu flattern. Ich gab nicht auf!
Angetrieben von meinem eigenen Ehrgeiz (und dem erwartungsvollen Blick meiner Tochter) ging die Jagd nach dem bemalten Papier weiter.
Jo und Betty standen im Türrahmen und feuerten mich kräftig an, „Ja, los Mami, du schaffst es." „Los Ana, gib alles!" Ihr fröhliches Gekicher wehte mir entgegen.
Lachend winkte ich ihnen zu und rief gegen den Wind: „Hab's gleich! Warte…!" Achtlos hüpfte ich über die niedrige Gartenmauer… zack…ein loser Stein hinter der Mauer auf dem Bürgersteig…nanu, wo kommt der denn her…Stolper. Wackel. Ausfallschritt.
Ich wankte und ruderte mit den Armen, **„Nix passiert…"**. Ich lachte noch übermütig über meine eigene Tollpatschigkeit. Das Blatt kreiste über meinem Kopf…ich sprang…*ach, verflixt, beinahe. Noch etwas mehr nach rechts…aber jetzt.*

Mit einem Riesensprung, der alles andere als elegant war, schnellte ich nach vorne und pflückte endlich MEIN Kunstwerk aus der Luft.
„AAANAAABEEELL..."
„Was i......"
Reifenquietschen....
„MAAAAMIIIIIII..."
Jo
Ein dumpfer Schlag in meine Seite...den Boden tief unter mir....
Jo
Ein schriller Schrei in der Stille....
Jo
Dunkelheit....
Jo

Ach ja, ich habe dir noch garnicht gesagt, wie ich heiße. Mein Name ist Anabelle...Anabelle Huth... und es war der 15. März 1972, genau 6:47 Uhr als ich starb.

*

*Tja, so war das! Und jetzt hast **du** mich gefunden...hier...wo ich selber nicht sagen kann, wo ‚Hier' eigentlich ist. Du vielleicht? Auf jeden Fall bin ich froh, nicht alleine zu sein...offensichtlich im Niemandsland...*
Aber ich bin so müde und ich will nach Hause...am besten ich schlafe mal ein bisschen und später...

*****

Der Himmel
Willkommen

Wo bin ich nur?
Oh mein armer Kopf.
Bin ich etwa eingeschlafen?
Tausend, abertausende Gedanken und Bilder strapazieren jede einzelne meiner Gehirnzellen, dehnen und blähen sie auf bis mir, gleich einem Urknall, Millionen Sternchen vor den Augen blitzen. Alles Bilder und Fragmente aus meinem Leben. *Was soll das?*

Ich setze mich auf, greif mit einer Hand an die Stirn, streich mir kurz durchs wirre Haar und massiere meine pochende Schläfe.
Was ist passiert?
Mein Kopf dröhnt. *Du meine Güte, ich fühle mich, als ob mich ein Panzer überrollt hätte.* Schwankend baumelt mein Kopf zwischen meinen Knien ... *ein Panzer?*
Ich erstarre mitten in der trägen Bewegung. *Nein, kein Panzer!* Mein Kopf schnellt hoch, die Augen mitsamt meinem malträtierten und geschockten Gehirn wollen aus ihren Höhlen quellen... *ein Auto...kein Panzer...es war ein Auto!*
Jo! Oh mein Gott, Jo...wo ist Jo?
Nur die Ruhe! Bei Betty!
Danke, lieber Verstand!
Erleichtert sackte ich zusammen und schnaufe ich tief durch.
Okay, jetzt mal in aller Ruhe. Mein Blick wandert ziellos umher. Streift eine Wand vor mir. Dann eine Wand hinter mir und schwarze finstere Löcher rechts und links, neben mir. Doch halt...die rechte Schwärze ist gar nicht ganz schwarz. Ganz weit, in der Ferne ist ein winziges, stecknadelgroßes, weißes Pünktchen. Oder bilde ich mir das etwa nur ein? Mist, man kann hier kaum was erkennen, alles so diffus und schemenhaft. Mein Kopf versenkt sich wieder zwischen meinen Knien. Unruhige Gedanken schwirren wie Bienen um einen Honigtopf. Angestrengt überlege ich.
Also gut. Da waren Jo und Betty...dieses verflixte Bild...und ein Auto...
Oh mein Gott...
Aus meiner Kehle drängt sich ein tiefes Stöhnen. Mit beiden Händen umschlinge ich hilflos meinen Kopf und wanke leicht. *Das darf doch nicht wahr sein...ich bin angefahren worden???*
Ich bin angefahren worden!!!
Ich Esel, bin tatsächlich einfach so auf die Straße gelaufen und bin angefahren worden. Wie kann man nur so blöd sein. So unglaublich dämlich...
Wütend hämmere ich mit der Faust auf den Boden.
Die Wut brodelt langsam schleichend in mir hoch, pulsiert wie brennende Lava im Vulkan.
Jedes kleine Kind lernt, erst nach rechts und nach links zu schauen bevor es über die Straße rennt. Sogar Jo....
Mein Herz setzt aus. Eiseskälte kriecht mir furchtsam, wie kalter Glibber das Rückgrat hinauf.

Sag jetzt nicht sie musste mit ansehen wie ich überfahren worden bin. Lieber Himmel...ich muss zu ihr...ich muss zu Jo...und ihr sagen, dass es mir gut geht.
Hektisch schaue mich noch mal um. Das stecknadelgroße helle Pünktchen flackert leicht wie ein Stern am Himmel. *Himmel?* Jeder Muskel in meinem Körper verliert an Festigkeit. Wie ein knochenloser Fleischklumpen sackt mein Körper zusammen. *Ich glaube, ich bin tot! Ich bin tot. Das kann doch nicht sein. Ich bin doch erst 25. Ich will nach Hause! In meine Wohnung, in mein Bett mit der geblümten Bettwäsche, die ich selbst genäht habe und gestern erst frisch aufgezogen hab! Ich will zu Jo!*
Ein Schauer durchrüttelt mich...ich stemme mich kraftlos in eine halbwegs sitzende Position...zitternd reibe ich meine Waden ...eine dicke stachelige Gänsehaut bedecken sie. Ich betrachte meine Beine genauer.
Scheiße...ich bin tot und hab mir noch nicht mal die Beine rasiert. Na toll. Und wieso habe ich überhaupt nackte Beine? Hatte ich nicht Hosen an? Ich war doch auf dem Weg zur Arbeit!
Meine Hände tasten den Rest meines Körpers, gefolgt von meinen ungläubigen Augen. *Nackt? ICH BIN NACKT? Leute, das kann doch nicht euer Ernst sein...ich soll nackt und mit stacheligen Boxerwaden in den Himmel?*
Ich kann ein frustriertes Seufzen nicht unterdrücken.
*Naja...heißt es nicht irgendwo: man geht wie man gekommen ist? Klar, ein Baby ist ja auch nackt, wenn es zur Welt kommt...**aber wenigstens hat es butterzarte Haut.***

Leicht angesäuert rappele ich mich auf. „Autsch!"
Irgendetwas prallt heftig, von meinem Ellbogen traktiert, an die Wand.
Was war das?
Erschrocken strecke ich in einer Drehung meinen lahmen Arm aus, um das aufzufangen, was offensichtlich hinter mir ins Schwanken geraten ist. Ein lautes Scheppern. Die Augen weit aufgerissen, mit pfeifendem Atem, visiere ich den kaum erkennbaren Gegenstand an. Ich blinzele dümmlich...
...einmal...zweimal..., „Hä?"
Ziemlich verdattert blicke ich zu Boden, „Was ist denn das? Ein Garderobenständer? Echt jetzt?" Meinem Blick nach zu urteilen hätte es auch ein dreiköpfiges, Zigarre rauchendes Schaf sein können. Doch dann erstarre ich. Irgendjemand oder irgendwas baumelt daran. Ach du heilige Makrele! Auch das noch. Habe ich etwa jemanden verletzt?

Vorsichtig, notdürftig meine Blöße bedeckend, tastet meine Hand zaghaft in Richtung unbekanntes Wesen und greife mir den Kleidungszipfel der mir am nächsten liegt. Leichtes rütteln.
„Hallo?"
Wenn es doch nur ein Ticken heller wäre!
Ich rüttele heftiger…und plötzlich halte ich, was auch immer, in den schwitzigen kalten Händen. Verwirrt betrachte ich das herabfallende, schwere Stück Stoff. *Frottee?*
Meine Augen registrieren dieses Detail, aber mein Verstand hat wohl einen kurzen Aussetzer. Ein Kurzschluss in jeder einzelnen Gehirnzelle. Peng!
Das ist doch…ein Bademantel? Im Ernst? Ein Bademantel? Und noch weiß dazu…da sieht man doch jeden Fleck drauf! Herrje, als wenn ich sonst keine Probleme hätte. Aber egal. Besser wie gar nichts.
Umständlich, aber auch erleichtert schlüpfe ich hinein und knote in den langen Gürtel zu. Doppelt…und fühle mich auch gleich sicherer.
Schon viel besser. Meine Hand befingert neugierig den unbekannten Stoff. Hmm! Kuschelig. Ein kontrollierender Blick unter und um mich rum. Naja, halbwegs passabel. Zumindest soweit ich was sehen kann. *Kein Pariser Modell…und eine schmale Taille macht er sicher auch nicht, aber wenigstens reicht er bis zu den Knöcheln runter und verhindert den Blick auf meine Stachelschweinbeine.*
Noch immer ärgere ich mich über meine Nachlässigkeit. Unrasierte Beine…unmöglich! Doch schnell vergesse ich meinen morgendlichen Fauxpas und schaue mich erneut um.
Man, ist das duster hier. Wie ein Pfadfinder, strecke ich meinen angelutschten Zeigefinger in die Luft und teste ob von irgendwoher ein Luftzug kommt.
Früher beim Weitspucken hatten wir das immer gemacht um zu prüfen von wo die Luft kommt. In den Gegenwind zu spucken kann ziemlich ins Auge gehen. Im wahrsten Sinne des Wortes.
Doch ich kann nicht spüren. Nicht den kleinsten Hauch!
Vorsichtig sinke ich auf die Knie. Meine Hände wandern tastend über den Boden und die gegenüberliegende Wand. Erkunden! Ersetzten mir quasi die Augen, denn sehen kann man ja nicht viel.
Also! Wände? Glatt. Boden? Glatt. Geruch? Nichts. Staub? Fehlanzeige. Penibel sterile Umgebung! So, so.
Mein Mund ist oft schneller als mein Verstand und so platzt es spontan aus mir raus, „**DAS HAT MAN GERNE…NE PUTZFRAU BESCHÄFTIGEN, ABER KEIN GELD FÜR STROM!**"

Verdammt, ich will Licht! Und ich bin ziemlich sauer! Hört man das?
Zornig ramme ich meine Hände tief in die Taschen und zerre sie erschrocken wieder heraus. Nanu? Was ist das? Vorsichtig greife ich wieder hinein und ziehe. Plop.
Leicht hysterisches Kichern windet sich kribbelnd durch meinen Hals.
„Tzzz…Schlappen?" Unter wildem unkontrolliertem Gelächter stülpe ich mir, von einem Bein aufs andere hüpfend, die flauschigen Puschen über die nackten Füße und trabe endlich mal los. Richtung stecknadelgroßen hellen Pünktchen. Wohin auch sonst?
Ich lege ein gutes Tempo vor. Das stecknadelgroße helle Pünktchen hat mittlerweile die Größe einer Untertasse.
Man, als ob man Siebenmeilenstiefel an hätte… tschuldigung… Siebenmeilenschlappen!
Der Gedanke bringt mich doch ein bisschen zum Schmunzeln.
Nach ungefähr zwanzig oder auch vierzig (riesigen) Schritten erkenne ich langsam die Umrisse meines angestrebten Zieles und fühle so etwas wie Erleichterung.
Aha. Eine Tür! Gott sei Dank!
Weiterlaufen. Eine große Tür, wie es scheint. Noch ein paar vorsichtige Schritte mit meinen tauben Füßen in den puscheligen Schläppchen.
Nein, die Tür ist nicht groß. Sie ist Gigantisch…und weiß lackiert. Durch das eingesetzte Milchglas scheint gleißend helles Licht. Verunsichert betrachte ich nun die Wände und den Boden, die ich nun sehr gut sehen kann. Sollte ich mich wundern? Nein! Klar…alles weiß…wie auch sonst.
Ich bücke mich, um alles näher in Augenschein zu nehmen. Vielleicht finde ich ja doch noch ein Staubkorn, eine Spinnwebe oder einen fettigen Fingerabdruck am Türrahmen? Doch nichts!
Aber an der Tür fällt mir auf, dass der Griff im Vergleich zur Tür winzig klein erscheint und so garnicht passt. Ich schaue weiter!
Nanu! Keine Klingel? Kein Türklopfer? Noch nicht mal ein popeliger Briefschlitz? Was ist das denn? Wenn sie nun abgesperrt ist?
Ich schlucke betroffen!
Passiert dies mit Leuten, die nicht in den Himmel kommen? Sie stehen vor verschlossener Tür und rütteln hilflos am Türknauf? Kein schöner Gedanke…
Aber Moment! Was ist das?

Neben dem erstaunlich zierlichen Türgriff hängt ein kleiner grüner Zettel. Mit Tesafilm befestigt! *Wow! Sehr fortschrittlich.* Eingeschüchtert, aber neugierig beuge ich mich vor und lese:
BITTE DRÜCKEN

Den Kopf in den Nacken gelegt, kichere ich kurz, aber heftig. Dann kratze ich die kümmerlichen Reste meines verbleibenden Mutes zusammen, schließe fest die Augen, nehme einmal tief Luft und trete resolut ein.
Als erstes fällt mir auf…naja…nicht viel. Enttäuscht spähe ich nach rechts und links.
Ist das alles? Wo sind die tanzenden Engel? Wo die Posaunen und Harfen? Wo ist mein Empfangskomitee? Das soll der Himmel sein?
Ich setze vorsichtig einen Fuß vor den anderen. Meine geliehenen Puschen geben bei jedem vorsichtigen Schritt ein gedämpftes >Fluff< von sich, als meine Fußsohlen die Luft aus der gepolsterten Einlage pressen. Doch ich bin mit etwas anderem beschäftigt.
Ein riesiger Raum breitet sich vor mir aus. Vielleicht zwei oder drei Fußballfelder groß. Schwer einzuschätzen, überlege ich, da alles weiß ist. Wirklich ALLES! Ein ewig langer Tisch zieht sich vor mir in einem gewaltigen Halbkreis entlang. Die hintere Wand besteht nur aus Türen…soweit ich das von hier sehen kann. Vor mir befindet sich EIN Stuhl. Weiß. Mein Blick wandert von den kahlen, nackten, weißen (!) Wänden zur Decke.
Keine Lampen.
Ahhh, wohl so eine Art indirekter Beleuchtung…wow …ultramodern.
Die komplette Decke erstrahlt in einem hellen aber warmweißen Licht. Ansonsten ist der Raum leer. Stopp, nicht ganz! Ein kleiner schwarzer Kasten, etwa die Größe einer Zigarettenschachtel liegt vor mir auf dem Tisch und scheint mich neugierig anzustarren. Zaghaft, mit vor Aufregung feuchten Händen setze ich mich auf den einzigen Stuhl, der hier herumsteht. Die Knie fest zusammengepresst. *Ist denn hier keiner? Wo sind denn alle?* Nervös knibbele ich an meiner Nagelhaut rum. Autsch, das tut weh. Blöde Angewohnheit von mir. Genauso blöd wie Nägelkauen.

Rrrrrrrrrrrrrrrrrrrrrrrrrrrr…. erschrocken zucke ich zusammen, mein Herz pocht wild gegen meinen Brustkorb. Ich schaue hektisch nach rechts. Nichts!

Panisch wirbelt mein Kopf herum, nach links. Ein gigantischer, (natürlich) weißer Stuhl kommt mit Karacho innen, an der Tischkante entlang, überraschend auf mich zugeschossen und bleibt abrupt vor mir stehen. Ich stiere die hohe, mir zugewandte Rückenlehne an. Ich schlucke laut und beuge mich etwas vor, „Gott?" Unsicher warte ich.
Langsam schwingt der Stuhl herum. Ein kleiner rundlicher Mann mit roten Bäckchen, einer silbernen Brille mit runden Gläsern auf seiner Knubbelnase, dahinter braune, warme Augen, umgeben von tausend Lachfältchen, sitzt da, mit einem Minitablett in den Händen und lässt kichernd seine kurzen Beine baumeln. Sogar die Sohlen seiner weißen Lederschuhe sind klinisch weiß.
„Du bist Gott?", frage ich sicherheitshalber noch mal.
Vielleicht hört Gott ja schlecht. Wer weiß?
Den skeptischen Klang in meiner Stimme kann ich allerdings irgendwie nicht verbergen. Nervös kratze ich an meinem Bein. Das kratzende Geräusch ist unangenehm laut in der Stille. Heiße Schamesröte überzieht mein Gesicht, mein Körper versteift sich und ich streiche meinen Bademantel verlegen wieder glatt.
Der kleine Mann schielt nach vorne über seinen Brillenrand und wirft einen Blick auf meine Beine, „Nein, ich bin nicht Gooott!"
Warum zieht er das Wort so blöd in die Länge? Soll das etwa komisch sein?
Der kleine Mann (nicht Gott!) schielt wissend auf meine Waden, die ich tunlichst unter dem dicken Soff des Bademantels verstecke und sagt im gleichen Atemzug, „Felix, ich bin Felix und ich heiße dich hier herzlich willkommen! Und diese kleine Unannehmlichkeit...", er deutet mit seinem Zeigefinger auf meine angerauten Beine, „...das wird in ein paar Tagen verschwunden sein...", und schmunzelnd setzt er noch hinzu, „...ich kenn doch die kleinen Problemchen bei euch Frauen...ist doch immer dasselbe!" Verständnisvolles Grinsen verbreitert seine Wangen. Dann schaute er endlich auf und streckt er mir seine pummelige Hand entgegen. Automatisch, ohne Nachzudenken, greife ich nach ihr, um ihm die Hand zu schütteln.
Es gibt ja trotz allem keinen Grund unhöflich zu sein.
Er packt mich überraschend fest am Handgelenk, dreht meine Handfläche nach unten und presst sie auf das kleine weiße Tablett in seiner Hand. Blitzschnell, wie von einer Tarantel gestochen, ziehe ich meine Hand zurück, als ob der kleine Kasten kochend heiß wäre. Verunsichert und verwirrt wische ich meine Hand an meinem Bademantel ab und glotze den kleinen Mann (Felix) mit großen Augen an, „Was soll das hier?"

Zu blöd, dass ich das Zittern in meiner Stimme nicht verbergen kann.
Um von meiner Nervosität abzulenken, richte ich meinen Zeigefinger schon fast anklagend auf das ominöse Tablett, „Und was ist das hier?"
Herrje, ich schwitze wie ein Schwein. Gott, bin ich nervös. Oh verflucht...nicht Gott...der hört doch alles...oh man, nicht fluchen, sonst fliegst du raus. Ruhig bleiben. Tief durchatmen...
Felix lächelt nachsichtig, rückt seine silbrige Brille auf der Nasenspitze zurecht, legt seine zusammengefalteten Hände auf den Tisch und beugt sich wieder vor. Das Deckenlicht schimmert auf seiner Kopfhaut, die durch sein dünnes Haar schimmert.
„Langsam, langsam junges Frollein. Eines nach dem andern. Erst mal schauen wir nach, wer du bist." Er räuspert sich umständlich, lehnt sich zurück in seinen Sessel und rutscht mit seinem Allerwertesten in eine bequeme Position. „Z?" Natürlich kann ich meine Klappe NICHT halten, „Wer ist Zett?" Felix hebt den Zeigefinger vor die gespitzten Lippen, „Pscht!"
Und dann...
„Guten Morgen, Felix. Was kann ich für dich tun?" Eine angenehme Frauenstimme hallt durch den Raum. *Habe ich etwa jemanden übersehen?* Ich versuche an Felix vorbei zu schauen. *Wo ist die Frau?* Doch Felix unterbricht mein Suchen, „Ähm, scanne den Handabdruck und gib mir die Infos hier in den Empfangsraum 37." „Kommt sofort!"
Ein leises Surren von oben. Du lieber Himmel, ich weiß gar nicht wo ich hinblicken soll. Aus einem schmalen Schlitz an der Decke (*ist mir vorhin gar nicht aufgefallen*), schiebt sich so langsam, wie der Kopf einer Schildkröte, hinter Felix, ein großes Bild herab. Ein schwarzer Untergrund mit weißen Sternen. Mein aufgeregter Herzschlag beruhigt sich.
Wie originell.
„Ich bin soweit, Felix." Wieder diese sonore Singsangstimme. „Ich danke dir, Z." Und zu mir gewandt, „Nun dann schauen wir mal, mit wem wir es hier zu tun haben, nicht wahr?" Ein belustigtes Kichern folgt dieser leicht dahingesagten Aussage, dann klappt er die schwarze Zigarettenschachtel auf, die mir vorhin schon aufgefallen war und drückt darin einen Knopf. Das Bild oben verschwimmt und es erscheint...? Ich staune...mein Leben!
Name, Geburtsdaten, Ereignisse, sogar Bilder sind zu sehen.
„Boah...ist das etwa...", ich zeige aufgeregt, mit zittrigem Finger auf das Bild (oder besser Fernseher), „...ist das etwa...?"
Offensichtlich kann ich keinen Satz mehr vernünftig beenden.

Stattdessen schaue ich ziemlich verdatterter zur Decke, dorthin, wo mein Leben im Augenblick in Fakten, Daten und Zahlen auseinandergedröselt wird.

„Ja…", er fischt ein Taschentuch aus seiner Jacke, poliert akribisch seine ohnehin fleckenlosen Brillengläser, setzt sie wieder auf, rückt sie zurecht und beugt sich weit vor und stiert ebenfalls auf den Fernseher,

„…meine liebe Anabelle. DAS ist dein Leben. Alles direkt bereit zum Abruf!" Mit stolzgeschwellter Brust sinkt er, offensichtlich hochzufrieden, in den Sessel zurück.

„Aber…WAS ist das alles?" Ich zeige auf den Fernseher, die schwarze Zigarettenschachtel (die ja keine Zigarettenschachtel war) und auf das kleine weiße Tablett, das Felix beiläufig zur Seite gelegt hat.

Ich will Antworten. Und zwar sofort!

„Das ist Z!" Ungeduldig winke ich ab. „Ja, ja, das sagtest du schon. Aber was oder wer ist Zett?" Leicht irritiert zuckt Felix mit den Schultern. „Das ist unser Computer." „Kompiuter? Hä?" Felix dreht sich zum Monitor um und fängt an, mit zusammengezogenen Augenbrauen meine Daten in Windeseile zu überfliegen. Überraschend für mich, plötzlich hält sich vor Lachen seinen kleinen runden Bauch. „Verzeihung…!" Tränen kullern seine Pausbäckchen herunter. „Tut mir leid…!"Schniefend greift er nach seinem Taschentuch. Nachdem er sich, noch immer kichernd, über die Augen wischte, schnäuzt er zweimal kräftig rein und steckt es wieder weg. *Igitt. Hoffentlich war es nicht dasselbe Taschentuch, mit dem eben seine Brille geputzt hat.* Ich schüttele mich innerlich und mein Mund verzieht sich leicht angewidert.

„Entschuldigung…du kennst ja noch keinen Computer. Du bist ja 1972 gestorben." *Ja, eben erst, du Blödmann.* Mit bösem Blick funkele ich ihn an.

Der kleine Kerl, in seinem lächerlichen weißen Anzug, lacht, wobei sein kugeliger Bauch lustig auf und ab wippt. Dann belehrt er mich, „Okay, also, vereinfacht dargestellt, ist ein Computer nichts anderes als ein großes technisches Gehirn. Und in diesem Gehirn speichern wir seit über 40 Jahren alle Daten der Neuzugänge und Abgänger ein und können jederzeit per Knopfdruck verschiedene Daten wieder abrufen." Er schnaubt kurz und rollte drollig seine Augen nach oben.

„Du glaubst ja gar nicht wie anstrengend das früher war.

„Du meine Güte…", er lehnt sich zurück und seufzt angestrengt, als ob ihm alleine schon der Gedanke an vergangene Zeiten den Schweiß auf die Stirn treiben würde.
„Wenn ich an all die Aktenberge von früher denke…zu viert…", er hält, wie zum unterstreichen, vier Finger hoch, „…zu viert hatten wir es kaum gepackt, das Chaos in den Griff zu bekommen. Und nun schau dich um…!"
Er vollführt eine 360 Grad Drehung mit seinem Stuhl, die Arme weit von sich streckend, „Früher war dies alles Archiv…nur für die jeweiligen Tageseingänge! Gestapelt haben sich die Akten…von hier…", er deutet mit seinem pummeligen Zeigefinger nach rechts, „…bis hier…", und schwenkt den Finger quer durch den weitläufigen Raum, nach links. Deutet dann mit seinem kurzen Arm nach oben, „…bis zur Decke! Und jetzt?"
Stolz und offensichtlich äußerst glücklich, breitet er seine Arme wieder aus, „NICHTS! Alles leer und aufgeräumt."
Zufrieden, wie ein sattes Katzenjunges, räkelt er sich in seinem Stuhl, „Die Jungs haben wirklich gute Arbeit geleistet."
Ich verstehe, ehrlich gesagt nur Bahnhof, „Die Jungs? Welche Jungs?"
„Na, die drei die mir damals im Archiv geholfen haben…Konrad, Stevie und Billy. Clevere Burschen, die drei." Väterlicher Stolz quillt ihm, wie Watte aus einem kaputten Teddy, aus allen Poren.
„Ach übrigens, der Konrad ist vor einiger Zeit schon, wieder rüber um euch. Er wollte auch für euch da drüben dieses praktische Computergedöns. Hat sich aber schwieriger gestaltet, als bei uns hier. Deswegen sind Stevie und Billy auch rüber. Die beiden waren Feuer und Flamme und glaub mir…", er tippt sich mit seinem Zeigefinger gegen die Stirn, „…die beiden sind ausgesprochen helle Köpfchen. Die kriegen das in Null Komma nix hin!"" Er schmunzelt amüsiert. „Aber die da drüben, müssen leider noch etwas warten. Stevie und Billy sind…äh, welches Jahr haben wir noch mal…?"
„1972!", helfe ich ihm etwas missmutig auf die Sprünge.
„Ach ja, da sind die beiden mal gerade knapp siebzehn Jahre…aber ich denke in 3 oder spätestens 5 Jahren sind sie soweit. Konrad hat ja wirklich hervorragende Vorarbeit geleistet."
Felix klappt mit einer schnellen Bewegung die kleine schwarze Zigarettenschachtel (die ja keine Zigarettenschachtel war) zu und gab eine weitere Anweisung in die Leere des Raumes, „Z, du kannst die Daten von Anabelle sichern." Prompt kam auch die gesäuselte Antwort aus dem Nichts, „Wird erledigt, Felix. Ich wünsch dir noch einen wunderschönen Tag."

Felix lächelt zufrieden: „Wünsch ich dir auch, liebe Z."
Mir schwirrt der Kopf. Das ist ja alles so unglaublich. Hilflos lasse ich mich zurücksinken. „Wieso heißt der Kompiuter...oder die Frau Zett? Und wohin sind dieser Billy und Stevie gegangen? Woher weiß diese Zett so viel über mein Leben? Kann sich hier jeder mein Leben anschauen, so wie in einem Kino? Und überhaupt hätte ich jetzt gerne endlich einmal ein paar Antworten!"
Felix neigt leicht den Kopf, kratzt sich an seinem, mit weißem Flaum bedeckten Schädel. „Hmm...warum heißt Z, Zett? Du, keine Ahnung! Konrad hat ihr diesem Namen gegeben!" Als ob diese Antwort völlig ausreichend wäre, zuckt er mit der Schulter. Das weiße Tablett verschwindet flugs in seiner Jackentasche.
Er zückt ein kleines Taschentuch (entweder das von der Brille oder das Verrotzte) und tupft sich kleine Schweißperlen von der Stirn. Mit dem Finger fährt er sich in den Hemdkragen um ihn etwas zu lockern.
 „Puuh! Du willst ja ziemlich viel wissen. Mein Mund ist schon völlig ausgefranst und ausgedörrt wie ein Stück Trockenobst."
Ein plötzliches Aufleuchten in seinen Augen lässt mich misstrauisch etwas zurückweichen. Doch seine Frage ist ziemlich harmlos, wie sich rausstellt, „Schokolade! Möchtest du eine heiße Schokolade?"
Ich schüttele den Kopf, „Ja gerne!" *Was red ich da? Ich mag doch gar keine Schokolade!*
Felix öffnet die kleine schwarze Zigarettenschachtel (die ja keine Zigarettenschachtel war), drückt einen Knopf und brüllte das Kästchen an, **„Barbie, könntest du uns liebenswürdigerweise zwei von deinen Spezialschokoladen bringen?"**
Ich weiche vorsichtshalber noch ein Stück zurück.
Der Typ hat doch echt eine Vollmeise!
Von irgendwoher antwortete allerdings eine glockenhelle Stimme, „Kommen sofort, Felix!"
Gibt es hier etwa versteckte Lautsprecher?
Felix lehnt sich wieder nach vorne und stützt sein rundes Kinn erwartungsvoll auf seine knubbeligen Fäustchen, „So, nun können wir noch etwas plauschen. Gibt es etwas was du gerne wissen möchtest?" Er lacht, wohl wissend, dass mir abertausend Fragen durch den Kopf schwirren. Ich streiche mit meiner leicht schwieligen Handfläche über die glatte, glänzende Tischplatte, wie, um nicht vorhanden Staub zu entfernen, betrachte meine sauberen Fingerspitzen und überlege.
Soll ich mal nach der Putzfrau fragen? Ach nee...

Mit einem leichten Seufzen lege ich meine Hände wieder in den Schoß und spiele mit dem Gürtel. Klitzekleiner Sarkasmus schleicht sich in meine Stimme, „Bringt diese Barbie mir auch meine Harfe und mein Wölkchen, das ich mir dann unter die Arme klemmen soll, um irgendwo da draußen…", ich zeige etwas schroff in Richtung der vielen Türen, „…frohlocken soll?" Felix Augen bekommen hinter seinen Brillengläsern die Größe von Untertassen. Eine gewaltige Lachsalve schießt wie eine unkontrollierte Fontaine aus ihm raus. Wiehernd wie ein Pferd, trommelt er auf den Tisch, klopft sich die Schenkel und fällt nach diesem kurzen, heftigen Intermezzo atemlos in seinem Sessel zurück. „Na, du bist mir ja ne Nummer." Er wischt sich die Lachtränen von seinen Pausbäckchen, kickst noch zweimal und holt tief Luft, „Haaaach…", belustigt schaut er mich fragend an, „Willst du sonst noch was wissen?"
Hm, also keine Antwort! Meine Augen wandern überlegend umher, „Findest du nicht, dass der Himmel etwas …fade ist? Habt ihr schon mal an ein paar Aquarelle gedacht oder große Grünpflanzen oder Hängeampeln? Tischdeckchen? Blumen? Kerzen? Irgendetwas…es ist doch ziemlich trist und weiß hier." Felix folgt meinem Blick und brummt zustimmend. „Ja, das hatte ich auch schon angeregt, aber der Boss ist der Meinung, dies hier…", er deutet auf den gesamten Raum, „…würde den Neulingen helfen." Er beugt sich tiefer zu mir und flüstert, „Es würde beruhigend auf sie wirken…!" Theatralisch rollen seine Augen in den Höhlen und er grinst schelmisch dabei. Ich bin etwas alarmiert und hacke nach, „Der Boss?" Nervös beuge ich mich etwas weiter vor und schaue mich in dem leeren Saal um. Klatsch! Seine Hand patscht gegen meine Stirn, „Der Bohooosss!!!" *Oh…DER Boss!*
Leise, ehrfurchtsvoll wispere ich, „Du meinst Gott, nicht?" Felix beugt sich näher zu mir und haucht mir ins Ohr, „Ja, und er kann dich auch hören, selbst wenn du flüsterst!" Leise glucksend zieht er sich wieder zurück. Noch immer breit grinsend lümmelt er sich wieder in seinem Sessel zurecht und zieht etwas umständlich die Beine unter seinen Po, „Du nennst ihn Gott, andere nennen ihn Allah oder Buddha oder Manitu oder sonst wie…je nach dem aus welchem Land man kommt oder welcher Religion man angehört. Bei uns heißt er Boss!"
Felix wedelt etwas lustlos mit den Armen durch den Raum, „Und wie stellen sich die meisten Menschen den Himmel vor? Na? Natürlich! Rein. Hell. Ruhig. Blitzeblank. Und das erreichst du am besten mit weißer Farbe." Ich staune doch ein kleines bisschen.

Bevor ich mich dann doch mal nach der armen Putzfrau erkundigen kann, öffnet sich im hinteren Bereich, eine der vielen Türen und ein schwarzhaariges Mädchen, vielleicht acht oder neun, schießt, wie ein Pfeil, auf Rollschuhen, ein Tablett balancierend, auf dem zwei große, dampfende, weiße(!) Becher stehen, auf uns zu. Mit einem eleganten Schlenker kommt sie kurz vorm Tisch zum Stehen.
Toll, ne kleine Angeberin...und ich hab's bis heute noch nicht gelernt mit diesen blöden Dingern zu fahren.
Ich strafe das junge Ding mit einem verächtlichen Seitenblick. Zwei blaue Augen, unter einem dichten Pony, schauen mich strahlend an und ein breites Lächeln, bei den sich kleine Hasenzähnchen zeigen, erscheint auf ihrem Gesicht, „Hallo und willkommen im Himmel, Anabelle!"
Angeberin oder nicht, sie macht einen extrem netten und lieben Eindruck...ich schäme mich etwas...okay...ich gebe es zu...ich bin nur neidisch auf ihre Fahrkünste.
Barbie stellt vorsichtig jedem einen Becher vor die Nase und schaut Felix, in fragend erwartender Haltung an. Der reagiert natürlich sofort, „Ach ja. Würdest du bitte Joanna Bescheid geben, dass ihr Schützling da ist?"
Barbie strahlt bis ihre runden Apfelbäckchen fast platzen, schaut mich mit ihren superblauen Augen an und zwitschert, „Oh, Joanna ist deine Einweiserin...ooohhh...du wirst begeistert sein."
Sie klatscht impulsiv in die Hände und seufzt schwärmerisch. Drollig schaut sie Felix an, salutiert lachend, „Wird erledigt!" Dann rauscht sie wie der Wind, auf ihren angeschnallten Rollen davon.
Felix wendet seine Aufmerksamkeit wieder mir zu.
„Hmm, ich liebe heiße Schokolade. Ich könnte darin baden...", er zwinkert mir, mit seinen warmen, braunen Augen, zu. Nach einem belustigten Seitenblick auf seinen Kugelbauch stimme ich ihm zu.
Ist nicht zu übersehen!
Aufmunternd deutet er mit einem Ellbogen auf meinen Becher, „Trink, solange sie noch heiß ist. Barbie macht die beste Schokolade...im Himmel wie auch auf Erden."
Was für eine dämliche Wortspielerei.
Kichernd hebt er den weißen (!) Becher an seine Lippen, bläst sachte, taucht seine Knubbelnase in den Berg Schlagsahne und nimmt einen großzügigen Schluck, „Hmmmmmm...!"

Meine Hände streichen heimlich über meine, in letzter Zeit, etwas rundlich gewordenen Hüften. *Wenn die Stachelbeine verschwinden, gilt das dann auch für Kuchenpfunde? Was soll's.* Ich bin durstig, also nehme ich den Becher hoch, tauche mein halbes Gesicht hinein, schlürfe mich durch die Sahnehaube bis hinab zur... hmmm... ...unglaublich cremigen...hmmm...unglaublichen schokoladigen Schokolade. Ein göttliches Gesöff. Wahrlich!
Felix wischt sich seinen Sahnebart von der Oberlippe und schmatzt laut und vernehmlich.
„Ja, die kleine Barbie weiß wie man das macht!"
Ich schlecke mir wie ein Hund die Schnauze, ähm, den Mund ab und fühle mich auf einmal rundum wohl. Das versetzt mich wohl in gemütliche Plauderlaune, „Sag mal, Felix...heißt die Kleine wirklich Barbie? Bei uns ist das nämlich eine Puppe. So eine Dürre mit Wespentaille!"
„Nein!" Er lehnt sich behaglich zurück, bereit auf meinen Plausch einzugehen, „Eigentlich heißt sie Sabine." Ein leichtes Bedauern bedeckt seine sonst so fröhlichen, warmen Augen, „Sabine...Barbie ist schon seit ein paar Jahren hier." Sein Blick wandert in die Ferne zu einem Ort, einer Begebenheit die mir leider nicht zugänglich sind. Langsam tröpfeln die Worte aus seinem Mund, „Barbie war 10 als sie starb!" Ich schlucke laut knackend.
Ja klar, alle hier oben sind ja tot und müssen somit auch irgendwie gestorben sein.
Unbehaglich winde ich mich auf meinem Stuhl.
Und ich habe sie eben so böse angesehen. Ich sollte mich schämen. Das arme Mädchen. Trotzdem bohre ich weiter, „Was ist passiert?"
Felix blickt in seinen Becher, „Es war Weihnachten 1960. Sabine/Barbie ging mit ihren Eltern zur Mitternachtsmesse. Es war dunkel und eiskalt. Barbie hatte zu Weihnachten eine dieser neuen Puppen, eine Barbie, geschenkt bekommen. Die mit dem gestreiften Badeanzug." *Aha! Also doch!* Ich nicke. *Natürlich kenne ich diese blöde Puppe. Habe ich sie eben nicht schon erwähnt. Hört der denn nicht zu?*
Felix bekommt meine Gedanken nicht mit, zu tief ist er in dieser Erinnerung versunken, „Sie hatte sich diese Puppe so sehr gewünscht, dass alle in der Familie zusammengelegt haben, um sie ihr zu kaufen. Barbies Eltern hatten nicht viel Geld, weißt du."
Ich nicke noch mal, nicht wirklich sicher ob ich den Rest noch hören will. Felix scheint mein Unbehagen nicht zu bemerken,

„In der Dunkelheit war der platt getrampelte Weg im Schnee nicht gut zu erkennen. Barbie tänzelte auf dem Heimweg mit ihrer Puppe am Wegesrand und kam wohl etwas zu weit ab. Am Wegesrand war ein kleiner Teich, der unter einer schneebedeckten Eisschicht verborgen war...sie brach durchs Eis...!" Kaltes Grauen packt mich im Nacken,
„Sie ist ertrunken? Wie schrecklich. Das arme Kind."
Felix sieht mich mit hochgezogenen Augenbrauen erstaunt an, „Nein, sie ist **nicht** ertrunken. Es war ja nur ein kleiner Teich und nicht besonders tief. Ihre Eltern haben sie direkt rausgezogen."
Nun runzele ich verwirrt die Stirn. Felix beendete seine Erläuterung mit der Aussage, „Sie starb an einer Lungenentzündung, die sie sich zuzog, weil sie mit klatschnassen Kleidern in der Eiseskälte noch nach Hause laufen musste." Ich bin trotzdem erschüttert und tief betroffen, „Aber...das ist ja schrecklich. Das ist doch ungerecht."
Felix stellt seinen Becher ab, „Ihre Eltern haben sie mit ihrer geliebten Barbiepuppe begraben." Ein Schauer läuft mir über den Rücken, „Und deswegen heißt sie jetzt Barbie?"
„Nein...", er rutscht lachend von seinem Stuhl, „...sie heißt so, weil sie hier in einem Barbiehaus wohnt, dass sie sich selbst gestaltet hat und in dieser süßen Puppenstube wimmelt es nur so von Barbies. DESWEGEN nennen wir sie Barbie!"
Plötzlich kreischt es von irgendwoher in den Raum hinein, **„Sie ist schon da?"** Ich zucke heftig erschrocken zusammen. Etwas Schokolade schwappt beiläufig auf den schneeweißen Bademantel. *Was war denn das gewesen?*
Ein erneutes Kreischen lässt mich fast unter dem Tisch verschwinden, **„JETZT SCHON? So früh habe ich gar nicht mit ihr gerechnet. Gib mir noch 2-7 Minuten...!"**
Leicht zittrig stottere ich, „Das... das war aber nicht...Zett?!"
Ein dröhnendes Lachen bringt Felix Bauch in Wallung, „Nein, DAS war Joanna!" Ein drittes Kreischen erschallt, **„Bin gleich da!"**
Felix lehnt sich wieder gemütlich zurück, faltet die Hände vor seinem runden Bauch und baumelt wieder mit seinen Füßen. Er deutet wiederholt auf meinen Becher, „Trink aus...es geht gleich los!"
Mit einem lauten Knall schlägt eine (der vielen) Türen schwungvoll auf und eine hochgewachsene Blondine betritt theatralisch, mit den Armen wedelnd den Raum. Ihre rot geschminkten Lippen verziehen sich zu einem herzlichen Grinsen. Ihre lange Perlenkette hängt hinab bis zu den Hüften und schwingt an ihrem Hals sanft hin und her,

als sie sich wiegenden Schrittes nähert. Ihr langes grünes Kleid flattert graziös um ihre Knöchel. Sie ist barfuß. Hüftschwingend kommt sie auf uns zu getänzelt.
Das ist also die vielgepriesene Joanna! *Aha!*
Skeptisch beäuge ich dieses Individuum.
Völlig außer Atem kommt sie rangeschwebt. Sie umarmt Felix stürmisch und ausgiebig, Küsschen rechts, Küsschen links, klappt einen Teil der Tischplatte nach oben und strebt breit lächelnd, mit ausgestreckten Armen auf mich zu.
„Anabelle, Anbelle, lass dich anschauen, Kind...wie hübsch du bist. Ich freue mich so, dass du da bist, obwohl...", sie wirft Felix einen leicht tadelnden Seitenblick zu, „...für meinen Geschmack viel zu früh für dich."
Felix schaut etwas unbehaglich unter sich und wedelt unschuldig mit den Armen, „Du weißt ja, Joanna...an den Zeiten kann man nichts machen."
Joanna Lächeln verblasst und sie seufzt, „Ich weiß, ich weiß...!"
Doch dann strafft sie die Schultern und ringt sich ein schiefes Grinsen ab, „Nun denn, lasst uns nicht Trübsal blasen, komm, Liebchen, lass dich erst mal richtig umarmen und drücken." Bevor ich reagieren kann, verschwinde ich schon zwischen ihren Armen und ihrem Wallewallekleid.
Du lieber Gott, was ist das für eine Person?
In ihrer Umarmung fühle ich allerdings Nähe und Geborgenheit...obwohl sie mir doch völlig fremd sein sollte. *Und sie riecht so gut, nach...?*
„Sind alle Formalitäten erledigt?", unterbricht sie meinen Gedankengang, „Kann ich sie endlich mitnehmen?" Sie schielt amüsiert auf den Schokoladenfleck, der meinen Bademantel verunstaltet, „Ich glaube sie könnte was Anständiges zum Anziehen vertragen." Felix nickt eifrig und rutscht von seinem mächtigen Stuhl herunter. Erst jetzt erkenne ich, wie klein er eigentlich ist. Selbst im Stehen kann ich auf seine lichte Haarpracht herunterschauen.
Ich schlängele mich aus Joanna's Armen, beuge mich etwas runter zu Felix und bedanke mich artig. Ich bin ja gut erzogen, „Vielen Dank Felix!"
Ich schlucke leicht betrübt, will nicht wirklich von Felix weg. *Ist doch eigentlich ein nettes Kerlchen. Ich weiß doch gar nicht wie es weiter geht.*
So verunsichert war ich das letzte Mal bei meiner Einschulung. Und wie ein kleines verängstigtes Kind komme ich mir nun auch vor.

Felix spürt mein Zögern, nimmt meine Hand zwischen seine kleinen Pummelfingerchen, sie sind warm und glatt und raunt mir zu, „Nur Mut, Anabelle. Du wirst sehen, es wird dir hier gefallen. Und Joanna...", er zwinkert mir verschwörerisch zu, „... wird auch noch eine kleine Überraschung für dich haben."
„Wirst du wohl still sein...", droht Joanna ihm scherzhaft mit dem Finger.
Joanna hackt mich unter und geht, nein, schleift mich fast, in Richtung der Türen. Mein Herz klopft. Ich drehe mich halb ängstlich, halb aufgeregt um und will Felix noch mal zuwinken... aber er ist fort. Nur die kleine schwarze Zigarettenschachtel (die ja gar keine Zigarettenschachtel ist) liegt noch gelangweilt auf dem Tisch. Wahrscheinlich wartet sie bereits auf den nächsten Neuankömmling.
Mein Blick wendet sich ab und ich schaue nach vorn.
Die zwanzigste Tür von links (oder auch die vierundfünfzigste von rechts...keine Ahnung), öffnet sich und Joanna schiebt mich durch. Kaum eingetreten, fällt die Tür hinter uns ins Schloss. Ich zittere und halte die Augen geschlossen.
Joanna stupst mich leicht an, „Komm, Liebchen, mach deine Augen auf und sieh dich um!"
Langsam, zögernd blinzele ich durch einen schmalen Schlitz. *Boah!* Mit einem Ruck reiße ich meine Augenlieder weit auf. Staunend klappt meine Kinnlade nach unten, ich blick mich um, drehe mich um die eigene Achse und bin einfach nur sprachlos. Ein strahlend blauer Himmel, gesprenkelt mit kleinen flauschigen Wattewölkchen begrüßt mich. Üppiges Grün ergießt sich zu meinen Füssen. Ich streife die bequemen Puschen ab...das muss ich unbedingt fühlen...herrlich weich und kühl.
Blumen rechts und links von mir, in allen erdenklichen Farben, Formen und Größen locken mich, an ihnen zu schnuppern. Impulsiv steuere ich links von mir die erste Traube Blumen an und versenke meine Nase in ihrem betörenden Duft. Feine Blütenpollen hängen an meinen Wimpern und an meiner Nasenspitze. Ich richte mich auf, niese kurz und blicke, in die Ferne. Eine gewaltige Bergkette zieht sich am ganzen Horizont entlang. Ich fülle meine Lungen mit sauberer, klarer Luft. Mein Blick geht nach rechts. Ein kleiner Bach plätschert lustig, fröhlich über sein Kieselsteinbett und mündet in einem klaren See. Die Oberfläche kräuselte sich leicht in der lauen Brise. Dahinter uralte, gewaltige Bäume, die ihre Äste wie gigantische Arme, hoch in den Himmel strecken als wollten sie die Wolken fangen.

Der See ist umgeben von einer saftigen Wiese mit vielen Tieren, Großen und Kleinen, die dort ruhen, fressen oder gerade am Seeufer trinken. Vögel, die zwitschernd durch die Luft tollen, Schmetterlinge die anmutig, wie Elfen, um meinen Kopf tanzen. Meine Gedanken wandern unverhofft zurück zur kahlen, sterilen Anmeldung und ich muss grinsen.
Das ist also der Himmel! Oder zumindest der Teil, den ich im Augenblick sehen kann. Irgendwie hübsch, nicht wahr...
Joanna steht die ganze Zeit etwas abseits...beobachtet mich. Ihr roter Mund lächelt mich liebevoll an. Sie lässt ihre lange Perlenkette spielerisch durch ihre rechten Finger gleiten. Mir fällt jetzt auf, dass sie am Arm das passende Armband trägt. Anscheinend mag sie Perlen.
Sie sieht mir in die Augen. So viel Güte und Liebe liegt darin, dass ich anfange nervös von einem Bein aufs andere zu trippeln. *Soll ich sie fragen...*
„Du, Joanna?" „Ja?" Ein langer Blick. „Darf ich dich mal was fragen?"
Sie lächelt, setzt sich ins weiche Gras und klopft mit der Hand neben sich auf den Boden. „Nur zu, frag!"
Ich setze mich neben sie, nehme tief Luft und stottere zaghaft, „Ich habe unten auf der Erde meine Tochter zurücklassen müssen. Sie heißt Jo, na ja, eigentlich Johanna, aber ich nenne sie immer Jo." Joanna's Augen schimmern im Sonnenlicht.
„Kann ich irgendwie herausbekommen wie es ihr geht? Gibt es vielleicht so eine Art... himmlisches Teleskop oder...ein Fernglas mit dem ich mal runterschauen kann?"
Joanna hebt ein klein wenig die Augenbraue, wirft dann den Kopf in den Nacken und fängt schallend an zu lachen. Glockenhell.
„Eigentlich habe ich eine andere Frage erwartet...aber... ein himmlisches Fernglas? Hmm! Das habe ich ja noch nie gehört!"
Etwas verstört senke ich den Kopf, was Joanna zu einem unterdrückten Schnauben verleitet, „Tut mir leid, ich wollte dich nicht auslachen, aber die Vorstellung sich mit einem Fernglas hinzustellen und nach unten...Moment mal...wieso eigentlich nach unten?"
Sie runzelt verwirrt die Stirn, „Du meinst wohl nach NEBENAN! Aber um deine Frage zu beantworten...ja, wir können **rüber** schauen und manchmal auch **rüber** gehen. Aber das erklär ich dir, wenn es soweit ist!"
Jetzt ist die Reihe an mir, blöd aus der Wäsche zu gucken, „NEBENAN? Wieso Nebenan?"

Joanna dreht sich leicht zu Seite um mich besser ansehen zu können und lächelt verschmitzt, „Na, Liebchen…wie bist du denn hierhergekommen? Hat dich etwa ein Ballon gebracht? Bist du einen Berg hochgeklettert? Oder bist du vielleicht eine Treppe hochgestiegen? Hat dich jemand an der Angel hochgezogen? Oder hast du einen Lift nach oben benutzt?"
Mit einem ziemlich dämlichen Gesichtsausdruck, sehe ich nachdenklich durch sie hindurch. Überlege.
„Äh…nein…ich…bin…ganz normal…gelaufen…ähm, geradeaus."
Ich lasse meine Gedanken zurückschweifen. *Ja, definitiv. Es ging nicht hoch, nicht runter…, sondern eben geradeaus.*
Langsam klären sich meine Züge. *Ich verstehe!* Joanna nickt bestätigend.
Wow. Was für eine Erkenntnis. Der Himmel ist ja nebenan.
Also an den Gedanken muss ich mich erst mal gewöhnen. Da denke ich 25 Jahre lang der Himmel wäre oben. *Tzzz. Wie dumm von mir! Ist aber doch wirklich sehr verwirrend!*
Joanna rutscht näher an mich heran, legt den Arm um mich, streicht mir sanft über die Wange, „Ach, mein armes Liebchen, das wird schon wieder." Sie steht auf und zieht mich mit hoch…na ja, sie versucht es zumindest.
Ich bleib wie angewurzelt vor ihr sitzen, starre diese große blonde Frau, mit den gütigen Augen und dem grellroten Lippenstift an, wie sie vor mir steht. Der sanfte Wind bauscht ihr Kleid, die Perlenkette klackert leise beim Schwingen.
Ich rappele mich langsam auf, halte diese Frau fest im Blick. Sie schaut zurück, mir genau in die Augen. Niemand sagt etwas.
Vorsichtig gehe ich um sie herum. Sie bleibt mit hängenden Armen ruhig stehen. Ich betrachte sie ganz genau, nehme jeden Zentimeter unter die Lupe. Taxiere.
Meine Augen wandern zu ihren Ohren. Kleine Perlentropfen hängen daran, Sie schwingen sanft hin und her. Ich schließe die Augen, mir wird schummrig. Vorsichtig atme ich ein. Meine Nasenflügel beben leicht. Dieser Duft! Erinnerungen kommen hoch….
Eine Träne drängt sich nach außen, bleibt an meiner Wimper hängen und fällt auf meine Wange. Langsam öffne ich die Augen. Noch immer steht Joanna da. Ganz ruhig. Sie sieht der Träne nach, die meine Wange herunter gleitet.
Ganz leise frage ich, „Oma?"
Ihr Mund öffnet sich leicht, zeigt perlenweiße Zähne und sie lächelt mich warm an, „Wer denn sonst, Liebchen…wer sonst?"

Ein Freudenschrei, nein, ein Freudenvulkan, bricht aus meiner Kehle hervor, strapaziert meine Stimmbänder aufs äußerste und ich fliege förmlich in ihre Arme. Drücke sie. Herze sie. Küsse sie. Immer wieder. Ich kann es garnicht glauben!
„Langsam, langsam, Liebchen, du machst mich ja noch kaputt", lacht sie und auch ihre Wangen sind tränennass.
Ich schnuppere diesen unvergleichlichen Veilchenduft. Warum ist mir das nicht schon früher aufgefallen.
Ist er doch...du hattest nur kein Wort dafür...
Atemlos, glücklich, schlucke ich meinen Klos im Hals runter, „Ich habe dich so schrecklich vermisst, Omi!"
Ineinandergeschlungen sinken wir wieder auf das herrlich grüne satte Gras. Sie wiegt mich sanft, „Ich dich auch, mein Liebchen. Ich dich auch...!"

Trauer
Du bist nicht alleine

Stille im Auto. Regen prasselt auf das Dach. Niemand redet. Alle hängen ihren Gedanken nach. Alle denken an Anabelle. Der Wagen ruckelt durch kleine Schlaglöcher und schüttelt die Insassen leicht durch. Der Motor brummt leise und die Reifen surren auf dem Asphalt. Stille.
Sie kommen gerade vom Friedhof. Anabelle ist heute beerdigt worden.
Betty sitzt auf dem Beifahrersitz und schluckt laut hörbar. Ihre sonst so lustigen roten Kringellöckchen hängen heute traurig herab, so als ob sie mittrauerten. Ungeweinte Tränen glitzern in ihren Augen. Sie muss stark sein. Für ihre Kinder, die sehr an ihrer Tante Anabelle gehangen hatten. Für Jo...die nun alleine war.
Doch diesen Gedanken wehrt Betty sofort ab.
Nein, das ist sie nicht. Sie ist nicht alleine. Sie hat uns und wir sind für sie da.
Wütend knüllt sie das Taschentuch in ihrer Hand. Ihr Blick fixiert Kekskrümmel auf dem Boden, die noch vom letzten Ausflug stammen. Nein, sie wird nicht weinen. Fest beißt sie die Zähne zusammen. Dann linst sie nach links und sieht Julius von der Seite an. Sein Blick hängt starr an der Frontscheibe, seine Lippen sind ebenfalls fest zusammengepresst. Nur noch ein dünner Strich ist zu sehen. Sie legt ihm tröstend die Hand leicht auf die Schulter. Er schaut kurz rüber und lächelt schief. Armer Jules! Er hat ebenfalls sehr an Ana gehangen.

Obwohl er sich manchmal wie ein dämlicher großer Bruder benommen hat. Ana musste darüber immer lachen, wenn sie ihn so betitelte...nun lachte sie nicht mehr.
Betty schaut nach hinten in den Wagen. Die Jungs, Gabriel und Frederick, sitzen still und schauen unter sich. Jeder für sich. Kein Streit. Kein Gekabbel.
Emilie und Jo sitzen vor ihnen, hinter Betty und Jules. Ihr Blick wandert zwischen den beiden Mädchen hin und her. Emilie blickt ihrer Mutter direkt in die Augen. Sie lächelt zaghaft.
Wird sie mit ihren dreieinhalb Jahren begreifen, dass Tante Ana nicht mehr kommt?
Betty erwidert das Lächeln ihrer Tochter und tätschelt ihr sanft das Bein.
Ihr Blick wandert rüber zu Jo. Emilie blickt ebenfalls hinüber. Das kleine Lächeln auf ihren Lippen erstirbt.
Jo sitzt ganz ruhig, den Blick aus dem Fenster gerichtet. Wie eine leblose Puppe. Ihre Augen wirken in dem blassen Gesicht wie Kohlestückchen. Der Gurt schneidet leicht zwischen ihrer Schulter und ihrem Hals ein. Emilie greift nach ihrer Hand und hält sie fest. Keine Reaktion. Sachte streicht Emilies Daumen über den Handrücken ihrer besten Freundin. Dieser kleine kindliche Trost, rührt Betty.
Nein, Jo ist ganz sicher nicht alleine.
Aber so fühlt sie sich. Sie ist vier Jahre und hat gerade ihre Mutter beerdigt. Sie haben sie einfach in eine Kiste gestopft und in der dunklen, nasskalten Erde verbuddelt.
So richtig begreifen kann Jo das Geschehen noch nicht. Dazu ist sie noch zu klein. Aber was sie weiß, ist, dass ihre Mami nicht mehr zurückkommt. Nie mehr!
Sie blickt angestrengt aus dem Fenster, ohne jedoch etwas wahrzunehmen. Der Regen perlt an der Scheibe hinab. Sie sieht es nicht. Sie versucht in Gedanken, das Gesicht ihrer Mutter herauf zu beschwören, aber sie sieht immer nur dieses blöde gemalte Bild, das an jenem Morgen eigentlich ihrer Mutter schenken wollte...wie es durch die Luft gewirbelt ist und sich immer wieder dem Griff ihrer Mama entzog. Ihr Herz tut so weh und sie weiß nicht was sie dagegen tun soll.
Betty seufzt leise und schaut wieder nach vorne. So viel steht fest. Dieser Familie stehen schwere Zeiten bevor. *Scheiße!*
Warum ist das Leben nur so verdammt unfair?
Nach einer gefühlten kleinen Ewigkeit biegt Jules in die Kieseinfahrt ihres Hauses ein. Die Reifen knirschen auf den kleinen Steinchen.

Kurz vor dem überdachten Garagentor kommt er zum Stehen. Laut prasselt der Regen auf das Autodach. Der Motor läuft und noch immer sagt keiner ein Wort.
Betty öffnet die Tür und Jules macht den Motor aus. Die hohe Tujahecke rauscht im Wind. Jo schaut an der fedrigen Hecke hoch. *Du bist allein...du bist allein*, scheinen sie leise zu singen und von ihren hängenden Spitzen tropfen perlend kleine Wassertränen.
Im Haus klingelt das Telefon.
Durchdringend. Schrill. Fordernd.
Betty schüttelt für sich den Kopf. *Nein, jetzt nicht.* Sie ist müde. Fahrig streicht sie eine widerspenstige Locke aus der Stirn. Jules hilft den Kindern beim Aussteigen. Immer noch sagt keiner ein Wort. Jules blickt Betty an. Betty blickt Jules an.
„So…", sie atmet einmal kräftig durch, setzt ein gekünsteltes Lächeln auf, das so echt wirkt, wie das Plastikobst in Emilies Spielkaufladen, „…lasst uns erstmal reingehen, bevor wir noch alle völlig durchnässt sind und ich mache euch eine schöne heiße Schokolade!"

Erstaunlicherweise ist dies derselbe Zeitpunkt als ich **meine** Schokolade von Barbie serviert bekomme. Aber das weiß natürlich keiner von uns.

Einer nach dem anderen betritt die Küche und setzt sich an den großen runden Tisch, dessen polierte Oberfläche matt glänzt. Der starke Regen hatte mittlerweile aufgehört, ist übergegangen zu feinem Nieselregen und am Himmel hängen weiter bedrohlich schwarze Wolkentürme. Noch immer hält Emilie Jo's kleine Hand fest umklammert.
„Wer möchte jetzt eine heiße Schokolade?" Fragend blickte sie in die bedrückte Runde. Niemand antwortet ihr. Alle schauen sie an. Alle, außer Jo. Die betrachtet intensiv den gemaserten Holzboden, als ob sie dort einen Spalt sucht, um darin zu verschwinden.
Sie zieht langsam ihre Hand aus Emilie's und schleicht nach oben. Unbehaglich rutschen die beiden Jungs auf Ihrem Stuhl. Emilie drückt sich ans Bein ihrer Mutter. Alle drei schielen Jo nach. „Ich glaub nicht das ich was runterkrieg." Frederick blickt seine Mutter unglücklich an. „Was passiert jetzt mit Jo?" Gabriel!
Er ist der älteste von allen und trotz seiner erst sieben Jahre, fast acht, ist er ein ernstes, verständnisvolles Kind.

Zu ernst für sein Alter. ‚*Ein kleiner, besserwisserischer Erwachsener*', foppte Ana ihn früher immer.

Betty und Jules schauen sich an, setzen sich und blicken Gabriel ernst in die Augen, „Jo wird bei uns bleiben!" „Gott sei Dank!" Erleichtert atmet er aus und drückt er sich eine unmännliche Träne aus dem Augenwinkel.

„Vielleicht sollten wir ihr es sagen?" Frederick. Er hielt zwar nichts von Mädchen, aber Jo war voll in Ordnung. Außerdem war sie doch früher, sowieso oft da gewesen. Bevor Tante Ana... er will nicht weiterdenken.

„Das werden wir, mein Schatz, aber nicht heute. Sie muss erst mal schlafen. Sie wird müde sein. Okay?" Betty wuschelt ihrem Sohn das rote widerspenstige Haar und küsst ihren anderen Sohn auf den Kopf.

„Wir werden auf sie aufpassen, nicht wahr, Fred?" Ein kumpelhafter Rempler in Gabriels Seite, „Na klar, wir sind doch jetzt fast ihre Brüder." Die Stuhlbeine kratzen über den Holzboden als sie ihre Stühle zeitgleich zurückschieben, „Wir gehen jetzt rauf. Hab euch lieb." Gabriel und Frederick umarmen ihre Eltern und verschwinden in den ersten Stock in ihr Kinderzimmer.

Emilie blickt fragend ihre Eltern an: „Wird Jo dann jetzt meine Schwester?"

Stille. Betty und Jules wollen dieses Thema eigentlich noch nicht anschneiden. Es ist noch zu früh, finden sie. Deswegen weichen sie Emilies Frage aus, „Willst du nicht nach Jo sehen, kleine Maus? Vielleicht möchte sie doch noch eine Schokolade?"

„Mach ich." Mit gesenktem Kopf, die Nase laut hochziehend, trottet Emilie nach oben, begleitet von den Worten ihrer Eltern, „Wir kommen gleich nach!"

Betty steht auf und beginnt unnötigerweise imaginäre Krümel auf dem Tisch zusammen zu schieben, „Du denkst dasselbe wie ich, stimmts?" Betty blickt ihren Mann von der Seite an. Jules strafft seine hängenden Schultern und blickt ihr fest in die Augen, „Ja." Mehr sagt er nicht. Einfach nur ‚Ja'...

Schwerfällig, als ob das ganze Gewicht der Welt auf ihm lastet, drückt er sich nach oben, geht rüber zu Betty, die mittlerweile an der Spüle lehnt und er nimmt seine Frau in den Arm. Sein Kopf ruht auf ihren traurigen roten Locken, „Natürlich werden wir Ana nicht enttäuschen. Wir werden an ihrer Stelle für Jo sorgen und sie lieben, so wie sie Jo geliebt hat."

Betty unterdrückt krampfhaft ihre Tränen, „Ich habe das Gefühl, in einem Alptraum festzustecken, Jules, und ich versuche aufzuwachen. Aber es geht nicht."
Zitternd seufzt sie und in der düsteren Küche, die ihre Stimmung widerspiegelt, küssen sie sich. Nach einiger Zeit löst Jules sich von seiner Frau und hält sie eine Armeslänge von sich, „Morgen werde ich mich erkundigen und alles in die Wege leiten. Okay, Schatz?"
Es klingt fast wie ein Versprechen!
Betty nickt erleichtert. Zaghafte Zuversicht und klitzekleine Hoffnung keimt, wie ein Pflanzenspross, in ihr auf. Sie bückt sich, nimmt aus dem Schrank vier Saftgläser, geht zum Kühlschrank, nimmt die Karaffe mit Orangensaft raus und dreht sich zu Jules um, „Lass uns nach oben gehen, und sehen ob alles in Ordnung ist."
Jules legt den Arm schützend um ihre schmalen Schultern und sie steigen zusammen die Treppe hinauf.
Zur selben Zeit im Kinderzimmer der Jungs. Gabriel läuft, wie ein Löwe im Käfig, auf und ab. Frederick folgt jedem seiner Schritte mit den Augen, bis Gabriel entschlossen mit seiner Faust in die offene Handfläche schlägt, „Komm, lass uns rüber gehen. Vielleicht brauchen die Mädchen ja irgendwas." Leise öffnen sie die Tür. Der Gang ist leer. Die Tür zu den Mädchen ist halb offen. Auf Zehenspitzen schleichen die beiden Jungs bis zum Türrahmen und spähen hinein. Jo und Emilie sitzen in der Fensternische, auf ihrem quietschbunten Sitzkissen.
Im grauen Licht des frühen, verregneten abends, sehen die aufgeklebten Elfen auf ihren Wänden aus, als ob sie kreischend die Flucht ergreifen wollen. Die Glasaugen ihrer Kuscheltiere, die beide auf ihren Betten aufgereiht haben, glänzen dunkel, als ob sie kurz vorm Weinen ständen. Der Clown an dem Bücherregal lässt ebenfalls traurig den Kopf hängen.
„Jo, willst du Schokolade?" Emilie rutscht näher zu ihrer Freundin.
Jo schüttelt den Kopf.
„Wenn ich traurig bin, will ich auch keine Schokolade." Emilie nickt beipflichtend, rutscht näher zu Jo heran und legt den Arm um sie, „Traurig sein ist so ähnlich wie krank sein, nicht wahr?", philosophiert Emilie. Sie fühlt fürsorglich die Temperatur an Jo's Stirn und stellt DIE Frage, die ihre Mutter ihr immer stellt, wenn sie sich krank fühlte, „Tut dir was weh?"
Jo nickt zögernd. Gabriel und sein Bruder verlassen ihren Horchposten und kommen leise ins Zimmer. Beide knien sich vor Jo auf den Boden.

„Wo tut's weh?" Jo blickt Gabriel an. Ihre Hand legt sich auf ihr Herz, „Hier."
Ihre dunklen Augen glänzen verdächtig. Betty und Jules stehen mittlerweile draußen im Gang und lauschen dem Kindergespräch. Gabriel setzt sich auf die andere Seite von Jo, nimmt ihre Hand, „Du vermisst deine Mami…", eine simple Aussage, aber sie reicht…
Jo nickt. Dicke Tränen rollen ihre Wangen herunter. Tropfen auf Gabriels Hand. Ihr Mund verzieht sich schmerzlich. Mit einem lauten Schluchzen schlägt sie die Arme vors Gesicht und wiegt sich vor und zurück. Fest nimmt Gabriel sie in den Arm. Frederick umklammert von vorn ihre Taille. Emilie streicht ihr mitfühlend übers Haar. Auch ihre Augen glänzen vor Tränen, „Du musst nicht traurig sein. Ich teile meine Mama mit dir." Gabriel schluckt die eigene Betroffenheit herunter, „Dann bist du nicht nur Emilies beste Freundin. Dann bist du ihre und auch unsere Schwester. Wir haben dich lieb, Jo." Nun blinzelt er doch ein wenig verräterischer Feuchtigkeit aus den Augenwinkeln. Er rappelt sich auf und streckt seinen Arm aus, „Einer für alle und alle für einen!" Jeder tut es dem großen Bruder nach, bis sie, wie die Musketiere, den Treueschwur festigten. Alle grinsen etwas schief. Auch Jo. Zu viert, dicht beieinanderstehend, versuchen sie sich gegenseitig zu trösten. Kinder können oft nicht ihre Gefühle in Worte fassen…aber sie verstehen sehr gut!
Draußen auf dem Gang umklammern Betty und Jules sich wie kleine Kinder an den Händen und weinen.

*

Zwei Wochen später.
Jules und Betty machen sich auf den Weg zu Anabelles Wohnung, die ja nur zwei Straßen weiter lag, um sie endlich auszuräumen. Ronald und Sarah, Jules Eltern passen derweil auf die Kinder auf. Schon auf der Hinfahrt hat Betty ein flaues Gefühl im Bauch. Der Wagen hält vor dem Haus. Betty blickt nach oben zu Anabelles Küchenfenster. Es ist geschlossen. Sie kramt den Schlüssel aus ihrer Handtasche. Ihre Finger zittern. Anabelle bestand damals darauf, dass sie ihn behielt, als sie auszog.
Ihre Stimme hallt in Bettys Kopf: *Für den Notfall! Oder falls dir Julius mal mächtig auf den Keks geht!* Dabei hatte sie laut gelacht. Jetzt lachte sie nicht mehr.

Gedankenverloren reibt sie mit dem Daumen über das kleine silberne Herz am Anhänger. Der Buchstabe ‚J' ist eingraviert. ‚J' für Johanna. Jo.
Entschlossen steigt sie aus, den Schlüsselbund fest in ihrer Hand. Jules kommt um den Wagen und geht langsam hinter ihr die drei Stufen zur Eingangstür. Bevor sie den passenden Schlüssel ins Schloss schieben kann, wird die Tür von innen aufgerissen. Frau Bongart steht vor ihr. Betty stutzt. Zumindest steht etwas vor ihr, dass Frau Bongart ähnlich sieht. Aus ihrem sonst so akkuraten Dutt, sprießen wild Haarsträhnen in alle Richtungen. Ihre sonst so glänzenden, rosigen Wangen sind grau und stumpf. Die schwarze Weste hat sie schief zugeknöpft, auf ihrer Schürze prangt vorne ein großer undefinierbarer Fleck und ein Strumpf hängt lose, labbernd um ihren Knöchel, als wüsste er selbst nicht genau wohin er eigentlich gehört. Rote Augenränder zeugen von zu wenig Schlaf oder zu viel Tränen.
„Betty, ach Betty, meine Liebe…", sie umarmt Betty heftig, wendet ihren Blick hinter Betty, zu Jules und streckt erneut die Arme aus, „…Julius, mein Lieber. Kommt rein. Kommt doch rein. Ich habe Bienenstich gebacken. Den mögen du und Anabelle doch so…!"
Als ob die Erwähnung von Anabelles Namen eine Mauer einreißt, öffnen sich die Schleusen und laut schluchzend jammert sie, „Ach das arme Ding…so eine Tragödie…die arme Kleine…!" Sie reißt ihre Küchenschürze hoch, wischt sich damit die Tränen und ihre laufende Nase ab. „Kommt rein Kinder, nun kommt doch!" Am Ellbogen packend, schiebt sie Betty in den hellen Hausflur. Ihr Finger zeigt nach oben, zu Anabelles Wohnungstür, „Ich war noch nicht da oben gewesen. Ich hätte ja schon angefangen einzupacken…", sie schüttelt den Kopf und lässt ihn hängen, „…aber ich hab's nicht über mich gebracht." Ihre Hände malträtieren die arme Küchenschürze. Betty streichelt sanft über ihren Unterarm, „Das macht doch nichts Frau Bongart. Jules…", sie blickt kurz hinter sich, „…und ich werden das schon schaffen. Es tut uns leid, dass wir nicht schon früher gekommen sind, aber…!"
Frau Bongart hebt abwehrend den Arm, „Nicht doch, Kind, du musst dich doch nicht entschuldigen. Es war bestimmt auch so schon hart genug für dich…für euch."
Ihre rot verquollenen Augen suchen Bettys Blick, „Wie geht es meinem kleinen Engel?"
„Jo geht's gut!" Julius schiebt sich an Betty vorbei zur Treppe.

Er legt im Vorbeigehen Frau Bongart eine Hand leicht auf die Schulter, „Jo geht es wirklich gut...wir kümmern uns um sie." Betty lächelt etwas unsicher und geht hinter Jules die Treppe nach oben. Frau Bongarts Augen folgen den beiden, „Ich packe dir den Bienenstich ein, dann kannst du ihn mitnehmen...", ruft sie ihnen nach und schon verschwindet sie in ihrer Küche.
Jules hat in der Zwischenzeit die Wohnungstür aufgesperrt und steht nun in dem kleinen Vorraum, wo Anabelle die ganzen Schuhe immer aufgereiht hatte. Betty schiebt sich an ihm vorbei, in die Küche. Dort atmet sie erst mal kräftig durch und kippt erst mal das Fenster.
Nach drei Stunden haben sie schon einiges in Kartons verpackt, „Gott sei Dank hat Anabelle nicht irgendeinen blödsinnigen Sammlertick." Jules schnauft, sackt auf den Boden, wischt sich den Schweiß von der Stirn, setzt die Sprudelflasche an und nimmt einen tiefen Schluck, „Ahhh, tut das gut." Er hält Betty fragend die Flasche hin, „Willst du auch, Schatz?"
„Nein, danke, hab keinen Durst."
Ihre Finger streichen über das gestreifte, schon abgenutzte Sitzkissen vom Schaukelstuhl. „Meinst du, wir sollten den mitnehmen? Ich könnte das Kissen neu beziehen." Jules kommt rüber, geht in die Hocke und inspiziert den Stuhl. Dreht und wendet ihn. Dann nickt er und steht wieder auf, wobei seine Knie leise knacken.
„Wir nehmen ihn mit. Jo wird sich bestimmt freuen, wenn wir ihn in ihr Zimmer stellen. Du weißt ja wie sehr sie das Schaukeln liebt." Er lacht leise auf, „Erinnerst du dich? Ich glaub es war letztes Weihnachten. Ich kam dich hierher abholen, weil wir doch alle Geschenke bei Anabelle gelagert hatten. Wegen der Kinder und so. Als ich ins Wohnzimmer kam, haben Anabelle und Jo zusammen darin geschaukelt. Und Jo rief immer wieder: Schneller, Mami, schneller... und Anabelle nahm Schwung und schaukelte wie toll...Jo musste sich an ihrem Hals festkrallen, erinnerst du dich?
Und immer schneller und heftiger schaukelten sie. Jo giggelte wie verrückt...und bevor ich sie warnen konnte, kippte der Stuhl um und Anabelle und Jo kullerten dir lachend vor die Füße...!"
Wehmütig blickt er zum Schaukelstuhl, „Ja, nimm ihn mit, Betty."
„Was ist mit dem Tisch?" Es war ein altes Teil. Oft hatten sie daran gesessen, Karten gespielt oder Wein getrunken. Sie reibt mit dem Daumen über einen Kranz auf der Oberfläche. Anabelle wollte nie Untersetzer benutzen.

Er schüttelt den Kopf, „Lass ihn für den Nachmieter stehen." Er krallt sich einen vollen Karton und geht langsam die Treppe nach unten.

Bettys Blick wandert zum Küchenfenster. Sonnenstrahlen flirren durch die Gardine, zaubern ein kleines Karomuster auf die Spüle. Kleine Staubkörnchen tanzen durch die Luft. Sie tritt zur Spüle und schaut aus dem Fenster. Jules steht mittlerweile unten am Kofferraum. Gerade bückt er sich, stemmt eine volle, schwere Kiste hoch, prustet kurz und schiebt den Karton hinten in den Wagen. Er blickt kurz nach oben, sieht sie und winkt. Betty bindet sich das Haar mit einem Tuch zurück, zieht ihre Arbeitshandschuhe an und macht sich wieder an die Arbeit.

Das Badezimmer war ausgeräumt. Beim Schließen der Tür fällt ihr der wackelnde Türgriff auf. Julius wollte ihn eigentlich reparieren, es war ja nur ein kleines Schräubchen das gefehlt hat. Doch Anabelle wollte das unbedingt selbst erledigen. Offensichtlich ist sie nicht mehr dazu gekommen. Vorsichtig zieht sie die Tür bei und wendet sich dem winzigen Kinderzimmer zu. Gott sei Dank werden sie hier nicht viel brauchen. Am Türrahmen bleibt sie stehen. Ihre Finger ertasten weiter unten kleine Einkerbungen. Solche gibt es auch in ihrem Haus. Sie schmunzelt. Hinter jeder Kerbe steht ein Datum. Jo ist wirklich schnell gewachsen. Sie schließt die Schiebetür. Die Kleider und Spielsachen sind schon im Auto. In diesem Zimmer ist nichts mehr zum Mitnehmen gedacht. Gegenüber ist Anabelles Schlafzimmer. Dort hatten Anabelle und sie früher zusammen geschlafen. Sie wusste, dass auch Jo oft zu Anabelle rüber gekrabbelt gekommen ist. Jo schlief nicht gern alleine. Sie hält die Luft kurz an und öffnet die Tür. Noch derselbe Teppichboden. Die gleichen Tapeten, Veilchen. Betty geht zum Bett und bückt sich davor. Ihre Hand streicht über einen Fleck. Den hat ein zu scharfer Reiniger verursacht. Ihre Gedanken wandern zurück. Zum Tag ihres Auszuges und seines Entstehens...

Frau Bongart hatte ihnen, wie so oft, einen Bienenstich gebacken. Ihren kleinen Mitternachtsimbiss. Sie hatten die halbe Nacht gequatscht, sich gekabbelt und gelacht. Als Anabelle mal wieder einen ihrer Witze über Jules Namen machte, hatte sie ihr lachend mit Schwung, das Federkissen an den Kopf gepfeffert. Anabelle, den Mund voller Bienenstich, kippte, mit dem halbvollen Teller Kuchen, vom Bett und Platsch...

...alles auf den Teppichboden... und beim Aufstehen latscht sie auch noch voll rein. Drückte mit ihren nackten Fußsohlen die fettige Sahne in die Fasern...

Unter lautem Gelächter hatten sie angefangen, den Teppich zu schrubben und je mehr sie schrubbten umso größer wurde der Fleck. Bis Anabelle auf die glorreiche Idee mit dem Chlorreiniger kam. Ab da war der Fleck für die Ewigkeit.
Betty lacht still. Anabelle. Sie war schon eine kleine Chaotin gewesen.
Ihr Blick schweift im Zimmer herum und bleibt am Bett hängen. *Die geblümte Bettwäsche nehm ich aber mit. Anabelle hat sich so viel Mühe beim Nähen gegeben.* Die gibt sie nicht her und schon zieht sie das Bett ab.
Und so räumen sie beide, Betty und Jules, Hand in Hand, jeder in seinen Erinnerungen versunken, Anabelles Wohnung leer.
In der Wohnküche stapeln sich noch ein paar Kartons. Jules hat das meiste schon im Auto. Im kleinen Vorraum rennen sie fast ineinander, „Nur noch die paar Kartons, dann sind wir fertig."
Betty nickt und hilft Jules beim runtertragen. Nachdem die letzte Kiste verstaut ist, setzten sie sich erstmal kurz zum Verschnaufen auf die Treppe vor dem Haus.
„Der Kuchen, Kinder. Ihr dürft den Kuchen nicht vergessen." Betty verdreht grinsend die Augen. Die gute Frau Bongart. Sie springt die paar Stufen nach oben. Frau Bongart hatte sich wohl etwas gefangen. Ihr Dutt sieht halbwegs wie ein Dutt, und nicht mehr nach Wirbelsturm aus und eine frische Schürze ziert ihre füllige Taille. Der verwirrte Strumpf hatte auch wieder seinen angestammten Platz gefunden. Sie drückt Betty den Kuchen in die Hand, „…den habt ihr doch so gemocht." Fahrig streicht sie sich eine nicht vorhandene Strähne aus dem Gesicht, „Und sag Jo einen lieben Gruß und gib ihr ein Küsschen von mir."
Bittend blickt sie hoch zu Betty, „Ihr kommt mich doch mal besuchen, oder?"
Betty nickt. Vor ihr steht eine alte, einsame Frau, „Natürlich, Frau Bongart…natürlich kommen wir sie besuchen." Sie drückt der alten Dame einen Kuss auf die Stirn, „Vielen Dank für alles."
Die Augen der alten Frau leuchten auf, sie lächelt und geht zurück in ihre kleine Küche. *Vielleicht sollte sie noch einen Kuchen backen.*
Betty läuft, vorsichtig den Kuchen balancierend die Treppe hinunter. Jules sitzt schon im Wagen. Sie kriecht auf den Beifahrersitz und stellt den Kuchen auf ihrem Schoß ab. Warmer, süßer Duft breitet sich sofort im Wageninneren aus. Jules Magen knurrt. Sie schauen sich an und lachen. Jules lässt den Wagen an, „Halt. Stopp. Warte."

Sie drückt Jules den Kuchen in die Hand und springt wieder raus, „Ich habe was für Jo vergessen!"
Blitzschnell verschwindet sie im Haus um zwei Minuten später atemlos keuchend wieder ins Auto zu krabbeln, „So, jetzt kannst du los." Sie nimmt den Kuchen wieder an sich und lehnt sich zurück.
Jules schielt neugierig zu seiner Frau, „Was hattest du denn vergessen?"
Betty lächelt, greift vorsichtig, um den Kuchen nicht zum Kippen zu bringen, in ihre Jackentasche und zeigt es Jules.
Ein kleiner grüner Glasflakon, worauf steht: Mille Fleur. Anabelles Duft!

*

Drei Monate später.
Ein schöner Freitagmittag im Juni.

„Emilie, gehst du bitte nach oben und sagst den Jungs und Jo Bescheid, dass das Essen fertig ist und auf dem Tisch steht?"
Schon saust Emilie, mit ihren kleinen Beinchen, laut trappelnd die Treppe nach oben. Ihr kleiner blonder Pferdeschwanz fliegt hinter ihr her, als ob er Schwierigkeiten hätte, mit seiner Trägerin Schritt zu halten.
„Gabriel, Fredi, Jooo, Essen ist fertig!", brüllt sie. Bei der Lautstärke könnte der Verdacht entstehen, dass die Kinderzimmer sich 300 Meter weiter, im linken Westflügel befänden. Sekunden später kommen unter, ohrenbetäubenden Getrampel und Geschubse, die Jungs runter und rennen Emilie dabei fast über den Haufen. Betty bremste die Horde aus, „Langsam, langsam, Herrschaften. Habt ihr eure Hände gewaschen?"
Eifriges Nicken allerseits. Ihre Augen schauen die Treppe hoch, „Wo ist Jo?"
Raschelnd faltet Jules die Zeitung zusammen, die er eben noch, als eine himmlische Stille in der Küche geherrscht hatte, gelesen hat. Heute Mittag hat er sich einfach mal in der Kanzlei freigenommen und sich auf einen ruhigen Tag mit seiner Familie gefreut.
„Hat keinen Hunger." Emilie blickt traurig ihre Eltern an.
„Ich glaub, sie hat immer noch das Gefühl nicht richtig dazu zu gehören." Gabriel.

Ach Gott, war der Junge altgescheit. Aber ganz so unrecht hat er wohl nicht.
Nacheinander sehen sich alle an. Ratlos. Jules springt vom Stuhl auf, streicht sich in einer hilflosen Geste die Haare aus der Stirn, „Betty, Schatz, das geht so nicht...!" Er stützt sich schwer auf die Rückenlehne seines Stuhles und lässt den Kopf hängen, „...wir müssen etwas tun. Sie muss endlich das Gefühl bekommen, dass sie nun ein Teil DIESER Familie ist.
Meine Güte, sie kennt uns doch schon seit ihrer Geburt. Wir sind doch keine Fremden für sie. Sie isst nicht richtig und spricht auch nur das nötigste. Außer...", er deutet auf Emilie, die sich schon eine heiße Nudel aus der Schüssel stibitzt hat und diese nun verzweifelt mit ihrer Zunge im Mund herumwirbelt um sie abzukühlen, „...außer mit Emilie. Und die ist zu klein um uns mit irgendwelchen Informationen zu helfen. Ich will mich nicht beschweren...", abwehrend hebt er die Arme, „...ich bin ja froh das Jo überhaupt mit jemanden spricht." Betty nickt und fährt ihrer Tochter liebevoll übers Haar. Sie sieht es genauso wie Jules. Ihre kleine Tochter mischt sich ein, „Wüa könn Scho doch wasch schenken...", Emilie lutscht verzweifelt an der zweiten heißen Nudel rum.
„Ja, Paps, und ich hätte da vielleicht eine Idee...", ruft Gabriel enthusiastisch und errötet. Solche Spontanität ist man von ihm gar nicht gewöhnt. Bevor Jules oder sonst wer etwas darauf erwidern können, betritt Jo die Küche. In der ganzen hitzigen Diskussion hat niemand sie die Treppe runterkommen hören, „Tante Betty?" Jo blickt Betty von unten herauf an, „Reicht es, wenn ich mir eine Scheibe Brot und etwas Käse mit raus zur Schaukel nehme?" Ein langer Satz für das, in letzter Zeit, so schweigsame Mädchen. Und dann auch noch so herzerweichend bittend vorgetragen.
„Natürlich, Kleines." Sofort springt Betty auf, reicht ihr eine Scheibe Brot und aus dem Kühlschrank eine Scheibe ihres Lieblingskäse. Jo greift zaghaft danach, „Danke!" So leise wie sie aufgetaucht ist, verschwindet sie auch wieder.
Kaum hörbar schwingt die Fliegengittertür auf und entlässt das kleine, traurige Mädchen in den sonnigen Mittag. Der Übergang vom abgedunkelten Flur ins gleißende Licht zwingt ihre Augen zum Blinzeln.
Die Treppe runter, an den Rosenbüschen vorbei, die mittlerweile kleine duftende Blüten tragen, biegt sie um die Hausecke, um auf ihrer Schaukel, die Jules vor Jahren an dem großen Baum befestigt hat, in Ruhe ihr Käsebrot zu essen und nachzudenken.

Sie weiß, dass Tante Betty und Onkel Jules sich große Sorgen um sie machen, aber sie kann ihnen nicht wirklich helfen. Sie kann ja noch nicht mal sich selbst helfen.
Betty sieht ihr vom Küchenfenster aus nach, bis das kleine Mädchen mit dem blauen Rock um die Ecke verschwunden ist. Gedankenverloren geht sie in den Keller um noch Getränke für das Essen hoch zu holen.
Jules rückt derweil näher an Gabriel heran, „Schieß los Junge, was ist deine Idee?"
Es wäre doch gelacht, wenn wir Jo nicht irgendwie eine kleine Freude machen können.
Und in der sonnendurchfluteten Küche schmiedet die kleine Gruppe schnell einen Plan.
Betty kommt schnaufend zurück in die Küche, die Arme voll beladen mit Flaschen und sieht den verschwörerischen Haufen, „Na, vielen Dank für die Hilfe!"
Schlagartig, unter lautem Gelächter drängt die Masse aus der Küche, winkt Betty zu, Jules gibt ihr einen kleinen Kuss, rauschen durch den Flur, quellen zur Haustür raus und stürmen auf das Auto zu. Zurück bleibt die verdatterte Betty, „He, wohin? Was ist mit dem Essen?" Verständnislos wird sie einfach unwissend zurückgelassen.
Jo sitzt hinten auf ihrer Schaukel, hört das Gequietsche, das laute Stimmengewirr und schaut traurig auf ihr Käsebrot. Sie hat eigentlich gar keinen Hunger. In hohem Bogen landet das Brot in einem Busch. Sie würde ja so gerne mit den anderen…aber irgendetwas hindert sie. Sie weiß selbst nicht so genau. Mürrisch und etwas sauer auf sich selbst nimmt sie Schwung und schaukelt drauf los. Das schaukeln beruhigt sie irgendwie.
Betty kommt ums Haus, ein Glas Apfelschorle für Jo in der Hand und beobachtet das Mädchen, das voller Inbrunst, mit der Schaukel hoch hinausschoss, als ob sie einfach im dichten Baumwipfel verschwinden wollte. Der blaue Rock flattert im Wind und sie hatte die Augen fest geschlossen. Um den Mund ein leicht verkniffener Zug.
„Jo? Liebes? Ich stell dir deine Apfelschorle hier auf den Fenstersims. Okay?"
Sie bekommt keine Antwort. Doch Jo linst durch ihre dichten Wimpern rüber.
Ach, Tante Betty, tut mir leid, wenn ich dir solche Sorgen mache.

Eineinhalb Stunden später kommt die Horde wieder nach Hause. Die Autotüren werden aufgerissen und unter lautem Gejohle,

hüpft einer nach dem anderen aus dem Wagen. Betty stürzt leicht empört raus, „Euch ist klar, dass ihr ohne zu Essen, einfach abgedampft seid." Sie wischt sich die Hände an einem Küchentuch ab und lamentiert weiter, „Jetzt ist natürlich alles kalt!"
„Ach, Schatz, dann wärmen wir es heute Abend eben einfach wieder auf." Jules nimmt seine Frau in den Arm, wirbelt sie einmal rum und lässt sie verwirrt, einfach mit den Worten stehen, „Keine Zeit, Schatz!" Er hüpft im Flur auf einem Bein und versucht seinen bestrumpften Fuß in einen seiner Gummistiefel zu zwängen. Die Jungs und Emilie haben ihre Stiefel mit nach draußen genommen und dort angezogen. „Lass dich einfach überraschen…, wo ist Jo?" Neugierig lugt er in die Küche und schaut dann Betty an, die ihm die gewünschte Auskunft liefert, „Mittlerweile oben in ihrem Zimmer."
Er küsst sie, „Das ist gut!", und stürmt aus dem Haus raus.
„Was habt ihr vor? **Jules?**" Kopfschüttelnd geht sie zurück in die Küche.
Etwas ratlos und leicht verunsichert fängt sie an die Arbeitsplatte zu polieren. Beim Putzen kann sie am besten nachdenken. Ihr Blick geht zu Fenster hinaus in den Vorgarten. Emilie sitzt genau in der Mitte des Rasens und klatscht lachend in die Hände. Aus der Garage ertönt ein lautes rumpeln und krachen. Irgendetwas ist scheppernd umgefallen.
Betty tritt schließlich zur Tür hinaus. Neugierig blickt sie sich um. Frederick und Gabriel kommen mit einer kleinen verbeulten Schubkarre aus der Garage geflitzt, gefüllt mit Gartenwerkzeug, das klappernd im Inneren der Karre rumrutscht. Sie setzt sich auf die oberste Treppenstufe. Geistesabwesend reibt sie ihre Hände an dem Geschirrtuch, mit dem sie noch eben die Arbeitsplatte in der Küche poliert hat.
„**Voorsicht!**" Polternd kommen die beiden Brüder neben Emilie zu stehen. Gemeinsam räumen sie eifrig alles aus.
Jules taucht pfeifend aus den Tiefen der Garage auf, mit einer Spitzhacke lässig über der Schulter und den Gartenschlauch hinter sich herzerrend. Der Wind bläst ihm eine Haarsträhne ins Gesicht. Seine Wangen sind gerötet. Ob vor Aufregung oder von der Arbeit, kann Betty nicht beurteilen.
Gabriel kommt angelaufen, reißt seiner Mutter das Tuch aus der Hand, „…tschuldigung!", und rennt zurück zu seinem Vater, der sich mit dem Tuch den Schweiß von der Stirn wischt.

Jo sitzt derweil in ihrem Zimmer. Als sie die anderen vorfahren hört, will sie nach unten stürzen, aber sie weiß nicht so Recht, ob sie erwünscht ist. Also bleibt sie in der Fensternische sitzen und betrachtet den großen Baum davor. Wenn sie sich ein bisschen vorbeugt, kann sie die Schaukel erkennen, auf der sie oft vor sich hinträumt. Der gewaltige Krach vor dem Haus verunsichert sie etwas.
Soll sie nicht doch mal schauen? Nein lieber nicht.
Sie betrachtet die gewaltige Baumkrone, die dicht vor ihrem Fenster rauscht. Im Innern, gar nicht weit von ihr, befindet sich ein kleines Vogelnest. Sie beobachtet das Nest schon seit ein paar Wochen. Wie die beiden Vögelchen nach und nach mit kleinen Zweigen und Moos dieses winzige Zuhause gebaut haben. Kleine spitze Schnäbelchen recken sich mittlerweile raus und sind permanent am fiepen. Die Vogelmama, oder der Vogelpapa, das weiß sie nicht so genau, kommen immer wieder herbei, mit Würmern oder Käfern im Schnabel und stopften diese in die hungrigen, ihnen entgegengestreckten Schnäbel ihrer Kinder. Jo schaut fasziniert zu. Sie stützt ihr Kinn auf ihre Knie, haucht die Scheibe an und beginnt Strichmännchen zu malen. *Die haben es gut. Die haben noch eine Mama.*

Betty hockt derweil noch immer auf der obersten Stufe und beobachtet das geschäftige Treiben im Vorgarten.
Im Rasen stecken mittlerweile vereinzelt kleine Holzpfähle in unterschiedlichen Abständen. Von ihrem Platz aus kann Betty allerdings kein Muster erkennen. *Was wird das?*
Jules beginnt nun schwungvoll mit der Spitzhacke einen Graben zu ziehen. Die Kinder laufen im gebührenden Abstand nebenher und geben kluge Ratschläge, die ihr Vater lachend kommentiert und zur Kenntnis nimmt. Zwischendurch streckt er seinen Rücken durch, wischt sich den Schweiß mit dem Geschirrtuch, das Gabriel seiner Mutter ‚liebevoll' aus der Hand gerissen hat und nimmt einen Schluck Wasser aus der Flasche, die Emilie inzwischen beigekarrt hat. „Ich will auch, Paps." „Ich auch." Jules lässt die Flasche reihum gehen.
Nach einer halben Stunde, Bettys Hinterteil ist vom langen Sitzen auf den harten Stufen schon taub, steht sie auf und geht nach unten zu ihrer, offensichtlich schwer arbeitenden Familie. Sie verschränkt die Arme leicht vor der Brust und betrachtet mit zur Seite geneigtem Kopf das halbfertige Werk. Die Umrisse des Grabens kommen ihr bekannt vor, „Jules, wird das etwa…?" Erstaunen zeichnet sich auf ihrem Gesicht ab.

„Wo ist Jo?", wird sie in ihrer Frage unterbrochen.
„Noch immer oben. Warum?" „Könntest du aufpassen, dass sie nicht zu früh rauskommt?" Betty nickt zögernd, „Äh, okay?!" Langsam geht sie wieder zum Haus und wirft immer wieder einen ungläubigen und auch amüsierten Blick zurück.
Gabriel, Frederick und Jules stürmen zum Auto, der Kofferraumdeckel wird aufgerissen und alle drei beladen sich mit dem, was sich darin befindet. Insgesamt fünfmal müssen sie laufen, laut schnaufend, bis sie alles an Ort und Stelle haben. Im Vorgarten. Emilie kämpft zwischenzeitlich mit dem Gartenschlauch, der offensichtlich andere Meinung ist wie sie, was das ausrollen betrifft, „Du blödes Ding...willst du wohl...nein nicht so rum...aua, mein Fuß." Eine Schlinge hat sich um ihren Fuß gewickelt und bringt sie prompt zu Fall. Frederick hechtet zu seiner kleinen Schwester und befreit sie lachend ritterlich von den hartnäckigen Wirren des Schlauches. Aus der Garage werden noch drei große Säcke Blumenerde getragen. Gabriel und Frederick mühen sich mit einem Sack ab und Jules trägt einen in jeder Hand. Emilie läuft vor ihnen und trägt die Verantwortung.

Klopf. Klopf.
„Ja?"
„Darf ich reinkommen?"
„Sicher, Tante Betty, komm nur."
Betty betritt langsam das Kinderzimmer. Sie schaut sich um. Alles penibel aufgeräumt. Ungewöhnlich für ein Kinderzimmer, aber typisch für Jo. Sie ist schon immer ein kleiner Ordnungsfanatiker gewesen. „Na, Süße", sie setzt sich zu Jo auf die breite Fensterbank in der Nische, „Was schaust du dir denn an?" Jo zeigt auf das winzige Vogelnest, in dem Mama Vogel gerade damit beschäftigt war, ihre Brut zu füttern.
„Oh, wie goldig. Das ist mir ja noch nie aufgefallen." Entzückt drückt Betty ihre Nase an der Scheibe platt. Jo kichert. *Ein schönes Geräusch!* „Ich und Emilie beobachten es schon seit ein paar Wochen." Jo blickt wieder zum Fenster raus und presst ihre Nase ebenfalls an die kühle Scheibe, „Hasch räschd, ma schieht scho viel bässa." Jetzt müssen sie gemeinsam lachen. Betty streichelt Jo liebevoll über ihr blondes, lockiges Haar, „Hast du Lust runter zu kommen?" Jo's Miene wird unsicher, „Soll ich?" „Nein, du kannst, wenn du willst. Wir würden uns allerdings sehr freuen, wenn du dich zu und gesellen würdest. Die andern...", sie deutet vors Haus, „...haben viel Spaß." Jo senkt nachdenklich und auch bedrückt den Kopf, „Ja, habe ich schon mitgekriegt.

Was machen die denn?" Neugier blitzt nun doch aus ihren Augen. Betty zuckt nur mit den Schultern, „Weiß nicht! Sollen wir mal nachschauen?" „Oja!" Sie springt auf und zerrt Betty von der Fensterbank hoch, Richtung Tür. Dort stoppt sie abrupt, „Warte, ich habe was vergessen." Sie läuft zu ihrem Kleinmädchenschminktisch und nimmt den grünen Glasflakon vorsichtig in die Hand, sprüht sich etwas davon auf den Hals, „So, jetzt können wir." Betty schielt auf das kleine Tischchen.
Ah, Mille Fleur!
Ein leises, wissendes Lächeln umspielt ihre Lippen, als sie sich von Jo zur Treppe zerren lässt.

„Betty, Jooo, wo seid ihr?" Lautstark schwärmt die andere Hälfte der Familie durch das Haus. **„Mama, Jooo!"** Gabriel erscheint als erstes auf dem Treppenabsatz. Völlig verdreckt. Frederick schiebt von hinten nach. Jules lugt über die Köpfe der beiden um die Ecke. Schweißnasse Strähnen kleben an seinem Kopf. Von hinten ertönt Emilies piepsige Stimme, „Ich will auch…ich sehe nix…!"
Betty lacht, „Du liebe Güte, wir kommen ja schon." An der obersten Stufe werden sie und Jo von den anderen regelrecht umzingelt. Gabriel grinst Jo an, „Wir brauchen deine Hilfe, Jo." Ohne ihre Antwort abzuwarten, packt er sie an der Hand und unter lautem Gepolter quetscht sich das Menschenknäuel den schmalen Treppengang nach unten, durch den Flur nach draußen. Im Vorgarten bleiben sie alle stehen. Jo schaut verwirrt von einem zum anderen.
Emilie bückt sich. Gabriel und Frederick machen ihr etwas Platz, „Hier, das ist die letzte. Die musst du pflanzen." Sie drückt Jo ein blühendes Veilchentöpfchen in die Hand. Die kleinen blauvioletten Blüten wippen leicht, als wollten sie Emilies Aussage bestätigen. Jo blickt etwas verdutzt um sich, „Pflanzen? Wohin denn?"
„Na, da!" Gabriel zeigt vage über seine Schulter.
Frederik trippelte aufgeregt auf der Stelle, „Komm, mach doch endlich."
Jules reicht Jo ein kleines Schäufelchen, „DAS…", er zeigt auf den kleinen Blumenstock in Jo's Hand, „…ist die letzte. Sie fehlt noch." Mit diesen Worten tritt er zur Seite und gibt den Blick auf die Rasenfläche frei.
Sprachlos greift Jo nach der Schaufel und betrachtet fasziniert das gepflanzte Gebilde zu ihren Füssen.
Langsam bückt sie sich, befreit das Veilchen aus dem kleinen Pflanztopf und setzt es in die letzte, kleine, freie Lücke.

Das blühende Veilchenherz war nun komplett! Ihre Hände drücken fast zärtlich die Erde um das Blümchen fest. Betty, Jules, die Brüder und Emilie stehen etwas Abseits und betrachten Jo etwas verunsichert und auch etwas ängstlich.
Wird es ihr gefallen?
„Das habt ihr für mich gemacht?" Verträumt umrundet sie das bläulich schimmernde Herz. Die winzigen Blüten wippen im sanften Wind. Die kleinen Blätter scheinen ihr lustig zuzuwinken. Ihre Nasenflügel blähen sich leicht, als dieser unvergleichliche Duft ihre Nase kitzelt. Ein Duft wie ihre Mutter. Jo schließt die Augen, zieht tief den herrlichen Geruch ein und schaute hoch zum Himmel, „Das habt ihr echt für mich gemacht?" fragt sie noch mal und wendet ihren Blick der Familie zu, die sich wie eine verängstigte Schafherde zusammengescharrt haben.
„Wir wollten dir damit nur sagen, wie lieb wir dich haben!", druckst Jules. Betty spielt mit dem Zipfel ihrer Schürze und zeigt auf das ungewöhnliche Blumenbeet, „Dir gefallen doch Veilchen!" Ihr Blick erinnert an den eines bettelnden Dackels.
Jo lächelt sie an. Einem nach dem anderen, „Sie brauchen Wasser!"
„Oh, warte.". Frederick eilt ans Haus und öffnet den Hahn. In Sekundenschnelle füllt sich der Schlauch, streckt sich, windet sich wie eine unzufriedene Schlange. Jo springt auf den Schlauch zu, greift ihn und dreht vorsichtig die Düse auf. Ein feiner Sprühregen ergießt sich auf die Veilchen, die dankbar nicken. Die Wassertropfen funkeln im Sonnenlicht wie tausend kleine Regenbögen. Vorsichtig umrundet sie das Herz, darauf achtend, dass jedes Pflänzchen etwas Wasser abbekommt und nicht vom schweren Schlauch niedergedrückt wird.
Das würde Mami gefallen.
Betty und Jules Miene entspannen sich zusehends. Die Idee war wohl nicht übel gewesen.
„Darf ich auch mal?" Emilie hüpft auf Jo zu. „Ja, klar." Jo's Mund verzieht sich zu einem schelmischen Grinsen, „Hier hast du…", und sie richtet die wasserspritzende Düse auf Emilie. Erschrocken hebt Emilie abwehrend die Arme und will weglaufen. Im letzten Moment überlegt sie es sich aber anders und stürzt auf Jo zu, „Na warte…", ruft sie lachen. Jo dreht sich blitzschnell um und stürmt auf die andere Seite. Auf Betty, Jules und die Jungs zu. Die schauen völlig verdattert aus der Wäsche und ehe sie richtig Begreifen können, durchnässt Jo jeden einzelnen von ihnen mit lautem Gelächter, „**Attacke!**" Kreischend springen alle auseinander und versuchen der kalten Flut auszuweichen.

Gabriel hält an, wirbelt herum, die kühle Nässe, die ihm ins Gesicht schlägt und eiskalt den Rücken runter läuft, ignorierend und rangelt spielerisch mit Jo um den Schlauch.
„**Ich habe ihn, ich habe ihn...jetzt bist du dran...!**"
„**Nein, nein...**", Jo hält sich schützend die Hände vors Gesicht, als ein kalter Strahl sie voll am Bauch erwischt. Unter lautem Gelächter und Gekreische findet hier die beste Wasserschlacht, die die Kinder jemals erlebt haben, statt.
Nach einer halben Stunde sacken alle erschöpft ins Gras. Nass. Tropfend. Außer Puste. Aber noch immer noch lachend. Betty steht stöhnend auf. Ihre Kleider kleben an ihrem Körper, wie eine zweite Haut.
„Ich geh mal Handtücher holen!" Stolpernd, mit quietschenden Schuhen geht sie ins Haus und kommt zwei Minuten später mit einem Stapel flauschiger Handtücher zurück.
Jules liegt neben Jo, schwer atmend, sein Brustkorb hebt und senkt sich schnell, „Das hat Spaß gemacht!" Jo dreht im leicht den Kopf zu und grinst, „Find ich auch, Onkel Jules."
Um das Kunstwerk gebührend zu würdigen, setzten sich alle, in große Handtücher gekuschelt, hinein. Groß genug war es ja.
Jo steht auf. Dann gibt sie jedem einzelnen einen Kuss auf die Stirn und haucht, „Danke!"
Frederick und Emilie ziehen sie lachend in ihre Mitte. Betty und Jules streichen ihr zärtlich über das tropfnasse Haar und Gabriel knufft sie mit einem verlegenen Lächeln freundschaftlich in die Rippen. Nun war die Familie komplett.
Jo stößt einen tiefen Seufzer aus, „Ich habe euch alle so lieb."
Betty und Jules schauen sich an. Jules Unterlippe zittert verdächtig.
Betty tupft sich mit ihrer schon ziemlich mitgenommenen Schürze die verdächtig glitzernden Augenwinkel trocken,
„Wir dich auch, mein Engel...", flüstert Betty, „...wir dich auch!
Im Licht der untergehenden Sonne lächelt Jo glücklich.

Nebenan
Der Einzug

Von alle dem bekomme ich hier im Himmel nichts mit. Noch nicht. Ich bin in erster Linie einfach nur glücklich wieder mit meiner Oma zusammen zu sein.

Nachdem der Anfall, der Rotz und Wasser heulen beinhaltete, sich endlich gelegt hat, stehen wir auf, um erst mal zu Großmutters Haus zu gehen.
„Gott, ich bin ja so gespannt wie du lebst." Die Neugierde macht mich ganz hibbelig.
„Dann lass dich mal überraschen. Glaub mir, damit rechnest du niemals." Großmutters Augen funkeln übermütig. „Aber wir müssen noch ein kleines Stück gehen."
Sie zeigt in Richtung der Berge. Angesichts dieser Strecke und meiner mangelnden Fitness werde ich etwas maulig, „Willst du mich veralbern. Weißt du wie lange wir unterwegs sind bis wir DIE ...", zum unterstreichen steche ich mehrmals mit meinem Zeigefinger nach vorne in die Luft, „...DIE Berge erreicht haben?" Großmutter lacht gutmütig, „Ach Liebchen, Zeit ist hier drüben relativ...das müsste dir im Gang vor dem Empfangsraum 37 aber aufgefallen sein." Ein leicht tadelnder Blick trifft mich.
Ja, klar...meine Siebenmeilenschlappen!
Apropos...Schlappen...Wenn DIE für die Zeit hier verantwortlich sind, dann brauche ich sie dringend...ich latsche doch nicht tagelang barfuß durch die Walachei, wenn es mit den Dingern ratzfatz geht!
Ich eile zurück zu dem Plätzchen, auf dem wir uns anfangs unterhalten hatten. Mitten auf der Wiese, scheinbar im völligen Nichts steht die Tür, durch die wir vorhin gekommen sind. Der Anblick verursachte schon ein bisschen Unwohlsein. Ne Tür, mitten in der Pampa, ist nicht so leicht zu verdauen für ein armes Gehirn, dem eh schon Unmassen an Informationen aufgezwungen wurden.
Im Gras daneben liegen meine weißen Puschen.
Ich schlüpf hinein (...ah...wie kuschelig) und hüpfe, mit der Grazie eines dreibeinigen Elefanten, gut gelaunt zu Oma, um ihr meine Wunderschläppchen zu präsentieren. Joanna schaut an mir runter, sieht die Schlappen und lacht herzhaft, „Glaub mir, Liebchen, die...", sie zeigt hinunter, „...haben damit überhaupt nichts zu tun." Sie lacht noch mal und winkt lässig ab, „Aber behalt sie nur an, wenn du meinst, es hilft." Kopfschüttelnd wandert sie los. Barfuß! In ihrem Wallewallekleid. Leicht wie eine Feder und graziös wie ein frischgeschlüpfter Schmetterling. Dann komme ich hinterher... in meinen großen, weißen, unförmigen Bademantel (inklusive Kakaofleck), indem ich aussehe wie ein explodierter Marshmallow und den unförmigen Schlappen, die meinen Gang so elegant wirken lassen, wie das unbeholfene watscheln einer fetten Ente.

Eine halbe Stunde wandern wir, über einen Trampelpfad, durch eine unglaublich schöne Landschaft. Der Weg verbreitert sich. Wir kommen an Bäumen vorbei, deren Stämme so dick sind, dass fünf Männer sie nicht mit ihren Armen umspannen können. Mindestens. Am Wegesrand reihen sich Büsche mit prallen, dunkelroten Beeren aneinander. Sie sehen äußerst verlockend aus. Ich lecke über meine Lippen um nicht zu sabbern. Mein begehrlicher Blick huscht über diesen Naturschmaus. Natürlich hat meine Oma dies bemerkt, „Greif zu, die sind wirklich lecker. Schmecken so ähnlich wie ein Mix aus Brombeeren und Kirschen...deswegen nenne ich sie Bromchen." Sie pflückt sich eine Handvoll und wirft sie schwungvoll, wie Pfefferminzdrops, in den Mund. Mit einem lautem, saftigen ploppen, platzen sie in ihrem Mund auf, als sie drauf beißt. Ihre Lippen verfärben sich rot. Mir läuft bei diesem Anblick das Wasser im Mund zusammen und ich falle wie eine halbverhungerte Hyäne über den Busch vor mir her. In Windeseile rupfe ich mir händevoll Beeren ab, die ohne Umwege direkt in meiner Futterluke verschwinden. Meine Geschmacksknospen erfahren eine wahre Explosion von verschiedenen Aromen. Süß! Fruchtig! Einfach göttlich.
„Oma, bie schind wirlich lecka! Waaahmsimm!" Etwas Saft tropft bei meinem Genuschel aus dem Mundwinkel und hinterlässt auf meinen weißen Bademantel rote Flecken am Kragen. Peinlich berührt schaue ich an mir hinab. *Super, Schokolade und Saftflecken. Ich fang an auszusehen wie ein Ferkel. Soviel zum Thema, im Himmel ist alles perfekt!*
Joanna denkt wohl dasselbe, ihrem Blick nach zu urteilen. Etwas verlegen ziehe ich den Kragen am Hals zusammen, „Vielleicht sollte ich bald mal was Frisches anziehen?"
Mit einer Hand versuche ich die Flecken wegzuwischen und mache alles nur noch schlimmer. Meine Hände, ebenfalls voller Bromchen-Saft, vergrößern das Malheur und nach einer Weile sieht der Kragen meines Bademantels aus, als ob mir die Halsschlagader geplatzt wäre. Ich gebe auf.
Großmutter eilt herbei und schiebt mich mit Nachdruck aus dem Gebüsch, „Komm, es ist nicht mehr weit." Mit einem schiefen Blick auf meinen desolaten Zustand bemerkt sie am Rande, „Aber fass mich ja nicht an!"
Verlegen wische ich meine klebrigen Finger am Mantel ab. Rote, verschmierte Streifen zieren nun auch meine Taschen. Mein Gesicht bekommt einen trotzigen Zug.
Auf das bisschen kommt es nun auch nicht mehr an.

Ein letzter wehmütiger Blick auf die leckeren Beeren, dann trotte ich meiner Oma hinterher. Hinter der nächsten Biegung bleibt sie stehen und deutet mit ihrem Finger nach vorn, „Wir sind da!" Ich spitze hinter ihrem Rücken hervor und staunend fällt mir die Kinnlade fast bis zu den Kniescheiben runter.
Wir stehen am Ufer eines kleinen, romantischen Sees. Durch die hohen Bäume, die ihn umgeben, herrscht windstille. Die glatte Oberfläche glänzt wie ein polierter Spiegel.
„Nun komm schon, Anabelle, oder willst du dort Wurzeln schlagen?" Joanna steht auf einer Holzplanke und winkt mich bei. Beim Anblick ihres Hauses verschlägt es mir fast die Sprache, „Du…du wohnst auf einem Hausboot?!" Verdutzt schnappe ich nach Luft und nähere ich mich dem schwimmenden Häuschen, „Das ist ja irre. Wo hast du das denn her?"
Joannas Blick wandert zufrieden über ihr ungewöhnliches Heim, „Das habe ich mir bestellt, nachdem ich mit meiner Villa und meinem Baumhaus nicht so zufrieden war. Aber hier…", stolz breitet sie die Arme aus, „…hier wohne ich jetzt schon ein paar Jahre."
Ihr Blick wendet sich belustigt zu mir um, „Die Jungs haben mir angedroht, mich in eine Erdhöhle zu stecken, wenn ich nicht bald zufrieden wäre." Sie kichert mädchenhaft „Nun, da kann ich sie aber beruhigen, denn dieses Schätzchen ist mir mittlerweile richtig ans Herz gewachsen." Sie tätschelt das Geländer.
Hä, ich versteh nur Bahnhof!
„Wie? Villa? Baumhaus? Jungs? HÄ?"
„Ja meinst du die Häuser stehen hier schon fertig rum oder schießen über Nacht wie Pilze aus dem Boden?" Sie schmunzelt, „Die werden nach den Vorstellungen deines Unterbewusstseins von den Jungs hier gebaut!"
Nun bin ich doch etwas geplättet, „Es gibt einen Bautrupp hier?" Joanna lacht, „Einen? Iwo, tausende, mein Kind, tausende!" Ein schwärmerischer Blick trifft mich und sie zwinkert mir zu, „Und da sind ein paar ganz schnuckelige Burschen darunter."
„OMA!!!" Ich bin völlig entsetzt.
Ihr Backfischlachen klingelt in meinen Ohren.
„Nun komm…", sie zieht mich übermütig ins Haus, „…ich zeig dir erst mal dein Zimmer."
„Oh…", große Enttäuschung macht sich in mir breit, „…bekomme ICH denn kein eigenes Haus?"
Mal ehrlich! Ich habe ja nichts dagegen bei meiner Omi zu wohnen und ich freu mich ja auch riesig wieder bei ihr zu sein…aber ich hätte doch schon gerne ein eigenes Haus.

Oma bekommt von diesen Gedanken, Gott sei Dank, nichts mit.
„Natürlich bekommst du dein Haus. Aber bis es fertig ist, wirst du wohl mit meinem bescheidenen Heim Vorlieb nehmen müssen." Aufmunternd tätschelt sie mir den Arm, „Es wird schon nicht so lange dauern und jetzt zeig ich dir erstmal wo du schlafen kannst. Es war doch ein langer Tag für dich." Erst jetzt fällt mir auf das die Nacht sich klammheimlich rangeschlichen hat, am blauschwarz gekleideten Himmel, funkeln Millionen Sterne und ich muss ein gigantisches Gähnen unterdrücken. Joanna lächelt nachsichtig, „Na, komm, Liebchen!"
Sie bugsiert mich in einen dämmerigen Raum, schlägt eine Bettdecke zurück und bettet mich mitsamt meinem ramponierten Bademantel auf die weiche Matratze. Meine Augenlider haben ein Eigenleben entwickelt und streben von alleine nach unten.
Omas sanfte Stimme weht in mein Ohr, „Schlaf, Liebchen. Wir sehen uns morgen." Fürsorglich deckt sie mich noch zu, „Ich habe dich lieb, Kleines."
„Ich dich auch, Omi...", und schon bin ich im Land der Träume.
Mein erster Tag im Himmel!

„Uuaahh...", gähnend räkele und strecke ich mich ausgiebig. Ein Sonnenstrahl kitzelt hartnäckig meine Augenlider. Mit einer affenartigen Grimasse versuche ich durch die Wimpern aus dem Fenster zu linsen. *Wasser? Seit wann, hat Frau Bongart einen See im Garten?*
„Guten Morgen, Liebchen. Hast du gut geschlafen?" Gut gelaunt schwebt Joanna herein. Ein großes Tablett, vollgepackt mit allerlei Köstlichkeiten, erschwert ihr etwas das Türöffnen. Ich glotze sie an. *Ach ja, ich bin ja tot und wohne bei Omi. Wie konnte mir DAS nur entfallen?*
„Morgen, Oma." Mein Magen knurrt laut sofort und vernehmlich, als der Kaffeeduft mich in der Nase kitzelt.
„Oh, da hat wohl jemand Hunger?" Sie lacht gutmütig und stellt das Tablett auf meinen Knien ab, „Die Bromchen gestern Abend waren ja auch zu wenig. Hier. Hau rein." *Hau rein? Mit welchen Leuten verkehrte denn meine liebe Omi? Sie wird sich doch nicht irgendeiner Senioren-Gang angeschlossen haben?* Misstrauisch mustere ich meine Großmutter.
Derweil zählt Joanna auf und deutet mit ihrem Finger auf das jeweilige nahrhafte Produkt, „Selbstgemachte Hörnchen, selbstgemachte Waffeln, selbstgebackenes Brot,

selbstgemachte Bromchenkonfitüre, selbstgemachter Honig, selbstgemachter Jogurt."
Ich ziehe die Nase kraus!
Und wo ist die selbstgemachte Wurst aus der hauseigenen Schlachterei?
Ich muss mir ein Grinsen verkneifen und betrachte all die ‚selbstgemachten' Köstlichkeiten, „Du liebe Güte. Wann bist du denn aufgestanden. Das muss doch eine halbe Ewigkeit gedauert haben, dies alles zu machen." Ich starre begierig jedes Teil an. Oma setzt sich zu mir, „Ich habe doch Zeit, Liebchen. Und falls es dir entfallen sein sollte…", sie gibt mir einen liebevollen Nasenstüber, „…Zeit ist hier drüben relativ." Mit einem Satz ist sie wieder auf den Beinen, „Gottchen, ich habe die Schokolade vergessen. Bin gleich wieder da." Und weg ist sie. Das gibt mir mal Gelegenheit mich ein bisschen umzuschauen (trotz Mörderappetit). Die Wände sind in Creme und Violett gehalten. Die Möbel, kunstvoll verziert, sind aus unbehandeltem Naturholz. Die putzigen gerafften Gardinchen, mit Lochstickereien sind in zarten Flieder gehalten. Auf meinem Nachttischchen steht ein kleiner Strauß blauvioletter Veilchen. An der rechten Wand hängt ein großer, pastellfarbener Kunstdruck (Veilchen!) über einem fliederfarbenen Ohrensessel. Ein passender Fußschemel steht davor. Auf dem hell gemaserten Holzboden breitet sich ein champagnerfarbener Webteppich aus, dessen Fransen allerdings dunkelviolett eingefärbt sind. An die linke Wand schmiegt sich ein zierlicher Schreibtisch mit verschnörkelten Beinen. Ein kleiner silberner Spiegel hängt darüber.
Aha! Könnte man also auch als Schminktischchen benutzen.
Neben der Tür steht ein kleiner Bauernschrank. Obenauf drapiert, getrocknete Wiesenblumen und Gräser. Insgesamt rustikal/romantisch.
„So, hier ist er." Joanna tritt vorsichtig mit zwei irdenen, dampfenden Bechern ein. *Gott sei Dank nicht weiß.*
Ich nippe gierig…ja, und auch dankbar.
Hmm. Heiß. Cremig. Süß. Nicht ganz so gut wie der von Barbie, aber nahe dran.
„Echt lecker…", lobe ich und meine es auch ernst. Joanna nimmt sich ein krosses Hörnchen, tunkt es in die Bromchenkonfitüre und beißt herzhaft hinein. Krümel rieseln auf ihr blau gemustertes Wickelleid und auf ihre, noch immer nackten Füße. Mein Magen erinnert mich grummelnd, ihn nicht zu vergessen. Ich nehme mir eine Scheibe duftenden, frischen, selbstgebackenen Brotes und träufele goldenen, selbstgemachten Bienenhonigs drauf.

Nach einem Biss hinein, schließe ich genießerisch die Augen. Himmlisch. „Dasch isch scho….", Joanna hebt mahnend den Finger und ich verstumme.
„Immer erst reden, wenn der Mund leer ist!" Grmmmpf! *Ja, Omi.* Ich schlucke artig den Brocken runter und setzte erneut an, „Das ist so lecker, Oma."
Oma nickt stumm mit vollem Mund. Unser weiteres Frühstück verläuft schweigsam, in angenehmer Stille, nur unterbrochen von leisem Schlürfen und gelegentlichem Geschirrklappern.
Die Sonne scheint durch das Fenster und zaubert goldene Sprenkel auf Joannas Haar. Die Vögel zwitschern und der blaue Himmel ist wolkenlos klar.
Nachdem auch das letzte Zipfelchen Hörnchen und die letzte Waffel ihrer Bestimmung zugeführt worden sind, steht Joanna auf. Gesättigt schließt sie die Augen, klopft leicht auf ihren Bauch und macht ein damenhaft kleines Bäuerchen. Eigentlich müsste ich völlig entsetzt sein, oder zumindest verdutzt. Aber seit gestern kann mich nichts mehr überraschen.
Lachend schlage ich die Bettdecke zurück und blicke, auf die traurigen Überreste meines Bademantels, den ich noch immer trage. Oma mustert leicht angewidert das etwas mitgenommen aussehende Kleidungsstück,
„Im Schrank hängen andere Klamotten für dich!" Mit dem abgegrasten Tablett verschwindet sie aus dem Zimmer und ruft noch über die Schulter, „**Die Dusche ist direkt neben deinem Zimmer.**"
Gut zu wissen. Dusche! Nicht schlecht! Kann ich gebrauchen!
Ich schwinge meine Beine (mit den noch immer leicht stoppeligen Waden) aus dem Bett, laufe beschwingt zu dem kleinen Bauerschrank und öffne ihn. Ah ja! Jeans und Shirts. Sehr gut. Jetzt müssen sie nur noch passen. In der Schublade darunter finde ich Unterwäsche und Strümpfe. Mit frischen, sauberen Textilien beladen, stolpere ich den Gang entlang und orientiere mich an dem fröhlichen Singsang meiner Großmutter. Am Ende des Ganges, kurz bevor man also aus dem Boot fällt, befindet sich links die Küche, in der Großmutter zu Gange ist.
Sie sieht verdutzt auf, „Ich meinte die andere Richtung, Liebchen…", und fuhrwerkt weiter. Schnaubend dreh ich mich um und trotte den Gang zurück, an meinem Zimmer vorbei. Die Tür daneben ist offen. Neugierig beäuge ich das Badezimmer. Es ist nicht sonderlich groß, aber mit allen Finessen ausgestattet, die das Herz begehrt. Eine richtig kleine Wohlfühloase. Meine Klamotten landen achtlos auf dem kleinen Stuhl in der Ecke.

Den schmuddeligen Bademantel, mitsamt grasfleckiger Schlappen, stopf ich tief in den Wäschekorb. Nur weg damit! Nackig, wie Gott mich schuf, oder wie er mich in den Himmel ließ (haha) hüpfe ich unter die Dusche, drehe den Hahn auf und genieße das heiße Nass von oben.
Meine erste Dusche im Himmel!
Ich greife eine Flasche Duschgel, die in der Ecke steht und lese erst mal das Etikett. ‚Engelsbeere'! Ich grabsche nach der zweiten Flasche. ‚Himmelssüße'!
Das kann doch nicht wahr sein. Was für eine Klischee-Auswahl!
Ich entscheide mich für ‚Engelsbeere', erinnert mich irgendwie an die leckeren Bromchen. Nach einer gründlichen Reinigung (auch die Fingernägel) trockne ich mich mit dem kuscheligen Badetuch, das Großmutter mir bereitgelegt hat, ab. Die saubere Unterwäsche fühlt sich großartig an, ebenso die Jeans und das Shirt. Herrlich. Wenn man bedenkt das ich den ganzen ersten Tag nur im Bademantel verbracht habe! Die Strümpfe lasse ich weg. Großmutter läuft ja auch barfuß.
Ich jogge also voller Elan, barfuß den Gang nach unten, in die Küche. Joanna betrachtet mich von oben bis unten und nickt, „Schon viel besser!"
„Ja, ich fühl mich wie neu geboren." Joanna blickt mich etwas seltsam an, wiescht sich die Hände am Geschirrtuch ab, legt es zu Seite, „So, wie wäre es mit einem kleinen Päuschen auf dem Oberdeck. Und auf dem Weg dorthin, zeige ich dir mein Hausboot."
Hui, das klingt verlockend und ich bin auch schon rasend gespannt. Doch ohne Frotzelei geht bei mir nichts. Ich verbeuge mich und schwenke elegant den Arm nach rechts, „Ladies first!"
Der Rundgang beginnt.
„Also, dass hier ist die Küche…", sie schiebt sich lachend an mir vorbei, zeigt nach links, „…hier ist der Eingang", dann wendet sie sich nach rechts in den Gang. Auf der linken Seite öffnet sie eine kleine Holztür, „Das ist der Abstell- oder auch Vorratsraum." Ich linse hinein. Zu beiden Seiten übervolle Regale mit allerlei Dingen, die man so braucht oder aber auch nicht. Ich ziehe meinen Kopf zurück und Joanna schließt die Tür. Wir gehen ein paar Schritte, dann kommen wir zu meinem Zimmer auf der rechten Seite. Direkt gegenüber befindet sich noch eine Tür. Ich drücke die Klinke und stehe in Großmutters Schlafzimmer. Eigentlich wie meines, nur in Creme/Blau. Durch das geöffnete Fenster weht ein laues Lüftchen. Die Veilchen in der Vase auf dem Nachtisch nicken leise mit ihren Köpfchen. Schön!

Zurück in den Gang.
Wir gehen noch ein paar Schritte, am Badezimmer und Gästeklo vorbei, dass sich direkt neben Großmutters Schlafzimmer befindet und ich sehe vor mir eine Schwingtür, die auf eine Veranda rausführt. Kurz vor dieser Tür geht es rechte Hand eine Treppe hinauf, wohl zum Sonnendeck. Gegenüber dieser Treppe befindet sich noch eine schmale, grün lackierte Tür mit einem Spionglas auf halber Höhe. Ihr Design passt irgendwie nicht so richtig zur übrigen Bauweise des Bootes.
„Was ist dort?" Ich zeige auf die seltsame Tür.
„Ach, die?" Oma zuckt bewusst unbeschwert mit der Schulter, „Da ist gar nichts!" Ohne weitere Erklärung schiebt sie mich einfach die Treppe hoch, Richtung Sonnendeck.
Ihre Antwort stellt mich nicht wirklich zufrieden. Soll ich misstrauisch werden? Seit wann verheimlicht meine Großmutter vor mir was? Ich beschließe allerdings die Sache erst mal auf sich beruhen zu lassen und nehme die erste Sonnenliege in Beschlag. Joanna setzt sich daneben in ihren Schaukelstuhl. Allerdings ein anderes Modell als das, was wir früher hatten. Auf dem kleinen Beistelltisch steht eine Karaffe eisgekühlte Limonade (natürlich selbstgemacht, was sonst).
Joanna legt genießerisch den Kopf in den Nacken, lässt sich die Sonne aufs Gesicht scheinen und seufzt zufrieden.
Ich lehne mich ebenfalls zurück und bin nun der Meinung, meine Großmutter endlich die Frage zu stellen, die mir schon seit gestern im Kopf herumspukt. Die aber, aufgrund einiger seltsamer Vorkommnisse, die mein Gehirn in Beschlag genommen haben, meinen Tod zum Beispiel, irgendwie untergegangen ist. Ich schirme mit der Hand meine Augen ab, „Du, Oma?" „Hm?" „Warum haben dich Felix und Barbie und auch Zett, eigentlich Joanna genannt? Du heißt doch Johanna!" Großmutters Kopf hebt sich und ihre Augen blitzen amüsiert.
„Das war ein kleiner Systemfehler, mehr nicht." Sie lacht herzhaft „Z hatte damals noch eine Spracherkennung."
(HÄ…was…Spracherkennung? Was ist das?) Omi plappert ungerührt weiter, „Als sie nach meinem Namen gefragt hat, hatte ich den Mund gerade voller Sahne, von der heißen Schokolade." Sie nickt bekräftigend, „Die gab es damals schon beim Empfang." Joanna lehnt sich zurück und erinnert sich, „Z hat mich wohl nicht richtig verstanden und hat anstatt Johanna, Joanna eingeloggt. Felix, der war damals auch schon im Empfangsraum 37, ist fast verzweifelt, weil er den Fehler in der Spracheingabe nicht korrigieren konnte. Du hättest ihn mal sehen müssen…",

sie steht kurz vor einer gewaltigen Lachsalve, „...er ist wie ein Gummiball auf seinem Stuhl rumgehüpft und hat immer wieder: **Johanna, Johanna**, gerufen und hat wie wild auf die arme Fernbedienung eingehämmert. Und immer wieder brabbelte er von einem Billy **und** von einem Stevie, die aber offensichtlich nicht mehr da waren. Du hättest ihn hören sollen...**ich brauche Billy und Stevie!** Keine Ahnung wer das ist oder was die beiden hätten machen sollen."
Sie schenkt sich etwas eiskalte Limonade ein, blickt mich fragend an. Ich nicke und sie erzählt weiter, während sie auch mein Glas füllt, „Ich fand das eigentlich gar nicht so schlimm.
Joanna ist doch ein schöner Name...irgendwie modern, findest du nicht auch... und wenn man es genau betrachtet fehlt ja nur das H. Sonst nix. Um dem armen kleinen Felix einen Herzinfarkt zu ersparen, obwohl es das im Himmel ja nicht gibt...", sie kichert nochmals, „...habe ich ihm gesagt, er soll es halt so lassen. Und seitdem bin ich halt Joanna."
Düdeledüdeldüdeldü...Hoppla, ist das etwa ein Telefon?
Tatsächlich klingelt irgendwo ein Telefon auf dem Boot. Ich schnaufe leise. *Na klar, natürlich gibt es hier auch Telefon, schließlich gibt es ja auch einen Kompiuter.*
Joanna springt beim ersten Dudeln auf und hechtet die Treppe nach unten. In einer Lautstärke, in der sie eigentlich KEIN Telefon benötigen würde, meldet sie sich, „**HALLO?**"
Wer mag das wohl sein?
Neugierig spitze ich meine Lauscher und versuche etwas zu verstehen. Ich weiß, man horcht nicht heimlich...aber hier geht es um meine Oma! Klar? Doch bis auf lapidare Steno-Antworten, wie ‚Aha', ‚Hm', ‚Soso', ‚ist gut', sagt sie eh nichts. Nicht sehr aufschlussreich.
Als ich ihre Schritte wieder auf der Treppe höre, lehne ich mich sofort zurück und tue so, als ob nichts wäre. Betont unschuldig schaue ich ihr entgegen.
Etwas bedrückt erscheint sie wieder auf dem Sonnendeck, „Anabelle, Anabelle, was machst du nur für Sachen?" Schwerfällig sinkt sie in ihren Sessel. Ganz automatisch meldet sich mein schlechtes Gewissen. Ich durchforste mein Gedächtnis in Windeseile nach irgendwelchen Fettnäpfchen, aber mir fällt absolut nichts ein. *Was sollte ich auch an meinem ersten Tag im Himmel schon großartig ausgefressen haben?*
Deswegen antworte ich ehrlich verdutzt, „Ich bin mir keiner Schuld bewusst, Oma. Was habe ich denn für Sachen gemacht? Wer war das am Telefon eben?"

„Das war Jamie. Der Bautruppenleiter! Er hat sich ein kleines bisschen…", sie hält den Daumen und den Zeigefinger minimal auseinander, „…aufgeregt. Er meinte, der Apfel würde nicht weit vom Stamm fallen." Verdattert schaue ich sie, über den Rand meines Limonadenglases hinweg, an und bemerke trocken, „Schätze mal, mit dem Apfel war ich gemeint!"
Joanna zeigt mir ein gequältes Grinsen, „Ähm…ja."
Noch immer bin ich mir keiner Schuld bewusst, „Warum?"
Joanna schließt die Augen und… (unterdrückt sie gerade ein Lachen?), „Er ist unzufrieden."
Misstrauisch kneife ich die Augen zusammen, „Warum? Mit mir?"
„Ja, weil du so unentschlossen bist." Fragender Blick meinerseits.
„Na, dein Haus!"
„Was ist damit?"
„Es verzögert sich etwas. Du kannst erst morgen einziehen."
Überrascht hüpft meine rechte Augenbraue nach oben, „Morgen schon?" Mei Herz vollzieht einen enthusiastischen Purzelbaum in meiner Brust und ich klatsche begeistert in die Hände, „Das ist doch fantastisch!"
Oma scheint ETWAS skeptisch, „Lassen wir uns einfach mal überraschen."
Sie erhebt sich, „Soll ich dir ein bisschen die Umgebung zeigen?"
Da meine neuerworbene Begeisterung irgendein Abflussrohr benötigt, springe ich mit Eifer auf, „Auja!"
Wir steigen die schmale Treppe nach unten. Am Abstellraum hält sie kurz, schlüpft rein und kommt mit zwei paar eleganten, mit Strasssteinen besetzten, Flipflops raus, „Hier!"
„Uuhh, wie edel!" Solch glitzerndes Fußkleid sind meine knubbeligen Zehen gar nicht gewohnt.
Ich glaub, wenn sie könnten, würden sie vor stolz rot anlaufen.
Vorsichtig balancieren wir über die Blanke vom Boot herunter und schwenken nach rechts, am Seeufer entlang.
Während wir so schweigend nebeneinander hergehen, hängt jeder seinen Gedanken nach. Die merkwürdige und unpassende, grüne Tür auf Omas Hausboot kommt mir wieder in den Sinn, „Du, Oma...?" Doch Oma unterbricht mich, „Wir sind da."
Sie zeigt nach vorne. Da ich die ganze Zeit, während meines intensivsten Nachdenkens, auf meine hübsch bekleideten Füße gestarrt habe, ist mir gar nicht aufgefallen, dass wir mittlerweile den halben See umrundet haben und nun auf einem Hof stehen.
Mein Kopf hebt sich verwirrt und ich taxiere die fremde Umgebung.

Mit dem Charme vergangener Tage, eröffnet sich mir der Blick auf ein altes Farmhaus. Es ist aus großen Holzstämmen gebaut, mit kleinen Fenstern, einem leicht windschiefen Dach und einem gemauerten Kamin, aus dem zurzeit aber kein Qualm steigt. Joanna zeigt auf das Farmhaus, „Hier wohnt Barbara und ihr Mann Bert. Ganz liebe Nachbarn von mir."
Offensichtlich bleibt unsere Ankunft nicht unbemerkt. Die Holztür öffnet sich blitzartig und eine kleine, etwas rundliche Frau quillt heraus. Meine Augen beginnen ein bisschen zu tränen. Das extrem grelle Streublumenmuster ihrer Tunika brennt fast Löcher in meine Hornhaut. Sie winkt beidarmig, **„JOANNA, SCHÖN DAS DU MAL VORBEI SCHAUST. KOMM! NUN KOMM SCHON!"** Sie winkt nochmals. Dieser Barbara geht es wohl nicht schnell genug, denn sie eilt auf uns zu und reißt Joanna in die Arme. Küsschen links. Küsschen rechts.
Dann schiebt sie meine Oma auf Armeslänge von sich, „Gut siehst du aus und ich sehe du hast uns heute Besuch mitgebracht." Damit meint sie wohl mich. Ihre kleinen, hinter einer Brille versteckten Augen, mustern mich ungeniert. Ihr rabenschwarzes Haar ist streng zu einem Pferdeschwanz zusammengebunden. Artig, wie ein kleines Kind, halte ich ihr meine Hand hin, „Guten Tag, ich bin Anabelle. Joannas Enkelin."
„**JOANNAS ENKELIN?**" Ich zuckte kurz zusammen. *An der Lautstärke könnte sie noch etwas feilen. Ihre Stimmbänder müssen die Stärke von Klaviersaiten haben.*
Ich lächele Barbara unsicher an.
„**Joannas Enkelin! Ist das denn zu glauben. Komm her, Mädchen.**" Sie umschlingt mich mit ihren kurzen Armen und drückt mich so beherzt an ihren mächtigen, wogenden Busen, dass mir fast die Luft wegbleibt,
„**BERT? BERT! SETZT KAFFEE AUF, WIR HABEN BESUUUCH!**"
Aua! Meine klingelnden Ohren würden jetzt bestimmt gerne bluten.
Dann lässt sie mich schlagartig los und scheucht uns, meine Omi und mich, wie unartige Hühner ins Haus.
Barbara schiebt uns auf eine hölzerne Eckbank. Da meine Augen sich erst an die veränderten, dunkleren Lichtverhältnisse gewöhnen müssen, fällt mir der große, stämmige Mann, in der offenen gestalteten Küche, nicht direkt auf. Erst als er mit einem laut klappernden Tablett auf uns zukommt, registriere ich ihn. Omi lächelt ihn herzlich an, „Hallo Bert. Wie geht es dir? Warst du schon bei den Mooshammers die Stoffe abholen?"

Bert brummt irgendetwas was sowohl ‚ja', als auch ‚nein' heißen könnte. Oder vielleicht auch: Ich habe Hunger. *Keine Ahnung!*
Meine Großmutter scheint allerdings kein Problem zu haben, ihn zu verstehen, denn sie nickt bestätigend, „Schön, dann kann Barbara ja wieder mit dem Nähen loslegen."
Bert gibt noch mal ein unverständliches Brummen von sich.
Hat er jetzt gesagt, ich beiße euch gleich denn Kopf ab oder morgen gibt's Kohlsuppe? Ups...muss ihn wohl falsch verstanden haben! Ich unterdrücke krampfhaft ein Lachen und betrachte dieses Unikum aus den Augenwinkeln.
Irgendwie ist er schon ein bisschen unheimlich. Unter buschigen, schwarzen Augenbrauen starren mich zwei stahlgraue Augen an. Seine an den Knien ausgebeulte graue Latzhose umschließt ihn fast wie eine zweite Haut. Etwas unbehaglich winde ich mich auf der Bank. Als ich das Gefühl bekomme, ich sollte vielleicht lieber panisch die Hütte verlassen, bevor er sein Schlachtermesser zückt, steht Bert auf und geht in die Küche. Mit einer Kanne kochend heißen Kaffees kehrt er zurück.
Nach einem tiefen Brummen Richtung Barbara, die ihn dankbar zuzwinkert, verschwindet durch die Hintertür. Ich atme heimlich auf.
Puh, schon irgendwie unheimlich, dieser Bert.
Währenddessen schnattert Barbara ohne Punkt und Komma los und vereinnahmt damit die Gehörgänge meiner Oma, „Ich habe deinen Rock geändert, Joanna. Musste dafür aber anderen Stoff benutzen, da Bert diesmal etwas später aufgebrochen ist. Die Hühner haben wieder sooo viel Eier gelegt, du MUSST nachher unbedingt einen Korb voll mitnehmen. Bert repariert gerade die Stalltür! Kaffee?" Ohne ihre Quasselerei zu unterbrechen, gießt sie jedem die Tasse voll, befördert unaufgefordert Milch und Zucker hinein, nimmt ganz kurz Luft und weiter geht es, „Die Mooshammers haben eine ganz tolle Lieferung Baumwolle bekommen. Da könnte ich wieder mal ein paar hübsche Tanzkleider für uns anfertigen. Was meinst du Joanna?" Ihr Blick weitet sich aus und schließt mich mit ein, „Und für Anabelle auch...oder?" Sie inspiziert meine legere Jeans, „In einem Kleid würdest du bestimmt reizend aussehen, Kind!" Ich trinke kommentarlos einen Schluck Kaffee. Was soll ich darauf sagen? Barbara scheint auch kein Kommentar erwartet zu haben, denn ihre wohlwollend gemeinte Tirade geht in die nächste Runde, „Unser Kamin war letztens verstopft und hat die ganze Bude verqualmt. Stell dir vor, Joanna, da hat ein Vogel sein Nest reingebaut. Da konnte ja nix mehr abziehen.

Das arme Tier...hat bestimmt einen heißen Hintern bekommen. Bert hat die Überreste des Nestes in den Birnbaum gesetzt. DA ist es sicherer für ihn! Hast du schon Bromchenkonfitüre eingekocht. Die Büsche hängen ja zum Bersten voll! Noch Kaffee?" Als sie dann endlich mal eine Pause macht, um ebenfalls einen Schluck Kaffee zu inhalieren, nutze ich die Gunst der Stunde, „Ich geh mich draußen mal etwas umschauen, wenn ich darf."
Wenn ich darf??? Du lieber Himmel. Ich bin 25.
Großmutter schaut mich verschmitzt an, verdreht unauffällig liebevoll die Augen „Geh nur, Liebchen. Ich gehe mit Barbara noch die Schnittmuster durch und gebe ihr deine Maße." Barbara lächelt mich glücklich an. Ihre roten Apfelbäckchen leuchten. Ihr kleiner Wurstdaumen zeigt nach hinten, über ihre Schulter, „Hinterm Haus haben wir ein paar Tiere! Geh sie dir doch anschauen, wenn du willst." *Aha. Ein Streichelzoo für die Kleine. So, so!*
Ich ringe mir ein Lächeln ab und stolpere prompt über die Türschwelle, „...**pass auf, Kind da ist eine Türschwelle.**"
Ach nee...hätte ich jetzt nicht gemerkt!
ABER...ich bleibe höflich und winke ein letztes Mal in die Runde, bevor die schwere Tür hinter mir zufällt und ich mich im strahlenden Sonnenschein wiederfinde.
Etwas gelangweilt schiebe ich die Hände in die hinteren Hosentaschen und schlendere hinters Haus. Ein Kieselstein taucht vor mir auf und ich kicke ihn weg. Dann schaue ich auf und... **da steht sie! Groß! Üppig! Rund und knuffig!** Ich verliebe mich auf den ersten Blick. Ihre kleinen, klugen Äuglein beaugapfeln mich aufmerksam, ihre runde Nase runzelt sich lustig. Als sie auf mich zu galoppiert kommt, wackeln die abgeknickten Ohren fröhlich auf und ab. *Das ist sie...mein Schwein!* Lachend gehe ich in die Hocke und breite meine Arme weit aus. Rums...der Zusammenprall wirft mich prompt um und ich muss lauthals lachen. „Das ist Rosalinde!" Bert. *UPS! Ich habe ihn gar nicht kommen hören.*
Erschrocken rappele ich mich wieder auf und ziehe augenblicklich, wie ertappt, meine Hände von Rosalinde zurück. Ihre warme Steckdosennase stupst mich aufdringlich an. Oink. Oink. *Ach Gott, wie süüüss!*
Ich räuspere mich umständlich, „Sie ist wunderschön." Verlegen schiele ich zu Bert und zeige dabei auf das große Schwein.
„Du kannst sie ruhig weiter streicheln...das mag sie...vor allem hinter den Ohren. Sie ist ein wirklich liebes Mädchen. Ich habe sie von Hand großgezogen."

Erstaunt betrachte seine riesigen Pranken, die nun zärtlich Rosalindes Nackenspeck liebkosten und versuche mir ein kleines, zerbrechliches Ferkelchen darin vorzustellen. Seine stahlgrauen Augen bekommen einen überraschend warmen Glanz und er lächelt mich tatsächlich an.
WOW! Sein Lächeln haut mich echt um. Wie konnte ich vor diesem Mann nur Angst haben. Er ist eben ein stiller Mensch…ein sehr stiller Mensch…aber ein Mensch der Tiere mag…wie ich auch. Deshalb beschließe ich, ihn zu mögen.
„Braves Mädchen!" Er zieht eine Möhre aus der Latzhose und reicht sie schmunzelnd an Rosalinde weiter, „Sie liebt Möhren!" Ich knie mich vor sie, tätschele ihre prallen Bäckchen (die vorne) und sehe ihr zu, wie sie lustig das Gemüse mümmelt. Rosalinde schiebt sich neben mich, setzt sich auf ihre Hinterbacken und fängt an sich zufrieden an mir zu schubbern. Unter ihrem Gewicht kippe ich lachend in die Wiese. Rosalinde räkelt sich neben mir und tupft mich immer wieder mit ihrer rosa Nase an.
Ich bin restlos begeistert, „Wow. Du gibst mir Küsschen?" Bert kratzt sich am Hinterkopf und beobachtet uns amüsiert, „Sie mag dich. Ungewöhnlich… …normalerweise ist sie sehr zurückhaltend." Seine Pranken wandern zurück in die Taschen seiner Latzhose und er beginnt, auf den Fersen zu wippen.
„Darf ich sie mal besuchen, Bert?" Mein bettelnder Hundeblick scheint ihn in der Tat etwas zu erheitern. Seine Augen blitzen erfreut, „Klar, wann immer du willst."
Dann beginnt er plötzlich unbehaglich mit den Schuhspitzen im Sand zu scharren. Ich schätze mal, so ein langes Gespräch hat er schon lange nicht mehr geführt. Er schaut über seine Schulter nach hinten und schnaubt. Ich glaube zu wissen, was er damit sagen will. „Du musst weiterarbeiten?"
Er nickt ruckartig, schnaubt erneut und weg ist er. Grinsend sitze ich neben Rosalinde. „Deine Leute sind wirklich komisch, aber ich mag sie. Und dich…", ich kraule sie hinter ihren Schlappöhrchen, so wie sie es mag „…dich, Rosalinde, dich liebe ich." Oink. Oink.
Doch es wird Zeit, mal nach Omi zu schauen.
Gerade als ich um die Ecke biegen will, höre ich ihren Ruf, „ANABELLE, WO BIST DU?"
„Na hier, du musst nicht schreien." Grinsend laufe ich ihr und Barbara entgegen.
„Oh, Entschuldigung. Ich habe dich nicht gesehen. Barbara und ich sind fertig. Wir können nach Hause." Joanna schaut prüfend zum Himmel, „Es wird bald dunkel."

Überrascht wandert mein Blick zum Himmel und tatsächlich scheint es, als ob die Abenddämmerung bald einsetzen würde, „Du meine Güte, die Zeit rast hier aber! Sind wir echt schon so lange hier? Ist mir garnicht aufgefallen!"
Berts Frau stemmt die Hände in die ausladenden Hüften und belehrt mich gutmütig, „Kind, Zeit ist hier RELATIV!" Dann wendet sie sich meiner Großmutter zu, „Hast du ihr das nicht gesagt, Joanna? Das sollte sie eigentlich als erstes erfahren. Weißt du doch!"
Omi winkt ab, „Doch, doch, aber sie muss sich halt erst daran gewöhnen."
Verschwörerisch senkt sie die Stimme und zwinkert Barbara zu, „Wir hatten doch auch so unsere Problemchen, oder?" Barbaras Gesichtszüge entspannen sich, „Du hast Recht. Nun denn, wir sehen uns dann demnächst." Großmutter nickt. Wir wenden uns gerade zum Gehen, als mir plötzlich noch was einfällt, was ich unbedingt loswerden will, „Barbara?"
„Ja, Kind?" „Ich beziehe morgen mein neues Haus, dort hinten...", ich zeige über den großen Hügel, „...und ich würde mich echt freuen, wenn du und Bert vorbeikommen würdet. Natürlich nur, sofern ihr Zeit habt."
Die Beiden scheinen viel beschäftigt zu sein und ich erwarte schon fast eine Abfuhr. Ich werde jedoch überrascht.
„Ooohhh, du lädst uns ein? Aber natürlich kommen wir vorbei." Ihr Kinn reckt sich ein Stück in die Höhe, „**HAST DU GEHÖRT, BERT? DAS LASSEN WIR UNS DOCH NICHT ENTGEHEN, NICHT WAAAHR, BÄÄÄRT?**"
Autsch, meine Ohren.
Großmutter kichert glucksend, gibt Barbara ein Abschiedsküsschen rechts, ein Abschiedsküsschen links und dann machen wir uns auf den Weg. Am Ende des Hofes drehe ich mich noch mal um. Da sitzt sie. Die rosige Rosalinde. Und liebäugelt uns mit geneigtem Kopf, nach.
Sie ist ja sooo zuckersüüüss...
In dieser Nacht schlafe ich tief und fest.
Wie ein Toter, haha. Kleiner Himmelsscherz!
Früh am Morgen kitzelt mich die Sonne wieder wach. Verschlafen reibe ich mir die Augen. Sofort ploppt der Gedanke auf:
Mein Haus! Schon bin ich hellwach.
Übermütig hüpfe ich aus dem Bett und stürme in Joannas Schlafzimmer. Ihr Bett ist schon leer und die Decke und das Kissen aufgeschüttelt.

„Guten Morgen, Liebchen. Bist aber schon früh auf den Beinen."
Erschrocken wirble ich herum. Oma hält zwei Tassen heiße Schokolade in den Händen.
Mann, wenn das so weitergeht, mutiere ich hier im Himmel zu einem Hefekloß!
Doch der Schreck legt sich schnell. Ich zupfe ihr eine Tasse aus den Händen, nehme einen Schluck und frage hibbelig, „Und, und, haben sich die Bauarbeiter schon gemeldet? Sind sie fertig?"
Nervös trippele ich von einem Fuß auf den anderen, als ob ich dringend aufs Klo müsste (was aber nicht der Fall ist). Feierlich blickt Joanna mich an, „Jawoll, und wir können auch gleich losziehen!" *Juchuuu!!!*
Auch Oma ist ganz aus dem Häuschen. Aber wahrscheinlich ist sie nur neugierig, wie mein Haus aussieht. Nun...ICH bin ebenfalls neugierig.
Wie zwei übermütige Teenager stürzen wir vom Boot, im Karacho den Hügel hinauf. Oma, in ihrem überraschende Blitzstart, noch eine Nasenlänge vor mir. Mit meiner letzten Kraftreserve, setzte ich zum Endspurt an. Plötzlich, oben auf der Kuppe, kommt Oma schlitternd zu Stehen und ich pralle, boing, an ihr ab, wie ein Flummi von der Wand. Großmutter steht still wie eine Statue und starrt die Anhöhe runter. Ich würde auch gerne schauen, doch ich liege, zappelnd wie ein Maikäfer, auf dem Rücken. Aber trotz meiner misslichen Lage sehe ich, dass ihre Schultern zu zucken beginnen. *Was hat sie nur?*
Dann endlich sagt sie was, „Du hast einen Knall...einen absoluten Knall!"
Ich verstehe Garnichts. Wie auch...ich kann ja nichts sehen, „Wieso, was ist?"
Eilig robbe ich an ihr vorbei und reiße die Augen ganz weit auf, sowohl das Blaue wie auch das Braune. Der Anblick würde mich umhauen, wenn ich nicht schon auf dem Boden liegen würde, „Das ist...", mir fehlen die Worte, „...das ist...wow...fantastisch."
„Durchgeknallt!"
„Unglaublich!"
„Völlig irre!"
„Fantastisch!"
„Allerdings!"
Pause! Dann, „Wie willst du es nennen?"
„Villa Tarunzel!" Feierliche Miene. Stille.
Wir schauen uns an und brechen gleichzeitig in Lachen aus. Unser brüllendes Gelächter ist weit über das Tal zu hören. Aber der Anfall geht auch bald vorüber.

Omi hakt sich, noch immer giggelnd, bei mir unter und langsam schlendern wir, Arm in Arm, den Hügel hinab. Wir werden auch schon erwartet. Der Bautrupp steht bereits in Reih und Glied und erwartet unser Eintreffen. Etwas eingeschüchtert versuche ich in den jeweiligen Mienen zu lesen. Von Genervt bis Übermüdet und Belustigt ist alles vorhanden. Ein junger Mann schält sich aus der Reihe, ein Klemmbrett in der Hand und betrachtet erst mich, dann das Haus und dann wieder mich, „Du bist Anabelle?" Bestätigung meinerseits.
„Ich bin Jamie, der Bauleiter. Du hast uns ja ganz schön auf Trab gehalten. Also...", er pflückt sich, wie ein Zauberer, einen dicken Bleistift hinterm Ohr hervor, „...dann gehen wir mal alles durch." Konzentriert schieben sich seine fein geschwungenen Augenbrauen zusammen. Ich habe nix von dem mitgekriegt, was er bisher gesagt hat. Ich bin völlig fasziniert von den nachtblauen Augen und der langen blonden Haarsträhne, die ihm vorwitzig übers Auge fällt. Total geplättet stiere ich diesen Jamie an.
Was für ein schöner Mann! Ob er etwas dagegen hätte, wenn ich ihm diese Strähne zurückstreichen würde? Ooohhh, Anabelle...reiß dich zusammen und konzentriere dich. Er glotzt dich gerade an und wartet auf einen Kommentar von dir...
Ich räuspere mich verlegen und hoffe, dass er meine eben gedachten Gedanken nicht an meinem Gesicht ablesen konnte, „Das habt ihr echt toll hingekriegt." Seine Augen kneifen sich musternd zusammen und er schaut mich durchdringend an. Unter seinem Blick beginnen meine Wangen zu glühen. *Irgendwie sieht er einem Schauspieler ähnlich. Aber wem?*
Meine Gedanken driften wieder ab, doch seine leicht angesäuerte Miene zerrt mich wieder in die Realität. Irgendetwas scheint ihn verstimmt zu haben und ich habe garnicht so unrecht mit meiner Vermutung.
Er tippt mit dem Bleistift auf das Klemmbrett, „Wir bekamen alle paar Stunden einen neuen Bauplan." Er schnauft genervt und lässt dann allerdings mit einem ratlosen Blick das Klemmbrett sinken, „Ist es denn sooo schwierig sich zu entscheiden, was man denn nun haben will?" Ich versinke in diesen nachtblauen Augen.
Was ich haben will? Soll ich ihm das wirklich sagen?
Hinter mir bricht Joanna in schallendes Gelächter aus, „Oja, für sie ja!"
Sie zeigt theatralisch, wie eine anklagende Walküre, auf mein armes, unschuldiges Haus, „DAS ist typisch Anabelle!"
Ich betrachte mein Heim. *Was haben die denn alle? Ist doch wirklich hübsch geworden!*

Hilfesuchend schaue ich in die Runde, „Ich kann doch nichts dafür. Die Südstaatenvilla auf Tara hat mir schon immer gefallen und Rapunzel ist mein Lieblingsmärchen und die Villa Kunterbunt gefällt Jo so gut und die Petersdomkuppel hat mich schon immer fasziniert." Meine Stimme wird immer leiser und leiser. Alle drehen sich zum Haus um und betrachten es stillschweigend. Wie bei einem Unfall, bei dem man nicht hinschauen will, aber irgendwie doch muss! Eine männliche unbekannte Stimme bringt es auf den Punkt, „Das ist so abgrundtief hässlich, dass es schon wieder fast gut aussieht…zumindest ist es EINMALIG…!"
Der Mundwinkel von Jamies zuckt verdächtig. Vorsichtshalber betrachtet er seine Schuhe.
Ich gehe auf das Bauwerk zu und habe das Gefühl, diese Gebäude verteidigen zu müssen. Meine Augen wandern die Außenfassade hoch. Ein schmaler Rapunzelturm schlängelt sich, bunt gescheckt, hoch in die Lüfte. Den Eingangsbereich säumen vier Paar weiße Marmorsäulen. Und das Dach krönt eine kunstvolle Rundkuppel, in der sich gerade das Sonnenlicht spiegelt. Dieses Haus strahlt Lebensfreude aus! Es ruft förmlich:
Betritt mich! Lebe in mir!
Ich weiß wirklich nicht was die alle haben. Sieht doch echt toll aus.
„Ähm…", räuspernd hat sich Jamie von hinten an mich rangeschlichen, „Ich habe mir die Freiheit genommen, eine eigenständige Änderung vorzunehmen." Verkniffen mustere ich ihn und hoffe, dass sich seine Solo-Umbauaktivitäten in Grenzen gehalten haben.
Dennoch hake ich nach, „So, was denn?"
Ist ja schließlich MEIN Haus! Er ignoriert meine abwehrende Haltung und deutet hoch zur Kuppel „Die Kuppel habe ich aus Glas anfertigen lassen!"
Dann schaut er mir tief in die Augen und vergesse schlagartig meinen Groll. Mein Herz pocht.
Leise setzt er seine Erklärung fort, „Unter Berücksichtigung des Verwendungszweckes des Raumes, dachte ich mir, dass du lieber den Sternenhimmel über dir hättest."
Ich schlucke laut, bin wie hypnotisiert von seinem durchdringenden Blick und hauche, „Eine gute Idee!" Dabei habe ich keinen blassen Schimmer, was er eigentlich meint.
„So…", er hält mir das Klemmbrett hin, „…jetzt musst du mir nur noch mit deiner Unterschrift den Empfang quittieren und dann sind wir weg." *Schade.*
Seine schwielenfreie Hand hält mir das Klemmbrett entgegen und sein schmaler, langer Finger tippt unten auf das Formular.

Fasziniert betrachte ich seine glatten Hände. Für einen Bauarbeiter hat er erstaunlich gepflegte Fingernägel! *Vielleicht ist das Holz hier nicht so splittrig, die Steine nicht so rau und der Mörtel nicht so schmutzig, wie drüben.*
„Deine Unterschrift, Anabelle!", erinnert er mich leise. Seine nachtblauen Augen glitzern amüsiert. Natürlich hat er bemerkt, dass ich seine Hände angestarrt habe. Peinlich berührt nuschele ich, „Ist ja schon gut, Jimmy Blue!" Nachlässig kritzele ich meinen Namen auf das Blatt, „Hier hast du meine drei Kreuze!" Jamie grinst, „Danke Dorothee!"
Er klappt das Klemmbrett zu und wendet sich zum Gehen.
„JAMES DEAN!" Ich stolpere unsicher zu ihm hin, halte ihn am Ellbogen fest und versuche ein charmantes Lächeln aufzusetzen, während ich atemlos keuche, „James Dean!"
„Was?" Sein dümmlicher Blick reizt mich zum Lachen. In einer sanften Geste streiche ich ihm die lange Strähne aus der Stirn, wobei ich nicht weiß, woher ich den Mut dazu hernehme. Zittrig wiederhole ich zum dritten Mal, „Du siehst aus wie James Dean!"
Dann fällt mir ein, dass ich ja im Himmel bin und lasse mich zu der kühnen Behauptung hinreißen, „Vielleicht bist du's sogar!?" Seine nachtblauen Augen starren mich einfach nur an. Wortlos. Unsicher, über seine nichtvorhandene Reaktion, trete ich einen Schritt zurück, bringe wieder den nötigen Abstand zwischen uns und zeige auf meine Villa, „Darf ich dich anrufen, wenn ich ein Problem mit der Villa hab?" Sein plötzlich auftretendes, strahlendes Lächeln lässt die Sonne für mich aufgehen, „Na klar, Hier, meine Nummer." Er reicht mir seine Visitenkarte. Mein Mund trocknet in Sekundenschnelle aus, verzieht sich aber erfreut zu einem breiten Grinsen. Ich hoffe, dass ich nicht wie ein vollkommener Idiot aussehe und blicke ihm nach, als er sich mit seinen Leuten entfernt. Auf dem Hügel drehte er sich noch einmal um und reckt den Daumen nach oben, „**Abgefahrene Hütte, Anabelle! Und wenn der verrückte Hutmacher zum Kaffeekränzchen kommt, sag ihm einen schönen Gruß!**" Heiße Röte kriecht mir den Hals nach oben und breitet sich auf meinen Wangen aus. Ich sehe bestimmt aus, wie ein Leuchtturm.
Verlegen wende ich meiner Oma zu.
Ihren allwissenden Blick ignoriere ich geflissentlich.
Dann rückt mein Heim wieder in den Mittelpunkt.
Neugierig schwänzeln wir auf die ‚Villa Tarunzel' zu. Joanna stupst mich sanft in die Seite, „Was meinte er mit dem Raum unter der Glaskuppel?" Ihr fragender Blick bohrt sich in mich hinein.

Da ich aber wirklich nicht weiß, was Jamie damit gemeint hat, ist mein ratloses Achselzucken ehrlich gemeint, „Weiß nicht...aber das werden wir bald rausfinden." Begeistert mache ich mich an der Tür zu schaffen und betrete würdevoll, wie eine Königin, mein Reich. Eine kunstvolle Wendeltreppe an der äußeren Wand, führt nach oben. Der Anblick lässt sämtliche Selbstbeherrschung in Rekordzeit schmelzen.
Wie übermütige Kinder hechten wir juchzend die Stufen hinauf. Erster Stock: Küche und Wohnbereich. Kurz kontrolliere ich alles in einem Schnelldurchlauf und strebe sofort wieder auf die Wendeltreppe zu. Joanna hechelt hinter mir her. Der zweite Stock: Schlafzimmer mit Waaaahnsinns-Bade-Oase. Malerisch eröffnet sich mir die Schönheit dieses Raumes.
Und sieh...ooohhh...sogar ein Schaukelstuhl!
Jauchzend springe ich auf den Schaukelstuhl in der Ecke zu und bringe ihn mit einem Schubs, zum Schwingen, „Schau mal Oma, genauso einen wie du damals hattest."
Vorsichtig nehme ich Platz und beginne zu schaukeln. Mit geschlossenen Augen liebkosen meine Hände die Armlehnen. Doch nach ein paar Sekunden springe ich wieder auf. Omas bewegtes Mienenspiel verfolgt mich durch den Raum. Meine Augen wandern weiter durch das Zimmer...alles in blauviolett gehalten, sogar die runde Badewanne ist lila.
 Doch ich habe mich lange genug hier aufgehalten. Die Treppe geht ja weiter. Entschlossen beginne ich den Aufstieg.
Das müsste eigentlich die letzte Etage sein. Die mit dem Glaskuppeldach.
Das Sonnenlicht von oben blendet mich und schützend meine Hand vor die Augen haltend, betrete ich den letzten Raum. Oma klebt förmlich an meinem Rücken. Ich bleibe stehen und schiele zwischen meinen abschirmenden Fingern hindurch. Hinter mir ein verblüfftes Keuchen, „DAS hast du dir gewünscht?" Oma betritt den Sandboden. Knöchelhoch bedeckt er den kreisrunden, mächtigen Raum. Ich wage ebenfalls den Schritt auf den nachgiebigen Boden. Wie in Trance schreite ich zur Mitte. Eine Schaukel hängt dort. Die ist das einzige Möbelstück, wenn man eine Schaukel als Möbelstück bezeichnen kann. Über uns der freie Blick zum Himmel. Total geplättet stiere ich nach oben, „Wie konnte Jamie das wissen?"
Tränen glitzern in meinen Augenwinkeln, „Das ist überirdisch schön!"
„Ja...", nachdenklich mustert Joanna mich, „...diese Jungs sind wirklich gut."

„HALLOHOO? IST JEMAND ZU HAUSE? WIR SIND DAAAA!"
Der Bann ist gebrochen.
„Barbara!" Kichernd stürmen wir die Wendeltreppe bis ganz nach unten.
„Hallo Barbara, hallo Bert. Schön das ihr da seid."
„Ich habe Bienenstich gebacken...", sie hält mir das süße Gebäck unter die Nase, „...deine Oma hat mir gesteckt, dass du Bienenstich unheimlich gerne magst."
Ehrliche Freude leuchtet in meinen Augen auf und mir läuft auch gleich das Wasser im Mund zusammen, „Und wie!" Barbara nickt zufrieden. Dann schaut sie sich suchend nach ihrem Göttergatten um, **„HAST DU AN DAS GESCHENK FÜR ANABELLE GEDACHT, BEEERT?"** Bert steht direkt hinter ihr. Er brummt und deutet mit dem Daumen hinter sich.
Heißt wohl so viel wie: steht draußen.
Bert hat sich richtig rausgeputzt und ich mustere ihn bewundernd, „Wow, Bert, ich hätte dich fast nicht wiedererkannt." Ich umarme ihn und ziehe seinen Oberkörper nach unten. Küsschen links. Küsschen rechts, „Richtig schick siehst du aus."
Leichte Verlegenheitsröte kriecht seinen Hals hinauf, wie ich leicht besorgt feststelle. *Könnte allerdings auch sein, dass ihm der Hemdkragen zu eng ist, so wie der arme Kerl den Krawattenknoten unaufhörlich bearbeitet.*
Ich überlasse ihn seiner gepunkteten Halsschlinge und drehe mich zu Barbara, „Und Barbara, was für ein hübsches Kleid." *Das ist nicht geflunkert.* Sie sieht in ihrem pfirsichfarbenen Chiffonkleid ausgesprochen jung aus. Ebenfalls bekommt sie meine herzliche Umarmung zu spüren. Und. Küsschen links. Küsschen rechts.
„Danke, Kind, danke." Sie wird nicht verlegen! Interessiert schaut sie sich um, „Außergewöhnlich, dein Haus...wirklich außergewöhnlich und vor allem nicht zu übersehen." Ein heiteres Lachen allerseits. Ich stimme ein.
Sie hat ja recht.
Mir fällt wieder die Kuchenhaube auf, die Barbara noch immer in der Hand balanciert, „Warum bringst du den Kuchen nicht hoch in die Küche. Oma zeigt dir wo."
Barbara schließt sich postwendend meiner Omi an und erklimmt die ersten Stufen, als sie sich umdreht und ihren Mann erinnert, „BERT, VERGISS NICHT DAS GESCHENK!" *Autsch!*

Bert schnauft und winkt mich mit seinem mächtigen Schädel nach draußen.
Neugierig folge ich ihm, „Soll ich die Augen schließen?"
Schnaufen. Ich fasse das mal als ‚Ja' auf. Sachte, mein Handgelenk umfassend, führt er mich vor meine säulenbestückte Haustür.
Oink. Oink.
„**Rosalinde**!" Ein Freudenschrei und mein Geschenk, ist vergessen, „**Du hast Rosalinde mitgebracht!** Das ist aber eine tolle Überraschung! Echt. Das ist so super!" Schnaufen.
Er blickt schweigend in die Ferne, dann auf mich.
Sein Blick irritiert mich etwas und ich versuche zu deuten, was er mir damit sagen will. Unendlich langsam fällt der Groschen, in Zeitlupe sozusagen, „Du…", ich stocke kurz (sollte das wirklich wahr sein), „…du willst sie mir schenken, die Rosalinde?"
Doppeltes Schnaufen UND eine Antwort, „Sie mag dich."
Ich kann mein Glück kaum fassen und drücke Rosalinde überschwänglich einen Schmatzer auf die grunzende Steckdosen-Nase, „Oh, Bert, vielen, vielen Dank. Das ist das Schönste was ich jemals bekommen habe." Brummen. Abwinken. Sein Blick schweift wieder in die Ferne. Ich rapple mich auf, „Komm, lass uns Kuchen essen gehen!" Damit will ich versuchen, seine Verlegenheit zu übertünchen. Erneutes Schnaufen. Was so viel heißen soll, wie ‚Ja, gehen wir, bevor die Peinlichkeit noch völlig aus dem Ruder läuft'.
Ist eigentlich garnicht so schwer, Bert zu verstehen, wenn man erst einmal den Dreh raushat.
„Komm, Rosalinde, ich zeig dir unser neues Zuhause." Wie bei einem Hündchen, klopfe ich an meinen Oberschenkel und animiere damit Rosalinde, mir, ihrem neuen Frauchen, zu folgen. Und noch ein Gedanke schleicht sich in meinen Kopf.
Vielleicht kann ich Jamie überreden für Rosalinde noch einen Stall zu bauen!?
Voller Vorfreude reibe ich mir die Hände.
Unter lautem Getrampel, verursacht durch acht Füße (Berts, meine und Rosalindes), stürmen wir hoch, in den ersten Stock, in die Küche.
„Ach herrje, ein Schwein im Haus." Joanna weicht etwas verunsichert zurück. Breit grinsend baue ich mich neben Rosalinde auf, „Nein, nicht nur ein Schwein. MEIN Schwein!" Und mit stolzgeschwellter Brust verkünde ich, „Das ist meine Rosalinde!" *Tusch.*
Zufrieden lächelnd schaufelt sich Barbara ein Stück Bienenstich hinein.

Großmutter beugt sich zu Bert hinüber, der mittlerweile mit einem leicht gequälten Blick, einen kleinen Korbstuhl in Beschlag genommen hat und in dieser zierlichen Küche etwas fehl am Platze wirkt, „Du darfst Rosalinde bestimmt mal besuchen. Anabelle hat da bestimmt nichts dagegen." Allgemeines Gelächter. Bert schnauft. Aber um seinen Mund kräuselt sich doch tatsächlich ein amüsiertes Lächeln. Nachdem wir mit drei Leuten und einem Schwein den kompletten Kuchen verdrückt haben, steht Großmutter auf und greift nach ihrer Tasche.
Komisch. Ist mir gar nicht aufgefallen das sie eine Tasche dabei hatte.
Ein verschwörerischer Blick wechselt zwischen Joanna und Barbara.
„Ich habe da auch noch ein Geschenk für dich." Mit dem Handrücken wische ich mir, etwas unfein, über den Mund und reckte neugierig meinen Hals, „Was denn?"
Sie reicht mir ein gut verschnürtes Päckchen. Ich taste. Drücke. Schüttele.
„Mach schon auf!" Oma lächelt geheimnisvoll.
Hektisch zerrupfe ich das liebevoll eingewickelte Päckchen. Atemlose Stille. Dann…
„Boah…!" Ergriffen suche ich nach Worten, „Oma…wo hast du **die** her?"
Langsam falte ich das Plaid auf. Es ist Cremefarben. Mit grünen Ranken bestickt und dazwischen tummeln sich lilafarbene Veilchen.
In der Mitte sind die Namen *‚Anabelle und Johanna'* aufgestickt.
Ich zwinkere hektisch, dann schießen mir doch unkontrolliert die Tränen aus den Augen. Oma schnieft gerührt, angesichts meiner offensichtlichen Ergriffenheit, „Barbara hat mir etwas geholfen und Bert ist extra über die Berge, zu den Mooshammers, um DIESEN Stoff zu besorgen.
In der kurzen Zeit? Wie geht das denn? Ach ja, Zeit ist hier ja relativ!
Ich stupfe meine Nase in die Decke und sauge tief den Geruch ein. Sie duftet sogar nach Veilchen. Wie früher Omas alte Decke…die, die verschollen ist.
Barbara nickt wohlwollend, mit vor dem Bauch verschränkten Armen. Bert schnauft wieder. Und sogar Oma zerdrückt ein Paar Tränchen.
„Ist zwar nur ein Duplikat, aber ich hoffe sie gefällt dir trotzdem. Willkommen im Himmel, meine kleine Anabelle!"

So vergehen ein paar Tage, in denen ich Möbel rumschiebe, schaukele, mit Rosalinde spazieren gehe, Bert und Babara besuche **und** jeden Abend Jamies Telefonnummer auf der Visitenkarte anstarre.

Soll ich? Soll ich nicht? Fragend betrachte ich Rosalinde kluge Äuglein, „Was meinst du Rosalinde?"

Rosalinde grunzt sofort und rennt hektisch zwischen mir und dem Telefon hin und her. „Meinst du wirklich?" Oink!

Ich kratzte mein Selbstbewusstsein zusammen, das im Augenblick, ohne Probleme in einen Fingerhut passen würde, und wähle Jamies Nummer. Tuuuuut.

Klack. *Ich kann nicht.* Hilflos glotze ich mein Schwein an, „Was soll ich denn sagen?" Rosalinde fixiert mich mahnend und setzt sich stur auf ihre strammen Hinterbacken.

Ringring... Ringring... Ringring.

Panisch starre ich den Apparat an. Jamie! Scheiße! *Und wenn's Oma ist? Könnte doch sein.*

Mit einem Griff reiße ich den Hörer an mein Ohr, „Hallo?"

„Anabelle?" *UPS! Doch Jamie! Verdammt!*

Seine Stimme bohrt sich in meinen Gehörgang, „Hast du eben bei mir angerufen?"

Gott, wie peinlich. Ich flunkere und mache auf Ahnungslos, „Nöööö!?"

„Komisch...", eine ratlose Stille folgt, dann setzte er verdutzt hinzu, „...ich habe doch jetzt nur die Rückruftaste gedrückt." *Shit! Ertappt!*

Geschlagen lenke ich ein, „Okay, ich war's doch."

Kurze Pause, als er sich wohl überlegen muss, ob er mir meine Lüge unter die Nase reiben soll oder nicht. Er entschließt sich für ‚Nicht' und tut lieber, als ob nichts wäre, „Oh...schön. Und was wolltest du?"

Ich betrachte Rosalinde, die im Augenblick versucht, selbst ihren Ringelschwanz zu schnappen. Sieht ziemlich dumm aus...genau wie mein Gesichtsausdruck, denn ich weiß nicht, was ich sagen soll. Dann zündet der Funke, gerade in dem Moment, als Rosalinde das Gleichgewicht verliert und zur Seite plumpst. *Das war es!*

Umständlich räuspere ich mich und sage, „Rosalinde!"

Dieses Stichwort macht Jamie nicht wirklich schlauer, „Was ist mit Rosalinde. Und WER ist Rosalinde überhaupt?"

Ich betrachte, die am Boden liegende Sau und weiß nicht so recht, wie ich Rosalinde und mein Anliegen erklären soll, „Ähm...mein Schwein! Sie liegt hier am Boden und hat kein Bett.

Und du hattest mir angeboten, dass ich dich anrufen kann, wenn ich was mit dem Haus habe."
Himmel, Anabelle...wie kann man sich nur so blöd ausdrücken?
„DU HAST EIN SCHWEIN?" Er lacht schallend, „Naja, wer so ein Haus hat, der kann auch ein Schwein als Haustier haben."
Weiteres Gelächter, „Ich vermute mal, die wolltest nach einem Stall fragen. Ich komme morgen Mittag am besten mal vorbei und schau mir das an."
Ich strahle und nicke eifrig, „Klasse, bis dann!"
Stolz wie Nachbars Lumpi, leg ich auf und schaue triumphierend runter zum Boden, wo mein Schwein noch immer auf der Seite liegt, „Siehst du...er kommt!"
Rosalinde rollt mit den Augen und grunzt.

Pünktlich um die Mittagszeit, des darauffolgenden Tages, wird mein bronzefarbener Türklopfer traktiert. Bumbumbum.
Ich zupfe mir mein Haar noch zurecht, froh über das neue blaue Kleid, das Barbara mir genäht hat und lege noch etwas Lipgloss auf. Ein zufriedener Blick gleitet über meine Beine. Toll, Felix hat nicht geflunkert. Seidenzart und glatt. *Keine Spur mehr von den rauen Hühnerschenkeln.*
Bumbumbum! Es klopft erneut!
In Windeseile fliege ich förmlich zur Haustür, reiße sie auf und lehne mich mit einem süßen Augenaufschlag an den Türrahmen, „Hallo Jamie!"
„Hallo Anabelle." Sein bewundernder Blick umschmeichelt mich, „Du siehst toll aus! Und du bist wohl Rosalinde!"
Er bückt sich nach meinem Schwein, das sich klammheimlich an mir vorbeigedrückt hat und mir nun die Show stiehlt. Rosalinde schnüffelt und beschließt spontan Jamie zu mögen. Seine Hände kraulen ihre Schlappohren, „Jaaa, mein Mädchen. Du bist auch wunderschön. Und du willst ein eigenes Häuschen, habe ich gehört? Kriegst du!" Er liebkost sie weiter, „Hast du einen Meter?"
Wer? Ich oder das Schwein?
Natürlich ich! Etwas verstimmt trete ich einen Schritt mit meinen (glatten!) Beinen zurück.
„Ich muss mal schauen." Ratlos blicke ich mich in meinem Vorraum um.
Meter. Meter. Wo soll ich denn jetzt ein Meterband herbekommen? Habe ich überhaupt eines?

Hinter einer großen Palme sehe ich eine Tür, die mir bis jetzt nicht aufgefallen ist. *Vielleicht bewahre ich dort mein Werkzeug auf?*
Zielstrebig marschiere ich hin und rüttele am Türknauf. Nichts! Noch mal! Immer noch nichts!
„Was machst du da?" Jamie tritt von hinten an mich ran und ich klimpere mit meinen Wimpern, „Ich hol dir einen Meter." Rütteln.
„Von dort?" Er runzelt die Stirn, „Man merkt, dass du noch nicht allzu lange hier bist!" Er schmunzelt, „Da wirst du ganz sicher kein Werkzeug finden. Das ist doch DIE Tür!"
Hä? Ich glotze dümmlich, „Welche Tür?"
„Na, DIE Tür, Anabelle!" Er zieht meine Hand vom Türknauf weg. Ich betrachte das Türblatt fragend. Es handelt sich um eine kleine grüne Holztür mit einem Spion. Etwas klingelt leise in meinem Gehirn und ich kneife stutzend die Augen zu kleinen Schlitzen zusammen.
Großmutter hat doch auch so eine auf ihrem Hausboot! Jamie legt den Arm um mich und flüstert, „Das ist doch die Tür nach NEBENAN!" Fassungslos plumpse ich, ziemlich unfein, auf meinen Hintern. Ich starre DIE Tür an.
Der Weg zu Jo!
Tausend Gefühle prasseln, wie ein feiner Sommerregen, auf einmal auf mich ein und mein Herz krampft sich voller Sehnsucht zusammen. Leise wispere ich, „Warum geht sie denn nicht auf?" Im Tränenschleier kann ich sein Gesicht nur verschwommen erkennen. Jamie kniet sich zu mir herunter und hebt mein Kinn sachte an, „Du kannst erst durch, wenn du das erste Mal gebraucht wirst!" Sanft wischt er meine Tränen fort, nimmt mich auf den Arm, trägt mich nach draußen und setzt mich im grünen Gras ab.
„Warum?" Heiseres Schluchzen.
Jamie setzt sich mir gegenüber. Im Schneidersitz. Und nimmt meine Hände in seine, „Weißt du, es vergeht immer einige Zeit bis man rüber gehen kann. Das ist zum Schutz unserer Familienangehörigen. Und auch zu unserem Schutz." Mein Tränenstrom versiegt langsam, aber ich habe noch genügend Vorrat. Meine rotgeheulten Augen schielen Jamie von unten herauf an und lauschen seinen, sicherlich vernünftigen, Erklärungen, „Anabelle, stell dir mal vor, du hättest direkt am Anfang rüber gekonnt." Seine sanften Finger zeichnen meine Wange nach und er blickt mir tief in die Augen,

„Du wärst doch sicher dortgeblieben, oder?" Ich schniefe und fühle mich irgendwie ertappt. *Wahrscheinlich ja. Ziemlich sicher sogar!*
Jamie spricht leise weiter, „Und die Menschen dort drüben müssen auch lernen, dass ihr Leben trotz allem weitergeht. Oder hättest du es vielleicht prima gefunden, wenn dir jeden Tag ein anhänglicher, wehklagender Geist, wie eine zermatschte Fliege an einer Windschutzscheibe, an der Backe geklebt hätte?"
Trotz Frust und der Versuchung, zu nicken, muss ich bei dieser Vorstellung lachen.
„Und außerdem...", er schaut mich schüchtern an, „...hätte ich dich dann nicht kennengelernt!" *Hey, war das nicht schon fast eine Liebeserklärung?*
Leise fragt er, „Wer ist es denn?" Ich weiß genau was oder wen er meint. Schnüffelnd hauche ich, „Jo!" Mitgefühl in seinen Augen. Und auch so etwas wie Wehmut, „Dein Mann? Du musst ihn sehr lieben!" Trotz Herzschmerz und dem Drang, diese doofe, verschlossen Tür in meinem Haus einfach einzutreten, ringe ich mir ein schiefes Lächeln ab, „Nein, sie ist meine Tochter!"
Für diese Aussage ernte ich einen verständnislosen Blick. Ich schaue Jamie weich an, „Sie heißt eigentlich Johanna, ich aber nenne sie Jo."
Meine Hand legt sich zärtlich auf seine Wange und ich wage einen Blick auf seine verlockenden Lippen, „...und ich habe keinen Mann!" Da geschieht es dann...
Unter strahlend blauem Himmel, im zarten Hauch des Windes, bekomme ich meinen ersten Kuss! Mein erster Kuss im Himmel.
„Ich glaube, das ist der Beginn einer wundervollen Freundschaft!" Jamie zwinkert mir zu.
So schön das Gefühl im Bauch auch ist, es verwirrt uns. Beide. Unsicher, wie zwei unerfahrene Teenager, blicken wir uns verlegen in die Augen.
Kann man sich im Himmel tatsächlich verlieben? Geht das denn?
Er streicht nervös seine ewig störrische, blonde Haarsträhne aus dem Gesicht und starrt in die Ferne, „Also, ob du's glaubst oder nicht, aber so was ist mir hier noch nie passiert."
Es folgt ein kurzes Schnauben, „Und ich bin schon ein paar Jährchen hier."
Ich wickele meine Arme um die Knie und fühle mich plötzlich so verwundbar, „Wir sollten es langsam angehen lassen!"
Toll, jetzt geht mir mal wieder die Klammer und ich muss meinen superdämlichen Standartspruch bei Männern anbringen! Dabei habe ich noch nie so jemanden, wie Jamie kennengelernt.

Dafür musste ich erst abnippeln. Bravo! Hoffentlich vergeige ich es nicht wieder?
Sein ernster Blick streift mich, als ob er meine innere Barrikade bemerkt hat, „Ich komme morgen früh wieder. Mit meinem Werkzeug."
Leise ächzend rappelt er sich auf, streicht seine Hose glatt, „Und ich erwarte morgen ein zuckersüßes Empfangslächeln, gefolgt von einer Tasse Kaffee. Meinst du, du bekommst das hin?" Ein wenig bange schaut er auf mich hinab, scheint aber nicht wirklich auf eine Antwort zu warten, denn er hilft mir auf die Beine, macht eine galante Verbeugung, schwingt dabei einen imaginären Hut und verabschiedet sich mit einem Handkuss.
Nur ein Handkuss…kein Richtiger…
Ich weiß nicht ob ich erleichtert oder enttäuscht sein soll. Gedankenversunken schreite ich zum Haus, gehe ins obere Stockwerk und fange an zu schaukeln. Die Nacht bricht herein. Rosalinde hat sich hochgeschlichen und steht nun wartend im Türrahmen. Sofort meldet sich mein schlechtes Gewissen, „Ich komme, mein Mädchen."
Nachdem Rosalinde sich mit einem opulenten Nachtmahl den Bauch vollgeschlagen hat, **mir** ist leider der Appetit vergangen, schleichen wir ins Schlafzimmer und begeben uns zur Ruhe. Rosalinde auf einer flauschigen Decke, neben dem Schaukelstuhl und ich in meinem einzigartigen Himmelbett. Erschöpft vom vielen Denken und einer ausgiebigen Kuss-Analyse, fallen mir auch gleich die Augen zu. Der Wind rüttelt an den Läden. In dieser Nacht schlafe ich nicht sehr gut.

Ein neuer Tag bricht an. Die Sonne scheint. Wie immer. Die Vögel zwitschern. Mein Schwein grunzt unternehmungslustig und ich hänge schon fast depressiv auf meinem Bett rum.
Oink. Oink. *Himmel, ist das Schwein aufdringlich!*
„Ja, Rosalinde, ich komme." Müde und vor allem lustlos, schäle ich mich aus Omas Geschenk, der Veilchen-Decke und wanke zu Fenster.
„Erst mal frische Luft!" Mit Schwung öffne ich die Fensterläden und erstarre augenblicklich zur Salzsäule.
Ganz plötzlich ist meine Müdigkeit wie weggeblasen. Von Schwermut keine Spur mehr. Aufgeregt hüpfe ich, wie ein junger Hase die Treppe nach unten, schlittere auf geringelten Strümpfen durch den Vorraum und öffne schwungvoll die Tür und schaue leicht genervt, die Wendeltreppe nach oben „**Komm Rosalinde, wo bleibst du?**"

Freudig erregt renne ich ums Haus und erblicke: ein gepflanztes Veilchenherz...mitten in meinem Garten.
„Oh, ist das schön, guck mal, Rosalinde." Tänzelnd und in die Hände klatschend umrunde ich das liebevoll gestaltete Herz. „Das muss Jamie erst heute Morgen gepflanzt haben. Siehst du...", ich gehe in die Hocke und lasse die noch frische, dunkelbraune Erde durch meine Finger rieseln, „...ist noch ganz frisch und feucht!"
Rosalinde grunzt und stupft mit ihrer Nase eifrig auf den Boden. Neugierig schaue ich auf die betroffene Stelle und beim Näherkommen erkenne ich einen kleinen weißen Umschlag vor ihr.
Nanu? Ein Brief? Etwa ein Liebesbrief?
Mein Herz schlägt Salto. Voller Erwartung reiße ich den Umschlag ungeduldig auf und greife hinein. Doch...
Der Umschlag ist leer!
Verdutzt schüttele ich den Umschlag, drehe ihn und schaue ratlos hinein. Doch da ist einfach nur nichts. *Was soll das? Ein leerer Umschlag? Hä?*
Genau in diesem Augenblick frischt der Wind auf, die Bäume rauschen. Der inhaltslose Umschlag wird mir aus der Hand gerissen und ich stolpere überrascht einen Schritt nach hinten.

„Mami, ich hab dich lieb! Vergiss mich nicht!"

Jo's kindliche Stimme...lediglich ein sanftes Hauchen...und schon ist sie verklungen...
Der Wind flaut sofort ab. Die Bäume rauschen nicht mehr. Es herrscht gespenstische Stille. Und ich breche vor dem Veilchenherz zusammen, während ich bitterlich weine.

„ANABELLE...ANABELLE, WO BIST DU? ANABELLE?" Pause.
Ich kann nicht antworten.
Jamie kommt um die Ecke, einen schweren Werkzeugkoffer in der rechten Hand und bleibt überrascht am Rand des kunstvoll angelegten Beetes stehen, „Hey, das ist ja toll. Du musst ja schon früh aufgestanden sein." Er stellt den Koffer ab, beugt sich runter, streicht sanft über die zarten, lilafarbenen Blüten, „Die sind wunderschön. Anabelle du bist ja...!"
Erst jetzt drehe ich mich zu ihm um und mein Anblick kappt jeden Ansatz seiner weiteren Worte. Mein Gesicht tränenverschmiert.
„Anabelle...", besorgt eilt er auf mich zu, fällt zu mir runter auf die Knie, „Anabelle, Liebes, was ist denn? Warum heulst du denn so?"

Wortlos zeige ich auf das Herz.
Jamie versteht nicht, „Was ist damit?"
Meine Tränenschleusen öffnen sich erneut, als ich verzweifelt schluchzte, „Es ist von Jo!"
Vom Schmerz überwältigt, werfe ich mich in seine Arme und lasse dem ausgiebigen Tränenstrom seinen Lauf. In Sekundenschnelle saugt sich sein Baumwollshirt an der Schulter voll, was ihn aber nicht zu stören scheint. Dafür bin ich Jamie echt dankbar.
„Ach, Anabelle...", hilflos tätschelt er mir den Rücken und betrachtet sich über meinen Kopf hinweg, die kleinen arrangierten Blüten, „...freu dich doch. Das heißt, sie denkt an dich!"
„**Ich weiß ja...**", schluchze ich abgehackt, „**...aber ihre Stimme...ihre süße Stimme...es kam so...überraschend!**"
Er lässt sich mit mir auf das saftige Gras zurücksinken. Rosalinde beschnüffelt äußerst vorsichtig die kleinen blauvioletten Blüten, als ob sie weiß, wie wertvoll sie für mich sind.
Jamie wiegt mich weiter wie ein kleines Kind und versucht mich aufzubauen, „Wenn sie es geschafft hat, dir eine Nachricht zu bringen, dann dauert es sicherlich auch nicht mehr lange bis DU sie besuchen kannst." Ich schniefe geräuschvoll und betrachte die kleinen Wattewölkchen am Himmel, über mir, die langsam vorbeiziehen.
„Meinst du?" Zweifelnd schaue ich ihn mit meinem rotverquollenen Gesicht an.
„Da bin ich mir völlig sicher!" Zuversichtlich blickt er mich aus seinen nachtblauen Augen an und haucht mir einen Kuss auf die Stirn.
Dann schiebt er mich ein Stück von sich, „So, jetzt schenkst du mir ein hübsches Empfangslächeln und dann können wir loslegen. Nicht war, Rosalinde?" Oink. Oink.
Die nächsten Tage verbringen wir damit, unter vielem Gelächter und dem Austausch kleiner Zärtlichkeiten, Rosalinde ein eigenes Heim zu schaffen. So viel ausgelassenen Spaß habe ich, ehrlich gesagt, schon lange nicht mehr gehabt. Und jeden Abend, kurz vor der Schlafenszeit, nehme ich mir die Zeit, gehe noch in den Garten und gieße mein wundervolles Herz!
Mein blumiger Liebesgruß von Jo!

Ringring. Ringring. Ringring. Das Telefon!
„Ja, ja, ich komme ja schon!" Eilig haste ich ins Haus, lasse den Wäschekorb dabei auf den Boden fallen und stürze hektisch ans nervige Telefon. Ring. Der Hörer flutscht an mein Ohr.

„Ja?"
„Du bist ja doch da! Liebchen, ich wollte mich mal melden. Von dir hört und sieht man ja gar nichts mehr." Oma!
„Hallo Oma." Obwohl ich völlig außer Puste bin und schnaufe wie ein Walross und dieser Anruf auch etwas ungünstig kommt, freue ich mich riesig.
„Meine Güte, du bist ja ganz außer Atem. Was treibst du denn?"
Selbst durch die Leitung kann ich ihre erstaunt aufgerissenen Augen hören. Ich schmunzele, „Ich habe nur schnell die Wäsche noch reingeholt, bevor es...!"
„Ja, die liebe Hausarbeit...", unterbricht sie mich „...weswegen ich eigentlich anrufe. Barbara und ich wollen in die City. Da warst du ja noch nicht! Hättest du Lust mit zu kommen? Wir könnten ihn Rick's Café heiße Schokolade trinken und mal bei HIGIBA's vorbeischauen."
Klingt ja wirklich interessant!
Ich schaue zum Fenster raus. Bedrohlich dunkle Wolken türmen sich auf. Die ersten dicken Tropfen platschen gerade an die Scheibe. Skeptisch begutachte ich die miese Wetterlage, „Hältst du das wirklich für eine so gute Idee?"
Leichte Verständnislosigkeit kriecht mitsamt Omas Stimme, in meine Ohrmuschel, „Warum nicht? Was könnten wir denn sonst noch an einem so schönen Tag machen?"
Schöner Tag? Hatte Oma etwa Tomaten auf den Augen?
„Äh...hast du mal aus dem Fenster geschaut, Oma? Es gibt gleich einen bösen Schauer. Und nach den Wolken zu urteilen...", mein Blick wandert inspizierend und fachmännisch zum Fenster raus, „...könnte es sogar Gewitter geben!"
Stille am anderen Ende der Leitung. *Nanu? Was ist denn jetzt los?*
„Oma?"
„Ich bin gleich bei dir!" Tutututututututut! Aufgelegt.
Verdutz starre ich den Hörer an. *Was hat DIE denn?* Dann mustere ich mit einer leicht säuerlichen Miene den Regenguss draußen.
Muss Oma denn wirklich bei so einem Mistwetter jetzt da draußen rumlaufen? Ich bin doch kein kleines Kind, das vor so einem bisschen Blitz und Donner Angst hat. Was denkt sie denn von mir?
Ich befördere den Wäschekorb mit einem verärgerten Tritt in die Ecke und kraule Rosalinde, die zitternd neben mir sitzt, den zartrosa Rücken, „Heute bleibst du hier im Haus, nicht wahr, kleine Maus?"

Mit einem Satz ist sie auf den Beinen und düst die Wendeltreppe nach oben. Den Geräuschen nach zu urteilen versteckt sie sich im Schlafzimmer unter ihrer Decke.
So ein feiges Schwein. Ich lache in mich hinein. Doch mein Lachen wird abrupt unterbrochen. Bumbumbum!
Hui, Oma ist ja richtig fix.
Eilig öffne ich die Tür und lasse eine völlig durchnässte Großmutter ins Haus. Mein Blick wandert missbilligend über ihre durchweichte Garderobe, „Du musstest ja unbedingt bei DEM Wetter herkommen." Ich schiebe noch einen tadelnden Blick hinterher und ich reiche ihr ein frisch gewaschenes Handtuch aus dem Wäschekorb.
„Komm erst mal rein!" Unter Druck, versuche ich die widerspenstige Frau, die Treppe nach oben in die Küche zu lotsen, „Komm, ich mache dir erst mal einen heißen Kamillentee!" Doch Oma bleibt stocksteif, wie ein störrischer Esel, stehen. Ihre zittrigen Hände trocknen fahrig ihr blondes nasssträhniges Haar. Ihr Blick, dunkel und glänzend, ist auf mich gerichtet. Sie macht mir ein bisschen Angst, „Was hast du?"
„Es ist soweit!" Ihre Augen, groß wie Golfbälle, richten sich demonstrativ auf die kleine grüne Holztür. Mein Herz beginnt wie verrückt zu pochen.
Eingeschüchtert mustere ich DIE Tür und Omas leise Worte verstärken meine Ängste noch,
„Jo braucht deine Hilfe!"

Schuldgefühle Teil1

In der Technik heißt das, was einem die ganze Arbeit abnimmt, Automation.
Als Kind nennt man es einfach Mutter.

Es ist Mittwoch, der 14. März 1973.

Klick.
Heimliches Geraschel und leises Geflüster auf dem Flur, „Psst, alle schön leise sein!"
Klick. Klick.
„So, fertig. Sie brennen alle!"

Zehn Füße dribbeln auf Strümpfen, die Treppe nach oben. Kurz vor der angestrebten Tür, versammeln sie alle zu einem Knäuel, „Sollen wir reinstürmen?"
Frederick reibt sich voller Vorfreude die Hände.
„Nein, nein, bloß nicht", Betty kichert leise. Ihre freie Hand, in der anderen trägt sie einen Kuchen mit brennenden Kerzen, drückt sachte die Türklinke nach unten und schiebt lautlos die Tür auf. Nur ein leises Schaben ist zu hören, als untere Türkante über den hochflorigen Teppich streicht. Das helle Licht vom Flur wirft einen kleinen Lichtkorridor in den Raum, gerade bis an die Bettkante von Jo's Bett. Betty zählt leise, „Eins, zwei, drei...!"
Aus fünf Kehlen erklingt es plötzlich lauthals und ziemlich unmelodiös,
„Zum Geburtstag viel Glück, zum Geburtstag viel Glück, zum Geburtstag, liebe Johooo, zum Geburtstag viel Glück!"
Emilie springt auf das Bett und zieht die Bettdecke mit Schwung nach unten, „Alles Gute zum Geburtstag, Jo!" Jo schielt verwirrt vom Kopfkissen hoch auf, reibt sich die Augen, gähnt herzhaft und staunt dann mit großen, glänzenden Augen, „Oooh, wie schöööön!"
Eine große Schokoladentorte mit fünf brennenden Kerzen schwebt dicht vor ihrer Nase. Jo blickt in Bettys lachendes Gesicht, dass ihr auffordern zulächelt, „Komm schon, kleine Schlafmütze. Blas die Kerzen aus und wünsch dir was!"
Doch Jo zieht die Bettdecke mit einem Ruck wieder hoch, „Oh bitte, Onkel Jules...nicht!"
Jules rutscht gerade auf Knien vor ihrem Bett rum, die Kamera im Anschlag und versucht angestrengt, Jo mitsamt Kuchen und Kerzen, als Erinnerung an diesen Moment, abzulichten, „Ach, Kleines, lach doch mal...du wirst schließlich fünf Jahre heute. Das muss man doch festhalten."
Jo linst unter der Decke hervor, zieht eine schielende Grimasse und streckt die Zunge raus. Klack.
„Das wird bestimmt ein tolles Bild. Sollten wir direkt im Wohnzimmer aufhängen!" Frederick verbeißt sich ein Lachen. Jules zieht eine bettelnde Schnute, „Ach komm, Jo, nur ein Bild!" Das Geburtstagskind lässt sich erweichen, zumal sie nicht als Grimasse im Wohnzimmer hängen will, „Okay!"
Lächelnd posiert sie dann doch, mit sehenswerter Zahnlücke, mit Torte und mit ihren fünf brennenden Kerzen, für ein hübsches Erinnerungsfoto und setzt dabei ein königliches, huldvolles Lächeln auf. Klack.
„Das wird schön!" Jules ist zufrieden, „So, und jetzt...pusten!"

Jo nimmt tief Luft, schließt die Augen und pustet kräftig, bis jede einzelne Kerze erloschen ist. Alle klatschen Beifall.
„Und, was hast du dir gewünscht?" Emilie rutscht neugierig an Jo und die Torte heran.
Die kleinen roten Zuckergussherzen haben es ihr angetan und sie hofft, dass Jo ihr eines davon abgibt. Frederick, ihr Bruder ereifert sich sofort, „Das darf man doch nicht sagen, du Dummi!" Sofort trifft ihn ein tadelnder Blick seines Vaters, „Frederick!"
„Kriegen wir heute Schokoladenkuchen zum Frühstück?" Emilie leckt sich begierig die Lippen. Sie zwinkert Jo klammheimlich zu.
„Ausnahmsweise", schmunzelt Betty.
Auch Jules steuert sein Kommentar dazu, „Und nächste Woche gehen alle Kinder die Schokoladenkuchen frühstücken zum Zahnarzt!" Gespielt streng droht er ihnen dabei mit dem Finger.
„**NEEIINN!**" Lachend und kreischend türmen die Kinder polternd aus dem Zimmer.
„Na, dann…", Betty schnappt sich ihren Mann und die Torte, „…auf in den Kampf!"
Beides bugsiert sie aus dem Zimmer, runter in die Küche, wo sie schon von einer schokoladenhungrigen Meute erwartet werden.
Zur Feier des Tages dürfen Jo und Emilie heute im Kindergarten blau machen und zuhause bleiben. Jules schnappt sich die beiden Jungs, verfrachtet sie nach dem kalorienreichen und kariesfördernden Frühstück, ins Auto und fährt sie in die Schule. Natürlich maulen die Jungs. Auch sie hätten gerne blau gemacht und das tun sie auch lautstark kund.
„Kommt nicht in die Tüte, ihr Rabauken!" Ein energisches Machtwort vom Vater bringt sie schließlich zum Schweigen und schon sind die drei Männer weg. Emilie und Jo freuen sich im Chor, wie Bolle, **„Wir haben heute frei…wir haben heute frei!"**
Mit schokoladenverschmierten Mündern springen sie um den Tisch und führen einen hampelnden Freudentanz auf. Betty dämpft diesen Überschwang an kindlicher Energie, „Jubelt nicht zu früh…ihr müsst mir bei den Vorbereitungen für die Geburtstagsfeier heute Mittag helfen." Erstaunt hält Jo in ihrem Tanz inne, „Ich bekomme eine Geburtstagsfeier? Kommen da auch Gäste?" Damit hat sie nicht gerechnet.
Betty nickt verblüfft, „Ja, mein Schatz. Ich habe die Nachbarskinder, Heike und Kerstin, eingeladen. Und dann sind auch noch Gabriel und Frederick da. Onkel Jules kommt heute auch früher nach Hause. Oma Sarah und Opa Ronald kommen auch und Frau Bongart…ja, die versucht auch zu kommen."

Jo's Stirn legt sich nachdenklich in Falten, „Boah, das sind ja…", aufgeregt versucht sie an ihren Fingern abzuzählen und gibt aber gleich auf, weil zählen doch zu langweilig ist „…das sind ja richtig viele!"
Betty lächelt nachsichtig, „Ja, und alle haben sie Hunger. Also müssen wir noch Kartoffeln kochen, für den Kartoffelsalat. Den Salat putzen. Die Würstchen auftauen. Das Wohnzimmer ausräumen für euch Kinder.
Die Luftballons aufblasen, und, und, und…!" Die Kinnladen der beiden Mädchen sacken nach unten, „Das ist aber viel!" Bedröppelt schauen sie sich an, „Wir wollten eigentlich ein bisschen spielen." Bettelnd verziehen sie ihre kleinen Schmollmündchen. Betty verkneift sich eisern ein Lachen und überlegt übertrieben, „Hmm…vielleicht…ich könnte euch allerdings auch ein tolles Schaumbad einlassen und ihr könntet in der Badewanne spielen, in der Zeit in der ich alles vorbereite?" Unschuldig betrachtet sie bei ihrem Vorschlag, ihre Fingernägel. Lärmend und jubelnd toben die beiden Mädchen augenblicklich, wie ein Wirbelsturm nach oben. Man könnte fast annehmen, sie würden gerne baden! Gutmütig, wie Betty ist, schüttelt sie den Kopf und folgt ihnen nach oben. Auf dem Weg zum Badezimmer im ersten Stock, klaubt sie verschieden Kleidungsstücke auf, derer die Mädchen sich beim hinaufrennen bereits entledigt haben. Hosen, Pullis, vereinzelte Socken und zuletzt ihre gestreiften Unterhosen vorm Badezimmer.
Pudelnackt hüpfen Jo und Emilie bereits patschend auf den blauen Fliesen des Badezimmers rum und klatschen im Takt, „Baden! Baden! Baden!"
Mit Schwung landen einige Utensilien in der Wanne, die sich langsam und stetig mit Badeente, Badeschwamm, Schiffchen, Plastikfrösche, Gießkanne, Eimer und bunten Waschlappen füllt. Betty versucht lachend, die Spielzeugflut etwas einzudämmen, „Hey, hey, hey, da muss auch noch etwas Platz für euch beide bleiben." Altklug hebt Jo belehrend ihren Zeigefinger, „Aber, Tante Betty…das brauchen wir doch alles!" Quietschend flutschen die beiden in das herrliche, warme Nass. Betty schüttet noch etwas Badezusatz dazu, um den beiden auch noch eine Schaumorgie zu bescheren, „So, und jetzt wild wirbeln!" Sechs Hände strudeln das Badewasser so lange, bis die Mädchen drohen in einem weißen, fluffigen Berg zu verschwinden. Zufrieden betrachtet Betty das Werk, „So, ihr zwei. Dann viel Spaß. Und denkt dran. Wenn ihr anfangt zu schrumpeln und eure Finger und Füße aussehen wie nasse Rosinen, dann ruft mich."

Lautes Mädchengekicher folgt ihr nach draußen. Betty wirft noch einen schmunzelnden Blick auf die übermütig kichernden Mädchen, dann geht sie nach unten.
Schön, dass Jo heute so gut drauf ist. Wenn man bedenkt was letztes Jahr war. Sie hatte letzte Nacht noch mit Jules diskutiert, ob sie morgen, am Jahrestag ihrer Mutter, zum Friedhof sollten. Sie war entschieden dagegen gewesen. Wenn Jo nicht daran dachte, wollte sie sie auch nicht daran erinnern. Gott sei Dank ließ Jules sich überzeugen.
Energisch schiebt sie die trüben Gedanken an Anabelle beiseite und beginnt mit den Vorbereitungen.

Ding Dong! Ding Dong!
„Ich mach auf. Ich geh schon!" Jo stürmt an die Haustür. Mit ihrem geblümten Kleidchen und den zwei lustigen Rattenschwänzchen sieht sie richtig putzig aus.
„Da ist ja das Geburtstagskind. Komm her, mein Engel und lass dich knuddeln!" Oma Sarah hebt Jo hoch und drückt ihr einen dicken, feuchten Kuss auf die Wange. Eigentlich findet Jo das ja nicht so toll.
Bäh! Feuchte Schmatzer!
„Jetzt bin ich dran!" Opa Ronald greift sich Jo flugs aus den Armen seiner Frau und verteilt lauter kleine Küsschen auf ihrem Gesicht. Jo kichert und wehrt ihn halbherzig ab, „Nicht, Opa Ronald...du kratzt!" Strampelnd rutscht sie an ihm herunter. Doch Opa Ronald ist nicht böse, weiß er doch, dass kleine Mädchen seine Bartstoppeln nicht so mögen. Er lächelt auf Jo hinab, „Alles Liebe zu deinem Geburtstag, kleine Maus!" Er hält ihr ein bunt eingewickeltes Päckchen unter die Nase.
„Danke!" Mit strahlenden Augen reißt Jo sofort das Papier runter.
„Wollt ihr nicht reinkommen?" Amüsiert zieht Betty ihre Schwiegermutter und Jo ins Wohnzimmer. Ronald inspiziert zuerst mal die Küche, besser gesagt den Kühlschrank und nimmt sich eine Cola raus. Aus dem Wohnzimmer nebenan ertönt lautes Kinderlachen.
„Oh, wie schön, schau mal...Tante Betty, guck doch mal. Sie tanzt sogar!" Eine klingende Melodie ertönt. Ronald lächelt in sich hinein, als er die leise Musik hört.
Im Wohnzimmer bewundert Jo die kleine weiße Schmuckschatulle. Wenn sie den silberverzierten Deckel öffnet, hat sie herausgefunden, dann ertönt eine wunderschöne Melodie und eine klitzekleine Ballerina mit rosa Tutu, tanzt dazu. Stolz, mit strahlenden Augen, zeigt sie sie herum.

„Hast du schon in die oberste Schublade geschaut?", fragt Oma Sarah unschuldig. Sie hat es sich mittlerweile auf dem geblümten Sofa, in der Ecke, bequem gemacht. Aufgeregt und mit spitzen Fingern zieht Jo vorsichtig die kleine Lade auf, „Tante Betty, Tante Betty, Ohrringe! Schau mal, wie süß! " Kleine goldene Herzen blinken Jo entgegen.
„Du brauchst doch auch Schmuck für deine Schatulle!" Schelmisch blinzelt Oma Sarah Jo zu. „Oh, Oma Sarah, die sind wunderschön! Vielen, vielen Dank." Jo strahlt wie ein seliges Honigkuchenpferd. Bewundernd und auch ein bisschen neidisch, begutachtet auch Emilie das edle Geschmeide.
„Das war doch nicht nötig gewesen", flüstert Betty Sarah zu. Sarah winkt ab, „Papperlapapp! Sie ist doch so gut, wie unsere Enkelin. Es gefällt ihr und sie freut sich. Schau doch nur! Das ist genau das, was wir wollten." Sie streicht Betty beruhigend über den Arm, „Ist schon richtig so, mein Kind!"
Doch dann bekommt Sarahs Stimme allerdings einen ernsten Unterton, „Aber sag mal…", sie nickt unauffällig in Jo's Richtung, „…hat sie gefragt…du weißt schon, wegen Anabelle…ich meine…habt ihr mit ihr…?" Betty schüttelt unauffällig den Kopf, „Nein und Jules und ich sind uns einig, dass wir sie auch nicht daran erinnern wollen."
Jules Mutter streichelt sanft Bettys Wange, „Das ist die richtige Entscheidung. Würde ich wahrscheinlich auch nicht tun!" Sie blickt zu Jo rüber, die sich gerade die Ohrringe von Jules anziehen lässt und seufzt schwermütig, „Sie soll leben und ihr auch. Anabelle hätte es sicher so gewollt!" Der bedrückende Moment hält noch zwei Sekunden an, dann tätschelt sie beschwichtigend Bettys Arm und geht rüber zu Jo, um die neuen Ohrringe gebührend zu bewundern. Nach und nach trudelt der Rest der Gästeschar ein. Kerstin, Heike und die beiden Brüder, die endlich aus der Schule kommen. Das Telefon klingelt. In dem Begrüßungstrubel kann Betty fast nichts verstehen. Mühsam hält sie sich ein Ohr zu, während sie den Hörer an das andere Ohr presst, „AH, FRAU BONGART!" Sie lauscht angestrengt, „WAS? OH! DAS IST ABER SCHADE, ICH WERD'S JO AUSRICHTEN. GUTE BESSERUNG!" Bedauernd legt Betty auf. Leider hat eine Erkältung die arme Frau Bongart niedergestreckt, so dass sie das Bett hüten muss. Allerdings wird sie wird es Jo erst sagen, wenn sie fragt. Im Augenblick ist sie so glücklich. Betty spitzt durch die Tür. Die Spiele sind mittlerweile im vollen Gange. Momentan springt Ronald, sehr zu Belustigung der Kinder, mit einem Sack quer durch den Raum und versucht nicht hinzufallen.

Die Betonung liegt auf ‚versucht'. In der Hitze des Gefechts kommt ihm leider der wunderschöne große Farn in die Quere. *Hoffentlich überlebt das arme Pflänzchen.* Die Kinder und Sarah kreischen vor Begeisterung. Typisch *Ronald. In den Kreisen von Kindern, wird er immer selbst zum Kind.*
Ihr Blick wandert zu ihrer Armbanduhr. *Schon vier. Wo bleibt nur Jules?*
Wie auf Kommando läutet es an der Tür. Ding Dong!
„Ich geh, ich geh." Schon saust Jo an ihr vorbei. Die Tür wird überschwänglich aufgerissen.
„Onkel Jules, Onkel Jules, komm schnell rein, wir spielen Sackhüpfen. Opa Ronald ist in den Blumenstock gefallen! Er hat sich aber nicht wehgetan! Spielst du mit uns?" Jules, gerade erst angekommen, lacht gutmütig, wehrt sich allerdings gegen Jo's Gezerre. Neugierig quellen jetzt auch die anderen aus dem Wohnzimmertürrahmen. Jules legt dem hippeligen kleinen Mädchen vor sich, beruhigend die Hand auf die Schulter und grinst sie verschmitzt an, „Warte, Kleines, warte...ich bin nämlich nicht allein!"
Leicht verunsichert schielt Jo durch seine Beine, um gleich darauf verdutzt hoch in sein Gesicht zu schauen, „Da ist doch keiner mehr!"
Jules grinst breit, tritt einen winzigen Schritt zur Seite und zeigt neben sich, „Doch...da will dir noch jemand zum Geburtstag gratulieren." Auf Zehenspitzen beugt sich Jo vor, lugt um die Ecke, um gleich darauf laut kreischend in Jules Arme zu springen, **„Ein Fahrrad. Ein rosa Fahrrad!"** Sogleich wirft Jo sich in den langgezogenen Sattel, hievt es umständlich die drei Stufen hinab und strampelt los. Quer durch den Vorgarten. Ein glückliches Lachen begleitet sie. Sie hat nun ein rosafarbenes Bonanzarad!
 „Guck mal, ein Bonanzarad, wie unsere!", bemerkt Frederick.
„Ja, aber schweinchenrosa", entschlüpft es Gabriel, mit einem skeptischen, schrägen Blick. Unter bewundertem Beifall eiert Jo stolz eine Runde nach der anderen, auf der Wiese herum und wünscht sich in diesem Augenblick, der Tag würde NIE zu Ende gehen. Aber...der Tag neigt sich irgendwann dem Ende zu!
Die Kinder gähnen hundemüde. Der Kuchen ist restlos verputzt. Die Würstchen sind alle verschlungen, bis auf ein kleines, mickriges, der obligatorische Anstandsrest. Reste des Kartoffel-, und Nudelsalates, werden in verschließbaren Plastikschälchen, im Kühlschrank verstaut und im Flur stapeln sich leere Saft-, und Wasserflaschen und warten auf ihren Abtransport in den Getränkekeller.

Auch der ramponierte Farn ist mittlerweile notdürftig verarztet worden und thront wieder an seinem angestammten Platz. Emilie und Jo sind ohne Widerrede nach oben verschwunden und sogar die beiden großen Jungs sind ohne zu murren, nach dem Zähneputzen direkt ins Bett. Emilies gleichmäßige Atemzüge deuten bereits auf einen tiefen Schlaf hin. Jo unterdrückt halbherzig ein Gähnen. Betty und Jules sitzen noch auf ihrer Bettkante, „Hat dir der Tag gefallen?"
Liebevoll streicht Betty die Bettdecke glatt.
„Oh, ja, Tante Betty. Es hat richtig Spaß gemacht. Und tut mir leid um deine Pflanze. Das hat Opa Ronald wirklich nicht mit Absicht gemacht." Betty gluckst unterdrückt, „Nicht schlimm, das wird der Farn schon verkraften! Hauptsache du hattest Spaß!" Jules grinst breit.
Jo unterdrückt ein weiteres Gähnen und schiebt ihre kleine Hand in seine, „Danke, Onkel Jules, für das schöne Fahrrad. Es ist das tollste Rad auf der ganzen Welt!"
Jules tätschelt Jo's Finger und orakelt übermütig, „Glaub mir, wenn der Sommer kommt, fährst du Gabriel und Frederick vor der Nase weg." Jo lächelt müde. Sie kann kaum noch die Augen offenhalten und Betty erhebt sich vorsichtig, „Schlaf jetzt, kleiner Schatz. Und noch mal: Happy Birthday!" Jo ist eingeschlafen.

Am Morgen läuft alles wieder seinen normalen Gang. Die beiden Jungs streiten sich am Frühstückstisch um das Marmeladenglas, Jules liest die Zeitung und wirft ihnen zwischendurch ermahnende Blicke zu, Betty packt die Frühstücksbrote in die Schul- und Kindergartentaschen und Emilie und Jo werfen sich kichernde Blicke zu, knabbern dabei an ihrem Honigtoast und baumeln unternehmungslustig mit ihren kurzen Beinchen.

Punkt 13 Uhr.
„Tante Betty, schau mal was ich habe!" Jo kommt mit Emilie zusammen, händchenhaltend den Kiesweg entlang marschiert, eine gelbe Papierkrone auf dem Kopf thronend. Sie dreht sich noch mal um und winkt Kerstin und ihrer Mutter zu, die sie netterweise mit nach Hause genommen haben, „Tschühüüss, Kerstin…bis morgen!" Übermütig hopst sie die drei Stufen rauf. Emilie hinterher. Stolz zeigt sie auf die selbstgebastelte Krone, auf der ein große 5 unübersehbar prangt, „Siehst du, da steht drauf das ich fünf Jahre bin!" Emilie zieht schmollend eine Schnute, „Ich will auch so eine!"

Betty streicht ihrer Tochter übers Haar „Bald, mein Schatz. Bald hast du ja auch Geburtstag. Und dann bekommst du bestimmt auch so eine tolle Krone, wie Jo!"
Doch Emilie ist noch nicht fertig, „Bekomm ich dann auch so ein Nanzarad wie Jo?" Ein äußerst hoffnungsvoller Blick haftet an dieser Frage! Ihre Mutter schüttelt schmunzelnd den Kopf, „Wenn ich dir jetzt schon sage was du bekommst, ist es doch keine Überraschung mehr."
Ob diese Antwort Emilie besänftigt hat, bekommt Betty nicht mehr mit, denn die Mädchen stürmen in die Küche, „Ich hab meine ganze Brotdose leergegessen!" Jo packt ihren Kindergartenrucksack aus, „Ich auch!"
Betty, die ihnen auf dem Fuß gefolgt ist, erscheint im Türrahmen und wird sofort von Emilie bestürmt, „Dürfen wir hochgehen und noch etwas spielen, bis Frederick und Gabriel kommen?" Betty seufzt.
Woher nahmen die Kinder nur diese unerschöpfliche Energie? Hatten sie nicht schon den ganzen Morgen im Kindergarten getobt?
Doch sie ergibt sich, zumal sie noch fertigkochen muss, „Ist gut. Ich rufe euch, wenn das Essen fertig ist!" Gut gelaunt hüpfen die Mädchen plappernd nach oben.
Ding Dong.
Betty schaut irritiert auf die Küchenuhr. Für die Jungs ist es noch zu früh. Sie geht zur Tür. Kerstins Mutter steht davor. Fragend schaut Betty sie an. Kerstins Mutter drückt ihr ein Päckchen in die Hand, „Habe ich vorhin vergessen Jo zu geben. Das ist von Frau Bongart. Ich habe sie heute Morgen vor der Tür getroffen, als ich Kerstin in den Kindergarten bringen wollte.
Sie hat's wirklich richtig übel erwischt. Hustet andauernd! Und ich soll dir ausrichten, dass es ihr wahnsinnig leidtut, dass sie gestern nicht kommen konnte. Deswegen hat sie mir Jo's Geburtstagsgeschenkt gegeben, damit ich es hier abgebe."
Gerührt betrachtet Betty das Päckchen, „Ach, das ist aber lieb. Ich werde es ihr nachher geben. Vielen Dank. Und morgen Früh, wenn die Kinder aus dem Haus sind, schau ich mal bei Frau Bongart vorbei. Vielleicht braucht sie ja was." Lächelnd verabschieden sich die beiden Frauen.
Betty legt das Päckchen auf die Kommode im Flur und vergisst es die nächsten Stunden.

Am Abend, Jules ist mittlerweile zuhause, als alle beim Abendbrot sitzen und über ihren Tag berichten, fällt ihr das Päckchen spontan wieder ein.

„Jo, im Flur auf der Kommode liegt noch ein Geschenk für dich. Es ist von Frau Bongart. Leider konnte sie gestern nicht kommen, weil sie eine schlimme Erkältung hat. Habe ich ganz vergessen dir zu sagen. Frau Bongart rief nämlich gestern noch an, als ihr mit Opa Ronald gespielt habt." Jo schaut betrübt aus der Wäsche, „Oh, die arme Frau Bongart. Da müssen wir sie aber noch besuchen gehen und Blümchen und Hustensaft vorbeibringen!" Dann springt sie auf, läuft in den Flur und kehrt mit dem Geschenk zurück. Sie rüttelt neugierig. *Was mag da wohl drin sein?*

„Oh, guck mal, da ist noch ein Brief dran. Liest du ihn mir vor, Tante Betty?" Sie reißt die Karte ab, reicht sie an Betty weiter und zerrt ungeduldig das Papier herunter. Betty öffnet den Brief und liest vor:

„Liebe Jo, ich wünsch dir alles Liebe zu deinem 5. Geburtstag. Leider konnte ich nicht kommen, da ich etwas krank bin. Ich bin sicher, du hast eine schöne Feier und ganz viel Spaß und bestimmt hast auch tolle Geschenke bekommen. Wenn ich wieder Gesund bin, komme ich dich ganz sicher besuchen. Ich hoffe dir gefällt das kleine Geschenk von mir.
Ganz liebe Grüße.
Frau Bongart"

Betty schaut zu Jo, „Das ist aber lieb, nicht wahr?" Doch Jo reagiert nicht. Kreidebleich sitzt sie am Tisch und hat die Augen weit aufgerissen. Alarmiert erhebt sich Betty, „Jo, was ist?" Langsam rutscht Jo von ihrem Stuhl. Mit hölzernen Schritten stakst sie stumm die Treppe nach oben, während die verdutzten Blicke ihrer Familie ihr folgen.

„Mama, schau mal...", Emilie zeigt auf das aufgerissene Geschenk. Betty lässt die hübsche Geburtstagskarte auf den Tisch sinken und starrt auf Jo's Platz. Dort liegen ein dicker Malblock und...ganz gewöhnliche Buntstifte!

Sie steht auf, geht rüber. Nachdenklich nimmt die Stifte in die Hand und betrachtet sie von allen Seiten. Ratlos schaut sie Jules an. Anschließend wandert ihr Blick durch die Küche, an deren Schränke Emilies farbenfrohen Kunstwerke fast alle Schranktüren zieren. Betty stutzt. *Emilies?* Sie schaut genauer hin. Mit dem Blick auf die bunten Bilder fragt sie leise, „Sag mal Emilie, wann hast du eigentlich das letzte Mal mit Jo gemalt?"

Emilie steckt den Finger in den Mund, überlegt angestrengt und zuckt dann mit der Schulter, „Weiß nicht, Mami." Betty steht auf, streicht mit den Fingerspitzen über die kunterbunten Bilderlandschaften und betrachtet sie genau, „Ist dir das aufgefallen, Schatz? Kein einziges Bild ist von Jo."
Jules sieht sich hilflos in der hellen Küche um. Was soll er darauf sagen? Darauf hat er nie geachtet. Betty schaut geistesabwesend ihre drei Kinder an. Wie die Orgelpfeifen stehen sie vor ihr, „Ihr geht nach oben, putzt euch die Zähne und zieht euren Schlafanzug an. Okay?"
Die Kinder nicken artig. Sie spüren, dass etwas in der Luft liegt. Leise schleichen sie die Treppe nach oben. Betty greift nach den Buntstiften auf dem Tisch, legt sie aber sofort wieder zurück. Betroffen schaut sie ihren Mann an, „Jules, Schatz, ich glaube, die Vergangenheit hat uns eingeholt." Schwerfällig dreht sie sich auf dem Absatz herum und geht zögernd nach oben.
Jo sitzt derweil in ihrem Zimmer am Fenster, ihrem Lieblingsplatz, von dem aus sie immer die Vögel beobachtet. Heute Abend beobachtet sie aber nicht. Ihr Blick ist aus dem Fenster gerichtet, aber sie nimmt nichts wirklich wahr. Die windgeschüttelten Zweige peitschen an die Scheibe, aber sie hört nichts.
Betty klopft und späht vorsichtig hinein, „Jo?" Das kleine Mädchen sitzt am Fenster, reagiert aber nicht, „Jo, Schatz?" Betty nähert sich ihr langsam. Der Teppichboden dämpft ihre Schritte. Jo sitzt merkwürdig steif auf dem Fensterbrett. Fast wie eine überdimensionale Puppe. Betty tritt an sie heran und dreht sie vorsichtig an der Schulter zu sich rum. Ausdruckslose Augen starren durch sie hindurch, „Jo, soll ich dir beim Ausziehen helfen?" Mechanisches Nicken.
Betty hilft Jo beim Anziehen des Schlafanzuges und trägt sie in ihr Bett. Sie fühlt sich unendlich hilflos, als sie Jo über das feine Haar streicht, „Schlaf ein bisschen. Morgen sieht die Welt schon ganz anders aus. Vielleicht willst du mir ja morgen erzählen was los ist?" Hoffnungsvoll blickt Betty auf das Kind herunter. Jo fixiert die Zimmerdecke. Resigniert atmet Betty aus, „Wenn was ist, rufst du uns, okay?" Nichts. Seufzend bückt sie sich und gibt Jo einen Kuss auf die Stirn.
Dann geht sie rüber zu Emilie, die sich schon leise in ihr Bett geschlichen hat, deckt sie ebenfalls zu und gibt ihr auch einen Gute-Nacht-Kuss.
Emilie schielt rüber zu Jo und flüstert, „Ich pass auf Jo auf!" Gerührt lächelt Betty, „Ich weiß mein Schatz. Schlaf gut." Dann löscht sie das Licht und schließt die Tür.

Schnell ist Emilie eingeschlafen. Jo indes, liegt noch lange wach, unfähig sich zu bewegen, doch irgendwann fällt auch sie in einen unruhigen Schlaf.

Mami, Mami! Wo bist du? Sie steht an der offenen Haustür. Der Wind reißt an ihrem dünnen Nachthemdchen. Ihre Mutter steht lachend im Vorgarten. „Jo, Schatz, sieh mal, dein Bild. Ich hab's gleich." Sie springt hoch und juchzt. „Nein, Mami, lass doch das Bild. Ich will nicht, dass du das Bild fängst. Es ist doch sowieso blöd." Sie versucht nach draußen zu laufen, aber ihre Füße sind wie festgenagelt. Mit aller Kraft versucht sie vorwärts zu kommen. Verzweifelt streckt sie die Arme nach ihrer Mutter aus, „Mami, komm zurück!" Jo weint!
Stöhnend wälzt sie sich unruhig im Bett.
„Ach, Jo, sei doch kein Spielverderber. Du hast es doch extra für mich gemalt." Ihre Mutter kichert übermütig. Jo streckt wieder verzweifelt die Arme aus, „Mami, geh nicht."
Flatternd huscht das Bild durch die Luft. Es hat aber plötzlich riesige Ausmaße, als ob es sich aufgebläht hätte. Höhnisch scheint ihr der gemalte Schutzengel darauf, zuzulachen. Sein Gesicht gleicht einer Fratze und er scheint sagen zu wollen: Deine Mutter will mich fangen, aber ich lass sie mich nicht fangen...hahaha! Ihre Mutter springt leichtfüßig über die kleine Mauer. Ihr braunes, schulterlanges Haar flattert wild um ihren Kopf. Jo kreischt ängstlich, „Nein, Mami, nicht auf die Straße...Maaami, komm zu miiir!" Tränenüberströmt zerrt sie wie verrückt an ihren Beinen. Sie bewegen sich nicht. Die Stimme ihrer Mutter weht zu ihr rüber, „Jo, ich fange es jetzt."
Dann...Motorengeräusche!
Panisch schaut Jo zur Straße. Wie wild hämmert sie mittlerweile auf ihre Füße ein, „Maaami, bleib stehen!" Ihre Mutter springt gerade lachend auf die Fahrbahn, den Blick hoch auf das monströse Bild gerichtet. Der Schutzengel darauf lacht hämisch auf ihre Mutter hinab.
Reifen quietschen!
Es gibt einen lauten Knall. Der riesige Kühlergrill des Autos reißt seinen Chromschlund weit auf...und ihre Mutter liegt reglos und stumm auf dem Asphalt.
„Mami, Mami, Maaaammiiii..."

„Schscht...Jo, wach auf, Schatz, wach auf. Du hattest einen Alptraum." Zitternd und schweißgebadet schlägt Jo die Augen auf.

Bettys rote Haare leuchten im fahlen Flurlicht, das hereinfällt. Sie streicht Jo eine nasse Strähne aus der Stirn, nimmt sie in den Arm, „Du hattest nur einen Alptraum, Kleines, nichts weiter!" Mit tränenverschleiertem Blick flüstert Jo nur, „Mami...!" Mitfühlend wiegt Betty das kleine Mädchen, und ihr Herz fließt über vor Mitleid mit dem kleinen Geschöpf in ihren Armen, „...ich weiß, mein Schatz, ich weiß." Beschwichtigend streichelt sie ihr übers Haar. Immer und immer wieder, bis Jo bettelnd nach oben, in ihr Gesicht schaut, „Bleibst du bei mir, Tante Betty? Ich will nicht alleine schlafen."
Vorsichtig schlüpft Betty zu Jo unter die Decke und drückt das, wie Espenlaub, zitternde Kind an sich, „Ich lass dich nicht alleine, mein Engel. Ich bin bei dir."
Nach einer scheinbar endlosen Zeit, entspannt sich der kleine Körper und Jo ist wieder eingeschlafen. Betty liegt noch lange wach und hängt ihren eigenen schmerzlichen Gedanken nach. Heute, auf den Tag, ist es genau ein Jahr her, seit dieser schreckliche Unfall das Leben dieses Kindes in seinen Grundfesten erschüttert hat. Heute, auf den Tag ist Anabelle genau ein Jahr tot! Ohne dass sie merkt, weint sie sich in den Schlaf!

Ein leises Klingeln rüttelt sie aus ihrem leichten Schlaf. Jules Wecker. Vorsichtig schält sie ihre schmerzenden Knochen aus dem schmalen Kinderbett. Jo schläft noch.
Leise huscht sie rüber ins Elternschlafzimmer und zieht sich rasch an. Behutsam macht sie die anderen Kinder wach. Jules kommt gerade aus der Dusche, „Alles in Ordnung? Du hast nicht im Bett gelegen, als ich wach wurde." Besorgt registriert er die dunklen Ringe unter ihren Augen. Er rubbelt sich das Haar trocken und lauscht Bettys Bericht.
„Sie hatte einen Alptraum...irgendwas von Anabelle!" Sie schüttelt die Kopfkissen auf und schlägt die Decken zurück, „Sie hat irgendetwas von einem Monsterbild genuschelt. Ich hab's nicht richtig verstanden." Energisch hebt sie die Schmutzwäsche auf, stopft sie in den Wäschekorb hinter der Tür und erstarrt mitten in ihrem Tun, „Du, ich glaube fast...sie gibt sich die Schuld an dem Unfall, weil Anabelle doch damals dem Bild nachgejagt ist, das sie für sie gemalt hat." Jules schnaubt, „Das ist doch Quatsch. Das war ein Unfall, sonst nichts. Ein dummer, blöder Unfall!" Eindringlich starrte er sie an und bekräftigt seine erste Aussage, „Nur ein Unfall! Jo kann nichts dafür!"

Betty nickt unglücklich, „Ich weiß es ja. Du weißt es. Aber weiß Jo es auch?"
Beide gehen stumm nach unten in die Küche, um die Pausenbrote zu machen und das Frühstück herzurichten.
Jules schaltet automatisch die Kaffeemaschine an und stellt einen Vorschlag in den Raum, „Vielleicht sollte Jo heute zuhause bleiben."
Er kommt zu Betty rüber, nimmt sie in den Arm und küsst sie auf den Mund, „Und du könntest dich heute auch noch etwas ausruhen. Muss sehr anstrengend für dich gewesen sein!"
Erstaunlich ruhig kommen die anderen Kinder, gewaschen und fertig angezogen nach unten. Nach einem Rundblick in die Küche fragt Frederick, „Ist mit Jo alles in Ordnung?" Gabriel beißt gerade herzhaft in sein Wurstbrot und Emilie bringt ihre Mutter und ihre Brüder auf den neuesten Stand, „Sie schläft ja noch!"
„Ja, sie kann auch noch etwas weiterschlafen. Ihr ging es heute Nacht nicht so gut. Deswegen bleibt sie heute zuhause." „Ich will auch zuhause bleiben", schmollt Emilie.
Betty gibt ihr einen liebevollen Nasenstüber, „Nein, mein Schatz, du gehst in den Kindergarten. Wenn du heute Mittag nach Hause kommst, ist Jo bestimmt wieder in Ordnung und ihr könnt draußen spielen!" Kritisch und nicht ganz überzeugt beäugt Emilie ihre Mutter, gibt sich aber geschlagen.
Jules verpackt die Meute in Anoraks und Mützen, es ist ziemlich kalt und ungemütlich draußen und verfrachtet alle im Auto, „Tschüss, Schatz, wenn was ist, ruf mich sofort im Büro an." Betty lächelt gequält, „Mach ich." Kuss.
Dann winkt sie ins Auto hinein, „Tschüss ihr drei und viel Spaß in der Schule und im Kindergarten." Als das Auto die Auffahrt verlässt, geht sie hinein und schließt die Tür und somit auch das ungemütliche Wetter aus.
Nachdenklich steht sie eine Weile in der Küche, bis sie zögernd mit dem Aufräumen beginnt. Als sie fertig ist, streicht sie sich müde das lockige Haar aus der Stirn, geht rüber ins Wohnzimmer und legt sich noch etwas auf die geblümte Couch. Die letzte Nacht hat sie doch mehr geschlaucht als sie zugeben will. Erschöpft legt sie eine Hand über ihre Augen und döst ein.

„Tante Betty?"
Erschrocken fährt Betty hoch. Verwirrt streicht sie ihr rotes wuscheliges Haar aus dem Gesicht und blickt in ein ernstes Kindergesicht. Jo. Sofort kurbelt sich der Mutterinstinkt hoch, „Hast du Hunger, Schatz? Soll ich dir was zu essen machen?"

Jo schüttelt den Kopf. Suchend schaut sie sich um, „Wo sind denn die anderen?"

„Oh, die sind schon weg. Ich dachte mir, dass du heute vielleicht zuhause bleiben möchtest." Jo ist zwar etwas erstaunt, doch sie sagt nichts dazu. Stattdessen fragt sie, „Kann ich schaukeln?" Betty zieht verdutzt die Augenbrauen nach oben, „Jetzt? Wie viel Uhr haben wir denn? Willst du nicht vorher doch lieber noch was Kleines essen?" Jo schüttelt abermals den Kopf, „Ich will schaukeln!"

Mühsam rappelt sich Betty auf und wirft einen Blick auf die große Standuhr in der Ecke. Schon neun. Sie ist tatsächlich noch etwas eingeschlafen! Sie wirft einen Blick aus dem Fenster. Vereinzelt stehlen sich ein paar Sonnenstrahlen durch die dicke unwirtliche Wolkendecke. Zögernd stimmt sie zu, „Okay, Schatz, aber zieh dich warm an. Es ist ziemlich frisch draußen!"

„Mach ich." Jo dreht sich um und bleibt stehen, „Vielleicht trink ich nachher noch eine heiße Schokolade!" Dann trottet sie nach oben, um sich ihren warmen Anorak zu holen. Eigentlich will sie keinen Kakao, aber Tante Betty macht den Eindruck, als ob es sie glücklich machen würde. Jo seufzt leise, während sie in ihrem Schrank herumkramt.Fünf Minuten später kommt sie wieder die Treppe nach unten.

„Vergiss nicht die Mütze!"

Verstohlen blickt Betty zum Küchenfenster hinaus und verfolgt das Mädchen mit ihrem Blick, bis es um die Hausecke verschwunden ist. Etwas beunruhigt geht sie nach oben und schaut im Kinderzimmer nochmals aus dem Fenster. Hier hat sie einen guten Blick, runter in den Garten. Jo sitzt auf der Schaukel und nimmt gerade Schwung. Noch eine kleine Weile beobachtet sie das Kind, dann macht sie sich an die lästige Hausarbeit. Nach etwa einer Stunde marschiert sie mit einem Becher heißer Schokolade hinters Haus. Nur mal nachschauen, ob alles in Ordnung ist.

Vielleicht erzählt Jo ja irgendwas?

„Ich dachte, dass du vielleicht **jetzt** was trinken willst." Sie hebt einladend den Becher hoch. Jo springt von der Schaukel, eilt auf sie zu und leert in einem Zug den ganzen Becher. „Danke, Tante Betty. Ich schaukele noch ein bisschen." Und weg ist sie. Betty glotzt den leeren Becher an und schaut dann wieder zu Jo, „Ich bin im Haus, wenn du was brauchst!", Leicht verunsichert zeigt ihr Daumen zum Haus. Aber Jo sitzt schon wieder auf der Schaukel und ist mit ihren Gedanken wieder weit weg.

Am späten Abend kommt Jules von der Kanzlei. Heute musste er länger arbeiten, da er an Jo's Geburtstag früher Feierabend gemacht hatte. Müde schließt er die Tür auf und lässt sich matt auf einen Küchenstuhl sinken. Betty wuselt flink in der Küche herum und wärmte ihm das Essen. Die Kinder sind schon gebadet und im Bett.
„Und? Alles in Ordnung heute?" Jules wirft seiner Frau einen besorgten Blick zu.
„Alles ok. Keine Vorkommnisse in der Schule. Im Kindergarten ist alles in Butter. Die Wäsche ist gemacht...", sie lacht, „...und das Essen ist auf dem Tisch."
Jules winkt ab und bohrt nach, „Du weißt doch was ich meine!"
Seine Frau setzt sich zu ihm an den Tisch und nimmt seine Hand, „Mit Jo ist, denke ich, alles in Ordnung. Sie hat gegessen, getrunken und ansonsten den ganzen Tag geschaukelt."
Nachdenklich mustert Jules Bettys Gesicht,
„Soso...geschaukelt...dann hoffen wir mal, dass das gestern Nacht nur ein kleines unerfreuliches Intermezzo war." Noch einen Moment hält er Bettys Blick fest, dann greift er hungrig nach der Gabel und schaufelt sich die aufgewärmten Spagetti rein. Während er isst, berichtet er von seinem Heimweg, „Scheiß Wetter. Ich habe auf dem Nachhauseweg fast nichts mehr erkennen können, so hat es geschüttet."
Er nimmt einem Schluck Wasser, es gluckert leise, als er schluckt und erzählt dann weiter, „Dabei hat es heute Morgen ausgesehen, als ob wir noch richtig nettes Wetter bekommen würden. War wohl ein Satz mit X...war wohl nix!" Betty nickt bestätigend. Auch ihr wäre schönes Wetter lieber. VIER Kinder im Haus zu bespaßen und gleichzeitig den Haushalt am Laufen zu halten, war auch nicht einfach. Aber, Gottlob, schläft die Horde bereits.
Wirklich?
Oben im Bett, wälzt sich Jo unruhig hin und her. Ein kleines schmerzliches Stöhnen unterbricht die Stille, „*Mami*...!"
Der Regen prasselt hart an die Scheibe. Es hört sich an, als ob feine Nadeln sich in die Glasscheibe bohren wollten. Der heftige Wind rüttelt an dem großen Baum vorm Fenster.
Mitten in der Nacht richtet sich Jo plötzlich in ihrem Bett auf. Sie hat schon wieder diesen schrecklichen Traum gehabt. Ihr Kissen ist ganz nass. Ebenso ihre Wangen. Ihr Herz pocht laut. Schmerz umklammert, wie ein Eisenring, ihre kindliche Brust. Ihr Atem geht schwer.
Leise schlüpft sie aus dem Bett und schleicht nach unten.

Wie in Trance öffnet sie die Haustür, die ihr eine starke Windböe sofort aus der Hand reißt. Heftig zerrt der Wind an ihrem Nachthemd, aber sie merkt es nicht. Eisiger Regen peitscht ihr ins Gesicht, aber sie merkt auch dies nicht. Barfuß geht sie hinters Haus. Das Hemdchen ist im nu durchweicht und klebt an ihrem schmalen Körper.
Regentropfen, die ihr in die Augen laufen, erschweren ihr die Sicht. Sie blinzelt. Die Schaukel hüpft aufgeregt im Wind. Sie greift nach der Kette, zieht sich auf das nasse Sitzbrett und nimmt Schwung. Wasser lauft in kleinen Rinnsalen an ihren schmalen Wangen herab.
Oder sind es Tränen?
„Mami...!"
Ihre Augen schließen sich. Sie will vergessen. Ihre kleine Seele blutet.

Leises Quietschen weckt Emilie und sie reibt sich verschlafen die Augen. *Was ist das?*
Leicht verstört schaut sie zum Fenster. Regentropfen klatschen laut an die Scheibe. Dann zuckt sie die Schulter und kuschelt sich wieder in ihre warme Decke. Sie muss sich wohl verhört haben. Müde bettet sie ihren Kopf wieder ins Kissen. Dann erneut leises Quietschen. Emilie ruckt hoch. Da ist doch was! Sie hat es doch gerade ganz deutlich gehört. Leicht ängstlich schielt auf die andere Seite des Zimmers, „Jo, hörst du das auch?" Aber es ist zu dunkel, sie kann nichts erkennen. Langsam lässt sie sich aus dem Bett gleiten und tappt rüber ans andere Bett, „Jo, bist du wach?" Ihre Hand tastet suchend über das Kissen und die Matratze. Nichts. Das Bett ist leer. Wieder dieses leise Quietschen.
„MAMA! MAAMAAA!"
Eilige Schritte erklingen augenblicklich im Flur. Die Tür geht blitzschnell auf und das Licht wird angeknipst. Im Schein der Deckenlampe steht Emilie mit hängenden Armen vor Jo's leerem Bett und schaut fragend ihre Mutter an.
Erneut ertönt das leise Quietschen.
Unfähig, auch nur einen weiteren klaren Gedanken zu fassen, eilt sie zurück ins Schlafzimmer, zerrt ihren Mann unsanft aus dem Bett und schleift ihn, noch schlaftrunken, ins Kinderzimmer. Stumm, mit riesigen ängstlichen Augen, deutet sie auf das leere Bett. Augenblicklich ist auch er hellwach. Emilie kauert am Fenster und schaut. Aber sie kann durch den Regen nichts erkennen. Das leise Quietschen dringt hinauf ans Fenster.

Ganz plötzlich wird Emilie klar, WAS sie da die ganze Zeit hört und was sie geweckt hat. Bevor sie etwas sagen kann, kommt ihr Vater ihr zuvor, „**Die Schaukel!**"
Hektisch stürzt er aus dem Zimmer. Die Jungs stehen verschlafen in ihrem Türrahmen und reiben sich verwirrt die Augen, „Was issn los?"
Betty scheucht sie wieder in ihr Zimmer, „Nichts, schlaft weiter!" Dann rennt sie besorgt ihrem Mann hinterher. Im Vorbeilaufen greift sie nach einem Mantel und streift ihn sich geistesgegenwärtig über.

Jo schaukelt noch immer wie in Trance. Sie ist völlig durchnässt und doch schwingt sie immer höher. Ihre Augen öffnen sich, legt den Kopf in den Nacken und sieht durch den dunklen, rauschenden Baumwipfel hindurch, in den nachtschwarzen Himmel. Ihre Zähne klappern vor Kälte. Sie bemerkt es nicht. Wie lange dünne Fäden fällt unablässig der Regen. Sie schaukelt immer höher, *„Mami…ich will bei dich. Mami…wo bist du?"*
Unsagbar traurig senkt sie das Kinn auf die Brust und schließt wieder die Augen.

„JO!"
Aufgeregt, nur im Schlafanzug, kommt Jules um die Ecke geschossen. Er sieht das kleine Mädchen, mit nichts als ihrem Nachthemd, hoch hinausschaukeln. Viel zu hoch. Die Kette ist bestimmt glitschig. Angst schnürt ihm die Kehle zu.
„JO!"

Die Baumwipfel rauschen. *Einfach loslassen!* Jo legt den Kopf in den Nacken und öffnet den Mund. Ein schmerzerfüllter Schrei löst sich aus ihrer Brust, „**MAAAMIII…**", und lässt los.

In dem Moment, als Jo hoch in der Luft vom Sitz rutscht, kommt Betty um die Ecke, „JO, NEIN!!!" Die Zeit scheint in diesem Moment stillzustehen!
Wie in Zeitlupe sieht sie den schmächtigen Kinderkörper durch die Luft fliegen. Jules hechtet instinktiv, mit ausgestreckten Armen nach vorne. Aber er ist zu langsam. Hart schlägt der kleine Kinderkörper auf den nassen, matschigen Boden und bleibt dann still liegen.
„**NEEEIIINNNN…!**" Bettys Schrei hallt durch den Garten.
Jules springt nach vorne und kommt, auf Knien schlitternd, bei Jo an. Vorsichtig dreht er sie um.

Seine zitternden Hände streichen ihr das Haar aus der Stirn. Unablässig prasselt der Regen auf sie herab. Ihre Augen sind geschlossen. Nasse Erde bedeckt ihre Wangen und Matsch durchtränkt ihr Nachthemd. Seine Verzweiflung kennt keine Grenzen, **„Oh, mein Gott, Jo, nein, lieber Gott, nimm uns nicht auch noch Jo."** Weinend umklammert er das reglose Kind, hebt sie hoch und eilt mit ihr auf dem Arm, zurück ins Haus. Betty hinterher. Der Schock steht ihr ins Gesicht geschrieben. Im Haus stürmen sie ins warme Wohnzimmer. Dort legt Jules das kleine Mädchen sachte auf der Couch ab.

„Wir brauchen eine Decke, Betty. Sie ist eiskalt." Er registriert das blasse Gesicht und die blauen Lippen. Zusätzlich forscht er nach weiteren äußerlichen Verletzungen. Doch da scheint, zum Glück, nichts zu sein. Betty kommt mit einem Stapel Decken ins Wohnzimmer gehetzt, „Ist sie verletzt? Oh mein Gott, Jules. Ist sie verletzt?" Völlig aufgelöst wickelt sie Jo ein. Schatten liegen unter ihren Augen. Jules zitternde Stimme klingt schon etwas ruhiger, „Nein, ich glaub nicht. Sie hat Glück gehabt das der Boden völlig aufgeweicht ist. Das hat den Sturz abgeschwächt." Jo's Brustkorb hebt sich langsam. Ihre Wimpern zittern und schließlich öffnet sie die Augen, „Was ist passiert?" Erleichtert knien sich Betty und ihr Mann an das Sofa, „Gott sei Dank, Jo, Liebes, tut dir was weh?" Ernst schüttelt Jo den Kopf, „Nein, ich bin nur so unsagbar müde. Ich will ins Bett." Ihre Augen fallen zu. Betty eilt nach oben, beruhigt die anderen Kinder so gut sie kann, dieser Tumult war nicht zu überhören gewesen und nimmt frische Kleider aus dem Kleiderschrank im Kinderzimmer. „Ist Jo was passiert?" Ängstlich klammert sich Emilie an ihr Kuscheltier. Betty atmet einmal tief durch. Sie will ihre Tochter nicht noch mehr beunruhigen, „Nein, Schatz. Sie ist nur völlig durchnässt. Ich bringe ihr frische, warme Sachen und dann geht sie auch wieder schlafen. Du kannst dich also ruhig wieder hinlegen und auch weiterschlafen." Sie nimmt sich die Zeit und wickelt ihre Tochter in die Decke. Dann streicht ihr noch liebevoll durchs Haar, „Ich hab dich lieb, meine süße Maus!"

„Ich dich auch, Mami. Gute Nacht."

Leise schließt Betty die Tür und hastet nach unten.

In Windeseile wechseln sie Jo die Kleidung, packen sie mit einer Wärmflasche, die Jules mittlerweile mit heißem Wasser gefüllt hat, in eine dicke Decke und lassen sich erschöpft auf den Boden vor die Couch sinken, „Ich bleib bei ihr. Geh du ins Bett." Betty schüttelt vehement den Kopf, „Nein, ich bleib auch hier!"

Kleine Wasserrinnsale laufen an ihren Körpern herunter und bilden kleine Pfützen auf dem Boden, „Ich glaube, ich gehe uns erst mal trockene Sachen holen." Derweil legt Jules einige Decken auf den Boden und baut für sich und seine Frau ein provisorisches Bett.
In frischen, sauberen, trockenen Kleidern kuscheln sie sich kurze Zeit später aneinander und jeder hängen stillschweigend ihren Gedanken nach. Dabei wachen an Jo' Seite.

Der Morgen bricht heran. Das Wetter hat sich etwas beruhigt. Jules schreckt hoch. *Mist, verschlafen!* Hektisch wickelt er sich aus der Decke.
„Wo willst du hin?"
„Ich habe verschlafen. Ich rufe schnell im Büro an, das ich später komme."
Verschlafen blinzelt Betty ihren Mann an, „Wir haben Samstag, Schatz!" Sie klopft mit einer Hand neben sich auf den Boden, „Komm, leg dich wieder hin. Die Kinder schlafen auch noch."
Erleichtert und auch etwas verwirrt, sinkt er neben sie, nimmt sie in den Arm, „Was für eine Nacht!"
Jo hustet kurz. Dann herrscht wieder Ruhe.
„Pscht, leise...", Betty kichert. Ihr Mann kitzelt sie brummelnd an der Halsbeuge, „Nicht, Jules, das kitzelt." Er küsst sie liebevoll auf den Mund und schiebt seine Hände unter ihr Nachthemd. Ihre zarte Haut fühlt sich warm und seidig unter seinen Fingern an. Seine Küsse wandern an ihr Ohr, „Ich liebe dich!" Betty lächelt und legt ihre Arme fest um seinen Nacken, „Ich dich auch."
„**Iihhh, was macht ihr da?**" Gabriel steht im Türrahmen und schaut leicht angewidert auf seine Eltern herab, „**Ihr knutscht doch nicht etwa?**"
Verschlafen stemmt Jo sich in die Höhe und sieht nach unten, zu Betty und Jules. Neugierig betrachtet sie sich diese, für sie, skurrile Szene, „Ja, was macht ihr da?"
Ertappt errötet Betty und nagt verlegen an ihrer Unterlippe.
„Mami und Papi küssen sich...Mami und Papi küssen sich...haha...!", trällert Emilie, die gerade an Gabriel vorbeigeschlüpft und nun tanzend und singend um sie beide rum hüpft. Jo grinst. Frederick gesellt sich dazu, „Bekommen wir hier noch ein Frühstück?" Er reibt sich seinen grummelnden Bauch und schaut seine Eltern vorwurfsvoll an. Jules lässt lachend den Kopf sinken, „Das war's dann wohl, mein Schatz. Vorbei ist die Ruhe!"

Am Frühstückstisch geht es heiß her. Gesprächsthema Nummer eins ist natürlich Jo's nächtlicher Ausflug. „Ich kann mich wirklich an nichts erinnern, ehrlich", sie zuckt mit den Schultern. Hust. „Dann bist du ein Schlafwandler…", frotzelt Emilie. „Bin ich nicht, bin ich nicht." „Kann ich noch einen Toast haben?" Hust. „Das gab bestimmt einen lauten Platscher, als du von der Schaukel gefallen bist!" „Ist noch Kaffee da, Schatz?" Hust. „Ich will auch mal im Regen schaukeln." „Das wirst du mal schön sein lassen, da fängst du dir nur eine Erkältung ein!" Hust. „Siehst du." Betty fühlt an Jo's Stirn, „Ist dir nicht gut?" Hust, Hust. „Doch, nur ein bisschen Kratzen im Hals." „Ich gebe dir nachher etwas Hustensaft!" „Mama, Gabriel hat mir mein Honigtoast geklaut." „Hab ich niiicht!" „Petze!" Eine ganz normale Samstagmorgendiskussion.
„Schatz, ich geh gleich einkaufen. Brauchst du noch etwas?" „Nö!" Die Zeitung verdeckt, leise raschelnd sein Gesicht.
„Okay, will jemand von euch mit?" Die banale Frage schoss automatisch in Richtung der Kinder. „Nein, ich muss noch Hausaufgaben machen!" Gabriel. „Ich muss noch für die Englischarbeit am Montag lernen." Frederick. „Jo und ich müssen spielen!" Emilie.
Betty zuckt die Achseln, „Also gut. Dann fahr ich eben alleine. Jules? Räumst du den Tisch nachher ab?" „Hmm!"
Wie gesagt, ein ganz normaler Samstagmorgen.
Als sie nach zwei Stunden von ihrem Großeinkauf zurückkommt, wird sie schon an der Tür erwartet.
„Mama, komm schnell." Frederick reißt ihr fast die vollbeladenen Taschen aus der Hand und zeigt mit seinem Ellbogen in den Flur hinein. Betty zuckt alarmiert zusammen, „Was ist denn los?" „Jo geht es nicht gut!" Betty stürzt in den Flur und wird schon von Jules erwartet, „Jules, was ist?" Der wiegelt beruhigend ab, „Ach, nicht so schlimm."
Im Augenblick balanciert er Hustensaft, Eukalyptussalbe und eine Tasse heißen Kamillentee vor sich her, „Jo, wird sich eine Erkältung zugezogen haben." Besorgt läuft Betty nach oben ins Kinderzimmer. Jules hat Jo vorsorglich schon ins Bett gepackt.
„Wir haben gespielt und auf einmal ist sie umgekippt!" Emilie sitzt unschuldig auf dem Teppichboden und nuckelt an ihrem kleinen Finger, „Ist sie schlimm krank?" Hust.
„Ich schau mal!" Betty kniet sich vor Jo's Bett. Hust. Glasig schimmernde Augen starren ihr entgegen. Besorgt legt sie eine Hand auf Jo's Unterarm, „Was ist los, mein Schatz?"
„Ich weiß nicht. Mir ist auf einmal ganz schummerig geworden. Mein Kopf tut auch weh und hier auch…",

sie streicht sich über die Brust. Mit dünnem Stimmchen haucht sie leise, „Mir ist gar nicht gut, Tante Betty." Hust. „Ich habe so kalt!" Betty befühlt die Stirn, „Kind du glühst ja!" Hust.
Jules tritt herbei und hält einen dampfenden Becher in der Hand, „Hier, trink erst mal einen Kamillentee!" Ermunternd reicht er Jo den Becher. Sie wendet sich jedoch ab und zieht ihre Decke über die Nasenspitze, „Will nicht. Ist eklig!" Hust.
Betty beschließt in Sekundenschnelle, „Jules, geh nach unten und ruf Dr. Heinen an. Ich messe die Temperatur!"
Eilig geht sie ins Badezimmer zum Medizinschrank und kommt mit dem Fieberthermometer zurück „So...jetzt mach schön den Mund auf. Unter die Zunge. Ja, so ist gut!"
Sie hört Jules unten im Flur reden und Gabriel übermittelt atemlos die Botschaft seiner Mutter, „Papa hat gesagt, der Doktor kommt in einer Stunde. Wir sollen sie gut warmhalten."
Der Junge betrachtet besorgt das kleine Häufchen Elend im Bett und versucht tatsächlich etwas Trost zu spenden, „Der Doktor gibt dir Medizin und dann bist du im Handumdrehen wieder gesund!" Jo lächelt schwach.
Unglaublich, wie lange sich eine Stunde ziehen kann.
Bestimmt zum hundertsten Mal schaut Betty auf ihre Armbanduhr. Der Zeiger scheint altersschwach vor sich hinzuhinken. Endlich. Nach genau 53 Minuten läutet es an der Tür. Jules begleitet Dr. Heinen sofort nach oben. Dort parkt dieser seine Tasche neben Jo's Bett und er lächelt aufmunternd auf die kleine Patientin herab, „Na, was hat denn die Kleine?" Hust. Hust. „Oh, das klingt aber gar nicht gut. Musst du spucken?" Jo zeigt nickend auf das Häufchen Taschentücher und eine abgedeckte Schüssel, neben ihrem Bett. Dabei stöhnt sie herzerweichend, „Mein Kopf...meine Brust...!" Dr. Heinen nickt und kündigt an, „Ich hör dich erst mal ab." Er kramt in seiner Tasche nach dem Stethoskop und haucht es mit seinem warmen Atem an, „Ist ein bisschen kalt!"
Dann horcht er aufmerksam. Jo hustet hart. Sie zittert. Die dunklen Schatten unter ihren Augen werden durch die Blässe noch hervorgehoben. Der Arzt hakt mit ernster Miene bei Betty nach, „Fieber?"
Betty holt den Daumennagel, an dem sie nervös herumgebissen hat, aus dem Mund und antwortet, wie aus der Pistole geschossen, „Vor einer halben Stunde knapp 39 Grad!"
Vorsichtshalber misst Dr. Heinen noch einmal, „39,6 Grad! Es steigt." Trotz seiner Sorge lächelt er auf Jo herab, „So, und jetzt messen wir deinen Blutdruck!"

Er legt ihr die Manschette um den Arm und pumpt. Die Werte scheinen ihn nicht wirklich zufrieden zu stellen. Sein knapper Kommentar, „Zu niedrig!" Ernst steht er auf und winkt Betty und Jules zu sich heran, „Wissen sie was eine Pneumonie ist?" Betty und Jules blicken erst sich, dann den Doktor fragend an. Gemeinsam verneinen sie. Also erklärt der Arzt, „Ich habe den starken Verdacht, dass sie eine angehende Lungenentzündung hat. Ich rufe zur Sicherheit den Krankenwagen. Im Krankenhaus werden dann ein paar Bluttests gemacht. Dann wissen wir genaueres." Sorgenvoll stimmen Betty und Jules zu.
Jo ist mittlerweile wieder halbwegs eingeschlafen.
Hastig packt Betty ein paar Kleider in eine Tasche. Derweil ruft Jules seine Eltern an, damit sie rüberkommen und Babysitten. Als der Krankenwagen kommt, fahren auch Sarah und Ronald gerade vor. „Wie geht es der armen kleinen Maus?" Völlig aufgelöst nimmt Sarah Jules in die Arme. Betty lächelt tapfer, doch ihre Besorgnis kann sie nicht kaschieren, „Ich weiß nicht. Sie müssen ein paar Tests machen." Sarah nickt verständnisvoll, „Fahrt ihr nur mit. Die Kleine braucht euch jetzt. Wir sind ja hier und passen auf die anderen auf!"
Erleichterung macht sich bei Betty breit, „Danke Mama!"

Es ist früher Nachmittag als sie das Krankenhaus betreten. Jo ist direkt auf die Kinderstation gekommen. Im Flur treffen sie auf den leitenden Oberarzt. Er wurde schon von Dr. Heinen informiert. Höflich weist er zu einem Nebenraum, „Am besten nehmen sie im Warteraum Platz. Es wird eine kleine Weile dauern bis wir fertig sind. Ich wird sie dann direkt rufen."
Mit dem Krankenblatt im Arm verschwindet er in Jo's Zimmer. Zäh verstreichen die Sekunden. Werden zu Minuten. Diese Warterei macht einen verrückt! Der kahle unpersönliche Warteraum zermürbt ihre Nerven.
„Ich mach mir solche Sorgen, Jules!" Nervös knetet sie ihre Finger. Schwestern gehen in dem Krankenzimmer ein und aus. Jules wischt sich einen feinen Schweißfilm von der Oberlippe, „Ich weiß. Aber wir können nur abwarten!" Nach einer dreiviertel Stunde winkt der Oberarzt, Dr. Schmitt, sie freundlich herein, „So, die Werte sind da!"
Er studiert er die Zahlen auf dem Krankenblatt und schaut dann ernst zu Betty und Jules, „Die Werte des CSP und die der Leukozyten sind extrem hoch. Ihr Blutdruck ist äußerst schwach. Und die Atemfrequenz liegt bei unter 30 pro Minute." Jules und Betty sind so schlau, wie vorher auch, „Und was heißt das?"

„Das heißt, der Verdacht ihres Hausarztes hat sich bestätigt. Ihre Tochter hat eine schwere Lungenentzündung."
Augenblicklich hebt Jules den Zeigefinger, „Ähm, das ist nicht…!"
„Unterbrich den Doktor doch nicht", fährt Betty ihn unwirsch an.
Dr. Schmitt blickt kurz von seinem Krankenblatt hoch, „Wie dem auch sei, wir verlegen sie sofort auf die Intensiv. Dort bekommt sie Flüssigkeitsinfusionen, Sauerstoff und Penicillin. Dann müssen wir die Nacht abwarten, ob es anschlägt!"
„Oh, mein Gott! Gestern war doch noch alles in Ordnung! Wie kann das so schnell gehen?" Betty bricht in Tränen aus und sie hängt sich bettelnd an den Arztkittel, „Kann ich bei ihr bleiben?"
„Ja…", er nickt ernst, „… aber nur sie. Normalerweise dürfen auf der Intensiv keine Besucher bleiben. Aber in diesem Fall…", er schaut zu Jo, „…mach ich eine Ausnahme!" Betty wischt sich die Tränen aus dem Gesicht, „Fahr du heim. Wenn sich was ändert, rufe ich sofort an." Jules kämpft mit seiner Fassung. Dass er seinem kleinen Mädchen nicht helfen kann, macht ihn rasend wütend. Seine Wangenknochen mahlen, doch er fügt sich den Anweisungen seiner Frau und begibt sich auf den Nachhauseweg. Sehr langsam biegt er in seine Auffahrt ein. Im Haus brennt Licht. *Was soll er denn den anderen sagen?*
Er stellt den Motor ab und bleibt hilflos sitzen. In seinem Kopf schwirren die Gedanken wie eine Schar wild gewordener Bienen. Immer wieder sieht er Jo's kleiner Körper durch die Luft fliegen. Fast kann er den eisigen Wind im Nacken spüren. Dann erinnert er sich an ihre überschwängliche Freude, als sie ihr Fahrrad entdeckte. Ihr Lachen hallt plötzlich in seinem Kopf. Wütend hämmert er auf das Lenkrad ein. Er hat Angst.
Schwerfällig steigt er aus und geht zum Haus. Innen ist es verdächtig still. *Schlafen die Kinder etwa schon?* Leise sperrt er die Haustür auf und geht in die Küche, **„Ich bin wieder da!"** Er schaut ins Wohnzimmer. Keiner da. **„Hallo, wo seid ihr?"** Er schlurft die Treppe nach oben, „Hallo?" Jedes Zimmer wird inspiziert. Doch nichts. Müde geht er wieder in die Küche. Da entdeckt er erst den Stapel Post, auf dem ein handgeschriebener Zettel liegt. Fahrig nimmt er ihn und liest laut,
„Hallo, mein Großer,
wir haben die Kinder mit zu uns genommen. Mach dir keine Sorgen um sie.
Wir rufen dich morgen an.
Kuss
Mama und Papa
P.S. Wir haben eure Post schon reingeholt!"

Jules grinst schief über den letzten unnötigen Hinweis, denn die Post liegt ja vor ihm. Desinteressiert überfliegt er die verschiedenen Umschläge und wirft sie zurück auf die Tischplatte. Er braucht einen Kaffee. Seine Nerven sind zu reißen gespannt. An Schlaf ist heute sowieso nicht zu denken. Er greift sich aus dem Schrank einen Becher und das Glas Instantkaffee. Eigentlich verabscheut er das Pulver, aber heute ist ihm alles egal. Plötzlich hält er inne. *War da eben nicht...*
Zurück am Tisch zerfleddert er unsanft den Haufen mit der Post. Mit spitzen Fingern fischt er den großen braunen Umschlag raus. *Warum ist ihm DER nicht direkt aufgefallen?*
Seine Hände zittern, als er den Umschlag unsanft aufreißt. Seine Augen überfliegen die dichtbedruckten Blätter. Sein Mund schließt und öffnet sich, aber es kommt kein Ton raus. Die Beine geben nach. Hart landet er auf dem Küchenboden.
Erschüttert lehnt er sich mit dem Rücken an den Küchenschrank. Der Brief segelt zwischen seine Beine und er weint.

Im Zimmer ist es ruhig. Nur das gelegentliche quietschen von Schuhen, draußen im Flur, ist zu hören. Und der rasselnde Atem des Kindes, das verloren in dem großen, weißen Bett liegt.
In ihren dünnen Ärmchen stecken dicke Infusionsnadeln, die allerdings von einem Verband bedeckt sind. Unaufhörlich tropft Flüssigkeit durch den schmalen, angeschlossenen Schlauch. Liebevoll tupft Betty immer wieder die schweißnasse Stirn des Kindes ab und versucht Jo und auch sich selbst zu beruhigen, „Mein Schatz, ich bin bei dir!"
Jo's feingeschwungen Lippen sind durch das hohe Fieber spröde und rissig. Betty geht zum Waschbecken, feuchtet einen Waschlappen an und wischt zärtlich über die aufgesprungene Haut. Ihr Herz zieht sich schmerzhaft zusammen und ganz plötzlich drängt sich der Gedanke auf, dass dieses kleine Mädchen vielleicht von ihnen gehen könnte.
„Jo, bitte geh nicht. Lass uns nicht allein!" Mit einem Mal sinkt sie auf den Stuhl, neben dem Bett, ihr Kopf sackt nach unten, sie umklammert Jo's kleine fieberheiße Hand. Ein tiefes Schluchzen löst sich aus ihrer Brust, „Bitte lieber Gott, nimm uns nicht auch noch Jo...nicht auch noch Jo!" Ihr tränenverschleierter Blick richtet sich in einer verzweifelten Geste nach oben, „Bitte Ana, hilf deiner Tochter! Bitte Anabelle!" Ihre Stimme erstirbt.

Schuldgefühle Teil 2
Lebe!

Blitze und Donner verursachen mir eine Gänsehaut und ich schaue meine Oma mit großen Augen ängstlich an, „Was soll ich tun, Joanna?" Mein Puls rast wie verrückt. Omi zeigt bange, mit zitterndem Zeigefinger, zur grünlackierten Tür, „Du musst durch die Tür gehen!" Meine Augen folgen ihrem ausgestreckten Finger und meine Beine fühlen sich an wie Blei,
„Und dann?"
„Ich weiß es nicht, Liebchen...ich denke, du wirst es sehen!"
Ich habe unsagbare Angst. Mit zusammengebissenen Zähnen und klammen Fingern umschließe ich den Türknauf. Gaaanz langsam drehe ich ihn nach rechts. Es klickt leise.
Gespannt halte ich die Luft an und öffne die Tür erst mal einen klitzekleinen Spalt. Und genau in diesem Moment weht ein kaum hörbarer Hauch zu mir herüber, bei dem es mir eiskalt den Rücken runterläuft, *„Bitte Ana, hilf deiner Tochter! Bitte Anabelle!"*
Betty. Das war eindeutig Bettys Stimme.
Und sie klingt unsagbar verzweifelt.
Ohne nachzudenken reiße ich nun vollends die Tür auf und renne blindlings drauf los.
Boing! „Autsch, mein Zeh!" Mit schmerzverzerrtem Gesicht hüpfe ich auf einem Bein durch das Zimmer. *Das Zimmer? Welches Zimmer?*
Ich vergesse den pochenden Schmerz in meinem malträtierten Zeh, lasse langsam den Fuß sinken und schaue mich ungläubig um. Der Schaukelstuhl, den ich fast umgerannt habe und der für meinen unglücklichen Zusammenstoß verantwortlich ist, schwankt bedenklich, fällt aber nicht um. Meine Augen werden tellergroß, als ich mich erstaunt umschaue.
Ich bin zuhause! Ich fasse es nicht. Ich bin zuhause!
Ergriffen streife ich durch den Raum. Betrachte meine ehemaligen Gardinen und meinen alten Esstisch, auf dem sogar noch der Abdruck eines feuchten Kranzes zu sehen ist. MEIN Abdruck, weil ich nie Untersetzter benutzt habe. Betty hat sich immer furchtbar deswegen aufgeregt. Diese alte Erinnerung zaubert mir ein wehmütiges Lächeln auf das Gesicht.
Ein Veilchenstrauß steht in einer verzierten Vase darauf. Es ist schön mollig warm.

Ich drehe mich um und bewundere den offenen Kamin, in dem lustig die Flammen tanzen. Doch dann stutze ich verwirrt.
Kamin? Wir hatten doch gar keinen Kamin.
Naja, hier war jedenfalls einer und mein alter Schaukelstuhl, mit dem zerschlissenen Sitzkissen, steht genau davor. Und noch etwas ist hier, „Meine Decke!"
Mit zwei großen Schritten bin ich wieder am Schaukelstuhl und berühre die cremefarbene Decke, die auf der Sitzfläche liebevoll auf der Armlehne drapiert ist. Mit gemischten Gefühlen und mit dem süßen Hauch der Nostalgie auf der Zunge, falte ich sie auf.
In der Mitte prangen die Namen: *Anabelle & Johanna*
Meine Decke. Eindeutig. Ich vergrabe augenblicklich mein Gesicht darin und inhaliere förmlich den unvergessenen Duft ein. Tief bewegt sinke ich in den Stuhl. In wehmütigen Erinnerungen versunken, vergesse ich sogar fast, warum ich eigentlich hier bin. Aber es fällt mir schnell wieder ein. Die Erinnerungen verpuffen und meine Nervosität steigt wieder.
Gespannt und aufmerksam richte ich mich mit einem Ruck auf und harre der Dinge die kommen werden!
Da höre ich ganz leise....
„*Mami...Mami*!" Wie ein klägliches Winseln dringt die Stimme meiner Tochter zu mir. Besorgt, aber auch zutiefst ergriffen, rufe ich meiner Tochter entgegen, „Ich bin hier oben!"

*

„Mami...Mami!" Im Fieberwahn wirft Jo sich im Bett hin und her. Die Krankheit wütet in ihrem geschwächten Körper. Sie träumt...

Sie steht in der Haustür. Der Sturm hat ihr die Tür aus der Hand gerissen. Sie schwingt unkontrolliert hin und her. Ihre Füße sind wie festgewachsen. Das riesige Bild, mit dem, von ihr gemalten, höhnisch grinsenden Schutzengel, flattert vorbei. Wo ist ihre Mami? Sie weint! Verzweifelt blickt sie suchend in den Vorgarten. Ihre Beine bewegen sich keinen Millimeter. Der Wind weht ihr das Haar ins Gesicht. Einzelne Strähnen bleiben an ihren tränennassen Wangen kleben. Sie kann sie nicht sehen.
„Mami...Mami wo bist du?"

„Ich bin hier oben!"

„**Was?**" Erschrocken dreht sich Jo um. Damit hat sie nicht gerechnet! Sie blickt den langen Flur entlang und dann auf Ihre Beine! Sie kann ihre Beine wieder bewegen. Gott sei Dank.
Mit zitternden Knien schiebt sie sich an der Wand entlang zur Küche. Sie weiß instinktiv, sie muss die Treppe nach oben gehen. Ihr kleines Herz klopft wie wild.
Mami. Mami. Mami. Wie ein endloses Mantra wiederholt sie dieses Wort in ihrem Kopf.
Oben angekommen richtet sie ihren Blick nach links, den Gang entlang. Sie sieht rechts, ihre und Emilies Zimmertür. Sie ist geschlossen. Gegenüber, die von Tante Betty und Onkel Jules. Auch diese Tür ist zu. Neben ihrem Zimmer ist die Badezimmertür. Dort gegenüber, das Zimmer der Jungs. Aber auch diese Türen stehen nicht offen. Neben dem Badezimmer befindet sich noch die kleine Tür, die rauf zum Speicher führt. Die hat Jo noch nie benutzt, da sie sich auf dem düsteren Dachboden fürchtet. Deswegen schenkt sie DIESER Tür keine Beachtung. Geradeaus sollte nun eigentlich das hübsch dekorierte Flurfenster sein. Ist es aber nicht. An seiner Stelle befindet sich komischerweise noch eine Tür. DIE kennt Jo nicht. Aber sie weiß haargenau, DA muss sie hineingehen!
Sie kratzt allen Mut zusammen und geht los. Dort angekommen, legt sie sachte die Hand auf der Klinke und flüstert leise, „Mami?" Dann schließt sie die Augen und tritt tapfer ein.

„Johanna, mein Engel!" Sanfte, liebende Worte, die Jo empfangen. Eine Stimme die sie so lange vermisst hatte. Mit einem Aufschrei reißt Jo die Augen auf und stürzt auf mich zu, „Mami!!!" Meine ausgebreiteten, wartenden Arme umschließen den schmalen Kinderkörper und drücken ihn fest an mich. Ich spüre ihre Wärme und fühle ihren Herzschlag...
Meine Tochter. Mein Engel. Mein Leben.
Dieser Augenblick, als Jo die Tür öffnet und ich sie nach so langer Zeit wiedersehe, brennt sich tief in meine Seele ein.
„Mami. Mami." Ungläubig tastet Jo mein Gesicht ab. Riecht an mir.
„Mami...ich habe dich so schrecklich vermisst!"
„Ich dich auch, mein Schatz! Ich dich auch!"
Sie kuschelt sich eng auf meinen Schoß und ich wickele fürsorglich meine Decke um sie. Neugierig zieht sie die leicht angeraute Oberfläche der Decke glatt „Aan...a...bb...e...ll, Jooo...haha...n...a! Anabelle und Johanna! Das sind ja wir!" Stolz sieht sie mich an.

„Du kannst ja lesen!" Vor Rührung, aber auch vor Schmerz über die verpasste Zeit, schießen mir Tränen in die Augen.
Ich drücke sie erneut an mich, bevor ich sie wieder loslasse und sie genau betrachte, „Bist du groß geworden und so hübsch und so klug! Gott, habe ich dich vermisst!"
Ich umarme sie fest und drücke sie wieder und wieder und wieder. Ich will sie eigentlich garnichtmehr loslassen. NIE WIEDER...
„Aua, nicht so dolle, Mami!" Ihre glücklichen strahlenden Augen strafen ihre Worte und sie kuschelt sich wieder eng an mich heran. Offensichtlich will auch sie mich nichtmehr gehen lassen, „Mami, bleibst du jetzt bei mir?"
Diese kleine Frage bohrt sich wie eine spitze Nadel in mein Herz und ich ringe mich zu der ehrlichen Antwort durch, „Ich kann nicht, Schatz, so gerne ich auch möchte!"
Ihr kleiner Lockenkopf ruckt entschlossen zu mir hoch, „Dann gehe ich halt mit dir!"
Ich schlucke den Tränenklos herunter und schüttele sachte den Kopf, „Nein, Schatz, das geht leider auch nicht."
Enttäuscht senkt sich ihr Blick, „Warum geht das nicht?"
„Weil...", ich überlege angestrengt, „..., weil deine Zeit noch nicht gekommen ist."
Traurig schaut sie mich an, „Träume ich jetzt gerade? Bist du nur in meinem Traum bei mir?" Sprachlos schüttele ich energisch den Kopf. Dieser Blick von ihr...ich könnte heulen!
„Nein, mein Kleines...das hier...", ich zeige in den Raum und auf mich, „...passiert wirklich. Ich bin wirklich da. Das passiert alles hier drinnen...", ich lege meine Hand auf ihr Herz, „...und nur weil die anderen es nicht sehen können, ist es nicht weniger real. Verstehst du?"
Jo grübelt und ich kann an ihrem Gesicht ablesen, dass sie es eben nicht so richtig versteht.
„Hör zu Schatz, ich bin hier, weil du ganz offensichtlich meine Hilfe brauchst. Kannst du mir sagen was passiert ist?" Beruhigend streichele ich ihren Rücken und fange an zu schaukeln.
Leise flüstert sie an meiner Schulter, „Ich hatte Altträume!"
Altträume? Was ist denn das? Nachdenklich hake ich nach, „Meinst du vielleicht Alpträume? Hast du schlecht geschlafen?"
„Ja, genau, das meinte ich ja." Bedrückt schaut sie unter sich.
„Und weil ich wollte, dass diese Alpträume aufhören, bin ich in den Garten schaukeln gegangen. Nachts. Im Regen. Und dann bin ich krank geworden und der Doktor hat mich mit dem Krankenwagen ins Krankenhaus gebracht." Mein armes Kind.
Doch ich darf mich von meinem Mitleid nicht übermannen lassen.

„Hast du Betty von dem Traum erzählt?"
„Nein!" Ein äußerst bestimmendes ‚Nein'.
Erstaunt wandert meine Augenbraue hoch. Jo mochte Betty doch.
„Nein? Aber warum nicht?"
„Weil sie mich dann nicht mehr liebhat!" Ihre Stimme ist mittlerweile so leise, dass ich sie kaum noch verstehe.
Ich beuge mich etwas vor, „Warum sollte dich Betty nicht mehr liebhaben?"
„Weil ich was ganz Schlimmes getan habe!" Ich bin total perplex. Mit **was** quält sich dieses Kind? Ich versuche, sie etwas aus der Reserve zu locken, „Hat es was mit deinem Alptraum zu tun?"
Jo nickt unglücklich und knetet beschämt ihre kleinen Fingerchen. Behutsam bohre ich nach, „Willst du Mami nicht erzählen was du geträumt hast?"
Plötzlich, ohne jede Vorwarnung, fängt Jo an bitterlich zu weinen. Schluchzend stottert sie, „Das hab ich doch nicht gewollt! Ich hab's doch nur lieb gemeint."
Bekümmert legt sie ihren kleinen Kopf an meine Schulter und wiederholt, „Das hab ich nicht gewollt...ehrlich!" Ich verstehe absolut nicht, worauf Jo hinauswill.
„Maus, was hast du nicht gewollt?"
Nun bricht es mit voller Gewalt aus ihr heraus, „**NA DAS DU STIRBST!**"
Ich zucke zurück, als ob sie mir einen Schlag ins Gesicht gegeben hätte. Gibt sie sich etwa die Schuld an dem Unfall? Aber...aber...es war doch nur ein dummer Unfall...sonst nichts...
Ich versuche mein Kind zu beruhigen, „Jo, das war doch nicht deine schuld!"
„Doch!" Weinkrämpfe schütteln sie. „ICH Habe das Bild gemalt und ICH wollte, dass du das blöde Bild fängst und mit zur Arbeit nimmst! Und deswegen bist du überfahren worden. Und deswegen bist auch du tot geworden!" Sie schluckt hörbar, „Und deswegen bin ich schuld." Ängstlich schaut sie mich von unten, mit verheulten Augen an, „Und wenn Tante Betty erfährt das alles meine Schuld ist, dann hat sie mich bestimmt nicht mehr lieb und schickt mich bestimmt weg. Weil...sie hat dich ja auch ganz doll liebgehabt hat!" Ich bin sprachlos. Unsagbares Leid lastet auf diesen schmächtigen Schultern.
Und vor allem...wie erkläre ich meinem Kind, **warum** ich tot bin? Schwierig, schwierig...
Nachdenklich starre ich in die Flammen im Kamin, so als ob ich dort vielleicht die passende Antwort finden könnte.

Die Holzscheite knacken, das Feuer prasselt. Unbeirrt schaukele ich weiter. Jo schaut mich abwartend an.
"Weißt du...", beginne ich zögerlich, "...ich bin tot, einfach weil meine Zeit abgelaufen war!" Ein fragender Blick trifft mich. Räuspernd setzte ich noch mal an, "Jo...", ich halte ihren Blick fest, "...du bist nicht schuld!" Eindringlich wiederhole ich, "Du bist nicht schuld!" Offensichtlich reicht ihr diese Erklärung nicht, denn sie schnieft unglücklich und fragt, "Wer dann?"
Tja, wenn ich DAS wüsste? Da ich es aber nicht weiß, sage ich das erstbeste, was mir einfällt, "Niemand!"
"Aber warum bist du tot?" Schon wieder diese ‚Warum'.
"Okay, ich versuche es dir zu erklären." Kurze Pause. "Erinnerst du dich an die Eieruhr in Bettys Küche? Die, die sie immer zum Kuchenbacken benutzt." Jo nickt. Oft genug hatten sie und Emilie damit ‚Bahnhof' gespielt. Hier setzte ich weiter an, "Nun..., jeder Mensch besitzt im Himmel eine eigene Eieruhr. Und wenn sie klingelt, ist deine Zeit um und dann musst du gehen. So wie ich, an jenem Morgen."
Ich finde meine Erklärung wirklich hübsch verpackt, doch Jo ist noch nicht wirklich zufrieden, "Und wer stellt die Uhr?"
Langsam gerate ich etwas in Erklärungsnot. So genau habe ich mich hier im Himmel nicht damit beschäftigt. Warum...weshalb und überhaupt...
Doch mein kleines, kluges Kind erwartet eine logische Antwort von mir, "Hm..., ich schätze mal, Gott."
"Und warum hat Gott deine Uhr nicht einfach länger geschaltet?"
Fragen über Fragen. Ich seufze leise und beschließe, meinem Kind zuliebe, alles etwas auszuschmücken, "Also, ...du musst dir das so vorstellen: Der liebe Gott geht an einem laaaangen Regal vorbei, wo lauter Eieruhren stehen. Im Vorbeigehen zieht er jede unterschiedlich auf. Hinter ihm läuft ein Engel mit einem großen Sack voller Namensschildchen. Dort greift er wahllos hinein und klebt den gezogenen Namen dann auf die Eieruhr. Kannst du das irgendwie verstehen?" Langsam nickt Jo mit ernstem, aufmerksamem Blick und sie fasst es zusammen, "Dann kann ja eigentlich keiner was dafür, oder? Gott nicht, weil er nicht wusste, dass es deine Uhr wird und der Engel auch nicht, weil der ja nicht wusste wie lange Gott die Uhr aufgezogen hat. Du kannst nichts dafür, weil du nicht wusstest, wann deine Uhr abläuft und ich kann nichts dafür, weil ich die Uhr ja nicht gestellt hab. Richtig?"
Schmerzlich gerührt nicke ich. Was für ein kluges Mädchen ich doch habe.

Ich ergänze zum Abschluss, „So was nennt man ‚Zufall' oder auch ‚Schicksal'!" Müde kuschelt sie sich eng an mich. Es sieht aus, als ob meine Erklärung sie beruhigt hätte, doch dann...
„Du musst wieder zurück?!" Mehr eine Feststellung als eine Frage. Ich **muss** ehrlich sein, auch wenn ich wahnsinnig gerne gelogen hätte, „Ja." „Ohne mich!"
Auch hier antworte ich abgrundtief ehrlich, „Ja!"
„Und ich muss auch zurück!?" Jo richtet sich auf und schaut mir ernst in die Augen.
Wie gerne würde ich jetzt ‚nein' sagen, doch ich antworte leise, „Ja!"
„Aber ich verstehe einfach nicht, warum du mich wieder alleine lässt!" Ihr trauriger Blick zerreißt mir fast das Herz. Sie sieht so furchtbar einsam aus, im Augenblick. Erschüttert packe ich sie an den Schultern, „Aber Jo, du bist nicht allein! Da sind doch Betty, Jules, Frederick, Gabriel und Emilie. Und alle haben dich furchtbar lieb. Sie machen sich bestimmt große Sorgen im Augenblick!"
Wen will ich damit beruhigen? Mich oder Jo?
Nachdenklich spitzt meine Tochter die Lippen, „Ist Betty dann meine neue Mama?"
Ein Faustschlag in meinen Magen, hätte mir nicht mehr die Luft rauben können. Unauffällig presse ich wieder Luft in meine Lungen, während ich langsam meine Aussage in meinem Kopf zurechtforme, „Naja, Betty liebt dich und sie ist immer für dich da, wie eine Mama halt!" Nachdenkliche Pause. „Ja, ich denke Betty ist dann deine neue Mama!"
Verzweifelt umklammere ich sie, „Aber ich werde trotzdem immer deine Mami bleiben und ich werde immer bei dir sein und stolz dein Leben beobachten!"
Neue Tränen kullern. Bei ihr und bei mir.
Beruhigt lächelt sie ihre Tränen weg, „Zwei Mamis...das ist gut!"
Ich sehe zum Fenster raus. Es ist stockdunkel und ich spüre das die Zeit drängt. Jo gähnt. Das Gespräch hat sie offensichtlich doch sehr ermüdet. Doch dann fragt sie mich, „Wenn meine Eieruhr abgelaufen ist, kommst du mich dann abholen?"
Der Gedanke, dass auch meine kleine Tochter irgendwann einmal sterben wird, ist mir noch garnicht gekommen. Aber so wird es mal sein. Ich unterdrücke einen weiteren Tränensturzbach und drücke Jo wieder fest an mich, „Natürlich, mein Schatz. Ich bin die Erste, die dann bei dir ist!"
„Versprochen, Mami?"
„Versprochen, kleine Maus!"

Jo gähnt erneut und ihre Augenlider fallen immer wieder flatternd zu, „Kannst du noch so lange bleiben, bis ich eingeschlafen bin?"
Unbewusst fange ich wieder an zu schaukeln,
„Ja, mein Schatz!" Und ich wiege sie wie ein kleines Kind, was sie ja auch noch ist und salzige Tränen rinnen an meinem Mundwinkel herab.
Lebe, meine kleine Jo, lebe!

*

„Mama?"
Erschrocken zuckt Betty zusammen.
Oh, Gott, sie spricht noch immer im Fieberwahn!
Sie stürzt ans Bett und fühlt die Stirn. Sie ist überraschend kühl und die Haut fühlt sich trocken an. Halb ängstlich, halb hoffnungsvoll schaut sie in das Kindergesicht vor ihr, „Jo?"
Klare Augen blicken sie ruhig an. Betty schluckt und ringt sich ein vorsichtiges Lächeln ab, „Jo, wie fühlst du dich?"
Jo betrachtet Betty, wie sie so, leicht vornübergebeugt, vor ihr steht. Ihr rotes Haar steht wirr in alle Richtungen. Dunkle Ränder umschatten ihre Augen. Ihr sorgenvoller, aber auch liebevoller, Blick allerdings, ist Balsam für Jo's Seele. Ihre Augen schweifen neugierig und auch suchend durch das Zimmer, „Wo sind denn die anderen?" Denn bis auf sie selbst und Betty ist niemand da.
„Naja, Onkel Jules ist auf der Arbeit, die Jungs sind in der Schule und Emilie im Kindergarten."
Jo verzieht skeptisch ihre Mundwinkel, „Sonntags?"
„Nein Schatz. Wir haben Dienstag." Verdutzt schüttelt das Mädchen den Kopf, „Dienstag?"
„Ja, mein Schatz. Du warst sehr krank und hast lange geschlafen." Bewusst verschwieg sie, WIE krank Jo gewesen war. Und sie verschwieg auch, die vielen Stunden, die sie betend am Bett dieses Kindes verbracht hatte. Betont heiter, glättet sie unnötigerweise Jo's Bettdecke, „Aber heute Mittag wollen alle kommen. Auch Opa Ronald und Oma Sarah."
Dann lächelt sie wieder auf Jo herab, „Hast du Hunger oder vielleicht Durst?"
Eilig schenkt sie, ohne Jo's Antwort abzuwarten, einen Tee ein und reicht Jo das Glas. In der Tat ist das Mädchen sehr durstig und sie schlürft den gesüßten Tee, während sie über den Rand des Glases hinweg mustert.

Erst als das Glas leer ist und sie es Betty zurückreicht, bringt sie den Mut zu einem Geständnis auf, „Ich bin nicht schuld!"
Betty hält verwirrt inne und betrachtet die ernste Miene des Kindes, „Schuld? An was?"
Jo's Augen senken sich nun doch, als sie ganz leise spricht, „Das Mami tot geworden ist."
Betroffen sackt Betty auf den Stuhl. Sie schluckt hart.
Was ist in dieser Kinderseele die ganze Zeit vor sich gegangen?
Zögernd greift sie nach der kleinen Kinderhand, die unruhig über die Decke streicht. Sie versucht ihrer Stimme zu überzeugend klingen zu lassen, wie nur möglich, „Natürlich bist du nicht schuld daran? Hattest du das etwa die ganze Zeit gedacht?"
Wie furchtbar!
Unbehaglich nickt Jo und schielt aus den Augenwinkeln nach oben, als sie Betty die ganze Wahrheit präsentiert, „Mami hat es mir erklärt. Das niemand Schuld hat. Nicht der liebe Gott. Nicht der Engel mit dem Sack. Sie nicht. Und ich auch nicht. Noch nicht mal die blöde Eieruhr, die so früh ablief."
Betty steht vor Jo's Bett, starrt sie verwirrt an und versteht absolut nichts, „Jo, Schatz, ich verstehe nicht…!"
Was faselt dieses Kind da? Hatte sie etwa doch noch Fieber?
Jo grinst. Natürlich weiß sie, dass Betty nicht versteht, was sie gerade gesagt hat. Sie ist ja schließlich eine Erwachsene und Erwachsene können sich nicht rüber in den Himmel träumen. Eigentlich schade, findet Jo, Mami hätte sich bestimmt gefreut, wenn Betty dabei gewesen wäre. Aber gerade aus dem Grund lässt sie Milde walten, als sie abwinkt, „Nicht schlimm. Mami hat mir auch gesagt, dass DU mir KEINE Schuld gibst, weil ich doch das blöde Bild gemalt habe, das Mami fangen wollte und dann…", sie setzt sich umständlich auf, „…und dass du mir bestimmt nicht böse bist und mich auch nie wegschicken würdest."
Betty presst ihre Hand aufs Herz, „Du dachtest wirklich, ich…wir würden dich wegschicken wollen?"
Schnell schließt sie Jo in ihre Arme, „Ich würde dich **niemals** wegschicken. Hörst du? NIEMALS!" Sie hält das Kind eine Armeslänge von sich und schaut ihr eindringlich in die Augen, „Jo, wir liebe dich doch!"
Das Mädchen nickt einfach nur, „Ich weiß. Hat Mami mir schon gesagt!" Zufrieden sinkt Jo ins Kissen zurück. Dann grinst sie schelmisch und winkt Betty näher an sich heran. So nah, dass die roten Locken ihr Gesicht kitzeln. Behutsam schiebt sie eine dicke Strähne zur Seite und flüstert Betty ins Ohr,

„Und sie hat auch gesagt, dass du jetzt meine neue Mama bist…zumindest so lange bis **meine** Eieruhr abgelaufen ist." Jo kichert glücklich.
Eine Sekunde schaut Betty ziemlich verdutzt aus der Wäsche, doch dann stimmt sie erleichtert in das Gelächter mit ein.
Ein einziger Gedanke schießt ihr, wie ein Blitz durch den Kopf: *Danke Anabelle! Was immer du auch getan hast. Ich danke dir so sehr!*

Mittags stürmt der Rest der Familie ins Zimmer. Erleichtert scharrt sich die Meute um Jo's Krankenbett und alle reden wie wild durcheinander.
„Wie geht es dir?" „Haben sie dich endlich vom Astronautenessen abgeklemmt?" „Wir müssen zur Schule und der Faulpelz gammelt im Bett rum!" „Willst du was essen?" „Ich habe extra für dich unser Zimmer aufgeräumt!" „Frau Bongart hat einen Kuchen für dich vorbeigebracht. Aber den haben wir schon gegessen!"
„Schatz, soll ich dir das Kissen aufschütteln?" „Betty, war der Arzt schon da gewesen?"
„Emilie hat sich heute Morgen auf das Pupskissen gesetzt und laut gefurzt!" „Du ja bist doof, Gabriel…ich soll dir einen schönen Gruß von Kerstin sagen, sie hat eine Kastaniengiraffe nur für dich gebastelt!" „Kann man das Bett auch ganz zusammenklappen, wie eine Brotscheibe?"
Jules hebt ganz plötzlich beide Hände nach oben, „Du lieber Himmel, lasst ihr noch etwas Luft zum Atmen!"
Lachend scheucht er die Quasselstrippen auseinander.
Gabriel ergreift feierlich Jo's Hand, „Wir sind so froh, dass es dir wieder besser geht. Wird Zeit das du heimkommst. Ohne dich ist es ziemlich langweilig." Er beugt sich vor und flüstert ihr ins Ohr, „Und niemand war da, der heimlich meinen Brokkoli gegessen hat! Ich musste alles selbst essen!" Er zwinkert ihr verschwörerisch zu. Betty droht spielerisch, „Das habe ich gehört, mein Lieber!"
Jo lacht herzhaft und blickt selig von einem zum anderen.
Es ist ja so schön, eine Familie zu haben!
Aber die ganze Aufregung hat ihr dann doch die Kehle ausgetrocknet, „Mama, kann ich noch etwas Tee haben?"
Alle sind urplötzlich still. Bewegungslos. Man hätte eine Stecknadel fallen hören können.
Außer Betty, „Hier, mein Schatz. Trink!" Sie reicht ihr das Teeglas rüber und lächelt still in sich hinein. Jules räuspert sich und unterbricht die Stille.

Auch er grinst und zieht dabei einen Packen gefalteten Papiers aus der Innentasche seines Sakkos. Fragende Blicke heften sich neugierig an ihn und den braunen Umschlag, der wohl Hauptakteur in dieser Ankündigung sein soll. Jules räuspert sich noch einmal und genießt die aufsteigende Spannung, „Ich habe da etwas, was ich euch sagen wollte. Leider ist Jo's kleiner Ausflug dazwischengekommen." Das Wort ‚Ausflug' setzt er amüsiert, mit seinen Fingern, in imaginäre Gänsefüßchen. Jo errötet leicht. Betty schaut ihren Mann leicht genervt an, was so viel heißen soll: Komm endlich in die Pötte! Ihr Mann versteht und lässt endlich die Bombe platzen, „Der Antrag ist durch. Jetzt ist es offiziell!" Die Kinder schauen sich gegenseitig an und jeder von ihnen zuckt ratlos mit den Schultern. Nur Betty weiß anscheinend, um was es hier geht, „Jules, im Ernst…?"
Sie stockt mitten im Satz und stottert weiter, „DER Antrag ist durch?"
„Jep!" Jules wippt triumphierend auf seinen Fersen, als er zu diesem einen Wort nickt. Emilie, die einfach nicht versteht, was hier los ist, zupft ihren Vater ungeduldig am Ärmel seiner Jacke und stippt heftig gegen den Umschlag, „Waahaass ist daahaas, Papiiii?"
Jules drückt seiner Tochter einen Kuss auf den Scheitel, geht zu seiner Frau rüber und legt ihr den Arm um die Schultern, „JO GEHÖRT JETZT GANZ OFFIZIELL ZU UNSERER FAMILIE UND HEISST VON NUN AN AUCH MENCKE!"
Augenblicklich bricht lautes, freudiges Gekreische aus und lockt einige Schwestern ins Zimmer, „Alles in Ordnung bei ihnen?"
Alle Köpfe schwingen zu ihnen herum und strahlen sie an. Emilie hüpft vergnügt vor der Krankenschwester rum, „JO IST MEINE SCHWESTER! JO IST MEINE SCHWESTER…!"
Die ältere Schwester, die als erste in das Zimmer gekomken ist, glotzt Emilie an, als ob ihr ein drittes Ohr auf der Stirn gewachsen wäre.
Aber das wussten sie doch schon. Komische Familie. Muss wohl der Stress der letzten Tage sein.
Trotzdem bleibt sie höflich und lächelt kurz, „Könnten sie trotzdem etwas leiser sein?" Unauffällig schüttelt sie den Kopf, drückt mit ihrem breiten Hintern ihre Kolleginnen aus dem Raum und schließt wieder die Tür. Brüllendes Gelächter folgt ihr.
Gabriel stellt sich mit verschränkten Armen vor Jo hin, „So Schwesterlein, jetzt ist es offiziell. Jetzt **musst** du meinen Brokkoli essen!" Lachend nickt Jo. „Mach ich nur zu gerne, großer Bruder!"

Jules zieht Betty auf die Seite und raunt leise, „Was ist passiert? Wieso hat sie dich denn auf einmal Mama genannt? Sie wusste doch gar nichts von dem Schreiben, geschweige denn, dass wir den Antrag beim Familiengerecht gestellt haben? Den Brief habe ich doch erst am Samstagabend geöffnet. Also, raus damit…was ist passiert?"
Betty streicht ihm liebevoll über das Revers seiner Jacketts. Ihre leuchtenden Augen wandern zu dem kleinen Mädchen im Bett, das sich im Augenblick lebhaft mit ihren Geschwistern kabbelt, „Anabelle ist passiert!"
Jules fragender Blick spricht Bände.
Seine Frau lacht glücklich, knufft ihn liebevoll in die Rippen und gibt ihm einen Kuss, „Erzähl ich dir, wenn wir zuhause sind!"
„HE…Mama, Papa, nicht tuscheln. Das macht man nicht. Kommt doch rüber zu uns!"
Kichernd, winkt Jo die beiden zu sich und ihren Geschwistern heran.

Sinnieren, Philosophieren und Spionieren
Neugier ist lediglich eine Art, sein Wissen erweitern zu wollen!

Völlig aufgelöst falle ich förmlich durch die grüne Holztür in meinen Flur zurück. Sofort ist Joanna zu Stelle, „**Anabelle, ist alles in Ordnung? Anabelle, rede mit mir!**"
Mein schmerzerfüllter Blick, der Bände spricht, trifft auf Oma. Mitfühlend zieht sie mich sachte vom Boden hoch, „Oh, Anabelle, komm!"
Ihr Arm legt sich um meine zitternden Schultern und schiebt mich langsam die gewundene Treppe nach oben, in mein Schlafzimmer, „Ruh dich erst mal aus!"
Völlig apathisch lasse ich ihre Fürsorge über mich ergehen. Wie ein kleines Kind kleidet Oma mich aus, streift mir ein gepunktetes Nachthemd über, dass sie ohne hinzuschauen aus der Kommode pflückt, wickelt mich in meine heißgeliebte Veilchendecke und setzt mich vorsichtig in meinen Schaukelstuhl ab. Winselnd kommt Rosalinde herangetrollt, „Ja, mein Mädchen." Oma tätschelt ihr den speckigen Rücken, „Leg dich zu Anabelle. Sie braucht ein bisschen Trost! Ich gehe jetzt erst mal einen schönen heißen Tee kochen."

Langsam komme ich zu mir, „Jo...", nur ein leiser Hauch.
Oma versteht, „Ich weiß, Schatz, ich weiß." Mitfühlend küsst sie meine heiße Stirn und geht nach unten. Rosalinde grunzt leise und legt sich vor meine Füße, als ob sie mich bewachen will. Ich höre Joanna unten in der Küche eifrig werkeln und klappern und nach ein paar Minuten bereits, pfeift der Teekessel. Aber das ist mir völlig schnuppe! Noch immer suhle ich mich ausgiebig in meinen Empfindungen, „Mein Baby...meine kleine Johanna...!" Wie eine Schnecke rolle ich mich auf der engen Sitzfläche zusammen. Noch immer fühle ich ihren warmen Körper in meinen Armen, spüre ihren warmen Atem an meinem Ohr, höre ihre Stimme, rieche ihren Duft...wie Blei lastet die Sehnsucht nach meinem Kind auf meiner Seele. Dieses Gefühl scheint mich in die Tiefe ziehen zu wollen. Stimmen!
Ich höre Joanna in der Küche reden. Mit wem? Ist mir völlig scheißegal!
Rosalinde beäugt mich traurig von unten herauf. Mein Arm sackt herab und ich kraule ihre kleinen Schweinsöhrchen, „Ach, Rosalinde...(*seufz*)...du würdest Jo mögen...nein, ich bin sicher, du würdest sie lieben!" Ein erneuter tiefer Seufzer. Oink.
Schritte auf der Treppe. Oma, wie ich mit einem Seitenblick erkenne.
„So, mein Schatz, jetzt trinkst du erst mal einen Tee und dann legst du dich ein bisschen hin. In Ordnung? Ich kümmere mich um alles!" Meine liebe Großmutter. Sie macht sich ja solche Sorgen um mich. Das sehe ich an ihren Augen. Ich nicke und schlürfe das angereichte, heiße Gebräu. Schmecken tu ich allerdings nichts. Oma könnte alles möglich reingetan haben. Wahrscheinlich würde ich auch heißen Lebertran schlürfen. Weiß der Geier, was sie da unten in der Küche zusammengeköchelt hat.
Kraftlos erhebe ich mich vom Schaukelstuhl und schlurfe völlig ausgelaugt zu meinem Bett. Dort stelle ich den Teebecher einfach auf dem Boden ab und lasse mich wie einen nassen Sack, einfach auf die weiche Matratze fallen. Rosalinde kommt anhänglich nachgewackelt.
Das Gesicht halb im Kissen vergraben, nuschele ich noch, „Ich bin sooo müde, Oma...!"
Ihre Antwort dringt schon nicht mehr an mein Ohr. Ich bin eingeschlafen.
Leises Getuschel zerrt mich jedoch bald wieder aus meinen wirren Träumen, „Wie geht es ihr!"
„Den Umständen entsprechend." Leises Seufzen, dann, „Du weißt ja, dass der erste Besuch immer schlimm ist." „Ich weiß!"

Mit wem redet Omi da?
„Meinst du sie ist wach?" „Ich weiß nicht. Aber ich glaube, sie würde sich freuen, dass du da bist, wenn sie aufwacht." „Ich geh dann mal hoch. Wenn was sein sollte, ruf ich dich an."
WER IST DAS, HIMMEL NOCH MAL?
Wenn ich nicht so furchtbar müde wäre, würde ich mich bestimmt aufregen. Doch mein Körper lechzt noch immer nach Ruhe. Ich höre noch die Antwort meiner Oma, „Mach das!"
Leises, vorsichtiges Getrappel auf der Treppe, eine entfernte Tür die ins Schloss fällt und dann…Stille.
Erschöpft schließe ich wieder die Augen und drifte wieder weg. Etwas später…
Warme fürsorgliche Hände befühlen meine Stirn, „Komm, Anabelle, du musst was trinken!" Sachte wird mein Kopf angehoben und ein Becher wird mir an die Lippen gesetzt. Zwei, drei kleine Schlucke, dann wende ich mit geschlossenen Augen meinen Kopf ab.
Wer immer bei mir ist, zeigt Verständnis, „Ist schon gut!" Geflüsterte Worte. Erneute Stille. Noch etwas später…
Eine Fliege summt mir ums Ohr und landet schließlich auf meinem geschlossenen Augendeckel. Es kitzelt. Unwirsch verscheuche ich sie und blinzele erst mal vorsichtig.
Helle Sonnenstrahlen tanzen durch das geöffnete Fenster meines Zimmers und ein laues Lüftchen weht gemeinsam mit fröhlichem Vogelgezwitscher herein. Etwas desorientiert schaue ich mich um. Rosalinde liegt schlafend und leise grunzend, am unteren Bettende auf dem Boden. Ihr Ringelschwänzchen wedelt verträumt. Direkt neben mir, im Schaukelstuhl, liegt eine Mumie. Denke ich zuerst, doch es ist keine Mumie…es ist Jamie!
Bis zum Kinn hat er sich eingewickelt in meine Decke. MEINE Decke!
Seine Augen sind fest geschlossen und sein Atem geht langsam und beruhigend, was ich am sanften Heben und Senken des Brustkorbes, **unter** der Decke, erkenne.
Was macht er hier? Ich richte mich etwas auf, „Jamie?"
Wie von einer Tarantel gestochen, springt er auf, verheddert sich in der Decke, rudert mit den Armen und landet schließlich halb auf meinem Bett.
„Anabelle…Tschuldigung!" Etwas verlegen rappelt er sich wieder auf, „Anabelle, wie geht es dir?" Die Decke (MEINE Decke) fällt achtlos zu Boden, als er besorgt meine Wange streichelt. Mit einem schiefen Blick auf das Deckenknäuel am Boden, nuschele ich, „Mir geht's gut!"

Dann hebe ich meinen Blick und mustere Jamie, „Aber du siehst etwas mitgenommen aus!" Dunkle Bartstoppeln bedecken sein Kinn. Seine Kleider sind völlig zerknittert, als ob er tagelang darin geschlafen hat und um seine Augen liegt ein müder Zug. Verlegen reibt er sich die Wange, was ein leicht kratzendes Geräusch erzeugt, „Ich weiß, ich müsste mich mal rasieren, umziehen und vor allem mal duschen."
Dann lächelt er und nimmt meine Hand in seine, „Aber ich wollte dich nicht alleine lassen!"
Etwas verwirrt über seinen Zustand, schaue ich mich im Schlafzimmer um, „Gott, wie lange habe ich denn geschlafen?"
Jamie lacht unterdrückt, „Zwei volle Tage!" Völlig erschrocken werfe ich meine Bettdecke von mir, erblicke das gepunktete Nachthemd, in das Oma mich gesteckt hat, erröte heftig und ziehe schnell die Decke wieder nach oben.
Du meine Güte, musste Großmutter mir wirklich dieses hässliche Ding anziehen? Wie peinlich! Und jetzt muss ich auch noch so dringend aufs Klo!
Mit hochroten Wangen nickte ich mit meinem Kinn zur Treppe, „Ähm...könntest du vielleicht Kaffee kochen. Ich zieh mich derweil dann mal an und danach kannst du, wenn du willst, die Dusche benutzen!" Ich schiele ihn von unten herauf an, „Aber nur wenn du willst!"
Eilig schiebe ich das Bild eines nackten Adonis in meiner Duschkabine aus meinem Kopf, bevor er merkt, an was ich gerade denke. Doch Jamie bemerkt nichts. Sein Gesicht erhellt sich schlagartig, „Mach ich gerne."
Er beugt sich spontan zu mir runter und haucht mir einen Kuss auf die Wange, „Schön, dass du wieder da bist!" Dann klopft er auffordernd an seinen Oberschenkel und schnalzt Richtung Rosalinde, die sofort aufspringt und hinter ihm hertrottet. Ich schaue den beiden nach.
In dem Moment als ich denke ‚sie ist doch kein Hund', schallt es von unten herauf, **„Ich ruf deine Großmutter an und sag ihr das du wach bist!"**
Ein kleines Lächeln stiehlt sich auf mein Gesicht, **„Tu das!"**
Mit ein paar Sätzen bin ich am Fenster, schließe die Augen und inhaliere kräftig die frische, blumige Luft. Etwas nach vorne gebeugt, betrachte ich das Veilchenherz. Den ersten Gruß von Jo und sorgsam gepflegt von mir.
Üppig blühen die Veilchen und recken keck ihre Köpfchen Richtung Sonne.

Wenn es nach den Blümchen geht, scheint es Jo wieder gut zu gehen, vermute ich. Und mir geht es jetzt auch wieder gut! Voller neu gewonnener Energie stell ich mich unter die Brause. Mit frisch gewaschenen Haaren, sauber duftender Kleidung und erwachten Lebensgeistern, hüpfe ich gut gelaunt und äußerst hungrig in die Küche.
„Hmm, das duftet aber gut." Neben der dampfenden Kaffeekanne, bedecken noch leckere Croissants und Bromchenkonfitüre den Tisch. Sofort fläze ich mich auf einen freien Stuhl und schiebe mir die knusprige Spitze des Hörnchens in den Mund, „Hie Husche isch frei!"
Er lacht bei meinem Anblick, „Zuerst will ich mit dir frühstücken. DANN gehe ich duschen!"
Er nimmt mir gegenüber Platz und ich betrachte ihn kauend. Sein unrasiertes Gesicht sieht interessant aus und sein ausgeleiertes Shirt wirkt an ihm, wie ein Designer-Teil. Allerdings prangen auf seiner Wange noch Knitterfalten von der Decke...aber selbst die finde ich ausgesprochen niedlich. Noch nie erschien er mir schöner und anziehender als jetzt!
Bevor ich nachdenken kann, entschlüpft mir ein, „Danke, Jamie!"
„Keine Ursache!" Er beißt herzhaft in sein Hörnchen, kaut und schluckt eilig, „So was tut man doch für die Frau die man liebt!" Als ob nichts wäre, beißt er ein weiteres Stück Croissant ab und spült es lässig mit einem Schluck Kaffee hinunter.
Und was mache ich? Ich schiebe mir hastig das halbe Croissant in den Mund und blicke verlegen auf den verkrümelten Teller...**aber...** ich bin unendlich glücklich. *Er liebt mich! Ach, wie schön...*
Als Jamie dann unter **meiner** Dusche steht, lauthals schräg ein paar Lieder trällert, schnappe ich mir Rosalinde und setze mich, mit meinem noch halbvollen Kaffeebecher vor die Tür. Rosalinde düst wie ein Wirbelwind den Hang hinauf und verschwindet laut grunzend in dem kleinen angrenzenden Wäldchen. Nachdenklich blicke ich zuerst in den Becher und dann wieder in die Landschaft.
„So versunken in deinen ernsten Gedanken, kleiner Sonnenschein?" Jamie!
UPS! Ich habe ihn gar nicht kommen hören. Mit einem feuchten Handtuch in der Hand, mit dem er sich gerade die Haare trocken rubbelt, platziert er sich neben mich.
Dann betrachte ich mir den Mann zu meiner Linken etwas genauer und pruste los, „Steht dir irgendwie gut!" Etwas verlegen schaut er an sich herunter, „Ich war so frei und habe mir was von dir geborgt! Deine Jeans sind mir allerdings zu klein,

deswegen habe ich eine Jogginghose genommen! Es war die dezenteste, die ich finden konnte!" Mein amüsierter Blick wandert über dieses ausgesprochen bunt zusammengewürfelte Naturschauspiel und ich nicke anerkennend.
Ja, wirklich, ungelogen...meine lilafarbene Nickihose und mein weißes Shirt mit dem lila Paillettenherz stehen ihm wirklich gut. Kein Scherz. Der Mann kann wirklich ALLES tragen, finde ich! Liebevoll wuschele ich durch sein feuchtes Haar und wage, für mich selbst überraschend, einen kühnen Beziehungssprung nach vorn, „Vielleicht sollest du hier mal ein paar Sachen von dir deponieren. So...Hose, Hemd...oder so...!"
Jamie zwinkert kurz und betrachtet eingehend mein Gesicht, „Heißt das, ich darf noch mal kommen?" Sein Lächeln verbreitert sich. Unsicher, ob ich mein eigenes, spontanes Angebot ernst gemeint habe, starre ich zurück. Dies ist unbekanntes Terrain für mich. Doch ich beschließe, den Stier einfach bei den Hörnern zu packen und mit ihm zusammen ins kalte Wasser zu springen!
„Ja, Jamie, ich will Zeit mit dir verbringen...viel Zeit..., weil..., weil ich mich in dich verliebt habe!" So, jetzt ist es endlich raus!
Herrje, noch mal, Ana...stell dich doch nicht so an!
Statt einer Antwort, bekomme ich einen langen Kuss.
Wir sitzen noch eine ganze Weile vor dem Haus, trinken Kaffee und quatschen über Gott und die Welt. Im wahrsten Sinne des Wortes. Und irgendwann, zwischen Kartoffelsalat-Rezepten, Bambuspfeifeschnitzen und Weltfrieden, rücke ich mit einem Anliegen heraus, dass mir schon länger unter den Nägeln brennt, „Jamie, ich brauch eine Aufgabe!" Gelangweilt zupfe ich ein paar Grashalme neben mir aus, stecke mir den längsten davon in den Mundwinkel und kaue drauf rum. Jamie zieht die Knie an, schlingt seine Arme darum und betrachtet mich aufmerksam, „Was meinst du?"
„Naja...", ich schaue in die Ferne, „... ich kann nicht hier rumsitzen und einfach nur darauf warten, dass ein Sturm aufzieht und Jo mich braucht. Die Warterei macht einen doch ganz kirre. Ich brauche eine Aufgabe...etwas was mich daran hindert, ständig um diese blöde grüne Tür in meinem Vorraum herumzuscharwenzeln!" Ich betrachte die sanft gewellten Hügel rechts und links von meinem Haus.
„Hast du an was Bestimmtes gedacht?" Er betrachtet mich von der Seite und folgt dann meinem Blick auf die Hügel.
Entschieden stehe ich auf, klopfe mir das Gras von der Hose und spucke den angeknabberten Halm aus, „Ich werde die hier...",

ich zeige mit meiner ausgetreckten Hand ausschweifend auf die beiden Hügel, „…in zwei Weinberge verwandeln. Ich werde Traubensaft und Wein herstellen! Was meinst du?"
Erwartungsvoll taxiere ich seinen Gesichtsausdruck, der mir vielleicht Aufschluss liefern kann, was er gerade denkt.
Seine Augen wandern nachdenklich über die beiden Hügel und sein kaum erkennbares Nicken verstärkt sich zusehends, „Das könnte klappen! Ja, ich glaube wirklich, das geht! Genügend Sonne ist ja da." Energiegeladen springt er auf die Beine und klatscht unternehmungslustig in die Hände, „Dann lass uns los. Worauf wartest du noch? Auf geht's zu HIGIBA's!"
Da…da ist es schon wieder…dieses komische Wort…HIGIBA's…
„HIGIBA's?" Mein Gesicht? Ein riesiges Fragezeichen! „Was ist HIGIBA's?"
Lachend ergreift er meine Hand, „Du warst wohl noch nicht in der City. Dann lass dich mal überraschen."
Übermütig, wie zwei Kinder, machen wir uns zu Fuß auf den Weg. Nach einer halben Stunde oder vielleicht sind es auch zwei Stunden, Zeit ist hier ja relativ, stehen wir auf einem großen gepflasterten, runden Platz.
Staunend drehe ich mich im Kreis, „Boah!"
Buntbepflanzte Blumenkübel reihen sich am äußersten Rand zu einem bunten Saum, aneinander. Kleine verstreute Sitzbänke laden die unzähligen Flaniersüchtigen zum Ausruhen ein. In der Mitte dieses belebten Platzes, plätschert ein wunderschönes Wasserspiel und zaubert kleine Regenbögen in die Luft. Mit offenem Mund betrachte ich diese zauberhafte Szenerie, „Das ist ja irre. Und guck mal, die vielen Menschen!" Jamie lächelt nachsichtig und dreht mich an den Schultern ein Stück nach links, „Und hier ist HIGIBA's!"
Vor mir erstreckt sich ein gläsernes Gebäude, dessen ausladende Ausmaße mein armes Auge garnicht auf einmal erfassen kann. Ganze Scharen strömen schnatternd hinein und auch wieder hinaus. Viele Herauskommende ächzen unter dem Gewicht der Päckchen, die sie sich auf die Arme gestapelt haben. Überrascht sauge ich die Luft ein, „Das ist ja ein Kaufhaus!"
Jamie amüsiert sich köstlich über meinen verdatterten Gesichtsausdruck, „Ja, und zwar eines, dass alles beherbergt, was dein schmachtendes Herz begehrt. **Hier gibt's alles!** HIGIBA's eben!" Lachend zieht er mich in den Strom von Menschen und wir werden in die weitläufige Verkaufsfläche des Kaufhauses geschwemmt. Ich komme aus dem Staunen gar nicht mehr raus. Hier gibt es WIRKLICH alles!

Und wenn ich ALLES sage, dann meine ich auch ALLES!
Unzählige Etagen stapeln sich, wie eine gigantische Hochzeitstorte, übereinander. Von Möbel, bis Werkzeug, Büchern, Fotografen, Nahrungsmittel, Stoffe, Spielzeug, Blumen und Frisöre, Massagen, Fitnessräume, Taucherbecken, Elektronikartikel…EGAL nach was du suchst…hier findest du es unter Garantie.
Wir fahren mit der langen Rolltreppe bis hinunter ins Erdgeschoss. Dort befindet sich eine Art Gartencenter, mit einer angrenzenden, parkähnlichen Anlage, die zum Schlendern und Ausruhen einlädt. Ich staune Bauklötze.
In Windeseile sucht Jamie alles zusammen was ich brauche und macht die Lieferung für den nächsten Tag klar. Sprachlos wie ich im Augenblick bin, nicke ich alles einfach nur mechanisch ab.
Als er seine gedankliche To-Do-Liste abgehakt hat, packt er mich an der Hand und zerrt mich wieder zur Rolltreppe. Es geht wieder nach oben. Noch immer amüsiert über mein plumpes Staunen, schiebt er mich aus dieser monströsen Halle des Überflusses hinaus, zurück in das gleißende Tageslicht, „So, und jetzt zeig ich dir mein Lieblings Café!"
Ich stoppe seinen überschwänglichen Enthusiasmus nur ungern…aber ich habe da noch eine wichtige Frage, „Kann ich mir das alles überhaupt leisten?" Meine Schritte verlangsamen sich, bis ich zum Stehen komme und ich mich grübelnd am Kopf kratze.
Ja, wie bezahlt man im Himmel eigentlich?
„Ach, Kleines…", nachsichtig tätschelt Jamie meinen Arm, „…hier bezahlt man nicht. Jeder steuert etwas bei und was Zuviel ist kommt hierher und kann einfach mitgenommen oder geliefert werden." Für ihn selbstverständlich…doch für mich? Naja…unglaublich!
Schwungvoll hakt er sich bei mir unter, „Und wenn du später mal einen Überschuss an Traubensaft oder Wein hast, bringst du ihn einfach hier hin. Es wird sich immer einer finden, der genau DAS haben will, was DU nicht mehr brauchst!" *Aha! Interessant!*
Ich verdaue noch seine letzte Aussage, als er mich, ein paar Minuten später, in eine kleine Seitengasse bugsiert.
Freudestrahlend präsentiert er mir eine Häuserfront, die sich erheblich von den gediegenen Nachbarhäusern abhebt. Zum zweiten Mal gaffe ich sprachlos.
Eine schneeweiße Villa erhebt sich vor mir. Rick's Café! Dieser Name prangt in übergroßen, verschnörkelten Lettern über der mächtigen, zweiflügligen Tür.

Jamie kommt aus dem Lachen nicht mehr raus, „Anabelle…", (prust), „…mach den Mund endlich mal zu. Die Leute gucken ja schon." Das ich ausgelacht werde finde ich nicht schön. Sein Lachen jedoch, finde ich schön. Ich verzeihe ihm gnädig und wir betreten gemeinsam, Hand in Hand, das edle Gebäude. Ein wunderschönes Kuppelgewölbe empfängt uns im Innern. Schwarzweiße Kacheln im Karomuster, bedecken den Boden. Kleine Lampen mit bunten, putzigen Glasschirmen verströmen warmes heimeliges Licht. Dunkles Mobiliar setzt sentimentale Akzente. Und um das Ganze schön kitschig abzurunden, klimpert ein Pianist in der Mitte des Raumes altmodische Songs, zu denen er mit seinem angenehm dunklen Timbre summt.
Urplötzlich reißt mich James in seine Arme, biegt meinen Oberkörper weit nach hinten und bringt sein Gesicht ganz nah an meines, „Schau mir in die Augen, Kleines…!" Nach einem kurzen melodramatischen Augenblick, lacht er herzhaft und stellt mich wieder aufrecht hin.
Klar. Ich verstehe…Rick's Café! Da hat wohl einer zu oft Casablanca geschaut…
Jamie lässt sich in einer kuscheligen Nische nieder und klopft neben sich auf das weiche Polster, „Setz dich neben mich."
Er bestellt bei einer blitzschnellen, freundlichen Bedienung zur Feier des Tages, zwei Champagner und beugt sich verschwörerisch zu mir rüber, „Weißt du was das wirklich Witzige an diesem Laden ist?" *Nein!*
Stumm schüttele ich den Kopf.
„Der Mann, der das hier aufgezogen hat, heißt wirklich Humphrey!"
Oh, ich bin beeindruckt und beuge mich gespannt vor, „Etwa DER Humphrey?"
„Nee, glaub ich nicht." Jamie lehnt sich zurück und ich bin doch ein kleines bisschen enttäuscht. *DAS wäre doch echte eine Nummer gewesen, oder? Humphrey Bogart…hier im Himmel! In einem Lokal mit dem Namen ‚Rick's Café'…*
Da ich aber weiß, dass der gute alte Bogie bereits verstorben ist, bin ich guter Hoffnung und frage wissbegierig, „IST er denn noch hier?"
Neugierig mustere ich die Leute. Vielleicht…?
Doch Jamies Antwort nimmt mir den Wind aus den Segeln, „Nein, **der** Humphrey ist zurück, habe ich mir sagen lassen!"
Er winkt beiläufig einer Horde Bauarbeiter zu, die es sich am anderen Ende des Raumes an einer großen Tafel gemütlich gemacht haben.

Einige kenne ich doch tatsächlich noch von meinem Hausbau. Sofort als sie uns erblicken, kommen sie rüber und begrüßen uns überschwänglich, „Hey, du bist doch die Kleine mit dem verrückten Pipi-Langstrumpf-Haus!"
Also bitte...Rapunzel..., wenn schon, denn schon...
Ich bin höflich genug, den muskelbepackten Hünen nicht zu korrigieren und stimme ihm zu, „Ja, das Haus ist echt Klasse! Habt ihr wirklich hervorragend gemacht!" Der Hüne schnaubt, „Das will ich auch hoffen...hat uns eine Menge Nerven gekostet." Doch das gewinnende, sympathische Lächeln das er mir schenkt und sein schelmisches Augenzwinkern dabei, strafen seine hart klingenden Worte. Ich zuckte nur grinsend mit den Schultern, als ob diese lapidare Geste einfach alles erklären würde.
Neugierig wandern ihre Blicke zwischen Jamie und mir hin und her. Einer fasst sich ein Herz und spricht DIE Frage aus, die ALLEN auf der Zunge liegt, „Ihr zwei...? Seid ihr etwa...?" Diesmal zuckt Jamie mit den Schultern, „Schuldig, im Sinne der Anklage!" Wissende Blicke schießen von einem zum anderen, gepaart mit Knuffen und anzüglich erhobenen Augenbrauen, „Na dann, herzlichen Glückwunsch!"
Kameradschaftliches Schulterklopfen folgt. *Männer eben...*
Der Hüne, dessen Namen ich noch immer nicht weiß, weil ich mich nicht traue ihn zu fragen, boxt seinem Nachbarn auf den Oberarm, „Siehste, habe ich doch gesagt." Der Getroffene reibt sich lachend den Arm und schiebt einige seiner Kollegen nach hinten, „Lassen wir die beiden Turteltäubchen mal alleine! Wir stören hier nur!"
Es erklingt ein allseits, „Bis dann Jamie! Lady...!", und eine vorbildliche Verbeugung in meine Richtung rundet ihren Abgang ab. Weg sind sie.
Es entsteht eine romantische Stille zwischen Jamie und mir. Verliebt blicken wir uns tief in die Augen. Wir erheben unser Champagnerglas und prosten uns zu, „Auf uns!" „Ja, auf uns!"
Pling!
Hach ja...Spiels noch mal, Sam!
Natürlich bin ICH wieder diejenige, die diese Intimität unterbricht. Nachdem ich mein Glas fast gänzlich geleert habe, unterbreche ich den Blickkontakt und lehne mich zurück, „Um noch mal auf unser Gespräch von eben zurück zu kommen. Du sagtest, dieser, JENER Humphrey, wäre zurück gegangen. Zurück wohin?" Ich hebe meinen Kopf und schaue Jamie wieder an...doch diesmal neugierig. Ernst erwidert er meinen Blick und scheint nachzudenken.

Dabei dreht sein Glas in den Händen, nippt kurz und stellt es wieder zurück auf den Tisch. Nach endlos verstrichenen Sekunden ist er wohl bereit, mir Auskunft zu geben, „Er ist zurück nach nebenan!"
Ich verschlucke mich fast, „Kann man das denn?" Er nippt erneut an seinem Glas und weicht meinem angespannten Blick aus, „Klar, wenn du meinst, dir fehlen noch ein paar Erfahrungen, kannst du noch mal zurück."
Soso! Man kann also wieder zurück.
„Und wer entscheidet das?" Auf die Antwort bin ich jetzt mal gespannt.
„Na, du selbst!" Jamie windet sich etwas, als ob ihm etwas unwohl wäre. Doch ich bin voll und ganz mit meinen eigenen Gedanken beschäftigt und bemerke dies nicht.
„Aha!" Nicht unbedingt das, was ich erwartet habe, doch es sind interessante Informationen. Informationen, über die ich zuhause in aller Ruhe nachdenken möchte…alleine!

*

Hup. Hup.
„Jamie, Joanna, kommt raus. Bert kommt!" Aufgeregt hüpfe ich vor meiner Haustür von einem Bein aufs andere und winke ausladend.
„Hallo Anabelle!" Bert, der aussieht als ob er sich den Minitraktor, wie einen viel zu kleinen Overall angezogen hätte, winkt zurück, **„Reben werden heute Mittag geliefert. Wir haben noch viel vor."**
Ruckelnd und spuckend kommt der Traktor vor mir zu stehen. Eine zischende Dampfwolke entweicht dem stotternden Motor. Bert beugt sich nach hinten. Die Federn des Sitzes ächzen bedenklich. Mit einem gutmütigen Schnauben befördert er eine Schachtel zutage, die er mir herunterreicht, „Ist von Barbara! Bienenstich! Soll ich dir geben!"
Kein Mann vieler Worte.
Überrascht drücke ich den Kuchen an mich, „Oh danke, den können wir ja nachher in der Pause essen!" Berts Augenbrauen wandern fragend nach oben, „Pause?" Dann scheint er zu verstehen und dröhnendes Gelächter schüttelt ihn durch, „Was ist Pause? Pause gibt's nicht!" Kurzes Schnauben. Das Lachen endet abrupt und er schiebt sein kantiges Kinn nach vorn, „Welcher ist es?" Wortlos deute ich mit den Händen auf beide Hügel.

Bert versteht mich auch ohne, dass ich ihm großartig meine Pläne ausbreite. Tatkräftig spuckt er in die Hände und startet den Motor, „Na, denn mal los!" Unter lautem Gedröhne und Geknatter steuert er sein fleißiges Gefährt auf den ersten Hang zu und fängt an.
Nach zwei Stunden, einer Kanne Kaffee, drei Flaschen Wasser und fünf Stück Kuchen ist er fertig. Frisch gepflügt erstrahlen beide Hügel rechts und links meines Hauses. Dunkle, fruchtbare Erde verströmt ihren würzigen Duft.
Verschwitzt zieht sich Bert den kleinen Traktor aus und setzt sich zu uns auf die Treppe. Sein grauer Arbeitsoverall spannt bedenklich im Schritt und ich habe etwas Mitleid mit dem großen, breiten Mann.
Aber Bert scheint sich nicht an der Enge seiner Kleidung zu stören. Er nickt zu mir rüber, „Das wird bestimmt ein hervorragender Wein!" Dann schaut er nach oben zum Himmel, „Viel Sonne!"
Gibt's bei HIGIBA's eigentlich auch Buchstaben zu kaufen? Bestimmt gibt es jemand, der noch welche übrig hat. Aber so ist Bert halt...liebenswürdig und wortkarg!
Freundschaftlich rempele ich ihn in die Seite, „Du bekommst die erste Flasche. Versprochen!"
Er wiehert leise, „Das will ich auch meinen, Kleine!"
Dunkles Schnaubgekicher.
Mit dem Ärmel wischt er sich den Schweiß von der Stirn, „Wird Zeit für die anderen!"
Verdutzt mustere ich Bert, „Welche anderen?" Und dann höre ich es...
Von Ferne nähert sich ein lautes Dröhnen. Bert erhebt sich schwerfällig, „Da sind sie!"
Jamie, der sich die ganze Zeit dezent im Hintergrund gehalten hat, steht auf, schirmt seine Augen ab und späht in die Ferne. Ein langer Treck schraubt sich unaufhaltsam auf uns zu. Er lacht, „Hey, das ist ja eine richtige Völkerwanderung! Hätte nicht gedacht, dass so viel Leute kommen!"
Verdutzt schaue ich in die gleiche Richtung und staune, „Wow, sind das viele Leute."
Bert schnaubt, „Das soll ja auch alles heute noch fertig werden! Der Junge hat alles zusammengetrommelt, was Arme und Beine hat!" Mit ‚der Junge' ist Jamie gemeint. Genau DIESEN ‚Jungen' schiele ich nun skeptisch von der Seite an und betrachte dann meine beiden zukünftigen Weinberge,
„Dein Wort in Gottes Gehörgang."

Doppeltes Bert-Schnauben, inklusive amüsiertes Röcheln, „Das kannst du laut sagen, Kleine...das kannst du laut sagen!"
Joanna tritt zur Tür heraus und gesellt sich mit verschränkten Armen zu uns. Ihr Blick verrät...sie hat nichts anderes erwartet.
Und dann bricht die Arbeit mit voller Wucht über uns herein...

Am späten Abend, als alle fleißigen Helfer sich verabschiedet haben (und es waren wirklich, wirklich viele), sinken wir vier völlig verausgabt in der Küche auf die Stühle. Mit verdreckten Händen schaufeln wir hungrig unsere Gemüse-Burger rein, die Joanna zwischendurch in meiner Küche gezaubert hat und trinken literweise frisches klares Quellwasser. Nachdem Bert die letzte Tomate von seinem Teller aufgesaugt hat, erübrigt er noch ein paar Wörter, die ihm offensichtlich rein zufällig auf der Zunge gelegen haben müssen, „So, Mädchen, muss los. Barbara wartet."
Er wischt sich den Mund an seinem Hemd ab und stemmt sich noch immer schmatzend hoch. Irgendwie sieht es komisch aus.
Der Hüne in meiner zierlich wirkenden Küche, wirkt fast schon fehl am Platz. Er verabschiedet sich akkurat bei jedem von uns. Damit meine ich, er schnaubt kräftig und verschwindet einfach.
„Ach, Kinder...", Joanna streckt sich und drückt mit beiden Händen ihren schmerzenden Rücken durch, „...ich mach mich dann auch mal auf die Socken. War ein langer Tag!" Langsam humpelt sie auf mich zu, „Gute Nacht Schatz, schlaf gut!" Jamie, der gerade dabei ist, die Burger-Reste an Rosalinde zu verfüttern, winkt kurz in ihre Richtung, „Auch dir wünsche ich eine Gute Nacht, Joanna und danke für deine Hilfe!" Oma wirft mir einen bedeutungsvollen Blick zu, zwinkert anzüglich in Jamies Richtung und macht sich auf den Heimweg. *Ach Oma...nicht doch...*
Verlegen räume ich die Küche auf, schiele unter meinem dichten Pony hindurch und bemerke Jamies schweißgetränktes Shirt, „Willst du duschen?" Völlig unverfänglich.
Er schaut an sich herunter, mustert seine ehemals weißen Schuhe und fährt sich mit beiden Händen durchs Haar. Kleine Erdbröckchen rieseln auf den Boden.
„Hast du denn noch einen deiner tollen Jogginganzüge für mich?" Seine Augen funkeln mich lachend an. Natürlich hat niemand dran gedacht, etwas von seiner Kleidung mal hier zu deponieren. Wie blöd aber auch!
„Nein...", gespielt schnippisch und hochnäsig, biete ich ihm allerdings an, „...aber du kannst ein gepunktetes Nachthemd von mir kriegen."

Sein laut schallendes Gelächter höre ich noch, als er unter der Dusche steht. Dann endet das Lachen und wird von einem voluminösen, dahingeschmetterten ‚O-SOLE-MIO' abgelöst. Ich verdrehe die Augen und grinse. Aber als er aus dem Badezimmer kommt, mit glänzender, frisch geschrubbter Haut und tatsächlich mein gepunktetes Nachthemd trägt, da ist es komplett rum mit meiner Fassung!
Grölend werfe ich mich auf mein Bett, hämmere auf die Matratze ein und gackere eine gewaltige Lachsalve in mein Kopfkissen.
Anschließend gehe ich, als ob nichts passiert wäre, ebenfalls duschen…

Am nächsten Morgen werde ich von frisch gebrühtem Kaffee und Honigwaffeln geweckt. Und natürlich auch von Jamie.
„Guten Morgen, meine Schöne!" Sein vom Schlaf zerzaustes Haar lässt ihn jungenhaft wirken. Ich knautsche ihm ein ‚Guten Morgen' entgegen und wünsche mir meine Zahnbürste und etwas Zahnpasta herbei. Vergeblich versuche ich meine plattgedrückten Haare in Form zu zupfen. Er nimmt meine Hand, küsst sie, „Lass, du bist wunderschön."
Meine Hände sinken nach unten und ich vergesse auch die Zahnbürste. Ich lächele ihn glücklich an und dann werden Rosalinde und ich mit Honigwaffeln gefüttert. *Gott…ich fühle mich wie im Himmel!*
Mit plötzlich ernstem Gesichtsausdruck druckst er auf einmal herum, „Du, ich muss gleich weg. Da ist noch eine Baustelle, die fertig werden muss." Ich versuche, mir meine Enttäuschung nicht anmerken zu lassen und nicke einfach stumm. Er kaut genüsslich seine Waffel zu Ende und spült mit Kaffee nach und überrascht mich mit der Aussage, „Du könntest heute doch einen Ausflug nach nebenan machen."
Mir bleibt fast der Waffelteig im Hals stecken. Ich huste kurz, „Wie? Einfach so? Geht das denn?"
„Klar. Nach dem ersten Mal geht es ganz leicht." Eilig schlürft er den Rest Kaffee aus, wischt sich den Mund ab und steht auf, „Ist immer ganz witzig, sich drüben mal umzuschauen." Rosalinde bekommt noch eine kurze Knuddeleinheit und dann ist Jamie weg. Verträumt sinke ich in mein Kissen zurück. Es duftet noch nach Jamie!
Allerdings habe ich nicht vor, den ganzen Tag am Kopfkissen zu schnüffeln und mich nach meinem Freund zu verzehren.
Nachdem ich Rosalinde rausgelassen habe und sie mal wieder in dem kleinen Wäldchen verschwunden ist, gehe ich duschen,

ziehe mich an und setzte mich im Schneidersitz vor die kleine grüne Holztür, die mir vor ein paar Tagen die schönste, wie auch die schlimmste Erfahrung geschenkt hat.
Ich muss gestehen...Mut sieht anders aus.
Ich KANN rüber, wenn ich will...doch will ich?
Schließlich fasse ich mir ein Herz und hieve mich hoch.
Natürlich will ich rüber!
Ich schließe, wie beim ersten Mal die Augen, reiße die Tür auf und finde mich am Rande einer viel belebte Straße wieder.
Aufgeregt betrete ich den Bürgersteig und betrachte all die hektisch an mir vorbeieilenden Menschen. Der überquellende Lärm, der Gestank nach Dreck und Abgasen und die horrende Schnelllebigkeit verursachen ein äußerst flaues Gefühl in meinem Magen. Warum fühle ich mich plötzlich so fremd? Ich habe doch hier drüben gelebt...ganze 25 Jahre!
Hastig drücke ich mich in eine Fensterbanknische. Übelkeit würgt mich. Ich atme drei, viermal kräftig durch, dann verschwindet das schummrige Gefühl in meinem Kopf. Jetzt bin ich wieder einigermaßen aufnahmefähig.
Ich versuche mich weiter zu entspannen, lehne ich mich zurück und beobachte die Szenerie vor mir. Auf der anderen Straßenseite befindet sich eine Metzgerei. Die kenne ich nicht, aber das ist mir auch egal. Durch eine große Glasscheibe kann ich den klobigen Metzger darin erkennen. Vor der Tür kauert ein schwarzweißer Hund. Welche Rasse weiß ich nicht.
Ich kenne mich mit Hunderassen nicht so aus. Für mich gibt es eigentlich nur vier Sorten Hunde: Große, Kleine, Böse und Liebe. Dieser scheint zur Gattung Lieb zu gehören. Er schaut zu mir rüber und wedelt mit seinem buschigen Schwanz. **Wuff.**
Er schaut zu mir rüber? Kann nicht sein. Das sieht bestimmt nur so aus. Ich bin ja tot und niemand kann mich sehen.
Eine derbe, laute Stimme schreckt mich auf.
„WAS WILLST DU SCHON WIEDER, DU WANDELNDER FLOHZIRKUS?"
Sie gehört dem kompakt wirkenden Metzger. Und er wettert weiter,
„DU WEISST, ICH KANN BETTELEI NICHT AUSSTEHEN!"
Der Hund hechelt freundlich und wedelt weiter mit dem Schwanz. **Wuff.**
Der Metzger fuchtelt wild mit seinen Händen und versucht damit, dass nette Tier zu verscheuchen, „ZIEH ENDLICH WEITER!" Laut bimmelnd fällt die Tür hinter dem rigorosen Metzger ins Schloss.

Aber der Hund rührt sich nicht. Er bleibt einfach sitzen und hechelt freundlich weiter.
Kleiner, an deiner Stelle würde ich das Weite suchen.
Nochmaliges Bimmeln, und der Metzger erscheint wieder vor seinem Geschäft, „HIER!"
Mit energischen Schritten nähert er sich dem Hund. **Wuff.**
Erschrocken springe ich auf. *Oh Gott, Hundchen, mach das du wegkommst!*
Panisch überlege ich wie ich dem kleinen Kläffer helfen kann. Shit! *Geht nicht. Bin tot!*
Der kräftig gebaute Kerl beugt sich zu dem Hund runter und…ich halte die Luft an…und hält ihm eine große Wurst vor die Schnauze. Meine Kinnlade sackt nach unten.
„Da, mein Junge. Sollst ja nicht leben wie ein Hund!"
Brummendes Lachen. **Wuff.**
Der klobige Mann tätschelt den wuscheligen Kopf, richtet sich dann auf und knurrt mit wedelndem Zeigefinger, „Und dass du mir nur ja nicht deinen pelzigen Kumpels erzählst, dass du hier schon wieder ‚ne Wurst gekriegt hast! Verstanden?" **Wuff. Wuff.**
Aha, Mr. Vierpfote hat hier wohl schon öfters was geschnorrt!
Verstohlen schaut der kräftige Metzgersmann in alle Richtungen, rubbelt noch einmal liebevoll durch das Fell und watschelt wieder in seinen Laden.
In Lichtgeschwindigkeit sind Wurst und Hund verschwunden. Langsam lasse ich die Luft aus meiner Brust entweichen.
Puh, nochmal gutgegangen!
Nach dieser Aufregung muss ich erst mal einen Spaziergang machen, um meinen Puls wieder runterzufahren. Im Slalom schlängele ich mich durch die Menschenmenge. Stresspheromone schwirren durch die Luft, wie klitzekleine Bazillen. Auch mein Stresspegel steigt erneut nach oben. Die Luft ist geschwängert von Abgasen, Schweißgeruch, Fäulnis und Abwassergestank. Furchtbar!
Am Ende der Straße ist mir eine alte Steinmauer aufgefallen. Vielleicht ist da ja ein Park. Dort wird es wohl hoffentlich ruhiger sein. Das ist mir doch alles ein bisschen viel Trubel. Und behalte recht! Nachdem ich ein paar Minuten an der Mauer entlanggeschlichen bin, stehe ich vor einem großen offenen, kunstvoll verschnörkelten, schmiedeeisernen Tor. Dahinter erstreckt sich, wie erhofft, ein weitläufiger, mit vielen Bäumen ausgestatteter Park. In einem großen Bogen zieht sich ein roter Kiesweg durch die Anlage in deren Mitte sich ein mittelgroßer Ententeich befindet.

Dort werden gerade dicke, fette Enten pausenlos von kleinen, krähenden Kindern, mit ihren Müttern in Schlepptau, mit Brot vollgestopft.
Wie niedlich.
Ich pieke mir unter einer der vielen verstreuten Ruheoasen eine Holzbank aus, die unter einer hübschen Trauerweide steht und setzte mich. Mit geschlossenen Augen lasse ich aufatmend diese friedliche Idylle auf mich wirken, als plötzlich…
Wuff.
Erschrocken zucke ich zusammen und schaue auf diese Wiese neben mir, „Hoppla, wo kommst du denn so plötzlich her?" **Wuff.** Kluge braune Augen mustern mich neugierig aus einem schiefgelegen schwarzweißen Köpfchen. Staunend japse ich, „Redest du etwa mit mir?" **Wuff. Wuff.**
Sein schwarzer buschiger Schwanz wedelt freundlich.
Ich beuge mich verblüfft vor, „Kannst du mich etwa sehen?" **Wuff. Wuff.**
Hechelnd kommt der fremde Hund näher ran gerutscht.
Mit leichtem Bedauern zucke ich mit den Schultern, „Tja, Schätzchen, ich kann dich nicht streicheln. Ich bin tot!" Hilflos blicke ich in das freundlich hechelnde, pelzige Gesicht. **Wuff.**
Nun mustere ich das Tier mit zusammengekniffenen Augen, „Ich kenn dich doch!" Erfreut lächele ich ihn an, „Du bist doch der Metzgerhund von vorhin!" **Wuff. Wuff.**
Seine halb geöffnete Schnauze, mit der heraushängenden, rosa Zunge, scheint mich ebenfalls anzulächeln. Vorsichtig rutsche ich zu Boden, um ihn nicht mit einer hektischen Bewegung zu erschrecken. Sachte klopfe ich auf die Erde neben mir, „Willst du mir etwas Gesellschaft leisten?" **Wuff. Wuff.** Er trabt näher und bleibt etwa einen Meter von mir entfernt stehen. Dabei lässt er mich nicht aus den neugierig blickenden Augen.
Ich nehme meinen tierischen Gesellen etwas genauer unter die Lupe. Kein Halsband! Sein eigentlich schönes langes Fell wirkt leicht verfilzt, „Schätze mal, du kannst einen Freund vertragen, oder? Falls es dir nichts ausmacht, dass ich tot bin, könnte ICH dein Freund sein, wenn du willst!" **Wuff. Wuff.** Ich fasse dies einfach mal als ‚Ja' auf.
In Anbetracht der Tatsache, dass er lustige weiße Pfoten hat, die wie Strümpfe aussehen, beschließe ich, den Hund ‚Socke' zu nennen, „Ich werde dich Socke nennen. Passt irgendwie. Ist dir das recht?" **Wuff. Wuff.**

Zufrieden seufze ich und klopfe mit der Hand erneut neben mich auf den Boden, „Leg dich zu mir Socke. Genießen wir die schöne Aussicht noch ein bisschen…gemeinsam…!"
Schnüffelnd schiebt sich Socke dicht neben mich, legt seinen Kopf auf seinen Pfoten ab und schließt vertrauensselig die Augen.
Etwas traurig betrachte ich das leicht vernachlässigte Tier.
Schade, dass ich ihn nicht mitnehmen kann. Er hätte es gut bei mir!
Müde sinkt mein Kopf auf die Bank hinter mir und ich döse in der angenehmen warmen Brise, ein bisschen vor mich hin. Als ich wieder wach werde ist ‚Socke' weg. Naja, nicht schlimm.
Bestimmt hat er einen anderen Hund gefunden, der mit ihm spielen kann…denn ich bin ja tot! Ich seufzte noch einmal und sauge diese herrliche Idylle ein letztes Mal in mich ein. Alles in allem, war es doch ein netter Ausflug gewesen!
Zufrieden mit dem Mittag nebenan kehre ich in mein Haus zurück.
Das war bestimmt nicht mein letzter Besuch gewesen.

Am nächsten Morgen beschließe ich, bei meiner Großmutter vorbei zu schauen. Unterm Arm trage ich Barbaras Kuchenplatte. Natürlich leer und gespült! Die will ich zurückbringen. Vielleicht hat Oma ja Lust mitzukommen? An ihrem Bootshaus angekommen, rufe ich laut, „**Hallo, Oma…Ich bin's!**" Meine zarte, filigrane Stimme schrillt wie eine heulende Sirene über den See.
„Schrei doch nicht so…ich bin hier oben, auf dem Sonnendeck."
Ein riesengroßer wippender Strohhut erscheint an der Reling und winkt mich herauf. Leichtfüßig balanciere ich über die Planke und hüpfe in die obere Etage, „Hallo Oma, wie geht es dir?" „Gut. Gut. Schön, dass du dich mal von Jamie losreißen konntest."
Ein wissendes Lächeln, dass mit dieser Anspielung einhergeht, umspielt ihre Lippen. Unter ihrem Blick werde ich knallrot.
„Ach, Oma, guck doch nicht so." Verlegen knabbere ich an meiner Unterlippe rum und klopfe mit meinen Fingern auf dem Deckel der Kuchenplatte, die ich wie ein Schutzschild vor mich halte.
Oma interessiert sich allerdings nicht für die Kuchenplatte, sondern eher für mein Privatleben, „Wo ist Jamie denn heute?"
„Er muss arbeiten. Er wollte erst morgen Abend wiederkommen."
Lachend nickt Joanna, „Aha, dann bin ich also der berühmte Lückenbüßer."

Schelmisch zwinkert sie mir zu. Etwas halbherzig schüttele ich den Kopf, „Nein, natürlich nicht!" Dann plumpse ich in einen Korbsessel und schnuppere neugierig an ihrem Glas um eine andere Thematik anzuschneiden, „Frischer O-Saft?"
„Hm, mit leckerem Fruchtfleisch. Willst du?" Bevor ich zustimmen kann, huscht sie bereits die Treppe nach unten, taucht Sekunden später wieder auf und schenkt mir großzügig aus einer mitgebrachten Karaffe, ein.
Durstig leere ich das Glas in einem Zug. *Echt lecker!*
Um auf mein ursprüngliches Anliegen zurückzukommen, klopfe ich erneut auf die Kuchenplatte, die mittlerweile in meinem Schoß ruht, „Ich wollte Barbara die Kuchenplatte zurückbringen. Und ich wollte eigentlich fragen, ob du mitkommen willst?"
Omi lächelt erfreut, „Ja klar. Vielleicht können wir ja dann noch einen gemeinsamen Abstecher in die City machen." Mir ist alles recht, solange Omi nur nicht auf dem heiklen Thema ‚Jamie' herumreitet. Deswegen grinse ich begeistert, „Gerne!"
Joanna klatsch in die Hände und erhebt sich, „Na, dann. Los!"
Während wir so gemütlich dahinspazieren, erzähle ich Joanna, von meinem kleinen Ausflug nach drüben. Und natürlich auch von Socke, „Ein so lieber Hund. Aber warum kann er mich denn sehen? Ich dachte, wir wären unsichtbar…wie Geister eben."
Joanna hat auch gleich eine Erklärung parat, „Hunde haben ein ganz anderes, ein feineres Gespür. Eine Art Antenne, die unsere Schwingungen, die wir ja trotzdem noch aussenden, empfangen. Allerdings haben viele Tiere Angst und verkriechen sich winselnd, wenn sie auf einen von uns treffen. Deine Socke scheint da ja anders gestrickt zu sein…offensichtlich ist er was Besonderes zu sein. Du sagtest, er wäre herrenlos?"
Nachdenklich zerfurcht sich ihre Stirn und es dauert eine Zeitlang, bis sie langsam das Ergebnis ihrer Überlegung rausbringt,
„Vielleicht solltest du Socke mit Jo zusammenbringen? Wäre doch schön. Für Jo und für Socke. Oder?"
Resigniert seufze ich, „Du wirst lachen, aber das ist mir auch in den Sinn gekommen. Doch Jules kriegt Ausschlag und Triefaugen, die aussehen wie aufgeplatzte Zwetschgen, wenn sich ihm etwas mit Fell nähert! Geht also nicht."
„Schade!" Oma seufzt ebenfalls bedauernd, „Sehr schade!"
„Ja!"
Nach ein paar Minuten (erinnert euch, Zeit ist hier relativ!) biegen wir um die Ecke und stehen schon fast in Barbaras Hof.
Am Hauseingang liegt Rosalinde und sonnt sich.

Überrascht lache ich auf, **„Hey, du Schweinchen. Hierher verkrümelst du dich also immer!"** Freudig stürme ich auf sie zu und kraule ihr die Ohren.
Barbara tritt grinsend aus der Tür und wischt sich gerade die Hände an einem karierten Küchentuch ab, „Ja, sie kommt uns hin und wieder besuchen! Hallo, ihr beiden."
Grinsend schaue ich die rundliche kleine Frau von unten herauf an, „Hallo Barbara. Und ich habe mich schon gefragt wo sie immer hinläuft. Dachte schon fast, sie hätte einen schweinischen Freund im Wald." Barbara kichert und errötet doch tatsächlich, „Nee, nee, sie kommt nur ihre wöchentliche Kuchenration hier abholen!" Aha! Oh, apropos Kuchen...
„Hier, ich bring dir deine Kuchenplatte zurück. Vielen Dank nochmal. Der Kuchen war mal wieder sehr lecker." Barbaras rote Bäckchen wurden eine Spur dunkler. Ihr breites Lächeln reicht von einem Ohr zu anderen.
Oma klinkt sich in das Gespräch, „Wir wollen in die City, ein bisschen bummeln. Willst du nicht mitkommen?"
Barbaras Grinsen verläuft nun fast rund um ihren Kopf, „Oh, das ist eine gute Idee. Ich sitz schon den ganzen Morgen an der Nähmaschine und kann kaum noch ein Nadelöhr erkennen. Ein bisschen Abwechslung tut bestimmt gut." Sofort bindet sie sich die Schürze ab, wirft sie achtlos auf die Bank neben der Haustür und verkündet uns, „Und außerdem ist Bert zu den Mooshammers Stoff holen. Der kommt frühestens heute Abend nach Hause." Mit einer resoluten Geste, zieht sie die Tür ins Schloss, „Gehen wir!"
Ich erhebe mich und winke meinem ungewöhnlichen Haustier noch zu, „Tschüss, Rosalinde, bis später...und komm bitte pünktlich heim!"
Oink. Oink.

In der City angekommen, suchen wir uns ein schönes schattiges Plätzchen auf einer belebten Promenade aus. Joanna geht ins Café hinein (nicht Rick's Café) und kommt mit drei Gläser eisgekühlter Zitronen-Limonade raus. Zufrieden seufzend lässt sie sich auf dem bequemen Lehnstuhl nieder, „Ach, Kinder. Ist das nicht herrlich!" Die Augen geschlossen, wendet sie ihr Gesicht den wärmenden Sonnenstrahlen zu. Barbara und ich tun es ihr nach!
Die entspannte Atmosphäre wird jäh unterbrochen,
„JOANNA...HALLO...JOANNA...HIER!"

Zu dritt blinzeln wir in die Richtung, aus der die durchdringende Stimme ertönt. Eine kleine magere Frau, allerdings mit auffallend hübschen Augen, kämpft sich durch die Menschenmenge zu uns durch. Irgendwie kommt sie mir bekannt vor. Neugierig beobachte ich ihr Näherkommen.

Meine Oma erhebt sich höflich und lächelt der Frau zu, „Maria, hallo. Schön dich zu sehen. Was treibst du hier?"

Keuchend zieht sich diese Maria einen Stuhl zu uns an den Tisch, „Ich habe nur 20 Kannen Milch bei HIGIBA's abgegeben. Die Kühe geben ja so unglaublich viel Milch. Ihr müsst unbedingt vorbeikommen und euch Käse und Quark mitnehmen."

Erst jetzt scheint sie mich zu registrieren. Neugierig mustert sie mich, „Oh, ein neues Gesicht." Dann stutzt sie und betrachtet mein Gesicht eingehender, „Wer...nein...ich glaub es nicht...ist sie das wirklich?" Sie stupst ungläubig meine Großmutter an, „Ist das nicht deine kleine Anabelle? Das IST doch Anabelle!"

Ein großes Fragezeichen bildet sich auf meinem Gesicht. Großmutter nickt lachend. Maria rutsch mir dicht auf die Pelle, „Ja, du liebe Güte...ja, Anabelle...erkennst du mich denn nicht?" Ihre eben noch erfreute Miene fällt urplötzlich in sich zusammen und sie reibt mitfühlend meinen Unterarm, „Du bist aber früh hier. Was ist denn passiert?"

Mein Gehirn arbeitet auf Hochtouren, deswegen antworte ich ihr nicht gleich.

Maria? Maria? Welche Maria? Dann schnackt es! *Ahhh...DIE Maria!!!*

Zeitgleich mit meiner Erkenntnis, blinkt eine ganz bestimmte Erinnerung in meinem Kopf auf, „Du bist Maria aus dem Dorf. Du hast damals meinen Koffer gepackt." Leicht gekränkt schaue ich sie an und füge vorwurfsvoll hinzu, „Und du hast Omas Decke vergessen!" Doch ich will hier im Himmel ja keine ollen Kamellen aufwärmen, deswegen stimme ich einen etwas freundlicheren Ton an, „Schön dich zu sehen. Wirklich! Wie geht es dir? Und warum bist du denn schon hier? Also, mich hat ein Auto platt gemacht!"

Maria zuckt erschrocken zusammen, „Das ist ja schrecklich." Fassungslos schüttelt sie meine Hände, „Du warst doch bestimmt noch keine 30."

„Nee, 25." Maria rollt betroffen mit den Augen und tischt mir dann ihr Ableben auf, als ob sie mir so nebenbei, ein interessantes Kuchenrezept anvertrauen würde, „Also mich hat es im Stall beim Melken erwischt. Morgens um viere raus zu den Kühen, angefangen zu melken und Peng...Herzinfarkt.

Ich habe noch drei volle Stunden neben der altersschwachen Hermine gelegen, bis ich mal gefunden worden bin!"
Sie schnupft weiter, „Und das auch nur, weil noch kein Frühstück auf dem Tisch gestanden hat! Hat man da noch Worte?"
Empörtes zustimmendes Gemurmel unsererseits. Doch diese trübe Stimmung hält noch keine drei Sekunden. Marias Gesicht beginnt wieder zu strahlen und sie springt auf, „Aber Mädels, ich muss los. Die Arbeit wartet nicht!" Sie lacht herzlich, geht um den Tisch, drückt jeden von uns ein Küsschen auf die Wange und wiederholt ihr Angebot, „Ihr müsst unbedingt vorbeikommen. Himmel, der ganze Quark und der viele Käse…ich weiß garnicht wohin damit. Barbara, am besten schickst du Bert vorbei, den Käse abholen, dann kann er sich gerade mal meinen Weidezaun anschauen. Die Kühe sind ja sooo lebhaft! Und Joanna, wir telefonieren." Mir zwinkert sie kurz zu und schon hat die Menschenmenge sie wieder verschluckt.
„Beim Melken abgenippelt?" Leicht verdattert blicke ich in die Runde. Barbara und Joanna zucken nur leicht mit den Schultern, „Tja, Kleines, so ist das Leben!"

Abends sitze ich noch vor meinem Haus, lasse die Eindrücke des Tages ausklingen und warte auf Rosalinde. Wie auf Kommando kommt sie aus dem Wäldchen gehechelt und kommt schlitternd vor mir zu stehen. Freudiges, aufgeregtes Grunzen.
„Aha, ist Bert doch früher heimgekommen und hat dich noch mit Kuchen gefüttert?" Liebevoll wische ich ihr ein paar Krümel von der Schnauze, „Dann hattest du ja schon dein Abendessen." Zustimmendes Gegrunze und schon verschwindet sie in ihrer Hütte.
Ich lache gutmütig, „GUTE NACHT, ROSALINDE UND SCHLAF GUT!" Oink.
Tja, und was mache ich jetzt noch? Gelangweilt schabe ich mit den Schuhspitzen im Kies. Ich könnte ja vielleicht eine klitzekleine Spritztour nach drüben machen? Oder? Die Entscheidung ist fast zeitgleich mit dem Gedanken gekommen. Ich stemme mich hoch und geh hinein.

Diesmal lande ich direkt im Park. Hier drüben ist gerade Mittagszeit. Die kleinen, krähenden Kinder sind mit ihren Müttern wohl zuhause beim Essen und die fetten Enten dümpeln träge, wie stumme Attrappen, im Teich vor sich hin. Eine himmlische Ruhe, die nur ab und zu von einem fernen Autohupen unterbrochen wird.

Zielstrebig steuere ich ‚meine' Bank an und setze mich. Völlig entspannt betrachte ich die tanzenden Sonnenstrahlen durch die hängenden Weidezweige. Auf dem Boden darunter zeichnen sich ihre filigranen Schatten ab.
Wuff.
Hocherfreut schaue ich mich um, „Hey, Socke, altes Haus. Schön, dass du da bist."
Wuff. Wuff.
Es ist tatsächlich mein kleiner Hundefreund, der mit fliegenden Ohren auf mich zugeschossen kommt. Zu meinen Füßen kommt er zum Stehen und setzt sich brav auf seine Hinterläufe. Dann hechelt er mich grinsend an. **Wuff. Wuff.**
Lächelnd bücke ich mich zu ihm runter, „Und alles klar bei dir, Socke? Hattest du heute schon deine Wurst?" **Wuff. Wuff.**
Ich schnuppere an seinem Atem. *Ja, eindeutig...riecht nach Mettwurst!*
Sein Schwanz wedelt über die Erde, wie ein Besen.
„Schade, dass ich dich nicht streicheln kann. Bestimmt würdest du dich über ein paar Streicheleinheiten mehr freuen, als über eine olle Unterhaltung mit einer von Drüben!" Aufmerksam, mit aufgestellten Ohren, hockt er vor mit und wedelt weiter mit seinem Schwanz. **Wuff. Wuff. Wuff.**
Vielleicht will er mir damit ja sagen, dass er es nicht tragisch findet, dass ich tot bin. Dann plötzlich...
„Hey, guck mal. Du blöde Töle bellt eine leere Bank an!" Empört wirbele ich herum und nehme den krakeelenden Übeltäter ins Visier.
Selber blöd, Hirni!
Ein paar Halbstarke haben sich uns unbemerkt genähert. Der Größte der Truppe rempelt den Dicksten an und lacht dabei hämisch, „Sollen wir mal schauen ob das stinkende Fellknäuel schwimmen kann?" Lärmend und sich gegenseitig schubsend nähern sie sich.
Mein anfänglicher Ärger verpufft sofort. Ängstlich zische ich zu dem Hund, „Verschwinde Socke. Schnell! Los! Hau ab!" **Wuff. Wuff.** Blitzschnell, als ob er mich verstanden hat, kratzt mein Hund die Kurve und verschwindet wie ein tieffliegender Pfeil in die entgegengesetzte Richtung.
Die Jungen stöhnen enttäuscht auf, „Oh, man...so ein Feigling! Das wäre bestimmt ein Super-Gaudi gewesen!" Der Anführer spuckt abfällig in die Richtung in der Socke verschwunden ist. Dann kommandiert er, „Kommt, wir gehen ins Einkaufszentrum. Mal sehen, was dort los ist!"

Ich schnaufe verärgert. *Blöde, dumme, flapsige Deppen!* Den ganzen Tag haben sie mir jetzt versaut.
Nach diesem misslungenen Mittag ist mir gründlich die Lust vergangen und ich mache mich ziemlich sauer auf den Heimweg. Unterwegs halte ich noch Ausschau nach Socke, aber der bleibt wie vom Erdboden verschluckt.
Immer noch verärgert, falle ich zuhause in mein Bett und schmolle unzufrieden vor mich hin. Dabei habe ich mich so gefreut, mal wieder drüben herumzuschnausen. Mit meinen Gedanken bei der einsamen Socke, falle ich in einen unruhigen Schlaf!
Ob unruhig oder nicht...am nächsten Morgen erwache ich und fühle mich topfit.
Ausgeschlafen räkele ich mich, „Uahh...!", und stoße prompt an einen Gegenstand in meinem Bett, „Ups, was ist das?" Ein erstaunter Blick neben mich, lässt mich erkennen, dass ich nicht alleine bin.
Ein blonder Haarschopf lugt neben mir aus der Decke. Ein Lächeln stiehlt sich auf mein Gesicht, „Jamie!"
Sachte streichele ich seine Wange. Er muss wohl abends gekommen sein, wie er versprochen hatte und als er mich schlafend vorgefunden hat, muss er sich wohl einfach zu mir gelegt haben. Wie süß!
Ich hauche ihm einen Kuss auf die Stirn, „Guten Morgen, Schlafmütze!"
Unverständliches Gebrummel ist die Antwort. Offensichtlich bekomme ich im Augenblick nicht mehr aus ihm raus. Flink krabble ich aus dem Bett, schlüpfe in meine kuscheligen Hausschuhe und mach mich auf den Weg runter in die Küche, „Okay, dann geh ich mal Frühstück machen." Unten angekommen, werde ich von einer ziemlichen Schweinerei empfangen. Und ich erblicke auch gleich die Schuldige, „**Och, nein...ROSALINDE!**" Schuldbewusst kauert sie vor dem offenen Kühlschrank und grunzt mich entschuldigend an. Nun muss ich aber wirklich ernsthaft schimpfen, „Rosalinde, du kannst doch keine kalten Spagetti mit Tomatensoße zum Frühstück essen!" Leicht genervt befördere ich die mittlerweile leere Schüssel in die Spüle und wische den Boden auf. Auf Knien murre ich in Richtung der Übeltäterin, „Hoffentlich kriegst du Dünnpfiff! Verdient hättest du es!"
Betröppelt hängen ihre kleinen Schweinsöhrchen herab. Ihre runden Äuglein bitten schmachtend um Verzeihung und sofort werde ich weich.

Halb versöhnt setzte ich mich zu ihr auf den Boden und lege den Arm um sie, „Keine kalten Spagetti mehr! Versprochen?" Oink. Da ich nur halbversöhnt bin, kann ich mir eine klitzekleine Strafe nicht verkneifen, „Dafür gibt es diese Woche keinen Kuchen für dich! Klaro? Strafe muss ein!" Eifrig nickend scharwenzelt sie um mich rum. Rosalindes Einschleimen ist zu drollig und bläst meinen restlichen Ärger einfach fort. Lachend weise ich mit dem Finger zur Treppe, „Dann geh jetzt nach oben und mach Jamie wach."
Vergnügt, ihren Hüftspeck schwingend, hoppelt sie nach oben und erledigt, was ihr aufgetragen worden ist.
Etwas später, nach dem Frühstück, beim Abwasch.
„Heute sollten wir mal nach deinen Reben sehen und das Unkraut zupfen." Jamie reibt einen Teller trocken und verstaut ihn im Schrank. Ich reiche ihm den zweiten Teller, „So schnell!"
Unter leisem Gelächter rubbelt er auch diesen Teller trocken, „Schätzchen, du weißt doch, Zeit ist hier relativ. Hast du das noch immer nicht begriffen?"
Doch habe ich...zumindest manchmal...
Also verbringen wir den ganzen Nachmittag in meinen Weinbergen. Ha, wie das klingt. Meine Weinberge!
Fachmännisch begutachte ich einzelne Reben, „Die Dinger sind ja wirklich fix!"
Jamie ignoriert die Tatsache, dass die Worte ‚fachmännisch' und ‚Dinger' eigentlich nicht zusammenpassen und erwidert, „Ja, und deswegen müssen wir uns mit deinem Keller beeilen. Wenn du Wein herstellen willst, müssen wir noch einige dringend notwendige Teile installieren." *Oh...Shoppen?*
Vorsichtig, um meinen Eifer nicht allzu deutlich zu zeigen, hake ich nach, „Müssen wir noch mal zu HIGIBA's?" Seine Antwort enttäuscht mich zutiefst.
„Nein, ich habe gestern Abend alles mitgebracht und schon in den Keller gebracht. Ich wollte es dir ja noch zeigen, doch du hast ja schon gebrummt, wie ein Murmeltier! Eigentlich hättest du mir beim reintragen helfen können, aber ich habe es einfach nicht übers Herz gebracht, dich zu wecken. Du siehst knuffig aus, wenn du schläfst. Deswegen habe ich es eben alleine getan!" *Fleißiges Kerlchen!*
Mehr Material, bedeutet auch zusätzliche Arbeit. Eigentlich will ich aber nichts mehr tun, „Aber das machen wir erst morgen." Müde strecke ich mein schmerzendes Kreuz, „Heute bin ich zu geschafft."
Gott sei Dank, ist Jamie der gleichen Meinung, „Ja, ich auch!"

Erleichtert atme ich auf und wir machen uns auf den Weg in meine Villa, die sich mittlerweile, wie angegossen, in die Landschaft eingefügt hat, „Gehen wir rein. Ich mach uns leckeren gegrillten Schafskäse und ofenfrisches Olivenbrot."
Jamie reibt sich den Bauch, „Klingt lecker. Du kochst und ich guck zu." Meine rechte Augenbraue wandert nach oben und ich mustere den Mann an meiner Seite spöttisch, „Nee, nee, mein kleiner Pascha. **Ich** koche und **du** badest Rosalinde."
„Ja, Frau Feldwebel!" Er salutiert übertrieben.
Scherzhaft zwicke ich ihn in den Oberarm, „Du, pass auf!"
Lachend umschlingt er mich, „Darf ich heute wieder hier schlafen?" Eine unschuldige Frage begleitet von einem nicht ganz so unschuldigen Blick. Ich schmunzele und will es ihm nicht zu leicht machen, „Wenn du Rosalinde noch die Zähne putzt, dann ja." Er knurrt gespielt ärgerlich, „Kleine Hexe!"
Zum Abendessen erscheint er frisch gestriegelt, mit einer blitzsauberen Rosalinde. Sogar ein rotes Schleifchen hat er ihr um den geschrubbten Hals gebunden. Es ist ein Bild für die Götter...

In den nächsten Tagen und Wochen sind wie schwer beschäftigt. Im Bauch meines Hauses rumort es kräftig. Sogar Bert und ein paar der Bauarbeiter sind zum Helfen gekommen. Es geht zu wie in einem ausgewachsenen Taubenschlag. Die Weinreben wachsen und gedeihen in einer Geschwindigkeit, die mir fast Tränen in die Augen treibt. Eine Fülle von Trauben. Das wird eine gute Ernte.
 Als der Umbau in meinem Keller endlich fertig ist und die Ernte vor der Tür steht, beschließe ich wieder einen kleinen Ausflug zu machen, denn Jamie ist heute ausnahmsweise mal nachhause gegangen und mich plagt Langeweile.
Komisch. Ich weiß immer noch nicht wo er wohnt. Ich muss ihn doch mal fragen.
Nach einer erfrischenden Dusche, mache ich mich auf den Weg. Diesmal komme ich am Tor des Parks raus. Heute ist viel Betrieb. Es schein Sonntag zu sein. Zu den kleinen krähenden Kindern mit ihren Müttern, haben sich noch einige Väter dazugesellt. Die dicken, fetten Enten watscheln lustlos am Ufer herum und stopfen sich wahllos Brotbrocken und Kaugummipapier rein. Hoffentlich ist meine Bank noch frei.
Aus dem Augenwinkel sehe ich etwas Blitzen. Verblüfft bleib ich stehen, gehe hin und bücke mich. *Hey, Geld...ein, ein Markstück. Super!*

Automatisch greife ich nach dem Geldstück...schwupps...meine Finger gleiten hindurch.
Erst glotze ich dumm, dann haue ich mir auf die Stirn.
Hach ja, geht ja nicht, ich bin ja tot. Das kann man schon mal vergessen, in der Hitze des Gefechtes! Egal, dann wird sich halt der nächste (Lebende) darüber freuen.
Die Bank unter der Trauerweide ist in der Tat noch frei und ich nehme Platz. Jetzt fehlt zu meinem Glück eigentlich nur noch...**Wuff**...genau...Socke.
Freudig kommt er auf mich zu gehechelt und ich empfange ihn lachend, „Na, mein Kleiner, schon lange nicht mehr gesehen."
Wuff. Wuff.
Ich klopfe auf die Erde, „Komm setzt dich zu mir." Schwupp, schon streckt er sich neben mir aus. Ich betrachte Socke und stelle fest, „Sieht aus als ob du noch immer kein zuhause hast." Leises zustimmendes Winseln. „Ach Socke, wie gerne würde ich dir helfen."
Ein leises Weinen dringt an mein Ohr. Verwirrt schaue ich mich um. Ein kleines Mädchen, vielleicht sieben Jahre, kommt bedrückt den Weg entlang und stochert zwischendurch, scheinbar ziellos, im Kiesweg rum. Tränchen kullern ihre sommersprossigen Wangen herunter. Immer wieder wischt sie sich die laufende Nase am Handrücken ab und schnieft. Socke winselt herzerweichend und blickt zu mir auf. Dann schaut er rüber zu dem kleinen Mädchen. Das Mädchen muss wohl Socke's Gewinsel gehört haben, denn nun schaut sie zu uns, bzw. zu Socke rüber, mich sieht sie ja nicht.
Traurig kommt sie herbeigetrippelt und setzt sich neben mich, was sie aber nicht weiß, denn ich bin ja unsichtbar!
Socke schnüffelt an ihren Knien. Das kleine Mädchen streckt vertrauensselig seine Hand aus, „Na du, Hundchen?" Winseln. Eine neue Träne kullert an ihrer kindlichen Wange herab und sie gesteht meinem Hund spontan ihren ganzen Kummer, „Meine Oma ist zu Besuch und hat mir Geld für ein Eis gegeben. Aber ich hab's verloren. Das war eine ganze Mark."
Traurig krault sie Socke's emphatisch herabhängende Öhrchen. Ich stutze. *Eine Mark? Geld? Moment mal! Da war doch was!*
Dicke Tränen tropfen auf ihr hübsches Rüschenkleid und mein Blick wandert zwischen dem weinenden Mädchen und meinem Hund hin und her.
In mir keimt eine Idee, „Hey, Socke. Kannst du eigentlich apportieren?"

Ein fragender Hundeblick aus einem geneigten Köpfchen trifft mich.
Das kleine Mädchen kauert sich zu ihm und vergräbt ihr nasses Gesicht in seinem Fell.
Ich ignoriere diese trostsuchende Geste und rede weiter mit Socke, „Ich meine: Kannst du Gegenstände bringen?" **Wuff. Wuff.** *Irgendwie weiß ich, dass dies ‚Ja' bedeutet. Gut!*
Ich zeige hinauf zum Kiesweg, „Dann lauf zum Eingangstor. An der Mauerecke habe ich vorhin ein Markstück liegen sehen. Bring es her!"
Laut bellend schält er sich aus der klammernden Umarmung und rennt los.
Die Arme des Mädchens strecken sich hilflos aus und sie jammert, „**Hundchen! Hundchen, wo willst du denn hin?**" Dann sinken die Arme herab. Traurig blickt sie Socke nach, schnieft und platziert sich wieder neben mich. Ihr kummervoller Blick rührt mich. Gerne würde ich sie in den Arm nehmen, doch…es geht ja nicht.
Leises Pfotengetrappel lässt das Mädchen aufblicken, „Da bist du ja wieder!" Lächelnd rutscht sie wieder auf den Boden und streichelt Socke.
Bling!
Aus seinem Maul fällt eine silbrige Münze auf den Boden. Eine Mark!
Mit erstaunt aufgerissenen Augen greift das kleine Mädchen danach, „Boah, das ist ja eine Mark. Ist das meine?" **Wuff. Wuff.**
Glücklich springt sie auf ihre stämmigen Beinchen, „Danke. Vielen Dank. Du bist ja so klug! Komm Hundchen, jetzt gehen wir ein Eis kaufen!" Hüpfend, trällernd und bellend, verschwinden beide. Ohne einen Blick zurück zu werfen. Ich bleibe alleine zurück und schaue den beiden irgendwie bedrückt, „Ja, lauft nur. Recht hast du, Socke. Sie kann dich wenigstens streicheln und herzen!" *Ich bin ja tot.*
Trotzdem freue ich mich für den kleinen Kerl. Vielleicht habe ich ja soeben erfolgreich gekuppelt und aus den beiden wird ein kleines Dream-Team. Wer weiß? Allerdings bin ich nun wieder alleine hier drüben und es fühlt sich ein wenig komisch an. Unbehaglich gleitet mein Blick über den Park. Die weitläufige Fläche ist ein bisschen überfüllt mit Sonntagsausflüglern, deswegen beschließe ich spontan, nach Hause zu gehen.
Wie sagte schon Alice im Wunderland: Nirgends ist es schöner wie zuhause.

Es fehlen mir nur die roten Schuhe. Über mein Faible an Märchen, muss ich dann doch grinsen und mit dem Wissen (hoffentlich) etwas Gutes getan zu haben, mache ich mich auf den Heimweg!
Erleichtert schließe ich nach meiner Ankunft die kleine grüne Holztür hinter mir und beschließe für mich selbst:
Das nächste Mal, besuche ich Jo. Ich denke, mittlerweile bin ich soweit, nicht Rotz und Wasser zu heulen, wenn ich sie sehe.
Mit neuer Energie schmeiße ich mich wieder voller Elan in meinen himmlischen Alltag.

"Huhu, ist jemand zuhause? HALLOOO!"
Klopf. Klopf.
Ja, ja, ich komm ja schon. Mit einem Putzeimer voll Schmutzwasser in der Hand, öffne ich die Tür und mustere lachend den Besucher, "Oh, hallo Rotkäppchen, komm doch rein!"
Maria lacht etwas schüchtern. Mit ihrer roten Kappe, dem niedlichen blau gepunkteten Tellerrock und dem Körbchen in der Hand bietet sie wirklich einen allerliebsten Anblick.
"Ich wollte dich nicht stören, aber deine Großmutter hat gesagt ich könnte ruhig hier vorbeikommen. Ich habe Käse, Jogurt und Quark dabei." Sie hält mir den Korb unter die Nase. Schnüffelnd eilt Rosalinde aus ihrer Hütte herbei. Gespielt genervt verdrehe ich die Augen, "Nee, is klar. Wenn du was zu essen, riechst bist du da!"
Ich gebe ihr einen Schmatzer auf ihre warme Steckdosennase, "Guten Morgen auch, meine Süße." Oink. Oink.
Maria stutzt zuerst, muss dann aber schmunzeln, "Ach, die ist ja herzallerliebst." Sie beugt sich sofort runter zu Rosalinde, "Ja, meine Kleine. Du bist ja eine Hübsche! Für dich findet sich bestimmt auch was im Körbchen." Wieder rolle ich mit den Augen, "Komm rein Maria. Entschuldige die Unordnung. Ich habe die ganze Zeit meine kleine Weinproduktionsstätte sauber gemacht. Die Trauben wachsen nämlich mit einem Affenzahn. Da geht die Ernte wohl bald los."
"Jaaa, habe ich schon gesehen...", bewundernd bestaunt sie meine beiden Weinberge oder besser Weinhügel, "...die sehen wirklich fantastisch aus!"
Großzügig wie ich bin, biete ich gleich an, "Wenn ich fertig bin, bring ich dir ein paar Flaschen, wenn du willst." Ihre Augen leuchten begeistert auf, "Oja, bitte! Aber dann nur Traubensaft, wenn's geht.

Ich trinke doch keinen Alkohol." Zwar verstehe ich Marias Abstinenz nicht so ganz, denn ich genehmige mir gerne mal ein Tröpfchen, doch ich nicke, „Okay, ist gebongt."
Nun scheint ihr der mitgebrachte Korb wieder einzufallen. Sie drückt ihn mir in die Hand, „Hier, bitte...ich wollte ja auch nicht lange stören. Ich muss gleich zurück, du weißt ja, die Kühe!" Lachend trollt sie sich und winkt zum Abschied. Ich schaue auf meine unverbesserliche Bettlerin herab, „Na dann Rosalinde, auf zum Frühstück!" Das lässt sich mein Schwein natürlich nicht zweimal sagen. Als ich oben in der Küche angekommen, sitzt sie schon an ihrem Napf und schielt begehrlich auf den Korb, den ich lachend auf dem Tisch abstelle. Der Käse von Maria ist wirklich einmalig köstlich!

In den nächsten Tagen und Wochen weiß ich vor lauter Arbeit kaum noch wo mir den Kopf steht. Die kleinen süßen Träubchen fordern meine ganze Aufmerksamkeit. Zur Weinlese ordere ich einige hilfsbereite Hände aus der Nachbarschaft. Joanna, Bert, Barbara, natürlich Jamie und Jürgen, sein bester Kumpel. Maria, die sich ebenfalls angeboten hat, die ich aber nicht von ihren geliebten Kühen losreißen will, bereitet netterweise bei sich zu Hause die Brotzeiten für uns vor.
Wie kleine Packesel wuseln wir zwischen den Weinstöcken herum. Sogar Rosalinde hilft. Ihr haben wir einfach zwei Körbe auf den Rücken gebunden. Das klappt hervorragend, auch wenn die ein oder andere Traube nicht den geplanten Weg in den Korb findet, sondern in ihrem Schleckermäulchen verschwindet. Barbara und ich stehen voller Erwartung in unseren großen Bottichen im Keller bereit. Dann geht's los. Ein Tragekorb nach dem andern wird oben an der Rampe geleert, die Ladung rutscht zu uns in den Keller und wir treten und stampfen, barfüßig und lachend, mit hochgesteckten Röcken, was das Zeug hält. Die kleinen Stiele kitzeln zwischen den Zehen.
Man, wenn ich gewusst hätte das Wein herstellen solchen Spaß macht, hätte ich schon viel eher damit angefangen.
Jedesmal, wenn wir eine Ladung fertig gemanscht haben, leeren wir den Inhalt unseres Bottichs, in den massigen Kelter und geben etwas Zucker dazu. Die gigantische Weinpresse ist eine Sonderanfertigung von Jamie. Hat ihn viele, viele Stunden Arbeit gekostet.
Bis zum Abend haben wir die Presse proppenvoll. Und das war nur der halbe Hügel. Unglaublich, wie üppig die Reben vollhängen.

Bestimmt drei ganze Wochen sind wir damit beschäftigt, zu lesen, zu stampfen und die restliche ausgepresste Maische vorläufig hinterm Haus zu entsorgen, bis wir mit der Arbeit fertig sind und wir uns überlegen können, was wir mit diesem Abfallprodukt machen. Allerdings macht mir mein Schwein ein Strich durch die Rechnung.
Nachdem Jamie Rosalinde beim ergiebigen Naschen erwischt hat und sie sich sehr unschön vor meiner Haustür ausgekotzt hat, beschließt er, die Maische zu vergraben. Rosalindes Gier, nach der gärenden Masse, bringt ihr einen ausgewachsenen Kater ein, den sie am nächsten Tag mitleidig zur Schau trägt. Doch von mir erntet sie lediglich einen mitleidlosen Blick. Recht geschieht ihr! Was muss sie auch immer so verfressen sein!
Die gefüllten Gärfässer stehen wie Zinnsoldaten in Reih und Glied. Die Traubensaftflaschen (ohne Alkohol!) in den Regalen, bekomme liebevolle, selbstgestaltete Etiketten: Tarunzelsaft!
Vom Weingut Villa Tarunzel!
Gott, ich bin stolz wie Oscar.

An einem schönen Dienstag schneit meine Großmutter mal wieder herein. Rümpfend verzieht sie die Nase, „Meine Güte, man könnte meinen du wohnst in einem Weinfass. Und wie es hier aussieht!" Sie schaut fassungslos all die Kasten und Flaschen an, die sich in meinem großen Vorraum stapeln.
Ich stelle eine weitere Kiste ab und richte mich ächzend auf, „Oben in der Küche, im Schlafzimmer und in meinem Schaukelzimmer steht auch alles voll." Mit leuchtenden Augen wirbele ich um meine eigene Achse, „Toll, nicht?"
Omas Blick wandert über die Lagerware, „Hast du denn keinen Weinkeller?"
„Doch, aber der ist auch voll!" Glücklich strahle ich sie an und greife nach einem schmucken Päckchen, dass ich ihr unter die Nase halte, „Und den, bekommt der Boss!" Nun werde ich allerdings doch etwas unsicher und betrachte den Karton in meiner Hand, „Meinst du, der Boss trinkt überhaupt Wein?"
Joanna schnaubt wie ein Walross, „Warum sollte er nicht?" Überlegend betrachtet sie die Flut von Weinen und Säften und kratzt sich am Kopf, „Hm, ich glaub ich ruf Bert an, der kann mal ein paar Fuhren verteilen und noch ein paar Fuhren ins HIGIBA's bringen. Was hältst du davon?" Auch ich betrachte die Unmenge an Wein und Saft und nicke erleichtert, „Gute Idee. Dann kann er das...", ich zeige auf das Päckchen in meiner Hand, „...auch gleich zur Poststelle bringen!" Gesagt. Getan!

Im Laufe der nächsten Tage wird meine bescheidene Hütte wieder bewohnbar. Die Flaschen und Kartons aus dem Vorraum und dem Schlafzimmer verschwinden eine nach der anderen. Die Küche wird allerdings erst demnächst leergeräumt. DIESE Kartons will Bert mit zu den Mooshammers nehmen.
Die, die den tollen Stoff herstellen, aus denen Barbara immer so hübsche Kleider für mich und Joanna schneidert.
Im Schaukelzimmer, unter dem Kuppeldach stehen ebenfalls noch zehn Kartons, die noch keinen Besitzer gefunden haben. Als ich nach oben gehe und über die Kisten stolpere, überlege ich mir: *Vielleicht sollte ich mal eine Weinparty machen! Sonst kriege ich die Sachen ja nie weg!*

An einem besonders schönen Mittag, Jamie ist wie immer mit Bauarbeiten beschäftigt (es sterben ja immer wieder mal irgendwelche Leute, die dann ein Haus benötigen), entschließe ich mich endlich, Jo zu besuchen. Ich streife oben im Schlafzimmer mein hübschestes Kleid über. Sie kann mich zwar nicht sehen, aber das ist mir egal.
Aufgeregt wie ein Backfisch, düse ich die Treppe nach unten, stell ich mich im Vorraum vor die kleine grüne Holztür, schließe die Augen und denke intensiv an mein kleines Mädchen.
Klick.
Ich trete durch.
Der Flur kommt mir bekannt vor. Es hängen zwar andere Bilder an der Wand, aber ich bin eindeutig bei Betty zuhause. Vorsichtig schleiche ich mich bis zur Küche vor. *Quatsch, was soll das. Es kann mich doch eh keiner hören.* Nervös kichere ich hinter vorgehaltener Hand und richte mich auf. Selbstbewusst stapfe ich durch die Tür und bleibe überrumpelt stehen.
Betty sitzt gerade am Küchentisch und schält Kartoffeln. Ihr rotes leuchtendes Haar ist kürzer als sonst. Leise summt sie vor sich hin. Ich kenne das Lied. *Somewhere over the Rainbow!*
Das haben Betty und ich früher oft gemeinsam beim Kochen gesungen. Betty hält inne, ihre Augen wandern in die Ferne, ein leichtes Lächeln kräuselt unverhofft ihre Lippen und dann singt sie. Und ich? Ich stelle mich neben sie und singe mit! Ich weiß, sie denkt gerade an mich! Als das Lied verklungen ist, streiche ich meiner besten Freundin sachte über das lockige Haar. Mit einem wehmütigen Blick lasse ich Betty in der Küche bei ihren Kartoffeln und ihren Erinnerungen zurück. Mein Herz klopft aufgeregt, als ich langsam die Stufen nach oben erklimme.

In dem langgezogenen Flur schaue ich mich um. Die Türen sind alle offen.
Ist Jo überhaupt zuhause? Vielleicht hätte ich erst den Tag und die Uhrzeit prüfen sollen?
Gespannt linse ich in das Kinderzimmer der Mädchen und zucke leicht irritiert zurück.
Bin ich etwa im falschen Raum gelandet? Wo sind denn die Elfen an der Wand? An ihrer Stelle prangen nun große, gelbe Blüten auf der Tapete.
Und wo ist das ganze Spielzeug? Der schielende Clown? Die Bauklötze und Kosmetikköfferchen?
Hier auf den Regalen stapeln sich nur Unmengen von Büchern. Trotz der immensen Veränderung ist es aber ein Kinderzimmer, jedoch für größere Kinder. Meine Verwirrung steigt. Da erst erkenne ich am hellen Kieferschreibtisch (den gab's früher auch nicht) vor dem Fenster, ein junges Mädchen. Sie hat mir den Rücken zugewandt. Ihr langes blondes Haar wellt sich fast bis zu den Hüften. Der Kopf ist tief über den Schreibtisch geneigt.
Ich schlucke. *Ist das etwa…* völlig überrumpelt mache ich ein paar unsichere Schritte ins Zimmer. *Lieber Gott, wie viel Zeit ist hier drüben denn vergangen? Es ist doch erst ein paar Monate her, seit ich das letzte Mal hier war. Die schmerzhafte Begegnung mit Jo hat mich fast um den Verstand gebracht. Es hat so furchtbar wehgetan, sie zurücklassen zu müssen. Lange habe ich mit mir gehadert…doch Jamie ist da gewesen und hat mich aufgefangen. Guter alter Jamie…Jamie, der bei jeder Gelegenheit betont, wie relativ Zeit doch ist. Offensichtlich hat er recht! Leider vergesse ich es immer wieder.*
Meine Gedanken kommen zurück in dieses verwandelte Zimmer. Mit wackeligen Beinen mache ich zwei unbeholfene Schritte nach vorne. Sonnenstrahlen zaubern einen goldenen Schimmer auf das Haar des Mädchens. Grübelnd kratzt sie sich gerade am Kopf. Ich versuche, mit langgestrecktem Hals, einen Blick auf den Schreibtisch zu werfen. Auf der Ecke des Tisches steht ein kleiner Kalender.
Das draufstehende Datum trifft mich wie ein Boxhieb in den Magen. Mir bleibt die Luft weg. *Das gibt's doch nicht! Wenn das wirklich stimmt….*
22.06.1978
Das kann ich kaum glauben. Aber selbst nach einem zweiten, betroffenen Blick ändert sich das Datum nicht. Hektisch rechne ich, wie ein Erstklässler, mit den Fingern nach.

Herrje, laut diesem Datum muss Jo ja schon **zehn** Jahre sein. Das heißt, ich habe fünf ganze Jahre verpasst. Fünf wertvolle Jahre...fünf wunderbare Lebensjahre, meines kleinen Engels. Bevor meine Wut Überhand gewinnen kann, höre ich Jamies liebevolle Stimme in meinem Kopf: *Anabelle, Zeit ist relativ. Nichts ist so, wie es scheint...! Ja, klar...!* Ich klatsche meine Hand an die Stirn.
Die Zeit die blöde, nervige Zeit...sie kann mich mal, die Zeit...
Erstaunt versuche ich das Gesicht des jungen Mädchens zu erforschen, aber eine dicke, lange Strähne verwehrt mir die Sicht. Ein leichtes Seufzen von ihr lässt mich erschrocken zusammenfahren. Mit einer fahrigen Geste streicht sie das lose Haar hinters Ohr und ermöglicht mir endlich einen Blick auf das Profil. Ich bin wie vom Donner gerührt. Meine Zunge fühlt sich an wie ein alter Staubmopp.
Jo. Eindeutig Jo. Dieser halbfertige Teenager ist tatsächlich mein kleines Mädchen. Ein ersticktes Keuchen dringt aus meiner Kehle. Widersprüchliche Gefühle wallen in mir hoch. Stolz, Zorn, Ergriffenheit aber vor allem... überschwängliche Liebe. Auf Zehenspitzen husche ich dicht hinter sie. Mein kleiner Engel...so eifrig am Lernen...oder vielleicht macht sie auch Hausaufgaben? Neugierig strecke ich mich, um über ihre nach vorn gebeugten Schultern zu sehen.
In der Tat...ein offenes Mathebuch liegt vor ihr. Ich beuge mich noch etwas tiefer, um besser lesen zu können. *Was ist denn das?* Eifrig kritzelt die zarte Mädchenhand ins Buch. Aber Hausaufgaben? Fehlanzeige!
Markus! Markus! Markus!
Der Name prangt überall am Seitenrand...schön fein säuberlich umrahmt mit Herzen.
Ich fasse es nicht. Mein kleines Mädchen ist eindeutig verliebt. Wahrscheinlich das erste Mal in ihrem Leben. Und ich bin nicht da...
Von meinen Gefühlen überwältigt sinke ich neben ihr auf die Knie. Aus dieser Position kann ihr Gesicht zu dreiviertel erkennen. Wunderschön!
Im Augenblick umspielt ein schwärmerisches Lächeln ihre Mundwinkel. Doch auf einmal kräuselt sie leicht die Nase, schaut irritiert auf und schnuppert. Ihr fragender Blick schaut sich im Zimmer um. Dann zieht sie die Schublade ihres Schreibtisches auf und entnimmt dem Fach einen kleinen grünen Glasflakon. Sofort erkenne das Parfum...Mille Fleur!

MEIN Parfum, das ich früher immer benutzt habe und auch jetzt im Himmel noch benutzte. Wenn ich könnte, würde ich in dem Duft baden.
Ich beobachte, wie sie den Verschluss kontrolliert. Verschlossen. Der Flakon verschwindet wieder in der Versenkung.
Ich bin gerührt. Wow, sie benutzt mein Parfum!
Noch mal schnüffelt Jo, diesmal in meine Richtung. Verblüfft krieche ich schnell nach hinten. *Kann sie mich etwa riechen? Oh, Jo, du fehlst mir so!*
Mein Herz klopft wie wahnsinnig.
Doch auf einmal schüttelt Jo den Kopf, ihre gerunzelte Stirn glättet sich und vertieft sich wieder in ihr Buchkunstwerk.
Der Gedanke, dass mein Kind meine Anwesenheit gerochen hat, erfreut und erschreckt mich zugleich. Sie hat die letzten fünf Jahre ohne mich verbracht und die damaligen Erinnerungen bestimmt in ihrem Herzen eingemottet. Da ich alte Wunden nicht aufreißen und auch ihre Sehnsucht nicht unnötig wecken will, mache mich schweren Herzens wieder auf den Weg zurück.
Die unglaublichen und bewegenden Eindrücke noch verarbeitend, betrete ich nachdenklich wieder mein Haus.
Mein kleiner Engel. Sie sieht gut aus. Glücklich!
Der Gedanke, dass mein Kind offensichtlich glücklich, vertreibt die Melancholie in meinem Kopf. Und ich weiß auch, WER für ihr Glück verantwortlich ist. Ich muss unbedingt Betty mal im Traum besuchen und mich bei ihr bedanken. Mit diesem guten Vorsatz im Hinterkopf versuche ich mich nun erst mal mit Arbeit ein bisschen abzulenken.

Am nächsten Morgen schlafe ich erst mal aus. Rosalinde weiß ich gut versorgt. Ihr stelle ich jetzt jeden Abend eine Schüssel Obst und eine separate Schüssel Rohkost in die Küche. Sie hat in letzter Zeit doch etwas an den Hüften zugelegt. Das sind bestimmt die extra Kuchenrationen, die sie sich immer bei Barbara abholt. Ob ihr das gefällt, weiß ich nicht, aber es ist ja nur zu ihrem Besten!
Ich bin noch im halben Dämmerschlaf, als irgendwann Jamie die Treppe nach oben gestürmt kommt, „Aufwachen, Dornröschen!" Er zieht mir mit einem Ruck die Decke weg.
Gott sei Dank trage ich heute einen hübschen Pyjama. Die altmodischen Nachthemden habe ich vorsichtshalber entsorgt.
Seine lachende Stimme dringt in mein Ohr, „Du willst doch nicht den ganzen Tag verschlafen."

Mürrisch zieh ich mir das Kissen wieder über den Kopf, „Grmmmpf...!"
Jamie kichert albern und lockt, „Komm schon, Süße! Ich habe auch was für dich!"
Eine Überraschung? Ist immer gut! Müde strecke ich die Hand aus, „Wasn?"
„Nee, nee, du musst schon aufstehen. Ich mach dir einen Vorschlag. Du gehst jetzt duschen und ich mach dir ein Mittück."
Ein WAS? Dümmlich grunze ich, „Hä?"
„Ein Mittück...", er lacht spitzbübisch und liefert auch gleich die Erklärung dazu, „...ein Frühstück und Mittagessen in einem."
Ein Mittück? Das ist doch kein Wort!
Ergeben richte ich mich auf, schwanke ein bisschen und fixiere mit halb gesenkten Lidern, den Störenfried. Jamie lässt dies kalt. Er wedelt herausfordernd mit einem Umschlag vor meiner Nase herum, „Und wenn du endlich aufstehst und nicht mehr so grummelig bist, dann gebe ich dir das hier!" Neugierig folgen meine Augen dem unbekannten Kuvert und ich gebe mich geschlagen, „Ist ja schon gut. Ich steh ja auf."
Völlig gerädert, ich habe nicht sehr lange geschlafen, weil ich die halbe Nacht an Jo gedacht habe, gehe ich ins Badezimmer. Unten in der Küche klappert Jamie mit Geschirr.
Mit einer Wechseldusche bringe ich meinen Kreislauf mal etwas in Schwung und betrete mit neuer Energie den Ort der Futteraufnahme.
Es gibt herzhafte Omeletts, gefüllt mit Käse und Kräuter oder wahlweise süße Omeletts mit Puderzucker, Schokocreme oder Marmelade. Mir läuft sofort das Wasser im Mund zusammen und da ich noch nie sonderlich wählerisch war, schreddere ich einfach alles in mich hinein. In diesem Moment muss ich wohl eine große Ähnlichkeit mit Rosalinde haben.
„Pan if jez de Prief prin?"
Jamie schaut mich fragend an und wischt mir nebenbei einen Marmeladenklecks vom Kinn, „Wie bitte?"
Ich kaue hektisch, schlucke würgend und nuschele, „Pan ich jetzt ben Brief griegn?"
Er schaut mich gespielt tadelnd an, „Mit vollem Mund spricht man doch nicht. Hat dir das denn niemand beigebracht?" Ich schlucke den letzten Rest herunter und verdrehe leicht genervt die Augen, „Zufrieden Oma?" Dann halte ich auffordernd meine geöffnete Handfläche über den Tisch, „Den Brief...bitte!"
„Geht doch!" Er schmunzelt und hält mir den Brief hin, den ich ihm sogleich, mit einer säuerlichen Miene, aus der Hand reiße.

Aufmerksam studiere ich die Vorderseite. Adressiert ist er an:
Annabelle Huth
Villa Tarunzel
Weinberge 2
Sektion 12 12
Ich drehe den Brief in meiner Hand um. Kein Absender. Komisch. Da ich noch nie der geduldigste Mensch war, schiebe ich einfach die Spitze meines Marmeladenverschmiertes Messers in die Lasche und öffne ihn hastig. RITSCH!
Was da wohl drinsteht? Neugierig falte ihn auf, lehne mich gespannt zurück und beginne, laut zu lesen:

Liebe Anabelle,
ich habe mich sehr über dein Geschenk gefreut. Das ist wirklich ein außergewöhnlich guter Tropfen. Gerne hätte ich noch ein paar Flaschen, wenn du noch welche entbehren kannst. Ich hoffe du hast dich hier gut eingelebt und es gefällt dir.
Bei meinem regelmäßigen Rundgang, ist mir dein Haus aufgefallen. Sehr ungewöhnlich, aber auch sehr reizvoll. Diese auffallend außergewöhnliche Glaskuppel hat es mir wirklich angetan. Wenn du nichts dagegen hast, würde ich gerne mal auf eine Runde schaukeln vorbeikommen. Die Aussicht auf den Sternenhimmel muss einzigartig sein...aber du hattest ja auch einen sehr guten Bauleiter an deiner Seite. Ich wusste, dass ihr beiden euch richtig gut verstehen werdet.
Und wie ich gehört habe, ist da auch mittlerweile mehr.
Das freut mich besonders! Ich war schon immer der Meinung, dass ihr beiden hervorragend zusammenpasst!
Deswegen kann ich dir versichern, wenn ihr beide mal vorhabt, zurück nach Nebenan zu gehen, werde ich persönlich dafür sorgen, dass ihr euch dort wieder trefft.
Im Übrigen wollte ich dich nur noch wissen lassen, dass wir ernsthaft überlegen, die Empfangsräume endlich umzugestalten. Danke für deine Anregungen!
Für die Zukunft wünsche ich dir (und Jamie) alles Gute.
Ganz liebe Grüße (auch an Rosalinde!)
Gott

Gott??? Jetzt bin ich platt. Völlig baff sinkt der Brief in meinen Schoß,
„Der ist von Gott!"
Ich betrachte mir noch einmal, die ungewöhnliche Handschrift,
„Er mag meinen Wein!"

Jamie schmunzelt nur, „Ist doch gut!"
Aufgeregt wedele ich das beschriebene Blatt Papier durch die Luft, „Offensichtlich hat ER uns zusammengebracht! Hammer, oder?"
Jamie bleibt unbeeindruckt, „Ich weiß."
Meine Aufregung verwandelt sich in leichten Unmut, „Wie...du weißt das?"
Verlegen schaut Jamie unter sich und druckst herum, „Ich habe ihn darum gebeten."
Ich verstehe überhaupt nichts, was sich offensichtlich auch auf meinen Wortschatz auswirkt, „Hä?"
Jamie fasst sich ein Herz, faltet die Hände vor sich auf dem Tisch und schaut mich offen an, „Ich habe dich von weitem gesehen, kurz nach deiner Ankunft. Du hast gerade das Hausboot deiner Oma betreten und du sahst so süß aus mit deinem ramponierten Bademantel und deinem rotverschmierten Schnütchen."
Er lacht kurz, „Das waren bestimmt Bromchen."
Etwas verunsichert betrachtet er mein unbewegtes Gesicht, „Schlimm?"
Ich kämpfe gegen das Gefühl der Manipulation an. Doch als ich mir das Bromchen-Malheur wieder ins Gedächtnis rufe, muss ich selbst grinsen.
Und im Grund genommen, bin ich ja froh, dass alles so gekommen ist, auch wenn Jamie ein bisschen nachgeholfen hat.
Ich gebe gnädig zu, „Nein...nicht schlimm!"
Ich nehme den Brief wieder auf, „Aber eines verstehe ich nicht richtig." „Was denn?"
„Er will dafür sorgen, dass wir, wenn wir nach nebenan gehen, uns finden. Was soll das heißen? Verstehst DU das?"
Jamie scheint meine Begriffsstutzigkeit nicht zu teilen, „Anabelle...WAS verstehst du daran nicht? Offensichtlich sind wir wie füreinander geschaffen. Ich würde ganz gerne mit dir leben."
Der Brief landet auf dem Tisch, neben der Konfitüre und ich kontere, „Aber das tun wir doch hier auch!"
Jamie seufzt und lehnt sich zurück, „Anabelle, wir sind gestorben! Du kannst das Leben im Himmel nicht vergleichen mit dem Leben Nebenan!" Er steigert sich rein und beugt sich weit über den Tisch zu mir rüber, „Ich will dich kennenlernen, dich ausführen, dich heiraten und Kinder von dir. Ich will mit dir zusammen ein Leben führen und ein Haus bauen. Bäume pflanzen...im Regen spazieren gehen...mit dir zusammen die Welt erforschen...Anabelle...verstehst du...ich will mit dir alt werden!"

Er lehnt sich schwer atmend zurück und verschränkt die Arme vor der Brust, „Und ich will damit nicht mehr lange warten!" Langsam dämmert es mir, was Jamie da von mir verlangt. Ich soll wieder zurück...mit ihm zusammen. Doch...ich kann nicht!
Betroffen schaue ich unter mich und versuche es ihm zu erklären, „Ich kann noch nicht so schnell. Ich habe Jo versprochen das ich sie abholen werde, wenn es soweit ist."
Und leise flüstere ich weiter, „Ich hab's versprochen!"
Jamie schweigt!

Unglück & Glück
Engel ohne Flügel, nennt man Mama!

Sommer 1986!
Das blonde Mädchen sitzt in seinem sonnendurchfluteten Zimmer und wirft lustlos einen leeren Schreibblock in den Papierkorb neben dem Schreibtisch. Grübelnd, die Stirn leicht gefurcht, mit ernstem Blick, das Kinn auf der Faust aufgestützt, blickt sie aus dem Fenster. In dem großen Baum davor, streitet sich lautstark ein unscheinbares Vogelpärchen in dem dichten Geäst. Dunstfäden steigen von den tropfenden Blättern hoch. Kurz zuvor hat es einen ziemlich heftigen Sommerschauer gegeben.
In Gedanken versunken greift sie in die Schublade ihres Schreibtisches, nimmt ein kleines gläsernes Fläschchen hervor, mit der Aufschrift ‚Flowers' und sprüht sich etwas davon auf das Handgelenk. Pfft. Pfft. Pffff...
„Verflixt!" Sie schüttelt den Flakon. Betrachtet prüfend den Inhalt und stellt fest, dass nichts zum Prüfen mehr da ist. Der Flakon ist leer. Achtlos lässt sie das Fläschchen in ihren roten Rucksack fallen. *Mist, ich brauche neues. Gott sei Dank hat Emilie diesen kleinen Laden in dieser komischen Seitenstraße gefunden. Diese Parfümerie ist die einzige, die eine richtig gute Alternative zu ihren alten ‚Mille Fleur' führt! Warum wird das ‚Alte' nicht mehr hergestellt? Zu blöd aber auch...*
Entschlossen richtet sich das Mädchen auf und kickt den Schreibtischstuhl mit ihren Kniekehlen nach hinten und ruft laut zur Tür hinaus, „**Mama, ich fahr in die Stadt. Ich brauch noch ein paar Sachen für die Berufsschule.**"
Eine ebenso laute Antwort schallt zurück, „**Ist gut Schatz. Bringst du die Willkommen-Luftballons für Emilie mit?**

Hab gestern vergessen welche zu kaufen. Du weißt doch das sie morgen wieder heimkommt."
Jo lächelt still in sich hinein. Emilie war im Augenblick auf Klassenfahrt. Aber Morgen kommt ihre Schwester und zugleich beste Freundin wieder zurück. Jo freut sich schon irrsinnig.
Schnell eine Jeansjacke übergeworfen und schon springt sie leichtfüßig, in ihren bunten Ballerinas, die Treppe runter, den Rucksack lässig hinter sich her schlenkernd.
Unten im Flur kramt sie in der orangefarbenen Glasschale, die neben dem Telefon steht, nach den Mofaschlüsseln. Nichts.
„Oh, man!" Genervt beißt sie auf ihrer Lippe rum, „Mama...weißt du wo die Mofaschlüssel sind? In der Schale liegen sie nicht!"
Betty spitzt aus der Küche, „Nein Schatz. Liegen sie denn nicht in der Schale?"
„Nee, habe ich doch gerade gesagt!" Genervt verdreht Jo die Augen. Betty, die dies nicht mitbekommt, da sie wieder in der Küche am Herd steht, ruft etwas ratlos, „Dann hat vielleicht einer der Jungs das Mofa?" Jo schnauft leise, knirscht kurz mit den Zähnen und lugt ironisch lächelnd durch die Küchentür, zu ihrer Mutter, „Mama! Schau doch mal aus dem Fenster...das Mofa steht doch vor der Tür. Und Frederick und Gabriel sind heute Morgen mit ihren Autos auf die Arbeit gefahren. Weißt du das nicht mehr?"
Fahrig fährt Betty sich über die Stirn, „Tut mir leid, das habe ich wohl nicht mitbekommen." Entschuldigend zieht sie die Schulter hoch und versucht sich an einer weiteren Erklärung,
„Dann muss Emilie sie wohl aus Versehen an ihrem Schlüsselbund gelassen und mitgenommen haben."
Sie lächelt kurz und schiebt sich dann an Jo vorbei und verschwindet im Keller. Mit einem leisen Fluch auf den Lippen, der einem Seemann die Schamesröte ins Gesicht getrieben hätte, greift Jo nach dem Telefonhörer. *Sie hatte ihre Schwester eigentlich ja richtig lieb, aber manchmal ging einem ihre Schlampigkeit doch tierisch auf den Keks.*
Hastig wählt sie eine Nummer aus dem Gedächtnis. Es klingelt zweimal, dann wird offensichtlich abgenommen, denn Jo sprudelt los, „Hi, Julia. Hier Jo! Du fährst nicht zufällig heute noch in die Stadt?" Mit einem Stift malt sie während des Gespräches sinnlose, kleine Kringel auf den Notizblock neben dem Telefon. Aus dem Hörer ertönt eine längere quäkende Antwort. Eine Antwort, die Jo sichtlich zufriedenstellt, wie ihre Miene verrät, „Du, das wäre super. Ich warte dann auf dich. Bis gleich. Tschaui!"

Jo legt auf und wirft den Stift in die Schale zurück. Während sie wartet, plündert sie aus dem Kühlschrank noch einen Erdbeerjogurt, denn sie im Stehen verspeist.
Julia ist in ihrer Berufsschulklasse und ein Jahr älter als sie. Sie lernt in einem total abgefahrenen Friseursalon und läuft immer ziemlich flippig rum. Mit ihren bunten Strähnen im Haar und ihrem leicht vorlauten Sprachorgan, stößt sie allerdings nicht immer auf Gegenliebe. Aber ihre Mutter hatte Julia auf Anhieb gemocht. Darüber ist Jo echt froh gewesen. Und mit Julia befreundet zu sein, hat noch ein Vorteil!
Sie hat nämlich schon einen Führerschein und bekommt manchmal von ihrer Mutter das Auto geliehen. So wie heute. Ein echter Glücksfall für Jo!
Sie wirft den leeren Becher in den Müll, wischt sich mit dem Ärmel über den Mund und stakst in den Flur. In Richtung Kellertür ruft sie laut, **„Mama, ich fahre mit Julia in die Stadt. Sie kommt mich gleich abholen."** Von unten kriecht Bettys Antwort die Stufen nach oben, **„Ist gut, mein Schatz. Aber denk dran. Um sieben gibt es Abendessen!"**
Jo verdreht abermals die Augen, „Ich weiß, Mama." Doch dann stürzt sie überraschend die Treppe nach unten und nimmt die kleine rothaarige Frau in den Arm. Vereinzelt zeigen sich in deren Haaren schon graue Strähnen an den Schläfen.
„Ich hab' dich lieb, Mami!" Ein Küsschen landet auf Bettys Wange, „Bis später!"
Betty lächelt überrascht, „Bis später, Schatz!" Als Jo schon fast oben im Flur angekommen ist, schiebt sie noch hinterher, „Und vergiss die Luftballons nicht!"
Jo lächelt in sich hinein, „NEEE...vergesse ich schon nicht!" Rums, die Haustür fällt zu.
Betty weiß, dass Jo manchmal von ihr genervt ist, hat aber vollstes Verständnis. Gleich darauf hört sie Julias kleinen, grünen Golf vorfahren. Eigentlich hört sie eher den überlauten Bass, der aus den heruntergekurbelten Scheiben tönt und sich seinen Weg, bis zur ihr in den Keller bahnt. Nun verdreht SIE die Augen, „Verrückte Kinder!"
Kopfschüttelnd schmunzelt sie und macht sich wieder an die Arbeit. Der Braten für das Abendessen, macht sich schließlich nicht von alleine.

Die Gruppe Duran Duran hämmert aus den kleinen überlasteten Boxen des Kleinwagens. Julia empfängt ihre Freundin Kaugummikauend, **„Hi, Jo! Alles klar?"**

„**Klar, wie Kloßbrühe.**" Jo lacht und lässt sich in den Sitz fallen, „**Zisch los!**"
Julia gibt Gas, der Motor heult gequält auf und fort sind sie.
Kurze Zeit später befinden sie sich auf der kleinen Landstraße, Richtung Stadtmitte. Die Boxen hämmern ‚*Wild Boys*', einer ihrer Lieblingssongs. Zwar nicht die aktuellste Musik aus den Charts, aber eine, die voll beiging. Die Drums vibrieren in ihren Zwerchfellen. Laut grölen die beiden Mädchen gut gelaunt mit. Feine Dunstfähnchen steigen von der nassen Straße auf. Die Straßenbäume werfen abwechselnde Schatten auf die noch nasse Fahrbahn. Irritierende Lichtspiele der Natur.
„Schau mal im Handschuhfach" Laut schmatzend knatscht Julia auf ihrem Kaugummi rum und fuchtelt in Richtung Beifahrerseite, „Da müsste eine schwarze Kassette liegen. Da habe ich dir was von Madonna aufgenommen." Jo wühlt. Notizblock. Tempos. Zusammen geknülltes Butterbrotpapier. Eine halbe Zeitung. Ein angeknabberter Müsliriegel. *Igitt*.
Doch keine Kassette. „Wo denn? Ich find nix!"
Julia beugt sich leicht rüber, lässt eine rosafarbene Hubba-Bubbablase platzen und streckt ihre Hand aus, „Na da!" Sie beugt sich weit rüber, schielt auf die Fahrbahn, kramt und hält zwei Sekunden später triumphierend die gewünschte Kassette hoch. Jo's Kopf, der fast im Handschuhfach gesteckt hat, taucht über dem Armaturenbrett auf…
„**PASS AUF…!**"
Überrascht lässt Julia die Kassette falle, schaut hektisch nach vorn, bremst zeitgleich und reißt das Lenkrad rum…
„**JULIAAAAA…**"
Ein lautes metallenes Krachen, dann…Stille.
Desinteressiert schaut die kleine graugestreifte Katze zu der zerbeulten Karosserie am Baum, leckt sich über Pfote, läuft weiter über die Straße und verschwindet maunzend, mit hoch aufgerichtetem Schwanz hinter einem angrenzenden Busch.
Dichter Qualm steigen aus der, nach oben, verschobenen Motorhaube und dringt durch den ramponierten Motorblock in den Fahrerraum.
 Ein blonder Mädchenschopf lehnt reglos an der Beifahrerscheibe. Jo! Immer dichter wird der Qualm im Innern. Die Landstraße ist leer…

*

Aufgeregt flitze ich, wie ein aufgescheuchtes Huhn, durch mein Haus. Alles blitzt und blinkt. Rosalinde sitzt artig (und ebenfalls frisch geschrubbt) in der Küche und knabbert ein paar Apfelschnitze. *Herrje, ich bin ja so aufgeregt.* Heute hat sich hoher Besuch angekündigt. Mit dem Ärmel meiner weißen Spitzenbluse, wische ich nicht vorhanden Staub von der Küchenfensterbank. Ein Blick durchs Fenster. *DIE hätte ich auch noch putzen können. Egal. Jetzt ist es sowieso zu spät. Soll er halt nicht rausschauen. Basta!*
Mein Herz flattert wie ein aufgeregter Kolibri.
Hoffentlich gefällt es ihm bei mir. Wem?
Na Gott!
Jawohl! Heute kommt der Boss höchstpersönlich. Will meine Schaukel unter der Glaskuppel ausprobieren, hat er gesagt. Ist das nicht cool? Barbara hat eine extra superleckere Bienenstichtorte gebacken, die schon mehrmals in Rosalindes Blickfeld geraten ist.
„Finger weg!" Ermahnend schaue ich sie an. Der Kaffee ist auch schon fertig und verbreitet einen angenehmen Duft.
Nervös schaue ich noch mal aus dem Fenster und streiche mir wohl zum hundertsten Mal die Haare glatt. *Mit was kommt er wohl? Auto? Kutsche? Pferd? Wie sieht er wohl aus? Was trägt er? Ist er nett? Fragt er mich vielleicht warum ich nicht so oft in die Kirche war?*
Zum x-ten Mal schaue ich aus dem Fenster. Dunkel Wolken hängen bedrohlich über meiner bescheidenen Hütte. Verdutzt blicke ich hoch.
Nanu! Die waren eben aber noch nicht da. Ein greller Blitz zuckt. Die Schleusen öffnen sich schlagartig und sintflutartiger Regen stürzt herab. Dicke Tropfen prasseln gegen die Scheibe. Ein alarmierender Gedanke blinkt wie eine rote Ampel, in meinem Kopf auf!
Jo!
Hastig reiße ich einen Papierfetzen vom Einkaufsblock an der Wand und kritzele hektisch ein paar Zeilen:
Lieber Gott,
leider musste ich fort, zu meiner Tochter nach nebenan.
Tut mir leid.
Die Schaukel kannst du aber ruhig ausprobieren.
Lieber Gruß
Anabelle

Den Zettel pinne ich schnell, notdürftig draußen an meine Haustür und eile, ohne großartig nachzudenken, zur kleinen grünen Holztür in meinem Vorraum.
Klick.
Ich trete durch. Vergessen ist der liebe Gott. Was zählt, ist im Augenblick nur meine Tochter. Meine Tochter, die offensichtlich in Schwierigkeiten steckt.
Kaum eingetreten, würgt mich ein Hustenanfall. *Was ist denn jetzt los?* Blinzelnd zwinkere ich. Ich sitze in einem fremden Auto, aber etwas stimmt hier nicht. Etwas stimmt hier ganz und garnicht! Meine Augen tränen so sehr, dass ich kaum etwas sehen kann und mein Hals kratzt, als ob ich Stahlwolle verschluckt hätte. Alles voller Qualm, der mir nicht nur die Sicht, sondern auch den Atem raubt. Angst schnürt mir zusätzlich die Luft ab.
Zitternd taste ich nach vorn und stoße gegen eine raue Kopfstütze. Ah, offensichtlich sitze ich hinten. Langsam quetsche ich mich in den Spalt zwischen Fahrer-, und Beifahrersitz und quäle mich dazwischen hindurch. Schemenhaft kann ich zwei Gestalten rechts und links von mir erkennen. Die Handbremse hebelt mir fast die Kniescheibe raus, doch ich ignoriere den stechenden Schmerz. Zuerst beuge mich zu der Person auf dem Beifahrersitz, versuche dicht an ihren Kopf zu kommen und keuche erschrocken auf. *Jo!* Eine Schreckenssekunde scheint mein Herz still zu stehen, doch ich versuche einen kühlen Kopf zu bewahren, während ich meine Wange dicht an ihre Nase halte. Gott sei Dank. Sie atmet. Aber wenn sie nicht bald hier rauskommt, nicht mehr lange. Der Rauch im Fahrzeug verdichtet sich zusehends. In meiner aufkeimenden Panik schreie ich mein Kind grob an, „JO, WACH AUF!" Ich brülle lauter, als ich merke, dass sie sich nicht rührt, „JO, VERDAMMT NOCH MAL, DU MUSST HIER RAUS!" Meine Lungen brennen. Ich huste. „JOOOOOOOOO...!!!"

Sie steht in wabernden Nebelschwaden. Ihr Körper fühlt sich federleicht an, so als ob sie jeden Moment wegschweben könnte. Sie macht ein paar Schritte nach vorne. Intensiver Veilchenduft erfüllt ihre Nase. Dann hört sie, wie jemand ihren Namen ruft, „Jo!" Die Stimme ihrer Mutter, wie ein leises Echo in ihrem Ohr. Ein Schemen schält sich vor ihr aus dem Nebel. Sie macht einen zögernden Schritt darauf zu. Wieder dringt die Stimme ihrer Mama an ihr Ohr, doch diesmal etwas lauter, „Jo, wach auf!" Jo streckt die Arme nach der schemenhaften Gestalt aus, „Mama?

Mama! Warte, ich komme!" Ihre Mutter hustet. Nanu? Ist sie etwa krank? Die Gestalt, die sich in der Tat als ihre Mutter entpuppt röchelt, „Jo, verdammt noch mal, du musst hier raus!" Irritiert bleibt Jo stehen. Raus? Wo raus? Was will ihre Mutter denn von ihr?
Der anfänglich liebliche Veilchenduft brennt plötzlich in ihrer Nase und sie muss nun ebenfalls husten. Was ist hier los? Die Gestalt, ihre Mutter streckt verzweifelt die Hände aus, „JOOOOOOO...!" Dann wird sie von einem starken Sog nach hinten gezerrt und verschwindet aus Jos Blickfeld....

Jo hustet und würgt. Ganz am Rande bemerkt sie noch immer diesen Veilchenduft, der wie ein unsichtbarer Hauch in der Luft hängt. Aber nicht nur der. Sie riecht auch Feuer.
Langsam regt sie sich und schlägt die Augen auf. Sofort beginnen sie zu tränen. Ein Hustenanfall bringt sie vollends in die Realität zurück. Qualm. Überall Qualm.
Das Auto! Sie muss raus. Hektisch hantiert sie an dem Sicherheitsgurt rum.
Klick. Gott sei Dank.
Julia! Sie blickt panisch neben sich. Julia hängt schräg in ihrem Sitz, den Kopf auf die Brust gesunken. Mit zitternden Fingern fummelt sie an Julias Gurtschloss. Ein leises Klicken. Sie lehnt sich zurück zu ihrer Tür. Rüttelt an dem Türgriff. Drückt. *Mist, verklemmt.*
Gott, sie muss hier raus. Panik greift mit seinem klammen Fingern nach ihrem Verstand. Sie ermahnt sich selbst zur Ruhe.
Ruhig, Johanna. Ganz ruhig bleiben.
Sie schließt ganz kurz die Augen. Vor lauter Tränen kann sie eh kaum was erkennen. Dann beugt sie sich rüber zu ihrer bewusstlosen Freundin und zerrt an deren Türgriff. Ein weiterer Hustenanfall zwingt sie zum Innehalten. Aber nur eine Sekunde. Das pulsierende Adrenalin in ihren Adern peitscht sie wieder vorwärts. Keuchend krabbelt sie über ihre Freundin, zieht kräftig am Türgriff und drückt gleichzeitig kraftvoll mit der Schulter gegen diese vermaledeite Tür. Unverhofft springt sie auf und Jo kullert überrascht kopfüber aus dem zertrümmerten Wagen. Hustend krabbelte sie ein paar Zentimeter fort, rappelt sich halbwegs auf und greift sofort nach Julias schlaffem Körper. Sie zieht und zerrt brutal an dem schlaffen Körper, bis auch er aus dem Sitz herausfällt und auf die Erde plumpst. Dann packt sie Julia am rechten Arm und befördert sie ächzend von dem qualmenden Wagen fort. Jo's Blick wird allmählich klarer.

Ihr Haar hängt wirr vor ihren Augen. Sie hustet erneut. Noch unter Schock stehend, wirft sie einen Blick zurück auf das Auto. Kleine Flammen züngeln unter der verbeulten Haube. Sie zieht Julia mit letzter Kraft noch ein Stück weiter weg. Nur zur Sicherheit Dann sinkt sie, erschöpft und halb von Sinnen, neben ihrer Freundin ins taufeuchte Gras. „Julia?" Nur ein krächzen. Mühsam stemmt Jo sich auf die Ellenbogen und legt eine Hand auf Julias Brustkorb. Gott sei Dank, sie atmet! Dann umfängt sie nachtschwarze Dunkelheit.
Bewusstlos sackt Jo zusammen.

*

Gott sei Dank, sie lebt! Ich sehe, wie Jo schwerfällig den Arm anhebt. Sie hustet, aber sie hantiert an ihrem Sicherheitsgurt und öffnet ihn leise klickend. Zu Glück war sie angeschnallt! Dann schnallt sie das andere Mädchen ab. Ich höre Jo den Namen des fremden Mädchens rufen. Julia! Aha, so heißt sie! Jo versucht ihre eigene Tür zu öffnen. Offensichtlich klemmt sie. Einen kurzen Moment spüre ich ihre und meine aufkeimende Panik. *Bleib ruhig, Liebes! Ganz ruhig...nur nicht hektisch werden...*
Jo schließt kurz die Augen und beugt sich rüber zu dieser Julia. Gott, hoffentlich geht DIE Tür auf. Ich will so gerne helfen, kann aber nicht. Der Qualm wird immer dichter. Mit übermenschlicher Kraft, so scheint es, stemmt Jo schließlich doch die Fahrertür auf. Vom Schwung getragen, fällt sie aus dem Wagen. Erleichtert atme ich auf und stehle mich nun endlich ebenfalls raus. Ich beobachte wie Jo das Mädchen, diese Julia, aus dem Wagen zerrt...weg von dem qualmenden und wie ich sehe, auch brennendem Wagen. Ich sehe wie sie Julia abtastet, erleichtert den Kopf in den Nacken legt und dann bewusstlos zusammensackt.
Aber...sie lebt! Und Julia wohl auch.
Zentnerschwerer Ballast rutscht von meiner Seele und ich atme erleichtert auf. Meine Augen tränen, ob vor Glück oder noch vom Qualm, weiß ich nicht, aber ich wische meine Wangen mit dem Habdrücken trocken. Mein tobendes, rasendes Herz beruhigt sich allmählich.
Erst jetzt nehme ich die alte, grauhaarige Dame bei den Mädchen wahr. Ihr tannengrüner Rock mit heller Schürze, bauscht sich wie ein Ballon, als sie sich hinunter zu Julia bückt. Sie sagt etwas, aber ich kann es auf diese Entfernung nicht verstehen. Dann streicht sie der bewusstlosen Jo übers Haar und richtet sich wieder auf.

Ihr warmer Blick wendet sich zu mir und ruht auf meinem Gesicht, „Danke!" Dann ist sie verschwunden. Ein erstauntes Keuchen dringt aus meinem Mund. Das war das erste Mal, dass ich jemanden wie mich, hier nebenan gesehen habe. Ich vermute, dass diese alte Frau Julias Großmutter gewesen ist. WOW…
Ich habe mich noch nicht richtig von dieser Überraschung erholt, da hält ein silberner BMW am Seitenstreifen und ein älterer Herr springt heraus.
Er hechtet zu den beiden Mädchen. Frischer Wind kommt auf und bläst den Qualm von den Mädchen weg.
Ich drehe mich um und gehe nach Hause. Meine Arbeit hier, ist getan.

*

Ziemlich mitgenommen und nach Rauch stinkend, betrete ich wieder mein Haus. Die Gedanken kreisen unaufhörlich wie ein Karussell.
Solche Erlebnisse machen einen ziemlich fertig, finde ich.
Gewöhnen wird man sich bestimmt nie an sie. Hach…Kinder…
Mein Atem geht noch immer stoßweise. Ich schnuppere an meiner Bluse und verziehe angewidert die Nase. Bäh! Meine Kleider stinken erbärmlich nach Qualm. Das Zeug gehört sofort in die Waschmaschine! Aber irgendwie ist mir das im Augenblick völlig egal. Müde schleppe ich mich die Treppe hinauf. Nur noch schnell etwas trinken. Ein kleiner Schluck für meinen Hals, der noch immer furchtbar kratzt.
Am Treppenabsatz zur Küche belieb ich allerdings stutzend stehen. Die Hälfte der Bienenstichtorte, den ich auf den Tisch gestellt hatte, fehlt, die Kaffeekanne steht ausgeschwenkt auf der Spüle und das Geschirr steht säuberlich abgeschwenkt und getrocknet daneben. Betroffen schlage ich die Hand vor den Mund.
Oh Gott!
Sozusagen!
Ein kleiner blauer Zettel neben dem Tortenrest erweckt meine Aufmerksamkeit. Hastig eile ich zum Tisch, greif nach dem Zettel und überfliege eifrig die Zeilen:
Liebe Anabelle,
schade, dass ich dich nicht angetroffen habe, aber ich habe natürlich vollstes Verständnis. Doch ich kann dich beruhigen. Du musst die keine Sorgen um deine Tochter Johanna machen. Ihre Zeit ist noch nicht gekommen.

Ich war so frei und habe in deiner Abwesenheit deine Schaukel ausprobiert. Man, die ist ja echt ein Knüller. Ein tolles Erlebnis so frei unter freiem Himmel zu schaukeln. Das war wirklich eine hervorragende Idee von Jamie. Danke ihm von mir.
Ach ja, dein Schwein, die Rosalinde, ist wirklich schrecklich nett und unterhaltsam. Wir haben zusammen den Kuchen gegessen.
Liebe Grüße
Gott

P.S.
Richte Barbara einen schönen Gruß aus. Ihr Kuchen war mal wieder sensationell.
Aber wenn ich das nächste Mal komme, koche bitte nicht sooo starken Kaffee. DER hatte es echt in sich.

Ergriffen sinke ich auf meinen Küchenstuhl und halte den blauen Zettel fest in meiner Hand.
Das nächste Mal? Er kommt also wieder?!
Mit einem Glücksgefühl in der Brust, die meine Enttäuschung bei weitem in den Schatten stellt, stehe ich auf und hänge den Zettel an meine Pinnwand neben dem Kühlschrank, direkt neben das Foto von Jo.

*

Jo erwacht. Unbekannte Geräusche dringen an ihr Ohr.
Unbekannte Gerüche erfüllen ihre Nase.
„Wo bin ich?" Ihre Zunge füllt sich pelzig an. Angeekelt verzieht sie den Mund.
„Ah, unsere Patientin wird wach." Zwei klug dreinblickende Augen mustern sie forschend durch eine randlose Brille, „Können sie mir ihren Namen sagen?"
„Jo." Müde schließt sie die Augen wieder. „Jo? Einfach nur Jo? Sonst nichts?"
Sie verbessert sich gereizt, „Johanna!" Dann stützt sie sich etwas auf, „Johanna Mencke! Seines Zeichens Unfallopfer! Und sie?"
Keck legt sie den Kopf schief. Der junge schwarzhaarige Mann lacht gutmütig, „Dirk Schröder. Doktor! IHR Doktor!"
Er beugt sich zu ihr runter und leuchtet in ihre Augen, „Haben sie Kopfschmerzen oder sehen sie verschwommen?" Jo schüttelt den Kopf und bereut es direkt, „Autsch!"

Besorgt legt Dr. Schröder ihr die Hand in den Nacken, „Tut es da weh?"
Jo nickt. Diesmal ganz sachte. Es tut echt irre weh.
„Hm, Schleudertrauma!" Jo bewegt vorsichtig die Beine und Arme. Doch hier ist offensichtlich alles in Ordnung. Dr. Schröder setzt sich lächelnd auf ihre Bettkante, „Keine Sorge Fräulein Mencke. Außer dem Schleudertrauma und einer leichten Rauchvergiftung, haben sie nur noch ein paar oberflächliche Schürfwunden und einige äußerst interessant, bunt schillernde Prellungen!" Beruhigend legt er seine Hand auf ihre, „Nichts, was nicht wieder heilen würde." Als ob ihm diese vertraute Geste unangenehm ist, zieht er schnell die Hand wieder zurück und wirft noch mal einen interessierten Blick ins Krankenblatt „Sie und ihre Freundin haben verdammt viel Glück gehabt." *Julia*! Sofort schießt Jo der Name in den Kopf und sie richtet sich erschrocken noch ein Stück höher auf, „Wo ist sie?"
Dr. Schröder betrachtet Jo über den Rand seiner Brille hinweg, „Wer?"
„Na Julia!" *Du liebe Güte, ist der schwer von Begriff!*
 Der junge Arzt steckt seinen Stift in die Brusttasche und rückt seine Brille zurecht, „Wir haben sie schon nach oben auf die Station gebracht. Dort kommen sie jetzt auch hin."
Er wendet sich schon zum Gehen, als Jo's piepsige Stimme ihn zurückhält, „Ich muss meine Eltern anrufen!" Mitleid erhaschend hustet sie kläglich und blinzelt den Arzt mit einem gekonnten Dackelblick an. Lächelnd kommt er wieder zurück, „Das haben wir schon erledigt. In ihrem Rucksack fanden wir die Telefonnummer."
Verwirrt senkt Jo den Kopf, „Meinen Rucksack? Der war doch im Auto."
Amüsiert blitzen seine Augen, „Äh, nein. Den haben sie, als sie hier ankamen, umklammert, als ob da Goldbarren drin gewesen wären." Er greift an das Bettende, „Hier ist er!"
Sein Lächeln vertieft sich, „Jetzt muss ich aber los. Ich habe auch noch andere Patienten." Ermutigen tätschelt er ihre Hand, „Ich schaue später noch mal nach ihnen." Und schon ist er weg. Eine freundliche Krankenschwester kommt hereingeschneit und schiebt sie, mitsamt Bett, in den breiten Fahrstuhl, der sie leise surrend nach oben ins Zimmer bringt.
Dort wird Jo bereits sehnsüchtig erwartet...
 „Jo...Jo, da bist du ja. Gott sei Dank ist dir nichts Ernstes passiert. Die Schwestern hier oben konnten oder wollten mir nichts sagen."

Jo lacht glücklich, „Julia…du siehst ja drollig aus!" Julia schnaubt und rückt ihre Halskrause zurecht, „Meinst du, du würdest besser aussehen?" In diesem Moment kommt eine weitere Schwester rein, mit einer zweiten Halskrause in der Hand, die ohne Umwege ihren Platz an Jo's Hals einnimmt.
„So…", zufrieden nickt Julia, „…jetzt siehst du genauso blöd aus wie ich!"

Im Laufe des Nachmittags stürmen zwei völlig aufgelöste Elternpaare das Krankenzimmer. Julia findet als erstes die Worte, „Papa, tut mir leid um das Auto!" Beträppelt schielt sie ihren Vater von unten an. Der aufgebrachte Mann, lockerte seinen verschwitzten Hemdkragen und beugt sich zu seiner Tochter herab, „Machst du Witze? Kind, wichtig ist nur das es dir gut geht!" Umständlich wischt er sich schnaufend das hochrote Gesicht mit einem Taschentuch ab. Seine Halbglatze glänzt feucht im Neonlicht und während einige Schweißperlen sich ihren Weg an seiner Schläfe herabsuchen, lamentiert er weiter, „Hier liegst du mit einer Halskrause und redest du von diesem blöden Blechhaufen! Das interessiert doch keinen Menschen, Kind!" Unbeholfen streicht er seiner Tochter über das Haar. Julias Mutter rennt die ganze Zeit wie ein aufgescheuchtes Huhn im Zimmer umher, schüttelt Kissen auf, kontrolliert das Badezimmer, füllt Trinkbecher auf und flüstert immer wieder, „Mein armes Kind…!"
Betty versucht beruhigend auf sie einzuwirken, obwohl sie selbst innerlich extrem aufgewühlt ist. Jules ist von Jo's Bett gar nicht wegzubekommen. Unaufhörlich tätschelt er über ihren Handrücken und sagt einfach nichts…er atmet nur schwer. Besorgt richtet Julias Vater den Blick auf Jo, „Und ich bin so froh, dass auch dir nichts passiert ist, Johanna." Kraftlos sinkt er auf einen Besucherstuhl neben Julias Bett, „Mädchen, Mädchen…was macht ihr nur für Sachen? Man kann euch wirklich keine Sekunde aus den Augen lassen. Was ist denn eigentlich passiert?"
Wie auf Kommando blicken alle Väter und Mütter in diesem Raum gleichzeitig zu den beiden Mädchen in den Krankenbetten.
Julia und Jo schauen sich gleichzeitig an und wie aus einem Mund sagen sie, „Da ist diese bescheuerte Katze dran schuld!"
„Katze?" Betty hackt nach, „Was für eine Katze?"
„Na, die, die auf einmal auf der Straße aufgetaucht ist!" Jo's Blick, eben noch zutiefst erbost, wird schlagartig ganz weich, „Hoffentlich ist ihr nichts passiert! Sie war doch noch so klein!"
Typisch Jo!

Die Zimmertür geht auf und Dr. Schröder tritt ein. Überfallartig stürzten die Elternpaare wie hungrige Hyänen über ihn her. „Wie geht es den Mädchen?" „Was haben sie?" „Müssen sie lange hierbleiben?" „Gibt es Komplikationen?" „Wann dürfen sie heim?" „Dürfen sie essen?" „Brauchen sie vielleicht Spenderblut?" „Bleibt etwas zurück?"
Lachend hebt Dr. Schröder die Arme und wehrt die Fragen ab, „Langsam...langsam, meine Herrschaften. Beruhigen sie sich erst mal und setzten sich hin." Behutsam führt er die beiden besorgten Mütter zu den Besucherstühlen am Tisch. Wie angeleinte Dackel folgen die jeweiligen Väter. Als Dr. Schröder die Kontrolle wieder auf seiner Seite hat, sagt er in einem ruhigen Ton, „Also, erst mal Entwarnung!"
Tiefes allgemeines Aufatmen ertönt. Julia und Jo werfen sich verzweifelte Blicke zu. *Wie peinlich! Als ob sie noch kleine Kinder wären...*
Der junge Arzt erklärt in einem sanften Tonfall weiter, „Wir werden beide noch zwei Tage zur Beobachtung hierbehalten. Nur zur Sicherheit!" Bevor die aufgeregten Mütter wieder schnatternd über ihn herfallen, setzte er schnell hinzu, „Außer Schürfwunden und Blutergüsse haben beide, Gott sei Dank, nichts Ernstes." Er schiebt die Hände in seine Manteltaschen, „Beide haben sehr viel Glück gehabt." Alle Blicke wandern herum. Fünf Augenpaare mustern die, sich unbehaglich windenden, Mädchen.
Wie gesagt. Sowas von peinlich!

Am nächsten Morgen.
„Mama, Papa, ich bin zuhause!" Emilie stürmt durch den Flur und lässt unterwegs ihre Reisetasche neben dem Telefonschränkchen fallen, **„Wo seid ihr?"**
„Schatz, wir sind im Wohnzimmer!" Freudig betritt Emilie den Raum und bleibt abrupt stehen, „Was ist los?" Misstrauisch beäugt sie ihre Eltern, die ernst auf der Couch sitzen. Eine fast leere Kanne Kaffee steht auf einem Stövchen, auf dem Wohnzimmertisch, zusammen mit zwei benutzten Tassen.
„Setz dich!", wird sie aufgefordert und genau das tut Emilie, „Was ist los?" Etwas perplex wiederholt sie ihre Frage. Zögernd fängt ihr Vater, Jules an, „Jo hatte einen Unfall und...", Weiter kommt er nicht, denn Emilie springt aufgebracht auf, „Jo hat einen Unfall? Wo ist sie?" „Im Klinikum Mitte...aber...",

noch einmal werden sie unsanft von ihrer Tochter unterbrochen, „Und da sitzt ihr einfach so herum? Los, kommt. Wir fahren!"
Aufgeregt springt sie vom Sessel hoch, doch Jules bremst sie augenblicklich aus, „Wir kommen gerade von dort...und Jo...!"
Wütend würgt Emilie ihren Vater ab und stampft wie ein bockiges Kind auf, „Dann fahr ich eben alleine!"
Aufgebracht und voller Sorge rennt sie in den Flur, greift sich ihre alte Lederjacke und ihren Schlüssel und stürmt aus dem Haus.
Betty hechtet noch hinterher, **„Emilie. Emilie, warte...!** Aber Emilie sitzt schon auf ihrem nähmaschinenartigen, knatternden Gefährt und kann sie nicht mehr hören. Leise setzt Betty nach, „Jo geht es doch gut!"
Jules kommt von hinten und nimmt Betty in den Arm, „Lass sie! Sie muss es wohl selbst sehen, um sich beruhigen zu können."
Besorgt blickt Betty die Straße runter, „Und wenn sie unvorsichtig fährt?" Jules dreht seine Frau zu sich um, „Sie trägt eine feste Jacke, einen Helm und wenn das uralte Ding schneller als 12 km/h fährt, fresse ich einen Besen...mitsamt Putzfrau!" Tröstend nimmt er Betty in den Arm und schließt die Haustür.
„Lass sie! Du kennst doch ihren Kopf. Immer übertreibt sie und bauscht alles auf. Sie wird schon sehen, dass sie übertrieben reagiert hat!"

*

Verdammte Mühle! Ich wäre ja zu Fuß schneller. Emilie dreht den Gashebel bis zum Anschlag auf, aber wirklich schneller wird sie dadurch nicht...nur lauter. *Herrje, Jo.* Emilie macht sich furchtbare Sorgen und auch Vorwürfe.
Warum musste sie auch bei dieser blöden Klassenfahrt mitfahren? Und ihre Eltern. Sie schienen so geknickt. Sicherlich hatte der Arzt sie heimgeschickt, weil man ja auf der Intensivstation nicht lange bleiben darf. Aber nicht mit ihr! Nicht mit Emilie Mencke!
Ein Schreckensszenario nach dem anderen spielt sich vor ihrem inneren Auge ab.
Jo, mit tausend Kanülen im Körper. Jo, an der Beatmungsmaschine. Jo, mit einem dicken Verband um den geöffneten Schädel. Jo, die still und hilflos im Koma lag.
Deswegen waren ihre Eltern auch bestimmt zuhause und nicht im Krankenhaus! Da schicken die Ärzte einen ja immer mit der Aussage nach Hause: Sie können im Moment hier eh nichts machen. Gehen sie nach Hause. Wir rufen sie an, wenn sich etwas ändert...

Pah…das können sie sich getrost von der Backe kratzen!
In Schneckentempo knattert sie Richtung Bremen Mitte.
Unwissend passiert sie sogar die Unfallstelle. Doch, da das Auto schon abgeschleppt ist, deutet außer einem dunklen Fleck in der Wiese und am Baum, nichts auf diesen Unfall hin. Und Emilie ist viel zu aufgewühlt um den Schaden am Wegesrand zu registrieren.
Sie ist ja auch so blöd. Gurkt hier mit diesem ollen Schlafmützen-Roller dahin! Ihr Vater hätte sie bestimmt auch gefahren, wenn sie ihn gefragt hätte.
Nach geschlagenen 43 Minuten biegt sie in die St. Jürgenstraße ein. Mit klammen, steifen Fingern, völlig verkrampften Rücken und einem eingeschlafenen Hinterteil, fährt sie auf einen Parkplatz in der Nähe des Krankenhauses. Den Helm in der Hand, eilt sie Richtung Eingang. Plötzlich bleibt sie stehen. Ihr Herz klopft bis zum Hals. *Was, wenn sie schon tot ist? Nein.* Sie schüttelt den Kopf.
DAS würde sie bestimmt fühlen. Von frühester Kindheit an, waren Jo und sie ein Kopf und ein Arsch. Nein. Sie schüttelt noch mal den Kopf.
Diesmal energischer. *Sie ist nicht tot.*
Nachdenklich knabbert sie an ihrem Daumennagel.
Hatte sie nicht irgendwo mal gelesen, dass Komapatienten mit einer schönen Erinnerung konfrontiert werden sollen, um den Weg zurück ins Leben zu finden?
Überlegend dreht sie sich auf einem Fuß im Kreis und betrachtet ihre lebhafte Umgebung. DA! Mit einem grimmigen Gesichtsausdruck, hält sie auf den kleinen Blumenladen zu.
Veilchen! Die haben für Jo schon immer eine besondere Bedeutung gehabt. Sie sprüht sich sogar manchmal mit dem Zeug ein.
Entschlossen betritt sie den Laden. Sofort wird sie in eine blumige Duftwolke gehüllt, die ihr zuerst einmal fast den Atem nimmt. Suchend blickt sie sich um.
„Kann ich ihnen helfen?" Eine freundliche Floristin kommt auf sie zu.
„Ähm…Veilchen…haben sie Veilchen?" Die Verkäuferin lächelt, „Ja, die haben wir hinten stehen." „Riechen die auch?"
Etwas konstatiert tritt die Verkäuferin einen Schritt zurück, „Natürlich!"
Sie faltet die Hände vor ihrer grünen Schürze, auf der eine lachende Sonnenblume keck zu winken scheint, „Wie viele brauchen sie den?"

Emilie blickt etwas ratlos, „Ähm…einen Strauß?" „Einen Strauß? Aber die sitzen doch in einem Töpfchen!" Die freundliche Verkäuferin bekommt nun doch etwas Mitleid mit der offensichtlich überforderten, armen Emilie. Sie nimmt sie am Arm, „Kommen sie mit. Wir schauen mal!" Erleichtert nickt Emilie.
Zehn Minuten später spaziert sie zufrieden aus dem Laden, in der Hand einen wunderschönen, blauvioletten, üppigen Veilchensetzling, in einem süßen blauen Keramiktopf.
So, auf geht's. Zu Jo.
Unten im Foyer blickt sie sich etwas ratlos um. *Ah. Da. Eine Info.* Schnurstracks hält sie darauf zu, „Können sie mir bitte sagen auf welchen Zimmer Jo Mencke, ich meine Johanna Mencke liegt?" Die nette, ältere Dame hinter dem Schreibtisch blättert kurz in ihren Unterlagen, „Zimmer 349, dritter Stock!" „Vielen Dank!" Emilie lächelt der Frau kurz zu und düst zum Fahrstuhl. Dribbelnd wartet sie. *Dauert zu lange!*
Mit jugendlicher Energie stürzt sie auf die Treppe zu und beginnt den Aufstieg. Völlig außer Atem, so fit wie sie dachte, ist sie wohl doch nicht, erreicht sie den dritten Stock. Wirft einen Blick nach rechts, dann einen Blick nach links. *Hm?* Dann fallen ihr die, von der Decke hängenden Schildern auf. *Aha. Zu 349 geht's nach rechts.*
Der Klinikflur ist hell, einladend und vor allem sehr belebt, was Emilie schon etwas stutzig macht. Eine Intensivstation hatte sie sich eigentlich anders vorgestellt. Nicht so überlaufen. Vor 349 bleibt sie erst einmal stehen, atmet tief durch und betritt dann leise das Krankenzimmer. Zwei Betten befinden sich darin. In dem ersten kann sie nur eine Kuhle in der Matratze ausmachen und ein Kopfabdruck im hellblauen Kissen. Das Bett ist momentan verwaist! Im zweiten Bett erblickt sie Jo. Blass und dünn liegt sie da. Die Augen sind geschlossen. Emilie huscht auf Zehenspitzen näher.
Kein Beatmungsschlauch? Vielleicht geht es Jo ja besser. Emilie, die sich auf dem Hinweg eine ganz spezielle Taktik überlegt hat, nimmt tief Luft.
Angriff ist die beste Verteidigung!
Mit einem Satz steht sie neben dem Bett, **„Hör zu, Blödmann. Wäre besser für dich, wenn du jetzt aus dem Koma erwachst. Ich kann mit einer taubstummen, gefühllosen Schwester nämlich so rein gar nichts anfangen. Wenn ich einen tumben Klumpen zuhause haben will, dann kaufe ich mir einen Kopfsalat und unterhalte mich mit dem, klar?**

Was fällt dir überhaupt ein, einen Unfall zu haben. Hier…", sie nimmt den Veilchentopf und wuschelt mit den Blüten dicht unter Jo's Nase herum, **"…die habe ich extra für dich gekauft. Jetzt riech auch dran!"**
Sofort wird die Tür aufgerissen und ein junger Mann schießt empörte Blicke zu Emilie rüber, „Na, sagen sie mal. So könne sie doch nicht mit meinen Patienten umgehen! Das ist ein Krankenhaus und kein Kirmesplatz! Wer sind sie überhaupt?"
Erbost eilt Dr. Schröder zu ihnen und stellt sich vor das Bett. Ertappt hält Emilie inne. *Ups, war sie zu laut gewesen?*
„Ha…ha…hatschi…würdest du bitte das Gemüse aus meinen Nasenlöchern ziehen?" Geplättet starrt Emilie auf Jo runter, „Du liegst ja gar nicht im Koma?"
„Wenn du mich weiter mit den Blumen erstickst, kann das aber bald passieren!"
Hastig nimmt sie die Veilchen aus Jo's Gesicht und stellt sie sanft auf der Fensterbank ab.
Dr. Schröder schaut noch immer leicht unwirsch drein. Jo versucht die Wogen zu glätten, „Nicht böse sein, Doc. Das ist meine Schwester Emilie und ihre Art mir zu sagen wie sehr sie mich doch liebhat." Ein Hauch von Ironie! Emilie wird feuerrot, „Tschuldigung Doktor. Ich dachte…, nun ja, wenn ich gewusst hätte…niemand hat mir…!"
Die hilflose Rumgestammel besänftigt und belustigt den Arzt, „Ihre Methode ist ja ziemlich rigoros, aber offensichtlich wirksam. Ihre Schwester ist ja jetzt wach…und die Bettnachbarin wäre es wohl auch, wenn sie denn nun da wäre… ", meint er mit einem scheelen Seitenblick auf Julias leeres Bett.
Er nimmt das Krankenblatt, studiert die Einträge, „Scheint alles in Ordnung zu sein. Ich denke das wir sie und ihre Freundin morgen Früh entlassen können." Seine Augen fixieren Jo, „Und ihre Tierliebe in allen Ehren, aber passen sie das nächste Mal besser auf. Ich habe zwar gerne so hübsche Patientinnen wie sie hier auf meiner Station, aber ich will sie trotzdem nicht mehr sehen! Hier zumindest!" Er zwinkert ihr zu und geht.
Jo Wangen glühen und sie schaut verlegen unter sich, „Na, der ist ja witzig drauf."
Emilie pflanzt sich auf das Bett und betrachtet das ungewöhnliche Verhalten ihrer sonst recht vorlauten Schwester. Jo glüht noch immer. Mit Bestimmtheit stellt sie fest, „Du magst ihn, hm?" Spielerisch stupst sie Jo an und kichert.
Jo braust sofort auf und schnaubt, „Nee…", und dann, „…du bist doof!"

Gleichzeit platzt ihr Lachen heraus.
Emilie greift nach Jo's Hand. Ihre Augen bekommen wieder einen ernsten Ausdruck, „Man, ich bin so froh das es dir gut geht." Ihre Augen glänzen verdächtig, „Mach das bloß nicht noch mal, hörst du? Wer war denn bei dir?" „Julia!" „Oh…wie geht es ihr?"
„Hast ja den Doc gehört. Wir dürfen beide morgen nach Hause. Nur das Auto ist Matsch!" „Mensch! Was ist denn passiert?"
„Wir wollten nur kein kleines Kätzchen überfahren und auf einmal stand da, wie aus dem Nichts dieser große Baum. Peng!"
„Da habt ihr aber ein Schweineglück gehabt."
Jo blickt grübelnd aus dem Fenster, „Ich weiß nicht ob das NUR Glück war…?"
Ein fragender Blick von Emilie trifft Jo, „Was meinst du?"
Jo schaut Emilie verlegen an, „Aber versprich mir, dass du nicht lachst!" Emilie hält zum Schwur ihre drei Finger nach oben, „Versprochen!"
Gespannt rückt sie sich auf dem Bett zurecht.
„Also…", beginnt Jo zögernd, „…von dem Unfall weiß ich nicht mehr viel. Aber als ich bewusstlos war, kam meine Mutter zu mir. Und sie duftete so wundervoll nach Veilchen." Jo's Stimme bekommt einen zärtlichen Unterton, „Wie früher! Und sie sagte immer wieder ich solle aufwachen und müsse hier raus. Ich wusste gar nicht, was sie von mir wollte. Und dann brannte der Veilchenduft auf einmal in meiner Nase. Meine Mutter hustete. Ich dachte sie wäre krank und wollte sie fragen was sie hat und dann schrie sie mich plötzlich an. Und dann musste ich auch fürchterlich husten. Ja, und dann wurde ich wach. Da war überall Qualm. Ich konnte nicht richtig atmen und konnte auch kaum was sehen. Meine Tür ging nicht auf. Ich bekam Panik. Dann roch ich wieder diesen lieblichen Veilchenduft. Ich beruhigte mich also und hebelte dann die Fahrertür auf. Irgendwie muss ich dann raus sein und hab Julia dann mit gezerrt. Und ich schwör dir…als ich mich umdrehte, konnte ich neben dem Auto meine Mutter stehen sehen. Sie sah genauso aus wie früher." Jo schluckt laut hörbar. „Ich glaub, wenn sie nicht gekommen wäre und mich angeschrien hätte, wären Julia und ich in dem Auto gestorben."
Unheimliche Stille im Zimmer.
„Vielleicht…", beginnt Emilie zaghaft, „…vielleicht gibt es dafür eine ganz simple Erklärung." Sie spielt nervös mit dem Reisverschluss ihrer Jacke und überlegt angestrengt. Dann schnippst sie plötzlich mit dem Finger, „JA…GENAU!" Mit einem Satz ist sie auf und holt Jo's Rucksack aus der Ecke des Zimmers, „Du hast dieses Stinkewasser doch oft bei dir…",

umständlich wühlt sie den Inhalt durch, „...und bestimmt ist die Flasche beim Aufprall zerbrochen und ist ausgelaufen. Deswegen hattest du diesen intensiven Geruch in der Nase. Und den Duft hast du dann mit deiner Mutter assoziiert. Deswegen hast du sie dann auch gesehen. Ist doch völlig logisch!"
Jo's Augen betrachten Emilie zweifelnd, „Meinst du?"
„Das muss so sein...", noch immer wühlt sie, bis „...aha, da ist sie!" Sie bringt die Flasche ‚Flowers' zum Vorschein und hält sie triumphierend hoch. Doch der Flakon ist unversehrt! Und leer!
Jo schneidet eine schräge Grimasse, „So viel zu deiner logischen These!"
Unvermittelt lässt Emilie die Flasche in den Rucksack zurückfallen, als ob sie sich daran verbrannt hätte und wischt sich die Finger an der Hose ab. Nachdenklich kuschelt sich dicht an Jo, „Ach, weißt du was. Ich finde den Gedanken, dass Tanta Ana extra nach unten gekommen ist, um dich zu retten, sowieso viel schöner. Das heißt nämlich, dass sie von da oben...", sie deutet mit ihrem Zeigefinger zum Fenster raus in den Himmel, „...immer ein wachsames Auge auf dich hat und dich beschützt!" Sie lächelt Jo an, „Das ist doch ein schöner Gedanke. Findest du nicht?"
Ergriffen nickt Jo und zwinkert die aufsteigenden Tränen zurück, „Ja, da hast du Recht!"
Sie legt den Arm fest um Emilie und zu zweit schauen sie in den nachmittäglichen Himmel hinauf. Nach einiger Zeit richtet sich Emilie auf.
„Du, ich fahr mal lieber. Ich bin mit der alten Mühle da. Da brauch ich eine dreiviertel Stunde bis ich zuhause bin." Jo lacht. „Die hat dich tatsächlich noch bis hierhin gebracht, die alte Schleuder?" Emilie zieht eine Grimasse, „Papa könnte uns wirklich mal eine neue kaufen." „Hey, das ist doch Mumpitz. Wir machen doch demnächst den sowieso Führerschein. Dann kaufen wir uns einen coolen Schlitten mit fettem Sound!" Emilie nickt zustimmend und rappt los, „Au...au...au ja, man...das machen...machen...machen wir...denn...denn... wir sind...Sister...Sisterpower...Power!" Sie lachen beide.
„Ich zisch dann mal ab. Sag Julia noch einen schönen Gruß!"
„Mach ich!"
Dann ist Emilie verschwunden und Jo hängt noch etwas ihren Gedanken nach. Allerdings nicht nur über ihre Mutter, sondern auch über den schwarzhaarigen Dr. Schröder. Dirk, heiß er! Das hat sie auf dem Namensschild gelesen. Dirk! Hübscher Name...

Am nächsten Tag kommt Betty Jo abholen. Julia ist schon nach Hause.
Jo hat noch gehofft Dr. Schröder zu sehen, aber der hat sich leider nicht blicken lassen und sie wollte keine der Schwestern nach ihm fragen. Das wäre ihr doch zu peinlich gewesen!
„Hast du alles!" Liebevoll streicht Betty ihrer Tochter über den Arm. Jo lächelt ihr aufmunternd zu. Ihre Mutter war in letzter Zeit immer so blass und abgekämpft. Sie sollte sich weniger Sorgen machen. Gut, ihr Unfall war da wenig hilfreich gewesen. Jo beschließt, ihrer Mutter noch mehr als sonst, zur Hand zu gehen um sie etwas zu entlasten.
„Alles eingepackt!" Jo hält grinsend ihren Rucksack in die Höhe.
„Dann auf. Lass uns endlich heimfahren."
Bei den Stationsschwestern nehmen sie noch die Entlassungspapiere und den Bericht für den Hausarzt ab. Unauffällig lugt Jo ins Schwesternzimmer. Kein Dr. Schröder. Enttäuscht wendet sie sich ab und folgt Betty zum Fahrstuhl.
Die Fahrt verläuft schweigsam. Immer wieder wirft Betty ihrer Tochter einen prüfenden Blick zu, aber Jo bekommt nichts davon mit. Nachdenklich schaut sie aus dem Fenster, ohne wirklich etwas von draußen wahrzunehmen
Zuhause geht sie gleich hoch in ihr Zimmer. Obwohl sie fast zwei Tage gelegen hat, fühlt sie sich noch sehr schlapp und fertig.
Betty folgt ihr in ihr Zimmer, „Alles in Ordnung?"
Natürlich ist ihr auf der Rückfahrt die bedrückte Stimmung ihrer Tochter aufgefallen. Aber sie hätte dies sicher auch nicht mit einem bestimmten Arzt in Verbindung gebracht.
Jo lächelt Betty an, „Ja, bin nur müde." Dann lacht sie kurz auf, „Man will meinen, dass ich die letzten zwei Tage genug geschlafen habe, aber…", sie unterdrückt ein gähnen, „…ich bin doch ziemlich alle."
„Dann leg dich doch hin, mein Schatz. Ich ruf dich, wenn wir essen. In Ordnung?"
Jo nickt, gibt Betty einen Kuss auf die Wange, „Ich hab' dich lieb, Mama!"
„Ich dich auch, mein Engel. Schön, dass du wieder da bist!"
Sie lässt den Rollladen runter, knipst die kleine Nachttischlampe an und schließt dann leise die Tür von außen. Mit einem gewaltigen Gähnen sinkt Jo auf ihr Bett, rollt sich wie ein Igel zusammen und ist im nächsten Moment schon eingeschlafen.

Am frühen Abend schlägt Frederick zuhause ein. Die Arbeit hat ihn ziemlich geschlaucht.

Er arbeitet in Bremen bei einem renommierten Architekten als Bauzeichner. Klingt eigentlich easy, ist aber ziemlich stressig, vor allem wenn der Chef ein kleiner übellauniger Perfektionist ist.
Aber heute wollte er unbedingt pünktlich zuhause sein.
Schließlich ist eine seiner Lieblingsschwestern aus dem Krankenhaus heimgekommen. Seit die Geschwister erwachsen sind, verbringen sie eh so wenig Zeit miteinander.
Leise sperrt er die Haustür auf und stellt seine Mappe neben das Telefonschränkchen, neben eine grün gemusterte Reisetasche. Er verdreht die Augen. Natürlich erkennte er das Gepäck auf den ersten Blick. *Also echt, Emilie hätte mittlerweile ruhig ihren Krempel wegräumen können. Manchmal ist seine jüngste Schwester so richtig schlampig...*
Leise Stimmen dringen aus der Küche an sein Ohr. Seine Eltern. Er bleibt stehen und lauscht.
„Ach Jules, egal wie groß sie sind und egal wie groß die Sorgen um sie sind, sie bleiben doch immer meine kleinen Babys! Ich bin so froh, dass Jo wohlauf ist und Emilie auch wieder zuhause ist."
Er hört seinen Vater liebevoll lachen. Seine Stimme klingt dunkel und weich, „Meine kleine, verrückte Mutterglucke!" Frederick hört seine Mutter schmunzelnd grummeln und dann wieder seinen Vater, „Und du, egal wie alt du bist, du wirst immer die schönste, klügste und warmherzigste Frau für mich sein!"
Was für ein Schmalz! Frederick verdreht die Augen, ist aber im Grunde genommen sehr gerührt darüber, wie sehr seine Eltern sich noch immer mögen.
Ich glaube jetzt ist es an der Zeit dem Gesülze ein Ende zu bereiten. Hochaufgerichtet stolziert er die Küche, „Ich habe Hunger. Was gibt es zu essen?"
Allerdings muss er einsehen, dass sein Reinplatzen keinerlei Auswirkung auf seine Eltern hat. Ein Blick auf die beiden, lässt ihn gespielt verzweifelt aufstöhnen, „Man Leute, muss das sein?" Jules und Betty stehen vor der Spüle, in inniger Umarmung und küssen sich gerade.
„Könnt ihr das nicht in euren eigenen vier Wänden machen?" Hungrig tigert er zum Kühlschrank und nimmt sich zwei Wiener raus. Ein erheiternder Blick seines Vaters trifft ihn, „Wir SIND in unseren eigenen vier Wänden, geliebter ältester Spross und wir freuen uns auch, dass dich dein Weg mal wieder hierher an die heimische, gefüllte Speisekammer geführt hat." Frederick schnaubt und verzieht sich kauend nach oben.
Müde und noch immer gestresst dreht er seine Musikanlage auf.

Wilde Hardrockklänge zucken durch sein Zimmer. Wie ein nasser Mehlsack plumpst er auf sein altes Jugendbett und verdrückt herzhaft das zweite Würstchen. Sein Blick ist zur Decke gerichtet, die er vor ein paar Jahren, in einem Anfall von Geschmacksverirrung, schwarz gestrichen hatte. Er lächelt still in sich hinein. *Grottenhässlich...*
Seine Gedanken wandern nach unten in die Küche.
Eigentlich findet er es doch toll, dass seine Eltern noch immer so liebevoll miteinander umgehen. In seiner Clique sind viele Freunde und Bekannte, deren Eltern schon geschieden sind, manche sogar schon zweimal. Da hat er es doch mit seinen Erzeugern richtig gut getroffen.
Unten in der Küche schauen sich Jules und Betty an und dann zusammen an die Decke, von der ein brummendes Wummern ertönt. Lachend gibt Jules Betty noch einen letzten Kuss und tippt spielerisch mit dem Zeigefinger auf ihre Brust, „DEINE kleinen Babys!" Betty lacht.

„SAG MAL, HAST DU NOCH ALLE ANTENNEN AM SENDER?"
Aufgebracht stürmt Jo in Fredericks Zimmer. Erschrocken fährt er hoch.
Demonstrativ langsam schlendert Jo auf die Anlage zu und dreht sie ein paar Stufen leiser, „Bist du taub, Hirni?"
Sie schimpft, mit in die Hüften gestemmten Händen, „Das könnte sogar der Papst im Vatikan hören! Es wohnen auch noch andere Leute hier im Haus, falls du es vergessen haben solltest, Brüderchen!"
Lachend springt er auf und nimmt sie in den Arm, „Ich hab' dich auch vermisst, Schwesterlein!" Überschwänglich wirbelt er sie kurz herum und setzt sie sofort wieder ab.
Prüfend betrachtet er Jo von oben bis unten und hält sie dabei eine Armeslänge von sich, „Schön, dass es dir gut geht... dachte du schläfst noch...hier...,", er stopft ihr den letzten Rest seiner Wurst in den Mund, „...eine kleine Wiedergutmachung." Jo lacht.
Sie hat Frederick doch irgendwie vermisst.
Zusammen gehen sie munter plaudernd runter in die Küche zu ihren Eltern.

Zwei Wochen später klingelt es unverhofft abends an der Tür.
Jules faltet irritiert seine Zeitung zusammen, „Erwartest du noch jemand?"

Betty unterbricht ihre Lieblingssoap kurz und schielt ihren Mann über ihre Brille hinweg an, „Nein, du etwa?" Jules schüttelt den Kopf. Es klingelt erneut.
„Na, willst du nicht aufmachen?" Schmunzelnd nickt Betty zur Tür und wendet sie sich wieder ihrer Fernsehserie zu. Brummend erhebt sich Jules und geht nach draußen in den Flur um nachzuschauen, wer ihnen abends noch einen Besuch abstatten will.
Betty spitzt die Ohren und vernimmt eine fremde Männerstimme. Gleich darauf erscheint Jules im Wohnzimmer, „Sieh mal, wer da ist!" Der amüsierte Unterton in Jules Stimme lässt sie aufhorchen und sie dreht sich sofort um.
„Guten Abend Frau Mencke. Ich hoffe ich störe nicht."
Überrascht springt Betty auf, „Dr. Schröder…hallo…das ist ja eine Überraschung." Unter Bettys neugierigem Blick schrumpft der Arzt sichtlich zusammen und er windet sich verlegen, als er sein unverhofftes Anliegen vorbringt, „Ich wollte nur mal kurz nach Johanna sehen. Ob alles in Ordnung ist." Bettys überraschte Augen werden noch größer, „Ich wusste gar nicht, dass sie auch Hausbesuche machen. Macht man das heute so?"
„Betty…", eindringlich, mit unterdrücktem Lachen, versucht Jules ihrem Verstand etwas auf die Sprünge zu helfen, „…rufst du bitte Jo mal runter?"
Seine Frau wirft ihm einen fragenden Blick zu, „Äh…ja…", dann fällt der Groschen, „…ooohhh…klar…Jo…JOHANNA…KOMMST DU BITTE NACH UNTEN? DU HAST BESUCH!"
Leicht verunsichert deutet sie auf den Sessel, „Nehmen sie doch Platz. Jo müsste jeden Moment kommen!" Gerade will sie ebenfalls wieder Platz nehmen, als Jules sie am Arm packt, wieder hochzieht und auf sie hinunterlächelt, „Komm Schatz, ich muss dir was in der Garage zeigen!" Betty, völlig überrumpelt, lässt sich widerstandslos abführen.
„ICH KOMME!" Laut polternd springt Jo die Treppe hinab und rennt ins Wohnzimmer. Wie vom Donner gerührt bleibt sie stehen. Ihre Augen so groß wie Untertassen heften sich auf den Gast, „Dr. Schröder?" Er rappelt sich auf, „Guten Abend, Fräulein Mencke. Ich wollte mal nach ihnen sehen! Wie es ihnen so geht."
Verdattert setzt sich Jo, „Äh…gut…und wegen so was machen sie Hausbesuche?" Er schmunzelt, „Naja, wenn ich ehrlich bin, nicht nur."
„So?" Jo's Herz macht einen kleinen Hüpfer und sie beobachtet den leicht nervösen Mann vor ihr, „Warum denn noch?"

Er fasst sich ein Herz und nimmt ihre Hand, „Ich würde sie gern zum Essen einladen..., wenn sie möchten...und Zeit haben...und...", er schaut unter sich, „...keinen Freund haben!" Jo glotzt ihn verdutzt an und Dirk lächelt nervös, „Ich stell mich wohl ziemlich ungeschickt an!" Verlegen fährt er sich mit seinen langen Fingern durch sein schwarzes Haar. Glücklich strahlt Jo ihn an, „Nee nicht unbedingt...naja, vielleicht ein bisschen...und ja ich möchte und ja, ich habe auch bestimmt mal Zeit und nein, ich habe keinen Freund...zurzeit!" Schelmisch blinzelt sie ihm zu.
Von Dirks Schultern scheint ein Felsbocken zu fallen, „Dann darf ich sie anrufen?" Wichtigtuerisch nickt Jo, „Unbedingt!" Sie steht auf, „Ich begleite sie noch nach draußen und fange dann auch gerade Mal meine so rücksichtsvollen Eltern ein." Grinsen!
Sie winkt Dr. Schröder noch nach und weicht dem wissenden Blick ihrer Eltern, die neben dem Haus am Garagentor gelauert haben, aus.
An diesem Abend liegt sie noch lange wach.
Jo ist bis über beide Ohren verliebt. *Wenn das ihre Mutter wüsste!*
Meine liebe Jo, woher willst du wissen das sie es nicht weiß?

Und tatsächlich ruft Dr. Schröder ein paar Tage später an. An diesem Samstag ist es soweit. Jo kann sich kaum noch auf ihre Arbeit konzentrieren. Sogar ihre Chefin, die sonst die Ruhe in Person ist, muss sie zwischendurch mal wachrütteln, „Mädchen...konzentrier dich mal bitte etwas...man könnte ja meinen, du wärst verliebt!" Jo's Antwort darauf ist lediglich ein seliges Lächeln.
Emilie kommt in dieser Woche abends noch zu einem Mädchenplausch, zu ihr ins Bett gekrochen, „Magst du ihn?" „Ja, und du?"
Emilie schnaubt verächtlich, „Ich kenne ihn ja nicht und außerdem will er ja mit dir essen gehen. MIR wäre er zu alt!" Neugierig starrt sie ihre Schwester an, „Bist du aufgeregt?" „Und wie. Fühl mal...!" Sie nimmt Emilies Hände in ihre. „Bäh, die sind ja ganz kalt und schwitzig!" Jo lacht.
Doch plötzlich weicht die mädchenhafte Leichtigkeit aus Emilies Blick und sie fragt in einem ernsten Ton, „Meinst du, er liebt dich?"
Jo grunzt, „Das ist doch noch viel zu früh. Wir haben uns ja noch nicht mal geküsst!"
Emilie nickt grübelnd, „Willst du wissen, ob er dich liebt?" Neckisch stößt sie Jo in die Seite und zwinkert ihr zu.

„Och nee, Emilie…nicht dieser Kinderkram!" Jo hebt verzweifelt die Arme und stöhnt.
„Warum nicht?" Emilie lacht, „Das hat früher doch auch immer Spaß gemacht. Oder hast du Angst?" Herausfordernd nimmt sie ein Blatt Papier und wedelt damit vor Jo's Nase herum, „Komm schon, Jo. Nur so, um der alten Zeiten willen."
Jo gibt widerwillig nach, „Okay, aber du machst das!"
Eifrig fängt Emilie an. Sie schreibt:
Dirk Schröder liebt Johanna Mencke
Dann zählt sie die jeweils gleichen Buchstaben und notiert sie in einer Reihe. Nun beginnt sie, die beiden äußeren Zahlen zu addieren und das Ergebnis in eine neue Reihe zu schreiben. Dann macht sie mit der zweiten Reihe dasselbe, bis nur noch zwei Zahlen übrig sind. Dass ist dann die wahrscheinliche Prozentzahl.
Dies sieht folgendermaßen aus:
Dirk Schröder liebt Johanna Mencke
2xD, 2xi, 3xR, 2xK, 1xS, 2xc, 2xH, 1xÖ, 4xE, 1xL, 1xB, 1xT, 1xJ, 1xO, 1xH, 2xA, 3xN, 1xM = 223212214111111231 (die äußeren addieren)
  = 355323324   (noch mal die äußeren addieren)
  = 77862   (noch mal die äußeren) addieren)
  = 9138   (noch mal dasselbe)
  = 174   (und noch mal)
  = 57 %
Emilie unterstreicht das Ergebnis dick, „Also Puppe. Zu 57 % liebt er dich!"
Leicht enttäuscht betrachtet Jo das Blatt Papier, was ihrer Schwester natürlich auffällt. Tröstend legt Emilie ihr den Arm um die Schulter.
„Nicht geknickt sein. Ist doch nur ein blödes Kinderspiel." Sie zerknüllt das verkritzelte Papier und zielt auf den Papierkorb neben dem Schreibtisch, wirft und trifft. Dann rutscht sie unternehmungslustig vom Bett, „Lass uns lieber schauen, was du anziehst!"
Und schon springt sie zum Kleiderschrank, reißt die Türen weit auf und beginnt damit, ihn leer zu räumen. Unter Emilies skeptischen Blick wirft Jo sich in diverse Kleider-Kombinationen. Doch bei allen schüttelt ihre Schwester den Kopf. Mal ist das Outfit zu langweilig, mal zu abgetragen, mal zu lässig, mal zu feierlich, mal zu altbacken oder einfach nur zu doof.

Bei der Kombination sandfarbenen Kurzbluse, mit großen Schulterpolstern und einer engen Jeans, kombiniert mit hellen, halbhohen Wildlederpumps werden sie sich schließlich einig. Jo's Rendezvous ist somit gerettet.

Viel zu schnell kommt der Samstagabend.
Aufgeregt hechtet Jo von einem Zimmer zum nächsten. Jules brummt gutmütig, „Du lieber Himmel, setz dich endlich. Du nimmst die ganze Ruhe aus dem Haus."
Hach ja, noch mal so jung und verliebt sein. Verschwörerisch blinzelt er seiner Frau zu, die nur mit einem gutmütigen Lächeln antwortet.
Ding Dong!
„**Er ist da!**" Hastig stürzt Jo an die Tür, bremst vorher ab und setzt einen hoffentlich huldvollen Blick auf. Dann öffnet sie.
„Guten Abend, Fräulein Mencke. Sie sehen…umwerfend aus!"
„Danke, hab nur schnell was übergeworfen!" Diese Lüge gleitet Jo sehr leicht von den Lippen. Emilie prustet im Hintergrund, „JA UNGEFÄHR DREI STUNDEN LANG."
Ein bitterböser Blick trifft sie. *Verräterin!*
Dr. Schröder lacht, „So lange hat es bei mir auch in etwa gedauert." Jo's anerkennender Blick wandert über sein blütenweißes Hemd, die dunkle Jeans und den schwarzen Slippern, „Hat sich gelohnt, finde ich!" Dirk nimmt das Kompliment errötend an, „Danke. Können wir dann los?" Sie greift ihre Jacke, „**MAMA, PAPA, ICH FAHRE!**"
„Ist gut, viel Spaß euch beiden!"
„Und wir sprechen uns später noch…", zischt sie leise zu Emilie, die sich vor Lachen den Bauch hält.
Dr. Schröder hat einen kleinen Italiener am Rande der Stadt ausgesucht. Das ‚Bella Italia'! Ein passender Name für dieses heimelige Etablissement. Kleine Tische mit rotweiß karierten Tischdecken, sind einladend im abgedunkelten Raum verteilt. Leise italienische Musik im Hintergrund, Kerzen auf dem Tisch. Galant hilft er ihr aus der Jacke und schiebt den Stuhl für sie zurecht, „Ich hoffe sie haben Hunger, Fräulein Mencke. Darf ich wählen?" Er nimmt die Speisekarte und fängt an zu studieren.
„Ähm…", Jo räuspert sich. Fragend blickt Dr. Schröder mit gerunzelter Stirn auf, „Stimmt was nicht? Möchten sie lieber selbst aussuchen?"
„Äh, doch…äh, nein…ich wollte nur…ich meine…ich heiße Johanna…oder einfach Jo.

Ich denke es wäre einfacher, wenn wir uns duzen würden, oder?" Erleichtert atmet er auf, „Das ist eine sehr gute Idee und ein schöner Anfang. Ich bin Dirk!"
„Ich weiß!" Lachend nimmt sie ihre Karte zur Hand und beginnt zu lesen.
Natürlich wird sie für sich selbst bestellen!
Der Abend verläuft sehr lustig. Bei Spagetti Bolognese und einer Flasche Rotwein, er trinkt allerdings nur ein Glas, erzählen sie sich lustige Anekdoten aus ihrem Leben und auch von ihren Familien, „Meine Eltern wohnen in Rheinland-Pfalz. Das ist immer eine gute Strecke zu fahren. Deshalb kann ich sie nicht so oft besuchen wie ich eigentlich möchte. Aber zum Glück habe ich hier noch meine Schwester und ihre Familie. Sonst wäre es ziemlich einsam für mich." Lächelnd blickt er ins Glas, „Meine Nichte wird dir gefallen!"
Oho, ein Familientreffen ist geplant? Wie schön!
Dirk plaudert weiter aus dem familiären Nähkästchen, „Sie ist ziemlich verrückt. Als sie etwa acht oder neun war, hat sie eines Sonntagmittags einfach mal einen kleinen verlausten Streuner aus dem Park mitgebracht." Lachend hält er kurz inne...seine Gedanken sind weit in der Vergangenheit versunken, „Meine Güte, er müsste jetzt ja schon fast zwölf Jahre sein." Dirk lehnt sich zurück, „Was hatten wir mit dem kleinen Kerl unseren Spaß. Sein Fell ist ganz schwarz gewesen und er hatte vier weiße Pfoten, als ob er Socken anhätte...", betrübt sinkt sein Blick nach unten, „...heute liegt er nur noch auf dem Sofa, ist fast taub und auf einem Auge blind und so wie er läuft, wenn er denn mal läuft, hat er bestimmt Rheuma." Mitfühlend nimmt sie seine Hand, „Wenn er ein Streuner war, kann er sich doch glücklich schätzen, dass deine Nichte ihn gefunden hat. Er hatte bestimmt ein tolles Leben bei euch!" Sie seufzt leise, „Ich hätte auch gerne einen Hund gehabt, aber Papa bekommt von den Tierhaaren richtig eklige Dackel-Triefaugen und eine total verstopfte Nase." Beide lachen.
„Vielleicht kannst du ja später irgendwann mal einen Hund haben. Wenn du nicht mehr zuhause wohnst?" „Vielleicht." Sie zuckt mit den Schultern. Eine kleine Stille entsteht, die beide jedoch nicht als unangenehm empfinden. Aber Dirk ist natürlich auch neugierig auf Jo's Leben, „Und was ist mit dir. Erzähl mal was."
„Nun ja...", beginnt sie, „...ich bin mit fünf Jahren adoptiert worden." Verdutzt schaut Dirk sie an, schweigt aber. Jo ist dankbar, dass er nicht sofort nachbohrt.

Aber sie will mit ihrer Vergangenheit auch nicht hinter dem Berg halten, „Meine Mama, also meine richtige Mama, und Betty waren allerbeste Freundinnen. Sie lernten sich damals im Waisenhaus kennen. Einen Tag nach meinem vierten Geburtstag starb sie dann, bei einem blöden, unsinnigen Verkehrsunfall." Ihre Stimme zittert leicht, als sie einen Fetzten dieser Erinnerung zulässt. Besorgt nimmt Dirk ihre Hand, „Verkehrsunfälle sind immer blöd und unsinnig."

Jo lacht unsicher auf, „Dieser war aber besonders blöd. Sie wurde vor unserer Haustür überfahren, als sie einem Bild nachjagte, das ICH ihr gemalt hatte." Dirk hält die Luft an und versucht, nicht allzu schockiert auszusehen. Doch Jo bekommt eh nichts mit. Sie ist tief in ihren Gedanken versunken und kramt offensichtlich in einer Kiste mit wertvollen Erinnerungen herum, „Aber…sie hat mich, als ich fünf war und mit einer schweren Lungenentzündung im Krankenhaus lag, besucht. Wir saßen in meinem Traum zuhause in unserem Schaukelstuhl und sie hat mich in diese wundervolle Decke, die sie noch von ihrer Oma hatte, eingewickelt. Da waren lauter Veilchenranken am Rand aufgestickt und, du wirst es nicht glauben, in der Mitte waren die Namen Anabelle & Johanna draufgestickt. Weißt du, ich wurde nach meiner Urgroßmutter getauft, sie hieß auch Johanna." Dirks Herz läuft über, vor Mitgefühl und Bewunderung für diese junge, hübsche Frau.

Er fühlt, dass sie was ganz Besonderes sein muss. Und er will alles in seiner Macht tun, um dieses unschuldige Wesen vor weiterem Übel zu bewahren.

Unsicher blickt Jo sich im Lokal um. Alle Tische sind schon leer. Sie sind die Letzten!

„Ich glaube, wir sollten bezahlen. Der Wirt will sicher auch mal Feierabend machen."

Sie blickt ihn mit funkelnden Augen an und er stimmt ihr lächelnd zu, „Du hast Recht! ZAHLEN BITTE."

Es ist weit nach Mitternacht, als er bei Jo vor dem Haus anhält. Zuvorkommend springt er aus dem Auto und öffnet ihr die Autotür.

„Ich bringe dich noch bis zur Haustür!" Jo lächelt verträumt. Langsam schlendern sie im hellen Mondschein den Kiesweg entlang. Für Jo ist die Strecke viel zu kurz. Wie gerne würde sie den Gehweg in die Länge ziehen können, nur um weiter neben Dirk dahin zu schlendern. Aber schon stehen sie vor dem Haus. An der Tür bleiben sie stehen. Jo kramt umständlich nach ihren Schlüsseln. *Zeit schinden…*

Dann schaut sie auf und blickt geradewegs in Dirks blaue Augen, "Vielen Dank für den schönen Abend!"
Dirk lächelt und schiebt seine Hände in die Hosentaschen, "Ja, ich fand ihn auch sehr schön!" Unsicher blicken sie sich erneut an.
"Darf ich dich noch mal einladen, oder hast du genug von mir und meinen Geschichten."
Jo lacht leise, "Ich würde dich sehr gerne noch mal sehen und auch sehr gerne noch ein paar Geschichten von dir hören!"
"Kann ich dich morgen anrufen?" Ein bittender Blick seinerseits.
Keck antwortet sie, "Ob du es kannst, weiß ich nicht, aber du darfst, wenn du willst." Beide lachen.
Dirk schart unsicher mit der Schuhspitze auf dem Kiesbett.
Küss sie endlich, du Blödmann...
Doch er traut sich nicht, sondern sagt nur, "Nun, denn, schönes Mädchen. Ich geh dann mal." Er dreht sich um. Ärgert sich über sich selbst und die vertane Chance.
"Dirk! Du hast was vergessen."
Er bleibt stehen, dreht sich um und zuckt fragend die Schultern.
Jo nimmt ihren ganzen Mut zusammen und tritt die zwei Schritte, die sie voneinander trennen, auf ihn zu.
Tief blickt sie ihm in die Augen, "Nämlich dies hier!"
Sachte legen sich ihre leicht zitternden Lippen auf seine. Warm. Weich.
Dirk ist überwältigt. Langsam zieht er seine Hände aus den Taschen und nimmt sie mit einem Mal ganz fest in den Arm. Ein nicht enden wollender Kuss. Schwindelig vor lauter Gefühlen löst Jo sich schließlich von ihm. Verträumt blickt sie ihn an.
"Johanna?" "Ja?"
"Glaubst du an die Liebe auf den ersten Blick? Ich ja!"
Er erwartet keine Antwort, sondern dreht er sich einfach um und verschwindet lautlos in der Dunkelheit. Zurück bleibt eine verliebte und zugleich leicht verwirrte junge Frau!

Jo & Dirk
Liebe ist ein Spiel, dass nur zu zweit funktioniert!

Mit gespanntem Blick hypnotisiere ich den Topf. Durch den Glasdeckel kann ich die gelben, unscheinbaren Maiskörner erkennen. Plop!
Voller Vorfreude klatsche ich in die Hände. Plop. Plop. Plop.

Ein zielsicherer Griff in den Kühlschrank. Traubensaft. Natürlich von mir selbstgemacht.
Plopplopplopplop...wie ein Maschinengewehr hämmern die geplatzten Maiskörner gegen den Glasdeckel. Musik in meinen Ohren. Ich liebe Popcorn...außerdem gehört es zu einer guten Vorstellung einfach dazu! Rasch eile ich mit der gekühlten Flasche die Treppe hinunter. Ein bequemer Stuhl steht schon bereit. Nur noch ein weiches Kissen darauf platziert. Fertig. Schnell wieder nach oben, bevor der Topf explodiert.
Vorsichtig fülle ich das noch heiße Popcorn in eine große Schüssel...streue ausgiebig Zucker drüber und...hmmm. Ich überlege schnell. Noch bin ich hier oben.
Brauch ich noch ein Glas? Äh! Nein! Also ab nach unten. Kino-Time!!!
Mit einem tiefen Seufzer falle ich auf das weiche Kissen, rücke den Stuhl in Position, die Schüssel auf meinem Schoß zurecht und starre durch den Spion in der grünen kleinen Holztür. *Aha, genau da wo ich hinwill.* Knarrend öffne ich das Tor zur anderen Welt. Zu der Welt da drüben!
Jo...ich komme!
Was ich da eigentlich mache?
Nun ja. Seit ich damals festgestellt habe, dass die Zeit nebenan offensichtlich schneller vergeht als hier, nutze ich diese kleine unscheinbare Tür in regelmäßigen Intervallen.
Denkt doch bloß mal daran, dass Jo in dem Zeitraum als ich meine Weinberge anlegte und meinen leckeren Saft und Wein herstellte, plötzlich vier Jahre älter gewesen ist. Also nochmal, das habe ich mir geschworen, passiert mir das nicht!
Auf keinen Fall wollte ich noch mehr verpassen. Deswegen habe ich mir irgendwann angewöhnt, regelmäßige ‚Kinotage' einzulegen, einfach um auf dem Laufenden zu bleiben. Die Einschulung meiner Tochter habe ich ja blöderweise schon verpasst. Da musste ich mich doch tatsächlich mit Bettys Fotogalerie an der Wohnzimmerwand zufriedengeben. Aber ihre erste Schulliebe, die habe ich mitbekommen. Toll! Und aufregend!
Behaglich schmeiße ich mir eine Handvoll Popcorn in den Mund und konzentriere mich auf Jo. Mein kleines, großes Mädchen... Wie? Man beobachtet nicht einfach Leute? Wer sagt das? Erstens ist Jo keine Leute, sondern meine Tochter und zweitens, ich bin tot und darf das. Basta!
Nun möchte ich mich aber wieder auf meine Stippvisite konzentrieren.

Puh, in was für eine Lasterhöhle bin ich den hier geraten. Schummeriges Licht. Mein Gott, Jo, wo bist du denn da?
Ah, jetzt erkenne ich was. Hmm...geschmackvoll...Kerzenlicht. Hat sie etwa ein Rendezvous? Ich schaufele gespannt die nächste Hand voll Popcorn in mich rein.
Da! Da sitzt sie. Und wer ist der schwarzhaarige Adonis? Neugierig beuge ich mich kauend vor. *Sieht gut aus. Beide scheinen viel Spaß zu haben.* Ich höre mit dem knirschenden Kauen auf, damit ich verstehe, was da gesprochen wird. *Oh, er erzählt den einen oder anderen Schwank aus seinem Leben. Na, da bin ich mal gespannt.*
Gemütlich lausche ich dem Gespräch und habe ehrlich gesagt, auch kein schlechtes Gewissen dabei. Der junge Mann ist echt amüsant. Ich könnte mich kringeln. Der könnte echt zu Jo passen. Ich spitze weiter die Ohren. Oink!
„Rosalinde, pscht!"
...kleinen, verlausten Streuner mitgebracht.
Oink! Himmel, das Schwein nervt, „Was ist denn Rosalinde?" Ihre kleinen Schweinsäuglein blicken flehend. Ich wimmele sie ab, „Gleich!" Ich lausche weiter...
...schwarz gewesen und hatte vier weiße Pfoten, als ob er...
Oink! Oink! Oink!
„WAAHAAS?" Ich stiere erbost mein Schwein an, dass unruhig, mit eingeklemmtem Schwanz auf dem Fußboden scharrt. Es sieht zu komisch aus, doch die Angelegenheit ist äußerst ernst, „Du musst mal? Herrje...sag das doch gleich!" Hastig stehe ich auf, springe über sie drüber, reiße die Haustür auf und hechte zurück zu meinem Logenplatz. Weiterlauschen...
...blind und so wie er läuft, wenn er denn mal läuft, hat er bestimmt Rheuma.
Mist, jetzt habe ich die Geschichte verpasst. Ich horche trotzdem weiter...vielleicht erzählt er ja noch etwas anderes Interessantes. Doch nun ist Jo an der Reihe. Gespannt schaufele ich weiter Popcorn in mich hinein und vertiefe mich in ihren Anblick und ihre Stimme.
Wenn er ein Streuner war, kann er sich doch glücklich schätzen, dass deine Nichte ihn gefunden hat. Er hatte bestimmt ein tolles Leben bei euch!
Aha, es geht also definitiv um einen Hund.
Oink!
Übertrieben theatralisch stöhne ich und blicke Rosalinde an, „Fertig, Madam?"

Gekränkt grunzt sie mich an und verschwindet nach oben. Ich blicke ihr kurz nach, „ACH KOMM SCHON ROSALINDE. DU WEISST DOCH DAS ICH HEUTE KINOTAG HABE!" Keine Antwort. Nicht mal ein kurzes Schnaufen. Ich versuche meinen ruppigen Schnitzer auszubügeln, „ICH MACH DIR NACHHER AUCH NOCH EIN PAAR SPAGETTI." Oink.
Na, also, geht doch.
Ich konzentrier mich wieder auf Jo und ihren unbekannten Begleiter...
...als ich fünf war und mit einer schweren Lungenentzündung im Krankenhaus lag, besucht.
Was? Wer? Um besser hören zu können, schiebe ich meinen Stuhl näher an die offene Tür.
Jo erzählt: *Wir saßen in meinem Traum zuhause in unserem Schaukelstuhl und sie hat mich in diese wundervolle Decke, die sie noch von ihrer Oma hatte, eingewickelt.*
Ooohhh...sie spricht da von mir. Nun wird es ja richtig interessant.
Da waren lauter Veilchenranken am Rand und, du wirst es nicht glauben, in der Mitte waren die Namen Anabelle & Johanna draufgestickt.
Sie hat nichts vergessen. Ich schlucke gerührt. Omas Decke! Meine Gedanken schweifen kurz ab und dann...oh, oh, oh, sie stehen ja schon auf.
Schade. Sie bezahlen und gehen.
Kino aus. Ergriffen stelle ich die zu dreiviertel leer geputzte Schüssel auf den Boden. Hach. Immer wieder schön, so ein kleiner Ausflug zu Jo. Etwas raschelt von oben.
„SO, JETZT KRIEGST DU DEINE SPAGETTI!"
Oink.
Nachdenklich steige ich die Treppe nach oben zur Küche.
Streuner? Schwarz mit weißen Pfoten? Nichte?
Plötzlich wünsche ich mir sehnlichst, dass sie über MEINE Socke gesprochen haben. Meinen kleinen süßen Freund vom Park. Den armen einsamen Hund, der sein Futter erbetteln muss. ER hat ein schönes Zuhause verdient. Ich rechne kurz nach. Als ich Socke damals kennenlernte war Jo fünf. Jetzt ist sie achtzehn. Also wäre Socke dreizehn oder vierzehn. Vielleicht auch fünfzehn! Jaaa, in der Tat...er könnte alt und blind sein und Rheuma haben. Entschieden wische ich den Gedanken beiseite. Es gibt hunderte streunender Hunde. Warum sollte dies ausgerechnet Socke sein? Noch nicht ganz ausgesöhnt, empfängt mich Rosalinde. Ihr noch immer anklagender Blick folgt mir durch die Küche.

Ich bleibe bei ihr stehen und beuge mich zu ihr runter, „Ist gut mein Mädchen. Jetzt bekommst du ja dein Abendessen." Oink. Der Alltag packt mich schnell wieder und ich vergesse die Unterhaltung zwischen Jo und dem Fremden, so wie Rosalinde vergisst, wie ruppig ich zu ihr gewesen bin.
Ein paar Wochen später, weckt mich freudig klingendes Gekläff, begleitet von einer verzweifelt hohen und jammernden Stimme, „Nicht so schnell…
…he…du…du…Hund…warte…nicht…aua…herrje…!"
Was ist denn da los?
Schnell wische ich mir den Schlaf aus den Augen. Rosalindes fragender Blick begegnet meinem, „Keine Ahnung was da los ist. Lass uns mal nachschauen." Flink eilen wir gemeinsam die Treppe nach unten, reißen die Haustür auf und… werden prompt überrannt…im wahrsten Sinne des Wortes. Etwas Warmes und Triefendes fährt mir schlabbernd durchs Gesicht. Rosalinde grunzt entsetzt auf. Wildes Hecheln und Gejaule dringt in meinen Ohren und ich versuche verzweifelt diesen unverhofften Überfall abzuwehren, „He, he, he…immer langsam." Mühsam rappele ich mich auf, reibe mein Gesicht trocken und erstarre.
„SOCKE? ICH FASSE ES NICHT. SOCKE! KOMM HER MEIN JUNGE!" Das lässt sich der kleine schwarze Hund mit den weißen Pfoten nicht zweimal sagen. Mit einem Satz ist er auf meinem Arm…winselt und japst herzerweichend, während er wieder und wieder meine Wangen ableckt. Die hohe Stimme fällt zusammen mit einem kleinen, dicklichen Mann, über meine Türschwelle, „Hund…", keuch, „…du kannst doch nicht…", japs, „…einfach weglaufen!" Mit hochrotem Kopf taucht ein bekanntes Gesicht vor mir auf. Es ist Felix. Die zweite freudige Überraschung für heute.
„Felix, das ist aber eine tolle Überraschung!"
Felix ringt hilflos nach Atem, stützt sich vornüber auf seine Knie ab und schaut mich schief von unter her, an. Etwas mitgenommen sieht er schon aus. Seine weißen Schnürschuhe sind staubbedeckt. Auf seinen ehemals weißen Hosen und der weißen Jacke prangen grüne streifige Flecken, als ob er bäuchlings über eine Wiese gezerrt worden wäre. Ich schaue erst Socke, dann Felix an. Wie es aussieht, war das wohl auch der Fall gewesen. Krampfhaft versuche ich mein Lachen runterzuschlucken. Doch Felix sieht natürlich meine zuckenden Mundwinkel, was mir einen äußerst pikierten Blick von ihm einbringt. Versöhnlich schiebe ich ihn in den Vorraum, „Komm erst mal rein, Felix. Ich mache dir eine schöne heiße Schokolade!"

Seine Augen leuchten sofort auf. Mit Kakao kannst du Felix IMMER rumkriegen. Doch dann bemerkt er Rosalinde, die ihn neugierig beschnüffelt, „Du hast ein Schwein?" Resigniert verdreht er die Augen und lässt die Schultern nach vorne sacken, „Warum auch nicht! Passt irgendwie zu dir."
Ergeben schreitet er hinter mir die Treppe nach oben und sucht sich den Stuhl am Fenster, als Sitzplatz aus. Bei einer heißen Schokolade kommt er zum Kern der Sache.
„Der da...", er zeigt auf Socke, der sich inzwischen an Rosalinde angekuschelt hat und zufrieden grummelt, „...stand auf einmal vor mir. Ohne Vorwarnung...puff...da war er! Ich habe ihn gescannt und im System ist lediglich dein Name, unter Vorbehalt aufgetaucht."
Ich stutze, „Unter Vorbehalt? Was heißt das denn?"
„Ja, das heißt, wenn sein eigentlicher Besitzer hier ankommt, wird er dich wieder verlassen. Im Moment bist du so etwas wie seine Amme...sein Babysitter!"
Aha. Ich betrachte den kleinen Hund, „Du weißt nicht zufällig WER sein Herrchen ist?"
Felix schlürft an seinem Kakao und schüttelt gleichzeitig den Kopf. Eine Kunst für sich, die auch nur Felix beherrscht. Als er seine Nase wieder aus dem Becher rauszieht, sagt er, „Nein, aber wenn ER oder SIE kommt, dann wird dein Hund einfach verschwinden."
Klingt nicht wirklich schön...
Mitfühlend tätschelt er meine Hand und hievt sich hoch, „Also, genieße einfach die Zeit mit ihm." Hilflos klopft er an seiner Hose rum und murmelt leicht erbost, „Meine schöne Hose...nagelneu...!" Amüsiert tätschele ich ihm nun die Hand, „Nicht so tragisch. Einfach nur waschen!" *Hahaha.*
Felix ignoriert meinen gutgemeinten Rat und bereitet sich auf den Abschied vor, „Also dann meine Lieben. War schön dich noch mal zu sehen, Anabelle. Tschüss Socke. Machs gut Rosalinde und du...", er drückt mich kurz an sich, „...halte die Ohren steif!" Weg ist er.
Da sitz ich nun, etwas ratlos, mit meinem kleinen Zoo. Zwei Augenpaare schauen mich erwartungsvoll an. „Okay, wer hat Lust auf ein kleines Bad im Bach?" **Wuff. Wuff.** Oink. Schon sind sie durch die Haustür nach draußen geflutscht. Ist der Tod nicht schön?

*

Zur gleichen Zeit, drüben...

Ring. Ring. Ring. Ring.
„Mencke!"
„Johanna, bist du es?"
„Ja. Hallo Dirk. Und alles klar?"
„Du, ich muss leider für heute Abend unsere Verabredung absagen!"
„Oh, schade. Was ist denn?"
„Der Hund meiner Nichte, ich habe dir doch von ihm erzählt, ist letzte Nacht gestorben."
„Ach du liebe Güte. Das ist ja schrecklich. Wie geht es deiner Nichte?"
„Ihr geht es soweit gut. Nur meine Schwester ist am Boden zerstört und heult Rotz und Wasser."
„Dann fahr mal lieber hin. Wenn sie so an dem Hund gehangen hat, braucht sie bestimmt etwas Beistand!"
„Das mach ich auch. Ich ruf dich morgen noch mal an. Okay? Tschüss dann."
„Tschüss!"

*

Frühsommer 1987.
„Mama, ist die Post schon gekommen?" Atemlos stürmt Jo ins Haus, direkt in die Küche zu ihrer Mutter.
„Guten Tag, erst mal, junge Dame." Betty schlägt die Zeitschrift zu, in der sie gerade Kreuzworträtsel gelöst hatte. Gespielt unwissend fragt sie, „Wartest du auf was?"
„Mama, nun komm schon. **Meine Abschlussprüfung!**" Lachend zieht Betty einen großen braunen Umschlag unter der Zeitschrift hervor, „Wartest du etwa auf den hier?" Übermütig schwenkt sie ihn vor Jo's Nase.
„Gib schon her!" Lachend ergreift Jo ihn. Schlagartig wird sie ernst und hält sie ihn postwendend wieder ihrer Mutter hin, „Mach du auf! Ich trau mich nicht." Betty schmunzelnd, nimmt den Umschlag und öffnet ihn mit einem kleinen, spitzen Küchenmesser. Vorsichtig zieht sie langsam das obere Blatt heraus und studiert es aufmerksam.
„Und?" Ängstlich bibbernd mit zitternden Knien, schaut Jo ihre Mutter an.
„Hmm." Betty macht es spannend. ‚Hmmm', kann viel heißen! Jo's Augenlid zuckt nervös, „Nun sag schon."
„Naja...!" Gedehnt verzieht Betty die Mundwinkle nach unten. Jo hippelt nervös an der Tischkante, „**Maamaaa!**"

Plötzlich wedelt Betty die Papiere hektisch in der Luft herum. „**DU HAST BESTANDEN!!!!**"
„**AAAHHHHHHHH......!**" Überglücklich fallen sie sich in die Arme...und tanzen wild durch die Küche. „**BESTANDEN! BESTANDEN! BESTANDEN! ICH BIN KEIN DOOFER AZUBI MEHR...JUCHUUUUU...**"
Jo wirft jubelnd die Arme in die Luft, „**PARTYTIME!!!**"
Betty bremst ihre Tochter aus, obwohl sie deren Überschwang nur zu gut versteht, „Am Wochenende, Liebes." „Och, Mama!" Enttäuscht setzt sie sich rücklings auf einen Küchenstuhl. Schmollend verzieht sie die Lippen.
„Jo, Kleines. Du musst die Leute doch erst einmal einladen und verschiedene Sachen für die Party besorgen. Außerdem haben am Wochenende die meisten frei."
Jo's Augen leuchten wieder auf, „Du hast recht. Ich muss zuerst mal telefonieren."
In der nächsten Stunde kommt natürlich kein Anruf zu den Mencke's durch.

*

Ich bin mal wieder auf einer meiner berühmten Streiftouren. Diesmal allerdings in Begleitung, denn Socke hat beschlossen, sich mir anzuschließen.
Ziellos streifen wir nun gemeinsam durch die Stadt. Die kleinen Gässchen sind uns am liebsten. In den putzigen Schaufenstern findet man Allerlei Kurioses. Gemütlich schlendern wir durch die warme Sonne und genießen die Eindrücke hier drüben.
Ein paar Meter weiter schlängelt sich hektisch eine breite vielbefahrene Hauptstraße durch die Stadt. Socke schnüffelt am Rand eines leicht angestaubten Schaufensters, „Was ist, Socke?" **Wuff.** Ich schaue auf den Boden. Da ist nichts. **Wuff. Wuff.**
Was will der Hund denn?
Ich blicke durch die trübe Scheibe. Ein alter Möbelsecondhandladen. Cool. So was mag ich. Mühsam versuche ich im Inneren etwas zu erkennen und schirme die Augen etwas ab. *Hach, wie blöd. Der Besitzer könnte ruhig mal die Scheibe putzen. Man sieht ja Garnichts!* Eine leise Türbimmel ertönt neben mir. Neugierig nutze ich die Gunst der Stunde und schlüpfe hinein. Socke natürlich im Schlepptau.
Alter, muffiger Holzgeruch schlägt uns entgegen. Fasziniert wandere ich durch die schmalen Gänge. Jedes Möbelstück könnte seine eigene, vielleicht unglaubliche, Geschichte erzählen.

Diese alte, breite Kommode, zum Beispiel. Ehrfürchtig streiche ich über die wunderschöne Maserung. Wie viele Weihnachten mag sie in ihrer Familie zugebracht haben? Hat Streit, Zorn, Versöhnung und Liebe gesehen. Oder der alte Stuhl, dort in der Ecke, mit dem durchgesessenen Polster. Ich nehme darauf Platz und schließe die Augen. Wie viele Mütter haben wohl darauf gesessen und liebevoll ihre Kinder gefüttert oder getröstet? Von weiter hinten ertönt ein kurzes Jaulen. Socke! Herrje, warum muss der eigensinnige Hund denn ständig ausbüchsen? Allerdings will ich ihn auch nicht an die Leine legen. Rasch laufe ich zu ihm. Schwanzwedelnd steht er vor einer großen, alten, nichtfunktionierenden, geöffneten Standuhr. Im Inneren liegt ein zusammengefalteter Gegenstand. Ein Gegenstand, wo mir mein Verstand förmlich entgegenschreit: DAS KANN NICHT SEIN! Doch es ist so! Der Anblick trifft mich so unverhofft, dass ich im ersten Affekt schockiert Richtung Ausgang stürze, mich mit einer alten Frau zusammen aus dem Laden quetsche und draußen erst einmal tief durchatme. Socke, der sich natürlich beunruhigt an meine Ferse geheftet hat, winselt neben mir. Mein Herz hämmert.
Trotzdem versuche ich das verwirrte Tier zu beruhigen, „Schon gut, Kleiner. Ich habe mich nur etwas erschrocken." Nachdenklich schaue ich zurück, durch die schmutzige Scheibe, bis ich meinen Blick letztendlich von dem Schaufenster löse, „Lass uns etwas in den Park gehen!"
Ich muss nachdenken.
Langsam trotten wir los. Vor uns, die eben erwähnte, viel befahrene Hauptstraße.
„Hoffentlich kommen wir unfallfrei da über!" Ich lache über meinen eigenen Scherz. Vielleicht unpassend, aber herrlich schräg!
Natürlich kommen wir unfallfrei drüber! Wir sind ja tot!
Auf einmal bellt Socke laut und sprintet los. *Oh nein, nicht schon wieder...*
Ich seufzte laut und rufe ihm nach, „**He, wohin?**" Ergeben haste ich eilig hinterher. Natürlich würde ich meinen Hund nicht alleine hier zurücklassen. Vor dem Kaufhaus an der Ecke bleibt Socke stehen. Wie verrückt bellt er einen Mann an. Außer Puste komme ich auch endlich angekrochen, „Was ist denn mit dir los?" **Wuff. Wuff.**
Der Mann trägt einen hellbraunen Trenchcoat. Scheint mir übertrieben bei diesen Temperaturen, aber jeder so, wie er möchte.

Er scheint etwas ratlos zu sein, denn er fährt sich fahrig durchs schwarze Haar und murmelt unablässig vor sich hin. Er ist wohl völlig in Gedanken. Aber irgendetwas ist an ihm, dass Socke völlig durchdrehen lässt.
Unablässig hüpft er um ihn rum, bellt und wedelt eifrig mit dem Schwanz.
Der Mann, der den lebhaften Hund natürlich nicht sieht, dreht sich rum und ich mache erstaunt einen Satz zurück.
„Mensch…das ist doch Jo's Freund!" Socke gebärdet sich wie doll. Ich zeige mit dem Finger auf den jungen Mann, „Kennst du den etwa?"
Wuff. Wuff. Ich sollte endlich mal hundisch lernen! Gibt's bei HIGIBA's ein passendes Übersetzungsbuch? Ich muss beim nächsten Besuch mal fragen…
Während ich den Mann (Jo's Freund) näher betrachte, kommt ein Gedanke ins Rollen. Einzelne Gesprächsfetzen des süßen Tete-a-Tete meiner Tochter, tauchen in meinen Kopf auf. *Streuner. Nichte. Weiße Pfoten. Alter Hund.*
So allmählich entknotet sich das Gewirr und ich stelle laut, die vage Vermutung an, „Bist **DU** etwa, der adoptierten Streuner seiner Nichte?" **Wuff. Wuff.** Ein eindeutiges ‚Ja'.
Geplättet sinke ich vor Socke auf die Knie und kraule ihm die aufmerksam hochstehenden Ohren, „Das ist ja irre…dann gehörst du ja fast zu meiner Familie!"
Socke bellt freudig und scheint mich anzugrinsen.
Beide betrachten wir den noch immer dastehenden, nachdenklichen Mann, Jo's Freund. Überlegend reibt er sich das Kinn und nuschelt dabei immer wieder leise vor sich hin, „Was ganz Besonderes. Ich brauch was ganz Besonderes. Es muss etwas sein, das Jo umhaut."
Oh, da sucht wohl jemand ein Geschenk für meine Kleine.
Ein Gedankenblitz schlägt mitten in meine Hypophyse ein! Anders kann ich es nicht ausdrücken. Ich stehe auf, stelle mich, mit hinter dem Rücken verschränkten Armen, dicht zu ihm und plärre ihn sinnlos an, **„Ich wüsste da was!"**
Dirk zuckt ganz leicht zusammen und schnüffelt, „Äh, nein, Parfum ist nicht das richtige!" Ups, hastig mache ich einen Schritt zurück.
Hat er vielleicht einen Hauch meines Parfums in die Nase bekommen?
Mein Blick wandert zurück zum dem alten Secondhandladen, in der kleinen unscheinbaren Seitengasse hinter uns. DAS Geschenk wäre optimal. DAS würde Jo auf jeden Fall umhauen.

Nur, wie bekomme ich ihn dort hin gelotst?
Socke schaut mich mit heraushängender Zunge und schief geneigtem Kopf an. Er scheint sich dieselbe Frage zu stellen.
Etwas ratlos schaue ich zurück, „Keine Ahnung wie wir ihn dort hinbekommen. Hast du vielleicht eine Idee?" In diesem Moment setzt Dirk sich in Bewegung.
Er hat offensichtlich vor, die Hauptstraße entlang zu gehen.
Mist. Er muss aber hier in die Seitenstraße!!! Socke läuft ihm ein paar Schritte nach, dreht sich zu mir um und bellt. Ich positioniere mich dribbelnd ganz dicht an Dirk ran und fächele ihm hektisch mein Parfüm zu. Vielleicht bringt das ja was. Dirk bleibt stehen. Schaut die kleine Straße links von ihm, runter. *Ja, guter Junge.*
Socke bellt sich die Stimmbänder aus dem Hals, was natürlich ebenfalls absolut nichts bringt. Dirk schüttelt den Kopf, biegt aber erstaunlicherweise dann doch in diese kleine Seitenstraße ab. Sein Blick ist fest auf den Gehweg geheftet und man kann ihm seine angestrengten Gedanken förmlich am Gesicht ablesen.
Ich schlage mit der Hand an meine Stirn. *So wird das nix. So bekommen wir ihn NIE dorthin, wo wir ihn hinhaben wollen.*
Plötzlich bleibt er stehen und bückt sich, „Na, Kätzchen, hast du vielleicht eine Idee was ich meiner Freundin schenken könnte?"
Ein fetter roter Kater (weiß der Geier, wo der so plötzlich herkommt) schmiegt sich in seine streichelnde Hand und schnurrt dunkel. Dirk lächelt kurz, steht wieder auf und geht weiter, die Hände planlos, tief in den Taschen des Trenchcoats vergraben.
Fast hat er den betreffenden Laden schon passiert.
Verzweifelt kaue ich an meiner Unterlippe, „Socke, er läuft vorbei!" *Schit!*
Socke knurrt. Der Kater faucht ins Leere.
Überraschend macht es Klick in meinem Kopf. Irgendwie scheint diese Katze meinen Hund wahrzunehmen. Vielleicht riecht sie ihn? Keine Ahnung, aber das ist mir auch egal.
Süßlich grinsend beuge ich mich zu Socke runter, „Du magst wohl keine Katzen, habe ich recht?" **Rrrrrrrr.** Der Kater macht einen kampfbereiten Buckel. Völlig unbeteiligt betrachte ich meine Fingernägel, „Wenn du dasselbe denkst wie ich…", im nu streckte ich meinen Arm aus, „**…dann los…fass!**" Das lässt sich Socke nicht zweimal sagen. Wütend bellend jagt er auf den armen Kater los, der panisch alle Haare sträubt und laut miauend Flucht ergreift…und zwar Richtung Dirk. Der junge Mann dreht sich erschrocken rum und versucht die überstützte Flucht zu stoppen, „JA, GUTER JUNGE! LANGSAM!"

Bei Dirk bleibt die Katze wie angewurzelt stehen. Irgendwie Schutzsuchend! Aber auch fauchend und buckelnd. Dirk betrachtet sich den roten Stubentiger, der sich an sein Bein presst, erstaunt, „Hey, Kleiner, was ist denn?"
Zornig faucht der Kater in Richtung Socke, der noch immer wie wild kläfft. Dirks Augen folgen dem Blick, „Was hast du denn? Da ist doch nichts!" Gerade als er sich runterbeugt um den Kater zu trösten, macht Socke einen Hechtsprung auf das rote Fellknäuel zu und bleckt bedrohlich die Zähne. In Todesangst fährt der Kater seine Krallen aus und versucht, für Dirk sehr schmerzvoll, an dessen Bein nach oben zu krabbeln.
„Ahhh…au…was soll das…verrückte Katze…runter von mir!"
Wild, auf einem Bein tanzend versucht er den Kater abzuschütteln. Der krallt sich in seiner Panik noch tiefer in den armen Oberschenkel seines Fluchtweges. Dirk wird panisch,
„Ahhh…RUNTER!"
Er greift die Katze im Nacken und zieht heftig. Mit einem lauten ‚Ritsch' klaffen drei große Winkelhacken in seiner Hose und einige Fetzen baumeln zwischen den ausgefahrenen Krallen des Katers. Hastig gibt er ihr einen Schubs auf die Straße und flüchtet in den nächsten Eingang. Socke bellt noch einmal bösartig den Kater an, der sich, laut fauchend, in Luft auflöst und setzt sich dann lammfromm neben mich.
Zufrieden reibe ich mir die Hände. *Geht doch! Braver Hund!*

Ängstlich schielt Dirk durch die schmutzige Scheibe, „Verflixte Katze. Was ist bloß in dieses blöde Vieh gefahren?" Ärgerlich mustert er seine zerfetzte Hose. Die kleinen Kratzer an seinem Bein brennen höllisch, blutet aber nicht sehr stark. *Und so soll er jetzt bis zu seinem Auto laufen?*
Wütend schließt er den Trenchcoat und versucht damit, den Schaden an seinem Beinkleid zu verdecken, was ihm halbwegs gelingt. Erst jetzt nimmt er seine Umgebung wahr. Holzgeruch kitzelt seine Nase. Neugierig schaut er sich um, „Hm, ein ungewöhnlicher Laden. Vielleicht finde ich hier DAS Besondere." Langsam, ein Teil nach dem anderen begutachtend, arbeitet er sich systematisch vor.

Socke und ich stehen vor dem Schaufenster und versuchen seinem Weg mit den Augen zu folgen, „Hoffentlich findet er sie." Socke bellt ermunternd. Ich blicke kurz zu meinem Hund runter, „Meinst du, er ist so clever?" Mein Zweifel ist fast greifbar.

Aber mein Hund grinst mich nur an. Leise murmele ich, „Bitte, lieber Gott, schenke ihm ein gutes Gespür!"
Ich drehe mich um und lasse mich, mit dem Rücken zur Wand, neben Socke sinken und kraule die samtenen Schlappohren, „Hach ja, jetzt können wir nur hoffen und warten."

Währenddessen nimmt Dirk einige interessante Teile unter die Lupe. Bläst hier Staub weg, öffnet dort ein Türchen, zieht hier eine Lade auf, klopft dort auf Holz. Immer weiter und tiefer dringt er in den Laden vor. Bis er ganz hinten vor der großen Standuhr steht.
Wow, toll. So eine hatte seine Oma früher auch gehabt. Sachte streicht er mit den Fingerspitzen über die Seitenwand der Uhr. Nostalgische Gefühle wallen in ihm hoch, die er aber sofort wieder abschüttelt.
Was sollte Jo mit einer alten Standuhr, die offensichtlich noch nicht mal funktioniert?
Lachend wendet er sich ab, um weiter zu suchen, doch plötzlich hält er inne. Aus dem Augenwinkel ist ihm doch etwas aufgefallen. Er dreht sich noch mal zur Uhr rum. Tatsächlich. DAS gehört dort aber nicht hin.
Mit spitzen Fingern greift er nach dem cremefarbenen Stoff. Leichter, kaum wahrnehmbarer Veilchengeruch steigt empor. Er faltet es auf. Grüne, in mühevoller Handarbeit gestickte, Ranken schlängeln sich am äußeren Rand des Stoffes entlang. Es scheint sehr alt zu sein, aber extrem gut erhalten. Ist wohl eine Decke.
Interessiert wendet er die Decke um und erstarrt.
Anabelle & Johanna
Diese Namen prangen in der Mitte und springen ihn förmlich an. Er taumelt leicht. Leise hört er Jo's Stimme in seinem Kopf:
...sie hat mich in diese wundervolle Decke, die sie noch von ihrer Oma hatte, eingewickelt...lauter Veilchenranken am Rand... in der Mitte waren die Namen ‚Anabelle & Johanna' aufgestickt....
Besitzergreifend presst er die Decke an sich und nimmt wieder diesen leichten Veilchengeruch wahr. Das kann doch nur Zufall sein...ein **unglaublicher** Zufall. Wenn dieser irre Kater ihn da draußen nicht attackiert hätte, dann wäre er nicht hier herein geflüchtet und hätte nicht diese wundervolle, einmalige Entdeckung gemacht. *Katze sei Dank!*
Glücklich macht er sich auf die Suche nach dem Ladenbesitzer, blättert läppische zehn Mark hin und geht. Die kostbare Fracht bettet er vorsichtig auf seinen Unterarm.

Leises Türgebimmel reißt mich aus meinen Gedanken und aus meiner Warterei.
Dirk tritt heraus. Mit einem freudestrahlenden Lächeln auf dem Gesicht, wie ich sehe.
„Herrgott, Socke...", unsanft rüttele ich an dem Hund, „...schau mal, er hat tatsächlich die Decke gefunden!" Schnell rappeln wir uns auf, damit Dirk uns nicht noch auf die Füße latscht.
Euphorisch klatsche ich, wie ein kleines Kind, in die Hände. Dirk schiebt sich dicht an uns vorbei, schnüffelt kurz verwirrt, streicht liebevoll über die Decke und macht sich endlich zufrieden auf den Heimweg.
Auch ich bin zufrieden. Sehr zufrieden sogar, „Das wäre geschafft, Kumpel...gib fünf!"
Und Socke schlägt gekonnt mit seiner Pfote ein.
Da wird Jo aber Augen machen!

*

Der besagte Samstagabend steht vor der Tür. Die bestandene Prüfungsparty!
Alle aus ihrer Familie sind gekommen. Jeder Gast hat sich redlich bemüht, sich in Schale werfen. Gabriel und Frederick tragen sogar eine Krawatte. Es klingelt unnötigerweise an der offenstehenden Haustür und Julia schneit lachend herein. In der Hand eine große Schüssel Salat, in Schlepptau ihre Eltern, die sich mit zwei Getränkekasten abmühen. Julia hat sich spontan an die kleine Party drangehängt, da auch sie ihre Prüfung bestanden hatte. Dann waren noch Sarah und Ronald gekommen und ein paar Geschwister von Jules, die heute Zeit hatten. Ihre Chefin natürlich und deren Mann. Und natürlich Emilie. Gerne hätte Jo auch einige ihrer Klassenkameraden dabeigehabt, aber die feiern heute auch.
Untereinander haben sie allerdings ausgemacht, sich an einem anderen Tag zu treffen um ihren Abschluss ordentlich zu begießen. Aber Familie ist auch schön!
Glücklich steht Jo im Türrahmen des Wohnzimmers und betrachtet die bunte Gästeschar. Jetzt fehlt nur noch Dirk.
Und ihre Mami!

*

DIE (also ich) hatte es sich wieder, diesmal mit Rosalinde, Socke und einer Schale knackiger Nachos, vor ihrer grünen, kleinen ‚Kino-Tür' bequem gemacht und beobachtet im Augenblick gespannt das muntere Treiben im Hause Mencke.

*

Ding Dong!
„DAS IST DIRK. ICH GEH SCHON." Doch keiner hört sie. Die Musik im Hintergrund und das ausgelassene Gelächter haben in der letzten halben Stunde einen erstaunlichen Pegel erreicht. Oma und Opa legen gerade eine flotte Sohle aufs Parkett und amüsieren sich köstlich. Ding Dong!
Jo wirft noch einen schmunzelnden Blick auf das schwofende ältere Paar und geht dann rasch die Tür öffnen.
„Hallo, schöne Frau. Ich suche meine Freundin Jo. Ist sie da?" Jo kichert.
„Komm schon rein, du kleiner Charmeur." Vollbeladen quetscht er sich in den Flur. In der einen Hand zwei Blumensträuße und in der anderen Hand ein geheimnisvolles Päckchen. Erstaunt zieht Jo die Augenbrauen hoch und zeigt auf die mitgebrachten Gaben, „Etwa für mich?"
„Ja, die Rosen sind für dich und der Margeritenstrauß ist für deine entzückende Mutter." „Und DAS DA?" Jo deutet neugierig auf das Päckchen. Dirk zuckt mit den Schultern und wiegelt ab, „Ach das…", achtlos schiebt er es auf die Kommode, neben die Glasschale mit den Schlüsseln, „Das ist nichts!"
Bevor Jo verblüfft nach Luft japsen kann, nimmt er sie am widerstrebenden Arm und führt sie zurück ins Wohnzimmer,
 „Hallo, Frau Mencke." Die Musik wummert. Er winkt übertrieben mit den Blumen. Betty sieht ihn herumfuchteln und kommt sofort herbei. Mit leuchtenden Wangen und Augen empfängt sie das hübsche Bukett. Unnötigerweise erklärt Dirk, „Die sind für die Dame des Hauses, also für sie!"
„Ach, wie lieb!" Gerührt versenkt sie ihre Nase in den duftenden Blütenkelchen.
„Versucht hier jemand mit meiner wunderhübschen Frau anzubändeln?" Jules kommt von hinten herangetänzelt, legt die Arme um Betty und blinzelt schelmisch über ihre Schulter. Dirk greift in die Jackentasche, „Und das ist für sie!" Jules strahlt,
„Eine Zigarre…hui…vielen Dank auch!" Betty feixt ihn an, „Du rauchst doch gar nicht!"

„Ist doch egal, Schätzchen. Das ist eine fette echte kubanische Zigarre. Handgerollt. Da…", er zeigt auf die Banderole, „…steht doch drauf!"
Dirk lächelt verschmitzt, „Vielleicht raucht er sie ja doch…vielleicht sogar heute?"
Jo nimmt ihrer Mutter den Strauß aus den Händen, „Gib her, ich stell sie mal in eine Vase."
Jules riecht genüsslich an der Zigarre.
Dann scheint ihm etwas einzufallen, was er unbedingt loswerden will, „Ach, was ich noch sagen wollte…!" Väterlich legt er den Arm um Dirks Schulter, „Das ‚SIE' könnten wir doch wohl mal endlich vergessen, oder?" Er hält Dirk die Hand hin, „Ich bin Julius, aber Jules reicht." Seine Frau schließt sich ihrem Mann herzlich an, „Genau, nenn mich doch einfach Betty!" Leicht errötend nimmt Dirk Jules angebotene Hand und schüttelt sie zaghaft, „Mich können sie…mich könnt ihr Dirk nennen!"
„Das wissen wir doch!" Betty und Jules prusten los und Dirk schüttelt nur lachend den Kopf. *Eindeutig! Jo's Eltern!*
Am späteren Abend, als das Buffet geplündert und die Mägen voll sind, werden langsamere Töne aufgelegt.
Sanfte Schmusesongs ertönen aus den Lautsprechern. Das Licht ist romantisch gedimmt.
Emilie und Frederick haben sich an die Erdbeer-Bowle zurückgezogen und fischen genüsslich die vollgesaugten Früchte raus. Betty tanzt eng umschlungen mit ihrem Mann. Sarah und Ronald wiegen sich um Takt, wie ein verliebtes junges Pärchen. Gabriel schwingt Julia verträumt über die Tanzfläche (da wird doch nicht?) und Julias Eltern beobachten die beiden mit einem zufriedenen Lächeln. Jo und Dirk schwingen ebenfalls sanft zu den Klängen der Musik. Verliebt schauen sie sich an.
„Bist du glücklich?" „Ja, und wie!" Jo's Augen strahlen.
Dirk stockt im Schritt und schluckt plötzlich angestrengt, „Johanna, ich liebe dich!"
Zärtlich streicht sie ihm durch die schwarze Mähne, „Ich liebe dich auch, Dirk!"
Sie schließt die Augen und spitzt leicht den Mund, in Erwartung eines wundervollen Kusses. Doch sie wird enttäuscht.
Dirk lässt sie abrupt los, „Mensch, das hätte ich doch jetzt glatt vergessen!"
Verdutzt schlägt sie die Augen wieder auf. Dirk fasst Jo bei den Ellbogen, „Warte, nicht weglaufen!" Jo bringt nur ein verdattertes stottern heraus, „Äh…okay."

Blitzschnell läuft Dirk in den Flur. Mit klopfendem Herzen hebt er das Päckchen auf und eilt zurück.

*

Aufgeregt und amüsiert stopfe ich mir vier Nachos gleichzeitig in den Mund. Socke wirft mir einen Seitenblick zu und schnupft missbilligend. Rosalinde dagegen, ist eingeschlafen und grunzt gelegentlich friedlich vor sich hin. Pech…kriegt sie halt nicht alles mit!
Gespannt beuge ich mich vor!
Komm schon Junge. Das Geschenk ist goldrichtig!

*

Dirk eilt zurück und kommt schlitternd vor Jo zum Stehen. Seine Hände zittern leicht als er ihr das Päckchen reicht. Mit einem missbilligen Kratzen hört die Musik auf und alle starren sie beide an.
„Ein Geschenk für dich!" Unsicher blickt er in die Runde, „Hoffentlich gefällt es dir."
„Für mich? Das ist aber lieb von dir." Mit spitzen Fingern löst Jo die kleine rote Schleife. Probeweise drückt sie dabei darauf herum, „Es fühlt sich weich an. Ein Pulli?"
Grinsend sucht sie Dirks Blick während sie sachte das Geschenk auswickelt. Das blumenbedruckte Seidenpapier fällt leise raschelnd zu Boden.
„Oh……!" Mehr bekommt Jo in diesem Moment nicht raus.
Mit Tränen in den Augen faltet sie die Decke auf.
Groß, für alle sehbar, kommen die gestickten Namen zum Vorschein: *Anabelle & Johanna!*
Betty keucht kurz ergriffen auf und fasst sich gerührt ans Herz. Sie hatte die Decke zwar noch nie gesehen, aber sie kannte sie aus unzähligen Erzählungen von Ana.
Nur, woher kannte Jo sie? Sie war doch noch so klein gewesen, als ihre Mama starb. Konnte sie sich wirklich soweit zurückerinnern?
Jo's leise Stimme ist kaum zu hören, „Uromas und Mamis Decke!"
Eine Träne löst sich aus ihren Wimpern und rollt über ihre Wange.
Und als ob dies nicht schon genug wäre…sinkt Dirk vor ihr auf die Knie und zückt eine kleine Schachtel aus seinem Jackett, dass er ihr entgegenhält, „Johanna Mencke, willst du meine Frau werden?"

„**Oh Gott, er hat ihr einen Heiratsantrag gemacht!**" Dieser laute Zuruf kommt von Julia.

Nun plappern plötzlich alle wild durcheinander, „Mama, Dirk will sie heiraten!" „Jules, halt mich fest!" „Man, ist das cool!" „Herrje, wie reizend!" „Super, wir gehen ein Brautkleid shoppen!" „Ich werde Trauzeuge!" „Gibt es eine Schokoladen-Hochzeitstorte?" „Kann ich dein Zimmer als Kleiderschrank nutzen, wenn du ausziehst?" „Zeig mal, ist das ein Brilli?"
Wild durcheinander artikulierte Aussagen füllen den Raum, bis die Wände fast zu bersten drohen.
„**RUUUHEEE!**" Julia steht mit erhobenen Händen auf einem Stuhl. Sofort ebbt jegliches Gespräch ab. Alle Aufmerksamkeit ist ihr nun zugewandt. Lächelnd dreht sie sich zu Jo um, die ganz still mitten auf der Tanzfläche steht und auf den Ring an ihrem Finger starrt.
„Wir haben Jo's Antwort ja noch gar nicht gehört!"
Die ganze versammelte Mannschaft löst ihren Blick von Julia und lässt ihn geschlossen zu Dirk und Jo wandern. Dirk kniet noch immer vor seiner Freundin. Seine Augen sind halb hoffnungsvoll, halb ängstlich auf ihr Gesicht gerichtet.
Jo hat die Augen geschlossen und hält die wertvolle, alte Decke an sich gepresst. Quälend langsam heben sich ihre Wimpern. Ihre rehbraunen Augen sind fast schwarz wie Kohle.
Dirk schluckt, „Jo?"

*

Mittlerweile kippele ich nur noch, total aufgelöst und gefangen in der Antrags-Szene, mit meinem schmerzenden Steißbein auf der harten Stuhlkante. Das kauen habe ich völlig vergessen. Gebannt starre ich durch die Tür, zu meinem kleinen Mädchen. *Jo? Sag doch was...*

*

Atemlose Stille herrscht im Raum. Jeder Blick hängt gebannt an Jo's Lippen. Man könnte eine Stecknadel fallen hören.
Jo neigt sich leicht zu Dirk, taucht tief in seine Augen....
„Ja, ich will!"
...und küsst ihn hingebungsvoll.
Wildes Gejubel und Applaus erfüllt den Raum.

*

„WAAAAH...MEIN KLEINER ENGEL WIRD HEIRATEN!!!!" Nachos und Schüssel fliegen wie Konfetti durch die Luft! Rosalinde fährt erschrocken hoch und grunzt hektisch mit weit aufgerissenen Äuglein. In meinem Freudentaumel packe ich sie an ihren feisten Bäckchen und knutsche sie mitten auf ihre feuchte Steckdosennase. Socke bellt wie verrückt und springt wild um mich rum.
„**Sie wird heiraten. Sie wird heiraten! Mein kleines Baby wird heiraten!!!**" Ohne großartig zu überlegen greife ich nach dem Telefon und wähle. Noch bevor sich der Angerufene gescheit melden kann, kreische ich in die Muschel, „**Oma...Jo wird heiraten. Er hat sie gerade eben gefragt! IRRE...IRRE...und ich war dabei...!**"
Glücklich lasse ich den Hörer einfach fallen, ohne mir Joannas Antwort anzuhören und herze überglücklich die leicht verstörte Rosalinde.

*

„Na, dann komm mal her, mein Junge!" Und schon schlingen sich Jules magere Arme um ihn, „Herzlichen Glückwunsch. War die Zigarre etwa dafür gedacht?" Dirk grinst schalkhaft.
Bettys Augen schwimmen gerührt „Oh, Jo...Dirk...kommt her meine Lieben."
Gabriel schleicht sich von hinten heran und knufft Dirk in die Rippen, „Dass du mir meine Schwester aber auch gut behandelst!" Seine ernste Ansage garniert er allerdings mit einem spitzbübischen Lächeln. Auch Jo's Bruder Frederick muss unbedingt seinen Senf hinzugeben, „Pass auf, mein Lieber, sie schnarcht so furchtbar, dass die Wände wackeln!" Jo boxt Frederick spielerisch in die Rippen, „Tu ich nicht!"
Auch Emilie schließt sich den Glückwünschen an und drückt beiden ein Küsschen auf die Wange. An Jo's Ohr flüstert sie leise, „Ich wusste schon damals im Krankenhaus, das ihr zwei gut zusammenpasst!" Mit Tränen in den Augen blickt sie Jo an und streicht ihr liebevoll durch das Haar. *Ihre Schwester geht heiraten und gründet ihre eigene Familie...ist das nicht schön?* Emilie verschwindet lieber mal kurz ins Badezimmer.
„**Champagner, Freunde...lasst uns anstoßen!**"
Jo's Chefin puhlt aus ihrem mitgebrachten Korb, den sie unbemerkt in der Ecke des Wohnzimmers geparkt hat, drei Flaschen erlesenen Prickelwassers und Betty organisiert eilig die guten Sektflöten aus dem Schrank.

Jo's Chefin lässt den ersten Korken knallen und schenkt ein, „Der war zwar für den Abschluss gedacht, aber dieser Anlass ist doch eigentlich schöner!"
„**Auf Jo und Dirk!**"
„**Auf euch zwei!**"
Bling! Bling! Bling!
Gemütlich und zufrieden steht Jules alleine vor seiner Haustür, betrachtet den klaren Sternenhimmel und pafft genüsslich seine echte kubanische Zigarre.

*

Meine Haustür fliegt auf, „Wo ist sie?" Keuchend schleppt sich Joanna in meinen Flur.
Mit einer Pulle Wein bewaffnet, knie vor der grünen Holztür und zeige ich stumm auf das glückliche lächelnde Paar dahinter. Atemlos plumpst Oma neben mich und glotzt fassungslos. Ich nicke, als ob sie gerade etwas gesagt hätte und reiche wortlos die Weinflasche rüber. Joanna blickt mich skeptisch an, greift nach der Flasche, setzt an und nimmt einen tiiieefeeenn Schluck, „Aaaahhhh...das tut gut!" Ihr liebevoller Blick senkt sich auf mich herab.
Zärtlich legt sie den Arm um meine Schulter und zieht mich an sich, während sie mit der Weinflasche auf die Szene vor uns zeigt, „Ein hübsches Pärchen! Wirklich hübsch...du musst stolz auf deine Tochter sein!" Heulend nicke ich. Meine, mit Tusche verschmierten Pandaaugen blinzeln erbärmlich und ich nehme noch einen großen Schluck Wein.
Ja, mein kleines Mädchen ist nun erwachsen!

*

Die Wochen und Monate vergehen.
Jo und Betty sind vollauf mit den Hochzeitsvorbereitungen beschäftigt.
Viele Abende verbringen sie mit Zeitschriften und Hochzeitskatalogen, um sich Ideen und Anregungen zu holen, die mit Jo's Vorstellungen kompatibel sind. An manchen dieser Abende, sitzen Jules und Dirk, wenn er nicht gerade Nachtschicht in der Klinik hat, im Wohnzimmer und horchen den beiden Frauen zu. Teils amüsiert, teils verängstigt.

„Das mit der Hochzeitskutsche war doch wohl ein Scherz, oder?" Dirk klammert sich an sein Weinglas und schaut Jules leicht verstört an.

Jules grinst vielsagend, „Hm…frag sie doch einfach."

Dirks Augen weiten sich entsetzt, „Bist du wahnsinnig. Hast du mal ihre Blicke beobachtet, wenn man sich ihnen nähert und versucht einen Blick in ihre Notizen zu werfen…wie bösartige Hyänen stieren sie einen an und hängen mit ihren Köpfen tief über diesem blöden Schreibblock."

Dirk schnauft kurz, „Da wage ich mich nicht hinein." Bestimmt schüttelt er den Kopf, „Nee, ganz sicher nicht." Bittend rutscht er näher an Jules und schubst seinen Schwiegervater in Spe an, „Aber du könntest doch…!", er nickt Richtung Küche.

Ergeben steht Jules auf, schnauft und schlurft rüber zu den Frauen. Dirk spitzt die Ohren. Kaum zwei Minuten später kommt Jules mit einer gekühlten Flasche Bier zurück.

Dirk schaut ihm gespannt entgegen, „Und?"

Jules verkneift sich ein Lachen, „Ähm…sie wird wohl ein weißes Kleid tragen!"

„Haha! Witzig!" Dirks Kopf sinkt nach unten. Schmunzelnd zuckt Jules mit den Schultern.

„Dirk…Schatz, was hältst du von weißen Moosröschen und blauen Veilchen als Hochzeitsblumen?"

Dirks Kopf ruckt wieder hoch. Hilflos starrt er den äußerst amüsierten Jules an, während er Jo ihren Willen lässt, **„Wenn sie dir gefallen, sicher! Warum nicht?"**

Er neigt sich zu Jules und fragt flüsternd, „Kennst du den Unterschied zwischen normalen Rosen und Moosröschen? Ich nicht!" Das Weinglas wandert an Dirks Lippen und er restliche Inhalt verschwindet leise gluckernd in seinem Rachen. Weiterhin schmunzelnd zuckt Jules wieder mit den Schultern, schweigt und nimmt einen genüsslichen Schluck seines Bieres.

Dabei betrachtet er sich lächelnd die kleinen glänzenden Schweißperlen auf Dirks Stirn.

Hach ja, jung müsste man wieder sein…

„Mama, das ist unmöglich. Ich sehe aus wie eine Presswurst!" Unglücklich dreht sich Jo vor dem bodenlangen Spiegel und streicht zweifelnd über ihre schlanke Silhouette.

„Schatz, wenn du dich nicht wohlfühlst, dann ist es nicht dein Kleid." Bettys prüfender Blick wandert über Jo's Körper, „Haben sie auch etwas…", sie zeigt auf die enganliegende Kehrseite ihrer Tochter, „…hm…etwas, was nicht ganz so eng ist?"

Die Verkäuferin mustert die junge unglücklich dreinblickende Braut und dann deren Mutter, „Also etwas mehr traditionell?" Streng winkt sie Jo von dem kleinen Podest herunter und schiebt sie in die Kabine zurück. Behutsam schält sie die junge Frau aus dem Meerjungfrauenkleid und betrachtet überlegend, die vor ihr stehenden Proportionen. Dann scheint ihr plötzlich eine Idee zu kommen.
„Einen Moment...!" Sie lässt Jo ratlos in der großen Umkleide stehen und kommt nach ein paar endlosen Minuten wieder zurück, „Augen schließen!"
Jo gehorcht. Kühler Stoff wird ihr über den Kopf gestülpt.
„Schön die Augen geschlossen halten, Liebes!" Die Stimme der resoluten Verkäuferin klingt nicht mehr ganz so streng. Eigentlich sogar ziemlich nett.
Eine Halskette wird Jo umgelegt. Das Geschmeide fühlt sich kühl auf ihrer erhitzten Haut an. Sie will danach greifen, aber...patsch, „Finger weg!"
Flinke Hände fummeln ihr etwas ins Haar und sie wird weiterhin angewiesen, „Augen schön geschlossen halten!" Jo ist leicht genervt und das hört man ihrer Stimme auch an, „Ja, doch!" Die Verkäuferin lächelt in sich hinein, zupft hier ein bisschen und ruckelt da ein Stück nach rechts und dann endlich sagt sie zufrieden, „So, fertig... aber noch nicht gucken!"
An der Hand wird Jo blind herausgeführt und auf das kleine Podest gestellt.
„Huch!" Ihre Mutter kann den kleinen überraschten Ausruf nicht unterdrücken.
Jo ist verunsichert, „Oje, so schlimm?" Betty beißt sich auf die Lippen.
„Pscht!" Die Verkäuferin.
Zitternd atmet Jo aus. Was wird sie im Spiegel sehen, wenn sie die Augen aufmacht? Endlich wird sie erlöst, „So. Augen auf!"
Langsam hebt Jo den Kopf und schlägt die Augen auf.
Sprachlos, mit offenem Mund starrt sie ihr Spiegelbild an.
Ein weißer zarter Schleier umrahmt ihr ovales Gesicht. Das blonde lange Haar fällt kaskadenartig ihren Rücken herunter. Ein herzförmiger Ausschnitt betont ihr leicht gebräuntes Dekolletee. Schneeweiße Spitze schmiegt sich sanft um ihren Oberkörper. Ein weißer, perlenbestickter Gürtel betont ihre schmale Taille. Endlose Lagen zarten Tülls fallen glitzernd und wie tuffige kleine Wölkchen, bis zu ihren Knöcheln herunter.
Betty schluchzt gerührt in ihr parat gehaltenes Taschentuch, „Du bist wunderschön, Liebes...einfach wunderschön!"

Unfähig, auch nur ein Wort zu sagen, nickt Jo ergriffen.
Betty spricht ihr aus der Seele, als sie schnieft, „Das ist dein Kleid, Jo!"
Verzweifelt wedelt Jo ihre Tränen zurück, die sich unbarmherzig ihren Weg bahnen wollen, „Jetzt kann ich Dirk heiraten!"

Mai 1988.
Hektisches Treiben im Hause Mencke.
„Mama, weiß du wo meine Strumpfhose ist?" Liegt auf deinem Bett, Emilie!"
Mama, der Knopf meiner Hose ist locker!" „Häng sie über den Stuhl, ich nähe ihn gleich fest!"
„Schatz, kannst du mir die Krawatte binden?" Betty seufzt theatralisch und schaut hilfesuchend zu ihrer Schwiegermutter Sarah, die sich gerade lächelnd, vor dem Spiegel, die Augenbrauen zupft. Die Pinzette wandert zurück in ihre Schminktasche und sie tätschelt Bettys gerötete Wangen, „Lass Betty, ich mach das schon. Und ich nähe auch den Knopf fest. Geh DU hoch zu Jo." Sarah nickt Betty aufmunternd zu.
Erleichtert atmet Betty durch und drückt ihrer Schwiegermutter einen dankbaren Kuss auf die Wange, „Danke, Sarah! Du bist ein Schatz!"
Flink hüpft sie barfuß die Treppe nach oben und klopft vorsichtig an Jo's Zimmertür. Ohne auf eine Antwort zu warten, öffnet sie die Tür und schiebt sich durch den schmalen Spalt ins Zimmer hinein.
Emilie sitzt auf ihrem Bett und versucht gerade ihre dünnen zarten Strumpfhosen unfallfrei anzuziehen. Jo sitzt in weißer Spitzen-Unterwäsche an ihrem Schreibtisch und sieht Emilie amüsiert dabei zu. Zwei Gläser Sekt stehen halb ausgetrunken neben ihr.
Betty kann sich Emilies unbeholfene Versuche nicht länger ansehen, „Lass doch die Strumpfhose einfach aus, Kind. Du hast wunderschöne Beine. Das geht auch so!" Dann dreht sie sich zu Jo herum und mustert liebevoll ihr Gesicht, „Komm, Schatz, ich helfe dir." Behutsam nimmt sie das Kleid, das am Schrank hängt, vom Bügel und streicht lächelnd über den zarten schimmernden Stoff.
„Mein kleines Mädchen wird heute Heiraten!" Tränen der Rührung, aber auch der Trauer, glitzern in ihren Augen.

Wie schnell die Zeit doch vergeht... war es nicht erst gestern, als sie mit Zahnlücke und Schultüte im Garten für ein Foto posiert hatten?
„Hey, Mama, nicht weinen." Aber auch Jo schnieft verdächtig.
„Wenn ihr nicht aufhört, dann schließe ich mich gleich an!" Emilie schluckt räuspernd den Klos in ihrem Hals runter. Auch ihre Augen glänzen feucht. Doch sie hält sich eisern zurück. Schließlich ist sie schon fertig geschminkt und will dieses Prozedere nicht noch einmal durchmachen. Hektisch blinzelnd schnauft sie kräftig durch. Dann tritt sie zu ihrer Schwester und ihrer Mutter. Gemeinsam ziehen sie Jo vorsichtig das weiße Brautkleid an. Gerade als Betty ihrer Tochter den luftigen Schleier anlegen will, klopft es zaghaft an der Tür.
„Herein, wenn es nicht der Bräutigam ist!"
Sarah schlüpft durch den schmalen Türspalt.
„Ach, Kindchen...", sie schlägt entzückt die Hände zusammen, „...du bist die schönste Braut die ich je gesehen habe." Bevor auch ihr die Tränen der Rührung die Augen überlaufen lassen, greift sie hastig in ihre kleine schicke Abendtasche, zückt ein Taschentuch und tupft sich sachte die sorgfältig geschminkten Augen ab.
Gabriel streckt unaufgefordert den Kopf herein, „Oma, ist meine Hose...?" Verstört betrachtet er die schniefende Frauenhorde, „Oh, oh, Hochwasseralarm!"
Schnell schließt er die Tür wieder, **„Vergesst es, ich mache meine Hose selber!"**
Emilie umrundet prüfend ihre Schwester, „So, der Schleier sitz perfekt. Das Kleid sitzt perfekt. Die Frisur sitzt perfekt. Das Make-up ist perfekt, sofern du nicht noch mal zu flennen anfängst." Verstohlen lächelt sie ihrer Mutter zu und zwinkert unauffällig, „So, und jetzt das wichtigste. Du hast was Neues...das Kleid. Was Blaues? Ähm...nö!" Lachend zupft sie schnell ein blaues Strumpfband unter ihrem Kissen hervor und schiebt es vorsichtig über Jo's Oberschenkel, „Blau! Erledigt! Was geliehenes?" Betty zaubert ein Paar Perlenohrstecker hervor, reicht sie Jo und lacht, „Die will ich wiederhaben!"
„Jetzt fehlt nur noch etwas Altes!" Verschwörerisch grinst Emilie ihre Oma an.
Die greift noch mal in ihr Handtäschchen. Zum Vorschein kommt diesmal kein Taschentuch, sondern eine kleine, silberne, blütenförmige, filigrane Brosche. Wehmütig streicht Sarah über das filigrane Schmuckstück, „Die ist noch von meiner Mutter.

Sie schenkte sie MIR zu MEINER Hochzeit und heute schenke ich sie dir!"
Behutsam steckt sie die Brosche in den herzförmigen Ausschnitt. Mit offenem Mund bestaunt Jo die glitzernde Blüte, „Oh, Oma…sie…sie ist wunderschön!" Ergriffen streicht sie über den Schmuck, „Danke! Vielen, vielen Dank!"
Überwältigt von ihren Gefühlen, versuchen alle vier den Tränenstrom zurück zu halten. Zwecklos…

*

Ich werfe noch einen kurzen prüfenden Blick in den Spiegel in meinem Schlafzimmer. Barbara hat sich mit diesem herrlichen Kostüm wirklich übertroffen. Der champagnerfarbene softweiche Stoff unterstreicht meine leichte Sonnenbräune. Der Wickelschnitt schmeichelt meiner Figur und passt wie ein Handschuh. Der elegante, blaue Hut und blaue Satinschuhe runden das fast perfekte Abbild ab.
Als krönendes I- Tüpfelchen stecke ich mir eine kleine Veilchenblüte in den Ausschnitt. So! Fertig. Ja, so sieht eine Brautmutter aus.
Feierlich steige ich, nein, SCHREITE ich die Treppe nach unten. Rosalinde und Socke erwarten mich schon. Und wahrscheinlich vermissen sie den Popcorn-Eimer, so wie ich die beiden kenne.
Doch da muss ich sie leider enttäuschen.
„Nein Kinder, heute gibt es keinen Kinotag!" Ich kraule beide am Kopf, „So leid es mit tut…ihr müsst hierbleiben, okay?" Rosalinde lässt sich an Ort und Stelle betroffen auf ihre Wampe sinken und vergisst sogar das empörte Grunzen. Socke dagegen winselt leise und schabt mit seinen Vorderkrallen sachte über den Boden. Die beiden tun mir ja schon leid, aber DIESER Tag ist nur für mich, „Kleiner, ich kann dich nicht mitnehmen. Ich werde voll und ganz mit mir, meinen Gefühlen und meiner Heulerei beschäftigt sein. Das verstehst du doch, nicht wahr?" Socke dreht sich auf seinen Hinterbeinen um und rennt wie der Blitz hoch in die Küche. Offensichtlich versteht er es nicht. **Komm schon, Socke. Nicht böse sein! Wir gehen ein anderes Mal wieder rüber!**" Aber außer einem kläglichen Winseln, höre ich nichts.
Ich beuge mich zu Rosalinde, „Tröste ihn ein bisschen, mein Mädchen… in Ordnung? Machst du das?" Rosalinde schnuppert sanft an meiner Hand und scheint zu nicken. Wenigstens SIE versteht mich. Denke ich. Ich kraule ihr dankbar die Ohren, „Gutes Mädchen!"

Eiliges Pfotengetrappel erklingt von der Treppe. Überrascht blicke ich hoch. Socke!
Und aus seiner Schnauze hängt ein himmelblaues Spitzentaschentuch, das er mir hechelnd zu Füssen legt. Gerührt nehme ich es an mich, „Ach Socke, du bist einmalig!"
Ein dicker Kuss landet auf seiner pelzigen Nase, dann verschwinde ich durch die grüne kleine Holztür. Gerade rechtzeitig betrete ich die Kirche. Die meisten Leute kenne ich gar nicht. Suchend schweift mein Blick umher.
Was soll's. Selbstbewusst schreite ich durch den Mittelgang und stelle mich direkt neben die beiden Brautstühle, vor dem Altar. Und warte.
Auf der rechten Seite steht Dirk mit seinen Trauzeugen. Darunter auch Gabriel. Dahinter sitzt wohl Dirks Verwandtschaft, die ich aber nicht kenne. Wer von denen mag wohl Socke's Frauchen gewesen sein? Vielleicht die kleine Dicke mit der riesigen Handtasche am Arm oder die junge Frau mit dem Baby auf der Hüfte? Ich kann mich leider nicht mehr an das Gesicht des jungen Mädchens damals erinnern. Schade.
Auf der linken Seite, in der ersten Reihe, sitzen heulend Betty, feixend Frederick und ungeduldig Emilie. Dahinter die Geschwister von Jules, mitsamt ihren dazugehörigen Familien. Und natürlich Sarah und Ronald, Jules Eltern. Dann kommen, bunt gemischt verschieden Menschen, deren Gesichter mir völlig fremd sind.
Ach, nein, da hinten sitzt auch Julia, die Unfallfreundin von Jo! Wie nett sie in dem rosa Kleidchen aussieht...
Der Rest sind wohl Freunde, Bekannte und Arbeitskollegen.
Wie es wohl ist als Hauptperson bei so einem Fest, der eigenen Hochzeit, aufzutreten? Hat man Lampenfieber und Schmetterlinge im Bauch?
Kann ich leider nicht beurteilen, ich war nie verheiratet.
Doch mir fällt auf, dass **einer** fehlt. *Wo ist eigentlich Jules?* Doch dann fällt es mir ein. *Ja, klar. Er, als Brautvater wird Jo natürlich hereinführen.*
Vor Aufregung schwitzen meine Handflächen ganz fürchterlich und ich bin froh, seidene Handschuhe zu tragen. Gleich ist es soweit!
Wie auf Kommando, beginnt die klassische Hochzeitsmusik, um die wunderhübsche Braut nach vorne zu geleiten. Meine Augen-Schleusen öffnen sich noch vor der Kirchentür.
Herrje, was bin ich doch für eine Heulsuse!

Die Türflügel schieben sich langsam auf. Dirk stellt sich neben mich (und ahnt nicht, dass er gerade neben der Brautmutter steht). Ich sehe an seiner pulsierenden Halsschlagader, wie rasch sein Puls geht. Beim ersten Blick auf seine junge, zauberhafte Braut, schießen ihm sofort die Tränen in die Augen.
Dann muss ich wenigstens nicht alleine flennen...
Ganz langsam kommt Jo (nein, HEUTE nenne ich sie Johanna!) an Jules Arm den Gang entlang. Der zarte Stoff ihres Schleiers verdeckt ihr Gesicht.
Neben Dirk kommt sie zum Stehen.
„Wer übergibt die Braut dem Bräutigam?"
Jules räuspert sich umständlich, „Das bin ich, ihr Vater!"
Verstohlen rollt eine Träne seine Wange herunter. Er nimmt Jo den Brautstrauß ab und setzt sich in die erste Reihe, zu seiner Frau.
Dann beginnt die feierliche Trauungszeremonie.
Ich bin ehrlich. Nix davon habe ich mitbekommen. Während dem ganzen Geschwafel, kleben meine Augen unablässig auf meinem, nun erwachsenen, Kind. Ich nehme jede noch so winzige Kleinigkeit wahr. Den zarten Flaum heller Härchen auf ihren Unterarmen. Die Angewohnheit, wenn sie nervös ist, ihren kleinen Finger zu kneten. Ihre Füße, die sie nie gerade nebeneinanderstellt. Ihre braunen Augen, die bei extremen Gefühlsschwankungen fast schwarz wie Kohle werden. Das leichte Zittern ihrer Hände, als sie zärtlich nach Dirks Hand greift. All dies sauge ich wie ein durstiger Schwamm auf...
Wie in Trance bewege ich mich auf sie zu und hauche ihr einen Kuss auf die Stirn. Sie schließt in diesem Moment die Augen, ihre Nasenflügel beben leicht...und ihre Gedanken sind bei mir! Das kann ich ganz genau fühlen...

*

Als die Zeremonie beginnt, ist Jo ein reines Nervenbündel. Die Übergabe ihres Vaters an den Bräutigam, bekommt sie wie durch einen Nebel mit. Ihre Augen suchen die von Dirk. Sobald sein liebevoller und zuversichtlicher Blick auf ihr ruht, wird auch sie ruhiger.
Die Predigt des Geistlichen findet sie ausgesprochen passend. Viele Dinge, die er erwähnt, hat er aus ihrer beider Erzählung herausgezogen. Je weiter ihre Trauung geht, umso so glücklicher wird sie. Auch wenn sie nicht leugnen kann, dass ein klitzekleiner Wehmutstropfen nicht zu beseitigen ist.

Kurz bevor die Frage aller Fragen gestellt wird, steigt ihr urplötzlich leichter Veilchengeruch in die Nase. Sehnsüchtig schließt sie die Augenlider.
Mami!
Ein flüchtiger, aber unglaublich intensiver Moment.
„Willst du, Dirk Schröder, die hier anwesende Johanna Mencke, zu deiner Ehefrau nehmen? Willst du sie lieben und ehren, für sie sorgen, in guten wie in schlechten Tagen? Willst du zu ihr stehen, in Krankheit und auch im Wohlstand? Bis das der Tod euch scheidet? Dann antworte mit: Ja ich will."
Dirk schaut Jo tief in die Augen, „Ja, ich will!"
„Und du...", der Geistliche wendet sich nun zu Jo, „...willst du, Johanna Mencke, den hier anwesenden Dirk Schröder zu deinem Ehemann nehmen. Willst du ihn lieben und ehren, in guten wie in schlechten Tagen? Willst du zu ihm stehen in Krankheit und auch im Wohlstand? Bis das der Tod euch scheidet? Dann antworte mit: Ja, ich will."
Jo lächelt Dirk durch den Schleier an, „Ja, ich will!"
Mehrere Taschentücher werden laut schnäuzend malträtiert.
„Dann erkläre ich euch, vor Gott und allen anwesenden Zeugen...", der Priester breitet die Arme aus, „...zu Mann und Frau!" Lauter Beifall brandet los. Lächelnd blickt der Geistliche zu Dirk und deutet aufmunternd auf Jo, „Sie dürfen die Braut jetzt küssen!" Das lässt sich Dirk nicht zweimal sagen.
Vorsichtig schlägt er den Schleier zurück und betrachtet seine wunderschöne, junge Frau, deren erhitzte Wangen zu leuchten scheinen.
„Ich liebe dich, Frau Schröder!"
Ein inniger Kuss besiegelt ihre Liebe.

*

Nun ist mein kleines Mädchen eine verheiratete junge Frau! Ich heule wie ein Schlosshund. Tief bewegt lasse ich das Brautpaar, die Gäste und die Feier hinter mir und kehre heim.
Socke und Rosalinde erwarten mich schon. Ganz leise schließe ich die grüne Holztür hinter mir und sinke davor nieder.
Heiße Tränen quellen aus meinen Augen hervor. Tränen der Freude...Tränen der Trauer...aber vor allem, Tränen der Sehnsucht...
Tröstend drängen sich Socke und Rosalinde an mich heran. Die eine sanft grunzend, der andere leise winselnd.

Durch meinen Tränenschleier hindurch, versuche ich tapfer zu lächeln, „Ach, meine Freunde...!" Mit beiden Armen umschlinge ich sie, presse meine nassen Wangen abwechseln auf weiche Borsten und dann in kuscheliges Fell.
„Ich freue mich ja so für Jo! Ich freue mich so...!"
Leise und still weine ich weiter.

Cyrille & Emma
Ich liebe dich

„Schatz, weißt du wo meine weiße Handtasche ist?" Dirk schaut um die Ecke, in das chaotische Schlafzimmer ihrer gemütlichen Dreizimmerwohnung, die sie gemeinsam nach der Hochzeit bezogen haben.
„Reichen dir die Schwarze und Braune denn nicht?"
„Die Weiße passt aber zu den weißen Slingpumps und dem rosa Seidenkleid!"
„Warum brauchst du überhaupt das rosa Kleid? Schatz, wir sind in einer kleinen Bergpension. Meinst du, da findet ein Galadinner statt?"
Jo lacht, „Man weiß nie!"
Aufatmend schließt sie den letzten ihrer drei Koffer, „So fertig!"
Missmutig mustert Dirk das Gepäck „Du weißt, dass wir nur eine Woche weg sind?"
„Ja ich weiß, also lass uns endlich fahren!"
Kichernd schnappt sie sich den mittelgroßen Koffer und ihr Beauty-Case, schiebt sich an Dirk vorbei, gibt ihm im Vorbeigehen einen Kuss auf die Wange und hievt angestrengt ihren Koffer aus der Wohnung, ab in den Kofferraum ihres blauen Golfs.
Stöhnend unter dem Gewicht der vollgepackten Koffer, folgt ihr Dirk.
Am späten Abend treffen sie endlich, völlig erschöpft in dem malerischen Bergdorf ein.
Die rundliche Hauswirtin, mit den braunen Krauslocken, empfängt sie liebevoll.
Das Zimmer ist urig, rustikal eingerichtet. Ein großes geschnitztes Holzbett mit duftendem Baldachin, beherrscht die Raummitte.
Die weiße Bettwäsche mit Lochstickerei ist einladend aufgeschlagen. Ein üppiger Wiesenblumenstrauß steht auf dem winzigen Sekretär.

Auf dem Nachttisch, in einem Kühler, wartet schon ein spritziger Sekt auf das Anstoßen. Eine Stehleuchte, mit beblümtem Lampenschirm spendet warmes heimeliges Licht. Mitten im Auspacken klopft es an die üppig geschnitzte Holzzimmertür. Jo streicht sich müde eine wirre, verirrte Locke aus der Stirn, „Herein!"
Die Wirtin öffnet die Tür mit ihrem Ellbogen und spitzt lächeln hinein, „Hier, ihr zwei Lieben. Eine kleine Brotzeit. Ist zwar schon etwas spät, aber ihr müsst ja am Verhungern sein!"
Vor ihrem wuchtigen Busen balanciert sie ein großes Holzbrett mit frischem Brot, Schinken, Butter und kleinen Würstchen und stellt es auf den kleinen Beistelltisch am Fenster. Mit einem Ruck zieht sie die dicken, schweren, geblümten Vorhänge zu, „Dann lasst es euch schmecken!" Diskret schließt sie die Türe lächelnd hinter sich.
Dirk geht rüber zum Nachttisch, „Dann lass uns mal anstoßen, Liebling."
Behutsam schenkt er das süßliche Prickelwasser ein und reicht Jo ein Glas, „Auf uns!"
Jo lacht so perlend, wie der Sekt, „Auf das wir zusammen alt und schrumpelig werden!"
Pling!

*

„Anabelle! Anabelle!"
Mit verquollenen roten Augen sitze ich am Küchentisch und schlürfe lustlos meinen Kaffee.
„Anabelle!" Schwer atmend erscheint Joannas gerötetes Gesicht am Treppenaufgang zu meiner Küche. Fragend schaut sie sich um, „Warum antwortest du denn nicht? Da lässt du mich krakeelen wie ein altes Marktweib und du sitzt hier oben, wie ein verwelktes Mauerblümchen!" Aufstöhnend nimmt sie mir gegenüber Platz und fixiert mich mit stechendem Blick, „Kann ich vielleicht auch einen Kaffee haben?"
Leicht gereizt trommelt sie mit den Fingern auf die Tischplatte. Müde und stumm schwenke ich meine halb leere Tasse in Richtung Kaffeemaschine. Oma schnauft, erhebt sich und kehrt mit der Kanne und einem frischen Becher zurück, „Ist gut, bemüh' dich nicht…ich nehme mir selbst."
Kraftlos nicke ich und halte ihr auch meine Tasse auffordernd hin.

Schweigend gießt sie die beiden Becher voll und stellt die Kanne behutsam ab. Dann nimmt sie eine meiner Hände, „Ach, Liebchen. Was hast du denn?"
Besorgt rutscht Großmutter etwas näher an mich ran und legt den Arm um mich. Ein abgrundtiefer Seufzer entringt sich meiner Brust, „Meine Kleine ist jetzt eine verheiratete Frau. Jetzt wird sie mich wohl nicht mehr brauchen." Ein weiteres schweres Seufzen, „Ich zerfließe gerade vor Selbstmitleid, siehst du das nicht?"
Dann lache ich kurz und hart auf, „Darin bin ich ziemlich gut in letzter Zeit!"
Großmutter lacht herzhaft, was ihr einen schrägen Blick meinerseits einbringt und stimmt mir zu, „Ach Gottchen, das stimmt allerdings…", sie drückt mich einmal kurz und fest, „…aber es steht dir nicht! Es macht dich alt!" Dann packt sie mich fest an meinen beiden Schultern und schaut mich eindringlich an, „Sie wird immer deine Kleine bleiben. Und glaub mir, es wird auch in Zukunft noch Zeiten geben in denen sie dich brauchen wird."
Ich schniefe, „Aber sie hat jetzt ein Leben, das **ich** nie gekannt habe. Wie soll ich ihr denn da mir Rat und Tat zur Seite stehen? Was weiß ich schon von Beziehung und Ehe? Nichts! Rein Garnichts!" Mein Kopf sinkt kraftlos auf die Tischplatte und bleibt dort liegen.
Nachdenklich nippt Joanna an ihrem Kaffee, „Da ist schon was dran." Sie nippt erneut und stellt auf einmal energisch ihren Becher ab, „Dann musst du dich halt einfach auf dein Gefühl verlassen. Komm schon, so schwer ist das nicht." Sachte schiebt sie ihre Hand unter mein Kinn, hebt es an und zwingt mich so, sie anzusehen, „Du kannst doch mit Jamie den ganzen Beziehungskram üben!" Sie lacht übermütig, „Dann sammelt ihr fast zeitgleich ähnliche Erfahrungen. Das ist doch irgendwie witzig, oder? Ich finde schon!"
Mir läuft es plötzlich heiß und kalt den Rücken runter.
Jamie! Ach du grüne Neune…
Für Joanna völlig unerwartet, breche ich wieder in Tränen aus und springe wieder voll in meinen Selbstmitleid-Tümpel, „Das habe ich wohl auch vermasselt! Genau wie früher, in meinem Leben…da drüben…alles vermurkst…!"
Überrascht hebt Großmutter eine Augenbraue.
„Wie vermasselt? Was vermurkst?" Ihr Blick nagelt mich auf meinem Stuhl fest. Kleinlaut druckse ich rum, „Er will bestimmt nichts mehr von mir wissen.

Ich habe ihn in letzter Zeit ziemlich vernachlässigt...ehrlich gesagt...habe ich mich gar nicht mehr bei ihm gemeldet."
Verschämt starre ich auf meine Hände, knibbele an der Nagelhaut meines Daumes und warte auf das großmütterliche Donnerwetter. Doch das bleibt aus.
Oma scheint selbst betroffen zu sein, über diese unverhoffte Wendung in meinem Leben, beziehungsweise, in meinem Tod.
„Aber warum denn, Liebchen. Er ist doch so ein netter Kerl. Was ist denn passiert?"
Froh darüber, dass Omi mir keine Standpauke hält, nuschele ich leise, „Ich hatte einfach keine Zeit!" Omas Augenbrauen wandern noch ein Stück höher.
„Pah, keine Zeit...", sie spuckt die Worte förmlich raus, „...los, ruf ihn an! Und zwar sofort!" Schon fast brutal schleift sie mich die Treppe nach unten zum Telefon und drückt mir rigoros den Hörer in die Hand, „Mach schon!" Abwartend, mit einem Fuß wippend, steht sie neben mir. Ihre Lippen sind fest zusammengepresst und sie schaut mich auffordernd an. Unter diesem Argusblick schrumpfe ich auf die Größe einer Erbse zusammen und piepse, „Was soll ich denn sagen?" Omas erhobene Augenbrauen ziehen sich nun, wie eine Gewitterwolke zusammen. Sie wählt für mich und stemmt dann eine Hand in die Hüfte, „Probiere es mal mit einer Entschuldigung. Das wäre schon mal ein guter Anfang!" Langsam schieb ich den Hörer an mein Ohr und lasse Omi nicht aus den Augen. Es klingelt auf der anderen Seite der Leitung. Dann klickt es leise, als die Verbindung zustande kommt, „Ja?"
Eine verschlafene Stimme meldet sich undeutlich, „Wer ist da?"
Ich kratze den letzten Rest meiner Spucke im Mund zusammen und schlucke. Am anderen Ende der Leitung, „Hallo? Wer ist denn da?"
Unter Großmutters strengem Blick räuspere mich umständlich, „Jamie? Äh...hier ist Anabelle!"
Stille. *Oh Gott, er legt bestimmt einfach auf. Der denkt doch, ich habe ‚nen Dachschaden!*
Mit rauer Stimme flüstere ich erneut, „Jamie? Bist du dran?"
„Anabelle?" Ungläubig lacht er kurz auf und ist auf einmal hellwach, „Bist du das wirklich?" *Höre ich da etwa ehrliche Freude?*
„Ja...ähm, wie geht es dir, Jamie?" Ich betrachte meine Schuhspitzen.
„Ich vermisse dich, Ana...ich vermisse dich einfach!"
Mein Herz klopft laut. So laut, dass sogar Omi es hören müsste. Mein Finger wickelt sich um die Telefonschnur.

„Anabelle, bist du noch dran?"
Klingt seine Stimme etwa leicht ängstlich oder täusche ich mich?
Unter dem wachsamen Blick meiner Großmutter nicke ich zögernd und erlöse Jamie, „Ja...ich bin noch dran...ich...ich würde dich gerne sehen!"
Joanna lächelt zufrieden, geht nach oben in die Küche und räumt die Kaffeebecher weg.
Ich entspanne mich nun etwas, was wohl auch an Jamies Reaktion liegt.
„Gott sei Dank...ich dachte schon...! Wann...wann sollen wir uns treffen? Heute?" Seine Stimme überschlägt sich fast. Es klingt, als ob er völlig aus dem Häuschen wäre.
Mein Blick wandert verträumt hinaus auf meine sonnendurchfluteten Weinberge, „Ja, warum nicht...", und wie von selbst formuliert mein Mund, „...hättest du vielleicht Lust auf ein Picknick?"
„Picknick? Klingt super. So um vier? Ist vier okay? Soll ich was mitbringen?"
„Vier ist super und nein, ich möchte das Picknick alleine vorbreiten."
„In Ordnung. Bis heute Mittag! Ich freue mich!"
„Ich mich auch. Bis dann!"
Lächelnd lege ich auf.
„Na, siehst du, war doch gar nicht so schwer!" Natürlich hat Oma gelauscht. Zufrieden, wie ein sattes Kätzchen kommt sie die Stufen heruntergeschlendert. Ich blicke sie dümmlich grinsend an. Doch ganz plötzlich fällt mir das Lachen aus dem Gesicht und ich fange an hektisch herumzuwursteln, „Jamie kommt. Ich muss ein Picknick zaubern." Rücksichtslos versuche ich mich an Joanna vorbeizuzwängen.
„Halt, halt, Liebchen." Sie packt mich am Arm und bremst meinen Eifer, „Jetzt atme erst mal durch...so...du gehst zuerst duschen und dann suchst du dir was Hübsches zum Anziehen und ich bereite euch das Picknick vor...alles klar?"
Erleichtert schließe ich sie in die Arme. Sie ist halt dich die Beste! Dann verschwinde nach oben in mein Schlafgemach. Nach einer ausgiebigen, erfrischenden Dusche stehe ich ratlos vor meinem Kleiderschrank. Probehalber schlüpfe ich in eine beigefarbene Leinenhose und ziehe ein olivfarbenes Fransenshirt darüber. Kritisch beäuge ich mein Spiegelbild.
„Großmutter...kannst du mal hochkommen?"

Neugierig, sich die Hände an einem Geschirrtuch trocknend, erscheint sie sogleich, setzt sich auf mein Bett und begutachtet mich von allen Seiten, „Nee, das ist viel zu kastig…siehst ja aus, wie ein Quadrat! Das verschluckt ja völlig deine Taille!"
Ich werfe noch mal einen Blick in den Spiegel, „Du hast recht…außerdem habe ich keine passenden Schuhe für darunter. Ich schiele nach meinem weißen Spitzentop, „Eigentlich würde ich gerne das Top anziehen!" Joanna zieht das Teil vom Bügel und nickt beifällig, „Ja…DAS ist sehr hübsch."
„Und da könnte ich meine weißen Riemchensandalen anziehen. Die passen gut darauf."
Ich greife zu einem weißen Jäckchen und halte es mir vor, „Oh, nein, da ist ein Fleck drauf. Dann kann ich das Top vergessen. Nur mit Spagettiträger ist mir das zu kahl."
Oma mustert die beige Hose, „DIE passt auch irgendwie nicht zum Top." Ich schnaube genervt, „Die **weiße** Leinenhose ist aber in der Bügelwäsche."
Kurz entschlossen schnappe ich mir das Bügeleisen.
Oma guckt kritisch, „Willst du jetzt etwa die weiße Hose bügeln?"
Mürrisch knurre ich, „Ja, mit DER Hose, kann ich vielleicht doch das blöde Jäckchen weglassen."
„Du willst ganz in weiß picknicken?" Omas Blick wirkt leicht konstatiert.
Völlig genervt verdrehe ich die Augen, **„Oh man, dann nehme ich eben das hier!"**
Blindlings zupfe ich das erstbeste aus dem Schrank, was mir in die Finger kommt. Es ist eine sandfarbene Dreiviertelleggins, mit Nieten an der Seite und ein kurzes roséfarbenes T-Shirt. Unsicher betrachte ich meine spontane Auswahl.
Mist, da muss ich ein langes dünnes Top darunterziehen, damit man meinen weißen Bauch nicht sieht…das sieht sonst richtig blöd aus mit den Leggins. Und Schuhe habe ich da auch nicht dafür. Ist doch alles Stinkekäse…
 Oma liest mir mein Dilemma vom Gesicht ab und versucht zu retten, was noch zu retten ist, „Nein, zieh doch mal die weiße Garnitur an. Das passt gut zu deiner Sonnenbräune."
Mit letztem gutem Willen werfe ich mir die ungebügelte weiße Leinenhose und das Spitzentop über und schnalle die weißen Riemchensandalen an meine Füße.
So, die Knitter in der Hose SIND garnicht sooo schlimm…dazu eine lange weiße Kette und ein weißes Armband! Oder doch lieber den pastellfarbenen Blümchenschal…dazu die süße Basttasche. Entscheidungen über Entscheidungen!

„Herrje…", Oma lacht, „…das ist doch nur ein Picknick mit deinem Freund!"
Sie steht auf und geht nach unten in die Küche, „**Ich backe euch noch ein paar leckere Hörnchen!**" Verstimmt schaue ich ihr nach.
Klar, Hörnchen sind ja auch wichtiger wie meine Klamotten! Ich kann ja rumlaufen wie der größte Bauertrampel!
Zum letzten Mal werfe ich einen kritischen Blick in meinen bodenlangen Spiegel. *Hm…eigentlich nicht übel! Doch…das hat was!*
Ich behalte die weißen Sachen an!
Als ich nach unten komme ist Joanna schon weg und duftende Hörnchen stehen zum Abkühlen auf der Fensterbank.
Ab drei Uhr scheint der Zeiger der Uhr aus Blei zu sein. Endlos langsam kriecht er schwerfällig und mühsam Minute um Minute vorwärts.
Schmetterlinge flattern in meinem Bauch.
Vielleicht sollte ich schon mal rausgehen und alles vorbereiten?
Kurz entschlossen schnappe ich mir den vollgepackten Korb und mache mich auf den Weg Richtung Weinberg.
Wo sind eigentlich Socke und Rosalinde? Meine Augen suchen die Umgebung ab. Doch ich kann sie einfach nicht sehen. Dann kommt mir ein Verdacht. *Bestimmt bei Bert und Barbara…Kuchen naschen!*
Anmutig breite ich die große, schwarzweiß karierte Decke aus.
Habe ich alles? Akribisch gehe ich den Inhalt des Korbes durch.
Wein. Traubensaft. Frisches Brot. Hörnchen. Bromchenmarmelade. Käse. Trauben. Erdbeeren. Besteck. Teller. Servietten. Zufrieden nicke ich.
„Hallo Anabelle!"
Erschrocken fahre ich rum. Sprachlos starre ich meinen überpünktlichen Freund an. *Wie gut er aussieht!* Sein Anblick verschlägt mir fast die Sprache.
„Ha…Hallo Jamie. Ich habe dich gar nicht kommen hören."
„Das habe ich bemerkt! Warst ja völlig vertieft." Er lacht leise und setzt sich an den äußeren Rand der Decke.
Dieser unbewusste Sicherheitsabstand verrät seine Unsicherheit. Auch ich bin unsicher und knie ich mich ihm gegenüber. Der vollgepackte Korb parkt zwischen uns. Unbehagliches Schweigen breitet sich aus.
Ich weiß, ich muss den ersten Schritt machen, schließlich habe ICH mich so abscheulich verhalten…also atme ich erst einmal tief durch. Dann fasse ich mir ein Herz und sage ehrlich, „Es tut mir leid, Jamie!"

„Was denn?" Diese Frage nimmt mir den Wind aus den Segeln und ich senke meinen Blick.
Aha, er will es mir nicht zu einfach machen. Okay, habe ich auch verdient!
Eigentlich würde ich ja nicht zu Kreuze kriechen, aber da ich der Hauptverursacher unsere Schweigephase bin und ich ihn auch nicht verlieren will, beiße ich halt in den sauren Apfel,
„Nun ja…, dass ich mich so lange nicht bei dir gemeldet habe." Jamie blickt mich unverwandt an, „Stimmt. Und was hast du zu deiner Entschuldigung zu sagen?" Nervös knibbele ich wieder an meinem Daumen.
Och komm, sooo schwer musst du es mir jetzt aber nicht machen.
Doch, macht er aber!
Krampfhaft überlege ich, wie ich meinen Freund beschwichtigen und um den Finger wickeln kann und beginne zögernd, „Meine Tochter und Socke und das alles…ich hatte echt viel um die Ohren…und…", ich breche ab, schlucke unbehaglich und tue dann etwas, was ich in solch einer Situation noch nie getan habe. Ich bin ehrlich, „…nein Jamie, das stimmt nicht."
Ich hebe meinen Blick und schaue ihn gerade heraus an, „Das sind alles nur Ausreden. Abgedroschene und abgenutzte Floskeln, die zwischen uns aber nichts zu suchen haben. Die Wahrheit ist…ich habe Angst!"
Erstaunt richtet er sich auf, sagt aber nichts. Sein aufmerksamer Blick ermuntert mich, weiterzureden, „Ich wollte dasselbe machen, was ich zu meinen Lebzeiten gemacht habe. Wenn es zu ernst wurde, bin ich weggelaufen. Und dasselbe habe ich bei dir getan!" Betroffen über meine eigenen Worte der Ehrlichkeit, sinke ich in mich zusammen.
Klingt ja wirklich furchtbar, was ich da sage!
„Und nun, Anabelle?" Ich schweige beharrlich. Jamies sanfte Stimme streichelt mein ramponiertes Ego, „Anabelle?"
Sachte hebt er mein Kinn an. Mit tränenglitzernden Augen schaue ich ihn an, „Ich will keine Angst mehr haben!"
„Du musst auch keine Angst haben!"
Lächelnd wische ich mir eine kullernde Träne von meiner Wange. Ich lächele ihm unter Tränen zu und stimme ihm voll und ganz zu, „Du hast recht! Es gibt ja auch keinen Grund Angst zu haben. Wir sind schließlich im Himmel, nicht wahr? Was soll hier denn schon schief gehen?" Ich schniefe kurz und beginne geschäftig den Korb ausräumen, „Ich meine…wir haben keine Geldprobleme, müssen uns keine Jobs suchen, haben keine Miete zu bezahlen, werden nicht alt und nicht krank, haben keinen Stress…ist doch perfekt."

Halbwegs getröstet durch meine eigenen Worte, übersehe ich seinen nachdenklichen Blick.
„Käse, Trauben oder Erdbeeren?" Ich halte ihm eine kleine Auswahl entgegen.
„Einen Kuss!"
Sein sehnsüchtiger Blick auf meine Lippen lässt mich alles vergessen.
Ja, Jamie ist DER Mann, bei dem ich alle Ängste vergessen kann!

*

Dezember 1988.
„Jo, Schatz, wach auf!" Mühsam kämpft sich Jo aus dem Schlaf. Dirk beugt sich lachend über sie, „Ich muss los. Sag deinen Eltern nachher einen schönen Gruß." Jo grummelt leise, „Nächstes Jahr hast du aber Weihnachten frei!"
Schmollend vergräbt sie ihr Gesicht im Kissen.
Dirk legt liebevoll seine Hand auf ihren gewölbten Leib, „Das kannst du aber singen. Schließlich wird das unser erstes Weihnachten als Familie." Jo lächelt ihn an und legt ihre Hand auf seine, „Ja, dann kann Papi mit seiner Prinzessin den Weihnachtsbaum schmücken!"
„Oder mit dem kleinen Prinzen!" Sachte klopft er mit den Fingerspitzen auf Jo's Bauch, „Nicht war, du bist ein Junge!"
Jo lacht, „Es ist doch egal, was es wird. Die Hauptsache ist doch das er, sie, es, überhaupt da sein wird und gesund ist!"
„Du hast Recht, Schatz!" Er schaut betrübt auf den Wecker auf dem Nachttisch, „Ach Mist. Ich muss los." Schnell haucht er ihr ein Kuss auf die Stirn, „Bis morgen. Lieb dich!"
Dirk erhebt sich bedauernd. Zu gerne wäre er noch zu seiner Frau ins warme Bett gekrabbelt und hätte noch ein bisschen mit ihr gekuschelt. Jo lächelt ihn an, „Fahr langsam, die Straßen sind bestimmt etwas schmierig!" Dirk nickt, dann ist er weg.
Jo wirft die Decke von sich und steht auf. Ein leichtes Ziehen im Unterleib lässt sie innehalten, „Immer langsam, altes Mädchen. Du hast schließlich kostbare Fracht."
In der Küche backt sie dann noch schnell einen Bienenstich für Betty. Den mag sie so. Dann erledigt sie die Wäsche, macht die Betten, räumt die Küche auf und springt anschließend gutgelaunt unter die Dusche.

Am Nachmittag macht sie sich mitsamt gelungenem Bienenstich auf den Weg zu ihren Eltern. Weihnachten in ihrem alten Zuhause!

„Hallo Mama, hallo Papa. Frohe Weihnachten!"
„Frohe Weihnachten mein Schatz. Wie geht es meinem Enkel?"
Sanft streicht Betty über den Bauch ihrer Tochter.
Jo strahlt auf ihren dicken Babybauch hinab, „Gut, er oder sie verhält sich ziemlich ruhig in letzter Zeit. Wahrscheinlich sammelt er oder sie Kraft für seinen bevorstehenden Auftritt!"
Jules kommt gerade lachend um die Ecke, „Ihr wisst also noch immer nicht was es wird?"
„Nein...", entschieden winkt Jo ab, „...wir lassen uns überraschen!"
Betty schiebt Jo in die Küche, nimmt ihr den Mantel ab und zeigt nach oben, „Emilie und Frederick sind oben. Gabriel kommt später zum Essen dazu." Betrübt hängt sie den Mantel auf, „Schade, dass Dirk heute arbeiten muss. Ausgerechnet an Weihnachten!" Jo schiebt sich ein Mandelplätzchen in den Mund und meint bedauernd, „Tja, die Leute werden auch an Weihnachten krank. Ist halt so. Dienst ist Dienst!"
Plötzlich verzieht sie schmerzhaft den Mund und reibt sich den Rücken.
Besorgt eilt Betty zu ihr, Alles in Ordnung, Schatz?"
„Alles okay!" Jo winkt lässig ab, „Ist halt schon schwer, der kleine Mops!"
Betont leichtfüßig, um ihrer Mutter zu zeigen, dass WIRKLICH alles in Ordnung ist, betritt sie den Flur und linst neugierig ins Wohnzimmer, das ausgeräumt worden ist, um Platz zu schaffen, für eine lange festliche Tafel. Alles ist liebevoll geschmückt und macht einen sehr feierlichen Eindruck. Jo lächelt und watschelt nach oben zu ihren Geschwistern.
Eine Stunde später ruft Betty ins Obergeschoss, „Kinder, das Essen ist fertig." Sie lächelt dabei. *Es ist fast wie früher.*
„Na endlich. Ich bin schon am Verhungern." Gabriel, eben erst eingetroffen, hängt seinen Mantel an die Garderobe und reibt sich den flachen Bauch.
Auch die anderen trudeln nach und nach im Wohnzimmer ein, „Hmm, Mama, das riecht aber fantastisch." Emilie leckt sich die Lippen.
Jules sitzt schon erwartungsvoll am Tisch.

„Warte Mama, ich helfe dir." Jo watschelt Betty entgegen. Ihre Mutter schnaubt, „Untersteh dich. Setzt dich an den Tisch und lass dich verwöhnen."
„Wie du willst, dann flitze ich mal hoch. Ich glaub, ich muss dann doch noch mal für kleine Mädchen!" Frederick lacht, „Du und flitzen? In deinem jetzigen Tempo sehen wir uns erst NÄCHTES Weihnachten wieder!" Gutmütig zwinkert er Jo zu, die ihm lachend die Zunge rausstreckt. Dann steigt sie etwas schwerfällig die Treppe nach oben.
„Beeil dich, kleines Walross, sonst habe ich dir alles weggefuttert!" Gabriel lacht. Jo stockt grinsend im Schritt und droht zurück, **„Wenn du das tust, erzähl ich deiner Freundin, dass du früher Bettnässer warst."**
„Hey, stimmt doch gar nicht!" Lautes Gelächter dringt zu Jo. Sie lächelt.
Im Badezimmer stützt sie sich am Waschbecken ab. Ihr ist etwas schwindelig, „Scheiß Kreislauf!" Sie schöpft sich mit der hohlen Hand kaltes Wasser ins Gesicht und betrachtet sich im Spiegel. Dunkle Augen in einem aschfahlen Gesicht blicken ihr entgegen. Übelkeit steigt in ihr hoch.
Bettys besorgte Stimme dringt zu Jo ins Badezimmer, **„JO, ALLES IN ORDNUNG?"**
„JA...KOMME GLEICH."
Gerade als sie sich die Hände und das Gesicht abtrocknen will, durchzuckt ein gigantisch stechender Schmerz ihren Unterleib. Aufstöhnend krümmt sie sich und bricht zusammen. Dann wird es schwarz um sie.

Ein lautes Rumpeln lässt die Familie unten im Wohnzimmer aufhorchen.
Verwirrt blicken sich alle gegenseitig an. Betty findet zuerst ihre Stimme wieder. Ihre Augen schauen ängstlich zur Decke, **„JO...?"**
Keine Antwort.
„JO...IST WAS PASSIERT?"
Immer noch nichts.
„JOOOO...!"
Wie auf Kommando springe alle von ihren Stühlen auf. Jules hechtet als erster die Treppe nach oben und reißt panisch die nicht verschlossene Badezimmertür auf.
Sein Blick klebt zuerst fassungslos auf der großen Blutlache. Sein kleines Mädchen liegt reglos mittendrin. Panik macht sich in ihm breit, **„RUFT SOFORT EINEN KRANKENWAGEN!"**

Vorsichtig lässt er sich neben Jo nieder, „Schätzchen?" Sachte streicht er ihr das schweißnasse Haar aus der Stirn. Und mustert ängstlich das viele Blut. Hilflos schwebt seine Hand über Jo's Schulter, „Jo, Schatz, wach doch auf." Unendlich sanft bettet er ihren Kopf in seine Handfläche und gibt knappe Anweisungen an seinen Sohn, „Gabriel, halte ihre Beine hoch!" Gabriel drängt sich an seiner schockierten Familie vorbei und lagert vorsichtig Jo's Beine auf seine Oberschenkel.
Keiner ist fähig auch nur ein Wort zu sagen. Emilie kaut verstört an ihren Fingernägeln. Frederick schaut ihr über die Schulter, „Der Krankenwagen ist unterwegs!"
Betty schluchzt leise...

„Gott sei Dank, Dr. Schröder. Wir haben sie schon überall gesucht!" Hektisch stürzt die Krankenschwester in die Kaffeeküche der Station.
„Ich darf doch wohl mal einen Kaffee trinken!" Dirk schmunzelt, „Was gibt es denn so dringendes?" Die junge Krankenschwester nimmt ihm den Kaffeebecher aus der Hand, „Dr. Schröder...sie sollen schnellstens in die Gyn kommen!"
Fragend blickend er auf die Milch, die auf dem Tisch vor ihm steht und auf seine Tasse, die sich in der Hand der Schwester befindet. Amüsiert nimmt er den Kaffeebecher wieder an sich, „Was soll ich denn dort?" Vorsichtig nippt er testend an dem heißen Gebräu. Er verzieht leicht das Gesicht. *Bitter! Ach ja, die Milch fehlt ja!*
Hilflos blickt ihn die Schwester an, „Ihre Frau, Dr. Schröder...sie wurde gerade eingeliefert!" Ohne ein weiteres Wort, drückt Dirk ihr den heißen Becher in die Hand und stürmt an ihr vorbei.

*

Lachend füttern wir uns gegenseitig mit Trauben. Wie Kinder tollen wir über die Decke.
„Ich bin so froh, dass du angerufen hast." Jamie hält mich fest im Arm.
Glücklich schaue ich ihm in die Augen, „Und ich bin froh, dass ich mich getraut habe anzurufen!" Spielerisch knabbert er an meinem Hals. Lauthals lachend werfe ich den Kopf in den Nacken und...platsch...landet ein dicker fetter Regentropfen in meinem blauen Auge. Verwirrt blinzelt mein braunes Auge nach oben in den Himmel, „Was ist denn das?" Jamie lässt mich los und seine Augen folgen meinem Blick.

Eine einzelne dicke schwarze Wolke hängt, in einem ansonsten strahlend blauen Himmel, genau über mir. Aus dieser EINEN Wolke sprüht nun leichter Nieselregen auf uns herab.
„Was soll das?" Unsicher stell ich mich auf meine Beine, lasse diese ominöse Wolke über mir, nicht aus den Augen. Jamie steht auf und räumt schnell den Picknickkorb ein, „Ich glaube, du musst gehen!"
Genau das habe ich auch gerade gedacht. Ängstlich greife ich nach seiner freien Hand, „Kommst du mit ins Haus und wartest auf mich?" Eine simple Bitte, die Jamie gerne erfüllt,
„Mach ich, Schatz, mach ich…aber jetzt komm!" Ohne uns weiter um die Decke oder das Essen zu kümmern, laufen wir hastig den Hügel nach unten, verfolgt von dieser einzelnen vermaledeiten Wolke, die es offensichtlich nur auf mich abgesehen hat.
Zeitgleich mit uns, treffen auch Socke und Rosalinde ein. Zu viert platzen wir in den Flur. Doch nur zwei von uns sind pudelnass. Jamie und ich! Eigentlich müsste ich mich fragen, warum meine Haustiere genau zu dieser Zeit heimkommen, doch ich bin zu sehr mit DEM beschäftigt, was auf mich zukommt. Socke schnüffelt probeweise an Jamies Hosenbein und befindet ihn wohl für gut. Zumindest sieht es so aus, denn er lässt sich spontan den Bauch von Jamie kraulen.
Geistesabwesend stelle ich sie einander vor, „Das ist Socke, mein Hund! Socke…das ist Jamie, mein Freund!"
Langsam gehe ich auf die kleine grüne Holztür in der hinteren Ecke zu. Ich muss meinen Kinosessel, der mich in so vielen amüsanten Stunden beherbergt hat, etwas zur Seite rücken um an den Türknauf zu kommen. Ich zögere und habe Angst.
„Keine Sorge…ich bin da, wenn du zurückkommst!" Dankbar schaue ich über meine Schulter und nicke Jamie zu. Mein Herz schlägt mir bis zum Hals.
Was ist passiert, Jo? Und wo bist du?
Mit einem Ruck, drehe ich den Messingknauf nach rechts und…nichts! Der Knauf bewegt sich keinen Millimeter. Nochmals rüttele ich und flüstere eher für mich selbst, „Was ist denn jetzt los?" Jamie tritt zu mir. Auch er ist verdutzt, „Was ist, Ana?"
Mit großen Augen betrachte ich meinen Freund, „Die Tür geht nicht auf!"
„Das gibt's doch nicht." Prüfend mustert Jamie den Knauf, den Türrahmen und die Scharniere. Etwas ratlos richtet er sich wieder auf, „Scheint aber alles in Ordnung zu sein."

Unsanft schiebe ich ihn auf die Seite und spähe durch den winzigen Spion. Vielleicht kann ich ja wenigsten etwas sehen und in der Tat…das schwammige Bild lichtet sich…
Jo und Dirk. Im Krankenhaus. Aber wie ich sehe, scheint mein kleines Mädchen wohlauf zu sein. Sie spricht mit Dirk.
Aber natürlich kann ich durch die verschlossene Tür kein Wort von dem hören, was sie sagen. Leicht verärgert schnaube ich laut, versuche aber, mich zu beruhigen. Wenn sie sich unterhalten, scheint das Schlimmste wohl vorbei. Ich drehe mich zu Jamie herum, „Jo scheint in Ordnung zu sein. Sie ist zwar im Krankenhaus, aber ihr Mann Dirk ist bei ihr. Wahrscheinlich ist DAS der Grund, weswegen die Tür auch nicht aufgeht."
Jamie geht zur Haustür und schaut prüfend zum Himmel hoch. Noch immer hängt die einzelne dunkle Wolke über meinem Haus und versprüht leichten Regen. Verwirrt schließt er die Tür, „Aber irgendwas stimmt nicht. Komisch, so was habe ich noch nie erlebt!" Sein nachdenklicher Blick ruht auf mir, „Vielleicht solltest du Jo noch ein bisschen im Auge behalten?!"
Ich bin total verunsichert, setzte ich mich in den Sessel und schaue fragend in die Runde. Socke und Rosalinde rollen sich zu meinen Füssen zusammen und kuscheln sich aneinander. Beide meiden meinen Blick. Wahrscheinlich spüren sie meine innere Unruhe und meine Erregung. Jamie verdrückt sich ebenfalls, jedoch nur eine Etage höher, „Ich geh dann mal einen Pott Kaffee kochen. Ich glaube, den können wir gebrauchen!"

*

Stunden später öffnet Jo die Augen. Ihr Blick trifft den ihres Mannes. Sein sorgenvoller Gesichtsausdruck verstört sie etwas, „Dirk?" Jo blickt sich um, „Bin ich im Krankenhaus?"
Dirk nickt. Er fühlt ihren Puls und schaut dabei auf seine Uhr. Es scheint, als ob er ihrem Blick ausweicht. Doch Jo bleibt hartnäckig.
Sie entzieht ihm ihr Handgelenk, „Was ist passiert? Warum bin ich hier?"
Erst schweigt er, doch dann entringt sich ihm ein leiser Seufzer als er seiner Frau erklärt, „Schatz, du bist bei deinen Eltern zuhause im Badezimmer zusammengebrochen."
Jo's Augenbrauen ziehen sich zusammen und sie versucht sich zu erinnern. Vage…ganz vage erscheint ein verschwommenes Bild in ihrem Kopf, „Der Kreislauf…jetzt weiß ich…mir ist ziemlich schwindelig geworden."

Dirk nimmt ihre Hand, „Schatz, es war nicht nur der Kreislauf." Jo glotzt ihren Mann verständnislos an, „Hä?"
Unwirsch schüttelt sie seine Hand ab, „Könntest du vielleicht etwas genauer werden? Lass dir die Würmer doch nicht einzeln aus der Nase ziehen!" Genervt streicht sie die Decke glatt.
Dirk blickt sie hilflos an. Er weiß einfach nicht, was er sagen soll, „Schatz...!"
Sein wunder Blick wandert zu ihrem Bauch. Ungläubig und gleichzeitig beschützend, presst Jo ihre Hände drauf. Sie spürt ein Ziehen und leichtes Brennen in ihrem Unterleib.
Ihr Mund öffnet sich, schließt sich und öffnet sich wieder, „Nein!" Nur ein Hauch. Dirk kann absolut nichts antworten, doch sein schmerzerfüllter Blick spricht Bände. Jo's Augen weiten sich entsetzt und sie flüstert beschwörend, „Nein! Nein! Nein!"
Dirk versucht seine Frau zu trösten, „Schatz, wir haben alles probiert...!"
Mit geschlossenen Augen schüttelt Jo den Kopf. Dirk zuckt hilflos mit den Schultern, „Wir konnten nichts mehr...!" Barsch fällt seine Frau ihm ins Wort, „Sei still! Sei einfach nur still!"
Er sucht erneut ihre kalte Hand, „Jo, bitte...!"
„ICH WILL NICHTS HÖREN!" Wütend presst sie die Hände an ihre Ohren, **„GEH! ICH WILL, DASS DU GEHST!"**
Verzagt steht er auf, blickt sie traurig an, „Es tut mir so leid, Schatz!"
Doch Jo schaut nur stumm aus dem Fenster...

Vier Wochen später.
Körperlich geht es Jo wieder einigermaßen, aber die seelischen Wunden heilen schwer. Teilnahmslos und apathisch, verbringt sie die aneinandergereihten, vorüberrauschenden Tage. Alles verschwimmt zu einem grauen, trüben Einheitsbrei. Die meiste Zeit verbringt sie schlafend im Bett. Nur im Schlaf findet sie Vergessen.
Dirk leidet mit seiner Frau. Nur zu gerne würde er ihr helfen, doch er weiß nicht wie.
„Jo, Schatz", er schüttelt sie leicht. Müde schlägt sie die Augen auf.
„Ich muss zur Arbeit. In der Küche stehen frischen Brötchen und Kaffee. Versprich mir, dass du etwas isst!" *Essen?* Hunger hatte sie nicht. Eigentlich verspürt sie die ganze Zeit schon keinen Appetit. Doch Dirk macht sich Sorgen, dass weiß Jo, deswegen nickt sie verdrossen...nur um ihn zu beruhigen.

Später würde sie die Brötchen ganz unten im Mülleimer verstauen. So könnte sie dann behaupten, etwas gegessen zu haben. Als ob Dirk ihre Gedanken lesen kann, fügt er hinzu, „Deine Mutter kommt nachher noch vorbei."
Aha...ein Babysitter, der ihre Nahrungsaufnahme überwachen soll...
„Ja, ja, schon gut!" Erschöpft vergräbt sie ihr Gesicht im Kissen. Sie will, dass Dirk endlich geht. Ihr Mann blickt mit hängenden Armen auf das schmale Bündel unter der Decke, senkt traurig den Blick und geht schließlich. An der Tür dreht er sich noch einmal herum, „Wir sehen uns heute Abend! Ich liebe dich, Johanna!"
Automatisch antwortet Jo, „Ich dich auch!"
Die gemurmelten Worte kann er kaum verstehen.
Kaum dass Jo die Tür ins Schloss fallen hört, rappelt sie sich mühsam auf und tappt barfuß in die Küche. Der Geruch der frischen Brötchen verursacht ihr eine leichte Übelkeit. Angewidert betrachtet sie das goldbraune Gebäck, „Bäh!" Sie schielt zur Kaffeekanne und schenkt sich missmutig einen Kaffee ein, nippt und starrt aus dem Fenster. Kleine Schneeflocken schweben an der Scheibe vorbei. Die Welt da draußen sieht aus, wie von einer leichten weißen Zuckergussschicht überzogen. Ein verträumtes, idyllisches Bild.
Deprimiert schüttet sie den Kaffee in den Ausguss und trottet zurück ins Bett.

*

Mittlerweile ist es stockdunkel draußen. Selbst die Sterne haben sich verzogen. Jamie und ich haben wohl schon die dritte Kanne Kaffee intus. Noch immer nieselt es aus dieser einzelnen Wolke, die einfach nicht verschwinden will und noch immer lässt sich die kleine grüne Holztür nicht öffnen. Ich bin total gefrustet, weil ich einfach nicht weiß, was los ist. Jamies Unwissenheit schürt ebenfalls meine Besorgnis. *Weiß denn hier keiner was?*
Trotzdem frage ich meinen Freund. Vielleicht hat er ja irgendeine Vermutung, „Was meinst du, was hier los ist, Jamie?"
Er zuckt mit der Schulter, „Wenn ich das wüsste..., Schatz, wenn ich das wüsste!" Nachdenklich hebt er den Becher und entzieht sich so seiner eigentlichen Sprachlosigkeit.
Socke und Rosalinde schlummern friedlich auf dem Boden. Leicht erbost blicke ich auf die beiden herab. *Na, die haben ja die Ruhe weg!*
Klopf. Klopf. Klopf.

Erschrocken zucke ich in meinem Sessel zusammen und verschütte etwas Kaffee auf meine weiße Picknick-Hose. Ich schaue zu Jamie, „Hast du jemanden angerufen?"
„Nein, du?" „Nein!"
Klopf. Klopf. Klopf.
Jamie nimmt mir den Kaffeebecher aus der Hand, „Willst du nicht aufmachen?"
Eigentlich nicht…wer weiß, was da zum Vorschein kommt…
Unsicher betrachte ich die Tür, befehle meinen steifen Beinen, mich hochzuwuchten und stehe zittrig auf.
Klopf. Klopf. Klopf.
Da ist aber jemand hartnäckig! Nervös zupfe ich mein Shirt zurecht und streiche mein Haar nach hinten, „ICH KOMME JA SCHON!"
Mit zusammengebissenen Zähnen, beschwöre ich meinen eingeschüchterten Mut und reiße die Tür auf. Erstaunt zucke zurück.
„Hallo Anabelle. Warum dauert es denn so lange?" Es ist Felix und er schiebt sich ungeduldig und leicht durchnässt an mir vorbei.
Felix? Was will Felix denn jetzt hier?
Ich erinnere mich dunkel an gewisse Gastgeberpflichten und lächele mechanisch, „Felix! Du bist es!" Doch dann bin ich erleichtert, dass es NUR Felix ist und schüttele ich ihm überschwänglich die Hand, „Felix, mein Guter…was führt dich zu mir?"
Felix schaut mich breit grinsend an, streicht sich ein paar Wassertropfen vom Ärmel und macht einen Schritt zur Seite. Zum Vorschein kommt ein kleiner, süßer Junge. Zurückhaltend, aber neugierig, mustert der mich. Ich bin entzückt. *Gott, was für ein süßer Bengel!*
Kindern sollte man immer auf Augenhöhe begegnen, habe ich irgendwann einmal in irgendeiner Frauenzeitschrift gelesen, also geh ich in die Hocke und strecke ihm freundlich lächelnd, die Hand entgegen, „Hallo, ich bin Anabelle und wer bist du?"
Höflich ergreift er meine Hand und schüttelt sie wie ein Großer, „Ich bin Cyrille!" *Aha.*
Fragend schaue ich von unten herauf Felix an. Doch der kleine Zwerg überrascht mich mit der Frage, „Bist du meine Oma?"
Perplex glotze ich in das niedliche Kindergesicht, kippe ich nach hinten und lande unsanft auf meinem Allerwertesten. Cyrille lacht herzhaft und zeigt mit einem kleinen pummeligen Finger auf mich, „Du bist wirklich lustig!"

In Sekundenbruchteile registriere ich sein Lachen, seine braunen großen Augen und seine blonden Locken. Eigentlich kenne ich die Antwort schon, trotzdem wandert mein Blick hoch zu Felix. Der nickt lächelnd und wippt zufrieden auf seinen Fersen. Ich rappele mich ergriffen wieder auf, blicke diesem kleinen Jungen tief in die Augen und sehe darin meine kleine Jo, „Ja, ich bin deine Oma!"
„Du bist richtig hübsch!"
Herrje, ein Charmeur wie sein Vater!
Erlösendes Gelächter erfüllt mein Haus.
„Möchte hier jemand vielleicht eine heiße Schokolade?" Jamie hält Cyrille die Hand hin, der sie vertrauensselig nimmt.
Felix hebt bedauernd die Schultern, „Oh, für mich leider nicht. Ich muss leider zurück!" Er zeigt mit dem Daumen hinter sich, „Heute ist schwer was los. Flugzeugunglück! Ziemlich überfüllt, der Warteraum. Da wird jede Hand gebraucht!"
Felix beugt sich zu Cyrille, „Aber diesen kleinen entzückenden Kerl wollte ich doch persönlich abliefern! Soviel Zeit muss sein!" Er streichelt noch kurz die blonden Locken, richtet sich wieder auf und klopft mir auf die Schulter, „Dann mach's mal gut Omilein!"
Lachend verschwindet er und nimmt die hartnäckige Wolke, über meinem Haus, gleich mit. Jamie und Cyrille machen schon ein Wettrennen hinauf in meine Küche. Das herzliche Kinderlachen erwärmt mein Herz. Doch der Gedanke, dass ich nun Oma bin, verstört mich doch etwas. Schließlich bin ich erst 25 Jahre alt! Mit diesem surrealen Eindruck, begebe ich mich ebenfalls nach oben, in die Küche.
Cyrille sitzt vor seinem halb leeren Becher. Weit reißt er seinen Schlund auf und gähnt herzhaft, „Du Omi, wo schlaf ich eigentlich?"
„Heute schläfst du natürlich in meinem Bett und morgen gehen wir zu HIGIBA's und besorgen dir ein eigenes." Ich gehe rüber zu ihm, „Komm, ich bringe dich hoch!"
Behutsam hebe ich ihn hoch. Seine kleinen Ärmchen schlingen sich gleich um meinen Hals. Langsam, mit wiegenden Schritten trage ich ihn, leise vor mich hin summend, hoch in mein Schlafzimmer. Kaum das ich meinen Enkel hingelegt habe, schläft er schon. Vorsichtig streife ich dem kleinen Kerl die winzigen Schuhe ab und decke ihn sorgsam zu. So, wie ich es früher bei seiner Mutter auch getan habe. Der Anblick dieses Kindes rührt mein Herz und ich beuge mich zu ihm herab, „Schlaf gut, mein kleiner Schatz!"

Ganz kurz reißt er noch einmal seine warmen braunen Augen weit auf, „Ich habe dich lieb, Omi." Ich quille fast über vor lauter Liebe, „Ich dich auch, mein Kleiner. Ich dich auch."
Völlig überdreht hüpfe ich in die Küche zurück, „Ich bin Oma...ist das zu fassen...kaum 25 und schon Oma!" Jamie kann sich ein schmunzeln kaum verkneifen.
„Das ist ja alles gut und schön. Aber wo schlafen wir heute Nacht?"
„Keine Sorge, lass mich nur machen." Voller Elan wühle ich mich ein paar Minuten später durch meinen Weinkeller.
„Ich muss doch irgendwo...ich bin mir sicher, dass ich...ah, da sind sie ja."
Mit zwei bunten Luftmatratzen erklimme ich wieder die ganzen Stufen nach oben, „Hier...", ich werfe meinem Freund die Matratzen zu, „...einmal aufblasen, bitte!" Im Schlafzimmer finde ich auch noch Bettzeug im Schrank. Beim hinuntergehen bleibe ich noch kurz stehen und bewundere mein frisches Enkelkind. *Gott ist der süß!*
Diese Nacht verbringen wir in meiner Wohnecke, neben der Küche, auf dem Boden.

„Omi, Omi, in deinem Schlafzimmer steht ein Schwein mit einem Hund auf dem Rücken!" Aufgeregt springt Cyrille mit seinen nackten Füßchen die Treppe nach unten zu mir in die Küche. Gerade spüle ich das Frühstücksgeschirr von Rosalinde und Socke.
Cyrille zupft wild an meinem Rocksaum und zeigt hektisch auf die Treppe, „Ein Schwein...Omi schau doch!" Geduldig trockne ich meine Hände am Geschirrtuch, „Das ist Rosalinde und der Hund heißt Socke!"
Misstrauisch stehen die beiden auf der Treppe und wissen wohl nicht so recht, was sie von meinem kleinen Cyrille halten sollen. Spontan gehe ich in die Hocke, „Na, kommt schon, ihr beiden." Langsam pirschen sie sich vorsichtig an uns heran. Schnuppern. Cyrille drückt sich an mich und ich beruhige ihn sofort, „Keine Angst Cyrille. Die beiden sind wirklich ganz lieb." Rosalindes warme Steckdosennase stupst Cyrille leicht an. Socke schnuppert mit seiner feuchten Nase an seinen nackten Füssen, „Nicht...", kichernd rollt er seine winzigen Zehen ein, „...das kitzelt!" Dann streckt er mutig sein kleines Händchen aus und lässt Rosalinde und Socke ausgiebig ihre schnuppernde Kennenlernarbeit erledigen.

Cyrille ist begeistert. Sogleich setzt er sich auf den Boden und streichelt beide. Und was tue ich? Wie eine Mutterglucke throne ich über dem ganzen Geschehen und genieße in vollen Zügen diesen herrlichen Augenblick.

Motorgeräusch lockt uns kurz darauf ans Fenster. Ein kleiner Transporter rumpelt vor unsere Tür. Cyrille klatscht kichernd in die Hände, **„Jamie!"**

Nicht aufzuhalten, stürmen alle drei an mir vorbei, die Treppe nach unten, zur Haustür. Kopfschüttelnd folge ich. Mein Enkel ist mittlerweile draußen beim Laster und hüpf aufgeregt wie ein Gummiball vor meinem Freund herum, „Jamie, Jamie…was hast du denn mitgebracht?" Neugierig versucht Cyrille einen Blick auf die Ladefläche zu erhaschen.

„Na, na, na…", entschlossen packt Jamie den kleinen Jungen und hebt ihn hoch, „…guten Morgen erst mal, kleiner Mann." Cyrille lacht glucksend, „Guten Morgen, Jamie!"

Sein Lachen ist ansteckend und auch ich geselle mich grinsend zu den beiden. Gerade streicht Jamie dem Jungen durchs Haar. Ein Gedanke durchzuckt mich. *Jamie wäre bestimmt ein toller Vater.* Es gibt einen kleinen Stich in mein Herz, den ich tunlichst ignoriere.

Übermütig galoppieren meine beiden Männer, Cyrille sitzt mittlerweile auf Jamies Schulter, um den Transporter, zur Heckklappe nach hinten. Rosalinde und Socke folgen bellend und grunzend.

Jamie lässt das Kind wieder zu Boden gleiten und öffnet die breite Heckklappe, damit Cyrille einen Blick auf all die mitgebrachten Schätze werfen kann, „So, mein Großer…hier…dein Bett, dein Fahrrad, Malbücher und Stifte, Spielzeugautos, Knete, Bilderbücher, Märchenbücher, ein Planschbecken, Bauklötze und natürlich jede Menge Klamotten!" Staunend, mit offenem Mund betrachtet der kleine Junge, den Berg an Gegenständen „Boah, alles für mich?"

Jamie nickt, „Jep, alles für dich!"

Ich biege mich vor Lachen und halte mir den schmerzenden Bauch, „Sind das etwa DIE Kleinigkeiten, die du besorgen wolltest?"

Abermals nickt Jamie. Diesmal schwingt so etwas wie Stolz mit, „Jep!"

Noch immer lachend wische ich mir die Tränen aus den Augen, „Dann lasse ich dich am besten niemals einen Wocheneinkauf für mich erledigen!"

Nun ziehe ich aber meinen Trumpf aus dem Ärmel, um den guten Herrn wieder auf den Boden der Tatsache zu befördern, „Aber die Brötchen hast du vergessen!"

„Ha!" Mit Cyrille, den er sich wieder auf die Schultern platziert hat, hechtet er zum Fahrerhaus, greift durch die offene Scheibe und hält mir triumphierend eine große Tüte entgegen, „Brötchen für die Dame! Wie gewünscht!"

„Na, dann Jungs…", ich klatsche in die Hände, „…zuerst Frühstück und dann ausräumen."

Lärmend und offensichtlich hungrig, stürmt die Meute zurück ins Haus. In Begleitung von einer erstaunlichen Geräuschkulisse und natürlich von mir.

Die nächsten Tage sind unbeschreiblich. Wir sind fast wie eine kleine perfekte Familie. Fast. Wenn man mal die Tatsache weglässt, dass wir alle ja verstorben sind…

Am fünften Tag, Jamie und ich sitzen gerade vor der Tür und genießen den Sonnenuntergang, kommt Cyrille zu uns. Still setzt er sich auf die unterste Stufe und umschlingt seine Knie.

Nanu? So kenne ich den kleinen Wirbelwind ja nicht?

Natürlich spreche ich meine Gedanken auch laut aus, „Was ist los? So leise kennen wir dich gar nicht!" Schmunzelnd strubbele ich durch sein blondgelocktes Haar. Doch Cyrille ist offensichtlich nicht zum Spaßen aufgelegt. Ernst blickt er mich an, „Omi, ich muss bald gehen!" Peng!

Ohne Vorwarnung trifft mich seine Aussage.

Verständnislos schaue ich in seine braunen Augen, „Wie gehen? Wohin denn?"

„Naja…", er rutscht mit seinen Füßen im Kies, „…zuerst zu Mami und dann wieder zurück nach nebenan."

Erschrocken kralle ich mich in Jamie Arm, unfähig auch nur ein Wort rauszubringen. Jamie streichelt sofort beruhigend meine verkrampfte Hand und übernimmt das Zepter, „Ich nehme an, du brauchst die Hilfe deiner Omi!"

Cyrille nickt und schaut mich direkt an. Bettelnd, wie ein Hundewelpe!

Tonlos hauche ich nur, „Wann?"

Er wischt sich seine kleine Rotznase am Ärmel ab und erwidert, „Morgen Früh!"

Ich keuche entsetzt auf, „Morgen schon?"

„Ja!" Traurig blickt mein Enkel mich an, mit seinen großen Kulleraugen, „Bist du jetzt böse mit mir?" *ICH…BÖSE…BÖSE AUF MEINEN KLEINEN SCHATZ? HIMMEL…NEIN!*

Etwas gefasster nehme ich Cyrille in den Arm, „Du liebe Güte, nein. Warum sollte ich dir denn böse sein." Ich drücke ihm einen dicken Kuss auf sein rosiges Pausbäckchen, „Ich bin doch froh, dass ich dich überhaupt kennenlernen durfte!" Krampfhaft schlucke ich meine aufsteigende Traurigkeit herunter und ringe mir ein Lächeln ab, „Und wie soll ich dir bei deiner Mami helfen?" Cyrille wirft einen Blick zurück in den Flur und zeigt auf die kleine, grüne Holztür, „Du musst mit mir da durch gehen! Ich darf noch nicht alleine!" *Natürlich, was auch sonst! Man kann den Zwerg ja nicht alleine rüber lassen...dafür sind Omis ja da...*
Tieftraurig wiege ich das kleine Kind, das mir in so kurzer Zeit, so sehr ans Herz gewachsen ist. Mitfühlend legt Jamie den Arm um mich und um Cyrille, „Dann sollten wir den letzten Abend so lange wie möglich zusammen genießen. Wie wäre es mit einem richtig schönen großen Lagerfeuer, Stockbrot, Würstchen und etwas Gitarrenmusik?"
„Auja...", begeistert juchzt der Junge und ringelt sich umständlich aus meiner verzweifelten Umarmung, „Ich stapele schon mal das Holz hinterm Haus!" Schon ist er um die Ecke verschwunden und ich bleibe zurück mit meinem Wehmut und einer ungewissen Sehnsucht.

Die Nacht senkt sich herab. Knisternd prasselt das Feuer, während ich wie ein Trauerklos dasitze und unglücklich mit einem Stock in der unteren Glut stochere. Zwischen Jamie und mir liegt der kleine Cyrille, eingehüllt in meine Veilchendecke. Lange hat er gegen die Müdigkeit gekämpft, aber letztendlich hat er doch verloren. Friedlich schlummernd, gibt er leise Schnarchlaute von sich. Jamie legt mir die Hand auf den Rücken und mustert mich, „Geht es dir gut, Schatz?"
Zitternd atme ich einmal kräftig durch, „Es muss ja! Hilft nix!" Der fette Trauerklops in meinem Hals ist ziemlich hartnäckig.
Jamie betrachtet liebevoll meinen Enkel, „Jetzt wissen wir wenigstens, warum du die Tür nicht aufbekommen hast." Seine Miene ist unendlich traurig, als er sanft Cyrilles Bein tätschelt, „Die Tür ist diesmal für ihn...", er zeigt auf Cyrille, „...und nicht für dich!" Dann fügt er kaum hörbar hinzu, „Ich mag den kleinen Kerl!"
Mit verdächtig glänzenden Augen starrte er stur in die Flammen und schweigt. Viel zu schnell bricht der Morgen heran.
Die ersten kecken Sonnenstrahlen kitzeln Cyrille wach.
Gähnend reckt er sich, „Man, ich habe einen Bärenhunger!"

Ich habe in der Nacht viel nachgedacht und beschlossen, meinem Enkel meine Traurigkeit nicht auf die Nase zu binden. Er soll völlig unvoreingenommen seine Mutter besuchen und dann in ein neues Leben starten. Vor ihm liegen noch so viel tolle Erfahrungen, die ich ihm nicht mit meinen Tränen versalzen will. Deshalb stehe ich lachend auf, strecke ihm die Hand entgegen und ziehe ihn hoch, „Dann komm, Großer…hauen wir uns ein paar Semmeln und Rühreier rein." Jamie erhebt sich ebenfalls und reibt sich demonstrativ den Bauch, „Ein, zwei Eier könnte ich auch vertragen!" Zu dritt gehen wir zurück zum Haus.
Obwohl alle wissen, dass dies die letzte Mahlzeit ist, die wir zusammen einnehmen, geht es ziemlich gelassen zu. Das ganz normale Chaos sitzt mit seinen klebrigen Fingern mitten unter uns.
„Rosalinde, hörst du auf zu betteln. Ein Glas Bromchenmarmelade mit zwei Brötchen muss wirklich reichen, meinst du nicht? Socke, auch du…genug jetzt, das ist schon das dritte Schokobrötchen! Du platzt ja bald! Sieh mal…deine Augen quellen ja schon hervor!"
Cyrille lacht und baumelt mit seinen kurzen Beinchen. Sein Mund ist rot verschmiert von der Bromchenmarmelade. Zufrieden reibt er sich den vollen Bauch, trinkt noch seinen halbvollen Becher warme Milch leer und rülpst, „Entschuldigung! Der musste jetzt raus!"
Grinsend wische ich ihm den Mund ab, „Dann ab ins Bad. Waschen. Kämmen. Und frische Kleider! Du willst deiner Mami doch gefallen!" Cyrille strahlt mich an und rutscht vom Stuhl, „Ja klar…mach ich! Komm Rosalinde, Socke…ihr beide könnt mir noch etwas Gesellschaft leisten."
Drei tobende Gestalten verlagern ihren lärmenden Geräuschpegel ins Badezimmer und ich atme erst einmal durch. Jamie rutscht zu mir rüber, „Wie fühlst du dich?"
„Ich weiß nicht. Ich bin zwar traurig, aber ich freue mich auch auf Jo. Wenn sie eine Fehlgeburt hatte, dann braucht sie ganz dringend die Hilfe von Cyrille!"
„Und sein Wunsch zurück zu gehen?"
Ich überlege kurz. Es tut weh, den kleinen Kerl gehen zu lassen…so richtig weh! Aber…
„Ich denke, das ist richtig. Er will leben! Und er verdient es auch, zu leben!"
„Ja, das Leben ist wohl eines der schönsten!" Bei diesem Satz schaut er mich ganz komisch an. Verwirrt, weil ich diese Aussage nicht richtig zuordnen kann, räume ich den Tisch ab.

Lautes Getrampel reißt mich unsanft aus meinen Gedanken zurück.
Gestriegelt und geschniegelt steht Cyrille vor uns. Seine rosigen Wangen glänzen und seine Augen leuchten, „Fertig!"
Jamie steht auf und nimmt mir den nassen Lappen aus der Hand, mit dem ich gerade den Tisch abwischen wollte, „Lass, ich mache das. Geht schon! Du siehst doch, wie sehr er auf seine Mami freut!"
„Ja, jetzt komm endlich, Omi!" Glücklich düst der kleine Junge nach unten.
„Bis gleich, Schatz…," Jamie lächelt schief, „…und halt die Ohren steif!"
Dann geht es los.
Aufgeregt zappelt Cyrille an meiner Hand. Ich kann seine Aufregung ja verstehen, doch er macht mich ganz wuschig, mit seinem Rumgehampel, „Beruhig dich. Wir sind ja gleich da!" Ich öffne die Tür besagte Tür…

*

Unruhig wälzt sich Jo im Bett herum. Sie weiß, dass sie schläft und sie weiß auch, dass sie träumt, aber sie kann sich aus den Fängen des Unterbewussten einfach nicht befreien…
Überall weiße Nebelschwaden. Sie kann kaum die Hand vor Augen sehen, „Hallo? Wo bin ich?" Nichts. Noch nicht mal ein Nachhall ihrer eigenen Stimme. Verzweifelt tastet sie sich vorwärts. Ist vor ihr eine Wand? Ein tiefer Abgrund? Ein wildes Tier? Sie weiß es nicht. Die Ungewissheit lähmt Jo fast…dann…
„Mamiiii…?" Eine leise Kinderstimme in weiter Ferne. Wie ein Echo aus einer längst vergangenen Zeit. Sie bleibt stehen und starrt ängstlich vor sich, „Hallo? Wer ist denn da?"
Dann eine andere Stimme, die viel näher klingt…
„Jo, Schatz…keine Angst…komm!" Ihre Mutter? Das ist doch die Stimme ihrer Mutter. Die würde sie aus Tausenden heraus erkennen. Mit klopfendem Herzen geht sie mutig weiter. Langsam schälen sich die Umrisse einer Tür aus dem Nebel. Sie zögert kurz. Angespannt legt sich ihre Hand auf den Türgriff. Sie nimmt tief Luft und drückt die Klinke nach unten.
Staunend betritt sie ihr altes Wohnzimmer aus Kindertagen. Nun ja, nicht ganz. Sie hatten früher keinen Kamin gehabt. Aber trotzdem kennt sie den Raum. Und plötzlich weiß sie es.
Sie war schon einmal hier gewesen. Vor vielen Jahren.

*Neben dem Kamin steht der alte Schaukelstuhl mit dem verschlissenen Sitzkissen...dahinter...steht ihre Mutter.
Unverändert jung und hübsch...so wie damals!
Lächelnd winkt sie sie heran und zeigt auf den Schaukelstuhl. Sie ist verwirrt und fühlt sich plötzlich wieder, wie ein kleines Kind. Aber sie ist nun eine erwachsene Frau...
„Mami, was ist hier los?" Ihre Mutter lächelt sie nur an.
„Mami, sag doch was! Ich verstehe nicht...!" Das Lächeln ihrer Mutter vertieft sich. Dennoch kann sie die Tränen in ihren Augenwinkeln nicht verbergen. Ihre Mutter drückt sie sanft in den Schaukelstuhl und geht zu einer Tür hinter dem Schaukelstuhl. Sie beobachtet ihre Mutter. Leise wird die Klinke nach unten gedrückt und die Tür öffnet sich knarrend.
Helle Nebelschwaden quellen in dem dahinterliegenden Raum. Aus dem Nebel tritt ein kleiner blonder Junge. Ihre Mutter nimmt ihn an der Hand und führt ihn zu ihr. Lächelnd legt sie die kleine Kinderhand in ihre. Der kleine Junge grinst sie leicht schief an. Sie ist verunsichert und ihr Herz pocht bis zum Hals, „Wer bist du?"
Der kleine Junge grinst scheu, „Ich bin Cyrille. Dein Sohn!"
Schmerz verdunkelt ihren Blick. Sie schaut ihre Mutter an, die ihr gütig zunickt und dann in den Nebelschaden hinter der geöffneten Tür verschwindet. Mit tränenverschleiertem Blick betrachtet sie den Jungen vor sich. Dieser klettert auf ihren Schoß, so wie kleine Kinder das tun und sie tut, was eine Mutter instinktiv tun würde, in so einer Situation. Sie wickelt ihn in die Decke, die, wie immer am Stuhl hängt, schließt die Arme um das kleine Kind und beginnt leicht zu schaukeln. Vertrauensselig legt Cyrille den Kopf an ihre Schulter.
„Du bist also mein Kind!" Lächelnd blickt er sie von unten her an.
„Cyrille...", langsam lässt sie den Namen auf der Zunge zergehen, „...ein sehr schöner Name!"
Zärtlich lächelnd blickt sie auf den zutraulichen Knaben herunter, „Ich bin so froh, dass du zu mir gekommen bist." Das ist sie in der Tat.
„Ich bin gekommen um dich zu trösten und um dir zu sagen, dass es nicht deine Schuld war!" Schmerz schnürt ihr die Kehle zu, als sie an den Tag des Verlustes erinnert wird. Cyrille umklammert mit seinen pummeligen Fingern die Hand seiner Mutter, „Mami, es WAR ganz sicher nicht deine schuld!"
„Aber warum?" Sie kann die Tränen einfach nicht mehr zurückhalten, „Wir haben uns doch so auf dich gefreut, mein Schatz. Wir...wir...!" Ihre Stimme bricht.*

„Ja, ich weiß. Aber was du nicht weißt ist, dass mein Körper nicht lebensfähig war."
„Aber es war doch alles in Ordnung." Verzweifelt streichelt sie sein Haar. Cyrille rutscht auf ihrem Schoß herum und schaut ihr in die Augen. Dieselben Augen wie ihre. „Das war nur Schein. In Wirklichkeit war ich krank. Ich bin...", er sucht nach Worten, „...irgendwie bin ich, oder besser, mein Körper, aussortiert worden. Wie soll ich das erklären...", noch mal überlegt er kurz, „...die Natur hat eben ihren Lauf genommen. Verstehst du das?" Fragend blickt er seine Mutter an. Als sie nicht antwortet, redet er weiter, „Was ich damit sagen will, niemand kann etwas dafür. Du nicht. Ich nicht. Gott nicht, selbst der hat keinen Einfluss auf die Natur." Er atmet tief durch, „So was passiert eben!"
„Aber es tut so weh!" Sie schließt ihren Sohn wieder fest in die Arme, „Ich vermisse dich!"
„Mir geht es doch gut! Siehst du...", er breitet lächelnd die Arme aus, „...ich bin doch ein ganz süßes Kerlchen!" Sie lacht unter Tränen, „Ja, das bist du allerdings!"
Er kuschelt sich wieder an sie, „Du hast eine tolle Mami, Mami! Sie hat mir geholfen, dass ich hierher zu dir kann." Sie wirft einen Blick zurück zur Tür, aus der noch immer ein paar Nebelschwaden wabern, „Ja, und ich finde es toll, dass sie sich um dich kümmert!" Plötzlich lacht sie kurz auf, „Ich nehme an, sie war ziemlich erstaunt, auf einmal ihren Enkel vor sich stehen zu haben." „Jep, sie hat ziemlich bedeppert geschaut und ist auf den Hintern gefallen." Beide lachen.
Doch das Lachen ebbt ab und verblasst, „Du musst wieder fort!" Keine Frage, sondern eher eine Feststellung.
„Ja!"
„Wann?"
Er löst sich langsam aus ihrer Umarmung und rutscht von ihrem Schoß.
„Jetzt!"
Wieder steigen ihr die die Tränen in die Augen, „So schnell schon?" Verschmitzt schaut er sie an, „Aber ich muss dir noch was sagen."
„So, was denn?"
„Du wirst wieder ein Kind haben. Bald schon. Und es wird ein Mädchen!"
Erstaunt keucht sie auf und eine neue Hoffnung keimt auf, „Wirst DU es dann sein?"
Peinlich berührt winkt er ab, „Nein, ich bin doch kein Mädchen!"

Trotz ihres schmerzenden Herzens, muss sie über sein komisch verzogenes Gesicht lächeln. Natürlich. Er ist schließlich ein Junge. Wie kann sie nur so dumme Fragen stellen. Aber sie ist dankbar...
„Danke, dass du zu mir gekommen bist und dass ich dich kennenlernen durfte."
„Ja, ich finde es auch schön dich kennengelernt zu haben. Ich hätte bestimmt viel Spaß bei dir gehabt!" Er dreht sich um und geht langsam zur Tür.
Sie beugt sich schnell vor, „Sag meiner Mutter, Danke!"
„Mach ich!" Er steht schon im Türrahmen als...
"CYRILLE?" „Ja?" Noch ein letztes Mal dreht er sich zu seiner Mami um, die ihn durch den Tränenschleier hinweg anlächelt, „Ich hab' dich lieb, mein Sohn!"
„Ich dich auch Mami...", und schon haben ihn die Nebelschwaden verschluckt und die Tür fällt leise klickend ins Schloss.
Sie lehnt sich im Schaukelstuhl zurück, atmet zitternd durch und schließt die Augen. Eine Träne rinnt langsam an ihrer Wange herab. Sie summt und beginnt wieder sachte zu schaukeln.

Leise Stimmen wecken Jo. Verschlafen wälzt sie sich herum und blinzelt auf den Wecker. Zwanzig nach fünf. Hat sie etwa den ganzen Mittag verschlafen? Unglaublich!
Benommen stützt sie sich auf ihre Ellbogen. Sie fühlt sich eigenartig. Dann fällt es ihr ein...
Der Traum! Ungläubig fällt ihr Kopf zurück ins Kissen. Sie starrt zur Decke. Ein kleines Lächeln erscheint auf ihrem blassen, etwas eingefallenen Gesicht. Sie weiß noch ALLES! NICHTS von dem, was sie geträumt hat, hat sie vergessen! War es wirklich nur ein Traum gewesen? Cyrille! Ihr Sohn! Und es geht ihm gut! Und er ist bei ihrer Mami!
Dieser Gedanke beflügelt Jo und sie lächelt geheimnisvoll, wie eine Madonna. Neue Energie durchströmt sie. Und ihr Magen meldet sich laut knurrend. Ein kurzes, glückliches Auflachen und schon springt sie aus dem Bett.
Es reicht! Sie kann ja nicht ihr halbes Leben verpennen!
Schwungvoll betritt sie, in ihrem verbeulten Jogginganzug die Küche. Ihr Mann und ihre Mutter sitzen am Tisch und schauen sie ungläubig an. Lächelnd tritt sie hinter ihren Mann,
„Hallo Schatz. Wie war dein Tag?" Sie küsst ihn auf den Schopf und blickt zu Betty, „Hallo Mama...", prüfend blickt sie in deren Tasse, „...du sollst doch abends keinen Kaffee mehr trinken. Komm, ich mach dir lieber einen Tee!"

Flink füllt sie den Wasserkocher, stellt ihn an, nimmt einen bunten Keramikbecher aus dem Schrank, lässt einen Teebeutel hineinfallen und dreht sich noch immer lächelnd zu ihren Lieben um, „Was ist? Was starrt ihr mich denn so an? Habe ich etwa einen Popel an der Nase hängen?"
Dirk beugt sich fragend in ihre Richtung, „Äh, Schatz, geht es dir gut?"
„So gut, wie lange nicht mehr!" Der Wasserkocher brodelt und schaltet sich ab.
Vorsichtig gießt sie heißes Wasser in den Teebecher und stellt ihn vor ihre Mutter. Dann geht sie zum Kühlschrank, schaut hinein und verzieht den Mund, „Wir müssen dringend einkaufen gehen! Hier würde ja sogar eine arme Kirchenmaus verhungern!" Sie wirbelt in einem Anflug von Begeisterung herum und schaut ihren Mann an, „Wir könnten doch heute zum Chinesen essen gehen!" Sie reibt sich den Bauch, „Ich habe Hunger wie ein Wolf!"
Dirk steht auf, greift nach Jo's Handgelenk und zieht sie auf einen Küchenstuhl.
Ihre Mutter greift sofort besorgt nach ihrer Hand, „Jo, geht es dir wirklich gut?"
„Aber ja doch." Beruhigend tätschelt sie Bettys Wange. Doch dann erstirbt ihr Lächeln und ihr Blick wird ernst, als sie ihren Mann und ihre Mutter anschaut, „Ich weiß, ich war in letzter Zeit etwas...nun ja...abwesend und lasch...", leicht nervös reibt sie die Hände aneinander,
„...aber jetzt geht es mir wieder gut!" Sie nickt bestätigend in die Runde, „Das müsst ihr mir glauben. Ich fühle mich erstaunlich gut...wirklich!"
„Aber Schatz...", verstört fährt Dirk sich durch sein dichtes Haar, „...heute Morgen warst du...", er wirft Betty einen raschen Blick zu, „...du warst heute Morgen noch so...so depressiv! Und die Wochen vorher auch."
Entschuldigend hebt Jo die Schultern, „Ich weiß. Mir ging es auch wirklich schlecht...ich... aber...", überlegend beißt sie auf ihrer Unterlippe rum.
Soll sie es ihnen erzählen? Dirk und Betty betrachten Jo fassungslos. Die plötzliche Verwandlung ist nicht einfach zu verdauen.
Jo nimmt tief Luft und schaut beide offen ins Gesicht. Abwartend schauen beide zurück. Dann fast sie sich ein Herz und gesteht, „Ich hatte Besuch!"

Betty verzieht den Mund, „Kann nicht sein Schatz. Ich bin schon den ganzen Tag hier und du hast tief und fest geschlafen. Hier war keiner!"

„Ich sagte ja auch nicht, dass jemand hier war, ich sagte, ich hatte Besuch."

Unsicher blickt sie Dirk in die Augen, „Unser Sohn war bei mir!"

Nun dämmert es Dirk. Traurig nimmt er ihre Hand in seine und streicht gedankenverloren über ihren Handrücken, „Jo, Liebes...das war nur ein Traum."

Energisch springt sie auf, „Ja, ich weiß...aber dieser Traum war...er war so real...so echt! Ich konnte ihn sogar anfassen und riechen...er hatte Zahnpasta im Mundwinkel und ein Schnürsenkel stand offen. Er duftete nach Waldbeeren!" Ihr Blick wendet sich Betty zu, „Meine Mami...Anabelle...hat ihn zu mir gebracht." Sie beugt sich leicht runter, schaut Betty tief in die Augen und flüstert, „Er ist bei ihr, Mama! Mein Sohn ist bei meiner Mami!"

Sie richtet sich wieder auf und blickt Dirk fest in die Augen, „Und es geht ihm gut!"

Bettys Augen wandern verunsichert zu Dirk. Der hat sich wieder, mit zusammengepressten Lippen, an den Tisch gesetzt und starrt vor sich hin.

Liebevoll kniet sich Jo neben ihm und nimmt sein Gesicht in ihre Hände und zwingt ihn förmlich, sie anzusehen, „Er hat mit mir gesprochen, Schatz! Ich hatte ihn auf meinen Schoß! Mit meinen Händen habe ich ihn gestreichelt. Schatz...er hat meine braunen Augen und mein blondes Haar...", sie lächelt wehmütig, „...und deinen umwerfenden Charme!" Schmerzerfüllt blickt Dirk seine Frau nun an. Wie gerne würde er ihr glauben.

„Dirk, er hat mir gesagt, dass er krank und nicht lebensfähig war und dass niemand etwas für dieses Unglück konnte!" Ihre Gedanken wandern zurück zu dem Gespräch mit ihrem Sohn, „Er sagte, dass die Natur ihn aussortiert hat...", ihr Blick wird wieder klar, „...und dass selbst Gott die Natur nicht beeinflussen kann!" Ihr bettelnder Blick hängt an ihrem Mann, „Ich **weiß** es war ein Traum aber er war **real**. Du musst mir glauben!" Tränen glitzern in ihren Augenwinkeln, „Er will, dass ich ins Leben zurückkehre." Sie schluckt und fügt leise hinzu, „Das wolltest du doch auch!" Etwas hilflos breitet sie die Arme aus und versucht sich an einem Lächeln, „Hier bin ich!"

Dirks Lippen zittern, genau wie seine Hand, die nun zärtlich über die Wange seiner Frau streicht.

Im Grunde ist es ihm egal, WAS ihm seine Frau zurückgebracht hat. Wichtig ist nur, dass sie wieder da ist. Leise flüstert er, „Willkommen im Leben!"
Dann schließt er sie weinend in seine Arme.
Sprachlos hat Betty dieses Gespräch verfolgt.
Auch ihre Gedanken wandern. Und zwar in die Vergangenheit. Zurück zu Jo, die damals ungefähr fünf gewesen sein mochte. Als sie mit einer schweren Lungenentzündung im Krankenhaus lag. Dort hatte sie etwas Ähnliches erzählt. Dort hatte Anabelle sie auch im Traum besucht und sie hatte ihre Tochter damals von ihren Schuldgefühlen erlöst und sie ins Leben zurückgeschickt. Sollte Anabelle hier wieder in das Leben ihrer Tochter eingegriffen haben? Bettys Gedanken kehren zurück in die Gegenwart.
Sie weiß nicht warum, aber sie glaubt Jo!

*

Glücklich strahlend betritt Cyrille wieder meinen Flur.
„Boah, meine Mami ist genauso hübsch wie du! Und sie riecht wie eine Blume!" Ich knuffe meine Enkel lachend auf den Oberarm.
Was für eine kleine Charmeuse!
Mir fällt der kleine Zahnpastafleck in seinem Mundwinkel auf.
Den muss ich vorhin wohl übersehen haben! Ohne zu zögern lecke ich meinen Daumen ab und reibe mit Spucke den Fleck weg.
Cyrille verzieht angewidert das Gesicht. Doch ehe er sich lautstark wehren kann, erklingt eine wohlbekannte Stimme im Hintergrund, „Hallo Anabelle!"
Erschrocken blicke ich hoch. Kichernd stürmt Cyrille los, „FELIX!" Jamie steht neben ihm. Unsicher schaue ich von einem zum anderen.
„Hallo Felix, du bist überraschend oft hier, in letzter Zeit." Meine Stimme schwankt leicht.
Etwas Unwohl windet Felix sich. Jamie trägt einen verkniffenen Gesichtsausdruck zur Schau.
Übermütig springt Cyrille um die beiden Männer herum. Er scheint die Spannungen nicht zu bemerken. Fröhlich blubbert er los, „Ich war bei meiner Mami. Sie ist ja so schön! Zuerst war sie traurig! Jetzt ist aber wieder alles in Ordnung mit ihr. Als ich ging, hat sie gelächelt!"
„Das ist gut, mein Junge!" Er tätschelt den kleinen blonden Haarschopf.

Neugierig schielt Cyrille Felix von unten herauf an, „Kommst du mich jetzt abholen?" Felix weicht meinem stechenden Blick aus und nickt, „Verabschiede dich von deiner Oma und von Jamie." Cyrille hebt belehrend seinen pummeligen Zeigefinger, „Und von Socke und Rosalinde!"
Felix schmunzelt, „Ja, natürlich auch von denen."
Der kleine Junge stürmt die Treppe nach oben, „ROSALINDE, SOCKE, WO SEID IHR? ICH MUSS JETZT GEHEN! HAAAALLOOOOOO...!"
Unten im Hauseingang breitet sich betretenes Schweigen aus. Felix räuspert sich, „Es tut mir leid Anabelle...", seine Augen glänzen verdächtig, „...aber es war sein Wunsch so schnell wie möglich ins Leben zurück zu kehren!"
Traurig nicke ich. Es hat ja keinen Sinn böse auf Felix zu sein. Und es ist ja auch richtig so. Cyrille hat ein Leben verdient. Aber weh tut es trotzdem.
Leicht zerknirscht nehme ich Felix in den Arm, „Mach's kurz und schmerzlos...wie beim Pflaster abreißen. Okay?" Felix nickt verstehend.
Lachend kommt Cyrille die Treppe runtergepoltert und fliegt förmlich in meine Arme, „Auf wiedersehen, Oma Anabelle." Er küsst mich stürmisch auf die Wange, „Du bist die beste, schönste, liebste und lustigste Großmutter die man sich wünschen kann! Ich hab' dich ganz doll lieb!" Seine Ärmchen strecken sich zu Jamie hin, der ihn dann auch auf den Arm nimmt, „Tschüss Jamie. Und dass du mir richtig gut auf meine Omi aufpasst!" Spielerisch ernst drohte er meinem Freund mit seinem pummeligen Zeigefinger. Dann umschlingt er ihn ganz fest am Hals, „Ich hab' dich auch ganz doll lieb!"
Jamie schluckt gerührt, „Wir dich auch, kleiner Mann. Wir werden dich ganz sicher niemals vergessen!" Noch einmal wird Cyrille heftig und innig von und beiden geherzt, dann lässt Jamie ihn sanft zu Boden gleiten.
Cyrille greift nach Felix Hand, zwinkert uns zu und schon sind beide durch die Tür verschwunden. Haltsuchend reichen Jamie und ich uns die Hand und treten vor die Tür. Noch lange blicken wir den beiden nach. Selbst dann als sie schon nicht mehr zu sehen sind.

*

Mai 1989.
Müde kommt Dirk von der Nachtschicht. Leise betritt er das dunkele Schlafzimmer. Die erste Morgenröte schimmert durch die Ritzen der Jalousie. Jo schlummert tief und fest. Dirk lächelt kurz auf seine Frau runter und streicht ihr sachte eine vorwitzige Haarsträhne aus dem Gesicht. Dann zieht er sich aus, legt sich vorsichtig neben seine Frau, kuschelt sich an sie und ist fast Augenblicklich eingeschlafen. Jo öffnet die Augen. Sie spürt seine warme Hand auf ihrem Bauch. Glücklich lächelt sie still in sich hinein.
Morgen!
Morgen werde ich ihm sagen, dass unsere Tochter unterwegs ist!
Morgen!

Am 24. Dezember 1989, an dem Tag als Cyrille sie ein Jahr zuvor verließ, erblickt ihre kleine Tochter das Licht der Welt.
Willkommen Emma!

*

Betty und Jamie
Ein Lächeln öffnet alle Herzen!

Die letzten Ereignisse haben mich doch ziemlich geschlaucht. Der Verlust meines Enkels hat mich ganz schön hart getroffen. Aber zum Glück ist Jamie immer an meiner Seite.
Diese Sache hat uns irgendwie fester zusammengeschweißt. Es heißt ja nicht umsonst: Geteiltes Leid ist halbes Leid.
Etwas betrübt mich allerdings.
Meine Oma hat den kleinen süßen Fratz leider nicht kennengelernt. Wer konnte allerdings auch ahnen das Cyrille nur fünf Tage bei mir bleibt?
Nichts destotrotz beschließe ich, meine Großmutter mal aufzusuchen, um ihr wenigstens alles haarklein zu berichten.
Unten im Flur ziehe ich mir eine Jacke über und ruf nach oben,
„Jamie, ich gehe mal rüber zu Großmutter!"
„Ist gut, ich werde mich derweil mal ein bisschen um deine Weinreben kümmern!"
„Mach das. Bis nachher!"

Gut gelaunt, bewaffnet mit ein paar lustigen Schnappschüssen von Cyrille, Jamie und mir im Gepäck, trabe ich los.
„Hey, Rosalinde, willst du mitkommen?" Oink! Ihre Hinterbacken schwenkend, folgt sie mir. Ich schaue zurück, „**Socke, was ist mit dir?**" Socke schüttelt sich einmal kurz und hechelt schnurstracks zu Jamie hoch in die Küche. Ich schüttele schmunzelnd den Kopf. *Ja, an Jamie hat der kleine Wollknäuel echt den Narren gefressen!* Ich recke meinen Kopf die Treppe empor, „**Dann halt nicht!**" *Untreues Pflänzchen!* So machen Rosalinde und ich, uns alleine auf den Weg zu Joanna. Das Wetter ist wie immer sonnig und mild. Kurze Zeit später erscheint der kleine See in meinem Blickfeld. Eine leichte Brise weht mir entgegen. Großmutters Hausboot wankt gemütlich in dem sanften Wellengang.
„**Oomaaa!**" Ich beschleunige meinen Schritt. Rosalinde treu an meiner Seite.
„**Joannaaaa, Oomaaa, Großmutter!**" Auf irgendetwas wird sie reagieren, denke ich mir noch, doch…keine Reaktion.
Irritiert betrete ich die Planke und spähe durch ein Bullauge, „Oma?" Nichts. Erst jetzt fällt mir der kleine neongrüne Zettel an der Tür auf. Er ist lediglich mit einem dünnen Streifen Klebeband befestigt. Neugierig trete ich näher, erkenne sofort Großmutters Handschrift und lese:
BIN VERREIST!
JOANNA
Empört reiße ich den Zettel von der Tür an. *Ja, hat die denn noch alle Antennen am Sender? Einfach abzuhauen, ohne mir wenigstens mal kurz Bescheid zu geben.*
Entschlossen mache ich mich auf den Weg und stampfe zu Barbara und Bert. Im Vorbeigehen winke ich mein Schwein herbei, „Komm, Rosalinde. Lass uns zu Barbara und Bert gehen. Vielleicht wissen die ja, was Großmutter vorhat oder wohin sie abgedampft ist."
Freudig und wohl auch ein klitzekleines bisschen Kuchenhungrig rennt Rosalinde mit ihren kurzen Stummelbeinchen vor.
Als ich mit Rosalinde den sorgsam aufgeräumten Hof betrete, überkommt mich ein mulmiges Gefühl und ich bleibe stehen. Etwas stimmt hier nicht, „Hast du auch so ein blödes Gefühl im Bauch, Rosi?" Rosalinde drängt sich kleinlaut an mich und oinkt leise. Ihre winzigen Schweinsöhrchen zucken nervös. Nach einem Rundblick über vereinsamten Vorhof, ruckte ich meine Schultern resolut hoch, „Komm, lass uns nachsehen!"

Der Hof macht irgendwie einen anderen Eindruck als sonst. Laus mich der Affe, aber ich weiß einfach nicht was anders ist...mal abgesehen davon, dass es ziemlich ruhig ist.

Beherzt klopfe ich an die Tür. Während ich gegen das Holz hämmere, blicke ich hinunter zu Rosalindem, „Wieso ist die Tür eigentlich zu. Barbara hat sie doch sonst immer offen!"

Ich höre Schritte im Innern und atme erleichtert auf. Sie nähern sich der Haustür, die sich kurz darauf knarzend öffnet.

Eine junge Frau, in Jeans und einer farbenfrohen Bauernbluse, steht vor mir und schaut mich und Rosalinde fragend an, „Kann ich euch helfen?"

Verwirrt blicke ich die dunkelblonde Frau an, mache einen Rundblick über die Einfahrt, den Hof und wende meine Augen noch mal der jungen Frau zu, „Äh...ich glaub, ich muss wohl doch eine falsche Abzweigung genommen haben. Ich wollte eigentlich zu Barbara und Bert!" Sie lacht erfreut, „Oh, dann bist du sicher Anabelle. Warte...", sie greift hinter ihre Tür, „...ich habe einen Brief für dich. Den soll ich dir von Barbara geben!" Verdutzt greife ich automatisch nach dem Umschlag, den sie mir unter die Nase hält. Vorne steht fein säuberlich, in Barbaras akkurater Handschrift: *Für Anabelle*

Die junge, fremde Frau öffnet die Tür weiter und winkt einladend, „Komm doch rein, Anabelle und setz dich. Ich mache uns einen schönen heißen Tee. Und du...", sie beugt sich lächelnd zu Rosalinde, die schüchtern, leise quickend hinter meinen Beinen hervorlugt, „Du bekommst erst mal ein großes Stück Kuchen! Ich weiß, dass du den magst. Hat Bert mir erzählt." Sie zwinkert Rosalinde zu. Siehe da...schon löst sich Rosalindes Schüchternheit in Wohlgefallen auf und sie wackelt vergnügt, mit lustig wippenden Schlappöhrchen hinter der jungen Frau her. Ich starre der kleinen untreuen Seele nach, beschließe aber erst meine Neugier zu befriedigen,

„WO SIND BARBARA UND BERT EIGENTLICH?" Leicht verunsichert fächele ich mir mit dem Umschlag etwas Luft zu, „UND WER BIST DU ÜBERHAUPT? BIST DU EINE VERWANDTE, ODER SO?"

Lächelnd kommt die junge Frau aus der Küche, beladen mit einem vollen Tablett. Zielsicher deponiert sie ein großes Stück Marmorkuchen vor Rosalindes Schnauze und stellt das Tablett auf Barbaras Tisch ab. Dann wischt sie sich leicht verlegen die offensichtlich feuchten Handflächen an ihrer Jeans ab, „Oh tut mir leid. Ich bin Sabine!" Freundlich streckt sie mir ihre Hand entgegen, „Und ich wohne jetzt hier!" „Hä?"

Sabine deutet nervös lächelnd auf den Brief, „Vielleicht solltest du DEN erst mal lesen!" So ganz unrecht hat Sabine da ja nicht! Mit zitternden Händen reiße ich den Umschlag auf. Zum Vorschein kommt ein Bogen kostbaren Büttenpapiers und mit klopfendem Herzen lese ich:

Liebe Anabelle,
ich weiß gar nicht wie ich anfangen soll. Am besten, ich falle gleich mit der Tür ins Haus. Bert und ich sind zurück...zurück nach nebenan. Schon länger trugen wir uns mit diesem Gedanken und vor fünf Tagen haben wir uns dann endgültig entschlossen. Wir wollten uns bei Joanna und dir noch verabschieden. Aber deine Großmutter ist wohl unverhofft ausgeflogen und du hattest Besuch von Felix und einem kleinen hübschen Jungen.
Wenn Felix persönlich bei einem antanzt, ist in der Regel immer eine große Sache im Gange und da wollten wir dann auch nicht stören. Gerade als wir fertig gepackt hatten und so gut wie auf dem Sprung waren, kam Sabine hier an und sie verliebte sich auf Anhieb in unseren kleinen Hof. Da dachten wir, es wäre doch eine gute Idee, wenn sie den Hof einfach übernimmt, zumal sie in deinem Alter ist und ihr bestimmt gute Freundinnen werden könntet. Ach übrigens, sie ist mit der Nähnadel fast so geschickt wie ich...vielleicht sogar noch einen Tick besser. Das nur mal am Rande. So das war es eigentlich.
Wir wünschen dir und Jamie viel Glück und richte deiner Großmutter einen lieben Gruß von uns aus.
Gott, wir sind ja sooo aufgeregt...drück uns die Daumen!
Wir umarmen euch ganz doll!
Barbara & Bert

P.S. Sabine kann zwar keinen Bienenstich, aber ihr Marmorkuchen ist einfach göttlich.

Fassungslos lasse ich den Brief in meinen Schoß sinken und richte meinen Blick runter zu Rosalinde. Die verschlingt gerade laut schmatzend den letzten Krümel Kuchen und erwidert meinen Blick etwas schuldbewusst.
Sabine streicht sich unsicher eine blonde Strähne aus der Stirn und räuspert sich, „Alles in Ordnung, Anabelle? Hier…", sie schiebt mir den Teebecher rüber, „…trink erst mal."
Ich ignoriere das angebotene Getränk, „Was wollen die denn da drüben?"
Ungläubig schüttele ich den Kopf, schlürfe dann doch an dem heißen Tee und verbrenne mir prompt die Zunge. Sabine bringt es kurz und knackig auf den Punkt, „Leben, was sonst!"
Wie ein Häufchen Elend sacke ich in mich zusammen, „Ich verstehe das nicht. Erst will Cyrille weg, dann verschwindet meine Großmutter wer weiß wohin und nun sind Barbara und Bert fort. Grassiert hier ein Wir-verlassen-Anabelle-Virus oder was?" Der Gedanke, dass man mich einfach sang, und klanglos sitzen gelassen hat und ich nun das Gefühl habe, dass man mir einfach wichtige Informationen einfach unterschlagen hat, frustriert mich. Verbittert lache ich kurz auf und erhebe mich ruckartig, wobei ich beinahe die noch volle Teetasse umwerfen, „Vielleicht sollte ich mich am besten mal auf den Heimweg machen, sonst ist mein Freund auch noch verschwunden!"
Sabine steht ebenfalls auf. Ihre Miene verrät große Verunsicherung. An der Haustür hält sie mich zurück, „Hast du denn noch nie daran gedacht zurück zu gehen?"
Ich überlege kurz…wirklich nur sehr kurz und schüttele gleich darauf bockig den Kopf, „Nö, warum denn? Den ganzen Ärger und Stress. Die Hektik und die Arbeit. Und immer musst du irgendwas entscheiden und alle Entscheidungen haben irgendwelche Folgen. Warum sollte ich mir das noch mal antun? Hier ist es doch schön!"
Sabine wagt eine vorsichtige Andeutung, „Aber du hast auch Freunde, eine Familie, eigene Kinder, einen Partner, der mit dir durch Dick und Dünn geht.
Da gibt es Schmetterlinge im Bauch, Urlaubsreisen, Erfolg im Job und auch die Möglichkeit die Welt ein kleines bisschen zu verbessern. Und du wirst älter und weiser. Das ist das Leben!"

Abwertend winke ich ab, „Brauch ich nicht!" Ich klopfe auf meinen Schenkel, „Komm Rosalinde, lass uns heimgehen!" Sabine sieht ein, dass sie bei diesem Thema bei mir auf Granit beißt.
Aber eine Bitte hat sie dann doch noch, „Darf dein Schwein zwischendurch zu mir kommen?" *Mein Schwein?* Ich drehe mich zu Rosalinde um und schaue wieder auf, zu Sabine. Da steht sie und blickt mich bettelnd an. Ein einsamer Hauch scheint sie zu umwehen. In diesem Augenblick empfinde ich mein Verhalten als äußerst taktlos.
Gott, ich bin ja so gefühlloser Trampel. Sabine ist doch noch neu hier und kennt keinen und ich fertige sie unsanft und lieblos, wie ein ungewolltes Paket, ab. Etwas zerknirscht senke ich den Kopf, „Tut mir leid Sabine."
Schließlich überwinde ich mich und schließe sie sogar versöhnlich in die Arme, „Ich wollte nicht unhöflich sein. Es tut mir wirklich leid! Natürlich darf Rosalinde hierherkommen und wenn du willst, kann sie dich auch abholen und zu mir begleiten. Ich würde mich sehr freuen, dich in meiner Villa Tarunzel willkommen zu heißen!"
Sabine stutzt verblüfft, „Villa Tarunzel?"
„Ja, so heißt mein Zuhause. Es wird dir bestimmt gefallen. Aber jetzt muss ich wirklich los!" Ich winke zum Abschied und bin froh, dass ich Sabine dieses Angebot gemacht habe. Es lässt mich doch richtig nett erschienen, oder nicht?
 Rosalinde reibt sich noch einmal dankbar an Sabines Bein und schon sind wir weg.
Doch tief im Innern bin ich immer noch empört und ich eile leise schimpfend den Hang, zwischen meinen Weinbergen hinunter.
Jamie sitzt mittlerweile vor dem Haus und knabbert gemütlich ein paar Möhren. Socke döst in seinem Schoß. Als ich vor ihm zum Stehen komme, blickt er lächelnd auf, „Na, Liebes, alles klar bei den Anderen?"
Ein undamenhaftes Schnauben entringt sich meinen geblähten Nasenlöchern und ich mosere augenblicklich los, „Pah, du wirst es nicht glauben, Joanna ist VERREIST und Bert und Barbara haben sich doch tatsächlich zurück nach nebenan verdrückt! Ist das zu fassen?"
Unsanft flegele ich mich neben meinen Freund, „Was haben die denn alle mit dem Wunsch nach nebenan?" Die Frage ist rein rhetorisch. Eigentlich erwarte ich keine Antwort. Doch Jamie blickt unter sich und muss natürlich seinen Senf dazugeben, „Vielleicht lieben sie das Leben!"

Ich betrachte meinen Freund etwas säuerlich, da ich eher mit Verständnis und Zustimmung gerechnet habe, „Pah, Leben, das ich nicht lachen."
Das Leben ist doof und anstrengend. Ich finde, **HIER** ist es perfekt. Wer will denn da noch rüber zum...zu diesem...diesem *Leben*?"
Ich spucke das letzte Wort aus, wie einen faulen Zahn.
Jamies nachdenklicher Blick streift mich. Unbehaglich wende ich mich ab.
Okay, so meine ich das natürlich nicht. Schließlich vermisse ich meine Tochter fürchterlich und das Leben mit ihr war doch wirklich sehr schön gewesen. Nein, ungelogen! Ich stelle es mir schon schön vor, wieder zu leben, eine Familie zu gründen, alt zu werden, zu lieben...aber wenn ich ehrlich bin, macht mir das Leben auch Angst. Die viele Verantwortung, die Anstrengungen und immer strampelst du wie wild, um den Kopf irgendwie über Wasser zu halten...immer muss du auf der Hut sein, um keinen zu verletzen oder selbst verletzt zu werden. Mich noch mal dieser Aufgabe stellen? Nein, den Mut habe ich nicht. Ist doch auch alles schön so wie es ist! Vor allem bequem! Nein, ich brauche kein Leben.

*

Derweil steht das Leben natürlich nicht still. Alles geht seinen Gang. Gabriel hat mittlerweile das Weltenbummler-Syndrom gepackt. Zurzeit hält er sich in Australien auf, ärgert Kängurus und sammelt gleichermaßen Lebenserfahrung, wie auch Kuhscheiße, als Farmhelfer. Frederick ist in seinem Bauzeichnerjob zufrieden.
Cleverer Weise hat er sich die hübsche Tochter seines Chefs geangelt, hat sie vom Fleck weg geheiratet und sich ein kleines Häuschen am Stadtrand gekauft. Emilie hat ihr Jurastudium (!) mit Bravour abgeschlossen (wer hätte das von dem kleinen Wildfang je gedacht) und arbeitet seid ein paar Jahren, als Rechtsanwältin für Familienangelegenheiten in der Kanzlei ihres Vaters.
Betty und Julius, sind noch immer glücklich verheiratet.
Jo wohnt mit ihrem Mann Dirk mittlerweile in einem kleinen, süßen Einfamilienhaus, gar nicht so weit von ihrem Elternhaus entfernt, hegt und pflegt mit Begeisterung ihr großes Erdbeerbeet, arbeitet halbtags in ihrem Job als Friseurin und erzieht mit viel Liebe und genauso viel Engelsgeduld ihre mittlerweile fast fünfzehnjährige Tochter Emma.

Wir schreiben das Jahr 2004!
Kinder, wie die Zeit vergeht...

Betty kommt vom Einkauf zurück. Natürlich hat sie wieder mal viel Zuviel eingekauft. Seit die Kinder aus dem Haus sind, hat sie wirklich Schwierigkeiten bei der Essenskalkulation.
„Uahh, die Sachen werden auch immer schwerer!"
Angestrengt wuchtet sie zwei prallgefüllte Einkaufstaschen aus dem Kofferraum und schleift sie ächzend ins Haus. Achtlos stellt sie sie in der Mitte der Küche auf den Boden, um keuchend, wie eine alte Dampflok, auf dem nächstbesten Küchenstuhl zusammen zu sinken.
Herrje, sie pfeift ja schon fast aus dem letzten Loch.
Leichter Schwindel packt sie und sie schließt kurz die Augen, um das Karussell in ihrem Kopf abzubremsen. Dann stemmt sie sich kopfschüttelnd hoch, nimmt sich ein Glas aus dem Schrank und trinkt ein Schluck kaltes Wasser aus dem Hahn. Kleine Schweißperlen kleben an ihrer Stirn. Naja, mit 60 Jahren ist man halt kein junger Hüpfer mehr. Der letzte grippale Infekt hat ihr ganz schön zugesetzt. Seufzend stellt sie das halb leer getrunken Glas auf der Spüle ab. *Es hilft ja nix. Das Haus hält sich nicht von alleine sauber und der Garten muss auch in Schuss gehalten werden.* Sie lacht kurz auf. *Und solange es kein Gemüse gibt, dass sich eigenhändig wäscht und von alleine in den Kochtopf hüpft, muss sie sich halt selbst an den Herd stellen. Ah, ich darf die Waschmaschine nicht vergessen.*
Frederick kommt die Wäsche heute Abend noch abholen. Hoffentlich dauert die Reparatur seiner Waschmaschine nicht zu lange. Sie tut es ja gerne für ihren erwachsenen Sprössling, doch noch lieber würde sie jetzt gerne die Beine hochlegen. Ach ja...und die Hemden muss sie dann auch noch bügeln.
Aber zuerst backe ich Emma den versprochenen Kuchen. Nein, **zuerst** *wird die Post reingeholt.* Betty seufzt.
Müde wankt sie nach draußen, öffnet den Briefkasten und bricht unerwartet, im hellen Licht der Vormittagssonne auf ihren eigenen Eingangsstufen, bewusstlos zusammen...

Mit eiligen Schritten, die knatschige, kleine Emma hinter sich herzerrend, stürmt Jo in die Eingangshalle des Krankenhauses. Sofort peilte sie die Information an und sprudelt am Tresen los,
„Frau Mencke. Betty Mencke. In welchem Zimmer finde ich sie?"
Emma fängt an zu weinen. Jo bedauert ihr harsches Verhalten,
„Schscht...nicht mein Schatz."

Die nette Dame am Empfang lächelt Emma aufmunternd an und gibt ihrer Mutter gleichzeitig die Auskunft, „Zimmer 218!" „Vielen Dank!" Jo ringt sich ein knappes Nicken ab und wendet sich augenblicklich den Aufzügen zu. Emma im Schlepptau.
„Keine Angst, Schätzchen!" Nervös drückt sie mehrmals auf den Aufzugsknopf und trippelt ungeduldig. PING! „Endlich, da ist er!" Hastig steigen sie ein und drücken die zweite Etage.
Oben, im Flur kommen ihr Julius, ihr Vater und ein weißgekleideter Arzt langsam entgegen. Offensichtlich sind sie in ein ernstes Gespräch vertieft. Das sagt zumindest der Gesichtsausdruck ihres Vaters. Besorgt eilt Jo zu ihm, „Papa, Papa...wie geht es ihr?"
Ihre Schritte klingen dumpf auf dem unscheinbaren Linoleumboden.
Jules wendet sich ihnen zu. Tiefe dunkle Augenringe verunstalten seine sonst so freundliche Miene, „Sie schläft!" Er beugt sich zu seiner verschüchterten Enkelin herunter, „Na, meine Süße? Hoffentlich hat die Mama dir keinen allzu großen Schreck eingejagt?!"
Jo bohrt ungerührt weiter, „Was ist denn passiert?" Jules richtet sich wieder auf und atmet erschöpft durch, „Sie wurde ohnmächtig. Gott sei Dank hat Frau Müller gerade ihre Begonien auf dem Küchenfenster gegossen und hat es gesehen. Sie hat sofort den Krankenwagen gerufen, ist dann zu ihr gelaufen und hat so lange gewartet, bis der Notarzt da war." Jo's ängstlich geweitete Augen blicken rüber zum Arzt, der die ganze Zeit über stillschweigend danebengestanden hat, „Was hat sie denn?"
Der Arzt räuspert sich, „Nun ja, wie ich eben ihrem Vater schon erklärt habe, haben wir, nach ein paar Tests, die wir sofort veranlasst haben, den Verdacht auf eine Myokarditis...eine Herzmuskelentzündung.
Wie weit sie fortgeschritten ist, können wir erst nach ein paar weiteren Untersuchungen sagen." Er nimmt seine Brille ab und putz sie umständlich mit einem parat gehaltenen Brillentuch, „Ich hatte eben ihren Vater gefragt, ob ihre Mutter in letzter Zeit irgendeinen Infekt hatte?"
„Ja...", unsicher blickt sie ihren Vater an, „...sie hatte vor ein paar Wochen eine ziemlich üble Grippe!"
Der Arzt setzt seine Brille wieder auf, „Ja, dass erwähnte ihr Vater auch. Möglich, dass sie die Grippe nicht sorgfältig auskuriert hat. Dann kann es passieren, dass der Herzmuskel angegriffen wird.

Aber wie gesagt…", er tätschelt beruhigend Jo's Arm und zwinkert Emma zu, „…näheres wissen wir nach den ausführlichen Tests." Mit einem letzten ermunternden Lächeln verabschiedet er sich und ist mit seinen Gedanken wahrscheinlich schon bei der nächsten Krankenakte. Jules steht mit hängenden Schultern vor seiner Tochter und seiner Enkelin, „Sie schläft im Moment!" Hilflos fummelt er an seinem Hosenbein und zieht die Bügelfalte unnötigerweise glatt. Jo hat Mitleid mit ihrem Vater. Sie nimmt ihn am Arm und zieht ihn in Richtung Aufzüge, „Ja, ich weiß! Komm, Papa, gehen wir erst mal einen Kaffee trinken!" Während sie auf den Lift warten, fragt sie vorsichtig, „Wissen die anderen schon Bescheid?"

Jules nickt geistesabwesend und betrachtet die leuchtenden Ziffern über dem Aufzug, „Nur Gabriel habe ich noch nicht erreichen können!"

„Macht nix, ich probiere es später bei ihm. Vielleicht habe ich mehr Glück!" Der Lift kommt, verschluckt die drei und befördert sie nach unten ins Parterre.

Gemeinsam betreten sie das kleine Café und bestellen sich erst mal Kaffee für sich und eine Limo, mitsamt Schokohörnchen für Emma. Stumm sitzen sie ihre Wartezeit ab.

Zwei Stunden später versammelt sich die komplette Familie, außer Gabriel, im Warteraum, direkt gegenüber Zimmer 218. Eine zierliche, schwarz gelockte Lernschwester streckt ihren Kopf herein, „Sind sie die Familie Mencke?" Allgemeines Nicken.

„Der Oberarzt möchte sie in seinem Büro sprechen. Ich begleite sie hin." Stumm, wie eine verängstigte Herde Schafe folgen sie ihr.

Klopf. Klopf.

Eine dunkle Stimme antwortet sofort, „Herein!"

Die junge Lernschwester schiebt ihren Kopf in den Türspalt, „Die Familie Mencke ist da." „Sollen hereinkommen!"

Leise betritt einer nach dem andern das geschmackvoll eingerichtete Büro des Oberarztes.

„Bitte…", er weist auf eine dunkelgrüne Polstergarnitur in der Ecke, neben dem großen Panoramafenster, „…nehmen sie doch Platz!" Noch immer wortlos, verteilen sich alle auf der großzügigen Couchfläche.

Nur das Schaben der Schuhe und das Rascheln der Kleider ist zu hören. Alle Augen hängen gebannt an dem Mann, hinter dem überladenen Schreibtisch.

Umständlich setzt sich der Oberarzt im Sessel zurecht, nimmt seine Brille ab und poliert die Gläser mit einem feinen weißen Tuch und setzt sie wieder auf.
Jo denkt noch: *Scheint hier eine Art Ritual zu sein!*
Dann konzentriert sie sich wieder und lauscht den Ausführungen, die der Arzt von sich gibt.
„So, die Untersuchungen sind abgeschlossen!"
Erwartungsvolle Stille, die nach ein paar Sekunden von Frederick unterbrochen wird, „Und?"
Die Augen des Oberarztes ruhen auf Jules, dem Ehemann seiner Patientin.
„Es ist ernster als wir am Anfang angenommen haben. Es handelt sich um ein Riesenzellmyokarditis, übergreifend auf den Perikarderguss."
Fragende Blicke schießen durch den Raum. Jo rutscht vor, „Und was heißt das genau?"
„Nun ja…", wieder nimmt er das kleine weiße Tuch und greift noch mal nach seiner Brille. Jo, die neben ihm sitzt, legt ihm sanft, aber bestimmt die Hand auf den Arm und schaut den Arzt bittend an. Der lässt sofort den Arm sinken und atmet kurz durch, „Ihre Mutter…ihre Frau… hat einen schweren Infekt übergangen und nicht auskuriert. Somit hat sich, laut MRT, der Herzmuskel entzündet. Ihr muss es schon länger ziemlich schlecht gegangen sein, aber offensichtlich hat sie sich nicht geschont.
Die Entzündung hat dann noch den Herzbeutel angegriffen." Er schaut der Reihe nach jeden an, „Der Schaden an ihrem Herz ist mittlerweile irreparabel." Er beugt sich vor und fixiert Jules, der langsam und kümmerlich im Polster verschwindet. Doch dies verschont ihn nicht vor einer weiteren Hiobsbotschaft, „Ich bin ehrlich, Herr Mencke. Wenn ihre Frau kein neues Herz bekommt, stirbt sie!"
Schock malt sich auf allen Gesichtern ab. Schock und Unverständnis! *So ernst ist die Lage?* Emma weint. In der betroffenen Stille hört sich dies erbärmlich an. Aber ihre leisen Worte, klingen wie ein Donnerhall, „Ich will nicht, dass Oma stirbt!"
Der Oberarzt räuspert sich nochmals und er wendet den Blick von der kleinen Emma ab, „Das ist allerdings nicht das einzige Problem, das wir haben."
Jules stöhnt verzweifelt und zerwühlt in einer verzweifelt wirkenden Geste sein Haar, „Was denn noch? Was kann denn noch schlimmer sein?""

Der Arzt lehnt sich leicht im Sessel zurück, schließt die Augen, faltet die Hände über seinem weißen Kittel und überlegt, wie er der Familie, die weitere Botschaft so sanft wie möglich beibringen kann.
Doch er erkennt, es gibt keine sanfte Methode. Deswegen atmet er einmal kräftig durch und öffnet seine Augen wieder, „Ihre Frau möchte kein neues Herz!"
Entsetzte Blicke treffen den Arzt, wie kleine, stechende Pfeile.
„Herr Mencke...", der Oberarzt beugt sich jetzt nach vorne, rückt seine Brille zurecht, „...sie und ihre Kinder müssen mit ihrer Frau reden. Dringend! Uns läuft die Zeit davon!"
Wehmütig lächelnd erhebt sich Jules schwerfällig und reicht dem Arzt die Hand, „Vielen Dank für ihre Offenheit. Ich werde es versuchen. Aber ich bin mir nicht sicher, ob es was helfen wird. Meine Frau würde so etwas, nie einfach grundlos ablehnen."
Traurig schaut er rundum seine Kinder und sein Enkelkind an, „Lasst uns zu Betty gehen!"
Ein paar Minuten später stehen sie schweigend vor Zimmer 218. Jeder will hinein, doch niemand traut sich, die Tür zu öffnen.
„Wir sollten nicht alle auf einmal rein." Frederick nimmt seine beiden Schwestern am Arm. „Wir gehen eine Runde spazieren, Papa, und kommen dann später zu ihr."
Jules nickt, öffnet die große schwere Krankenzimmertür und verschwindet dahinter.
Zurück bleiben Bettys Kinder und Emma...

Da liegt sie nun. Bleich, mit geschlossenen Augen. Ihr schmaler Körper verschwindet fast vollends unter der hellblauen Decke. Leise tritt Jules an ihr Bett und legt seine warme Hand auf ihre. Bettys einstmals leuchtend rotes Haar, mittlerweile durchzogen von breiten silbrigen Strähnen, liegt matt und kraftlos auf dem Kopfkissen ausgebreitet. Jules Augen füllen sich mit Tränen und er zwinkert sie hektisch zurück. Leise flüstert er, „Betty, Schatz?"
Müde öffnet sie die Augen, „Hallo Jules!" Sie hustet kraftlos.
Mit einem schnellen Griff zieht er sich einen Stuhl heran und setzt sich.
Betty lächelt ihn schwach an, „Schau doch nicht so betrübt!"
„Betty, der Arzt hat mit uns gesprochen...", er schluckt angestrengt, „...er sagte, es ist sehr ernst. Er sagt...!" Jules bricht ab und senkt den Kopf.
Betty nickt, „Ich weiß, Schatz. Ich weiß!"

Innständig bittend nimmt er ihre beiden Hände in seine und haucht einen Kuss drauf, „Betty, wenn du kein neues Herz bekommst…", er unterdrückt ein Schluchzen, „…dann stirbst du!"
Bettys Augen schimmern verdächtig in ihrem fahlen, eingefallenen Gesicht, „Ich weiß!"
„Liebling…warum?" Er kann seine Tränen nicht länger zurückhalten.
Sanft befreit Betty ihre Hand aus seiner und wischt ihm über die nasse Wange, „Ich kann nicht!" Mehr sagt sie nicht!
Ihr Mann begreift nicht, „Aber wieso…wieso willst du dir nicht helfen lassen…WIESO…ich verstehe es nicht!"
„Jules…", nachdenklich blickt sie ihn an, „…ich kann mit keinem fremden Herz leben. Ich liebe und fühle mit MEINEM Herzen!"
„Aber Betty…", aufgebracht springt er auf und rauft sich das Haar, „…das ist doch nur ein Organ! Ein blutpumpendes Organ, dass keinerlei Bedeutung für Gefühle hat!"
Betty schnauft laut und stemmt sich, trotz ihrer Schwäche auf, „ES IST MEIN HERZ!" Jules weit aufgerissene Augen starren seine Frau an. Dann fällt er urplötzlich in sich zusammen.
Hilflos und von Weinkrämpfen durchgeschüttelt, sinkt sein Oberkörper auf ihr Bett. Erschöpft lässt Betty den Kopf ins Kissen zurückfallen. Ihre strahlend blauen Augen ruhen liebevoll auf dem Hinterkopf ihres Mannes. Streichen sanft sie über sein Haar, „Jules…sieh mich an!" Unendlich langsam hebt er den Kopf. Eine einzelne Träne rollt herunter und tropft lautlos auf die Decke.
„Jules, Schatz…ich liebe dich von ganzem Herzen…das weißt du doch." Stumm nickt er.
„Ich bin sechzig Jahre alt. Wir haben vier wundervolle Kinder großgezogen. Alle sind sie gesund und wohlgeraten." Ihre Blicke tauchen ineinander.
„Jules…wir hatten doch ein schönes Leben!" Schluchzend nickt er wieder.
„Schatz…ich habe ein ausgefülltes Leben hinter mir. Besser hätte es nicht sein können. Wenn meine Zeit jetzt abgelaufen ist…bin ich bereit!"
Ein heiseres Flüstern, dass sämtliche Verzweiflung zu Tage befördert, antwortet ihr, „Aber ich bin noch nicht bereit! Ich…ich…!""
„Ich weiß Schatz, ich weiß…!" Tröstend bettet sie seinen Kopf an ihre Schulter „Tut mir leid, Liebling…aber ich kann einfach nicht!"
Jules kann und will sich nicht mit ihrer Antwort zufriedengeben, „Du wirst sterben!"

Doch auch diese Aussicht scheint Bettys Meinung nicht ins Wanken zu bringen, „Ich weiß!"
Ein Blick in die Augen seiner todkranken Frau verrät Jules, dass die Entscheidung gefallen ist. Und plötzlich erfüllt ihn eine ungeahnte Ruhe. Fest nimmt er seine Frau in den Arm, „Glaub nur nicht, dass du lange vor mir Ruhe haben wirst!" Traurig lächelt sie, „Wir werden sehen…wir werden sehen!"
Lange liegen sie sich in den Armen und fühlen einfach nur stumm die Wärme des anderen. Nach einer scheinbar kleinen Ewigkeit richtet sich Jules auf, „Die Kinder kommen gleich. Was soll ich ihnen sagen?"
Betty, schon kurz vorm eindösen, ihre Stimme so leise das er sie kaum noch versteht, antwortet, „Dasselbe was ich dir gesagt habe!" Dann ist sie eingeschlafen.
Mit klopfendem Herzen steht er auf, küsst seine Frau noch liebevoll auf die Stirn und geht raus. Draußen warten Frederick, Jo, Emma und Emilie. Hoffnungsvolle Blicke heften sich an ihren Vater und sie haben Mühe, sich zurückzuhalten.
Mit einer müden Geste lotst er sie in den, nun leeren, Besucherraum. Leise schließt er die Tür hinter ihnen. Seine Schultern sacken nach vorn und er blickt ratlos in die Gesichter seiner Kinder. Emilie fast sich angsterfüllt an die Brust, „Was ist nun?"
Schweren Herzens erfüllt Jules seiner Frau ihren wohl letzten Wunsch und gibt ihren letzten Willen preis…

*

Auch bei mir nebenan ist die Zeit nicht stehen geblieben. Nach einer weiteren extrem guten Weinlese, die meine komplette Aufmerksamkeit und meine gesamte Energie erfordert hat, steht auf einmal Joanna, meine Großmutter, völlig überraschend vor der Tür, **„Hallooo, Anabelle…ich bin wieder dahaa! Wo bist du?"**
Jamie richtet sich auf und nimmt mir den Stück Zaun aus der Hand, mit dem wir gerade mein wunderschönes, blühendes Veilchenherz umzäunen wollen, da Rosalinde sie fast kaputt geschnuppert hat und lacht, „Ich glaube, deine Großmutter ist wiederaufgetaucht. Hört sich zumindest nach Joanna an!"
Eigentlich müsste ich meiner Oma wegen ihrer unverhofften Reise ins Unbekannte, ja böse sein, doch im Augenblick bin ich ihr ganz und garnicht böse. Im Gegenteil!

Freudig richte ich mich auf und plärre wie eine Marktschreierin, **„Wir sind hinter dem Haus, Oma!"** Obwohl ich mich wie Bolle freue, dass sie wieder da ist, will ich ihr doch einen kleinen Denkzettel verpassen Mit übertrieben, beleidigter Miene starre ich ihr entgegen. Fröhlich lachend kommt Joanna, braungebrannt wie eine gegrillte Toastscheibe, um die Ecke, schwebt mir wie ein Elfe entgegen, natürlich mal wieder barfuß, in einem ihrer berühmten Wallewallekleider und eilt mit ausgebreiteten Armen auf mich zu, „Hallo, Liebchen. Ist das so schön, dich wiederzusehen! Wie geht es dir?"
Ihr unverkennbarer Veilchenduft steigt mir in die Nase und mildert meinen unterdrückten Groll etwas.
Schniefend und ziemlich undamenhaft, reibe ich mir die Nase und platziere gekonnt meinen gerechtfertigten Vorwurf, „Wo warst du denn so lange?"
Omi zuckt etwas zurück und mustert mich, „Na, das ist aber ein unfreundlicher Empfang. Da fährt man mal kurz in Urlaub und schon bekommt man fast den Kopf abgerissen." Schelmisch zwinkert sie Jamie zu, „Ich wusste dich doch in guten Händen, Liebchen!"
Auch wenn die Freude über ihr Ankommen riesig ist, meine Enttäuschung ist NOCH größer. Ich blaffe sie an, **„WO WARST DU?"**
Verstört blickt Joanna von einem zum anderen, „Aber Anabelle, was ist den Kindchen. So kenne ich dich gar nicht!" Bestürzt tritt sie einen Schritt zurück. Mein verletztes Ego drängt sich unbarmherzig nach vorne, **„Ich habe meinen Enkel Cyrille hier gehabt. Aber du warst nicht da! Barbara und Bert sind zurück nach nebenan. Aber du warst nicht da! Jo hat mittlerweile wieder ein Kind. Ein Mädchen namens Emma. Aber du warst nicht da!"**
Mein Zorn schraubt sich hoch. Wütend schnaufe ich, **„Also, wo warst du?"**
Unsicher knibbelt Joanna an ihrem Kleid rum…hilfesuchend wandert ihr Blick zu Jamie, der ebenso hilflos die Schultern zuckt. Leichte Schamesröte kriecht ihren Hals hoch. Verlegen blickt sie unter sich. Plötzlich…
„Schimpf nicht mit deiner Großmutter, Sie war bei mir!" Erst jetzt bemerke ich den jungen, und nebenbei bemerkt, äußerst attraktiven Mann, hinter ihr.
Meine Laune sinkt auf den Nullpunkt, „Und wer bist du, wenn ich fragen darf?"

„Anabelle, Liebchen…", sie greift hinter sich und schiebt den Mann wie ein Schutzschild vor sich, „…das ist…das ist Klaus!"
Betont gelangweilt betrachte ich meine, im Augenblick ziemlich schmutzigen, Fingernägel, „Und?"
Wer ist schon Klaus?
„Anabelle, Kleines…", Omi schluckt nervös, „…er ist…er ist mein Mann!"
Ich rucke hoch und glotze meine Großmutter an und geifere ihr dazwischen, **„Du hast geheiratet? Habe ich mich jetzt etwa verhört? Spinne ich, oder was?"** Empört über diesen Zustand, wende ich mich abrupt zu Jamie um, **„Hast du das gehört…sie hat einfach geheiratet! Während bei mir das Chaos ausbricht und alles in Schutt und Asche zerfällt, geht sie einfach mal so heiraten!"** Jamie kommt langsam auf mich zu, „Schatz, lass sie doch mal ausreden!" Er nimmt mich in den Arm und nickt dem Fremden zu.
Galant verbeugt sich der hübsche Mann, tritt mutig an mich heran, nimmt meine Hand und haucht einen Kuss darauf, „Darf ich mich erst mal vorstellen. Früher hieß ich Klaus Huth. Heute nur noch Klaus. Ich bin dein Opa, kleine Anabelle!"
Uff…ein Faustschlag in den Magen hätte denselben Effekt gehabt.
Mit offenem Mund japse ich nach Luft.

Dies gibt Klaus die Gelegenheit, seiner Frau, MEINER Oma, einen belustigten Blick zuzuwerfen, „Du hast recht Joanna Schätzchen…", er lacht leise, „…unsere Enkeltochter ist sehr, sehr impulsiv." Er wendet sich wieder um und streckt Jamie die Hand entgegen, „Und du musst Jamie, ihr Freund, sein! Ich habe schon viel von dir gehört…von euch beiden!" Verzweifelt einen Lachanfall unterdrückend, denn mein Gesicht ist ein einziges, riesengroßes O, kann Jamie nur nicken und schüttelt Klaus die Hand, „Freut mich dich kennenzulernen, Klaus…Opa von Anabelle!"
Mein Zorn ist restlos verraucht. Nein, nicht verraucht…er wurde einfach von einem mächtigen Opa-Orkan hinweggefegt und hat mich wie ein Volldepp zurückgelassen. Geplättet und auch ziemlich verlegen stehe ich einfach da und fühle mich wie ein kleines unartiges Mädchen, dass nicht weiß, wie es seine Entschuldigung herausdrucksen soll. Ich versuche es dennoch, „Du…du bist mein Opa? Aber du bist doch…!"
Er lächelt wissend, „Ja, tot, ich weiß!"
Ich schlucke verwirrt, „Äh…ja…nein…ich meine…!"

Oma erbarmt sich meiner, „Ach Liebchen…", sie kommt auf mich zugestürzt, nimmt mich in den Arm und klopft mir beruhigend auf den Rücken, „… Klaus war lange auf der Suche nach mir. Und als er dann einen glücklichen Tipp von den Mooshammers bekam, du weißt schon, die Familie die den tollen Stoff herstellt, aus denen Babara immer die schönen Kleider näht, machte er sich auf den Weg und stand eines Tages ganz plötzlich vor meiner Tür."
Verliebt greift Joanna nach der Hand ihres Mannes, „Es tut mir leid, Liebes, das ich einfach so verschwunden bin. Aber Klaus und ich… hatten uns **so viel** zu erzählen…wir haben einfach etwas Zeit für uns gebraucht." Ihr bittender Blick durchdringt meine Verwirrtheit. Ich versuche Ordnung in das Chaos in meinem Kopf zu bringen und nuschele versöhnlich, „Oma, nicht, ist schon gut. Du brauchst dich doch nicht zu entschuldigen."
Zerknirscht reiche ich nun auch Opa Klaus die Hand, „Ich glaube, ICH muss mich entschuldigen." Vor Verlegenheit glühen meine Ohren. Mit einem Seitenblick auf Omi, schiele ich meinen sympathischen Opa an, „Wenn ich gewusst hätte, dass du meinen Opa in Schlepptau hast, hätte ich euch beide bestimmt nicht so angepflaumt!"
Gelöst umfasst mich Joanna am Arm, „Komm, Liebchen. Gehen wir rein und trinken wir ein Gläschen von deinem herrlichen Wein. Du hast mir wohl einiges zu berichten! Wo sind eigentlich Rosalinde und Socke?" Sie schaut sich suchend um. Lachend winke ich ab, „Die sind bestimmt bei Sabine, Marmorkuchen futtern." Großmutter stutzt, „Hä, wer ist Sabine?" Amüsiert blitze ich sie an, „Ich habe dir wohl wirklich einiges zu erzählen!"
Bis tief in die Nacht sitzen wir weinschlürfend, lachend und plaudernd am gemütlichen Küchentisch und ich bringe Oma mal auf den neuesten Stand. Doch immer wieder bemerke ich die verstohlenen Blicke die Klaus und Joanna sich zuwerfen. Irgendwann wird es mir dann doch zu bunt, „Habt ihr was auf dem Herzen, was ihr UNBEDINGT loswerden wollt? Oder möchtet ihr euch vielleicht zurückziehen?" Betreten und auch ein bisschen ertappt schauen sich die beiden wieder an. Mein Opa ergreift das Wort, „Ja, da gibt es wirklich etwas was wir dir sagen wollen." Oma unterbricht mich sofort, „Klaus, Liebling, kann das nicht noch warten? Meinst du wirklich, dass **jetzt** der richtige Zeitpunkt ist?" Opa nickt und tätschelt Omas Arm, „Ich denke schon."
Oma blickt ihren Mann schon fast bettelnd an, „Aber, nach all den Sachen…!"

Aber Opa bleibt hartnäckig, „Doch Joanna, wir können es nicht aufschieben!" Joannas Widerstand erlahmt, „Ach, ich weiß nicht...!"
Wie bei einem Pingpongspiel, blicke ich während dieses Schlagabtauschs interessiert von einem zum anderen, „Was ist denn nun los? Nur raus damit!"
Mein Opa kratzt all seinen Mut zusammen, „Anabelle, wir müssen dir was sagen!" Neugierig beuge ich mich vor, „Das ist ja wohl ganz offensichtlich! Nun? Was ist es denn?"
„Deine Oma und ich...wir gehen zurück!" Oma schaut mich in Erwartung eines Donnerwetters, halb ängstlich an. Doch meine Leitung scheint einen Knoten zu haben.
„Zurück? Wohin? Zu dir?"
Joanna umfasst meine Hand und drückt sie sachte, „Nein, Liebchen. Wir gehen zurück nach nebenan!" Regungslos sitze ich am Tisch und lausche dem Nachhall der Bombenexplosion in meinen Kopf.
Da laust mich doch der Affe!
Zum zweiten Mal an diesem Tage klappt mir meine Kinnlade bis zu den Fußsohlen!
„Im Ernst?"
Beide nicken.
„Aber warum?"
Jamie rückt dicht an mich ran, wohl in der Hoffnung, mit Trost spenden zu können, „Sie wollen noch mal leben!"
Ein Wechselbad der Gefühle erfasst mich. Verständnislosigkeit. Wut. Trauer. Bewunderung. Alles wirbelt auf einmal in meinem Kopf und verwüstet mein bisheriges Denken. Kopfschüttelnd stehe ich auf und gehe unsicher zum Fenster, „Ich verstehe das nicht!"
Wie ein kleines hilfloses Kind komme ich mir vor. Ich muss ziemlich mitleiderregend wirken.
„Anabelle...", Großmutter kommt rüber zu mir, „...Anabelle...dein Opa...also Klaus und ich... du weißt doch, dass wir damals nicht viel Zeit hatten. Der Krieg hatte uns ziemlich schnell auseinandergerissen. Wir wollen einfach nur mal zusammenleben können. Gemeinsam Zeit verbringen. Gemeinsam das Leben genießen. Kannst du das verstehen?"
Ja, mein Herz kann es sehr wohl verstehen, aber mein Verstand ist ein ziemlich egoistisches Schwein, dass nur an sich denkt.
Minutenlang stehe ich dort am Fenster und schaue raus. Fechte einen üblen inneren Kampf mit mir selbst aus.

Keiner stört mich in meinem Gedankenchaos. Mein innerer Schweinhund wütet und tobt!
Nach endlos langen, zähen Minuten drehe ich mich um, tapfer lächelnd, mit den Tränen kämpfend und schaue Oma und Opa an, „Ich wünsche euch viel Glück und… alles, alles Gute in eurem zukünftigen Leben." Mein Lächeln fällt allerdings etwas schief und unglücklich aus.
Mit einem Taschentuch bewaffnet, gesellt sich Jamie zu mir und wischt meine, bereits kullernden Tränen weg, „Ich bin so stolz auf dich, mein Schatz!" Mir ist sein Verständnis irgendwie peinlich und ich wiegele ab, „Ja, ja, ich weiß!"
Energisch reiße ich ihm das Tuch aus der Hand und schnäuze geräuschvoll hinein. Noch immer leicht schniefend, wende ich mich mit geröteten Augen der kompletten Runde zu, „Wann soll es denn losgehen?"
„Heute Abend schon."
„WAS?" Der soeben versiegte Tränenstrom beginnt wieder unkontrolliert zu fließen, „Ach Oma, ich wird dich furchtbar vermissen!" Ich werfe mich in ihre ausgebreiteten Arme.
„Ach, mein Engel, ich dich auch!" Liebevoll wiegt sie mich, wie in Kindertagen und summt leise vor sich hin. Ergriffen betrachten die beiden Männer das friedliche Bild von Oma und Enkelin…es ist das letzten Mal.
Diskret verlassen sie den Raum…lassen uns Zeit zum Verabschieden!
Viel Glück Oma! Ich habe dich so unsagbar lieb!

Der nächste Morgen bricht an. Unbarmherzig kehrt die schwarze Wolke der Erinnerung zurück. Es ist der Tag DANACH!
„Guten Morgen Schatz!" Jamie kommt mit einem voll beladenen Tablett die Treppe hoch und stellt es auf meiner Bettdecke ab, „Ich dachte, du könntest ein kleines Trostfrühstück gebrauchen."
Niedergeschlagen betrachte ich all die Köstlichkeiten. Heiße Schokolade mit einem extra großen Sahnehäubchen. Mit Schokocreme gefüllte Hörnchen. Eine kleine Schale Knusperschokoflocken und warme Schokomuffins mit flüssigem Schokoladenkern.
„Wow, heute fährst du aber alles auf! Willst du, dass ich ein Schokoladentrauma erleide?"
Jamie lacht, bricht ein Hörnchen durch und reicht mir die Hälfte, „Schokolade macht glücklich!" Herzhaft verschlingt er seine Hälfte des Hörnchens.

Ich seufzte resigniert,
„Ach, Jamie, ich weiß gar nicht was ich von all dem halten soll!" Er betrachtet sich verblüfft das Tablett, „Ähm…es ist doch nur ein Frühstück." Er lacht, stellt das Tablett auf den Boden und macht Anstalten, zu mir unter die Decke gekrochen zu kommen.
„Nein…", ich werfe ihm scherzhaft das Kopfkissen über, „…du weißt was ich meine!"
Er setzt sich mit ernster Miene wieder auf und presst das Kissen an sich, „Anabelle, was ist für dich denn das schlimmste. Das sie gegangen sind und dich zurückgelassen haben oder das sie gegangen sind und leben wollen?" *Eine gute Frage!*
„Ich weiß nicht." Grübelnd starre ich aus dem Fenster. Er ergreift meine Hand und zieht mich an seine warme Brust.
Sein Kinn senkt sich auf meinen Scheitel, „Findest du das Leben denn so schrecklich?"
„Nein…aber…ach, ich weiß auch nicht! Und ehrlich gesagt will ich auch nicht darüber nachdenken." Ich fühle mich elend und würde mich am liebsten den ganzen Tag unter der Decke verkriechen.
Jamie schaut mir vorsichtig in die Augen, „Anabelle…, wenn ich dich fragen würde, ob **du** mit mir nach nebenan gehst, was würdest du sagen?"
„Ich würde sagen, warum denn. Wir haben das perfekte Leben hier!"
Trotzig starre ich auf meine verkrampften Finger hinab.
„Anabelle, das hier ist nicht das Leben."
Er blickt betroffen runter auf seine nackten Füße.
„Anabelle, ich würde gerne mit dir leben wollen…für dich sorgen…dir ein Heim schaffen…der Vater deiner Kinder werden…dich pflegen, wenn du krank bist…mit dir lachen, wenn du dich freust…mit dir weinen, wenn du traurig bist…dich einfach nur lieben…bis wir alt, grau und tatterig sind."
Schockiert starre ich ihn an. *Ich wusste ja, dass ihm dieser Gedanken schon durch den Kopf geschossen ist, aber so präzise und eindeutig hat er sich noch nie ausgedrückt.*
Der Klang meiner Stimme scheint verflogen, „Ich kann nicht!"
Jamie sitzt noch ein paar Sekunden reglos auf der Bettkante. Dann streift er sich seine Slippers über. Seine Miene hat sich schlagartig verhärtet, „**Kannst du nicht oder willst du nicht oder traust du dich einfach nicht!**" Wütend springt er auf, „**Ich liebe dich Anabelle und ich verstehe einfach nicht, warum du dich vor einem Leben mit mir drücken willst.**"

Verletzt lacht er kurz auf, "**Es sei denn, DU liebst mich nicht wirklich…in diesem Fall kann ich deine Entscheidung nachvollziehen und gehe jetzt wohl besser!**" Er dreht sich auf dem Absatz rum, stürmt die Treppe nach unten und knallt mit voller Wucht die Haustür so fest hinter sich zu, dass die Wände erbeben. Die nachfolgende Stille ist fast noch schlimmer wie sein Wutausbruch.
Ach Omi…JETZT könnte ich dich gut gebrauchen!
Unbemerkt rollen Tränen über meine Wangen. In diesem Moment kommt Socke winselnd, mit eingeklemmtem Schwanze, nach oben geschlichen und kuschelt sich dicht an mich. Nach Trost suchend presse ich mein Gesicht in sein warmes, flauschiges Fell. So verharren wir einige Minuten…oder Stunden…ich weiß es nicht. Irgendwann versiegt auch der längste Tränenstrom. Liebevoll kraule ich Socke's Ohren, "Das wird schon wieder, Der regt sich wieder ab!"
Wenn will ich eigentlich damit trösten? Socke oder mich?
Tapfer wische ich mir die Tränenspuren von der Wange, "Wo ist eigentlich Rosalinde?" Mühsam schäle ich mich aus der Decke und laufe nach unten, zuerst in die Küche. Mitten im Raum, umgeben von Muffinresten, sitzt die Gesuchte mit schokoladenverschmierter Schnauze und schaut mich traurig an. Langsam gehe ich in die Hocke, wische ihr mit einem Küchentuch sachte die braunen, klebrigen Reste vom Mäulchen, "Keine Angst, Mädchen. Es wird alles wieder gut!" *Mein Wort in Gottes Gehörgang!*
Ziellos streife ich die nächsten Stunden durch meine Weinberge und stopfe mich gedankenverloren mit meinen süßen Trauben voll, bis mir so richtig übel ist. Unaufhörlich kreisen meine Gedanken. Erst Cyrille! Dann Barbara und Bert! Meine süße Jo! Ihre Emma! Joanna und Klaus! Und natürlich Jamie! Ein Mischmasch aus Menschen, die sich in meinem Herzen tummeln. Eine kalte Brise lässt mich jäh erschauern. Mein Blick wandert hoch zum Himmel. Dicke, graue Wolken türmen sich hoch hinaus. Zuerst gucke ich nur blöde. Doch dann…
Oh, oh, was ist denn jetzt? Bitte nicht! Ach, Jo. In meiner jetzigen Verfassung bin ich dir bestimmt keine große Hilfe. Ich zaudere kurz.
Erste schwere Tropfen fallen auf die Blätter der Weinstöcke.

Aber natürlich würde ich meinen kleinen Engel NIE im Stich lassen, egal wie scheiße es mir selbst gerade geht! Hastig eile ich zurück ins Haus.

Traurig und mutlos betrachte ich den Regenschauer vom Inneren meiner Behausung. Mein Blick wandert zu der kleinen, grünen Holztür in der Ecke.

Komm, reiß dich zusammen, Anabelle. Um DEINE Probleme kannst du dich später noch kümmern. Jetzt braucht Jo dich!

Ich atme einmal kräftig durch, richte mich zu meiner vollen Größe auf, trete zur Tür und öffne sie in Erfüllung meiner Pflicht...

*

Blass und schwach liegt Betty in ihrem Bett. Ihr Brustkorb hebt und senkt sich kaum merklich. Es ist später Abend. In den letzten Tagen ist die Familie dazu übergegangen, auch Nachtwache zu schieben. Keiner möchte Betty nun alleine lassen. Heute sitzen Emilie und Jo im Zimmer ihrer Mutter. Emilie hat sich etwas erschöpft, nach einem langen Arbeitstag, ins Gästebett gelegt, das die Schwestern ihnen netterweise zur Verfügung gestellt haben. Jo sitzt auf einem unbequemen Stuhl in der Ecke. Ihre Gedanken wandern zurück zu dem Gespräch mit ihrem Vater. Ein Schauer durchrieselt sie. Schnell reibt sie über die Gänsehaut auf ihren Armen und versucht nicht an diese unerfreuliche Diskussion zu denken. Verständlicher Weise hat keines der Kinder die Entscheidung ihrer Mutter verstanden.

Jules hatte mit Engelszungen auf sie eingeredet, hatte geweint, geflucht und gefleht...bis sich am Schluss alle heulend in den Armen gelegen hatten.

Jo betrachtet ihre Mutter. Das ehemals wunderschöne rote, lockige Haar...nun fade und plattgedrückt.

Die leuchtenden blauen Augen, die so gütig schauen oder auch wütend blitzen konnten...nun im Schlaf geschlossen. Der schmale Mund, der so herzerfrischend und ansteckend Lachen konnte...nun nur noch ein schmaler Strich. Die kleinen zarten, weichen Hände, die so liebevoll trösten und herrlichen Kuchen backen konnten...nun liegen sie weiß und knochig auf der Decke. In gewisser Weise kann sie die Entscheidung ihrer Mutter akzeptieren, aber nicht so wirklich verstehen.

Jo rutscht etwas tiefer in dem ungemütlichen Stuhl. Ihre Augenlider sind plötzlich so schwer.

*Nur ganz kurz schließen...gleich ist sie wieder hellwach...*langsam sinkt ihr das Kinn auf die Brust und sie ist eingeschlafen...

*

Aber das ist ja Betty!
Fassungslos und auch etwas erschrocken trete ich auf das Krankenhausbett zu.
Wie müde sie aussieht. Voller Mitleid mustere ich die kleine kranke Frau vor mir. Meine Augen wandern weiter durch den sterilen Raum.
Da...dort in der Ecke sitzt auch Jo.
Wie erwachsen sie geworden ist. Stolz lächelnd ruht mein Blick auf ihr. Eine Bettfeder quietscht leise und unverhofft. *Nanu, hier ist noch jemand?*
Im Dämmerlicht versuche ich die Person im Nebenbett auszumachen. Es dauert ein paar Sekunden, bis ich erkenne, um wen es sich da handelt. Emilie! Liebe, süße Emilie...mittlerweile eine junge hübsche Frau.
Unglaublich, wie die Zeit vergeht. Ich kann mich noch sehr gut an den kleinen Wildfang von damals erinnern, der immer wie ein Schatten an Jo geklebt hatte. Schmunzelnd denke ich an früher...und vergesse fast, warum ich eigentlich da bin.
Ein leises Stöhnen weckt mich aus meinen Gedanken. *Betty!*
Zärtlich streiche ich ihr leicht verschwitztes Haar aus der Stirn, „Hallo Betty! Meine liebe, herzensgute Betty!"
Langsam öffnen sich ihre strahlend blauen Augen. Ihr verschwommener Blick klärt sich nur langsam. Doch dann erkennt sich mich und sie haucht ungläubig, „Anabelle? ...Ana...bist du es...bist du es wirklich?"
Lächelnd nicke ich.
„Oh...es ist so schön dich zu sehen!" Ihre Augen leuchten.
„Ich freue mich auch dich zu sehen!" Bettys Anblick nimmt mich ziemlich mit und ich versuche, mir meine Betroffenheit nicht anmerken zu lassen.
Ihr Atem geht keuchend und schwer, „Ana... ich bin sehr krank!"
„Ich weiß, Betty, ich weiß." Sanft hauche ich ihr einen Kuss auf die Stirn.
„Rutsch ein bisschen, dann kann ich mich neben dich legen...so wie früher...weißt du noch?" Mühsam rutscht Betty ein paar Zentimeter, „Und ob...", ihr Blick schweift in die Ferne, „...schön war es früher...nicht wahr?" Ich nicke wehmütig, „Ja, fehlt nur noch ein leckerer Bienenstich!" Bettys Lachen geht in einem leisen Hustenanfall unter. Jo bewegt sich kurz unruhig auf ihrem Stuhl, dann ist es wieder still im Raum.

Mitfühlend streiche ich über die eingefallenen Locken, „Schscht...Betty...nur langsam...wir haben keine Eile!" Langsam beruhigt sich ihr Atem wieder. Ihr Kopf wendet sich mit zu, „Was treibt dich in dieser kalten dunklen Nacht zu mir!" In ihrem erfreuten Blick schimmert auch etwas Angst hindurch, als sie mich fragend mustert. Ihre EIGENTLICHE, aber unausgesprochene Frage schwebt wie eine Nebelwolke über uns und ich gebe Betty die Antwort, auf die sie wartet, „Du! Ich bin offensichtlich heute deinetwegen hier!"
Lächelnd betrachtet sie ihre Bettdecke, „Du warst früher schon bei Jo, stimmt's?" Ihr Blick trifft meinen.
Schmunzelnd bestätige ich ihren Verdacht, „Ja, das Ein oder andere Mal."
Bettys Finger wandern über die Bettdecke und umschließen meine Hand, „Du hast ihr jedes Mal, als du da warst, geholfen, nicht wahr? Dafür möchte ich dir danken!"
Verlegen winke ich ab, „War doch selbstverständlich!" Betty schenkt mir ihr typisches, sanftes Betty-Lächeln, „Ana...du hast eine wundervolle Tochter."
Ich betrachte ihr Antlitz ein paar Sekunden lang schweigend, ehe ich sie korrigiere, „WIR haben eine wundervolle Tochter!"
Betty lacht leise und schielt rüber zu Jo, „Ich liebe sie wie mein eigenes Kind!" Selbst im schwachen Licht der verdeckten Nachttischlampe kann ich den warmen Schimmer in ihren Augen erkennen und ich empfinde plötzlich große Dankbarkeit für meine beste Freundin, „Ich weiß, Betty...und dafür möchte ich DIR danken! Jo hätte keine bessere Mutter haben können, als dich!"
Jetzt winkt sie verlegen ab, „War doch selbstverständlich, Ana!" Kichernd, unsere Köpfe dicht auf dem Kopfkissen beieinander liegend, schauen wir uns tief in die Augen. Sie lächelt mich glücklich an, „Heute bist du aber aus einem anderen Grund hier, habe ich recht?"
Komischerweise ist der ängstliche Unterton in Bettys Stimme komplett verschwunden. Sanft streichele ich stumm ihre Wange. „Kommst du mich holen? Bist du mein Begleiter ins Jenseits? Ist es nun soweit?"
Ich umschließe ihre Hand, „Ja, meine kleine süße Betty...heute bin ich nur für dich da. Du darfst du mit mir kommen!" Eine einzelne Träne löst sich aus Bettys Wimpern, „Schön, dass DU mich mitnimmst! Ich liebe dich!"
Bettys Zuneigungsbekundung macht mich völlig verlegen, „Das ist doch Ehrensache."

Ihr Blick verdunkelt sich leicht und wandert rüber zu Emilie und Jo, „Gehen wir jetzt gleich?"
Sachte bette ich ihren Kopf an meine Schulter, schließe sie eng in meine Arme, „Wir haben noch etwas Zeit, Betty…denn weißt du…Zeit ist relativ…!"
Ihr Herzklopfen verlangsamt sich, die halbgeschlossenen Augen wenden sich mir zu. Sie ist müde, das spüre ich. Kaum hörbar flüstert sie, „Wird es wehtun?"
„Nein, Liebes, es wird wunderschön sein!" Zärtlich lege ich meine Handflächen auf ihre Lider und schließe ihre Augen, „Schlaf, Liebes…schlaf!"

*

Jo taucht aus ihrem unruhigen Schlaf auf. Irgendetwas hat sie geweckt. Ein mulmiges Gefühl beschleicht sie. *Hier stimmt doch was nicht!*
Sie hört ihre Mutter leise murmeln. Durch ihre halb geschlossenen Augen linst sie unter ihren dichten Wimpern zu Betty rüber. Ihre Mutter spricht leise und schaut kurz zu ihr rüber.
Ruhig bleiben, Jo! Mit wem spricht sie denn? Ist hier jemand reingekommen, ohne dass sie es bemerkt hat? Jules etwa? Oder Frederick? Ist Gabriel vielleicht schon aus Australien zurück?
Angestrengt blinzelt sie kurz und schärft ihren Blick. Da liegt doch jemand neben ihrer Mutter. Jo ist überrascht. *Wie konnte sie das denn übersehen!*
Doch irgendwie ist das Bild milchig verschwommen. Sie kneift die Augen zusammen.
 Das…das ist doch…
Ihr Atem stockt. *Das ist doch unmöglich…*
Mami!
Ein sanfter heller Nebel umwallt sie. Ihre weichen Gesichtszüge sind völlig entspannt. Sie lächelt gütig.
Mami!
Jo's Herz klopft heftig. Der Drang aufzuspringen und zu ihrer Mami und ihrer Mutter zu eilen, ist riesengroß. Trotzdem bleibt sie wie angewurzelt im Stuhl sitzen. Ganz instinktiv fühlt sie, dass es heute nicht um sie, sondern um ihre Mutter, Betty, geht.
Irgendwie weiß sie…*Heute ist ihre Mami wegen Betty da!*
Der Gedanke verursacht Jo eine Gänsehaut.
Verstohlen blickt sie zu Emilie rüber, die noch immer selig schlummert und von all dem nichts mitbekommt.

Vorsichtig lässt sie ihren Blick zurückwandern, zu ihrer Mutter und Anabelle, ihrer Mami.
Wie Teenager haben sie ihre Köpfe zusammengesteckt und tuscheln leise. Beide lächeln.
Mami!
Plötzlich weiß sie, was es bedeutet, das Anabelle heute hier ist. Tränen schießen ihr in die Augen und verschleiern ihr den Blick auf die beiden Frauen, die sie am meisten liebt. Jo beißt die Zähne fest zusammen und schluckt lautlos. Um nichts auf der Welt möchte sie den Zauber dieser Stunde stören…auch nicht mit lautlosen Tränen.
Sie sieht wie ihre Mutter sie und Emilie kurz anschaut. Dann kuschelt Betty ihren Kopf an die Schulter ihrer Mami und schließt die Augen. Leise summend streicht Anabelle über das, einst so schöne, Haar ihrer Mutter.
Unendlich langsam verblassen ihre Umrisse und der Kopf ihrer Mutter gleitet sanft zu Seite.
Soeben ist sie gestorben…

Jules hat sein Versprechen, dass er seiner Frau gegeben hat, gehalten!
Ein halbes Jahr später ist er seiner geliebten Frau gefolgt!

*

Müde trete ich durch die grüne Holztür zurück in mein Haus. Rosalinde und Socke erwarten mich. Völlig geschafft beuge ich mich zu ihnen nach unten, kraule kurz ihre Köpfe, „Tut mir leid, Kinder…ich muss jetzt erst mal etwas alleine sein." Langsam schlurfe ich zur Garderobe und greife ziellos nach irgendeiner Jacke, die ich mir mal gerade umwerfen kann. Ich erwische eine von Jamie. Na klar!
Unglücklich streiche ich über das aufgestickte ‚J' auf der Brusttasche. Sehnsucht flammt auf.
Jamie!
Ich muss zu Jamie. Gerade jetzt brauche ich ihn.
Mit einem Ruck richte ich mich auf, „Los Leute…auf zu Jamie." Als ob ich ein geheimes Startsignal gegeben hätte, springen beide, wie von der Tarantel gestochen auf und stürmen grunzend und bellend aus dem Haus. „HE…WARTET AUF MICH!" Angestrengt hechele ich hinter meinen Tieren her und finde mich kurze Zeit später, in der City wieder.

Wie immer ist sie völlig überfüllt. Tausende Leute strömen von A nach B. Alle haben ganz offensichtlich irgendein Ziel. Nur ich und meine beiden Gefährten stehen etwas verloren auf dem großen runden Platz vor HIGIBA's.
Wieso weiß ich eigentlich noch immer nicht wo Jamie wohnt? Habe ich mich wirklich so wenig in unsere Beziehung eingebracht? Habe ich Jamie überhaupt mal gefragt, wie und wo er wohnt? Oder habe ich es als selbstverständliches betrachtet, dass er immer bei mir ist?
Was mach ich denn jetzt? Mein Blick wandert zufällig in eine Seitengasse.
AH! Rick's Café! Dorthin sind doch seine Arbeitskameraden immer gegangen, wenn ich mich recht entsinne. Und ER hat mich doch auch einmal dorthin geführt. Hatte Jamie nicht irgendwann mal erwähnt, dass dies ihr Stamm-Café ist? Egal! Einen Versuch ist es wert.
Zielstrebig mache ich mich mit Socke und Rosalinde auf den Weg in das kleine Gässchen zu Rick's Café. Voller Erwartung stürmen wir die Lokalität! Mein Radarblick scannt in Sekundenschnelle den Innenraum ab.
Nicht viel los im Augenblick. Aber da! Da hinten sitzen ein paar Bauarbeiter. Ich meine sogar, den, mit den roten Haaren zu erkennen und stampfe mutig auf die Gruppe zu, „Hallo Leute. Ich suche Jamie. Wisst ihr zufällig wo ich ihn finde?"
Dutzende Augen starren mich ungläubig an.
Der rothaarige Bauarbeiter steht langsam auf. *Jürgen! Er heißt Jürgen!*
Seine blaue Latzhose spannt sich über seinem mächtigen Brustkorb.
Fast wie bei Bert.
„Du bist doch Anabelle...die mit dem verrückten Haus...die Freundin von Jamie."
Nervös kichere ich, „Ähm...dreimal ja!"
Er glotzt mich dümmlich an, „Was machst du hier?"
Meine Nervosität steigert sich merklich, „Ich suche Jamie!"
„Aber...", er blickt unsicher in die Runde, „...aber wir dachten, ihr wärt zusammen weg!"
Mein Lächeln versteinert sich und ich habe Angst, dass es wie trockener Zement abbröckelt, wenn ich etwas sage. Dennoch frage ich hölzern,
„Wie? Weg?" Jürgen zeigt mit seinem ausgestreckten Zeigefinger zur doppelflüglige Eingangstür, „Na rüber!"

Nun erstarrt mein ganzes Gesicht zu einer Maske. Nur in den Augäpfeln scheint noch Leben zu stecken. Einer nach dem anderen bekommt meinen flehenden Blick zu spüren. Unwohl scharren sie mit den Füßen und rutschen auf ihren Stühlen herum.

„Anabelle…", Jürgen schluckt unsicher, „…Jamie ist nicht mehr hier!"

Mit einer hilflosen Geste und einer Miene, als ob er gleich weinen würde, kommt er auf mich zu, „Wir dachten eigentlich alle, ihr würdet zusammen gehen. Ihr WOLLTET doch zusammen gehen. Oder nicht?" Alle Farbe weicht aus meinem Gesicht, kriecht meinen Hals hinunter und versickert in den Fugen, der schwarzweißen Fließen.

Haltsuchend kralle ich mich an der polierten Tischplatte fest. Das Inventar dreht sich. Mir ist schwindelig…und schlecht!

„Hier…", ein anderer Arbeiter schiebt mir schnell einen Stuhl zurecht, „…setz dich!"

Meine Knie wollen schon einknicken, doch ich verbiete es ihnen. Stattdessen hebe ich mein Kinn an. *Fassung bewahren, Anabelle!*

„Nein danke…es…geht schon!" Mühsam drücke mein angeschlagenes Rückgrat durch, „Danke Leute…es… geht schon! Wirklich!"

Unsicher wende ich mich zu gehen, „Kommt Rosalinde, Socke…gehen wir nach Hause."

Als ich steif durch die Tür nach draußen stakse, sticht mir sofort die Sonne in meine brennenden Augen. Eine dicke Träne rinnt an meiner Wange herab. Winselnd leckt der Hund meine Hand, „Schon gut, Socke…das ist nur die Sonne…nur die Sonne!"

Unendlich langsam bringe ich meinen tauben Körper dazu, sich in Gang zu setzten. Plötzlich ruft mich jemand, „ANABELLE…HEY, ANABELLE!"

Überrascht drehe ich mich um. Ein junger schmächtiger Mann kommt aus Rick's Café gestürzt und eilt auf mich zu. Schnaufend bleibt er vor mir stehen. Nach genauerer Betrachtung erkenne ich in ihm den Pianisten, der damals ein paar schnulzige Lieder für uns, Jamie und mich, geklimpert hat.

Er keucht, „Du bist doch Anabelle? Das habe ich doch eben richtig verstanden, oder?"

Etwas verdutzt bestätige ich seine Annahme, „Ja!?"

Er greift in seine Brusttasche, zieht einen kleinen Zettel raus und überreicht ihn mir mit feierlicher Miene, „Den soll ich dir von Jamie geben!" *Jamie…*

Mein Herz rast, „D…d…danke!"

Mit einem herzlichen Lächeln tippt er sich an die Stirn, „Gern geschehen!" An der Tür bleibt er kurz stehen und dreht sich noch einmal um, „MACH'S GUT, ANABELLE UND VIEL GLÜCK!" Automatisch winke ich kurz zurück.
Jamie!
Mit zitternden Händen falte ich das kleine Stückchen Papier auf. Sofort erkenne ich seine einfache Handschrift. Tränen schießen mir unkontrolliert in die Augen…lassen die wenigen Buchstaben verschwimmen. Schnell wische ich sie ab und lese:

Lass mich bitte nicht alleine leben!
Ich liebe dich unendlich!
Jamie

Klartext

Am Anfang boselte Gott am Himmel und an der Erde….

Blind vor Tränen stürze ich in mein Haus, stürme die Treppe, ganz nach oben in mein Schaukelzimmer, mit der riesengroßen, grandiosen Glaskuppel. Jamies Werk! Allerdings habe ich dafür im Moment keinen Blick übrig.
Laut schluchzend breche ich mitten im Raum zusammen, „Warum? …warum nur?" Rosalinde und Socke stehen bedröppelt im Türrahmen und werfen mir aus ihren dunkel glänzenden Augen, besorgte Blicke zu. Ich ertrage diese mitleidigen Blicke nicht, „**Was gafft ihr denn so? Habt ihr noch nie jemanden mit einem Nervenzusammenbruch gesehen?**" Verunsichert weichen sie einen Schritt zurück. Mit tränenverschleiertem Blick funkele ich sie wütend an, worauf sich die Beiden schutzsuchend und winselnd aneinanderdrängen. Sie weichen unter meinem zornigen Blick vorsichtshalber noch einen Schritt zurück. Ich gifte unkontrolliert weiter, einfach…, weil ich nicht anders kann…und sonst auch keiner da ist, den ich anpflaumen kann, „**Was ist? Was wollt ihr? Wollt ihr auch weg?**" Aufgebracht verscheuche ich sie, „**Na los…dann geht doch…verzieht euch…VERSCHWINDET…HAUT ENDLICH AAAAAAAHAAAAAB…!!!**"
Ohne noch einen Blick zurück zu werfen drehen sich beide, wie auf Kommando herum und suchen fluchtartig das Weite. Ich sehe meine Vermutung als bestätigt an und keife gekränkt hinterher,

„Ja, geht nur…ist mir doch egal…ist mir piepschnurzscheißegal…ich brauch niemanden…ICH KOMME AUCH GANZ GUT ALLEINE KLAR."
Wutschnaubend, mein Bedauern über die harten Worte einfach ignorierend, trampele ich die Stufen nach unten. Die Haustüre steht noch offen. Oben auf dem Bergkamm kann ich gerade noch sehen wie Rosalinde und Socke über der Kuppel verschwinden. Mit Schwung donnere ich die Haustür so fest zu, dass die Scheiben oben in der Küche klirren. Von meinem Schmerz zerfressen, stürme ich runter in meinen Weinkeller, greife wahllos ein Dutzend, noch unetikettierter Flaschen, stampfe voll beladen wieder nach oben und flüchte, meinem Promillevorrat an mich gedrückt, in meine Weinberge. Zwischen den hochgewachsenen Reben, die sich schützend um mich herum ausbreiten, hantiere ich ärgerlich an einem Korken herum, bis er schließlich seinen Widerstand aufgibt und mit einem leisen Plop den Inhalt freigibt. Die erste Flasche geht auf Ex runter.
Nach der Hälfte der Zweiten, verschlucke ich mich und sinke hustend und schluchzend auf meine Knie. Mein Kopf füllt sich langsam mit tröstender Watte. Noch einen Schluck, „Ich brauch keinen…", nochmals einen großen Schluck, „…is mir doch egal!" Und noch mal wird die Flasche angesetzt…dann ist auch die leer. Achtlos werfe ich das leere Teil mit Schwung unter einen nahestehenden Rebenstamm und wettere weiter,
„IST MIR DOCH EGAL!"
Stolpernd lande ich unsanft auf mein Hinterteil. Mit Mühe wurschtele ich mich hoch und lehne mich schwer atmend, rücklings an einen meiner Weinstöcke. Die dritte Flasche wird lieblos geköpft. Nach einem weiteren großzügigen Schluck, rülpse ich ziemlich unflätig. Dabei stößt es mir sauer und ich verziehe kurz das Gesicht. Egal, noch einen Schluck. Aus rotgeweinten Augenwinkeln nehme ich eine Bewegung am Fuße des Hügels wahr. Wankend, die Weinflasche fest an ihrem schmalen Hals gepackt, richte ich mich auf.
Ah, Rosalinde und Socke sind zurück…so, so…und sie haben Sabine im Schlepptau. Die feine unschuldige Sabine! Das hat mir gerade noch gefehlt.
Ich habe keine Lust auf Gesellschaft. Schon gar nicht, wenn sie von zwei Petzen angeschleppt wurde. Auch nicht, wenn es sich dabei um die nette Sabine handelt.
„WAS WOLLIR?" Unwirsch winke ich ab und verschütte dabei ein paar kostbare Tropfen edlen Weines, „GEH…WILL KEIN SEHN! WILLALLEINSN!"

Die besorgte Sabine, mein Schwein und mein Hund bleiben reglos stehen und schauen noch immer zu mir hoch. Ich wedele wütend mit den Armen und verspritzte dabei noch mehr Wein, „**GEH ENLICH…LOS…WECH MIT EUCH!**" Wütend greife ich mir eine Handvoll Trauben von einem nebenstehenden Stock und werfe nach ihnen…und noch eine…und noch eine…rasend vor Wut zerpflücke ich den ganzen unschuldigen Weinstock. Als mein Blick wieder etwas klarer wird, sind alle drei verschwunden, Zufrieden stopfe ich mir die letzte Portion Trauben in den Mund, „NALSO, WUFF ICHS BOCH…ALLE GEHN!"
Schon ziemlich angeschickert, öffne ich umständlich die vierte Flasche und gluckernd verschwindet die Hälfte des Inhaltes in meiner Kehle.
Meine Zunge ist mittlerweile schon ziemlich betäubt und fühlt sich an wie ein pelziger Lappen, was man von meinem Herzen allerdings nicht sagen kann. Hier scheint der Alkohol einfach nicht so richtig zu wirken.
Die vierte Flasche landet im Gebüsch.
Mühsam krieche ich keuchend zur nächsten Flasche. Ziemlich übel fluchend fummele ich sie auf und setze sie wieder, an meine inzwischen leicht bläulich verfärbten Lippen, an.
Herrje, wie viel muss ich denn noch in mich reinschütten, bis das süße Vergessen eintritt.
Weinend, die Flasche an meinen Bauch gepresst, versinke ich in gnadenlosem, jammervollem Tal des Selbstmitleides, „Warum verlassn mischalle? Warum imma ich…un nie jemand aneres?"
Leise schluchzend liebkose ich die Weinflasche. Wie ein Wurm winde ich mich auf der Erde, voll selbstauferlegtem Herzschmerz…bis ich gegen einen harten Widerstand stoße. Unwillig öffne ich ein Auge (ich denke, das Blaue) und starre auf ein paar weiße Mokassins. *Hä? Wer trägt denn so was?*
Langsam, mit schwankendem Blick, wandern meine Augen höher, über eine helle, verwaschene Jeans, zu einem hellblau karierten Hemd, dessen oberste Knöpfe offenstehen und eine leicht behaarte Männerbrust entblößen. Blinzelnd öffne ich das zweite Auge (das Braune, denke ich) und lasse meine Augen noch höher wandern, hin zu einem grinsenden, leicht geöffneten Mund mit tadellosen, weißen Zähnen und weiter hoch zu blitzenden grünen Augen in einem sanft gebräunten, ziemlich markanten, aber irgendwie hübschen, bartlosen Gesicht, dessen Haupt gekrönt ist, von einer braunen, beneidenswerten Wuschelmähne. Eindeutig ein Mann! *Kenne ich aber nicht!*

Mit unsicheren Bewegungen raffe ich mich in eine halbwegs sitzende Position, „Wer bisn du?" Trunken vom Wein, wedele ich mit der Flasche herum, so dass er in alle Richtungen spritzt, auch auf die helle Jeans meines Gegenübers, „S'mein Weinberg!" Hicks.
Akribisch schielend, begutachte ich den, sich ausbreitenden, hellroten Fleck auf der Hose des Fremden, „Oh, Fleck! Da!" Hicks. Schwankend tippe ich mit einem Finger auf das Hosenbein, „Tu mir leid...keine Absischd!" Hicks. Der braunhaarige Mann geht in die Hocke, seine Knie knacken leise, nimmt mir sachte die Flasche aus der Hand und stellt sie auf den Boden. Eine wohlgeformte Hand erscheint vor meinen Augen und eine fremde Stimme fordert mich auf, „Komm!" Es ist eine dunkle, angenehme Männerstimme, die augenblicklich mein ohnehin schon betäubtes Gehirn wirkungsvoll einlullt. Die Hand verdreifacht sich in meinem Sichtfeld, als sie kurz winkt, „Steh auf!"
Mit Unterstützung eines kräftigen Bizepses, richte ich mich zur vollen Größe auf. Wankend mustere ich den Fremden von oben bis unten, „Bis garnich so groß, wies von unne ausgsehn had!" Der gutaussehende Mann lacht. Sein Gesicht verschwimmt vor meinen Augen und ich lalle, „Weiß imma noch nich wer du bischd." Mit Nachdruck stippe ich, mit meinem Zeigefinger, energisch auf seiner Brust herum, „Wasiss...Sprache valorn?" Mein piksender Finger scheint ihn nicht zu stören. Locker wippt er mit den Armen und antwortet in dieser unglaublich sonoren Stimmlage, „Der Boss, Anabelle. Ich bin der Boss!"
„Hä?" *Was für ein Boss?*
Schelmisch grinsend breitet er die Arme aus, umfasst den Hügel, mein Haus...die ganze Umgebung und auch mich, „Ich bin der Chef von allem!"
Langsam sickern seine Worte in mein Gehirn und auch deren Bedeutung, „D...d...du...bist...?"
Er lächelt weiterhin charmant, „**Der** Boss...jawoll!"
Eigentlich müsste ich ja jetzt kuschen oder katzbuckeln oder was auch immer...doch bei mir passiert erstaunlicherweise folgendes: Wut köchelt unheilvoll hoch!
Provozierend mustere ich ihn erneut vom Fuß bis zum Scheitel, greife langsam nach der Weinflasche am Boden, setzte sie an und trinke, ihn immer im Auge behaltend. Gefährlich schwenkt die Flasche in meiner Hand. Ein kleiner Schwall ergießt sich über meinen Handrücken, als ich am Flaschenhals nuckele und läuft an meinem Unterarm entlang, hinein in mein Shirt, „Un was willste...Booooaassss?"

Meine Respektlosigkeit scheint ihn kein bisschen zu kratzen. Seine Antwort klingt sachlich, „Reden, Anabelle!"
„Pah…", ich nehme noch einen Schluck, „…üwer wasn? Edwa üwer Zirl…Zyrli…meinen Enkel?"
Ich schniefe unfein und wische mir Sabber vom Mundwinkel, „Süüssser Kerl…feiner Kerl! Nich wie du!" Wütend blitze ich den Boss weiter an, „Odda willschd üwer Schäimi odda üwer mei Oma un Glaus rede, oder was willschd?"
Er unterbricht mich mit einer energischen Handbewegung, „Lass uns erst mal ins Haus gehen!" Lässig zeigt er hinunter zu meiner bunten Villa.
„NÖ!" Bockig verschränke ich die Arme und drehe ihm den Rücken zu.
Am Waldrand, neben den Weinbergen kann ich Rosalinde, Sabine und Socke sitzen sehen. Das macht mich noch wütender.
Aufgebracht wedele ich drohend mit der fast leeren Flasche, **„Nadürlich han ihr das brühwarm em Chef britschele müsse! Pääätzeeee!"**
Erbost mache ich üble Grimassen in ihre Richtung.
„ANABELLE!" Ein Donnerhall in der Stille.
Doch mich schüchtert der feine Herr nicht damit ein, **„WAS?"**
Erbost wende ich mich dem Boss zu. Seine Silhouette vervierfacht sich vor meinen Augen. Ein visueller Trick um mich einzuschüchtern, oder doch nur die Wirkung des Alkohols? Als er wieder spricht, schieben sich die vier Gestalten zusammen und vereinen sich wieder zu EINER Person, „Es reicht, Anabelle…wird Zeit das du nüchtern wirst!" Völlig überraschend wirft er mich mühelos über seine breiten Schultern und trabt federnden Schrittes auf meine Behausung zu. Natürlich lasse ich mir solch ein Benehmen nicht einfach gefallen.
„LASS MICH RUNER, DU UNJEHOBELTA HOLSCHKLOTZ!" Wütend hämmere ich auf seinem muskulösen Rücken…ohne Erfolg. Unbeirrt trägt er mich, vorbei an Socke, Rosalinde und Sabine, deren große, runde Augen an uns zu kleben scheinen, ins Haus, die Treppe nach oben, in mein Badezimmer, stellt mich unter die Dusche und dreht den Hahn bis zum Anschlag auf. Eiskaltes Wasser prasselt augenblicklich auf mich nieder und durchnässt in Sekundenschnelle meine Haare und meine Kleider. Ich japse erschrocken nach Luft, **„WAAAAH…HAST DU NEN KNALL?"**
Hektisch versuche ich mich an ihm vorbei zu drängen, **„LASS MICH RAUS!"** Doch ER hält mich unbeirrt an Ort und Stelle fest. Es gibt kein Entrinnen für mich. Wie kleine Nadeln piksen die eiskalten Tropfen auf meiner Gänsehaut und lassen mich,

wie ein Fisch auf dem Trockenen, nach Luft schnappen. Endlos lang erdulde ich die Eiseskälte, bis ich meine Gegenwehr aufgebe und die sprichwörtlich weiße Fahne schwenke, „ES REICHT! GENUG!" Der Hahn wird augenblicklich zugedreht, „Geht's jetzt wieder, Anabelle?"
„J…j…jaa…", bibbernd vor Kälte schaue ich ihn, durch meine tropfenden Wimpern hindurch, an, „…k…K…kann ich jetzt raus…bitte?"
Nach einer kühlen Musterung reicht er mir ein großes, flauschiges Badetuch, dreht sich um und geht mit den Worten,
„Zieh dir was Trockenes an und komm dann runter in die Küche. Ich koche uns, aber vor allem dir, einen starken Kaffee und dann reden wir. Klar?"
Eingeschüchtert nicke ich stumm. *Oh, oh, ist der Boss nun sauer?* Nun, das werde ich feststellen, wenn ich unten ankomme. Nach ungefähr fünf Minuten erscheine ich, mit noch nassen Haaren, aber zumindest in warmen, trockenen Klamotten, in der Küche. Dampfender Kaffee steht schon auf einem Stövchen, mitten auf dem Tisch. ER sitzt rücklings, das Kinn auf der Stuhllehne abgestützt, auf einem Stuhl daneben und zeigt auf einen freien Stuhl, ihm gegenüber, „Setz dich!" Ich überlege noch immer, ob er sauer ist, oder nicht. Zögernd, mit steifem, durchgedrücktem Rücken, die Hände krampfhaft im Schoss gefaltet, nehme ich auf der äußersten Stuhlkante Platz. Zaghaft und auch eingeschüchtert blinzele ich ihn an, „Und nun?"
„Jetzt reden wir!"
„Und über was?" Ich befürchte Schlimmes, doch er überrascht mich aufs Neue. Theatralisch breitet er seine Arme aus, „Über Gott und die Welt…", ein spontanes, herzhaftes und ansteckendes Lachen entweicht ihm, „…sorry, kleine Wortspielerei!"
Leise kichernd greift er nach seinem dampfenden Kaffeebecher, „Prost, Anabelle!"
Zögerlich und vorsichtig grinsend nehme ich auch meinen Becher, „Prost, Boss!"
Nach einem großen Schluck, der meine Lebensgeister schnell weckt, stelle ich den Becher wieder ab und fasse meinen ganzen kleinlauten Mut zusammen, „Tut mir leid!"
„Was denn?" Offensichtlich will er mich missverstehen. Nun, ich kann es ihm nicht verübeln.
Ich krieche verdient zu Kreuze, „Mein Verhalten…und was ich so gesagt habe…das habe ich bestimmt nicht so gemeint."

Eigentlich kann ich mich garnicht mehr so genau erinnern, was ich da in den Weinbergen alles vom Stapel gelassen habe. Ich hoffe nur, dass ich nicht allzu garstig war. Beschämt sinkt mein Blick in die halbleere Kaffeetasse. Deshalb kann ich seine amüsierte Miene nicht sehen, als er sagt, „Anabelle, bei MIR musst du dich nicht entschuldigen...ich weiß, wie du es gemeint hast...", er hebt mein Kinn an und zwinkert mir zu, „...vergiss nicht, ich bin DER BOSS und weiß wie du tickst." Sein Blick wird schlagartig ernst, „Aber bei Socke, Rosalinde und Sabine wirst du dich entschuldigen müssen. DIE hast du nämlich ganz schön erschreckt mit deinem Gekeife! DIE verdienen eine Entschuldigung!"
Betreten mustere ich meine nackten Füße, „Ja, da hast du wohl recht. Das werde ich auch ganz sicher machen!" Es entsteht eine Stille zwischen uns, die ich nutze, um ihn neugierig, durch meine dichten Wimpern, zu mustern. ER schaut lächelnd zum Fenster hinaus und scheint die Aussicht zu genießen. Nervös beiße ich auf meiner Unterlippe herum und dann platzt es aus mir heraus, „Du siehst so ganz und gar nicht wie der Boss aus." Amüsiert kippelt er, wie ein verspieltes Kind, mit dem Stuhl, „Ach, was für eine Vorstellung hast du denn von mir gehabt? Etwa eine genauso Ulkige, wie die Sache mit dem Himmel?" ER schnaubt, „Also echt, Anabelle...frohlockend und Harfeklimpernd auf einer Wolke rumgammeln...", er lacht fröhlich, „...ihr Menschen seid wirklich lustig!" Gespannt beugt er sich vor, „Ich nehme an, du hast einen, uralten Herrn mit weißem Rauschebart, einem weißen Kaftan und altmodischen Riemchensandalen erwartet. Stimmt's?"
Ups...ertappt!
Lächelnd nicke ich, „So in etwa!"
Er lehnt sich breit grinsend zurück, „Und? Enttäuscht?"
Ich grinse ebenfalls, „Nö, ganz und gar nicht!"
Schweigend nippen wir an unserm Kaffee. *Schon ein komisches Gefühl mit dem Boss zusammen an meinem Küchentisch zu sitzen und Kaffee zu schlürfen. Wer hätte das gedacht?*
„Du bestimmt nicht!" Er lacht in sich hinein.
„Hä, was?"
„**Du** hättest das bestimmt nicht gedacht!"
„Boah, du liest meine Gedanken. Das ist aber nicht fair!"
„Ich lese sie nicht...ich höre sie...und dafür kann ich nichts!" Er richtet sich auf, stellt seinen Stuhl richtig herum und setzt sich wieder, „So, Anabelle. Jetzt reden wir!"
Oh. Oh.

„Vielleicht fangen wir einfach mal damit an, dass du mir Fragen stellen kannst." Er lehnt sich gemütlich zurück.
Fragen? Fragen? Ich hätte tausende Fragen. Aber gerade jetzt fällt mir nichts Gescheites ein! Spontan stelle ich die erste Frage die mir in den Sinn kommt, „Warum siehst du SO aus?"
„Ich passe mich der jeweiligen Person und ihrer unbewussten Vorstellung an! Manchmal bin ich alt, klein und dick, dann wieder groß, hager und schneeweiß, oder ich bin farbig, oder rot oder olivfarben…hin und wieder habe ich langes Haar, manchmal gar keins oder zuweilen bin ich auch eine Frau!"
Sein Grinsen vertieft sich, „War das dein wichtigstes Anliegen?" Er zieht eine kindliche Schnute, „Komm, Anabelle…es gibt doch bestimmt Dinge die dich viel mehr beschäftigen. Hey, ich bin der Boss…, wenn du Antworten suchst…", er klopft sich auf seine breite Brust, „…dann findest du sie bei mir! Eine einmalige Gelegenheit, die du dir nicht durch die Lappen gehen lassen solltest!" Er zwinkert mir wieder zu.
Überlegend kaue ich auf meiner Unterlippe und mein Blick wandert ziellos durch meine Küche. *Soll ich…soll ich nicht?* Noch ehe ich mich entscheiden kann, poltert es auch schon aus mir heraus, „Warum hast du Cyrille so schnell wieder weggeschickt? Und warum sind meine Großeltern weg…und Bert und Barbara und…?" Einen leicht verbitterten Unterton kann ich leider nicht so ganz verbergen. Der Boss zieht seine Augenbrauen nach oben, „Aha…jetzt kommen wir direkt ans Eingemachte." Er legt seine Hände, sehr gepflegt übrigens, auf den Tisch und betrachtet mich aufmerksam, „Ich habe sie nicht weggeschickt. Sie haben sich alle selbst dazu entschieden zurück zu gehen!"
Ich zicke ein bisschen, „Aber du hättest sie doch hier halten können?"
„Warum hätte ich das tun sollen?"
„Es ist unhöflich eine Frage mit einer Gegenfrage zu beantworten!"
„Dein Verhalten vorhin, würde ich auch nicht unbedingt als höflich bezeichnen!"
Okay, 1:1, unentschieden.
Seine sanfte Stimme lullt mich wieder ein, „Anabelle, Anabelle, warum bist du so sauer? Auf **wen** bist du eigentlich sauer? Bist du vielleicht wütend, weil sie wieder leben wollen oder bist du wütend auf dich selbst, weil du eigentlich auch noch mal leben willst, dich aber nicht traust?!"
Stumm starre ich auf die Tischplatte. Er fängt an zu nerven! Ich schweige beharrlich.

„Anabelle, ich habe selten einen Menschen hier im Himmel, der so unzufrieden ist wie du!"
Ich stutze überrascht! *Bin ich wirklich unzufrieden?*
„Ja, bist du!"
„Hör auf meinen Gedanken zu lesen!" Verstört blicke ich zum Fenster hinaus.
Etwas hilflos setze ich zu meiner Verteidigung an, „Aber es ist doch wirklich unfair, mich hier auf meine große Liebe treffen zu lassen und ihn dann wieder wegzuschicken!"
Schmollend verschränke ich die Arme vor der Brust. Er schüttelt lachend den Kopf, „Ja, du und Jamie...das ist echt eine dolle Geschichte!" Er steht auf, geht zum Küchenschrank und kramt ein paar Kekse raus. Offensichtlich kennt er sich ganz gut in meiner Küche aus!
Kauend stellt er die geöffnete Dose auf den Tisch und setzt sich wieder,
„Weißt du eigentlich, wie viele schlaflose Nächte ihr zwei mich gekostet habt?"
Erstaunt schaue ich auf, „Wie? Wieso das?"
„Jamie und du...", er kaut fertig, schluckt und spült mit Kaffee nach, „...Jamie und du, ihr seid von Anfang an füreinander bestimmt gewesen. Aber ihr habt seit hunderten von Jahren ein dermaßen verkorkstes Timing, das einem schon richtig schlecht davon wird!"
Stöhnend verdreht er die Augen und kramt in seinem Erinnerungsfundus, „Immer war irgendwas, was euer Zusammentreffen boykottiert hat. Entweder hast du dich vor ihm im Schilf versteckt, so dass er an dir vorbeigeritten ist, geschehen irgendwann im achten oder neunten Jahrhundert, wenn ich mich recht entsinne oder sein Visier ist im auf die Nase gerutscht, just in dem Moment als du an ihm vorbei gingst...dies war im Mittelalter...oder du hast kopfüber, schlammbedeckt in einem Baum gehangen und geflucht wie ein Kesselflicker, so das er panisch die Flucht ergriffen hat, das müsste im siebzehnten Jahrhundert gewesen sein oder einer von euch hat überstürzt den falschen Menschen geheiratet, geschehen Anfang des neunzehnten Jahrhundert oder ihr seid zu verschiedenen Zeiten gestorben und habt euch hier drüben verpasst...dieser Fall liegt vielleicht vierzig Jahre zurück. Mit niemanden hatte und habe ich so viel Arbeit wie mit euch." Er schnauft kurz durch, „Weiß du eigentlich, dass ihr euch hier und heute beinahe WIEDER nicht getroffen hättet?"

Völlig verdutzt und sprachlos schüttele ich den Kopf.
„Jaaa…gerade als du kamst, war er schon auf dem Sprung um wieder rüber zu gehen.
Mit Engelszungen habe ich auf ihn eingeredet, um ihn davon zu überzeugen, dass nur ER dein fantasievolles Häuschen bauen kann und ihr so aufeinandertreffen könnt." Er lacht, „Sogar in deinem ramponierten und verschmierten Bademantel, den du bei deiner Ankunft anhattest, hast du ziemlich Eindruck auf ihn gemacht!" Er massiert sich grinsend die Schläfen und seufzt dabei übertrieben, „Mit euch habe ich wirklich schon einiges mitgemacht."
Traurig zerbrösele ich einen Keks auf der Tischplatte, „Und trotzdem ist er jetzt gegangen!"
„Ich habe eher den Eindruck, dass er vielleicht vorgegangen ist und auf dich wartet."
Aufmunternd sucht der Boss meinen Blick, doch ich weiche diesem Blick aus, „Aber ich kann nicht weg!" Meine Unterlippe zittert verdächtig und ich schlucke hart. Mitfühlend legt der Boss seine Hand auf meinen Unterarm, „Warum? Etwa wegen Jo?"
Bedrückt nicke ich, „Ich habe ihr versprochen sie abzuholen, wenn es soweit ist."
Sein plötzliches, herzliches Lachen erstaunt mich zutiefst. ICH zumindest, finde dies ganz und garnicht komisch.
„Ach Anabelle, hast du immer noch nicht verstanden, dass Zeit gar keine Rolle spielt. Zeit ist hier oben relativ. Ein Wimpernschlag kann ein Jahrhundert sein…und fünf Minuten sind so gut wie fünf Tage oder fünf Monate…wer weiß? Hast du eine Ahnung wie viel Zeit drüben schon vergangen ist, alleine in der Zeit in der wir uns hier unterhalten?"
„Nein!"
„Ich auch nicht!"
„Haha, wie komisch!"
„Find ich auch." Er gluckst amüsiert und steckt seine Nase wieder tief in den Kaffeebecher.
So langsam finde ich gefallen an diesem, doch recht interessanten Gespräch, „Toll…aber was ist, wenn ich zurück gehe und wir landen irgendwo, wo Krieg herrscht? Immerhin hast du in den letzten hundert Jahren schon zwei Weltkriege zugelassen!" Wichtigtuerisch tippe ich ihn an, „Das war nicht besonders nett von dir, weißt du?!"
Sein Lachen ebbt ab, „Das war ich nicht, Anabelle!"
So ganz nehme ich ihm das nicht ab, „Wie soll ich denn das verstehen?"

„Na, genauso. Ich war das nicht! Das wart ihr selbst!" Bedrückt schwenkt er seinen Kaffeebecher, „Ich weiß, ihr gebt mir die Schuld für so viele Sachen die drüben schieflaufen, aber ich bin nicht für eure Entscheidungen verantwortlich!" Seine Augen sind plötzlich ganz dunkel geworden und seine Stimme ist kaum zu verstehen.
Oh, ich glaube da habe ich einen ganz empfindlichen Nerv getroffen! Irgendwie tut mir der Boss leid und ich biete ihm großzügig an, „Willst du drüber reden?"
Mitfühlend ergreife ich seine Hand, doch er entzieht sie mir.
„Das ist eine lange Geschichte, Anabelle...eine sehr lange Geschichte!"
Schelmisch grinsend verziehe ich die Mundwinkel, „Was soll's? Wir haben doch Zeit!"
Meine scherzhafte Anspielung verfehlt ihre Wirkung, denn er steht seufzend auf und geht rüber zum Fenster, „Also gut...!" Er kommt zurück und setzt sich wieder zu mir. Nachdenklich betrachtet er einen Kekskrümel auf der Tischplatte, „Hm...wo fange ich an...?"
Ich versuche mein Glück mit einem zweiten Scherz, „Wie wär's mit: Am Anfang schuf Gott Himmel und Erde...!" Spöttisch wandert eine meine Augenbrauen nach oben, „Nur eine kleine Wortspielerei!"
Der Boss blickt mich mürrisch an, aber seine zuckenden Mundwinkel sprechen eine ganz andere Sprache, „Haha, du kannst ja richtig komisch sein!"
„Ich gebe mir Mühe!"
„Dabei hat eure Wissenschaft doch schon widerlegt, dass ich die Erde erschaffen habe...", diesmal verzieht sich **sein** Mund zu einem leicht spöttischen Grinsen, „...zumindest nicht nur ich alleine. Aber eure Geschichte in der Bibel gefällt mir! Wirklich!"
Meine Augen glitzern interessiert, „Du machst mich neugierig!" Er beißt an.
„Okay, Anabelle...also...dieser Himmel war nicht sofort da, sondern ist nach und nach entstanden." Er schenkt sich noch einen Kaffee ein und beginnt eine Reise in die Vergangenheit...in eine seeehr ferne Vergangenheit, „Ich werde dir jetzt aber nicht alles haarklein erzählen. Die Kurzfassung muss reichen!"
Gespannt setzte ich mich auf meinem Stuhl zurecht, „Dann schieß mal los!"
„Also...ich weiß ehrlich gesagt selber nicht so genau, wie ich entstanden bin oder woher ich komme. Ich wurde irgendwann von einem lauten Knall wach und da war ich.

Ihr bezeichnet diesen Vorfall als Urknall. Eine unendlich lange Zeit hielt ich mich in völligem Dunkel auf und auf einmal war sie da…die Erde. Ihr verletzlicher Anblick inmitten der schwarzen Düsternis, rührte mich und ich nahm mich ihrer an. Ich experimentierte mit den Begebenheiten und der Atmosphäre. So entstand langsam aber sicher eine Art Natur. Mit einiger Hilfe von chemischen Verbindungen entfaltete sich dann das Leben. Das Schaffen befriedigte mich außerordentlich. Aber ich war einsam. Das Leben, wie es damals hier stattfand, schien mir unvollkommen. Also begann ich irgendwann an euch Menschen zu basteln.

Mit Hilfe der gigantischen Energie die mich umgab, erschuf ich…na ja…ihr bezeichnet es als Seelen…also genau das, was von euch übrigbleibt, wenn euer Körper stirbt und ihr zurück hierherkommt. Ich sorgte dafür, dass ihr euch weiterentwickelt…ich gab euch einen Geist, den Verstand und ein außerordentliches komplexes Gehirn…außerdem die Fähigkeit, euch im Laufe der Zeit selbst weiter zu entwickeln…zu lernen. Es war eine Freude euch dabei zuzusehen. Als die ersten Menschen mit Seele starben, erschuf ich mit ihnen zusammen dieses hier…", er zeigt aus dem Küchenfenster, „…den Himmel, wie ihr es nennt! Auch er entwickelte sich immer weiter, bis er so aussah, wie er jetzt ist."

Fasziniert folge ich jeder seiner Bewegung und sauge jedes einzelne Wort, wie ein Schwamm auf. Gerade erlebe ich die Entstehung der Welt! Unfassbar!

Meine Faszination scheint er nicht zu bemerken, denn er spricht einfach weiter, ohne mich zu beachten, „Ich muss gestehen, dass in den unglaublich vielen Geschichten von mir, ein Körnchen Wahrheit steckt. In der Tat gab es damals eine große Flut, die **ich** herbeigeführt habe…", er rutscht auf seinem Stuhl herum, als ob ihm dieser Teil etwas unangenehm wäre und betrachtet eingehend seine Kaffeetasse,

„…darauf bin ich allerdings nicht sonderlich stolz. Aber ich war damals sehr enttäuscht von euch. Ihr entwickeltet euch in eine Richtung, die nicht gut für euch war. Und ihr wart so unbelehrbar. Also beschloss ich, noch mal ganz von vorne anzufangen. Einer exquisiten Auswahl an Menschen und Tieren erlaubte ich weiter zu leben, und es war nicht nur dieser Noah und seine Familie…mit so wenig Menschen kannst du kein Volk aufbauen…", er schnaubt kurz, „…es waren schon etwas mehr. Nach der großen Flut, die alles verschlang, fühlte ich mich echt mies. Ich warf mir insgeheim vor, kein Vertrauen in euch gehabt zu haben.

Vielleicht hättet ihr ja doch noch die Kurve bekommen...aber ich habe vielen Menschen diese Chance verwehrt. Glaub mir...die Masse an Seelen, die mit einem Schlag hier auftauchten, haben mir ganz schön die Leviten gelesen." Traurig lächelt er mich an, „Ich beschloss, so etwas nie wieder zu tun!" Er nimmt einen Schluck Kaffee. Wenn er kalt ist, lässt er es sich nicht anmerken. Seine Erzählung stockt an dieser Stelle und ich beginne, dieses große Wesen vor mir, das ich Boss nenne, mit anderen Augen zu betrachten. Ich kann nur ahnen, was der Boss alles durchgemacht hat. Und trotzdem strahlt er Zuversicht, Vertrauen und Hoffnung aus. Sein Anblick und seine Wirkung auf mich, rührt mich und ich fordere ihn bittend, aber auch aufgeregt auf, „Erzähl doch bitte weiter! Erzähl mir von den Seelen!"

„Na ja...es gibt etwas von den Seelen, dass nicht viele Menschen wissen. Weißt du Anabelle...es gibt verschiedene Altersstufen der Seele.

Es gibt junge Seelen und uralte Seelen, zum Beispiel die, die schon von Anfang an bei mir sind. Jede Seele ist ein Unikum und doch ein Teil einer Gemeinschaft. Seelen lernen. Seelen WOLLEN lernen...nein...", er unterbricht, denkt kurz nach und weiter geht es, „...nein, lernen ist das falsche Wort. Seelen reifen!" In meinem Kopf entsteht das Bild eines eingezäunten Obstgartens, mit vielen Obstbäumen und ich betrachte mir gedanklich EINEN dieser vollhängenden Apfelbäume, dessen Früchte Gesichter haben und sich in verschiedenen Reifestufen befinden. Allerdings erkenne ich am Fuße der Stämme auch Fallgesichter, oder besser gesagt, Fallobst. Eigentlich ein völlig normaler Anblick bei Obstbäumen, doch in mir regt sich leises Unwohlsein. Fallobst ist meistens wurmstichig und hat braune Druckstellen. Unsicher schiebe ich das Bild in meinem Kopf zur Seite und schaue den Boss an. Ich traue mich kaum zu fragen, denn meine Frage kommt einer Kritik gleich, doch ich MUSS fragen, „Gibt es auch schlechte Seelen. Seelen, bei denen du irgendwie gemurkst hast...wie...naja...wie Montagsproduktionen? Oder vielleicht hattest du einen schlechten Tag bei ihrer Schaffung. Vielleicht warst du auch krank und angeschlagen oder einfach nur müde. Kann es sein, dass es Seelen gibt, die nicht...naja...die nicht vollkommen sind?" Meine Frage hat einen Hintergrund.

Ich denke dabei an all die Kriege und Grausamkeiten auf der Welt, herbeigeführt durch Menschenhand. War dies so gedacht? Warum ließ ER das zu? Konnte er diese wurmstichigen, faulen Seelen nicht einfach aussortieren oder reparieren? ER ist doch DER BOSS!

Ich wage einen Blick in sein Gesicht und bin überrascht, dass ihn meine Frage offensichtlich nicht stört und auch nicht zu verunsichern scheint.

Er sitzt vor mir, lächelt sanft und beruhigend, wie eine Madonna und schweigt. Aber ich bin nicht bereit, mich mit einem wissenden Lächeln abspeisen zu lassen und hake erneut nach, „Wäre die Welt nicht viel friedlicher, wenn du etwas an deiner verkorksten Arbeit nachjustieren würdest?"

Ich weiß, dass ich mit meiner Frage ein Donnerwetter riskiere, wer lässt sich seine Arbeit schon gerne schlechtreden, doch ich blicke ihn weiter stur an und beharre auf eine Antwort.

Aber der Boss ist keineswegs verärgert, „Eine berechtigte Frage, Anabelle…zumindest für jemanden, der den Ablauf und Sinn dahinter nicht kennt."

Hat er mich gerade unterschwellig als dumm hingestellt?

Sein Blick wird ernst und er beugt sich zu mir rüber, „Nein, Anabelle…du bist nicht dumm! Du bist eine Seele, die sich in einem Reifungsprozess befindet. Und du bist neugierig und wissbegierig. Das ist nicht dumm, sondern sogar sehr klug. Nur wer fragt, wird verstehen.

Und wer versteht, kann sich weiterentwickeln. Und wer sich weiterentwickelt, wird irgendwann zur Vollkommenheit aufsteigen!"

Meine Stirn runzelt sich leicht. Ich komme mir vor, als ob ich mir gerade in der Kirche eine Predigt anhören muss und der Boss kann sich ein Grinsen nicht verkneifen, „Keine Predigt, Anabelle…ANTWORTEN!"

Ich hasse es, wenn er meine Gedanken liest, aber ich weiß mittlerweile, dass er nicht anders kann und dass es eigentlich auch nicht böse gemeint ist, wenn er sowas etwas tut. Also lehne ich mich zurück und schaue ihn abwartend an. In Gedanken formuliere ich den Wunsch, er möge seine oberflächlichen Erläuterungen, doch bitte ausführlicher formulieren.

Der Boss grinst und nickt.

„Du hast recht, Anabelle…, wenn man nicht mit der Materie vertraut ist, kann es sich schon ganz schön geschwollen anhören. Aber ich will versuchen, etwas Licht ins Dunkel zu bringen. Also…Seelen, so wie du eine bist, fangen mit nichts an. Für diese ganz jungen Seelen, man könnte sie auch als Babys bezeichnen, gibt es kein Gut und kein Böse…kein Recht und kein Unrecht. Wie Babys, müssen diese Seelen lernen und das tun sie, indem sie rüber gehen und Erfahrungen sammeln.

Um zu reifen und um zu lernen, müssen sie ALLE Erfahrungen machen, die das Leben bietet…und mit ALLE Erfahrungen, meine ich auch ALLE Erfahrungen. Verstehst du?"

Ich nicke automatisch und sage aber, „Äh…nein!"

EIGENTLICH verstehe ich sehr wohl. Nur mein Verstand weigert sich, diese Information zu akzeptieren. Denn das würde ja heißen, dass meine Seele, oder besser gesagt ICH, auch schon böse Dinge getan hat. Dinge, die andere Menschen verletzt haben, ob seelisch oder körperlich. Dieser Gedanke gefällt mir überhaupt nicht. *Ich will nicht böse sein.*

Der Boss bemerkt mein Dilemma natürlich, „Das ist völlig okay, Anabelle. Um zu wissen und zu erkennen, was Böse ist, muss man wissen, wie es sich anfühlt und erst dann kann man sagen: Das ist Schlecht!"

Mein Kopf senkt sich und ich denke an all die unschuldigen Menschen, die im Laufe der Jahrtausende dahingemeuchelt wurden, die Opfer von Katastrophen wurden, die verhungert sind oder gequält wurden. Kinder, Jugendliche, Erwachsene, Alte…

Ergibt dies nun einen Sinn? Mussten diese Menschen sterben und so viel Leid erdulden, nur weil die Seele reifen muss? Ich denke angestrengt nach, versuche dieses Wissen miteinander zu verknüpfen und komme zu dem Ergebnis, dass es zumindest eine Erklärung sein könnte.

Eine Erklärung, warum es Mörder gibt, Größenwahnsinnige, aber auch Tapfere und Weise…und warum es auch Krankheit gibt.

Und doch habe ich im Augenblick das Gefühl, als ob dieses Wissen, dieses Verstehen, keinen Platz in meinem Kopf hat…, dass es einfach zu komplex für mich ist. Ich ahne, dass der Boss nur an der Oberfläche gekratzt hat und mir nur so viel an Wissen mitteilt, wie ich verdauen kann.

Dann überrascht er mich mit einer Aussage, auf die ich überhaupt nicht vorbereitet bin, „Auch ICH musste lernen, Anabelle!"

„Aber…aber…du bist Gott…ich meine…du bist doch der Boss! Du bist doch perfekt!"

Der Boss kichert in sich hinein, „Nun, das mag auf heute zutreffen, doch das war nicht immer so. Auch ICH musste mich entwickeln…vor allem, was den Umgang mit euch Seelen anging. Bedenke, Anabelle…ich war vorher ganz alleine…außer mir gab es nichts! Es hat eine Ewigkeit gedauert, bis ich begriffen habe, dass es nicht meine Aufgabe ist, euch zu maßregeln, sondern dass ich euch die Zeit geben muss, damit ihr selbst erkennt. Erinnere dich an die Sintflut, die ich vorhin erwähnt habe.

Ich war damals wütend...wütend darüber, dass ihr euch wie kleine, bockige Kinder aufführt...und hatte nicht bedacht, dass eure Seelen ja eigentlich auch noch kindlich waren. Ich wollte euch strafen, für euer Verhalten, doch ich vergaß, dass es nur Unwissen war. Ich habe den Lernprozess unterbrochen und das war nicht gut. Ich war nicht gerecht. Doch auch ich habe dazugelernt. Ich DARF diesen Lernprozess nicht unterbrechen..., wenn ich das tue, vernichte ich euch. IHR selbst, werdet die Welt verändern und zum Paradies machen. Doch erst wenn ALLE Seelen jede einzelne Phase durchlaufen haben und jegliche Erfahrung die es gibt, gemacht haben, erst dann wird die Vollkommenheit Einzug erhalten und ihr werdet mich einladen, dies wohlwollend anzuschauen."

Also manchmal hört sich sein Gesagtes ja richtig aufgeblasen an. Warum sagt er nicht einfach: Ich bin euer Papa und wenn ihr Streit habt, dann müsst ihr selbst zu einer Lösung kommen...und wenn ihr ein Spielzeug kaputt macht, müsst ihr es selbst reparieren. Erst wenn ihr verstanden habt, dass Streit, Schmerz bedeutet, werdet ihr Streit vermeiden und wenn euer Spielzeug hinüber ist und ihr es wieder ganz gemacht habt, dann werdet ihr in der Lage sein, auf dieses Spielzeug besser acht zu geben. Aber dieses Ding mit der Vollkommenheit klingt doch ziemlich überkandidelt.

Der Boss bricht in Gelächter aus, steht auf, nimmt seinen und meinen Becher und füllt sie wieder mit Kaffee. Dann setzt er sich schmunzelnd wieder an den Tisch und schiebt mir meinen Becher vor die Nase, „So kann man es auch ausdrücken!"

Auch ich schmunzele, werde aber gleich darauf wieder ernst, „Aber macht es dich nicht manchmal traurig, wenn du zusehen musst, was wir Menschen da drüben so anrichten?"

Der Boss schaut zum Fenster raus, „Du meinst bestimmt diese Kriege, Hungersnöte und menschenverachtende Quälereien? Davon gab ja sehr viele, wie du weißt...und keine einzige dieser Sache ist auf **meinem** Mist gewachsen. Jedes Mal vertraute ich darauf, dass euer gesunder Menschenverstand siegt und ihr die Sinnlosigkeit daran erkennt. Das der Lernprozess greift...", er schaut wieder zu mir und in seinen Augen glänzen ungeweinte Tränen, „...aber der letzte Krieg...", er schluckt laut, „...der war echt heftig. Solch eine grausame Unmenschlichkeit habe ich noch nie erlebt." Er springt unverhofft auf, „Ich verstehe das nicht...nun, ich verstehe schon...und doch wiederrum nicht...ihr seid doch so clever und in eurer Entwicklung schon so weit...wie könnt ihr so etwas noch immer zulassen?

Und ich...ich kann dem Ganzen nur tatenlos zusehen...ich weiß ja, es wird sich alles zum Guten wenden, aber selbst für mich ist es kaum zu ertragen, zu sehen, wie IHR, meine Kinder, den letzten Akt des Lernens hinter euch bringen müsst! Und ich kann nur zusehen...!" Den Rücken zu mir gewandt, steht er wieder am Fenster.

Tief betroffen über die Erschütterung von Gott, sinke ich in mich zusammen und hauche, „Ich weiß es nicht!"

Was weiß ich nicht? Warum wir so grausam sind oder warum es Seelen gibt, die sich mit dem Lernen etwas schwertun, so wie ich?

Er spricht weiter als ob er mich nicht gehört hätte, „So vieles liegt im Augenblick im Argen...die Umweltverschmutzung und der einhergehende Klimawandel ...das Ungleichgewicht...der Machthunger...der Egoismus...der Neid...der Hass...wie haltet ihr das nur aus?"

Hilflos spiele ich mit meiner Tasse, „Ich weiß es nicht!"

Ich weiß offensichtlich nicht viel.

Der Boss ignoriert meinen Gedanken und ereifert sich weiter, „Wenn ich durch mein Tor, nach drüben blicke und in ein weinendes Kindergesicht sehe, das krank und hungrig ist...bricht es mir das Herz. Wenn ich Alte und Kranke sehe, die verstoßen werden, bricht es mir das Herz. Wenn ich in einem Flüchtlingstreck eine junge Mutter sehe, die nur ein dünnes Tuch für ihren Säugling hat, zum Schutz vor der Kälte und diese kleinen Händchen ganz blau sind, dann bricht es mir das Herz. Wenn ich einen Mann sehe, der am Leben verzweifelt, sich töten will und solche Angst vor Einsamkeit hat und deswegen seine Kinder mitnimmt, dann bricht es mir das Herz. Wenn ich Hoffnungslosigkeit in den Augen eines Menschen erblicke, dann bricht es mir das Herz. Ich fühle euren Schmerz...jeden einzelnen...ich fühle die Verzweiflung...die Machtlosigkeit und bei einigen auch die Hoffnungslosigkeit. WIE gerne würde ich eingreifen...trösten und sagen, dass alles gut wird...denn es wird gut, das weiß ich...doch ich kann nicht...und dann höre ich euer Klagen und eure harten Vorwürfe...

...warum ICH nichts gegen diese Ungerechtigkeit tue...dabei ist es doch nur EUER letzter Schritt...die letzte Phase..." Eine einzelne Träne löst sich aus seinen Wimpern. Entsetzt über seinen Schmerz, stehe ich rasch auf und nehme ihn tröstend in den Arm, „Das klingt ja alles so furchtbar. Wie deprimierend! Ach du Kacke...!"

Ich habe Mitleid mit Gott und gebe ihm den einzigen Rat, der mir gerade einfällt, „An deiner Stelle würde ich einfach alles hinschmeißen!"
Am liebsten würde ich jetzt mitweinen!
Doch seine Miene erhellt sich schlagartig, „Aber warum denn, Anabelle? Hast du denn noch immer nicht verstanden? IHR seid mein Meisterwerk. Ich habe euch geschaffen, mit der Gabe, euch selbst zur Vollkommenheit zu führen. ICH bin lediglich euer Hirte! Der Umbruch hat schon längst begonnen. Es gibt kaum noch junge Seelen und die alten, reifen Seelen beginnen zu erkennen. Es ist wie eine Apokalypse, die sich noch einmal aufbäumt und zusammenbricht…und aus der Asche wird sich die Erkenntnis und der Frieden erheben. Die Vollkommenheit ist so nah…auch wenn ihr es nicht seht. Nur weil ich mit euch leide, heißt das nicht, dass ihr versagt habt. Im Gegenteil. Das Wissen und die Erkenntnis sind schon längst unter euch und es greift um sich…breitet sich aus, wie eine Epidemie…der Umbruch ist nicht aufzuhalten…ihr seid so nahe dran, die Glückseligkeit zu erreichen…und ich bin bei euch!"
In diesem Moment sieht es so aus, als ob die Gestalt vor mir, von einer sanft leuchtenden Korona umgeben wird und ich weiche staunend ein Stück zurück. Die unendliche Liebe, die aus den Augen dieses Wesens vor mir stahlt, dringt tief in mein Herz und füllt es mit Zuversicht und Hoffnung. Ein Gefühl tiefen Friedens breitet sich in meiner Brust aus und ich sage erneut das Erstbeste, was mir in den Sinn kommt, „Ich liebe dich!"
Der Boss lächelt mich an und die Korona verblasst allmählich. Einige Sekunden, vielleicht auch Minuten herrscht Stille. Der Boss und ich! In meiner Küche! Schweigend sitzen wir uns gegenüber und starren wir uns einfach nur an.
Jetzt würde sich das laute Ticken einer großen Standuhr gut machen!
„Findest du das nicht ein bisschen dramatisch?"
Verlegen grinse ich. Er zwinkert mir zu und beugt sich leicht zu mir rüber. Ein Sonnenstrahl hat sich in einer seiner Haarsträhnen verfangen. Fasziniert versinke ich den tanzenden, hellen Punkten. Seine warme Hand ergreift meine, „Damit sind wir wieder am Anfang!"
Ein dickes, fettes Fragezeichen erscheint, wie ein unsichtbares Stigma, auf meiner Stirn, als er mich aus meiner kleinen angenehmen Gedankenflucht reißt.

„Ich sagte, dass wir wieder am Anfang angelangt sind, Anabelle…bei MEINER Frage, warum du, hier im Himmel so unzufrieden bist."
Oh, oh, da ist sie wieder…diese unbequeme Frage. Toll, wie sage ich dem lieben Gott, dass ich in seinem Himmel nicht ganz so glücklich bin, wie ich es mir erhofft hatte. Schließlich hat er sich so viel Mühe mit alledem hier gemacht und hat meine Seele irgendwann mal liebevoll zusammen gepfriemelt. Für alle hat er stets ein offenes Ohr und ein liebes Wort. Immer ist er am Arbeiten. Dann kommt so ein undankbarer Stoffel wie ich und schiebt Randale…benimmt sich wie die pöbelnde Axt im Walde…besäuft sich und ist den lieben langen Tag nur am Meckern. Gott, ist das peinlich.
„Peinlich eigentlich nicht…nur ungewöhnlich!" Amüsiert lehnt er sich zurück, „Wenn ich deine Gedanken nicht hätte hören können, dann hätte ich sie eben mühelos aus deinem Gesicht lesen können."
Heiße Röte verfärbt meine Wangen.
„Anabelle, oder Ana…ich darf doch Ana sagen…", stumm nicke ich.
Sanft nimmt er wieder meine Hand, „Ana…leider ist deine Lebensuhr sehr früh abgelaufen und du hattest nicht viel Gelegenheit Entscheidungen zu treffen oder Erfahrungen zu machen. Das tut mir sehr leid." Sein Blick ist von Mitgefühl gezeichnet. Unwohl rutsche ich auf meinem Stuhl, springe auf und lehne mich mit verschränkten Armen gegen das Küchenbuffet.
Ich rede nicht gerne über mein Leben.
Ein ungewöhnlicher Dialog beginnt.
„Warum nicht?"
Ich schäme mich.
„Wofür?"
Mein Blick auf den Boden gerichtet, zucke ich mit den Schultern.
Will ich nicht sagen!
Aufsteigendes Gekicher klingelt in meinen Ohren. Ich schaue leicht verstört auf.
Was soll das?
Einen Lachanfall unterdrückend, atmet er zitternd aus, „Ana, ich kann zwar deine Gedanken hören, aber es wirkt doch sehr skurril, wenn nur ich alleine laut rede."
Verlegen grinsend blicke ich ihn von unten herauf an. Er hat ja recht, „Tut mir leid!" Er erhebt sich und kommt auf mich zu.

Genau vor mir, bleibt er stehen und ich fixiere nun seine altmodischen, aber sauberen Slipper.
Behutsam hebt er mein Kinn an, „Komm, Ana…erzähl es dem lieben Gott!"
Was für eine abgedroschene Floskel! Krampfhaft beiße ich die Lippen fest zusammen, damit meine Mundwinkel unten bleiben, unten, „Du bist unmöglich!"
Er feixt amüsiert, „Ich habe Humor!" Ich drücke mich an ihm vorbei und setze mich auf die Tischplatte, was mir sofort einen schrägen Blick vom Boss beschert, den ich tunlichst ignoriere, „Also…", ich räuspere mich umständlich. Es fällt mir schwer, über mich zu sprechen. Er lehnt am Schrank, genau an der Stelle, an der ich eben noch gestanden habe und verdreht die Augen, „Komm schon, Ana…ich habe gesehen wie du auf dem Schulklo in der Nase gepopelt hast und wie du…!"
„DU LIEBER GOTT!"
„Ja?"
Er kommt zu mir rüber, übersieht dezent meinen völlig entsetzten Blick und setzt sich neben mich auf den Tisch.
„Vielleicht habe ich mich etwas unglücklich ausgedrückt…was ich damit sagen wollte ist…ich kenne dich, Ana, und weiß alles von dir." Der Schock darüber, dass er mich beim Nasebohren beobachtet hat, sitzt tief in meinen Knochen und ich gehe in Abwehrstellung, „Warum soll ich es dir dann noch erzählen?"
„Weil ich will, dass du es vor dir selbst laut aussprichst!" Wieder kreuzen sich unsere Blicke. Langsam beginne ich zu verstehen.
„Das einzige Tolle, was ich in meinem Leben fabriziert habe, ist Jo…", Spott schleicht sich in meine Stimme, „…und selbst dafür habe ich die Hilfe eines anderen gebraucht."
„Das ist nicht wahr, Anabelle!" „Doch!" Abwartend sitzt er da. Seine Augen ruhen auf mir. Da ich nun schonmal mit dem Jammern angefangen habe, mache ich auch weiter, „Schau mich doch an…was habe ich denn schon großartig in der Welt bewegt…ständig bin ich vor irgendwelchen Beziehungen davongelaufen und ein Übermaß an Ehrgeiz kann man mir auch nicht unbedingt an die Backe kleben." Traurig lasse ich den Kopf hängen, „Und dann komme ich in den Himmel…und was ist? Ich mache hier genau dasselbe…jammern und weglaufen…oder umgekehrt." Ich schniefe. *Gott, bin ich ein bedauernswertes Würstchen.*
„Hör mit deinem Selbstmitleid auf…", hart klopft er bei jeder Silbe auf den Tisch, „…das steht dir nicht!" Stirnrunzelnd schaue ich auf, „Den Spruch hat meine Oma manchmal zu mir gesagt."

„Ich weiß...kluge Frau!"
Langsam rutscht der Boss von der Tischplatte, nimmt beide Tassen und stellt sie in die Spüle. „Ana...du hast deiner Oma damals, als sie sich schon fast aufgegeben hatte, wieder einen Sinn im Leben gegeben. Du hast weinende Kinder zum Lachen gebracht, wenn du sie mit deinen faszinierenden, zweifarbigen Augen angeschielt hast." Ich starre den Boden an.
Toll. Super Leistung!
Der Boss ignoriert meinen sarkastischen Gedanken einfach, „DU warst Bettys Familie, die sie so dringend nötig hatte. Du hast Frau Bongart die liebe, fürsorgliche Tochter ersetzt, die leider selten Zeit hatte, ihre Mutter zu besuchen. DU wärst für dein einziges Kind durch glühende Kohle gelaufen. Und seien wir mal ehrlich...du hast nicht einfach nur ein Kind in die Welt gesetzt. DEINE Tochter ist dafür verantwortlich, dass ihre Schwester Emilie Jura studiert hat. Und für Emilie ist Gerechtigkeit sehr wichtig, sie hilft sehr vielen Frauen und Kindern, denen Unrecht angetan wird." Seine Augen ruhen glücklich auf mir, „Du hast zwar kein Wundermittel für Haarausfall entdeckt und den Friedensnobelpreis bekommst du auch nicht nachgereicht...aber...du hast grenzenlose Liebe verschenkt, ohne irgendeine Gegenleistung dafür zu erwarten. Das ist doch schon eine ganze Menge, meine ich..., wenn man bedenkt, dass du nur 25 Jahre geworden bist."
Das klingt ja alles ganz schön. Doch irgendwie fühle ich mich nicht wirklich getröstet.
Da fehlt noch was!
„Ja, Jamie!"
„Hör auf damit...das sind meine Gedanken!"
„Hör du auf, nur zu denken, Ana...tu was!"
Genervt trete ich zum Fenster, „ICH KANN NICHT!"
Ein durchdringendes, helles Piepsen schwirrt plötzlich durch den Raum, ausgehend von Gottes Jeanstasche. Ich glotze auf seine vordere Hosenpartie, „Ein Pieper? Ist nicht dein Ernst." Er lächelt entschuldigend, greift in die enge Hosentasche und zuckt hilflos mit den Schultern, „Der Himmel ist groß!" Prüfend betrachtet er kurz die Nummer und schaut mich dann an, „Kann ich mal bei dir telefonieren?"
„Ob du das kannst, weiß ich nicht, aber du darfst...unten im Flur!" Hämisch grinsend zeige ich auf die Stufen die nach unten führen. Nach einem kleinen Nasenstüber verschwindet er lachend.
Horchend spitze ich am Treppenabsatz meine Lauscher, aber außer ‚Aha' und ‚Hm' und ‚So, so', verstehe ich nichts.

Urplötzlich, wie aus dem Nichts, steht er plötzlich hinter mir, „Na, na, na…der Lauscher an der Wand, hört seine eigne Schand!" Ich rappele mich auf und verdrehe die Augen in seine Richtung, „Wo schnappst du nur solch abgeschmackte Sachen auf. Hast du nichts Originelleres?"
„Doch…", er wirft mir eine Jacke zu, die er wohl die ganze Zeit hinter seinem Rücken hatte, „…du musst gehen!" Instinktiv fange ich die Jacke natürlich und deute sarkastisch an, „Du weißt schon, dass ICH hier wohne?" Der Versuch, mich seitlich an ihm vorbei, zurück in die Küche, in MEINE Küche zu schlängeln, scheitert kläglich. Er steht wie ein Fels in der Brandung und zeigt die Stufen nach unten, „Du musst jetzt wirklich los, Ana!"
Mit Nachdruck bugsiert er mich die Treppe nach unten, Richtung Haustüre. Verwirrt über den Rausschmiss aus meinem eigenen Haus, wehre ich mich halbherzig, „Aber…?"
„Keine Widerrede. Husch. Ich spüle das bisschen Geschirr noch ab und räume es auch weg und wenn ich gehe, ziehe ich die Türe hinter mir zu. Versprochen!"
Wieder begehre ich auf, „Aber…?"
Der Boss schaut mich eindringlich an, „Was denn noch, Anabelle?"
„Wo soll ich denn hin?" Verloren blicke ich mich um und komme mir gerade vor wie ein heimatloses Kätzchen. Der Boss schaut mich eine Sekunde fragend an, dann schlägt er sich gegen die Stirn und liefert die fehlende Information ab, „Ach, ja…", leicht zerknirscht tätschelt er meine Wange, „…zu Felix…du musst zu Felix, um Betty endlich dort abzuholen!"
Ich stutze, „Betty?" Dann zündet der Gedanke, „BETTY!"
Herrje…die muss ja schon ewig bei Felix rumsitzen! Ich schätze mal, sie sitzt beim siebzehnten Kakao und würde sich vielleicht gerne auch etwas Ordentliches anziehen.
Nichts gegen die flauschigen Gratis-Bademäntel.
In Windeseile knöpfe ich meine Jacke zu, „Ciao, bis dann." Gott bleibt zurück und winkt. Aufgeregt renne ich den Hügel nach oben, doch ein lauter Ruf stoppt meine rasante Fahrt.
„ANABELLE…ANAAA!"
Ich bleibe stehen und schaue etwas atemlos zurück zu Gott, der etwas verloren im Türrahmen meines Hauses steht. Seine wohlgeformten Hände, formen einen Trichter vor seinem Mund, „DIE LÖSUNG FÜR DEIN PROBLEM IST GANZ EINFACH…ZEIT IST RELATIV…ACH, ICH SCHREIBE ES DIR EINFACH AUF! VIEL SPASS!"
Hä, was soll das denn?

Ich winke ratlos zurück und versichere ihm aber trotzdem, „DANKE…LEGE ES EINFACH AUF DEN KÜCHENTISCH…ICH WIRD'S LESEN, WENN ICH WIEDER ZUHAUSE BIN!"
Was hat er nur immer mit der Zeit? Aber ich kann mich im Moment nicht mit ‚der Zeit' beschäftigen. Ich werde dringend erwartet.
Jetzt hält mich nichts mehr auf. In Windgeschwindigkeit hechte ich los und treffe schon kurzer Zeit vor der Eingangstür des betreffenden Empfangsraumes an. Wuuuschsch…schwungvoll reiße ich die Tür auf.
Mein Blick wandert durch den riesigen Raum. *Oh, da hinten. Da ist…*
„BETTY!" Wild winkend sprinte ich auf Felix und Betty zu, „Bettyyyyyyyy…!"
„ANA? ANAAAAA…!" Betty springt über den Tisch, schiebt dabei den verdutzten Felix, in seinem überdimensionalen Schreibtischstuhl, zur Seite und stürmt in meine Arme.
„ANABELLE!" „BETTY!"
Überglücklich fallen wir uns in die Arme. Stürmisch wirbele ich sie herum, „Betty, schön dass du endlich da bist!" Nach einem herzlichen Knutscher auf ihre geröteten Wangen, lasse ich sie wieder los, halte sie aber noch fest bei den Händen.
„Du hast dir ja ganz schön Zeit gelassen." Sie zeigt hinter sich, „Das ist schon meine achte Tasse heiße Schokolade! Ich platze ja noch aus allen Nähten!" Nachsichtig mustere ich sie, „Du kannst das vertragen."
Noch einmal herze ich sie. Felix kommt rasant angerollt und kommt kurz vor uns stehen, „Was war denn los, Anabelle? Warum hat es denn so lange gedauert? Ich dachte, du könntest es nicht mehr erwarten. Eigentlich habe ich damit gerechnet, das du VOR Betty hier sein wirst!" Sofort wendet er sich beschwichtigend an Betty, „Nicht, dass ich damit sagen wollte, mir hätte die Zeit mit dir, liebe Betty, nicht gefallen hat. Im Gegenteil…", galant erteilt er einen Handkuss, „…ich habe unsere Unterhaltung sehr genossen!" Bettys Wangen werden eine Nuance roter, „So ein Charmeur!" Leicht verlegen streicht sie sich eine ihrer herrlichen, feuerroten Locken aus der Stirn, „Aber Ana, Felix hat schon irgendwie recht. Warum hat es denn jetzt so lange gedauert?" Ich trippele aufgeregt auf der Stelle, „Ich hatte noch ein Date!" Betty und Felix wechseln einen erstaunten Blick.
„Ohhh, ein Date! Na dann…!" Bettys erstaunter Blick streift mich. Felix sagt nichts, grinst aber wissend.

Natürlich weiß ich, dass meine Formulierung ein sehr intimes Bild in ihren Köpfen entstehen lässt, deswegen korrigiere ich mich schnell, „Eigentlich war es kein richtiges Date...eher ein Besuch...ich hatte noch einen Gast."
Betty zwinkert mir schelmisch zu, „Soso...ein Gast. Wer denn, wenn man fragen darf?"
Ich winke ab, „Och...nur von Gott!"
Betty japst nach Luft, „VON GOTT? Du machst Witze."
„Nee...wir hatten eine kleine...ähm...Diskussion."
Felix mustert mich misstrauisch, mit zusammen gekniffenen Augen, „Eine Diskussion?" Ich weiche seinem Blick aus, „Äh...ja...so was in der Art."
Der kleine Mann, in dem weißen Anzug schnaubt, **„Anabelle!"**
Ich schnaufe kurz zurück, „Okay, es war etwas hitziger, als geplant. Nun ja, ehrlich gesagt, war es noch nicht mal geplant!"
Bettys Augen werden groß, „Wie?"
Peinlich berührt winde ich mich. Der Gedanke an mein unmögliches Verhalten, oben auf meinem Weinberg, ist mir schon sehr unangenehm, „Ich war halt ziemlich sauer, habe mich im Weinberg besoffen und ihn wohl nicht ganz so nett angefahren. Aber...", ich erhebe den Zeigefinger und meine Augenbrauen, „...nachdem er mich mit einer eiskalten Dusche ausgenüchtert hat, hatten wir ein sehr anregendes und äußerst interessantes Gespräch."
Erschrocken schlägt Betty die Hand vor den Mund, „Du...du hast dich mit Gott gezofft?"
Sie atmet hörbar aus, „Ana, so kenne ich dich gar nicht!"
Felix grinst breit, „Ich schon!"
Mein rügender Blick straft ihn. Betty hackt sich besorgt bei mir unter, „Das musst du mir aber ganz genau erzählen. Eine Diskussion mit Gott...das ist ja unglaublich!"
Ich tätschele beruhigend ihren Arm, „Später Betty...wir haben viel Zeit!"
Da ist sie wieder...DIE ZEIT!
Ich drehe mich zu dem kleinen rundlichen Mann um, „Vielen Dank, Felix, dass du dich so gut um Betty gekümmert hast." Und ich meine es wirklich ehrlich. Er rutscht umständlich vom Stuhl, kommt auf mich zu und umarmt mich.
Dicht an meinem Ohr flüstert er, „Betty hat mir ihr Ableben erzählt. Das hast du wirklich toll gemacht, Anabelle." Er löst sich von mir, „Ich bin sehr stolz auf dich!" Schulterklopfen!

„Danke Felix...", gerührt wische ich mir eine vorwitzige Träne aus dem Augenwinkel, „...aber jetzt müssen wir los! Mach's gut, mein Freund!"
Glücklich lächelnd winkt Felix uns nach, während wir lachend durch die hintere Tür treten, hinein in die wundervolle Welt des Himmels.
Mit geschlossenen Augen atme ich kräftig durch. Diese Luft ist unbeschreiblich. Betty bleibt staunend stehen, aber mit sanfter Gewalt schiebe ich sie über die üppige Blumenwiese, hinein in ein neues Dasein.
„Sag mal Betty...", lächelnd schaue ich in den azurblauen Himmel über mir, „...was hältst du eigentlich von Hausbooten?"

Johanna & Anabelle
Der Flügelschlag eines Schmetterlings kann eine Ewigkeit dauern, genauso,
wie eine Ewigkeit manchmal zu einer einzigen Sekunde zusammenschrumpft.

„Hach Betty...ich bin ja so froh, dass du da bist...", erschrocken winke ich hastig ab, „...das soll nicht heißen, dass ich froh bin das du gestorben bist...ich...ich meine...ich wollte damit sagen...!"
Betty lacht herzhaft, „Lass nur, ich weiß ja wie du es gemeint hast."
Sie hakt sich eng bei mir unter und betrachtet mit leuchtenden Augen den Himmel. Bedrückt mustere ich sie von der Seite und schlage die Augen nieder, „Für Jules und die Kinder wird dein Tod ein herber Schlag gewesen sein. Das wird sie ziemlich mitnehmen!"
Betty neigt sich leicht zur Seite, pflückt sich ein wunderschönes, kleines, wildwachsendes Buschröschen von einem Strauch und schnuppert genießerisch daran.

Verträumt schließt sie die Augen, „Ja...die Kinder...aber weißt du Ana...jeder einzelne von ihnen steht Mitten im Leben...und glaub mir...keiner ist unglücklich oder unzufrieden mit dem was er hat...sie werden es schon schaffen sich gegenseitig zu trösten! Sie sind ja nicht alleine!"

Dann bleibt sie plötzlich stehen und dreht sich zu mir um, „Aber Jules…", sie schnaubt kurz, „…der wird mir keine lange Verschnaufpause gönnen. Ich bin mir sehr sicher, dass er bald hier auftauchen wird. Der ist doch völlig aufgeschmissen ohne mich."
Sie wirft den Kopf in den Nacken und lacht schallend, „Der findet ja noch nicht mal seine Socken ohne meine Hilfe!" Zuerst stutze ich. Aber nur kurz. Ihre Einstellung zum Sterben finde ich schon ungewöhnlich. Doch dann falle ich spontan in ihr herzliches Lachen ein und kann ihr eigentlich nur zustimmen, „Da könntest du recht haben." Wir spazieren weiter, einen ausgetretenen Trampelpfad entlang, tiefer in den Himmel hinein.
Eine Weile herrscht friedliches Schweigen, während wir so den Weg entlang schlendern.
Wir brauchen keine Worte um uns zu verstehen.
Die Stille hält an, bis wir um die letzte, von mir geplante, Kurve biegen.
„Boah, Mensch Ana…das ist ja…das ist unglaublich…wundervoll!" Vor uns erstreckt sich der kleine, blau schimmernde See, mit Großmutters Hausboot darauf. Einladend schaukelt es an der Anlegestelle. Ich unterdrücke ein Lachen, als ich Bettys große Augen sehe.
„Ana…", unbewusst krallt Betty sich an meinem Arm fest, „…ich bin platt. Wer wohnt den hier in diesem Stückchen Himmel? Ist das etwa dein Haus? Wohnst DU hier?" Staunend schaut sie mich an.
„Nein, nein…", wehre ich sofort ab, „…das ist das Haus meiner Oma…na ja, es WAR das Haus meiner Oma." Anpreisend biete ich es mit beiden Händen an, „Taraaaa…jetzt wartet es auf einen neuen Besitzer!" Ermunternd knuffe ich Betty in die mageren Rippen.
„Du meinst…", keuchend entweicht ihr der Atem, „…du meinst…du würdest…ich darf da echt drin wohnen?" Fassungslos starrt sie erst mich und dann das Hausboot an. Betont beiläufig bemerke ich, „Du kannst darin nicht nur wohnen…es gehört dir…, wenn du es willst…und wenn du aufhörst mir den Arm zu zerquetschen und herumzustammeln."
„Ob ich will?" Jubelnd fällt sie mir um den Hals, **„Natürlich will ich!"**
„Dann komm…!" Resolut ziehe ich sie mit sanfter Gewalt weiter, „Lass uns dein neues Domizil mal unter die Lupe nehmen! Vielleicht hast du ja auch noch ein paar Umbau-Wünsche…du kannst damit tun und lassen, was du willst!"

Lachend, wie zwei übermütige Kinder, stürmen wir über die Planke.
Nach einem ausführlichen Rundgang, sitzen wir Tee schlürfend auf dem sonnigen Oberdeck. Ich habe mich entschlossen, Betty direkt reinen Wein einzuschenken, was die kleine, grüne Holztür am Ende des Ganges betrifft. Sie war ja früher schon immer die Vernünftigere von uns beiden, so dass ich mir sicher bin, dass sie nicht gleich ausflippt und durchstürmen will (so wie ich es wohl gemacht hätte, wenn Joanna mir von Anfang an den Sinn dieser Tür gebeichtet hätte). Wie erwartet, fasst Betty die Türangelegenheit ziemlich easy auf, "Dann warte ich mal, bis der erste Schauer eintrifft." Das war ihr einziger Kommentar dazu.

Nachdem sie sich später eine entspannte Dusche gegönnt und den Kleiderschrank im Schlafzimmer inspiziert hat ("Deine Großmutter hat ja echt einen abgefahrenen Geschmack!"), knüllt sie ihren weißen, flauschigen Bademantel (erinnert ihr euch?) in den Wäschekorb (genau wie ich damals), schlüpft in einen violetten Nickihausanzug und gähnt herzhaft. Mitfühlend begleite ich sie nach nebenan, in ihre Schlafkajüte, "Leg dich hin und schlaf etwas."

Nur zu gut erinnere ich mich an meinen Einzug im Himmel. Mal abgesehen davon, dass ich hungrig war und die Hälfte der Bromchenbüsche am Wegesrand wild abgegrast hatte, war auch ich damals so richtig geschafft. Ja...das Sterben und die Aufnahmeprozedur sind wirklich sehr anstrengend und ermüdend.
"Schlaf etwas, Betty." Liebevoll streiche ich ihr über das üppige, leuchtend rote Haar, "Morgen früh bringe ich frische Brötchen mit und dann frühstücken wir in aller Ruhe, okay?"
Leise und regelmäßige Atemzüge verraten mir, dass Betty meine letzten Worte wohl gar nicht mehr mitbekommen hat. Sachte schleiche ich mich aus der Kajüte, schreibe Betty in der Küche eine kurze Nachricht, pinne den Zettel an die Schlafzimmertüre und verschwinde auf Zehenspitzen.
Auf der Wiese vor dem Boot setze ich mich erst mal nieder und lasse meinen Blick zum bewaldeten Hügel vor mir wandern. *Ich muss nachdenken!*
Nein, natürlich muss ich nicht nachdenken, sondern ich muss lediglich meinen Bammel vor einer längst überfälligen Konfrontation in den Griff bekommen.

Ich war bei meinem Ausraster in den Weinbergen schon sehr fies Rosalinde und Socke gegenüber...und auch zu Sabine.
Beschämt zupfe ich ein paar Grashalme aus. *Arme Sabine... kaum im Himmel und schon muss sie sich mit einer Schwachsinnigen wie mir rumplagen. Hmmm, bis jetzt haben mich meine beiden Tiere gemieden! Ob sie noch sauer auf mich sind?*
Mein rabenschwarzes Gewissen hängt wie ein überdimensionales Damoklesschwert über meinem Kopf. Ich seufze schwer.
Hilft nix...komm raff dich auf, Anabelle!
Mühsam stemme ich mich hoch und mache mich schweren Herzens auf den Weg.
An der Hofeinfahrt, zu Sabines Holzhaus, bleibe ich kurz stehen. Alles liegt ruhig, im Schein der untergehenden Sonne, vor mir.
Vielleicht sind sie ja gar nicht da?
In diesem Moment öffnet sich quietschend die Tür und Sabine erscheint gutgelaunt und fröhlich schnatternd auf der Türschwelle, gefolgt von der grunzenden Rosalinde und dem schwanzwedelnden Socke. Als sie mich erblicken, bleiben sie abrupt stehen. Rosalinde hockt sich einfach nur mit ihren beiden Hinterbacken auf die Erde und starrt mir unsicher entgegen. Ihre kleinen Schweinsöhrchen zucken nervös. Einzig Socke rennt mit wirbelnden Pfoten auf mich zu. Mein Herz klopft freudig. *Socke, mein Guter!*
Als ob ihm ganz plötzlich einfällt, wie rüde ich ihn und die anderen behandelt habe, kommt er dreißig Zentimeter vor mir, schlitternd zum Stehen und zieht sich schnaubend und niesend wieder etwas zurück.
Wartend mustern mich seine kleinen schwarzbraunen Knopfaugen, die mich immer so sehr an Jo's bettelnden Dackelblick erinnert haben. Traurig und auch betroffen über diese ungewohnte Zurückhaltung, sinke ich vor ihm auf den staubigen Boden, „Socke, mein kleiner Freund...es tut mir so wahnsinnig leid, was ich getan habe. Ich wollte euch nicht anschreien...wirklich nicht...aber...!"
Mein Blick senkt sich beschämt, „Es war nicht richtig von mir, meine Trauer und diesen ganzen beschissenen Tag an euch auszulassen."
Sand rieselt durch meine Finger.
„Ich hätte niemals so mit euch reden dürfen. Ich hätte auch niemals mit Trauben nach euch werfen sollen."
Habe ich echt mit Trauben geschmissen? Wie niveaulos!

Ein zitternder Seufzer schlüpft über meine Lippen, „Anstatt froh zu sein, dass ich solch tolle Freunde und Gefährten wie euch habe, die mich hätten halten und trösten können, habe ich mich wie ein pubertierender Vollidiot benommen und euch ziemlich unsanft vor den Kopf gestoßen…und euch von mir weggeschubst! Das war nicht richtig."
Eine Träne löst sich aus meinem Augenwinkel, rinnt an meiner Wange herunter und tropft in den trockenen Sand. Hinterlässt einen kleinen, dunklen Fleck. Ich schniefe leise und betrachte mir die braunen Körner unter meinen Sohlen. Auch wenn meine Stimme bibbert und schwankt, sage ich dennoch zum Abschluss klar und deutlich, „Dafür möchte ich mich von Herzen bei dir…bei euch entschuldigen! Bitte seid mir nicht mehr böse!"
Tief betroffen, über die Tatsache, dass ich meinen Liebsten wehgetan habe, schließe ich die Augen und weine leise.
Eine leichte Berührung an der Schulter lässt mich zusammenzucken. Mit feuchten Augen blicke ich hoch. Rosalinde und Sabine haben sich unbemerkt zu Socke gesellt. Zu dritt sitzen sie jetzt vor mir. Gerührt streckt Sabine die Hände nach mir aus und rutscht näher an mich heran. Socke und Rosalinde kommen, mit leicht geneigtem Kopf langsam auf mich zu gerobbt, „Ach Anabelle…wir sind dir doch gar nicht böse und waren es auch nie…", sanft streichelt Sabine über meinen Rücken und zieht mich letztendlich an sich, „…wir haben uns nur sehr große Sorgen um dich gemacht und dachten, dass der Boss da sicher besser helfen kann als wir."
Rosalindes warme Steckdosennase kitzelt mich am Ohr und Socke's feuchte, rosa Zunge schleckt unaufhörlich über meinen Handrücken.
Ich schniefe erneut und blicke scheu in Sabines verständnisvoll dreinblickende Augen, „War es so schlimm?"
Sabine nickt bedauernd, „Du hast uns schon ein bisschen Angst gemacht…aber das ist Schnee von gestern…wir sind einfach nur froh, dass es dir wieder besser geht. Komm…", sie rappelt sich auf und zieht mich mit hoch, „…ich habe Kuchen gebacken…den werden wir uns jetzt alle gemütlich mit einer großen Tasse heißer Schokolade zu Gemüte führen. Einverstanden?" Lautes Gegrunze und Gebell übertönt meine leise Antwort. Lächelnd hakt sich Sabine bei mir unter, wischt mir noch fürsorglich eine Träne aus meinem Gesicht und schon stürmen wir kreischend hinter Socke und Rosalinde hinterher, ins Haus.
Und sie lebten glücklich bis ans Ende…quatsch…natürlich nicht!

Aber wir sind an diesem späten Nachmittag, oder besser gesagt, an diesem frühen Abend, in der Tat, alle sehr glücklich. Beherzt knie ich mich in der Wohnstube zu meinem Schwein und meinem Hund und knuddele sie, „Ich habe euch so vermisst!"

Sabines Marmorkuchen ist echt eine Wucht. Da hat Barbara nicht geschwindelt. Das sieht man daran, dass wir zu viert die ganze Platte putzen…bis auf den letzten Krümel.
Nachdem wir uns pappensatt auf der Eckbank fläzen, schnellt Sabine ganz plötzlich hoch, „Bevor ich es vergesse…", sie rennt in die Küche und kommt mit einer gigantischen Bienenstichtorte zurück, „…den habe ich für dich und deine Freundin Betty gebacken. Ich hoffe, er gefällt dir. Ich dachte mir, der würde sich bestimmt gut zu eurem ersten gemeinsamen Frühstück morgen Früh machen."
Erstaunt reiße ich die Augen auf. *Woher weiß sie von Betty?* Ein kleiner pummeliger, weißgekleideter Mann kommt mir in den Sinn, Felix, das Klatschmaul und ich lächele, „Sabine…der…der ist ja der absolute Wahnsinn!"
„Danke!" Erfreut errötet sie.
„Aber es gibt da zwei Dinge die du noch unbedingt machen musst…", ich versuche ernst zu blicken, „…sonst kann ich deinen Kuchen leider nicht annehmen!" Ich zwinkere verschwörerisch zu Socke runter. Rosalinde steht indes sabbernd neben mir und himmelt das gewaltige Backwerk an. Nicht, dass sie schon vier Stücke vertilgt hat!
Sabines Lächeln erlischt und ihre Hände zittern leicht. Schnell stellt sie die Torte auf dem Tisch ab und wischt sich unsicher die Hände am Hosenbein ab, „Was denn? Was muss ich noch machen?" Prüfend wandert ihr Blick über den, superlecker aussehenden Kuchen. Fehlt etwas, scheint ihr Blick zu fragen. Ich grinse in mich hinein, bleibe äußerlich aber todernst,
„Also erstens…", ich mache eine kleine Kunstpause, „…also erstens…du nennst mich ab sofort Ana, so wie es alle meine lieben Freunde tun…und zweitens…die Torte bleibt hier und ich komme morgen und nehme die Torte UND DICH, mit zu Betty aufs Hausboot rüber und wir frühstücken gemeinsam! Deal?" Ich strecke ihr geschäftlich die Hand entgegen.
Sabines Augen bekommen einen verdächtigen Glanz. Meine dargebotene Hand wird ignoriert, aber ihre Umarmung ist kurz und heftig. Überrascht japse ich nach Luft, erwidere aber gleich darauf die herzliche Umarmung.

„Ich wusste, dass du eine ganz, ganz Liebe bist, Anabelle…sorry…Ana!
Lachend umarmen wir uns noch mal und ich frage unnötigerweise, „Dann geht das mit morgen also klar?" Sabine lächelt selig, „Klar!" Ich bin glücklich. Glücklich, dass sich alles zum Guten gewendet hat und glücklich darüber, dass Sabine glücklich ist. Grinsend, wie ein Honigkuchenpferd erhebe ich mich, „Kommt ihr beiden. Machen wir uns auf den Heimweg."
Endlich von Tonnen schlechten Gewissens befreit, hüpfe ich leichten Herzens und gutgelaunt zur Tür raus. Socke springt wie ein wild gewordener, freilaufender Pavian übermütig um meine Beine. Plötzlich bleibe ich stehen und schaue mich verdattert um, „Wo steckt denn Rosalinde?" Fragend werfen wir einen Blick zurück. Auf halben Weg, zwischen mir und Sabine, sitzt Rosalinde. Einladend klopfe ich auf meine Schenkel, „Komm, Kleine, komm! Es geht nach Hause…was hast du denn?" Rosalinde grunzt kläglich und ihre Schlappöhrchen baumeln bedrückt herab. Sabine steht besorgt im Türrahmen und reibt sich verunsichert beide Oberarme, „WAS HAT SIE DENN?" Etwas ratlos betrachte ich mein Schwein und zucke mit den Schultern. Keine Ahnung was mein Schwein hat. Mit einem unguten Gefühl im Bauch, schlappe ich zu ihr rüber und gehe vor ihr in die Hocke…Auge in Auge. Alles an ihr scheint traurig und trostlos runterzuhängen. Ohren, Stummelschwänzchen, Augen und sogar die Spitzen ihrer weichen Borsten hängen schlaff runter.
Zaghaft hebt sie ihre rechte Vorderpfote an. Nachdenklich, noch immer in ihren kleinen, schwarzen Augen versunken, nehme ich die Pfote in die Hand und streiche sachte über die verhornten Zehen. Eine Ahnung überkommt mich. Eine Ahnung, die mir ganz und garnicht gefällt. Ich blicke ihr wieder in die traurigen Augen, „Du willst dich verabschieden, nicht wahr?" Heiße Tränen schießen mir in die Augen. Rosalinde schnupft kurz. Mein Blick wandert zu Sabine, „Sie braucht dich mehr als ich, stimmt's?" Noch mal schnupft sie.
Unfein wische ich mir die laufende Nase an meinem Pulli ab, „Du kommst mich doch aber mal besuchen?" Ihre kleine, raue Zunge leckt mir sanft über die Wange.
Leise Schritte und ein Flüstern neben mir, „Alles in Ordnung?" Sabine!
Energisch wische ich die letzten Spuren meines Gefühlsausbruches weg, „Alles okay. Null Problemo!" Ächzend, die Hände auf meine Oberschenkel abgestützt stehe ich auf und klopfe mir kurz den Hosensaum ab.

Rosalinde hat sich ebenfalls erhoben und schüttelt kräftig ihre rosa, fleischigen Hinterbacken. Verunsichert schweift mein Blick zu Sabine, Socke, Berts und Barbaras Haus, das nun Sabine gehört und wieder zurück zu Sabine selbst.
„Wir sehen euch dann morgen!"
Verstört schaut Sabine runter zu Rosalinde, die sich wohlig an ihrem Bein reibt, „Aber…!"
„Schscht!" Ich schneide ihr wehmütig lächelnd das Wort ab, „Sie möchte bei DIR bleiben…, wenn du nichts dagegen hast."
Erleichtert nehme ich das kurze, freudige Aufleuchten in ihren Augen wahr, „Äh, na klar…ich meine, natürlich habe ich nichts dagegen."
„Also gut, ihr beiden…", schnell umarme ich Sabine und Rosalinde, „…dann sehen wir uns morgen Früh! Komm Socke!"
Die heißen Tränen, die ich auf meinem Nachhauseweg vergieße, bekommt, außer meinem Hund, Gottlob niemand mit.
Am nächsten Morgen. Die Sonne scheint schon warm vom Himmel. Socke hat die ganze Nacht in meinen Armen verbracht. Ich weiß ehrlich nicht, wer hier wen hatte trösten wollen. Egal, es hat uns beiden richtig gutgetan. „Komm, Socke…wir müssen uns beeilen, damit der Tisch schon gedeckt ist, wenn Betty aufwacht."
Frisch ausgeruht und voller Tatendrang sammeln wir Sabine, Rosalinde und die Goliathtorte ein und machen uns gemeinsam auf den Weg zu Betty. Barfuß und auf pediküren Zehenspitzen, huschen wir klammheimlich durch das Hausboot. Von der Küche, den Gang entlang, die Treppe hoch zum Oberdeck und wieder zurück. Immer wieder rauf und runter. So lange, bis sich der Tisch vor lauter Leckereien schon fast durchbiegt.
„So Rosalinde. Jetzt kommt dein Einsatz." Rosalinde dribbelt die Stufen vorsichtig nach unten. Noch keine Minute vergeht und ein greller Schrei ertönt, „IIIHHHHH…EIN SCHWEIN…HILFE!"
Kichernd nimmt jede von uns ihren Platz am Tisch ein und prosten uns schon mal mit heißem Kaffee zu. Laute, polternde Schritte rumpeln dumpf im Bauch des Schiffes, gefolgt von vier eiligen Pfoten. Einhergehendes lustiges Gegrunze kündigt Bettys Ankunft an. Ein wirrer Rotschopf stürmt panisch an Deck. Sie bleibt abrupt stehen.
„ÜBERRASCHUNG!"
Wie vom Blitz getroffen glotzt sie mit weit aufgerissenen Augen auf mich, Socke, Sabine und die Riesentorte, denn DIE ist nun wirklich nicht zu übersehen. Rosalinde drückt sich schaukelnd an ihr vorbei, wobei Betty entsetzt die Arme nach oben reißt und wiederum einen spitzen Schrei auslöst,

gefolgt von albernem Gelächter unsererseits. Schalk blitz aus meinen Augen als ich mich gemütlich an Socke kuschele. Hilflos rudert Betty mit den Armen, „ANAAA…!" Dies ist das einzige was sie raus bringt. Sabine und ich grinsen breit, „Einen wunderschönen guten Morgen, Betty."
Ich bequeme mich aus meinen Stuhl und stelle alle der Reihe nach vor, „Das ist Sabine, meine Freundin…sie wohnt gerade hinter dem bewaldeten Hügel…", vage deute ich die Richtung an, „…und das sind Socke, mein Hund und die treue Seele, die sich so liebevoll geweckt hat, ist Rosalinde, Sabines Schwein."
Bettys verwirrtes Gehirn registriert unterschwellig die Namen, fixiert den Kuchen und schon ist der Schreck vergessen. Ihre Kinnlade klappt nach unten, „Was für ein Gerät…eine Monsterbienenstichtorte!"
Sie leckt sich spontan die Lippen. Als ob der Kuchen auf meinem Mist gewachsen wäre, sage ich stolz, „Die hat Sabine für dich gebacken!"
Betty wirbelt herum, stiert die betreffende junge Frau an und stürzt theatralisch vor Sabine auf die Knie, „Ich liebe dich, Sabine…sei bitte auch meine Freundin!" Krampfhaft verbeiße ich mir das Lachen, während Sabine mich hilfesuchend anschaut. Betty erhebt sich mit einem Satz und reicht Sabine spontan die Hand, „Hallo, ich bin Betty, Ana's Freundin und da du Ana's Freundin bist und offensichtlich eine Bienenstich-Meister-Bäckerin bist, wäre ich sehr froh, wenn du auch meine Freundin sein willst!" Sabine schluckt kurz. Ich schmunzele und tippe mir leicht gegen die Stirn, „Keine Angst, Sabine…manchmal haben wir eben einen klitzekleinen Klecks an der Waffel und dann geht uns schon mal der Gaul durch." Betty zwinkert Sabine lieb von der Seite zu und setzt sich neben sie. Sofort beruhigt sich Sabine und verliert rasend schnell ihre Scheu. Dieses Frühstück oder besser gesagt, dieser Brunch, wird, glaube ich, keiner von uns so schnell vergessen.

Den nächsten Tag beschließe ich, Betty und Sabine alleine losziehen zu lassen. Beide Neulinge sollen mal in aller Ruhe und nach Herzenslust ihre Umgebung beschnüffeln. Ich habe noch was anderes vor!
Die letzte Weinlese hat ein wirklich hervorragendes Tröpfchen hervorgebracht. In meinem Weinkeller suche ich sorgfältig ein paar der besten Flaschen raus, lege sie in eine gut gepolsterte Schachtel und trage sie vorsichtig nach oben. Am Küchentisch sitzend, überlege ich mir ein paar Zeilen für den Empfänger:

Hallo Boss,
anbei ein Reuetropfen von exquisiter Qualität, vom Berg des schlechten Gewissens!
Liebe Grüße
Anabelle (Ana), Villa Tarunzel
PS. Es ist alles wieder im Lot

So, Zettel fein säuberlich zusammenfalten, in die Kiste rein, zukleben und los geht es.
„Auf Socke…es geht in die City!" Etwas mulmig ist mir schon zumuten, denn das letzte Mal war ich dort, als ich Jamie gesucht habe.
Ach Jamie…ich vermisse ihn…
Mit klopfendem Herzen verdränge ich diesen Gedanken schnell. In Null Komma nichts sind wir da. Das Postamt ist auch fix gefunden. Unübersehbar schaukelt ein aufblasbares, großes Paket auf dem Dach des betreffenden Gebäudes. Mit Socke im Schlepptau betrete ich die gute Stube. Das finde ich am Himmel richtig toll. Nirgends hängt ein Hundeverbotsschild mit der doofen Aufschrift: Wir müssen draußen bleiben!
Der junge Mann an der Annahmestelle begrüßt mich freundlich, „Hallo junge Frau…", er beugt sich weit über den Tresen, „…hallo Hund!" Ein neugieriger Blick streift mein Päckchen, das ich wie ein rohes Ei sachte vor ihn hinstelle, „Was kann ich denn für euch beide tun?"
„Ich möchte dieses Päckchen verschicken!"
Klar, was sollte ich sonst mit einem Päckchen auf der Post?
Er greift, ohne hinzusehen, hinter sich und befördert einen Adressaufkleben zu Tage, „Wer ist der Empfänger?"
„Der Boss!" „Eilzustellung oder Normal?" „Ähm…normal reicht…denke ich." „Alles klar!"
Schwungvoll pappt er den Aufkleber drauf. Ängstlich lege ich meine Hand auf die Schachtel und gebiete ihm so Einhalt, „Bitte sehr vorsichtig…das ist zerbrechlich!"
Nach einem kurzen, prüfenden Blick auf mich und auf das kleine unscheinbare Paket, stülpt er sich dick wattierte Handschuhe über, hebt das Päckchen hoch und stellt es in eine, mit dicker Schafswolle ausgelegte Gitterbox hinter sich, „Gut so?"
Gott, muss der mich für pingelig halten. Peinlich berührt nicke ich, „Vielen Dank!"

„Keine Ursache...dafür sind wir doch da!" Er lächelt mich warm und verständnisvoll an, schiebt Socke ein großes Leckerli zu und winkt zum Abschied, „Bis bald!"
So, das wäre geschafft. Nur noch ein paar kleinere Erledigungen, wie Käse, Wandfarbe und Haarspangen, besorgen und schon sind wir auf dem Heimweg. Den restlichen Tag verbringen wir mit rumgammeln, spielen und Schlafzimmer streichen (himmelblau!). Zu unserer großen Freude trudelt Rosalinde ein. Ihr war das hektische Herumgerenne von Sabine und Betty wohl doch ein Tick zu anstrengend. Bei mir nimmt sie ihre kleine Hütte vor meiner Villa in Beschlag und verfällt in einen sanften Schlummer, indem ich sie auch nicht störe.
Abends, als Rosalinde noch immer bei mir weilt, quatsche ich Sabine vorsichtshalber noch auf den Anrufbeantworter, damit sie sich keine Sorgen um Rosi machen muss. Offensichtlich hat mein Exschwein beschlossen heute bei mir und Socke zu übernachten.
Kein Problem!
Nach einer Megaportion Spagetti mit Tomatensoße (unser aller Leibspeise!), fallen wir kugelrund gefuttert ins Bett und sind im Nu eingeschlafen. Erst die Sonnenstrahlen, am nächsten Morgen kitzeln mich aus dem Schlaf. Müde recke und strecke ich mich erst mal ausgiebig, gähne herzhaft und reibe mir den Schlaf aus den Augen. Es ist still im Haus.
Nanu, wo sind denn meine beiden Rabauken?
Kaffeeduft steigt mir in die Nase und kitzelt verführerisch meine Geruchsnerven.
Kaffee? Seit wann können ein Hund und ein Schwein Kaffee kochen?
Alarmiert springe ich auf und werfe mir im vorbeifliegen meinen Regenbogenbunten Morgenmantel über und stürme zur Treppe. „ROSALINDE...SOCKE...WAS HABT IHR GEMACHT?" Hastig, zwei Stufen auf einmal runterspringend, kullere ich förmlich in meine Küche und bleibe wie angewurzelt stehen. Seelenruhig schlabbern beide ihr Frühstück aus ihren Näpfen. Aber das ist nicht das, was mich wie ein Faustschlag trifft. Ich stiere zum Tisch.
„Hallo, Kleines. Setzt dich. Die Pfannkuchen sind gleich fertig! Willst du Marmelade oder Sirup drauf?" Der Mann grinst mich herzlich an.
Rumms!
Wie ein nasser Mehlsack klatsche ich, ziemlich unelegant, der Länge nach, ohnmächtig auf den Boden. Irgendwann fühle ich kühle Luft im Gesicht, die man mir offensichtlich zufächelt.

Ein feuchter, kalter Lappen liegt, sorgfältig gefaltet, auf meiner Stirn und rutscht langsam zur Seite. Unverständliche Wortfetzen formen sich langsam zu vollständigen Sätzen und dringen an mein Ohr, „Meinst du, sie ist in Ohnmacht gefallen, weil sie dich hier gesehen hat oder hat es sie umgehauen, weil du in ihrer Küche gekocht hast?" Dies ist eindeutig Bettys ironisch klingende Stimme. Eine Männerstimme antwortete ihr, „Haha. Witzig. Sie hat meine Pfannkuchen immer sehr gemocht…das weißt du doch…ich versteh das nicht."
Der besorgte Unterton ist Balsam für meine Seele. Viel zu lange habe ich diese Stimme nicht mehr gehört. Vorsichtig blinzele ich durch die Wimpern.
Zuerst nehme ich nur Bettys rote Haarfülle über mir wahr, aber dann, direkt daneben…ein großer, schlaksiger Kerl, ein hageres Gesicht, warmen Augen…mir dämmert es so langsam…nur, wo sind seine blonden Haare? Alles etwas älter…viel älter als ich es in Erinnerung habe…dennoch…er ist es, „JULIUS!"
Wie eine gespannte Feder springt mein Oberkörper hoch und katapultiert sich an seinen dürren Hals, „JULES…ACH JULES…DU HIER…ICH KANN ES GARNICHT FASSEN!"
Er grinst etwas gequält, „Na toll, jetzt bin ich nicht nur tot, sondern auch fast taub!" Lachend befreit er sich aus meiner Klammeräffchen-Umarmung und zieht mich mit einem Ruck hoch, „Setz dich, Kleines…", er reicht mir einen Pott Kaffee, „…trink!"
Gehorsam nippe ich an dem heißen, starken Gebräu. Noch einmal muss ich um den Tisch gehen und ihn feste drücken, „Unglaublich…du…hier…in meiner Küche!" Immer wieder tätschele ich seinen Rücken und strahle dabei Betty an, die schon beim Essen ist. Mit vollen Backen und klebrigen Fingern, zeigt sie auf ihren Ehemann, „Ich sagte doch, dass er mich nicht lange hier alleine lässt!" Dafür kassiert sie einen tadelnden Blick von uns beiden. Jules nimmt neben seiner Frau Platz und ich setzte mich ihnen gegenüber. Strahlend mustere ich meine besten Freunde von drüben, „Meine Familie!" Überglücklich mache ich mich über Jules Pfannkuchen her und schaufele mit gesundem Appetit so viele wie nur möglich rein. *Hm, köstlich! Wie früher!*
Die liebevollen und amüsierten Blicke meiner Familie ruhen auf mir und ich nuschele mit vollem Mund, „Dasch wird beschdimm toll…wir alle schuschammen!"
Und ich habe recht. Das kurzweilige Leben im Himmel vergeht wie im Flug…

*

Januar 2014. Später Abend.
In einem kleinen Häuschen, in einem Vorort von Bremen, brennt in einem der vorderen Zimmer noch Licht. Dort sitzt eine blonde Frau in einem Schaukelstuhl, der schon bessere Tage gesehen hat und trotzdem seinen angestammten Platz in diesem Haus zu haben scheint. Die blonde Frau ist Jo. Im Schein der Leselampe müht sich Jo an dem cremefarbenen Stück Stoff ab. Beim Nähen hat sie sich zwar immer sehr geschickt angestellt, aber sie war noch nie die schnellste gewesen. Betty, ihre Mutter, hatte sie früher immer zu mehr Geduld ermahnt. Aber diese Veilchenranken sind wirklich äußerst schwierig und filigran und die Nadel ist so dünn, dass Jo sie in diesem ungünstigen Lichtkegel kaum sieht. Und dennoch. Hochkonzentriert, die Zungenspitze leicht herausgestreckt, arbeitet sie sich Stich für Stich voran. Aufmerksam studiert sie das Muster ihrer alten Decke, die sie damals von ihrem Mann Dirk, zusammen mit dem Heiratsantrag bekommen hatte und nun wärmend und duftend auf ihren Knien liegt. Emma, ihre Tochter, sollte genauso eine bekommen. Allerdings mit **ihrem** Namen und dem **ihres Kindes**, auch wenn Jo noch nicht weiß, wie das Kind heißen soll. Jo lächelt.
In zwei Monaten ist es soweit. In zwei Monaten werde ich tatsächlich Oma! Wie die Zeit doch vergeht? Müde reibt sie sich die Augen. Sie ist erschöpft. Ein Blick auf die Uhr. Viertel nach zehn. In einer Stunde will Dirk aus der Klinik zurück sein, es sei denn, ein Notfall kommt dazwischen. Dann kann es später werden. Ihr fallen die Augen fast zu.
Nein, die Ranken macht sie noch fertig...es ist doch nur noch eine Handbreit zu nähen.
Verbissen stichelt sie weiter und gähnt. *Kaum zu glauben...ihr kleines Mädchen, Emma, ist schon 24 Jahre und wird bald selbst Mama.*
Während ihre Gedanken in die Vergangenheit wandern, nähen ihre Hände gewissenhaft weiter. Stich für Stich. Eine halbe Stunde später sehen wir allerdings eine Frau, in deren Schoß die fast fertige Handarbeit liegt und die im Schein der Leselampe eingeschlafen ist. Die Lippen sind leicht geöffnet. Der Kopf leicht zur Seite geneigt. Das Herz steht still. So wird ihr Mann sie finden, wenn er später von der Arbeit kommt...

*

An einem schönen Sonnentag (ich weiß, das haben wir ja meistens hier drüben), es ist frühmorgens, betrachte ich von meinem Küchenfenster aus, die schweren, prallen Trauben an meinen Rebstöcken. Ich habe den Eindruck, dass die Zweige noch voller hängen als sonst. Alleine komme ich da nicht weit. Also, flugs, das Telefon gekrallt und rund gefragt.
Nach einer halben Stunde ist alles organisiert. Morgen geht es los. Bis dahin stapelt sich aber hier die Arbeit bis zur Decke. Gedanklich überschlage ich kurz. *Mal sehen, wir werden, wenn alle kommen, neun Leute und zwei Tiere sein...drei Kuchen müssten reichen...zum Mittag gefüllte, überbackene Auberginen, wahlweise Tortellini mit Sahnesoße und gemischten Salat dazu. Getränke? Hm...frisches Quellwasser und Traubensaft...Kaffee ist nachmittags schnell gekocht, trinkt eh nicht jeder. Das war's eigentlich. Ach du lieber Himmel...der Weinkeller...die Fässer?* Eilig sammele ich meine Putzutensilien ein, binde mir schnell die Haare zusammen und runter geht's in die hauseigenen Katakomben. Bis zum Mittag blitzt und blinkt der Keller bis in den letzten Winkel. Der Nachmittag wird belegt von Gemüse schnippeln, Kochtöpfe parat stellen und Auflaufformen und Schüsseln zusammensuchen. Mitten in diesem Wirrwarr verdingt sich Socke, natürlich gegen Leckerlis, als geborener Laufbursche. Das klappt hervorragend. Wen wundert es da, dass wir beide, abends, todmüde und ausgelaugt ins Bett fallen. Der nächste Tag wird es schließlich auch in sich haben. Der Sandmann zieht uns eines mit seiner Keule über und schon sind wir weg.
Morgens, kurz vor halb sieben, stehen Socke und ich, wieder erholt, ausgeschlafen, putzmunter und frisch gestriegelt vorm Haus. Wartend wippe ich auf meinen Zehen und halte Ausschau. *Da! Da sind sie ja!*
Unter lautem Gejohle schwappt eine Gruppe von Menschen über den Hügel. Zu meiner Freude sind wirklich alle, die zugesagt haben, gekommen. Freudig breite ich die Arme aus und empfange die ersten Eintreffenden, „Hallo, Maria, schön, dass du Zeit hast!"
„Für dich doch immer, Schätzchen!" Sie kneift mich liebevoll in die Wange, „Ich habe frische Semmeln und Handkäs dabei!" Schon verschwindet sie im Haus. Meine Begrüßung geht weiter, „Hi Betty, Jules. Na, ausgeschlafen?" „Klar! Topfit!"
Die nächsten, „Hallo Jürgen, Max, Martin und Dieter...!" Lachend steuere ich die Gruppe junger Männer an, bei denen drei, mir noch unbekannte Frauen stehen.

(Hoffentlich reicht der Kuchen jetzt noch?) Die Jungs sind Jamies Kumpel vom Bau. Und drei von ihnen, haben überraschend ihre Freundinnen mitgebracht. Formlos werden wir einander vorgestellt (Yasemin, Caja, Selma).
Der größte und breiteste von den Männern, ist Jürgen. Der junge Mann, der damals in Rick's Café mit mir gesprochen hat und so verdutzt war, das ich noch hier bin und nicht bei Jamie bin. In dieser Gruppe ist er der einzigste Single. Großzügig verteile ich Küsschen auf seiner leicht kratzigen Wange, „Herzlich willkommen in der Villa Tarunzel, Jürgen!" Liebevoll umarme ich den großen Kerl. Er lächelt auf mich hinab, „Wie geht es dir, Anabelle?"
Ich überlege kurz. Anschwindeln kann ich Jürgen einfach nicht. Er ist oder besser, er war Jamies bester Kumpel und ich mag ihn, „Wenn ich ehrlich bin…im Augenblick eigentlich richtig gut! Warte mal kurz!" Ein kurzer, lauter Pfiff und schon schenken mir alle ihre Aufmerksamkeit.

„Hört zu, Leute…ich freue mich das ihr euch alle heute Morgen aus dem Bett gequält und nicht anderes zu tun habt, als den lieben, langen Tag bei mir Trauben abzuzupfen!"
Alles lacht. Nachdem ich einzelne Gruppen zusammengestellt habe und den Tagesablauf, inclusive Pausenzeiten verkündet habe, drehe ich mich noch mal zu Jürgen um, den, seit Jamie weg ist, immer eine einsame Aura zu umhüllen scheint, „Und du, Jürgen? Wie geht es dir?"
Gerade als er antworten will, werden wir unterbrochen.
„HALLO ANAAA…!"
Erfreut winke ich den Neuankömmlingen, „Oh, da sind Sabine und Rosalinde!"
Beide kommen ganz außer Atem auf mich zugeeilt und auch sie werden Opfer meines schmatzenden Begrüßungsrituals und bekommen jeder einen feuchten Kuss auf die Backe, „Hi, ihr beiden. Und alles fit?"
Ein raues, forderndes Räuspern hinter mir. Sofort komme ich meiner Gastgeberpflicht nach, „Oh stimmt…Entschuldigung…darf ich vorstellen…", ich schiebe den Klotz von Mann vor mich, „…das ist Jürgen, Jamies bester Kumpel!" Er lächelt charmant runter zu der zierlichen Sabine und schnurrt entzückt, „Hallo Rosalinde!"
„Ich bin Sabine…", sie zeigt lachend auf das Schwein neben ihr, „…DAS ist Rosalinde!"

Jürgen läuft feuerrot an und stottert, „Tut…tut mir leid…ich dachte…Rosalinde ist so ein schöner Name…und du bist so hübsch…da dachte ich…nicht das du denkst…also, Sabine ist ebenfalls ein schöner Name…ich wollte…naja…du…!"
Prustend unterbreche ich das wirre Gestammel, „Sabine, willst du den armen Mann nicht endlich erlösen, ihn mitnehmen und ihm einen Kaffee in die Hand drücken?"
Kopfschütteln und noch immer lachend, lasse ich beide einfach stehen. Einen kurzen, neugierigen Blick hinter mich kann ich mir allerdings nicht verkneifen. Sabine lächelt mit leuchtenden Wangen zu dem sanften Riesen hoch. Ich würde mich echt für die beiden freuen.
Laut klatsche ich in die Hände. Alle Augen wenden sich noch mal mir zu,
„So, ich denke dann fangen wir mal an. Zwar habe ich vorhin schon erwähnt, doch ich sage es am besten noch einmal…wir teilen uns in zwei Gruppen auf…die einen pflücken und die anderen, also die starken Männer, tragen die vollen Körbe hier zu den Bottichen.
Wenn jemand Hunger oder Durst verspürt, möge er sich vertrauensvoll an Maria wenden…", ich zeige hoch zu Küchenfenster, aus dem Maria sich gerade beugt und uns zuhört, „…wie schon so viele Male, ist sie auch dieses Mal für die tolle Bewirtung zuständig."** Verlegen schließt Maria oben in der Küche schnell das Fenster. Sie steht halt nicht gerne im Mittelpunkt. Kann man nix machen. Ich klatsche erneut in die Hände und gebe damit das Startsignal, **„Dann mal los, Leute!"** Lachend verteilen sich die Männer und Frauen. Wie ich sehe, hängt die kleine Sabine, am mächtigen Jürgenarm. Ich grinse innerlich. *Das läuft ja alles wie geschmiert!*
Bis zum Mittag haben wir gemeinsam, die erste Hälfte schon geerntet. Fleißige Füße stampfen unaufhörlich die Trauben in den großen Bottichen zu Matsch und plappern fröhlich dabei. Ich schaue demonstrativ auf mein Handgelenk, als ob ich eine Armbanduhr anhätte und verkünde lauthals, **„PAAAUSEEEEE…!"**
Es findet ein reger Austausch von Speisen, Getränken und Wörtern statt. Zufrieden schaue ich in die Runde und nicke.
Genauso soll es sein!
Nach dem Essen gehen alle munter, gestärkt und erfrischt wieder an die Arbeit. Der zweite Berg ruft!
Am späten Nachmittag, ich bin gerade mit Maria im Keller, Flaschennachschub besorgen, da stupst sie mich an, „Du, Ana…hörst du das auch?"

Maria schaut hoch zu Kellertür. Ich halte kurz, in meiner unbequemen Position inne und spitze die Ohren, „Ich hör nix!" Mit dem Kopf unter einem der hintersten Regalbretter, knie ich gerade am Boden, den Po hoch in die Luft gereckt und ziehe weitere Flaschen hervor. Aber Maria lässt nicht locker, „Doch, ich bin sicher…da…!"
In diesem Moment wird die Kellertür grob aufgestoßen und knallt heftig gegen die Wand und eine atemlose Stimme plärrt zu uns runter, „ANA…WO IST ANA…SIE SOLL SOFORT NACH OBEN KOMMEN!" Die Stimme verschwindet und Langsam schwingt die Kellertür wieder zu.
„Ana, hast du gehört?" Maria zerrt mich grob am Hosenboden aus der Ecke unter dem Regal hervor, „Du sollst nach oben kommen, Ana."
Verärgert über die Unterbrechung, zupfe ich mir ein paar Spinnweben, von denen ich gedacht habe, ich hätte sie alle entfernt, aus dem Haar und grummele, „Was ist denn?"
Marias ernster Blick verheißt nichts Gutes, „Ich weiß nicht so genau. Aber es klang schon irgendwie dringend!"
Beunruhigt steigen wir zusammen die steinerne Treppe nach oben. Alles still da draußen. Komisch. Langsam öffnen wir die Tür. Im Vorraum des Flures sehe ich meine ganzen Freunde versammelt. Stumm blicken sie mir entgegen. Erst einmal bin ich irritiert, sie alle hier im Haus zu sehen und zweitens verunsichern mich ihre besorgten Blicke.
„Was ist denn los…warum starrt ihr mich denn alle so an? Ist was passiert?"
Jürgen, der Noch-Single, tritt einen Schritt zur Seite und offenbart mir einen Blick durch meine geöffnete Haustür. Es nieselt kräftig! Sofort schießt mir EIN Gedanke durch den Kopf.
JO!
Panisch versuche ich meine Gedanken zu ordnen, „Okay, Leute…", ich strubbele nervös durch mein Haar, „…wir brechen ab! Bei dem Wetter können wir eh nichts mehr machen…es wäre echt lieb von euch, wenn ihr morgen wiederkommen könntet." Langsam streife ich meinen verschmutzten Kittel ab, „Ich muss dann jetzt auch los."
Betty tritt auf mich zu und packt mich an der Schulter, „Wir bleiben und warten…", sie blickt in die Runde, „…alle!" Zustimmendes Gemurmel.
„Wir sind doch deine Familie und deine Freunde!" Ängstlich drücke ich ihre Hand, „Danke!"

Mit einem kurzen, schmerzlosen Ruck, öffne ich die kleine, grüne Holztür und trete durch…

*

„Jo, Schatz…bist du noch wach?" Leise schließt Dirk die Haustür auf und betritt die dunkle Diele. Eigentlich wollte er schon vor zwei Stunden zuhause sein. Aber, wie so oft, ist mal wieder ein Notfall dazwischengekommen.
Als er mit dem Auto die kleine Auffahrt zum Haus hochfuhr und festgestellt hat, dass noch ein kleines Licht im Wohnzimmer brennt…wohl die Leselampe…hat er sich gefreut, den Jo, seine Frau hat offensichtlich auf ihn gewartet…wie so oft in den vergangenen Jahren. Vorsichtig, um keinen unnötigen Lärm zu verursachen, hängt er seine Jacke an die Garderobe und schlüpft aus seinen Schuhen. Auf Strümpfen huscht er leise zur Wohnzimmertür. Durch den schmalen Spalt kann er nur einen Teil des Lichtkegels erhaschen. Mit Fingerspitzen drückt er die Tür sachte auf, „Jo?" Nur ein flüstern. Im warmen Schein der kleinen Lampe, sitzt sie still in ihrem alten Schaukelstuhl. Dirk lächelt. Ihre Näharbeit, mit der sie schon seit Wochen beschäftigt ist, liegt auf ihrem Schoß. Sie hat die Augen geschlossen. Ein weicher Zug liegt um ihren Mund.
Wie sehr er diese Frau liebt!
Langsam geht er zu ihr, nimmt ihr die sachte Näharbeit von den Knien und legt sie zur Seite, „Jo…Liebling…wach auf…gehen wir ins Bett!" Jo rührt sich nicht. Seine warme Hand legt sich auf ihre Schulter und rüttelt sanft. Ihr Kopf sinkt auf ihre Brust und eine Hand rutscht herunter und baumelt kraftlos neben der Armlehne. Dirks Herz beginnt zu klopfen.
„JO?"
Langsam steigt Panik in ihm hoch, „JO…WACH AUF!" Er schüttelt kräftiger. Eine Strähne ihres wundervoll seidigen Haares fällt ihr ins Gesicht und verdeckt ein Auge.
„Johanna…bitte…Jo…komm schon!"
Hektisch fühlt er den Puls. Nichts! Vielleicht findet er aber auch nur in seiner Aufregung keinen Puls. Muss so sein…**kann** nicht anders sein!
Dirk springt auf, läuft zu Telefon, ordert einen Krankenwagen und eilt sofort zurück zu seiner Frau. Reglos sitzt sie, leicht zusammengesunken am gleichen Platz. Noch immer sind die Augen geschlossen. Noch immer hat sie diesen weichen Zug um ihren Mund. Und noch immer fühlt er keinen Herzschlag.

Mit zitternden Fingern streicht er die vorwitzige Strähne aus ihrem Gesicht, „Jo…", seine Stimme bricht und sein Kopf sinkt auf ihren Schoß….

*

„Jo…Liebes…wo bist du?" Suchend taste ich mich vor. Alles stockduster. Man kann noch nicht mal die Hand vor Augen erkennen.
Wo bin ich überhaupt gelandet und was ist hier los?
„Jo?" Meine Stimme zittert merklich und ich fröstele.
„**BUH!**"
Ich zucke heftig zusammen und im gleichen Augenblick zwickt mich etwas überraschend in die Wade. Erschrocken kreische ich auf, „AAAAAHHHH…!"
Klick. Ein Licht wird plötzlich angemacht und taucht den Raum in gleißendes Licht, bei dem ich erst einmal die Augen zukneifen muss. Am ganzen Körper bebend, drehe ich mich um die eigene Achse. Da! Keinen Meter von mir entfernt, lümmelt doch tatsächlich meine Tochter im Schneidersitz auf dem Boden herum und grinst mich breit an, „Hallo, Mami!"
Wie eine besorgte Geiermutter falle ich über sie her, „**Was ist los, Schatz?**" Ich drehe und wende sie…taste sie ab, meine Augen sondieren in Sekunden jeden Quadratmillimeter von ihrem Körper, „**Jo, Schatz, was hast du…bist du krank…hast du einen Unfall…Kind, so rede doch endlich mit mir!**" Aufgeregt hampele ich vor ihrer Nase herum.
Kichernd steht Jo auf, nimmt mich in den Arm und gibt mir einen herzhaften Kuss auf die Wange. Eine erwachsene, reife Frau. Meine Jo! Um meine flatterhafte Aufregung zu besänftigen, packt sie mich an der Schulter und schaut mir tief in die Augen, „Nichts von all dem ist passiert, Mami…ich bin nur eingeschlafen."
Meine Hand wandert an mein hektisch pochendes Herz, „Pah, nur von deinem Einschlafen, werde ich doch nicht alarmiert."
Verunsichert trete ich ein, zwei Schritte zurück, mein Blick streift ihr erheitertes Gesicht und ich verschränke meine noch immer zitternden Arme vor der Brust, „Also junge Dame…?" Auffordernd schaue ich meine (erwachsene) Tochter an.
Sie kommt auf mich zu, zieht mich an sich, „Mami, ich bin nur eingeschlafen…verstehst du?" *Nein, will nicht verstehen!* Aber das scheint sie nicht zu interessieren.
Schwärmerisch schaut sie um sich, „Hast du das gesehen?"

Nein, will nicht sehen! Bockig verharre ich in meiner Position und halte den Blick fest auf mein Kind gerichtet. Jo breitet lachend ihre Arme aus und wirbelt herum, „Mami, schau dich doch mal um!"
Erst jetzt nehme ich meine Umgebung wahr und ich staune nun doch ein klein wenig. *Was ist das hier? Wo sind wir?*
Voller Nichtbegreifen starre ich die vielen, vielen Regale vor mir, neben mir und hinter mir und vor mir, an. Jo nimmt mich strahlend wieder in den Arm, „Erkennst du es?"
Ihre weitaufgerissenen Augen leuchten. Ich betrachte weiter diese Kuriosität um mich herum. *War ich schon mal hier? Nein! Da bin ich mir sicher.*
Und doch…scheint mein Gehirn es nicht als völlig unbekannt einzustufen. *War da nicht was…*
„Mami, überleg doch mal…schau doch mal genauer hin!" Sanft drückt sie meinen Kopf nach vorne, bis meine Nase dicht vor dem Gegenstand, vor mir ist. Es ist ein tickender Leuchtturm. Meine Tochter bugsiert mich ein Stückchen nach rechts, „Schau weiter!" Diesmal ist es ein tickendes Schwein! Das nächste ist eine tickende Tasse! Dann kommt ein tickender Apfel! In allen Regalen tickende Gegenstände. Soweit das Auge reicht.
Jo zieht mich völlig aufgeregt ein Stück den Gang entlang, bleibt plötzlich stehen und deutet auf das untere Regalfach, „Hier! Siehst du?" Ich bücke mich etwas, um den betroffenen Gegenstand genauer unter die Lupe nehmen zu können. Wow! Sogar eine **tickende** Sanduhr. Das ist ja wirklich abgefahren! Nein, halt…DIE tickt ja garnicht! Das Ticken kommt aus dem aufgeschlagenen Buch daneben. Die Sanduhr selbst, gibt keinen Ton von sich…wahrscheinlich, weil die obere Hälfte des Glases leer ist und der Sand sich im unteren Teil zu einem kleinen Hügel wölbt…still und regungslos.
Ich schaue meine Tochter fragend an. Sie zeigt nochmals auf die Sanduhr, „Lies doch!"
Ich beuge mich etwas tiefer und betrachte das außergewöhnlich kunstvoll verarbeitete Teil. Ein klitzekleiner Zettel klebt unten am Sockel. Ich gehe noch näher heran und lese angestrengt: *Johanna Huth-Mencke-Schröder*
Jo klatscht in die Hände und lacht juchzend. Dabei hüpft sie wie ein Gummiball auf und ab, „Das ist Meine!" Überaus vorsichtig hebe ich sie hoch und starre betroffen auf die obere leere Hälfte, „Aber…aber…sie läuft nicht mehr…!" Meine Finger streichen sanft über das hauchdünne Glas. Meine Tochter nimmt mir die Sanduhr ab, hebt mein Kinn an und dreht meinen Kopf so weit,

dass ich sie ansehen MUSS, „Mami, schau dich doch mal GENAU um!" Ich kann ihre Aufregung schon fast körperlich fühlen. Die Luft um sie vibriert förmlich. Sie scheint ja bald zu platzen. Und dennoch setzt sie sich ruhig und gefasst wieder zu Boden, zieht mich mit runter, streicht ihre Hände an der Jeans ab und zupft ihren übergroßen Sweater zurecht.
„Kannst du dich noch an früher erinnern?" Ich nicke, „Ja."
„Auch an früher, als du schon tot warst?" Ich nicke erneut, „Ja."
„Dann erinnere dich...ich war damals vielleicht vier oder fünf...lag im Krankenhaus. Mir ging es damals echt mies...ich war schwer krank. Du kamst mich doch damals besuchen...im Traum...habe ich recht?"
Ihre warmen braunen Augen bekommen einen flehenden Ausdruck. Ich kann fühlen, wie sehr sie sich wünscht, ich möge mich erinnern.
Diese bettelnde Miene entlockt mir ein mütterlich sanftes Lächeln, „Es war kein Traum, mein Schatz!" Erleichtert nickt Jo, „Weißt du noch über was wir uns unterhalten haben?"
„Oh, Gott, Jo...das ist schon so lange her."
„Versuch es...!"
Ich schließe die Augen und gleite gedanklich zurück...
Ich saß in einem Schaukelstuhl...Omas Schaukelstuhl. Da war ein brennender Kamin. Ich kann Jo hören...ängstlich...ich rufe...und dann...stehst sie im Zimmer. Wir haben über die Alpträume gesprochen und über Schuldgefühle und auch über Betty...und auch darüber, warum sie nicht mit mir gehen kann...
Langsam begreife ich! Die Erinnerung steht mir nun glasklar vor Augen und staunend schaue ich mich um, „Das sind Eieruhren...ich habe dir von Eieruhren erzählt, die Gott aufgezogen hat und ein Engel dann wahllos irgendwelche Namen dran gepappt hat." Keuchend greife ich nach einer tickenden Muschel und lese den Zettel am Sockel. *Jerome Lemonte*!
Kenn ich nicht! Aber er lebt! Irgendwo drüben!
Vorsichtig stelle ich die Muschel zurück an ihren Platz, um sie nicht kaputt zu machen, „Ich glaub es nicht...unfassbar...den Raum gibt es wirklich?"
Glücklich strahlend zuckt Jo mit den Schultern, „Ich weiß es nicht...vielleicht, vielleicht auch nicht...aber es war seit damals mein größter Traum, nur einmal, nur ein einziges Mal, diese vielen, von dir beschriebenen Eieruhren mal zu sehen. Et voilà! "
Sie breitet die Arme aus, „ Ich werde wach und DA sind sie! Sind sie nicht schön? "

Ergriffen schaue ich meine große Tochter an. Ihr langes, blondes, leicht gewelltes Haar. Die dunkelbraunen Augen. Die zarten Fältchen um ihren Mund und in ihren Augenwinkeln. Eine reife Frau! Aber keine ALTE Frau!
Hier drüben verliert man halt sehr schnell das Zeitgefühl. Wie alt sie jetzt wohl war?
Ich schaue mich um. Doch irgendjemand hat dafür gesorgt, dass der Kinderherzenswunsch meiner Tochter in Erfüllung gegangen ist. Ich lächele still in mich hinein und weiß auch schon wer.
Danke Boss!
Hand in Hand schlendern wir durch verschiedene Gänge, lesen fremde Namen und bestaunen einige äußerst ausgefallene Kreationen. Die Eieruhr in Form eines Wirbelwindes, ungefähr dreißig bis vierzig dünne, verschieden große runde Segmente, die sich einzeln, nacheinander klackend drehen und somit den Eindruck eines sich langsam rotierenden Wirbelwindes erzeugen, beeindruckt mich am meisten. Ich bücke mich kurz. *Ah...die gehört einer gewissen Cassandra Brantè.*
Ein leises Quietschen unterbricht unseren kleinen, aber höchst interessanten Ausflug.
„**Anabelle...Johanna?**" Verdutzt bleiben wir stehen.
Jo plärrt zurück, „**Wir sind hier!**"
„Kommt jetzt...ich muss Jo noch einscannen!" Jo schaut mich an und stößt einen kleinen Pfiff aus, „Hui...wie fortschrittlich. Ich bin echt beeindruckt!" Ich schaue mich etwas ratlos nach allen Seiten um. Überall nur Regale über Regale, „**WO sollen wir denn hinkommen?**" Noch mal drehe ich mich um die eigene Achse...ah...dort...ungefähr zweihundert Meter, in der Nähe der linken Ecke, hüpft ein feuerwehrrotes Taschentuch (?) emsig auf und ab. Herausfordernd rempele ich Jo an, „Wettrennen?"
Ihr breites Grinsen ist Antwort genug und ich setzte zum Spurt an, „Dann los!"
Innerhalb von Sekunden erobere ich lachend an die Spitze und schaue hinter mich, „Wo bleibst du denn?" Jo hechelt etwas und hält sich den Bauch, was mich direkt abbremsen lässt. Besorgt schiele ich auf ihren Unterleib, „Was ist...tut dir doch was weh?" Vorsichtig nehme ich ihre, an den Bauch gepresste Hand, aber sie dreht sich rasch weg, „Es ist nichts." Ich bleibe hartnäckig. Vielleicht braucht sie ja Hilfe, „Lass mich schauen!"
Energisch und mit Nachdruck drehe ich sie wieder zu mir um und schiebe ihre Hand beiseite. Ich ertaste etwas Hartes. Aber nicht IN ihrem Bauch, sondern DAVOR.

„Was ist das?" Ich zeige auf die ausgebeulte Kängurutasche ihres Sweaters. Erzieherische Strenge liegt dabei in meiner Stimme…hoffe ich jedenfalls, denn eigentlich habe ich von Erziehung überhaupt keine Ahnung, schon garnicht, wenn es sich um eine erwachsene Tochter handelt. Ohne ihre Antwort abzuwarten, greife ich einfach hinein. Eine der kostbaren Eieruhren kommt zum Vorschein, „Du hast eine Eieruhr mitgehen lassen?"
Ungläubig starre ich Jo an. Sofort stülpt sich ihre Unterlippe aufmüpfig nach vorn, so wie früher, als sie noch klein war, „Nein, ich habe nicht irgendeine Eieruhr mitgenommen…ich habe MEINE Eieruhr mitgenommen!"
Entsetzt schnappe ich nach Luft, „Das ist aber nicht deine…die gehört…ach keine Ahnung…Gott? Egal…auf jeden Fall gehört sie nicht dir!" „Doch…du hast es doch vorhin selbst gelesen…", sie tippt auf den kleinen Zettel unten dran, „…da steht MEIN Name!" So gesehen hat sie ja recht!
Ratlos sacken meine Schultern herab, „Ach, Jo, du kannst doch nicht einfach…", sie unterbricht mich leise, „…sie geht eh nicht mehr…siehst du?" Zaghaft dreht sie die Sanduhr um, aber kein Korn im Inneren bewegt sich. Ein Stoßseufzer entringt sich meinen Lippen.
„Okay, dann nimm sie halt mit…ich denke, mit kaputten Sachen können die hier auch nichts anfangen!" Überglücklich fällt Jo mir um den Hals und bedeckt mein Gesicht mit vielen kleinen Küsschen, „Danke Mami…du bist die Beste!" Innerlich stöhnend, rolle ich mit den Augen.
Noch keine Stunde wieder Mutter und schon tanzt das Kind mir auf der Nase herum!
Ein erneutes Rufen unterbricht dieses kleine Intermezzo, **„Wo bleibt ihr denn?"**
Ich recke den Hals und schiebe die Eieruhr zurück in den labbrigen Sweater meiner Tochter, **„Sind schon fast da!"** Ein paar Minuten später stehen wir vor dem kleinen, rundlichen Mann mit seiner silbernen, runden Brille auf seiner Knubbelnase, „FELIX!"
„Wird ja auch Zeit." Er brummelt mit leicht säuerlicher Miene, „Dachte schon ihr hättet euch verlaufen und ich müsste euch suchen gehen." Er zieht Johanna in den riesigen Anmeldesaal…der im Übrigen noch immer an allen Ecken und Kanten schneeweiß ist und schiebt sie in die Richtung seines Schreibtisches, „Setz dich schon mal." Vertraulich zupfe ich an seinem Ärmel und flüstere in sein Ohr,

„Ich wusste gar nicht, dass diese Eieruhrgeschichte wirklich existiert." Felix schmunzelt, „Vielleicht…vielleicht auch nicht!"
„Egal…", ich winke ab und drücke ihn herzlich an mich, „…die Tatsache, dass meinem Kind ein solch, eigentlich banaler, Wunsch erfüllt worden ist, finde ich echt klasse."
Felix zwinkert mir verschwörerisch zu, „Sonderanweisung vom Boss!"
Dacht ich's mir doch! „Trotzdem Danke, Felix."
Etwas verlegen windet er sich, „Ich mach dann mal Jo fertig…nein, ich mache sie nicht fertig…ich meine, ich scanne sie ein und dann könnt ihr losziehen."
Er zeigt auf eine weiße (!) Plüschcouch, die ich noch nicht kenne und an der vorderen Wand platziert ist, „Warte hier!"
Die Aufnahmeprozedur ist wirklich extrem rasch erledigt. Ich nehme an, dass ‚Z', unser hauseigenes Computerhirn, ein paar fortschrittliche Updates verpasst bekommen hat.
Bei mir hat es damals länger gedauert. Da bin ich mir sicher. Da fällt mir auf…Jo hat gar keinen weißen, flauschigen Bademantel an. *Ist der Etat etwa gekürzt worden?* Ich kichere. *Blöder Gedanke! Aber den Bademantel soll meine Tochter auch bekommen…bei Gelegenheit… darauf bestehe ich…und die Puschen auch!*
Kaum ist eine viertel Stunde vergangen, in der ich mich gelangweilt auf dem erstaunlich bequemen, weißen Sofa gefläzt habe, da kommt Felix zu mir, drückt mir meine Tochter wieder in die Hand und verkündet, „So, Mädels…heute dürft ihr die Abkürzung benutzen!"
„Abkürzung? Es gibt eine Abkürzung?" Das ist mir neu. „Wo führt die denn hin?"
Felix blinzelt mir zu und kichert, „Nach Hause, Ana…direkt zu DIR nach Hause!"
Hä..warum das? Warum nicht über die Wiese, den Weg an den Bromchenbüschen entlang? Egal, dann sparen wir uns halt einen kleinen Fußmarsch. Auch nicht schlecht!
Er führt uns etwa zwanzig Meter nach rechts und bleibt vor einer unscheinbaren Tür, die eigentlich aussieht wie alle Türen hier, stehen. *Woher er wohl immer weiß, wohin die einzelnen Türen führen? Ist ja schon unglaublich, sein Gedächtnis!*
Zuvorkommend öffnet die Tür einen Spalt, „Da!"
„Vielen Dank Felix!" Brüderlich nehme ich ihn in den Arm, „Und es wäre doch auch mal schön, wenn du einfach nur mal so zum Kaffee vorbei kommen würdest…du musst nicht immer warten, bis jemand aus meiner Familie den Löffel abgibt."

Unsicher lacht Felix kurz auf, „Werde ich mir merken, auch wenn ich eure Umschreibung vom Sterben schon etwas skurril finde…Löffel abgeben…tzzz…!"
Ich grinse ihn frech an und umarme ihn ein letztes Mal. Dann öffnet er die Tür ganz und schiebt uns durch, „Viel Spaß!"
Rums…die Tür fällt zu.
Düsternis empfängt uns.
„Du liebe Güte, wo sind wir denn hier?" Jo's Stimme hat einen leicht entsetzten Unterton, „Wohnst du etwa bei den Hobbits?"
Sie richtet sich auf und…boing…knallt voll mit ihrem Kopf an einen tiefliegenden Balken über ihr, „Aua!"
Mit schmerzverzerrtem Gesicht reibt sie sich die getroffene Stelle.
Ich weiß nicht, was ein Hobbits ist…allerdings weiß ich auch nicht, wo wir uns gerade befinden. In meinem Zuhause jedenfalls nicht!
Ein rötlicher Sonnenstrahl stiehlt sich durch eine kleine Ritze an der Wand. Vorsichtig linse ich dort durch und kann ein Lachen nicht mehr zurückhalten, „Wir sind in Rosalindes Hütte gelandet…na warte Felix…das hat der doch mit Absicht gemacht!"
„Rosalinde? Wer ist Rosalinde?" Jo reibt sich noch immer die schmerzende Beule am Kopf.
„Mein Schwein…aber jetzt ist es Sabines Schwein!" „Hä?"
Jo kapiert natürlich nix.
„Erklär ich dir später!" Grinsend schiebe ich das kleine Tor auf, ziehe meinen Kopf ein und Jo hinter mir raus.
Schnell lege ich ihr den Finger beschwörend auf ihren offenstehenden Mund, „Schscht! Leise!" Sie muss unser Ankommen ja nicht gleich laut herausposaunen.
„Komm!" Lautlos ziehe ich sie weiter bis zu meiner Haustür, die einen Spalt offensteht. Vorsichtig luge ich durch. Die ganze Mannschaft ist noch da.
Wie süß! Alle starren gebannt zur kleinen, grünen Holztür.
Aha, sie erwarten mich also von dort! Behutsam winke ich Jo heran und zeige stumm mit dem Finger auf die ganzen Leute.
Sie kichert und flüstert kaum hörbar, „Warten die auf dich?"
Grinsend nicke ich. Geräuschlos drücke ich die Tür weiter auf. Nichts. Keine Reaktion. Mein vergnügter Blick wandert von den Wartenden zu Jo und wieder zurück.
„Klopf. Klopf!" Alle Köpfe wirbeln zu uns herum. Offene Münder und erstaunte, weit aufgerissene Augen empfangen uns. Sie sehen ziemlich bescheuert aus, in diesem Moment und ich unterdrücke ein lautes Lachen.

„Findet ihr etwa, dass DIES ein toller Empfang für meine, gerade angekommene, Tochter ist?", blaffe ich sie scherzhaft an.
„JO!" Betty löst sich als erster aus ihrer Starre und hechtet auf ihre Ziehtochter zu, „Jo, mein Engel...", mit Tränen in den Augen drückt sie Jo an sich. Ergriffen schließt Jules BEIDE Frauen in seine Arme und lässt seinen Gefühlen ungehemmt, freien Lauf.
Wie auf Kommando fängt alles an, wild durcheinander zu quatschen und es wird umarmt, geküsst, geherzt, gelacht, geweint, gescherzt und später auch gegessen und getrunken. Natürlich. Alles in allem, eine gelungene Willkommensparty!

Der Anfang
Wer liebt, wird niemals einsam sein!

Kalter Wind pfeift um die Ecken. Graue Wolken bedecken den Himmel. Trübes Licht des Nachmittages dämmert in seinem Wohnzimmer. Eine frostige, ungemütliche Atmosphäre, wie in einem Eiskeller. Verloren steht Dirk einsam mitten in seinem Wohnzimmer. Früher war dieser Raum von Lachen und Wärme erfüllt. Nun ist es ein lebloses, trostloses Zimmer.
Sein schwarzer Anzug, den er sich widerwillig angezogen hat, ist akkurat zugeknöpft. Seine dunklen Schuhe sind auf Hochglanz poliert.
Heute, um fünf in der Frühe, hat er sie leise weinend gewienert. Hilflos baumelt die graugestreifte Krawatte in seiner Hand.
Jo hatte sie ihm früher immer gebunden. Ein wütendes Aufflackern in seinem Kopf und er pfeffert das schmale Stück Stoff von sich, direkt neben den alten Schaukelstuhl, der still in der Ecke, neben dem Fenster steht. Seine rotgeränderten Augen wandern über das vereinsamte Möbelstück.
Was für ein hässliches, altes Teil!
Stumm ergibt er sich der Betrachtung und einigen Erinnerungsfetzen. Er neigt etwas den Kopf, verändert seinen Blickwinkel. In Gedanken kann er Jo darinsitzen sehen, lachend, leicht schaukelnd und er kann sogar ihre helle Stimme hören, die ihn zu belehren versucht:
Den muss man nur ein wenig abschmirgeln, neu lackieren und das alte Kissen kann man auch ersetzten. Seine Einwände, das wäre dann doch zu viel Aufwand für solch ein altes, verwohntes Teil und das furchtbare knarzen beim Schaukeln,

würde wohl nur ein Schreiner beseitigen können...wenn überhaupt, wischte sie einfach vom Tisch, mit den Worten: *Für das Geld, was die Restauration kosten würde, könnte sie sich problemlos einen Neues kaufen.* Richtig böse ist sie da geworden. Zornig hat sie ihn angefunkelt, mit ihren rabenschwarzen Augen... ...die Hand besitzergreifend um die Armlehne gekrallt und die Lippen fest zusammengepresst, damit ihr nur ja keine boshafte Bemerkung herausschlüpfen konnte, die ihr später sicher leidtun würde. Das hat er an ihr bewundert. Ihre Beherrschung! Als er sie irgendwann am Anfang ihrer Beziehung mal darauf ansprach, warum sie sich so verhalte, meinte sie ganz lapidar: *Ich versuche nie etwas im Zorn zu sagen...sondern schlafe erst einmal eine Nacht darüber...und wenn ich am nächsten Tag dann noch das selbe sagen möchte, wie am Tag zuvor, dann kann ich es wenigstens in einem höflichen und angemessenen Ton sagen!*
Seine, kluge, liebe Frau.
Gerade mal 46 Jahre ist sie geworden. Über ein viertel Jahrhundert war SIE die Frau an seiner Seite. Viele wundervolle Jahre hat sie ihm beschert. Eine Tochter hat sie ihm geschenkt. Das i-Tüpfelchen ihrer Liebe! Eigentlich sollte er dankbar sein...sie gekannt zu haben...von ihr geliebt worden zu sein.
Aber...er ist wütend!
Wenn sie wenigsten krank gewesen wäre oder einen Unfall gehabt hätte...aber so?
Seine Faust ballt sich...ein Schlag gegen den Türrahmen. Aber er fühlt keine Schmerzen.
Sie hat ihn einfach alleine gelassen! Das ist nicht fair!
Noch ein hämmernder Schlag gegen den Rahmen...dann sinkt seine Faust langsam nach unten. *Nein, er ist nicht fair.*
Müde, mit bleischweren Beinen, geht er langsam rüber zu dem alten Schaukelstuhl. Sanft legt er eine Hand auf die abgeschubberten Armlehnen und schubst ihn leicht an. Mit einem schwermütigen Seufzer sinkt er in das alte, durchgesessene Kissen. Leise schnarrt das Holz. An der anderen Armlehne hängt, wie immer, die alte Veilchendecke ihrer Mutter, die er damals, durch Zufall und auch durch die ungewollte Mithilfe eines wahnsinnigen Katers, gefunden hat. Kraftlos faltet er sie auf, betrachtet traurig die beiden, leicht verschnörkelten Namen:
Anabelle & Johanna
Ihre leuchtenden Augen, als sie die Decke auspackte und die Namen erkannte, würde er nie im Leben vergessen.

Müde wickelt er sich darin ein, atmet den leichten Veilchenduft ein, der aus unerfindlichen Gründen immer von dieser Decke ausging und schließt mit einem leisen, zitternden Seufzer die Augen. Sein Herz schmerzt, aber sein Körper fühlt sich taub an. Wie lange er so sitzt, weiß er nicht, doch auf einmal ist er eingeschlafen.

„Papa?" Emma betritt, den Haustürschlüssel baumelnd in der Hand, den Flur. Kalte, muffige Luft schlägt ihr entgegen. Fröstelnd zieht sie den Mantelkragen höher. Uli, ihr Mann schiebt sie sanft zur Seite,
„Geh du oben schauen, vielleicht ist er noch nicht fertig mit anziehen. Ich sehe mich hier unten um." Emma erklimmt langsam die Stufen nach oben, „Papa…bist du oben?" Suchend blickt sie ins Schafzimmer. Leer! Auch in ihrem ehemaligen Zimmer herrscht gespenstische Stille. Nervös, die Hand unter ihren schweren, runden Schwangerschaftsbauch schützend gelegt, geht sie langsam die Stufen wieder nach unten.
Uli kommt aus dem Esszimmer und winkt sie heran. Stumm deutet er auf den runden Durchgang zum Wohnzimmer. Vorsichtig guckt sie in den halbdunklen Raum und erschreckt im ersten Moment. Uli legt ihr sofort beruhigend die Hand auf den Rücken, „Er schläft!" Leise, auf Zehenspitzen, huscht sie zu ihrem Vater. Ihr Blick wandert über seine zusammengesunkene Gestalt, die sich, offensichtlich trostsuchend, in Mamas Decke gekuschelt hat und bleibt an der am Boden liegenden Krawatte hängen. Schwerfällig bückt sie sich und hebt sie auf.
Ihre Hand legt sich sanft auf Dirks Schulter, „Papa? Papa…wach auf. Wir müssen los!"
Unendlich langsam heben sich seine kraftlosen Augenlieder, „Hallo Kleines…Uli…wie spät ist es? Ich muss wohl eingenickt sein." Müde schiebt er die Decke beiseite und stemmt sich hoch. Emma schlingt ihm wortlos die Krawatte um und bindet einen perfekten Knoten.
„Danke, Schatz…früher hat deine Mutter…ich konnte das nie…", er blickt runter und streicht andächtig über die gestreifte Krawatte.
„Ich weiß Papa." Sie schluckt, „Komm, lass uns fahren!" Uli nimmt Dirks Mantel, legt ihn seinem Schwiegervater um die hängenden Schultern und schiebt beide sanft hinaus zum Auto. Eisiger Wind zerrt an ihren Kleidern. Kein Sonnenstrahl stiehlt sich durch die graue, geschlossene Wolkendecke.

Die Kirche ist proppenvoll. Alle sind sie da. Nachbarn, Freunde, Bekannte und Verwandte.
Die Trauerfeier rauscht an Dirk vorbei. Er sieht den Pfarrer reden, kann aber kein Wort verstehen von dem was er sagt. Er sieht die Nachbarin in der Nebenbank weinen…ihm war gar nicht bewusst, dass sie seine Frau so gemocht hatte. Er sieht die vielen Blumen vor dem Altar. *Wer hat die bestellt?* Er schaut auf Emmas dicken Babybauch. *Warum durfte seine Frau ihr Enkelkind nicht kennenlernen?* Er fühlt sich einsam. Inmitten der vielen Menschen fühlt er sich unendlich einsam!
Emma, die neben ihm sitzt, erhebt sich. Panisch greift Dirk nach ihrer Hand, „Wo gehst du hin?" Uli befreit seine Frau aus dem hartnäckigen Griff, „Sie liest einen Brief an ihre Mutter vor…Dirk…lass sie los, bitte!" Den Blick auf sie geheftet, verfolgt er sie bis zum Altar.
Seine eiskalte Hand liegt geschützt, in der seines Schwiegersohns, Uli. Dirk wirft ihm einen unauffälligen Seitenblick zu.
Ein guter Kerl. Jo hat ihn sehr gemocht!
Die Stimme seiner Tochter erklingt…hell und klar, aber den zitternden Unterton kann sie nicht verbergen, „Eigentlich wollte ich meine Mutter mit einem persönlichen Brief verabschieden…aber in den letzten zwei Wochen war mein Kopf wie leergefegt. Unmöglich, nach diesem, für mich…für uns…unfassbaren Schlag, noch einen klaren Gedanken zu fassen. Bis mir eines Abends klar wurde, dass ich keinen Gedanken und auch keinen Abschiedsbrief benötige. Ich brauche lediglich mein Herz.
Und mein Herz erzählt mir unentwegt, wie traurig es ist…unendlich traurig. Traurig, dass eine der liebsten Menschen, die ich habe, nun nicht mehr an meiner Seite ist." Bei diesen Worten streicht sich Emma sanft über den gewölbten Bauch. Als sie wieder aufblickt, schimmern ungeweinte Tränen in ihren Augen und sie räuspert sich, bevor sie weiterspricht, „Aber mein Herz ist auch glücklich…glücklich darüber, eine so wundervolle Mutter gehabt zu haben. Eine Mutter, deren Liebe so überwältigend war, dass ich sie auch jetzt noch fühlen und weiterreichen kann.
Mein Herz bedauert auch…es bedauert, nie wieder den sanften Blick meiner Mutter spüren zu können…nie wieder das ansteckende, herzliche Lachen hören zu können…
…nie wieder die tröstenden, warmen Hände fühlen zu können."
In einer der hinteren Bänke schnäuzt sich jemand geräuschvoll.

Emma schaut von der erhöhten Kanzel herunter und mustert einzelne Gesichter, die zu ihr aufschauen und spricht schwankend weiter,
„Mein Herz empfindet auch Stolz...Stolz, darüber, wie viele Menschen sie berührt hat...Stolz, darüber, wie sie stets selbstlos geholfen hat...Stolz darauf, ihre Tochter zu sein. Doch im Augenblick, muss ich gestehen, überwiegt die Traurigkeit." Erneut blickt sie auf ihren Bauch, „Mein Herz ist unsagbar traurig darüber, dass mein Baby niemals diesen wundervollen Menschen kennenlernen darf. Und mein Herz ist traurig, dass mein Vater trauert. Ihre tröstenden Worte fehlen. Ihre Abwesenheit hinterlässt eine große Lücke...nicht nur in unseren, sondern auch in vielen anderen Leben. Ich weiß, sie hätte nicht gewollt, dass wir hier alle trauern, doch...", hier bricht sie ab und unterdrückt krampfhaft einen Schluchzer. Es dauert ein paar Sekunden, bis sie sich wieder gefangen hat. Sie merkt, dass ihre gefasste Fassade bröckelt und ein Zusammenbruch naht. Doch eines hat Emma noch zu sagen, „Mein Herz sagt mir aber auch, dass sie uns nicht alleine lässt..., dass sie immer unter uns sein wird. Mama, ich liebe dich!"
Sie wischt sich die Tränen aus dem Gesicht, die sich, unbemerkt von ihr, einen Weg nach draußen gebahnt haben. Sie hat garnicht bemerkt, dass sie zu weinen angefangen hat.
Langsam schreitet sie die drei Steinstufen nach unten und setzt sich wieder neben ihren Vater. Gerührt küsst er ihre Stirn, „Das war wunderschön!"
Unsicher erhebt er sich, nicht sicher, ob ihn seine Beine bis nach vorne tragen wollen. Ihm ist bewusst, dass alle Augen mitfühlend an ihm kleben. Vor dem Mikrophon dreht er sich um.
Umständlich zerrt er den Zettel, mit seinen Gedanken an seine Frau, aus seiner Jackettasche hervor. Auch er hat nächtelang wach gelegen und überlegt was er seiner geliebten Jo noch hatte sagen wollen. Nach vier, engbeschriebenen DIN A 4 Blättern, gab er weinend auf. Zu vieles hätte er ihr noch zu sagen gehabt, doch nichts davon schien wichtig. Also hat der die vier Blätter in der Küche, in der Spüle verbrannt und die Asche direkt runtergespült. Irgendwie ist es ihm dann doch gelungen, einen vortragbaren Abschiedsbrief zu verfassen.
Mühsam, mit klammen, zitternden Fingern faltet er ihn auf. Er räuspert sich.
Im Kopf hört er ihre Stimme, „Immer mit der Ruhe mein Schatz!" Die Buchstaben verschwimmen vor seinen Augen...sein Herz holpert unsicher in seiner Brust. Das Blut rauscht in seinen Ohren.

Seine Finger werden taub. Der Brief entgleitet ihm und segelt langsam zu Boden, wo er auf der untersten Stufe landet. Sein Atem geht schwer.
Wäre das Mikrophon nicht, hätte niemand seine leisen gehauchten Worte verstanden:
„Ich vermisse dich so!"
Eine Träne tropft auf seine Hand und rinnt zwischen seinen Fingern davon...wie das Leben mit seiner Frau unbemerkt zerronnen ist...

*

Suchend tapse ich mit nackten Füssen durch das Haus, „Jo? "
Die Küche ist leer. Ich werfe einen Blick zum Fenster hinaus, hinter das Haus. Nichts. „Socke?" Auch nichts. Nach einem unbefriedigenden Blick aus dem gegenüberliegenden Fenster nach vorne raus, steige ich die Stufen hinab um draußen nachzusehen. Am Hauseingang, auf der Schwelle finde ich beide in trauter Zweisamkeit.
„Da seid ihr ja. Ich habe euch gesucht. Habt ihr mich denn nicht rufen hören?"
Meine Tochter antwortet mit einem melancholischen Lächeln, „Wir chillen nur etwas." Unsicher lasse ich mich neben ihr nieder. Gedankenverloren streicht sie Socke's seidiges Fell. Ihr Gesicht ist der Vormittagssonne zugewandt und sie hat die Augen geschlossen.
Gerade als ich mich frage, was sie so bedrückt, gesteht sie mir ihren Gedanken, „Was Dirk jetzt wohl macht?"
Neben ihr, im Gras liegt ihre stehengebliebenen Eiersanduhr. Ich versuche sie zu ignorieren.
Jo schaut mich an, „Meinst du, es geht ihm gut?"
Was soll ich darauf antworten? Bewusst weiche ich ihrem Blick aus, kraule sanft Socke's Schlappohren und zucke die Schultern, „Ich weiß es nicht...aber...ich denke...Emma und ihr Mann werden ihm zur Seite stehen."
„Emma...", Jo's braunen Augen verdunkeln sich verräterisch,
„...meine kleine Emma!"
Sie beugt sich vor, umschließt mit den Armen ihre Knie und blickt in die Ferne, „Wusstest du, dass sie bald auch Mama wird?" Sie schaut mich wieder an. Ihre Augen glänzen. Ungeweinte Tränen. Ich kann meine Tochter zu gut verstehen, „Ich weiß, mein Engel."

„Ich hätte mein Enkelkind sehr gerne kennengelernt." Tiefes Bedauern spricht aus diesem einen Satz. Tröstend nehme ich sie in dem Arm, „Das wirst du, Kleines…das verspreche ich dir!" Stumm legt sie ihren Kopf trostsuchend an meine Schulter. So sitzen wir bestimmt eine ganze Stunde, bis ich mich behutsam von ihr löse und mich aufrichte,
„Wie wäre es mit einem leckeren Frühstück und dann zeige ich dir das Haus! Gestern hatten wir ja nicht viel Zeit!" Ich weiß nicht, welche Gedanken ihr in den letzten Minuten durch den Kopf gegangen sind, doch offensichtlich haben sie geholfen. Meine Tochter klatscht begeistert nun in die Hände, „Auja!"
Sie springt auf, „Ich habe einen Bärenhunger…du bestimmt auch, Socke." Zustimmendes Gebell. Beide stürmen nach oben in meine Küche, während ich ihnen in einem gemächlichen Tempo folge. Nach einem opulenten Frühstücksmahl räumen wir gemeinsam das gespülte Geschirr weg. Danach schaut sie mich erwartungsvoll an, „Wo fangen wir an?" Lachend ziehe ich sie nach unten, „Ich denke, erst mal draußen." An der Hand führe ich sie um das Haus herum, in den hinteren Bereich. Dort befindet sich etwas, was ich ihr UNBEDINGT zeigen will.
„MAMA!" Ihre Stimme überschlägt sich fast, „DAS IST…", sie zeigt auf das blühende Veilchenherz, das ich all die Jahre wie meinen Augapfel gehütet und vor Rosalindes Schnupperattacken bewahrt habe, „…DAS IST JA DAS GLEICHE HERZ WIE…", sie verschluckt sich fast. Gedankenversunken nehme ich sie in den Arm und betrachte die leuchtend blauvioletten, kleinen Blüten, die leicht mit ihren Köpfchen nicken, als ob sie meine kommende Aussage bekräftigen wollen, „Das war das erste Zeichen von dir, das ich bekam!" Sie keucht erstaunt, geht in die Hocke und streift leicht über die kleinen Blüten, „Genauso eins haben Betty und Jules für mich gepflanzt…damals, als ich noch klein war…und dich so sehr vermisst habe!" Ich beuge mich vor und küsse sie gerührt auf die Wange, „Und du hast es mir dann geschickt!" Sie schaut mit großen kindlich leuchtenden Augen zu mir auf, „Ist ja irre!" Im Angesicht dieser Gemeinsamkeit, lachen wir auf und ich stimme ihr voll zu, „Ja, das ist es wirklich!" Nun dreht sie sich staunend um und betrachtet mein Haus, „Sehr eigenwillig!" Langsam umwandern wir das Gebäude. Der kritische, neugierige Blick meiner Tochter haftet auf jedem ungewöhnlichen Detail. Vorm Haus geht sie einige Schritte zurück um die Gesamtheit zu bewerten, „Hat was von…", ich unterbreche sie, bevor sie etwas sagt, was mir nicht gefällt, „Das ist meine Villa Tarunzel!"

Liebevoll betrachte ich das eigenwillige Haus oder besser Turm oder Villa...wie auch immer.
Ihre Stirn runzelt sich leicht, „Villa Tarunzel?"
„Ja...es ist eine Mischung aus der Villa Kunterbunt, Scarlette's Tara und dem Rapunzelturm!" Prustendes Gelächter neben mir, „Typisch du! Wer hat dir denn DAS freiwillig gebaut!" *Höre ich da etwa leichten Spott?*
Ich recke meine Nase ein Stück höher, „Jamie!"
Dann drehe ich mich um und gehe schnurstracks zurück ins Haus. Jo folgt mir, „Der muss wirklich gut in seinem Fach sein!" Stumm nicke ich. Verdränge schnell meine aufkommenden Tränen und lenke sie, aber vor allem mich mit den Worten ab, „Komm, das Beste hast du ja noch gar nicht gesehen! Komm schon!" Erwartungsvoll schleife ich sie ins Haus, bis, vor das obere Turmzimmer. Hier stoppe ich und befehle, „Schließ die Augen...!" Artig folgt Jo meinen Anweisungen und ich schiebe sie durch die Tür, „Augen auf!"
„BOAAAAH...WAHNSINN!" Vorsichtig macht sie ein paar Schritte auf dem sandigen Boden, ihre Augen wandern durch den hohen, runden Raum, mit der Schaukel als Mittelpunkt.
Ihr beeindruckter Blick richtet sich nach oben. Sonnenstrahlen brechen sich durch die mächtige Glaskuppel und zaubern wundervolle, farbige Prismen auf den Boden.
„Das ist ja wirklich...abgefahren!" Sie zeigt blinzelnd nach oben, „War das deine Idee?" Sehnsuchtsvoll folge ich ihrem Blick, „Nein, das war Jamie!" Meine Tochter bemerkt den leisen Schmerz in meiner Stimme Gottlob nicht. Bewundernd dreht sie sich im Kreis und reckt ihre Nase weit nach oben, „Dieser Jamie scheint ja ein kleiner Bauwunderknabe zu sein. Kann man sich den ausleihen?" Lachend knufft sie mich in die Seite und stürmt kichernd auf die Schaukel zu. Ihr Lachen bricht ab, „Hier hängt was!" Fragend trete ich zu ihr. Ein kleiner gefalteter Zettel klebt auf dem Holzsitzbrett, den ich nicht kenne, „Was ist das?" Jo zuckt die Schultern, „Keine Ahnung." Sie zieht den Zettel von der Sitzfläche ab, faltet ihn auf und liest laut,
„Ana, denk daran...Zeit ist relativ!"
„Hä? Was ist denn das?" Sie reicht mir den Zettel rüber. Mein Herz klopft. Ich falte ihn schnell wieder zusammen und verstaue ihn tief in meiner Hosentasche. Doch Jo lässt nicht locker, „Was ist das? Sag doch schon?" Neugierig saugen sich ihre Augen in meinem Gesicht fest. Ich grinse gepresst, weiche ihrem Blick aus und erkläre so nebenbei, „Ein kleiner Spaß vom Boss! Sonst nix!" Mein kurzes Lachen klingt eindeutig gekünstelt und ich hoffe,

dass Jo es nicht bemerkt. Um weiteren Diskussionen aus dem Weg zu gehen, kontrolliere ich die langen Seile, die das Schaukelbrett halten und nuschele, scheinbar hochkonzentriert, „Das macht der kleine Witzbold öfter!"" Ihr zweifelnder Blick brennt sich förmlich zwischen meinen Schulterblättern ein, aber sie sagt nichts. Zielsicher schwingt sie sich auf das Brett und fängt kräftig an zu schaukeln, „Das ist sooo cool! Was dagegen, wenn ich noch eine Weile bei dir wohne?" Sie grinst mich schelmisch an. Genau in diesem Moment, kann ich in ihr, das kleine Mädchen mit der Zahnlücke, den langen, blonden Locken und dem niedlichen Grübchengrinsen erkennen. Ich breite die Arme großzügig aus,
„Nur zu, Kind...meine bescheidene Hütte ist natürlich solange dein Heim wie du möchtest!" Jo lacht glücklich und schwingt sich in schwindelerregende Höhen, bei denen es mir schon beim Zuschauen übel wird. Ich wende mich zum Gehen, „Ich muss nach den Rebstöcken schauen...vielleicht muss ich den ein oder andern zurückschneiden. Wenn du willst, kannst du ja später nachkommen!" „Okay, Mami!" Verträumt schaukelt sie weiter, den bewunderten Blick zur funkelnden Glaskuppel gerichtet. Lachend winke ich ihr zu und beneide sie um dieses Quäntchen Glück, in dem sie gerade badet. Sie hat ja schon immer gerne geschaukelt!
Ich beschäftige mich derweil mit meinem Weinberg. Den rechts liegenden.
Gedankenversunken schwinge ich die Schere und knapse hier und da einen verdorrten Zweig ab. Wie immer, hänge ich bei solchen Arbeiten ziellos meinen Gedanken hinterher. Leise summend bücke ich mich und befreie gerade eine Rebe von etwas Unkraut, da schlingen sich überraschen zwei Arme um mich und säuseln, „Kann ich dir helfen?" Jo! Offensichtlich hat es sich ausgeschaukelt und sie verlangt es nach mütterlicher Zweisamkeit, was mich sehr freut, „Klar, in der Küche, neben dem Kühlschrank steht eine Werkzeugbox...da ist die gleiche Schere drin, wie diese hier...", ich wedele mit dem spitzen Teil vor ihrer Nase herum, „...dann zeig ich dir was du auf am linken Hang machen kannst."
Ohne Umschweife düst sie los und verschwindet gleich darauf im Haus. Kurze Zeit später kommt sie bereits hechelnd zurück, „Hast du DIE gemeint?" Die gebogenen Schneiden glänzen in der Sonne.
Die Schere ist noch neu. Ich nicke, „Jep..." und zeige auf einen Rebstock, „...jetzt musst du nur die verdorrten, kahlen Zweige

abknapsen. Sonst nichts." Interessiert schaut sie meinen Handgriffen zu, „Mehr nicht?"
„Nö!"
Sie dreht sich pfeifend um und kommt aber noch mal zu mir zurück.
Hat sie etwas vergessen? „Was ist?" Grinsend greift sie in die hintere Hosentasche und zeigt mir ein Foto. Neugierig beuge ich mich vor. Ihre Frage und der Anblick auf dem Bild versetzten mir einen Schlag in die Magengrube, „Wer ist denn das?" Meine Hände beginnen wie verrückt an zu zittern. Ich strecke die bebende Hand aus und betrachte den Schnappschuss. Es zeigt mich und Jamie, wie wir übermütig lachend und händchenhaltend in einem großen Holzbottich stehen und Trauben zerstampfen. Sogar unsere strahlenden, glücklichen Augen erkennen. Mein Herz zieht sich schmerzvoll zusammen und ich hauche leise, „Das ist Jamie!" Zärtlich streicht mein schmutziger Daumen über die glänzende Oberfläche des Fotos. Jo legt sachte die Hand von hinten auf meine Schulter, „Mama?" Ich kann die Betroffenheit in ihrer Stimme hören als sie leise fragt, „Ich habe es an deiner Pinnwand in der Küche gefunden! Wer ist Jamie?
Ist es der Baumeister, der dir dieses wunderschöne Haus gebaut hat?" Meine Augen füllen sich mit Tränen, die sich einfach nicht zurückhalten lassen. Jo zieht mich zu Boden und legt meinen Kopf an ihre Schulter…so wie **ich** es früher bei **ihr** immer getan hatte. Wie dicke Regentropfen platschen meine Tränen auf ihren Unterarm, doch es stört sie nicht.
Mitfühlend umschlingt sie mich fest, „Erzähl mir von ihm!" Unter blauem Himmel und strahlendem Sonnenschein schütte ich ihr endlich mein Herz aus. Erzähle ihr alles: unser Kennenlernen…das der Boss uns eigentlich füreinander bestimmt hatte…von unseren früheren Leben…von meinen Gefühlen…auch meine Fehler, die ich hier begangen habe…und von meinen Sorgen…und auch davon, dass ich hier einfach nicht so zufrieden bin, wie ich es eigentlich sollte. Ich beschönige absolut nichts. Stumm ergibt sie sich meinem holprigen Worterguss. Nach Stunden versagt dann endlich meine Stimme. Jo schluckt und schüttelt ungläubig den Kopf, „Wow, das ist ja richtig starker Tobak!" Verheult und verschnupft nicke ich, „Ich habe mal wieder Mist gebaut!"
Nachdenklich schaut meine Tochter mich an, „Naja, ich weiß nicht…!" Es dauert eine kleine Weile, bis ich wieder gefasst und seelisch um einige Tonnen leichter bin.

Erst dann rappele ich mich auf. Ein letztes Schniefen beendet meine unschöne Beichte und ich reiche ihr die Hand, „Genug gequasselt, Süße…lass uns kochen gehen! Ich habe Hunger!" Mein Blick wandert prüfend zum Himmel, „Und dunkel wird es auch schon!" Sie greift nach meiner Hand und zieht sich geschmeidig daran hoch.
Seite an Seite wandern wir still zum Haus, wo Socke uns schon sehnsüchtig und natürlich auch hungrig, erwartet.
Nachdem ich mich, oben in der Küche, einmal kräftig in ein Taschentuch geschnäuzt und meine rot verquollenen Augen mit einem kalten Waschlappen gekühlt habe, öffne ich den Kühlschrank. Vorsichtig pinnt Jo das, für mich offensichtlich kostbare, Bild wieder an die Wand daneben. Ich ignoriere diese Geste und werfe stattdessen einen prüfenden Blick auf den Inhalt des Kühlschrankes, „Auf was hast du Lust?"
„Wie wär's mit Schnitzel und Pommes? Habe ich schon lange nicht mehr gehabt!"
Entsetzt und auch erstaunt schaue ich sie an. Jo weicht einen Schritt zurück und greift sich an den Hals, „Was ist? Habe ich was Falsches gesagt?"
„Äh…nein…" ich überlege angestrengt und stottere verblüfft, „…ich…ich glaube, wir sind Vegetarier…!" Ein ungläubiger Blick trifft mich, „Wie?"
Ich druckse etwas, „Wir essen hier keine Tiere. Die Tiere die bei uns sind, versorgen uns mit allem möglichen, nur nicht mit ihrem Fleisch." Sie plumpst lachend auf den Stuhl hinter ihr, „Ist nicht dein Ernst!"
„Doch…", ich nicke eifrig, „…am Anfang ist es mir mal passiert, dass ich morgens gerne ein Glas frische Milch trinken wollte, aber zu faul war, mich anzuziehen und in die City zu HIGIBA's zu laufen…", sie unterbricht kurz verdutzt, „Was ist HIGIBA's?"
Ich winke ab, „Erzähl ich dir später…auf jeden Fall hat es diesem Morgen an der Tür geklopft. Ich ging also runter und machte auf…da stand eine wunderschöne braune Kuh und muhte mich an. Zuerst wusste ich nicht was ich machen sollte, aber dann suchte ich rasch eine Milchkanne und hab sie gemolken. Dann brachte ich sie hinters Haus, zu dem kleinen, saftigen Kleefleck hinter dem Veilchenherz und ging wieder rein. An diesem Morgen hatte ich ultrafrische, warme Milch…herrlich…", ich lecke mir, in Gedanken an dieses vergangene Ereignis genießerisch über die Lippen, „…nach einer Stunde, war der schöne Klee weggefressen und die Kuh war verschwunden." Jo lacht Tränen. Kicksend wischt sie sich über die Augen, „Also…kein Fleisch!"

„Nein…", ich grinse sie an, „…aber wir haben alles andere…von Eiern, Käse, Quark, Jogurt, Obst, Gemüse und es gibt halt Tofufleisch!" Lachend setzte ich mich zu ihr, „Ich muss dir ehrlich sagen, das mir bis jetzt noch nie klar war, dass der Himmel vegetarisch ist!" Dieser Gedanke bringt nun auch mich zum Lachen. Prustend halte ich mir den Bauch, „Das ist mir wirklich noch nie aufgefallen! Hammer, oder?"
Unser Gelächter dringt durch das Fenster und hallt noch weit über den Hügel.
Ach, übrigens…es gibt an diesem Abend gegrillten Hirtenkäse mit Tomaten und Zwiebeln, dazu frisches Kräuterbaguette.

In den nächsten Tagen mache ich meine Tochter mit dem Himmel vertraut. Wir besuchen Sabine und Jürgen. *Jawohl! Sieht so aus als ob die beiden wirklich prächtig miteinander auskommen, was ich, ganz nebenbei bemerkt, richtig super finde.*
Dann machen einen Abstecher in die City. HIGIBA's hat es Jo echt angetan. Ich wusste gar nicht, dass meine Tochter solch eine Shoppingmaus ist. Vollbeladen, mit allerlei unnötigem Nippes, Dekokrempel und einem Lieferschein für die neuen Möbel, die ihr sooo gut gefallen haben und unbedingt haben musste, kehren wir geschafft nach Hause. Lachend betrachte ich die lange Liste, „Du meine Güte…man könnte ja meinen, du würdest mich vor die Tür setzten wollen!" Sie nimmt mich glücklich in den Arm, „Iwo…aber ein bisschen frischen Wind kann dein Zuhause schon gebrauchen!" Nachdem wir alles verteilt und neu dekoriert haben, fallen wir völlig ausgepumpt ins Bett.
„Mama?"
„Ja, mein Schatz."
„Hast du jemals daran gedacht, zurück zu gehen?" Ich zucke mit den Schultern, was sie natürlich im Dunkeln nicht sehen kann.
„Wolltest du nicht mit Jamie gehen?" Sie weiß von meiner höchst weinerlichen Beichte, dass Jamie zurückgegangen ist und wie weh mir das getan hat. Ich räuspere mich kurz und ganz leise antworte ich, „Ich konnte nicht!" Es raschelt leise in der Ecke, als Jo sich auf der Matratze halb aufrichtet, „Warum?"
„Ich hab's versprochen!" „Wem?" „Dir!" Es raschelt wieder und ein paar nackte Füße patschen leise zu mir rüber. Meine Decke wird angehoben und ihr schmaler Körper schiebt sich zu mir, „Du bist meinetwegen nicht mit Jamie gegangen?"
Ich schlucke, „Naja, ich habe es dir doch versprochen. Erinnerst du dich nicht mehr?"

Ich fühle ihr Haar in meinem Gesicht, als sie den Kopf schüttelt. Eng umschließe ich sie mit meinen Armen, „Damals…als ich dich das erste Mal besucht hatte, als du so krank warst. Du wolltest da schon mit mir gehen. Es war sehr schwer für mich gewesen, dich davon zu überzeugen, dass du bleiben musst. Wie gerne hätte ich dich mitgenommen…du hattest mir so sehr gefehlt…", zitternd seufze ich, „…aber das wäre falsch gewesen!"
Jo seufzt nun auch, „Ja…ich glaube…ich erinnere mich jetzt."
„Ich habe dir damals versprechen müssen, dass ich da bin, wenn deine Zeit gekommen ist, weißt du noch?!"
Ich spüre ihren Herzschlag an meiner Seite. Ihre warme Hand schält sich unter der Decke hervor und streichelt meine Wange, „Ich hätte das niemals von dir verlangen dürfen…es tut mir so leid…!" Das Bedauern in ihrer Stimme wechselt zu vorwurfsvoll, „Man, Mama…warum bist du nicht mit ihm gegangen. Du liebst ihn doch…ich hätte das bestimmt verstanden…ich bin doch schon Erwachsen!" Sie kuschelt sich noch enger an mich und ich genieße ihre Wärme, „Ach, Jo…mein Engel…ich habe immer nur deine großen, traurigen Augen vor mir gehabt…du warst damals ein kleines Kind…völlig verängstigt und hast dich unendlich einsam gefühlt…wie hätte ich dir das nicht versprechen können. Ich musste es dir einfach versprechen." Ich küsse sie auf das Haar, „Meine Entscheidung war richtig! Du weißt, dass ich für dich alles getan hätte und auch noch immer tun würde!" „Ja, ich weiß!"
Nächtliche Stille senkt sich auf uns herab und nach einiger Zeit ist meine Tochter eingeschlafen. **Mein** Schlaf lässt jedoch noch lange auf sich warten.
Früh am nächsten Morgen schlage ich die Augen auf. Der Tag ist erst angebrochen. Noch arbeitet sich die Sonne quälend langsam am Horizont hervor. Mein Magen kribbelt. Eine innere Unruhe zwingt mich zu aufstehen. Vorsichtig, um Jo nicht zu wecken, krabbele ich am unteren Ende des Bettes heraus und schleiche mich runter in die Küche. Ein kleiner Spaziergang wird meine wirren Gedanken etwas ordnen. Aber alleine habe ich keine Lust.
Nun, wofür habe ich denn einen Hund?
„Socke?" Leise, auf nackten Zehenspitzen suche ich meinen pelzigen Weggefährten.
Wo ist er nur? Vorsichtig stütze ich mich an der seitlichen Treppenwand ab und dribbele runter in den Flurvorraum. Die Haustür steht weit offen. *Nanu?*
„Socke?" Ich trete hinaus auf die taufrische Wiese vor meinem Haus. **WUFF!**
Überrascht folge ich der gebellten Antwort. *Ah, dort!*

Oben, auf der Hügelkuppe, kurz vor dem kleinen Wäldchen sitzt der kleine Ausreißer. Seine schwarzen Knopfaugen sind mir zugewandt. Lächelnd laufe ich durch die kühle, feuchte Wiese auf ihn zu. Meine Füße glänzen nass vom Morgentau. Kleine, leichte Nebelschwaden hauchen aus dem Wäldchen zu uns herüber. Doch ich habe nur Augen für meinen Lieblings-Vierbeiner, „Socke, mein Kleiner…was machst du so früh hier draußen?" Ich sinke neben ihm ins feuchte Gras nieder und schaue mich fragend um. Irgendetwas muss ihn doch nach draußen gelockt haben. Socke sitzt ganz ruhig neben mir. Noch nicht mal sein Schwanz wedelt. Nur seine dunklen Augen glänzen traurig in den aufgehenden Sonnenstrahlen. Mein Unwohlsein verstärkt sich schlagartig, „Socke?" Ich versuche seinen Blick zu deuten. Noch immer regt er sich nicht. Lediglich seine Augen fixieren mich weiterhin. Einige Minuten starren wir uns an.
Dann dämmert mir, was mein Hund mir mitteilen möchte, „Zeit sich zu verabschieden?" Er hechelt und leckt meine Hand. Traurig nicke ich, „Ja, du hast recht…es ist Zeit sich zu verabschieden!" Er winselt und kauert sich dicht an mich.
„Schaust du wenigstens mal zu Besuch hier rein?" Er bellt kurz. „Das wäre echt schön!" Er richtet sich auf. Tieftraurig streiche ich noch einmal durch das seidige Fell, „Danke, dass du all die Zeit bei mir warst!"
Er jault kurz.
Ich würde am liebsten mitjaulen, „Ich werde dich furchtbar vermissen!" Noch einmal leckt er mir über die Wange und dann verschwindet er mit einem sagenhaften Sprint in dem Wäldchen. Zutiefst bestürzt schaue ich ihm nach…sogar noch, als er längst nicht mehr zu sehen ist, „Leb wohl, mein Freund!"
Heiße Tränen schießen mir in die Augen und schluchzend rolle ich mich in dem nassen Gras zusammen. Meine Finger schließen sich krampfhaft um die plattgedrückten Grashalme, auf denen er noch eben gelegen hatte.
Ein leises knistern lässt mich aufschauen. An meiner Hand klebt ein zerknitterter, zusammengefalteter Zettel. Schniefend falte ich ihn auf und erstarre.
Es ist der Ratschlag von Gott, den er mir bei seinem letzten Besuch hinterlassen hat und den ich totaal vergessen habe. Wo hat Socke ihn nur her? Aber im Grunde genommen, ist es nicht wichtig, woher er ihn hat…wichtig ist, dass er dafür gesorgt hat, dass ich die Nachricht vom Boss endlich lese. Und das tue ich nun,

Liebste Ana,
mein Ratschlag müsste dich eigentlich schon verfolgen, seit du hier im Himmel angekommen bist, doch du hast dich offensichtlich dazu entschieden, ihn geflissentlich zu ignorieren.
Aber ich bin sicher, dass mein Ratschlag dir helfen kann. Also höre...
Der Flügelschlag eines einzelnen Schmetterlings kann eine Ewigkeit dauern, so wie die Ewigkeit zu einer einzigen Sekunde zusammenschmelzen kann.
Die Zeit ist von Menschen gemacht und hat hier drüben keinerlei Bedeutung.
Wieso haderst du mit der Zeit...Kind, dir bleibt eine Ewigkeit.
Zeit, die ewige Zeit, betrifft nicht das Leben, sondern das ganze Sein und das Sein endet nicht mit dem Tod, sonst wärst du nicht hier, meine kleine Ana. Ich hoffe du begreifst endlich, dass Zeit relativ ist und wirst deine Befürchtungen über Bord werfen und endlich die einzig richtige Entscheidung treffen, die es gibt!
Dein dich liebender Boss

Verdutzt starre ich die Buchstaben an. Was für ein Käse!
Aus welchem Buch der miserablen Weisheiten bezieht er nur immer seine beknackten Sprüche?
Etwas verstimmt falte ich den Zettel wieder zusammen und stecke ihn hinten in meine Hosentasche. Dann mache ich mich auf den Weg, zurück zum Haus. Frischer Kaffeeduft weht mir im Treppenhaus entgegen. Jo scheint wach zu sein!
Bedrückt und nasse Abdrücke auf den Treppenstufen hinterlassend, tapse ich nach oben in die Küche und werde herzlich empfangen.
„Hallo, Mama...der Kaffee ist fertig. Die Croissants brauchen noch zwei, drei Minuten." Sie schaut vom Ofen auf, „Wo warst du?"
„Bei Socke!"

„Ach so…", sie schaut hinter mich, „…wo ist er denn? Sein Frühstück ist schon fertig!"
„Weg." Ich sinke auf den Stuhl neben dem Fenster und starre zum Fenster raus.
„Wie weg? Wohin denn?"
Ich wende mich ihr zu, „Sag mal, deine Schwägerin…die Schwester von Dirk…ist die eigentlich tot?"
Erstaunt zieht sie eine Augenbraue hoch, „Ähm, ja…", sie überlegt kurz mit schiefgelegtem Kopf, „Es müssten jetzt ungefähr zwei Jahre her sein…aber warum fragst du?" Mein Mund verzieht sich zu einem wehmütigen Lächeln. *Das erklärt natürlich einiges! Schön, dass der kleine Hund überhaupt so lange bei mir geblieben war!*
Jo ahnt nichts von meinen schweren Gedanken und ich werfe die neugierige Frage in den Raum, „Wusstest du, dass sie früher einen Hund gehabt hatte?" Jo stülpt sich einen Ofenhandschuh über, zerrt das heiße Blech mit den hellbraunen Croissants aus dem Ofen und nuschelt desinteressiert, „Kann schon sein…aber das war vor meiner Zeit…ich meine, ich hätte mal ein Foto gesehen mit ihr und einem süßen, wuscheligen, schwarzen…", ihre gelangweilte Stimme stockt und ihre Augen werden riesengroß.
Mit dem Blech in der Hand glotzt sie mich ungläubig an, „…jetzt sag nicht, dass Socke…nein…oder…?"
„Doch, Socke war ihr Hund!"
„Das ist ja irre! Was für ein Zufall, nicht wahr…, dass ausgerechnet DU den Hund von meiner Schwägerin beherbergt hast…ich finde das…" Euphorisch plappert sie unaufhörlich weiter, deckt nebenbei den Tisch und gestikuliert wild. Aber mein Gehirn hat sich ausgeklinkt. Gedankenverloren starre ich wieder aus dem Fenster.
Ana, denk daran…Zeit ist relativ!
Diese Worte hallen unaufhörlich in meinem Kopf. Mein Herz pocht. In diesem Zustand bekomme ich garnicht mit, dass Jo's überschwängliche Tirade bereits zu Ende ist und sie mich schon eine ganze Weile stumm anstarrt. Sie rüttelt mich sanft an der Schulter, „Mama?" Verwirrt schaue ich auf und sie zeigt auf den gedeckten Frühstückstisch, „Mama…dein Frühstück!"
„Oh…danke…sieht echt lecker aus!" Ich beiße etwas lustlos in das Hörnchen, dass sie mir anbietet und kaue nachdenklich darauf herum.
So lecker es auch duftet, es schmeckt nach nichts! Es hätte genauso gut Wellpappe mit Bitumebelag sein können.

Meine Tochter grinst mich aufmunternd an, „Was sollen wir heute unternehmen?"
Sie versucht mich abzulenken. Ohhh...wie süß!
Energisch rufe ich mich zur Ordnung, reiße mich zusammen und setzte, ein hoffentlich echt wirkendes, Lächeln auf, „Weiß noch nicht...schauen wir mal!" Betont herzhaft vertilge ich das restliche Croissant und spüle mit dem letzten Rest heißem Kaffee nach. Dann...ein kaum wahrnehmbares, einzelnes Klicken trifft auf meine Ohren. Verstohlen schaue ich mich um. Nichts. Jo räumt unbeirrt den Tisch ab. Ganz offensichtlich hat SIE nichts gehört. Ich lausche noch einmal unauffällig, doch ich muss mich wohl geirrt haben. *Egal...*
Betont fröhlich schlage ich ihr vor, „Wir könnten heute in Rick's Café einen kleinen Mittagsimbiss zu uns nehmen. Was hältst du davon? Dann könnten wir auch gleich mal nachfragen, wann die neuen Möbel geliefert werden und ob sie die Alten dann gerade mitnehmen könnten."
„Ja, klasse...", sie klatscht erfreut in die Hände, „...und auf dem Rückweg machen wir dann noch einen kleinen Abstecher zu Sabine und Rosalinde!"
Lachend stimme ich ihr zu, doch ich fühle mich irgendwie komisch.
Mein Magen kribbelt noch immer. Was ist nur los heute?
„Komm!" Jo reißt mich aus meinen Gedanken und die Treppe nach unten. Schnell krallt sie sich in der hinteren Ecke, dort, wo ich ein paar haken als Garderobe in die Wand gehämmert habe, eine leuchtendgelbe Steppweste und mir wirft sie einen bunten Webponcho zu.
Lachend fange ich ihn auf, schwinge ihn gekonnt über die Schulter, wende mich zum Gehen um und stutze. Jo steht schon an der Tür und dribbelt ungeduldig, „Was ist? Komm schon!"
Unsicher starre in die Ecke.
Da!
Die kleine grüne Holztür! Sie steht einen minimalen Spalt offen. Sollte das leise Klicken, dass ich vorhin in der Küche gehört habe, etwa von der Tür nach Drüben gekommen sein?
Mit einer langsamen Bewegung streife ich den Poncho wieder ab und lasse ihn achtlos zu Boden gleiten und stehe mit hängenden Armen einfach da.
„Mama?"
„Wir...wir können nicht weg, Liebes!" Mit zaghaften Schritten nähere ich mich der Tür. Ganz vorsichtig linse ich durch den Spalt. Mein Herz klopft wie ein Presslufthammer in meiner Brust.

Mein unsicherer Blick wandert über meine Schulter, zu Jo, „Ich glaube… heute sollen wir woanders hingehen!" Jo kommt neugierig auf mich zu, „Du meinst…", sie zeigt etwas atemlos auf die kleine Tür, „…wir beide?" Ich nicke. Dann, ohne Vorwarnung stürzt Jo hastig vor die Haustür und späht zum blassblauen Himmel hoch,
„Aber es regnet nicht…hast du mir nicht erzählt, dass es immer regnet, wenn die Tür sich öffnet?" Sie kommt zurück und schaut mich fragend an. Hilflos zeige ich auf den offenen Spalt, „Ja…normalerweise schon…so war es bis jetzt immer…ich weiß auch nicht." Behutsam nehme ich sie bei der Hand, „Aber ich weiß, wenn die Tür sich öffnet…müssen wir auch durch!" Tapfer drückt sie meine Hand, „In Ordnung…gehen wir!"
Ich schiebe die Tür weit auf. Sie schließt die Augen und lässt sich von mir führen.

*

14. Februar 2014!
„Emma…sie müssen pressen!"
Mühsam hechelt sie. In ihren Augenwinkeln sammeln sich Tränen, „Es ist zu früh!" Ängstlich greift sie nach der Hand der Hebamme, „Es ist zu früh!" Diese lächelt beruhigend, „Es sind doch nur zwei Wochen…nur die Ruhe…das kleine Engelchen hat es eben ein bisschen eiliger wie andere!" Sie tätschelt Emma's Hand.
„Wo ist Uli?" Emma versucht hinter sich zu schauen, doch die Hebamme drückt ihren Kopf wieder nach vorne, „Keine Angst…ihr Mann ist schon unterwegs!"
Der gerade hereinkommende Arzt kontrolliert den piepsenden Wehenschreiber, „Alles in Ordnung, Frau Naumann." Er unterstreicht seinen Kommentar mit einem beruhigenden Lächeln, „Wissen sie denn schon was es wird?" Emma lehnt sich keuchend zurück in den Kissen, „Nein, wir wollen uns überraschen lassen!" Er lacht amüsiert, „Wenn sie nicht wissen was es wird, welche Farbe haben sie und ihr Mann sich denn für den kleinen Erdenbürger ausgesucht?" Emma grinst, obwohl sie gerade höllische Schmerzen erleidet, „Gelb. Das Zimmer ist Sonnengelb. Kleider haben wir nur für die ersten Tage…in Gelb, Weiß und Grün…", sie verzieht schmerzhaft das Gesicht als eine starke Presswehe über sie hinwegrollt und knirscht durch zusammengebissene Zähne, „…und wenn wir wissen was es ist… …uahhh…", sie hechelt kurz, „…dann darf ich shoppen gehen.

Hat Uli, mein Mann, mir versprochen!" Die Hebamme lacht herzhaft, „Na, das ist ja mal ein Wort!"
Mit Schwung wird plötzlich die Schiebetür aufgerissen und ihr Mann Uli kommt in den Kreissaal gestürzt, „EMMA…Emma, Schatz…alles in Ordnung?" Völlig aufgelöst, den blauen, sterilen Kittel notdürftig und schlampig um sich geschlungen, stolpert er zu seiner Frau. Die Hebamme bremst ihn, „Alles in Ordnung, Herr Naumann. Es läuft alles nach Plan!"
Seine besorgte Miene wendet sich seiner Frau zu, „Dein Vater sitzt draußen."
Ihr schweißnasses Gesicht ringt sich ein verzerrtes Lächeln ab, „Wie geht es ihm?"
Uli schnaubt halb amüsiert, halb angespannt und zieht sich einen Stuhl heran, „Er ist aufgeregt. Was denkst du denn? Man könnte meinen, ER wird Vater!" Die Hebamme grinst verständnisvoll, „So sind Väter eben!" Sie kontrolliert erneut den Wehenschreiber. Dann tastet sie Emmas straffe Bauchdecke ab und macht es sich zu ihren Füssen bequem, „So, Emma…wird Zeit das sie Mutter werden!" Emma greift nach Uli's Hand, wirft ihm noch schnell einen ängstlichen Blick zu, atmet tief ein, hält die Luft an und schließt die Augen.
„UND PRESSEN…!"

*

Ein freundlicher Raum, dessen Wände in einem angenehmen Pfirsichton gestrichen sind, empfängt uns. Passende Gardinen, mit beruhigendem Wellenmuster in zartem Orange, runden das Bild ab. Wenn man sich die piepsenden Apparate und das Krankenbett wegdenkt, könnte man meinen, man würde in einer gemütlichen Wohnstube stehen. Naja, fast! Jo steht neben mir, meine Hand fest umklammert und ihre Augen sind fest zugepetzt. Ich rempele sie leicht an, „Augen auf! Wir sind da!" Vorsichtig blinzelt sie zuerst mit einem Auge…dann reißt sie mit einem Schlag beide Augen ganz weit auf und schnappt nach Luft.
„Emma…!"
Vergnügt tätschele ich ihren Arm, „Sieht so aus, als ob du eine der ersten bist, die das kleine Wesen begrüßen dürfen! Eine grandiose Ehre!"
Doch meine Nervenenden vibrieren. *Was ist nur los heute?*
Uli, Emma's Mann, sitzt an ihrem Kopfende und quasselt ununterbrochen auf sie ein. Jo kichert bei diesem Anblick„Vielleicht sollte einer mal den Männern sagen, dass ihr

sinnloses, nerviges Gequatsche im Kreissaal nicht wirklich entspannend ist!"
Ich betrachte Uli, den Mann meiner Ur-Enkelin. Macht einen netten Eindruck. Aber Jo hat mit ihrer Aussage gar nicht mal so unrecht. Dieses endlose Rumgesülze würde mir auch den letzten Nerv rauben.
Warum hält er nicht endlich mal die Klappe?

Vorne im Warteraum sitzt Dirk und wartet ungeduldig. Er hat abgenommen. Seine Wangen sind eingefallen. Er vermisst Jo. Eigentlich müsste sie jetzt hier, an seiner Seite sein. Sein Blick wandert auf den Stuhl neben ihn.
Ein kleines, liebevoll eingewickeltes Päckchen liegt neben ihm. Ein Geschenk für seine Tochter. Emma wird ausflippen, wenn sie den Inhalt sieht. Emilie, seine Schwägerin, Jo's Schwester hat in den letzten Tagen und Nächten in mühsamer Kleinarbeit, Jo's Geschenk für Emma fertig gestellt. Seine Frau konnte dies ja nicht mehr tun! Es ist die cremefarbene Decke mit den grünen Ranken am Rand und den gestickten Namen in der Mitte:
Johanna & Emma
Eine Decke, wie Jo sie hatte und nun soll Emma, ihre Tochter, ebenfalls solch eine bekommen...in Gedenken an ihre Mutter.

„Die Herztöne werden schwächer!" Die Hebamme schaut auf den Monitor. Ihr Blick leicht alarmiert, aber noch nicht beunruhigt. Uli wird ganz blass um die Nase. Unaufhörlich knetet er Emma's Hand. Der Atem seiner Frau wird hektisch, **"Was ist los?"**
„Schscht, Frau Naumann...Emma...ruhig weiteratmen...immer weiteratmen...!"
Emma schaut hilflos zu ihrem Mann und ihre Augen scheinen zu sagen:
Tu doch etwas!
Doch Uli ist wie gelähmt. Sein Blick hängt wie gebannt am Herzmonitor. Der Herzschlag des Kindes verlangsamt sich noch etwas.
„Emma...sie müssen jetzt pressen...wir können nicht aufhören...das Kind muss sofort kommen!" Der Arzt wirkt leicht angespannt. Eine Träne rinnt seitlich an Emma's Wange herunter, „Uli...unser Kind!"
Hilflos redet er weiter unsinniges Zeugs und streichelt ihr das schweißnasses Haar aus der Stirn.
Die Hebamme richtet sich auf, „EMMA...SIE MÜSSEN PRESSEN...SOFORT!"

Wie in Trance trete ich zur Hebamme, deren Gesicht leichte, hektische Flecken aufweist. Jo ist besorgt und steht dicht hinter mir.

Emma's Gesicht ist mittlerweile hochrot angelaufen. Sie holt das Letzte aus sich und ihrem erschöpften Körper raus und presst. Mit einem tiefen Seufzer fällt ihr Kopf zurück auf das Kissen. Jo eilt zu ihrer Tochter...stellt sich dicht an ihr Kopfende. Ihre ausgestreckten Hände schweben über Emmas Gesicht, als ob sie die Wangen ihrer Tochter streicheln will.

Ganz ruhig, Liebes! Ihre verdunkelten Augen, die nun schwarz wie Kohle sind, wandern zu mir...auffordernd!? Bittend!? *Was will sie von mir?*

Ich weiche diesem Blick aus und beuge mich stattdessen etwas vor, um besser sehen zu können. Einen kleinen Teil des Kopfes kann ich schon erkennen. Ein zarter, blonder Flaum bedeckt den winzigen Schädel. Ich staune mit offenem Mund. *Das Wunder der Geburt.*

Mein Blick wandert zu Jo. Mit einem seltsamen Ausdruck in den Augen mustert sie mich. Ihre wunderschönen, braunen Augen glänzen dunkel. Verunsichert erwidere ich den Blick. *Jo?*

Mit einem kaum merklichen Lächeln kommt sie langsam auf mich zu.

„Kommen sie Emma...einmal noch pressen...dann haben sie es geschafft!" Der Arzt hat sich an der Hebamme vorbeigedrängelt und schiebt seine Hände nun zwischen Emma's Beine. Der Herzschlag des Kindes verlangsamt sich weiter. Kleine Schweißperlen bilden sich auf der Stirn des Arztes. Er wirkt nervös und gereizt.

Sein Blick kreuzt sich ganz kurz, mit dem, der Hebamme. Keiner außer mir hat dies bemerkt. Mein Blick wandert wieder zu dem kleinen Stückchen Kopf, der quälend langsam versucht, sich ins Leben zu schieben. Das Piepsen des Monitors holpert.

Noch langsamer wird der winzige Herzschlag.

Emma weint herzerweichend. Uli betet still. Ich stehe dabei, starre auf diese unfassbare Szenerie und fühle mich so unendlich machtlos.

Eine eiskalte Hand legt sich auf meinen Unterarm. Jo's dunkel schimmernde Augen versinken in meinen, „Mami?"

Unfähig was zu sagen, blicke ich sie einfach nur an. Mein Herz rast. Der Raum scheint sich in den Hintergrund zu schieben. Nur Jo und ich sind da.

Wie aus weiter Ferne höre ich die Stimme des Arztes, „…UND PRESSEN!"
In Zeitlupe wende ich mich wieder der Geburt zu.
Der kleine Kopf schiebt sich durch…und mit einem Ruck ist sie da!
Im Kreissaal ist es totenstill…

Jo zwingt mich, sie anzuschauen, „Mami…du weißt, was du zu tun hast…!"
Verunsichert, ängstlich und auch irgendwie aufgeregt, schaue ich abwechselnd zu Emma, Uli, zu dem kleinen Neugeborenen und wieder zu Jo, meiner Tochter…

„Ich kann keinen Herzschlag hören!" Hektisch wuseln der Arzt und die Hebamme um das Kind herum. Emma weint noch immer. Uli wischt ihr, selbst heulend, die Tränen ab. Noch immer ist es still im Raum…

Jo's Blick senkt sich herab, zu dem winzigen, bläulich verfärbten Menschenkind, doch ihre flehenden Worte sind an mich gerichtet, „Mami…bitte…!"
Mit Tränen in den Augen schaut sie auf und nickt unmerklich.
Ganz leise sagt sie zu mir, „Ich werde dich vermissen, Mami!"
Ich schlucke angestrengt. Doch der Klos in meinem Hals steckt fest.
Wie in Trance, strecke ich langsam die Hand aus…ich fühle, wie sich mein Herzschlag verlangsamt…ein Strudel aus verschiedenen Stimmen entsteht wirbelnd in meinem Kopf…Stimmen, die mir sagen, wie sehr sie mich lieben und wie unwichtig die Zeit ist…Stimmen, die nun langsam wie ein Echo verhallen…und ich berühre sachte das kleine, blonde Köpfchen. Mir wird schwindelig…alles beginnt sich zu drehen.
Der Boden schient zu kippen…
Ängstlich starre ich zu Jo…und dann stürzte ich ins Bodenlose…

Mit einem wütenden Schrei, stürzt sich das kleine Mädchen zurück ins Leben. Die Hebamme keucht erleichtert auf, „Herzschlag hat sich normalisiert…die Haut färbt sich rosig…und es ist ein Mädchen."
Schnell wickelt sie das Neugeborene in ein bereitliegendes Handtuch und reicht es rüber zu ihren frischgebackenen Eltern, „Nur ganz kurz…wir wollen lieber auf Nummer sicher gehen, das mit dem kleinen Engel auch alles in Ordnung ist!"

Sie lächelt auf das Baby hinunter, „Aber Zeit, um Mama und Papa Hallo zu sagen, haben wir alle mal. Nicht wahr, kleine Maus!"
Sanft legt sie das kleine Mädchen in Emma's Arm. Augenblicklich hört das rebellierende Gebrüll auf und die kleinen runden Äuglein öffnen sich zögernd. Stolz betrachtet die Hebamme das kleine Sorgenkind, „Wie soll sie denn heißen?"
Emma betrachtet ihr wunderhübsches Kind. Ein einzigartiger Blick trifft sie mitten ins Herz...ein Blick, aus einem blauen UND einem braunen Auge!
Emma lächelt selig, „Anabelle! Sie soll Anabelle heißen...!"

Danke Mami...und lebe wohl!

Von Jo

Suche nicht, sondern lebe einfach!

Irgendwann...in der Zukunft...in Heidelberg!
„Anabelle, kannst DU bitte heute mit Ernie Gassi gehen...ich muss das Referat noch fertigbekommen!" Anabelle verzieht das Gesicht. Eigentlich wollte sie noch etwas schlafen. Die ganze Nacht hat sie sich um die Ohren geschlagen um IHR Referat zu Ende zu schreiben. Sie gähnt. Ernie, ein kleiner brauner Hund mit drahtigem Fell und schwarzen Knopfaugen, steht winselnd, mit der Leine im Maul, mitten im Raum und schaut,
leicht verzweifelt zwischen Anabelle und Gabi hin und her. Gabi schaut bettelnd über den Rand ihres Laptops, „Biitteee...!
Ernie kommt, schwanzwedelnd, ein paar Schritte auf Anabelle zu, „Na gut...aber wenn du das nächste Mal Babysitter für den Hund deines Freundes spielst...", sie schaut Gabi düster an, „...dann kümmerst du dich bitte selber um ihn!" Gabi strahlt sie dankend an, „Mach ich...versprochen!"
„Dann komm, Ernie!" Anabelle schlüpft kraftlos in ihre leichte Steppjacke. Die kleine Promenadenmischung hechelt glücklich auf sie zu.
Sie legt ihm die Leine an, wirft Gabi noch einen, gespielt bösen, stechenden Blick unter ihren dichten Wimpern zu und verschwindet mit Ernie durch die Haustür.

Die Sonne scheint, aber es ist noch ziemlich kühl. Ein leichter Schmerz nagt in ihrem Kopf. Erschöpft atmet sie kräftig durch und füllt ihre Lungen mit kühler, belebender Luft.
„Na, Kleiner? Wohin?" Anabelle betrachtet den Hund.
Der Park. Da gibt es eine Hundewiese!
„Gehen wir in den Park. Vielleicht findest du ja einen Spielkameraden dort." Ernie schaut sie von unten herauf an, das rechte Hinterbein hoch erhoben und erleichtert sich zuallererst an der Hauswand. Anabelle schmunzelnd, „Kannst du nicht warten, kleines Ferkelchen?" Der entschuldigende Blick des kleinen Wollknäuels erheitert sie. Lachend macht sie sich, mit Ernie im Schlepptau, auf den Weg zum nahegelegenen Park.
Als sie durch das schmiedeeiserne Tor des Parks tritt, atmet sie befreit auf. Wenn es besonders stressig ist oder sie Heimweh bekommt,
flüchtet sie immer hierher. Die hohe Steinmauer, die den Park umgibt, verschluckt fast augenblicklich den hektischen Straßenlärm.
Genießerisch schließt sie die Augen. Spürt die wärmenden Sonnenstrahlen auf ihrem Gesicht. Ernie zieht ungeduldig an der Leine, „Ja…ich komm ja schon."
Zielstrebig wandert sie auf dem Kiesweg entlang. Ihre Schritte knirschen leise auf den kleinen Steinchen. Ihr Ziel ist der kleine See in der Mitte des Parks. Dort befindet sich auch die eingezäunte Hundewiese. Ein Teilstück des Sees ist extra abgetrennt worden, für besonders wagemutige Hunde, die gerne mal in das kühle Nass preschen. Aber der größte Teil steht den Wasservögeln zu Verfügung. Diese beobachtet Anabelle gerne. Dabei kann sie abschalten und zur Ruhe kommen.
Auf der Hundewiese angekommen, lässt sie Ernie von der Leine, der befreit, augenblicklich losstürmt. Anabelle strebt zu einer Parkbank unter einer großen, dreistämmigen Trauerweide am Rande des Ufers. Müde lässt sie sich nieder und betrachtet ihre Umgebung. Leise rauscht der Wind zwischen den hängenden Ästen. Noch ist nicht so viel los.
Einige wenige Hunde tollen hinter ihr übermütig über das noch taufeuchte Gras. Vereinzelt sieht sie in der Ferne, Mütter, die volle Einkaufstaschen tragen und gleichzeitig ihren winzigen Nachwuchs im Kinderwagen durch die Gegend karren. Ein einzelner Rentner steht in der Nähe des Zaunes und füttert Enten mit altbackenem Brot.
Von der gegenüberliegenden Seite schwimmt, majestätisch, ein Schwanenpaar in Richtung des alten Mannes.

Bewundernd betrachtet sie diese großen, anmutigen Wasservögel. Die zwei Schwäne haben es ihr von Anfang an, angetan. Ihre leicht hochmütig wirkende Bewegung...die aufrechte, königliche Haltung, rühren sie irgendwie. Der Anblick, wenn sich die langen Hälse liebevoll umeinanderschlingen, weckt eine undefinierbare Sehnsucht in ihr.
Heißt es nicht, dass Schwäne sich ein Leben lang treu ergeben sind?
Anabelle betrachtet sie lächelnd. Doch ihre Ruhige Idylle zerplatzt jäh.

„HASSO...BLEIB STEHEN...HASSO...NICHT!"

Verwirrt wird sie aus ihren Gedanken gerissen. Alarmiert springt sie auf. *Hasso?* In Gedanken sieht sie einen schwarzen, riesigen, zähnefletschenden Dobermann.
Ängstliches Gekläff dringt an ihr Ohr. Sie schaut sich schnell um. *Wo ist Ernie?* Mit fliegen Ohren rast der kleine Hund auf sie zu...lautes, furchteinflößendes Gebell hinter ihm. Schon springt der kleine Hund ihn ihre Arme.
Hastig blickt sie sich um und hechtet geistesgegenwärtig auf einen ausladenden Ast der Trauerweide zu. Den kleinen Ernie fest an sich gepresst, klettert sie flink nach oben und verkriecht sich ängstlich in den dichten Ästen. Ernie zittert erbarmungswürdig.
Anabelle wirft einen vorsichtigen Blick nach unten.
Können Hunde klettern? Hoffentlich nicht!
„HASSO...WIRST DU WOHL...!"
Vorsichtig schiebt sie einen kleinen Ast zur Seite und wirft einen Blick nach unten. Ernie winselt. Anabelle stutzt. *Das soll Hasso sein?*
Ein kniehoher, schwarzer Fellklumpen, mit weißem buschigem Schwanz und weißen kreisrundem Fell um die Augen, die ihm das Aussehen eines Brillenträgers verpassen, springt aufgeregt kläffend um den breiten Stamm. Anabelle vermutet amüsiert einen Stimmbruch, bei dem lustigen Kerl.
„HASSO...", ein blonder Schopf taucht auf, „...du kannst doch nicht einfach abhauen, Kleiner." Ein warmes Männerlachen ertönt. Das blonde Haar hebt das bellende Bündel hoch und schaut fragend hoch ins Geäst,
„Was hast du denn, Hasso?" Er streichelt den kleinen Hund, „Da ist doch nix, du Dummerchen!"
Kichernd, den strampelnden Ernie weiter an ihre Brust gepresst, rutscht Anabelle nach unten.

Der blonde Haarschopf schaut verwundert hoch und setzt seinen kläffenden Möchte-gern-Kampfhund schnell auf den Boden. Instinktiv breitet er die Arme aus, „Komm, ich fang dich!" Schlitternd und lachend lässt sich Anabelle in seine Arme fallen, „Danke!"
Etwas atemlos windet sie sich aus der fremden Umarmung. Sie lacht noch mal unsicher, „Ich dachte, dein Hund würde uns fressen wollen!" Der blonde Haarschopf grinst und schaut auf sein munteres Hündchen. Hasso springt winselnd an ihrem Bein hoch. Anabelle bückt sich, „Der ist ja niedlich!" Langsam setzt sie Ernie ab, der neugierig schnuppernd, den kleinen schwarzen Hund anstupst. Hasso leckt freundlich über seine Schnauze. Scherzhaft schimpft sie in Richtung Ernie, „Vor diesem kleinen, süßen Hund hast du Angst gehabt? Schäm dich, Ernie!" Er schaut sie an und niest schnaubend, als wollte er sagen: Woher soll ich denn wissen, dass der laute Kläffer so winzig ist?
Mit einem Ruck richtet sie sich wieder auf und hält dem blonden Haar ihre Hand hin, „Hallo, ich bin…", ein Blick aus nachtblauen Augen trifft sie…ihr Herz holpert, „…Anabelle!" Ein atemloses Hauchen. Das blonde Haar greift langsam nach ihrer Hand, schluckt laut und starrt wie hypnotisiert in ein blaues und braunes Auge, „Hallo…", sanft schließt sich seine Hand um ihre, „…ich bin James, doch meine Freunde nennen mich alle nur Jamie!" Ein breites Grinsen erscheint in seinem Gesicht.
Er streicht sich mit der noch freien Hand, lässig eine dichte, lange Strähne aus der Stirn und seine fein geschwungenen Augenbrauen entspannen sich zusehends, „Ich glaube…", noch immer hält er ihre Hand fest, „… dies ist der Anfang einer wunderbaren Freundschaft!" Anabelle lächelt nur…

*

Ende gut…alles gut? In diesem Fall wohl ja.
Ich freue mich für meine Mutter.
Sie hat es wirklich verdient.
Ich war so frei, die Geschichte, die meine Mutter anfing weiter zu erzählen, damit das Ende nicht einfach lose in der Luft baumelt.
Ich hoffe das macht dir nichts aus und du bist zufrieden. Wie?
Nein?
Was fehlt denn noch?

Achso…du möchtest noch wissen wie es mit dem ein oder anderen weitergeht?
Dann lass mich nur mal einen kleinen Blick durch den winzigen Spion in meiner kleinen, grünen Holztür werfen…
Also…
Meine Urgroßmutter, nach der ich benannt worden bin, Johanna (oder Joanna) lebt mittlerweile als Kindergärtnerin in Rheinland-Pfalz. Sie hat ihren Mann Klaus bei einem kleinen Einparkcrash auf einem Discounterparkplatz getroffen (sozusagen). Autofahren ist halt nicht ihre Stärke. Sie haben geheiratet (wieder!).
Meine (Zieh)Mutter Betty und mein Vater Jules sind noch immer bei mir im Himmel und fühlen sich in Uromas Hausboot pudelwohl. Sabine und Jürgen wohnen hier mittlerweile zusammen. Aber ein kleines Vögelchen hat mir gezwitschert, dass sie sich auf die Rückkehr vorbereiten.
Barbara und Bert sind mittlerweile waschechte Australier geworden. Bert hat dort eine große Farm und Barbara ist in einem ihrer Abenteueranfälle, in Australien gelandet. Eigentlich wollte sie nur ein Jahr wegbleiben, als Farmhelferin jobben, die Freiheit genießen, sich den Wind um die Nase wehen lassen… aber wie das Leben so spielt…sie lernt Bert kennen und blieb dort hängen. Nun sind sie verheiratet und haben zwei schnuckelige Jungs.
Jamie und meine Mutter haben sich ja endlich kennengelernt…das habt ihr ja mitbekommen.
Felix sitzt noch immer im Empfangsraum (den haben sie mittlerweile apricot gestrichen!) und empfängt auch weiterhin die Neuankömmlinge.
Vielleicht lernst du ihn ja irgendwann einmal kennen. Von Barbie weiß ich nur, dass sie auch wieder zurückging. Das hat Felix mir mal erzählt. Ich wünsche ihr viel Glück.
Frederick, Gabriel und Emilie wuseln auch noch munter und zufrieden nebenan rum.
Emma, meine Tochter und ihr Mann Uli, leben noch immer in der Nähe von Bremen und halten regen Kontakt zu ihrer Tochter Anabelle. Ich denke, dass sie bald Jamie vorgestellt bekommen.
☺
Ach, ihr wollt noch wissen, was mit Simone, meiner eigentlichen Oma, Der Mama, meiner Mama, ist? Da muss ich euch enttäuschen. Ich weiß es nicht. Da wir uns nie kennengelernt haben und meine Mutter Ana sie ebenfalls nie kennengelernt hat, fehlt wohl der gefühlsmäßige Draht zu ihr. Ich vermute allerdings, dass sie auch wieder zurückging. Möge es ihr gut ergehen!

Und meine Wenigkeit?
Nun...ich habe es mir in der Villa Tarunzel gemütlich gemacht.

Die neuen Möbel wurden geliefert. Meine Eiersanduhr (die durfte ich in der Tat behalten) thront auf dem Kaminsims (ja, ich habe mir einen Kamin bauen lassen). Einzig, das Schaukelzimmer, mit der grandiosen Glaskuppel, ließ ich so wie es ist. Das Schaukeln unter einem sternenklaren Nachthimmel ist halt einzigartig.
Die Weinberge meiner Mutter werden auch weiterhin gehegt und gepflegt und ich behielt auch den Brauch bei, regelmäßig eine kostbare Fuhre Weines, dem Boss zukommen zu lassen. Er hat bereits angekündigt, demnächst mal bei mir aufzuschlagen. Ich bin schon ganz gespannt!
Ansonsten warte ich hier in aller Ruhe auf Dirk.
Der wird Augen machen!

So, ich denke, das war es.
Dann möchte ich mich jetzt mal verabschieden. Vielleicht treffen wir uns mal hier drüben.

Herzlichste Grüße aus dem wunderschönen Himmel

Eure Johanna (Jo) Huth-Mencke-Schröder